Karen Chance a vécu en France, au Royaume-Uni et à Hong-Kong, mais elle revient toujours aux États-Unis. Aujourd'hui, elle vit à Orlando, en Floride, la ville des illusions. Tout s'explique !

Du même auteur, chez Milady :

Cassandra Palmer :

www.milady.fr

Karen Chance

La Damnation de l'aube

Cassandra Palmer – 4

Traduit de l'anglais (États-Unis) par Marie-Aude Matignon

Milady

Milady est un label des éditions Bragelonne

Titre original : *Curse the Dawn*

Cet ouvrage est publié avec l'accord de NAL Signet,
une maison d'édition de Penguin Group (USA) Inc.

Illustration de couverture :
© Larry Rostant *via* Artist Partners Ltd.

ISBN : 978-2-8112-0524-9

Bragelonne – Milady
60-62, rue d'Hauteville – 75010 Paris

E-mail : info@milady.fr
Site Internet : www.milady.fr

Pour M.B.B.

Remerciements

Merci à Laurence P. Lehman pour cette amusante conversation sur les voïvodes.

Chapitre premier

Prendre une voyageuse temporelle en filature, ce n'est pas une mince affaire, même quand on voyage soi-même dans le temps. Surtout lorsque c'est ladite voyageuse temporelle qui vous a donné votre pouvoir.

— On ne pourrait pas discuter ? ai-je hurlé en me jetant derrière un pilier pour éviter une rafale de balles.

La femme qui me poursuivait à travers la cave a braqué sa lampe torche dans ma direction.

— Bien sûr, m'a-t-elle lancé, tout miel. Mais d'abord, arrête de gigoter dans tous les sens.

Et puis quoi encore ?

Je m'appelle Cassie Palmer et beaucoup de gens pensent que je ne suis pas sortie de la cuisse de Jupiter. C'est en partie dû à mes cheveux blond vénitien, la plupart du temps en pétard, qui me donnent un faux air de Shirley Temple au saut du lit. Mes yeux bleus, mes joues poupines et mon nez retroussé y sont sans doute aussi pour quelque chose, même si la plupart des hommes ne regardent jamais aussi haut. Mais j'avais beau ressembler à une blonde écervelée, je n'allais pas tomber dans le panneau.

Mon propre pistolet – un Beretta 9 mm que j'avais glissé dans mon jean – se rappelait douloureusement à mon bon souvenir en m'irritant la hanche. Je l'ai ignoré. Dans quelques années, la femme qui me tirait dessus me laisserait un petit message qui me sauverait la vie. Je préférais autant qu'elle reste dans les parages le temps de l'écrire. Sans compter que, lorsqu'on tire sur les gens, ça leur donne rarement envie de papoter. Et, en l'occurrence, une conversation s'imposait.

— Depuis quand la Guilde recrute-t-elle des femmes ? a-t-elle demandé.

Elle se rapprochait dangereusement.

Plaquée derrière un des piliers soutenant le plafond, je n'ai pas bougé d'un cil. Ce n'était pas folichon, comme cachette, mais je n'avais pas l'embarras du choix. Les parois de la cave étaient en pierre, à l'exception des endroits qu'on avait colmatés avec des briques. Le plafond en bois était assez bas et totalement plat, probablement parce qu'il servait de plancher à la pièce au-dessus. Et c'était à peu près tout. Rien d'autre que des vieux tonneaux, des moisissures et une bonne dose de ténèbres.

L'espace avait beau être vide, il était gigantesque : si j'évitais de faire du bruit, elle aurait quand même du mal à me débusquer. Malheureusement, si je voulais qu'on discute, il faudrait tôt ou tard que j'ouvre la bouche.

— Écoute, je crois que tu me prends pour…, ai-je commencé.

Aussitôt, elle a criblé de balles le mur derrière moi, dont a jailli une pluie de particules de brique et de vieux mortier. Certaines d'entre elles ont dû m'érafler la joue : j'ai senti un filet de sang dégouliner dans mon cou. Le silence après les détonations était tellement assourdissant que mes oreilles se sont mises à siffler. Les nerfs à vif, j'ai pris instinctivement mon arme en main. Mais je l'ai remise dans mon pantalon. *Je ne suis pas venue jusqu'ici pour la tuer*, me suis-je rappelé avec amertume.

Pourtant, j'avoue que l'idée commençait à me titiller l'esprit.

— Je croyais que vous n'étiez qu'une bande de connards misogynes et mégalos, s'est-elle exclamée, moqueuse.

Je suis restée obstinément muette. Apparemment, ça l'a mise en rogne : j'ai senti deux balles se ficher dans le bois derrière mon dos. L'impact a ébranlé le pilier. Je me suis mordu les lèvres pour m'efforcer de garder le silence. Soudain, j'ai senti une douleur à la fesse gauche, comme un violent pincement. Une seconde plus tard, la douleur s'est intensifiée pour devenir lancinante.

J'ai tâté mon derrière. J'avais la main humide, poisseuse et maculée de traînées qui avaient l'air noires dans la lumière quasi inexistante. J'ai regardé mes doigts avec stupéfaction. J'étais arrivée depuis dix minutes à peine et j'avais déjà réussi à me faire canarder le fondement.

— Tu m'as tiré dessus !

— Si tu sors de ta cachette, je calmerai ta douleur.

Ouais, c'est ça. Elle me calmerait pour de bon.

Elle s'est interrompue pour recharger son arme. J'en ai profité pour crapahuter jusque derrière un tonneau. Ce n'était pas franchement mieux, comme planque. Pour rester cachée, j'étais obligée de m'accroupir contre le sol humide et crasseux. Mais au moins j'étais sûre qu'aucune partie de mon anatomie ne dépassait.

J'ai examiné la déchirure à l'arrière de mon jean. La balle n'avait fait que m'érafler. Pritkin, le mage guerrier qui me servait de partenaire, aurait taxé la blessure d'égratignure. Il se serait contenté d'y coller un pansement et de me sommer d'arrêter de « geindre », comme il dit tout le temps. N'empêche que ça faisait un mal de chien.

D'un autre côté, si elle me touchait une deuxième fois, ça ferait encore plus mal. J'ai jeté un coup d'œil par-dessus le tonneau. J'aurais bien aimé profiter du fait qu'elle soit momentanément incapable de me tuer pour la raisonner. Mais j'ai aperçu quelque chose bouger du côté de l'escalier. À la faible lueur de sa torche, j'ai vu scintiller le canon d'un semi-automatique. Le hic, c'est qu'on était en 1605, date à laquelle ce type d'armes n'avait pas encore été inventé.

Autre hic : le canon était braqué sur sa tête.

— Attention ! Derrière toi !

Elle n'a pas hésité une seconde : sa lampe est tombée sur les pierres et a distrait le tireur embusqué, qui a canardé la torche. La femme en a profité pour s'évanouir dans l'obscurité. Une balle perdue a atteint un petit tonneau en bois. Il avait l'air inoffensif, comme ça, mais il devait contenir l'équivalent d'une dizaine de barres de TNT parce que l'impact a provoqué une explosion assourdissante accompagnée d'une projection de flammes orange qui ont jailli jusqu'au plafond.

Il s'est mis à pleuvoir des étincelles. Partout. Y compris sur la main et le bras du tireur, qui a lâché son arme et déboulé de la cage d'escalier, où il était embusqué, en hurlant et en gesticulant pour étouffer les flammes à mains nues. Ce faisant, il a bousculé une lanterne, qui s'est mise à tourner lentement sur elle-même, comme une toupie mollassonne, l'éclairant par intermittence comme un stroboscope.

C'était un grand blond efflanqué au visage chevalin en partie camouflé par un chapeau mou. Il portait une longue veste noire, un corsaire et une chemise à jabot qui partait littéralement en fumée. Il a réussi à arrêter la progression des flammes en arrachant sa veste et en déchirant sa chemise, révélant une poitrine livide parsemée de poils cramés. Il s'est penché pour ramasser son arme. Une balle lui a aussitôt roussi quelques cheveux.

Il a enlevé son chapeau avec empressement pour examiner le trou comme s'il se demandait comment il était arrivé là. Pour bien lui expliquer, la femme a tiré de plus belle. Mais, apparemment, c'était un mage : il a réussi à dresser ses boucliers. Lorsque les balles les ont touchés, elles sont restées suspendues en l'air, à quelques centimètres de son corps, avant de se déloger lentement des traces d'impact qu'elles avaient créées. L'homme en a observé une longuement : sans bouclier, elle l'aurait atteint entre les deux yeux. Il a laissé échapper un petit cri.

Il n'avait pas l'air habitué aux fusillades, parce qu'il a perdu sa concentration et ses boucliers sont tombés. Les balles en suspension ont dégringolé par terre et ont tinté contre les pierres comme autant de perles. Il a ramassé son arme d'une main tremblante d'adrénaline et s'est mis à tirer à l'aveuglette dans notre direction, avant de disparaître en titubant par la porte située près de l'escalier. Le tout en criant comme un dément.

La femme a éloigné quelques bouts de bois enflammés d'un coup de pied avant d'émerger des ténèbres pour gagner le halo de lumière projeté par la lanterne. Elle a récupéré sa lampe torche et a essayé de l'allumer plusieurs fois. Sans succès. Elle a poussé un profond soupir avant de fourrer l'objet dans la poche de son manteau. C'était un manteau en laine beige foncé. J'ai remarqué avec jalousie qu'il avait l'air bien chaud. En dessous, elle portait une robe en soie bleu lavande dont le haut formait un cache-cœur et le bas une jupe descendant jusqu'aux mollets. On aurait dit Samantha Stevens dans *Ma sorcière bien-aimée*, en habits du dimanche. Si ce n'est que Samantha ne se baladait pas avec des armes à feu.

C'était la première fois que je la voyais aussi clairement. Ça m'a pris une seconde pour mettre à jour l'image mentale que je m'étais faite d'elle. La dernière fois que je l'avais croisée, c'était également après être remontée dans le temps. Mais elle avait décidé de voyager sous forme astrale, pas en chair et en os. Et elle avait pris l'apparence d'une jeune femme. Elle n'était pas tellement différente en vrai. Ses cheveux châtains étaient parsemés de mèches argentées et elle avait de petites rides autour des yeux et de la bouche, mais son corps était toujours aussi mince et son expression d'irritation amusée étrangement familière.

— Sors de ta cachette. Je ne te ferai aucun mal, a-t-elle promis.

— Tu veux dire : « Je ne te ferai *plus aucun* mal ? » ai-je grogné avec hargne.

— Tu es cachée derrière un baril de poudre. Si je voulais te tuer, je n'aurais qu'à tirer dedans, a-t-elle lancé d'un ton condescendant.

Elle avait baissé son arme et tapait du pied avec impatience. Ce n'était pas forcément bon signe mais je n'étais pas venue jusque-là pour rester tapie dans l'ombre. Dommage d'ailleurs : ça paraissait être une bonne idée. Mais bon : elle avait l'air sérieuse, pour la poudre.

J'ai émergé de ma cachette avec précaution.

— Je t'ai touchée où ? a-t-elle demandé.

— Aux fesses. (Elle a esquissé un sourire.) Ce n'est pas drôle !

— Si tu le dis.

Elle m'a détaillée des pieds à la tête. Ma tenue était plus adéquate que la sienne pour ramper dans les souterrains humides. Si ce n'est que je n'avais pas de manteau. Je portais un jean, une paire de baskets et un tee-shirt sur lequel on pouvait lire : « Ô temps, suspends ton vol : j'ai perdu le fil. » Pourtant, par je ne sais quel miracle, elle était impeccable. Moi, je m'étais déjà râpé le genou et j'avais les bras couverts d'un truc noir. J'ai reniflé mon poignet pour identifier la substance. Effectivement, elle était sérieuse, pour la poudre.

— Tu joues à cache-cache dans une cave remplie de poudre ? ai-je demandé, incrédule, tout en m'époussetant avec empressement.

— Une cave remplie de poudre qu'un abruti essaie de faire sauter, a-t-elle rectifié. Ce qui fait que je suis un chouïa sous pression dans l'immédiat. Qui es-tu et que fais-tu ici ?

On entrait enfin dans le vif du sujet. Et je ne savais pas par où commencer.

— C'est compliqué, ai-je fini par sortir.

— C'est toujours compliqué. (Elle s'est dirigée vers la porte par laquelle le mage avait disparu.) Tu ne fais pas partie de la Guilde.

— Je ne sais même pas ce que c'est, ai-je répondu en lui courant après. C'est eux qu'on traque ?

— C'est eux que *je* traque. Je ne te connais pas. Je ne sais même pas ce que tu es.

Elle a ramassé la lanterne abandonnée d'un geste assuré et me l'a fourrée entre les mains.

Je l'ai prise avec précaution, paniquée à l'idée qu'un résidu de poudre s'enflamme à son contact. C'était un petit objet très bizarre en forme de chope de bière dont la partie principale était faite de métal noir et munie d'un clapet miniature qu'on pouvait ouvrir ou fermer à loisir pour doser l'intensité lumineuse. Je l'ai ouvert complètement mais ça n'a pas servi à grand-chose.

— Je m'appelle Cassie et je suis… ben… je suis la Pythie.

Ça l'a arrêtée net. Elle m'a dévisagée à nouveau de ses yeux bleus perçants.

— Je ne crois pas, non, a-t-elle rétorqué sèchement.

Dans la communauté surnaturelle, la Pythie est non seulement la chef des voyantes mais aussi – quelle chance – la personne veillant sur l'intégrité de la trame temporelle. Autrement dit, même pour une vraie pro, c'est un boulot ultra-pénible. Quand en plus on n'a pas la moindre idée de ce qu'on fait, c'est carrément dangereux. Et c'était justement mon cas.

La femme qui venait de m'attaquer s'appelait Agnès, alias dame Phémonoé, la dernière Pythie en date. C'était elle qui m'avait refilé ce job. Et elle était morte avant de me former. Résultat : j'avais passé la moitié de mon premier mois de boulot à tenter de m'en débarrasser et la seconde moitié à essayer de sauver ma peau. L'un dans l'autre, je n'avais pas eu le déclic tout de suite. Pourtant, c'était évident ! Que je le veuille ou non, je pouvais voyager dans le temps. Par conséquent, la mort d'Agnès ne me condamnait pas forcément à rester sans formation. Ça voulait seulement dire qu'elle devrait me former dans le passé.

Je n'avais pas pensé remonter aussi loin mais, à sa propre époque, elle était toujours entourée de dix mille personnes. Et la plupart d'entre elles étaient susceptibles de se rendre compte que je voyageais également dans le temps. Et de trouver ça douteux. Ça avait été la croix et la bannière de se retrouver seule avec elle.

Mais ça risquait d'être encore plus compliqué de la convaincre de m'aider.

— Et comment ça se fait que je sois là, d'après toi ? ai-je demandé.

— D'après moi, a-t-elle répondu en s'arrêtant sur le seuil de la porte ouverte sur les ténèbres, tu es la nouvelle héritière de la Pythie, fraîchement désignée, et tu te fais une petite escapade pour essayer le pouvoir. « Oh ! Regardez ! C'est trop cool ! Je peux voyager dans le temps ! » a-t-elle singé.

— Ce n'est pas une escapade ! ai-je rétorqué. Et je ne trouve pas ça spécialement « cool » de me faire canarder et de manquer d'exploser !

Elle m'a ignorée.

— Je l'ai fait deux ou trois fois quand j'étais jeune et stupide. Et j'ai failli me faire tuer. Un conseil : rentre chez toi.

— Pas avant d'avoir eu notre petite conversation, ai-je rétorqué sèchement. Et on ne peut pas parler ici. L'explosion a fait un boucan d'enfer ! Les gens ne vont pas tarder à descendre voir.

— On n'a aucun souci à se faire, a-t-elle répliqué en enlevant ses petites chaussures à talons beiges. Ces caves datent du XIe siècle. Et, à cette époque, on construisait pour durer. Les murs ont deux mètres d'épaisseur.

Je commençais à sentir les muscles de mon échine se détendre lorsqu'un baril a jailli des ténèbres et a fusé dans notre direction. Agnès a claqué la porte et reculé à toute vitesse tandis que je me précipitais à couvert, derrière un pilier de soutènement. J'y étais à peine arrivée qu'une deuxième détonation a retenti, aussi assourdissante que la première. Et des bouts de ce qui avait été une porte ont volé à travers la pièce avant de se ficher dans toutes les surfaces en vue.

Un éclat de métal, arraché à l'un des gonds, s'est planté dans le sol en pierre juste à côté de moi. À trois centimètres à peine de mon pied droit. J'ai fait un bond en arrière et je l'ai regardé, les yeux grands comme des soucoupes.

— Pourquoi moi ? me suis-je écriée, à moitié hystérique. Où que j'aille, on me tire dessus !

— C'est sûrement dû à ton charme inné, a-t-elle lancé avec ironie. Et si tu n'aimes pas ça, tu n'as qu'à… comment dire ? *Partir.*

— Je ne bouge pas d'ici !

Agnès n'a pas répondu. J'ai jeté un coup d'œil derrière le pilier. Elle s'est approchée avec précaution des vestiges de la porte. Des bouts de bois enflammés hérissaient l'ouverture et des fumerolles de fumée toxique voletaient lentement vers l'extérieur. On aurait dit la porte des Enfers. Ça n'a pas empêché Agnès de s'accroupir au bord et de sonder les ténèbres, de l'autre côté.

— C'est quoi, cette Guilde ? ai-je demandé dans un soupir, avant de la rejoindre à contrecœur.

— Un ordre de mages qui fait mumuse avec des sorts très dangereux. Malheureusement pour nous, de temps en temps, il arrive qu'ils n'explosent pas avec leurs expériences.

— Et en quoi c'est un problème ?

— Ils voyagent dans le temps.

Elle a fait mine d'avancer. Je l'ai agrippée par le bras.

—Attends ! Tu vas aller là-dedans ?

—C'est mon boulot.

—C'est un sale boulot.

—À qui le dis-tu !

Elle a repoussé ma main et s'est faufilée par l'ouverture. Ses pieds couverts de bas de soie ne faisaient aucun bruit sur les vieilles pierres du sol.

—Agnès ! ai-je chuchoté pour qu'elle revienne.

Aucune réponse. Pendant une fraction de seconde, j'ai sondé les ténèbres en fulminant. Et j'ai fini par lui emboîter le pas.

J'avais refermé le clapet de la lanterne mais il avait dû se cabosser en tombant. Il laissait passer de fins rayons sépia venant dorer les pierres, tout autour de nous, et transformant nos ombres en silhouettes monstrueuses et gigantesques. J'ai fait mon possible pour me concentrer sur les ténèbres baignant le reste de la pièce et éviter de penser aux mots « tireurs d'élite » et « cibles faciles ».

L'attaque nous a surprises toutes les deux. Pour seul avertissement, on a vu un point rouge clignoter dans le noir. Agnès l'a visé mais elle n'a pas eu le temps d'appuyer sur la détente : un éclair écarlate a fusé à travers la pièce et heurté son épaule. Elle a fait volte-face et s'est affalée contre moi en poussant un cri étouffé.

J'ai lâché la lanterne pour la rattraper tout en mettant la main sur mon pistolet. J'ai tiré deux ou trois fois, mais les doigts d'Agnès se sont presque aussitôt refermés sur mon poignet.

—Pas ici.

Je n'ai pas insisté. De toute manière, je n'avais aucune cible. Je l'ai traînée hors de la flaque de lumière et l'ai camouflée dans l'ombre d'un pilier. Elle a passé la tête de l'autre côté, mais, à moins que sa vision soit bien plus développée que la mienne, elle ne devait pas y voir grand-chose. J'ai tendu l'oreille mais n'entendais que sa respiration saccadée.

—Je l'ai peut-être eu, ai-je chuchoté.

—Avec la chance que j'ai, ça m'étonnerait, a-t-elle soufflé d'une voix lasse.

L'épaule de sa robe était maculée d'une tache humide et luisante.

—Tu es blessée, ai-je constaté.

—C'est ma faute. (Elle a arraché le tissu violet imprimé et révélé une brûlure inquiétante.) J'ai prêté mon talisman à mon héritière pour qu'elle s'entraîne. Elle s'est enfuie avec un *loser* dans la foulée. Bien entendu, elle n'a pas pensé à me le rendre avant de partir.

Je n'ai pas réagi. Je me suis contentée de me mordre les lèvres. Le talisman dont elle parlait était un tatouage en forme de pentagramme de la taille d'un frisbee. Et il se trouvait précisément entre mes omoplates. Il n'offrait pas de protection contre les armes humaines, mais il faisait des merveilles contre les attaques magiques. C'était ma mère qui me l'avait transmis. Elle avait été l'héritière d'Agnès avant de prendre la poudre d'escampette. Sa fuite avait été justifiée, mais quelque chose me disait que ce n'était pas le moment d'aborder le sujet.

—Tu te promènes toujours en talons hauts pour traquer des types armés jusqu'aux dents ? ai-je demandé.

Elle a agité les orteils de son pied nu, avec pour résultat de filer encore plus son bas.

—On m'a appelée au beau milieu d'un dîner en ville.

—Tu aurais au moins pu emmener un garde du corps.

—C'est ça ! Il manquerait plus que ça ! Un autre mage. Pour qu'il finisse par péter un câble et fasse exploser tout le complexe. Histoire de mâcher le travail de la Guilde !

—Ou histoire de te sauver la vie !

Elle s'est adossée avec lassitude contre le pilier.

— J'y arrive très bien toute seule.

J'ai croisé les bras mais je me suis abstenue de tout commentaire. Sa respiration était toujours laborieuse et la couleur de son visage ne me disait rien qui vaille mais j'étais mal placée pour lui faire la leçon. Elle n'était pas la seule à être partie sans partenaire.

Pritkin détestait mes voyages dans le temps pour la même raison que moi : il était persuadé qu'un jour ou l'autre j'allais bousiller un machin impossible à réparer. J'avais donc décidé de m'épargner ses reproches et de ne pas mentionner mon escapade. Mais je commençais à regretter cette décision. Il était toujours armé comme quatre. Quatre Rambo, pour être parfaitement exacte. Ça n'aurait pas été du luxe.

Au bout d'une minute, Agnès s'est remise péniblement debout. Une main sur le pilier, elle avait la tête penchée en avant et la douleur lui faisait froncer les sourcils.

— Est-ce que tu peux retourner à ton époque ? ai-je demandé. Parce que sinon, je peux…

— J'ai un boulot à finir, a-t-elle répété en se remettant droite. (Ses petites épaules se sont raidies.) Il faudrait qu'on ait plus de lumière.

— Il faudrait qu'on s'en aille !

— Eh bien va-t'en ! Personne ne te retient.

Je l'ai dévisagée pendant un long moment mais j'ai fini par pousser un juron et je suis retournée chercher la lanterne. Par miracle, personne ne m'a tiré dessus.

L'objet était doté d'un anneau à son sommet. J'ai donc attrapé un long bâton sur un tas de bois de chauffage empilé sur le sol et l'ai passé dans l'anneau pour récupérer la lampe. J'ai ouvert le clapet aussi grand que possible avant de retourner me cacher derrière le pilier en compagnie d'Agnès en tendant le bidule au milieu de la pièce. J'avais espéré que la lampe illuminerait un cadavre étalé par terre. Malheureusement, la lueur dorée des flammes n'a révélé qu'un paquet de tonneaux et de barils.

La plupart d'entre eux étaient ensevelis sous les monceaux de bois et de charbon qui jonchaient la pièce. Mais d'autres étaient empilés juste à côté de nous, comme pour faciliter les tentatives de camouflage de notre ennemi. Le principal problème, c'était que les barils fuyaient.

Le plus proche de nous était percé d'une fente aussi large que mon doigt. Tout autour, le sol était couvert de minuscules granulés qui scintillaient dans la lumière comme de la poussière de diamant. Lorsque j'ai compris de quoi il s'agissait, ma main s'est mise à trembler et quelques étincelles ont jailli de la lanterne ouverte. J'ai à peine eu le temps de penser «*Et merde!*» que des flammes ont jailli du sol et se sont aussitôt propagées jusqu'au sommet des barils.

Je me suis jetée sur Agnès. On a heurté le sol au moment précis où le souffle nous a rasées. Assourdie par le fracas épouvantable de la détonation, j'ai senti les flammes se répandre derrière moi et une vague de chaleur envahir l'atmosphère. *On est mortes*, ai-je pensé en réprimant une nausée.

Et puis plus rien.

Je suis restée stupéfaite un bon moment. Lorsque j'ai ouvert les yeux, j'ai vu que la pièce était baignée d'une lueur rouge et dorée. Au bout d'une seconde, j'ai compris qu'il s'agissait de bouts de bois et de particules de poudre embrasés que l'explosion avait fait gicler en l'air, comme une pluie de confettis, mais qui étaient restés suspendus. J'ai senti un petit fragment flotter à côté de ma joue. Il était chaud. Je lui ai donné une chiquenaude et il s'est éloigné de quelques centimètres, avant de s'arrêter de nouveau et de reprendre sa lévitation. Il était tellement enflammé qu'il ressemblait à un soleil miniature.

— Tu sais que tu es un vrai boulet? a marmonné Agnès.

Je me suis rendu compte avec un peu de retard que je lui écrasais le visage contre le sol.

— Désolée, je…

— Descends tout de suite.

Je me suis laissée glisser sur le côté et suis restée bouche bée devant le spectacle. Un terrifiant bouquet de flammes pétrifiées se dressait à quelques centimètres de nous. Une boule de feu flottait en l'air, entourée des fragments enflammés qui avaient autrefois formé le corps d'un baril. Il y avait des étincelles partout. Elles éclairaient les pierres grisâtres d'une lueur rouge sang et renforçaient l'apparence furieuse du visage d'Agnès.

— Qu'est-ce qui s'est passé ?

— D'après toi ? a-t-elle rétorqué avec hargne. Tu as failli nous faire sauter !

— Tu ne m'avais pas dit qu'il y avait de la poudre dans cette pièce !

— Il y en a dans l'autre ! s'est-elle exclamée en gesticulant en direction de la première salle. Et on nous a lancé un baril depuis celle-ci ! Tu veux que je te fasse un dessin ?

— Je veux savoir ce qui se passe, ai-je corrigé. (Je commençais à perdre patience.) Tout ce que je sais, c'est que je t'ai suivie dans cette cave…

— Puisqu'on en parle, tu n'as rien à faire ici.

— … et maintenant, un malade essaie de nous tuer !

— Au train où vont les choses, il n'aura pas à se donner cette peine, a lancé Agnès en se remettant péniblement sur pied.

Ses cheveux s'étaient échappés de son chignon tiré à quatre épingles. Des mèches flottaient autour de ses tempes et de ses joues. Elles battaient légèrement au rythme de sa respiration, dévoilant la vitesse de son pouls. Elle a porté une main à sa tête.

— Je vais avoir une de ces migraines, demain…

— Tu as arrêté le temps.

Je l'avais déjà vue arrêter le temps. J'avais même réussi à le faire une fois. C'était une expérience mémorable. Bien entendu, dans mon cas, ça n'avait été qu'un accident.

Elle a regardé la boule de feu du coin de l'œil.

— Non ! Tu crois ?

J'ai décidé de ne pas tenir compte de son ton ironique et j'ai récupéré ma perche. Je l'ai agitée pour éloigner les éclats de bois enflammés. Ils étaient répartis tout autour du cœur de l'explosion, de façon concentrique, comme les spores d'un gigantesque pissenlit. Lorsque je les ai touchés, ils ont bougé mais ne se sont pas éteints. Pas plus qu'ils ne sont tombés par terre. Je les ai observés un long moment, en méditant sur la façon dont ma nouvelle existence balayait toutes mes certitudes.

— Regarde, a lancé Agnès en désignant le mur du fond. (Le mage était plaqué contre les pierres, pétrifié en plein cri.) Je t'avais dit qu'on ne l'avait pas eu.

Tout en parlant, elle commença à rassembler les éclats de bois et les amas de poudre enflammée flottant dans le vide. Agnès avançait d'une démarche assurée mais je savais, par expérience, que cette petite anicroche temporelle l'avait complètement vidée.

— Tu peux tenir combien de temps ?

— Assez. Si tu m'aides. Et fais attention : si on en laisse traîner ne serait-ce qu'une seule…

Elle n'a pas eu besoin de finir sa phrase.

J'ai essayé d'écraser les étincelles rebelles comme des mouches, en les projetant par terre et en sautant dessus. Mais j'ai vite compris que ça ne servait à rien. Le temps s'était arrêté. Je pouvais les piétiner autant que je voulais, ces saloperies n'allaient jamais s'éteindre. J'ai donc décidé de les emprisonner dans le bas de mon tee-shirt tandis qu'Agnès s'affairait sur les barils les plus proches de l'explosion : de petites échardes enflammées s'étaient fichées dans le bois, enflammant la poudre qui débordait de leur pourtour.

Les braises que je manipulais étaient beaucoup trop chaudes. J'ai donc fini par enlever mon tee-shirt pour m'en servir de filet : autant attraper les particules incandescentes sans me brûler. Je les ai empilées dans l'autre pièce, où elles ont formé une bonne dizaine de tas flamboyants. Quand j'en ai eu fini, j'ai vu qu'Agnès s'était déjà occupée des barils. On a reporté notre attention sur le cœur de l'explosion.

Agnès a enfoncé un bâton dans la boule de feu mais cette dernière est restée suspendue en l'air, tout comme les ombres projetées au plafond et les nuages de fumée en lévitation.

— Je m'en occupe, lui ai-je dit en m'emparant du bâton.

À ma grande surprise, elle n'a pas protesté. Je ne la connaissais pas si bien, mais j'en ai déduit qu'on devait jouer contre la montre.

— Si tu ne sais pas quoi faire en attendant, tu peux toujours m'expliquer ce qui se passe.

— Alors comme ça, tu ne sais vraiment pas ce que c'est, la Guilde ? a-t-elle demandé en me regardant donner un violent coup de bâton à la boule de feu, comme s'il s'agissait d'une *piñata* géante.

Ce n'était pas très élégant, mais ça avait l'air de marcher. Le tonneau éventré et sa corolle de flammes se sont lentement mis en branle.

— Je ne sais rien du tout ! C'est bien ça, le problème !

— C'est une bande d'utopistes qui rêvent de créer un monde meilleur en voyageant dans le temps. Ils veulent étouffer dans l'œuf les épidémies, les guerres, les famines, tout ça, tout ça...

— Ça n'a pas l'air bien méchant, ai-je haleté tout en repoussant l'explosion, petit à petit, dans l'autre pièce.

— Tu pourrais poser ta candidature. Le problème, c'est qu'ils n'aiment pas beaucoup les femmes. Sûrement à cause des Pythies : ça fait cinq cents ans qu'on contrecarre leurs plans.

» Balance-la à l'étage, a-t-elle ajouté tandis que je faisais une pause pour reprendre mon souffle.

J'ai jeté un coup d'œil peu enthousiaste à l'escalier.

— Pourquoi ? L'autre a explosé ici et il ne s'est rien passé.

— L'autre était beaucoup plus petit. En explosant, celui-ci pourrait bien nous faire tomber le plafond sur la tête. (J'ai soupiré et je me suis mise à marteler de plus belle mon ardent fardeau.) Et tu devrais lire leur programme avant, a-t-elle poursuivi tandis qu'on grimpait laborieusement les marches. Tout le monde n'a pas envie de vivre dans un univers à la *Matrix* où tout ce qu'on fait risque d'être changé si ça déplaît un tant soit peu à la Guilde. Où les récidivistes sont annihilés. Où les couples n'ont plus le droit de se reproduire si leur enfant risque de porter préjudice à la Guilde.

— OK. Ça a l'air beaucoup moins sympa, tout d'un coup, ai-je reconnu.

— Et la liste est longue. Ce ne sont pas des grands fans du libre arbitre. Le principe selon lequel l'utopie des uns fait l'enfer des autres, c'est le cadet de leurs soucis, a-t-elle lancé tandis qu'on entrait dans une longue pièce étroite.

Elle était tapissée, du sol au plafond, de fresques d'inspiration biblique. La lumière de l'explosion a ravivé leurs couleurs, fait scintiller les dorures et chatoyer les vitraux colorés des hautes fenêtres en plein cintre. J'ai cligné des yeux et me suis mise à contempler le spectacle, comme une touriste. Mais Agnès a enfoncé un doigt dans mon dos.

— Par là. (Elle a désigné une porte que je n'avais pas vue.) Et dépêche-toi. Je ne vais pas tenir très longtemps.

J'ai arrêté de taper sur le tonneau et j'ai commencé à le pousser. Il était bizarrement spongieux au milieu – sans doute parce que la poudre était en cours de transformation mais n'avait pas encore pris feu –, ce qui le rendait délicat à manier. Mais j'ai quand même réussi à promener mon feu d'artifice ambulant à travers la gigantesque salle rectangulaire et à le sortir. Des bâtiments de deux à trois étages étaient agglomérés autour d'une cour intérieure. Des fumerolles pétrifiées s'échappaient de leurs cheminées comme autant de doigts filiformes tendus vers le ciel de plomb.

Le froid était mordant. L'air m'a cinglé le visage comme un chiffon trempé. Au bout d'un moment, j'ai compris qu'il pleuvait. Des voiles d'eau étaient suspendus en l'air comme des rideaux garnis de perles. De lourdes gouttes pendaient des toits comme des diamants polis, quand elles ne constellaient pas les branches fléchies des arbres. Ou qu'elles ne formaient pas des flaques figées. C'était d'une beauté irréelle.

— La rivière, a haleté Agnès, essoufflée par le froid ou la fatigue. Par là.

Elle a tendu le doigt vers la droite, où quelques arbres clairsemés bloquaient la vue.

J'ai continué d'avancer. La boue adhérait à mes pieds. J'ai penché la tête en avant. Peine perdue : il me suffisait de marcher pour que l'eau dégouline sur mon front et m'aveugle. Ce n'était pas la pluie qui nous tombait dessus, c'était nous qui fendions le rideau aquatique. Et, dans notre course en avant, on traçait un sillage d'air pur.

Pour ne rien gâcher, il faisait un noir d'encre. Le ciel voilé de nuages ne laissait paraître qu'une poignée d'étoiles et la vague lueur projetée par le baril incandescent ne se répandait pas bien loin. Résultat : tout ce qui n'était pas à proximité immédiate était plongé dans l'obscurité.

Ce qui nous posait un sacré problème étant donné que les lieux étaient un vrai champ de mines. La cour était jonchée de roues, de vieilles carrioles et autres appentis branlants. Je n'arrêtais pas de buter et de glisser sur les pavés humides. Et lorsque ces derniers ont cédé la place à une étendue de boue, c'est devenu trois fois pire. Mais Agnès se retournait pour me fusiller du regard chaque fois que je ralentissais. J'ai donc fait mon possible pour la suivre.

On a traversé un espace plus ou moins ouvert, contourné une palissade bringuebalante et on est descendues le long d'un sentier menant à une balustrade en fer. Cette dernière donnait sans aucun doute sur la rivière. On n'y voyait rien mais l'odeur ne passait pas inaperçue : c'était un mélange subtil de poisson avarié, d'égout et de marécage.

Agnès m'a secouée.

— Débarrasse-toi de ce truc !

J'ai regardé autour de moi. De tous côtés, des bâtiments serrés les uns contre les autres se penchaient sur les berges. Ils n'attendaient qu'une chose : se faire bombarder. Le seul endroit où détourner l'explosion sans causer trop de dégâts, c'était la rivière. Malheureusement, le bâton n'était pas assez long pour pousser la boule de feu assez loin de la rive. Et ça ne m'aurait pas avancée de passer par-dessus la balustrade. De l'autre côté, il y avait un mur de soutènement tombant à pic dans l'eau.

Pourtant, il fallait bien que je fasse quelque chose. Le cœur de l'explosion avait recommencé à s'étendre, au ralenti. Agnès perdait peu à peu son emprise sur le temps.

J'ai encore enlevé mon tee-shirt pour envelopper la masse embrasée.

— Qu'est-ce que tu fais ? a demandé Agnès.

— J'improvise !

La boule de flammes s'est mise à consumer le coton tout fin, et quelques taches brunes sont apparues. Le top a aussitôt pris feu, mais puisqu'on était encore au ralenti je me suis dit que j'aurais une minute de répit avant qu'il se désintègre. J'ai saisi ses deux extrémités pour former une sorte de lance-pierre gigantesque et je l'ai fait tourner jusqu'à obtenir l'énergie cinétique nécessaire. Ensuite, je l'ai lâché et la boule de feu a valsé dans la nuit.

Elle a presque atteint le milieu de la rivière. La boule écarlate, qui contrastait avec l'eau noire, a aussitôt plongé sous la surface. Elle est restée un moment sur place, le temps d'éclairer un ban de poissons, avant de commencer à sombrer lentement. Ensuite, Agnès a poussé un léger soupir, le temps a repris son cours et l'explosion subaquatique a projeté vers le ciel une gerbe d'eau de six mètres de haut.

Chapitre 2

Le plus gros de la projection a aspergé le pont d'un bateau de pêche amarré pour la nuit. Malheureusement, une partie de l'eau est tombée ailleurs. J'ai fusillé Agnès du regard tout en enlevant les entrailles de poisson qui s'étaient prises dans mon soutien-gorge. Mais elle ne s'en est pas aperçue : elle était déjà repartie.

— Je ne vois pas où est l'urgence, ai-je lancé en lui courant après.

— Dans près d'une heure, nous serons le 5 novembre, a-t-elle dit tandis que des lumières commençaient à apparaître derrière nous.

J'ai regardé par-dessus mon épaule et j'ai vu qu'on avait allumé des lanternes sur le bateau. Les marins se sont massés contre la balustrade pour observer tantôt les vagues, qui faisaient osciller le navire, tantôt les sushis écrasés éparpillés sur le pont ou pris dans les cordages.

Quand je me suis retournée, je me suis aperçue qu'Agnès avait presque gravi le sentier. Je me suis précipitée sur ses pas. La pluie cinglait mon visage.

— Et ?

— « *Guy Fawkes, Guy Fawkes, avait l'intention, D'faire sauter l'Roi et l'Parlement* », a-t-elle entonné.

J'ai capté d'un seul coup.

— « *Soixante barils de poudre en d'ssous, Pour renverser la vieille Angleterre* », ai-je poursuivi. (Elle a eu l'air surpris.) J'ai eu une gouvernante anglaise, ai-je expliqué.

— Alors tu connais l'histoire. Des catholiques anglais veulent faire sauter le Parlement et Jacques Ier avec. Ils ne veulent pas d'un roi protestant et ils pensent que sa mort fera passer l'Angleterre au catholicisme. Ça aurait pu marcher si un des conspirateurs n'avait pas eu un parent au Parlement. Il lui a envoyé une missive le sommant d'éviter la session du lendemain. Et le parlementaire les a vendus.

— Et Fawkes a été pris sur le fait dans la cave quelques heures avant le début de la session.

— Mais la Guilde est venue s'assurer que ça ne se passe pas comme ça.

— En quoi ça pose problème ?

En guise de réponse, elle s'est contentée de forcer l'allure. Probablement en raison des bougies qui commençaient à apparaître aux fenêtres un peu partout. On s'est mises à courir, non sans glisser et trébucher dans la boue et l'herbe trempée de pluie, et on a fini par regagner la pièce tapissée de fresques. J'ai claqué la porte derrière nous au moment où commençaient à s'élever les premières clameurs. Je m'y suis aussitôt adossée, essoufflée.

— Ça ne pose aucun problème dans l'absolu. Tout ce qui les intéresse, c'est de changer leur propre histoire, a-t-elle répondu en me contemplant, tout sourires. (L'adrénaline faisait briller ses yeux.) C'est à cette époque qu'ils se sont formés. Mais avant que leurs rangs grossissent, le Cercle a découvert le pot aux roses et les a traqués jusqu'au dernier. Ou presque. Ça leur a pris des siècles pour se relever. Ils doivent se dire qu'avec une guerre civile sur les bras, le Cercle aurait d'autres chats à fouetter.

Elle s'est dirigée vers l'escalier. Je l'ai suivie en silence. Elle parlait du Cercle d'argent, l'association magique la plus importante au monde. Une organisation rassemblant des milliers de covens. La plupart des gens, au sein de la communauté surnaturelle, pensaient que le Cercle était garant de l'ordre, de la sécurité et de la stabilité.

Je ne faisais pas partie de ces gens.

C'était sans doute lié au fait que le Cercle essayait de me tuer dans l'espoir de voir une Pythie plus *adéquate* me remplacer. Plus adéquate pour eux. À savoir une fille à qui ils avaient lavé le cerveau dès le plus jeune âge pour qu'elle les considère comme la justice incarnée. Ça faisait quelques milliers d'années qu'ils prenaient la Pythie pour leur boniche et ils n'étaient pas spécialement ravis qu'un électron libre comme moi soit entré en fonction.

— En parlant du Cercle..., ai-je commencé.

Mais Agnès a plaqué une main sur ma bouche. On était de retour dans la première salle de la cave. Elle ne devait pas avoir envie d'avertir le mage de notre arrivée.

D'ailleurs, c'était peut-être mieux qu'elle m'ait interrompue : même si j'avais l'impression que c'était assez normal, pour la Pythie, d'être vaguement en froid avec ses protecteurs du Cercle, je crois que si je lui racontais toute l'histoire – « Tu vas mourir, vile Pythie », tout ça, tout ça – ça risquait de la faire sérieusement flipper.

Ce qui m'a fait flipper, moi, c'est la réapparition du mage. Il a fait irruption de la salle pleine de barils de poudre et s'est mis à courir comme un beau diable, le teint livide et les yeux écarquillés. Il m'a heurtée violemment et je l'ai attrapé par réflexe, ce qui m'a valu un coup de poing dans l'estomac. J'ai répliqué par un coup de pied dans le genou. Il a hurlé et sauté en arrière, les poings serrés, mais il s'est figé lorsqu'il a senti le pistolet d'Agnès contre sa nuque.

— Allez, on file en prison fissa, lui a-t-elle dit. La paperasse juridique, c'est une horreur.

— C'est l'hôpital qui se moque de la charité, a-t-il craché.

J'ai porté une main à mon ventre et j'ai tenu le mage en joue le temps qu'Agnès sorte une paire de menottes de son manteau.

— J'ai un problème, me suis-je empressée de lui dire avant qu'elle se téléporte. Je suis vraiment la Pythie mais je ne sais pas ce que je fais et je n'ai personne pour m'aider à mon époque.

— C'est vrai que c'est un problème, a-t-elle admis en refermant bruyamment les menottes.

— Ouais.

— Bonne chance.

Elle a empoigné le mage par le collet.

— Tu ne vas pas partir comme ça ! me suis-je exclamée, furieuse. Je t'ai aidée !

— Tu as failli faire sauter tout le bâtiment ! En plus, même si je voulais t'aider, il y a des règles.

— On s'en fout des règles ! C'est toi qui m'as refilé ce job pourri…

— Qu'est-ce que tu dis ?

— … et maintenant tu te casses ? C'est ta responsabilité !

Toute à mon excitation, j'agitais le pistolet dans tous les sens. Un coup est parti tout seul et une balle s'est fichée dans le mur en brique, juste derrière la tête du mage.

— Euh… Mesdames ? Puis-je vous suggérer de…

— La ferme ! a-t-on crié en chœur.

Il l'a fermée.

Agnès a essayé de se téléporter mais je l'ai attrapée par le poignet et je nous ai tirées en arrière tandis qu'elle essayait d'avancer.

— Tu es complètement folle, ma parole ! s'est-elle exclamée.

Mais j'avais l'impression qu'elle parlait au ralenti.

Autour de nous, le temps s'est mis à vaciller. On s'est retrouvés brièvement au point de départ, avec des rafales fusant au-dessus de nos têtes ; l'instant d'après, on était dans le futur. Des hommes en capes avec de drôles de chapeaux inspectaient la porte endommagée. L'un d'entre eux nous a surpris et son visage est devenu livide. Ensuite, on a de nouveau glissé dans le passé.

Agnès s'est débrouillée, Dieu sait comment, pour donner un coup de frein et nous arracher du flux temporel. J'aurais juré que le processus avait produit un « pop » bien distinct. L'espace d'un instant, on est juste restés bras ballants, tremblants et livides. On était de retour à la case départ mais complètement sonnés. Pour ma part, j'avais l'impression de sortir tout juste des montagnes russes : j'avais la tête qui tournait et une vague envie de vomir.

— C'est où, les toilettes ? a demandé le mage d'une voix faiblarde.

Agnès a pris une profonde inspiration et l'a relâchée lentement en me fusillant du regard.

— Tu n'es qu'une sale petite menteuse ! Si je t'avais formée, tu n'aurais pas été assez stupide pour faire une bêtise pareille !

— Tu es sourde ou quoi ? ai-je répliqué. Tu ne m'as pas formée. C'est bien ça le problème. Tu m'as refilé ce job de tarée et tu es morte avant de…

— Là là là ! Je n'entends rien !

Elle a mis un doigt dans son oreille. Ce qui n'a pas dû servir à grand-chose étant donné qu'elle agrippait toujours la chemise du mage de son autre main.

Je l'ai dévisagée. La dernière fois que j'avais vu Agnès, elle s'était sacrifiée de façon totalement héroïque pour éviter qu'une novice renégate bousille la trame temporelle. Je m'étais mise à la vénérer et j'avais oublié à quel point elle était bizarre. Mais c'était compréhensible. Si je restais en poste aussi longtemps qu'elle, je finirais sûrement aussi par ne plus être très normale. Ce n'était pas vraiment réconfortant, comme idée.

— C'est quoi ton problème ? ai-je demandé.

Sa santé mentale avait l'air bien compromise. Tout comme ma chance de trouver un mentor.

— Quel est *mon* problème ? (Elle a sorti son doigt de son oreille et l'a brandi dans ma direction.) Tu n'es pas censée me raconter tout ça !

— Je ne t'ai presque rien dit…, ai-je commencé.

Mais elle m'a interrompue d'un violent geste de la main.

— Tu m'en as déjà trop dit ! Je suis en train de former une novice qui n'est pas toi. Si c'est moi qui t'ai donné ce boulot, qu'est-ce qui lui est arrivé ? Elle est morte ? Elle est passée du côté des Ténèbres ? (Elle s'est mise à gesticuler en tous sens et a projeté la tête du mage contre le mur.) Je n'en sais rien !

— Un peu des deux, ai-je répondu, mal à l'aise.

La seconde héritière d'Agnès, Myra, était passée du côté des Ténèbres et avait mis ses capacités à voyager dans le temps au service de ses alliés. Et pour son propre bénéfice. Agnès avait été obligée de la tuer pour éliminer la menace qu'elle faisait peser sur la trame temporelle. Ce faisant, elle était morte elle-même. Et c'était quelqu'un sorti de nulle part, sans aucune formation, qui avait hérité du sacerdoce. Moi.

— Ne me dis pas des choses pareilles ! a-t-elle murmuré, sincèrement horrifiée.

— Tu m'as demandé !

— Je n'ai rien demandé du tout ! Je donnais juste un exemple des pensées qui pourraient me traverser l'esprit si je me penchais sur notre conversation. Ce que je ne vais absolument pas faire, d'ailleurs, parce que j'en sais déjà trop. Dans ce que tu m'as dit, il y a peut-être une information qui me fera agir différemment dans le présent. Dans *mon* présent. Et ça risque d'affecter *ton* futur ! Tu vas peut-être te téléporter et découvrir que tu n'existes plus ! Ça ne t'a pas effleurée ?

— Non, ai-je rétorqué en faisant mon possible pour garder mon calme. Mais ça ne change rien au fait que j'ai besoin d'une formation !

— Les premières Pythies n'ont jamais reçu de formation et elles se sont débrouillées pour comprendre toutes seules. Tu vas t'en tirer !

— C'est facile à dire ! Tu as reçu une formation, toi ! Tu n'as jamais rien eu à comprendre toute seule !

— C'est ça, oui ! (Elle a porté une main – celle qui n'était pas occupée à étrangler le mage – à ses lèvres. Ce geste m'était familier.) On a beau nous former pendant des années, rien ne nous prépare à ça.

— Mais au moins tu sais comment fonctionne le pouvoir. Moi, on me l'a livré sans mode d'emploi !

— Il n'y a pas de mode d'emploi. Si nos ennemis découvraient l'ampleur de nos compétences, ils nous combattraient beaucoup plus facilement. Et, de toute façon, il faut vraiment le vouloir pour bousiller la trame temp…

Elle s'est interrompue. De l'autre côté de la salle remplie de poudre, une clé tournait dans une serrure. Agnès a dégainé son pistolet et l'a enfoncé dans la tempe du mage, si violemment qu'elle lui a entaillé la peau.

— Si tu dis quoi que ce soit, si tu émets le moindre son, je te jure…, a-t-elle chuchoté.

Il avait l'air déchiré entre ses convictions et son instinct de survie, mais ce dernier a dû l'emporter parce qu'il est resté muet. À moins que le fait qu'Agnès l'étrangle avec son propre col l'empêche de parler.

On a passé nos trois têtes par l'ouverture, dont la porte avait été pulvérisée, et on a aperçu la faible lueur d'une flamme. De l'autre côté de la pièce se tenait un homme aux cheveux noirs. Il a posé par terre une lanterne identique à celle du mage, en faisant bien attention de ne pas l'approcher des tonneaux. Et il s'est mis à les changer de place. Il était habillé comme le mage, si ce n'est qu'il portait un manteau et des bottes dont les étriers scintillaient légèrement dans la nuit.

— Fawkes, a chuchoté Agnès. (Elle a cogné le mage d'un coup de canon.) Tu as changé quelque chose ? (Il est resté muet.) Réponds !

— Il faut savoir ! a-t-il répliqué avec agacement. D'abord vous me dites que vous allez me tuer si je parle. Et maintenant, vous me posez une question !

Le nouveau venu s'est mis à regarder dans notre direction. On s'est tous figés. Mais il ne pouvait rien voir. Il faisait un noir d'encre dans ce coin de la cave. On avait laissé la lanterne du mage sur place quand on était parties se balader avec la bombe, mais la mèche avait dû s'éteindre parce qu'il n'y avait qu'une seule source de lumière : elle provenait de la lampe de Fawkes. Il s'est interrompu, a reniflé l'air humide, où subsistait encore l'odeur âcre de l'explosion, puis s'est remis au travail.

— Il ne faut pas traîner, a chuchoté Agnès. J'en étais où ?

— Tu disais que c'est difficile d'esquinter le temps. Mais ce n'est pas impossible ! Parfois, on arrive à modifier des choses.

Récemment, lors d'un voyage dans le temps, j'avais changé un menu détail : j'étais tombée par hasard sur un homme que j'étais censée rencontrer quelques centaines d'années plus tard. Et les conséquences de cette rencontre avaient été dévastatrices. On avait failli y passer tous les deux.

— Bien entendu ! a-t-elle soupiré avec irritation. C'est pour ça qu'on est là.

— Mais comment savoir ce qu'on peut changer sans conséquence et ce qu'il ne faut pas toucher ? ai-je demandé, complètement à bout.

Agnès a froncé les sourcils.

— C'est quoi, ce délire ? a-t-elle demandé d'un ton soudain devenu sec et cassant, aussi glacial que ses yeux. C'est un canular sophistiqué ?

— Quoi ? Mais non ! Je…

Elle a tiré violemment le visage du mage à hauteur du sien.

— Tu as recruté une femme pour me tromper, c'est ça ?

Il nous a regardées à tour de rôle.

— Ouais, a-t-il articulé. Tu m'as démasqué.

— J'aurais dû m'en douter ! Je savais que le pouvoir ne permettrait jamais à deux Pythies de se rencontrer ! a-t-elle craché en braquant son pistolet sur moi.

Je l'ai dévisagée.

— Il ment !

— S'il mentait, tu ne m'aurais pas posé une telle question ! s'est-elle exclamée. Une Pythie ne poserait jamais cette question !

— Quelle question ? Écoute, j'ai juste besoin d'un coup de main !

— Il suffit de demander ! a-t-elle répliqué en se jetant sur moi.

Le mage en a profité pour s'enfuir dans la deuxième pièce. Agnès m'est tombée dessus et on a fait des roulés-boulés. Elle essayait de me menotter tandis que je tentais de me libérer en évitant d'actionner son pistolet ou le mien. Et ce n'était pas une mince affaire. C'était à croire qu'elle avait trois bras : elle s'est débrouillée pour m'immobiliser les deux poignets *et* me flanquer un crochet à la mâchoire de son petit poing.

— Le mage est avec Fawkes ! ai-je dit, haletante, tandis que des menottes se refermaient sur mes poignets. Ils vont tout faire sauter et on va y passer !

— Ouais. Mais si je te laisse partir, on y passera encore plus vite !

— *Je ne vais pas les aider !*

— Bien sûr que tu ne vas pas les aider. Tu vas rester bien sagement attachée le temps que je règle cette histoire.

Je l'ai fusillée du regard.

— Je suis la Pythie ! Je n'ai pas besoin de toi pour me libérer !

Elle s'est assise sur les talons et m'a contemplée d'un œil moqueur.

— OK, Pythie ! (Elle a gesticulé.) Sors-moi le grand jeu !

— Chiche ?

— Chiche.

Mon boulot, par ailleurs pénible au possible, comporte certains avantages comme, par exemple, la capacité de me téléporter aussi bien dans l'espace que dans le temps. Autrement dit, je peux aller et venir comme bon me semble entre différents endroits à différentes époques. Ça m'avait sauvé la mise à plusieurs reprises. Et, puisque j'utilisais cette compétence spéciale pour traverser des continents entiers, c'était un jeu d'enfant de se défaire d'une pauvre paire de menottes.

Je me suis téléportée de quelques centimètres sur la droite dans l'intention de semer les menottes. Je l'avais déjà fait et ça avait très bien marché. Mais cette fois les menottes m'ont suivie. J'ai fait une deuxième tentative tandis qu'Agnès époussetait sa robe, l'air de rien. Mon corps s'est de nouveau déplacé de quelques centimètres, sur la gauche cette fois, mais mes mains ne se sont pas libérées pour autant.

— C'est quoi, ce délire ?

— Des menottes magiques, a-t-elle susurré.

— Enlève-les-moi !

— Je croyais que tu n'avais pas besoin de mon aide ?

Des clameurs et le cliquetis d'armes blanches nous sont parvenus de l'autre pièce.

— En tout cas, tu as besoin de la mienne, ai-je fait remarquer.

Elle a soupiré.

— Certains jours, je déteste mon boulot.

J'ai réussi à me remettre debout, mais avec les mains attachées j'ai perdu l'équilibre. J'ai atterri sur les marches, j'ai basculé en arrière et j'ai dégringolé sur mes fesses déjà douloureuses.

—Moi, c'est tous les jours, ai-je dit avec aigreur.

—Bon. OK. Tu es bien la Pythie.

—J'essaie de te convaincre depuis des heures et tu me crois juste parce que j'ai mauvais caractère ?

Elle s'est affairée sur les menottes.

—Aussi. Mais surtout parce que les gens de la Guilde ne peuvent pas se téléporter dans l'espace.

—Dans ce cas, pourquoi m'avoir attaquée ?

—Parce que tu n'es pas censée être ici ! Logiquement, c'est impossible !

—Le pouvoir s'est peut-être dit que j'avais effectivement besoin d'une formation, ai-je tenté.

—Le pouvoir ne se dit rien du tout. Il ne pense pas. Il suit un certain nombre de règles strictes, semblables à celles qui servent à forger un sortilège. D'après l'une de ces règles, une Pythie ne peut pas intervenir dans une mission qui ne la concerne pas.

—Mais je n'interviens pas ! ai-je répliqué sèchement. Je veux juste qu'on discute ! C'est toi qui…

—Et au cas où tu n'aurais pas vu passer la circulaire, les gentils, c'est nous ! m'a-t-elle interrompue avec hargne. Et les gentils ne se baladent pas comme ça dans le passé pour changer des choses !

—Jamais ? ai-je demandé, sceptique.

Si Agnès n'avait pas enfreint cette règle, je serais morte.

Oh, Seigneur ! (Elle a levé les bras au ciel.) C'est reparti pour un tour ! Toutes les novices pensent qu'elles peuvent sauver le monde.

—Mais tu peux sauver le monde ! Tu es la Pythie. Tu peux faire ce que tu veux.

Elle a éclaté de rire.

— Toi, tu sors vraiment de l'œuf. (Elle a tiré sur les menottes.) Et mince…

— Quoi ?

— Elles sont coincées.

— Comment ça, « coincées » ?

— Elles ne s'ouvrent plus, a-t-elle répété avec patience.

J'ai tiré dessus jusqu'à en avoir les poignets en feu.

— Et pourquoi ça ?

— Je ne sais pas. Ce n'est pas moi qui fabrique ces choses. Je me contente de les utiliser.

— Bravo ! Super philosophie !

— Tu conduis ? Tu sais comment ça marche, une voiture ?

— Bien sûr ! Je connais le principe de base !

— Je connais aussi le principe de base. Mais, pour Dieu sait quelle raison, elles ne s'ouvrent plus.

Elle les tripotait depuis une bonne minute lorsque, soudain, le silence est revenu dans l'autre pièce.

— Qu'est-ce qui se passe ? ai-je chuchoté.

— Je suis aussi censée t'apprendre la différence entre une voyante et une télépathe ? (Elle a abandonné les menottes et m'a remise sur pied, non sans me disloquer à moitié l'épaule.) Je ne te fais toujours pas confiance, a-t-elle ajouté sèchement. Mais si tu m'aides à régler leur compte à ces deux zigotos, je te donnerai un tuyau.

— Un tuyau ? Un tuyau sur quoi ?

— C'est pour quoi, déjà, que tu es venue me voir ?

— Mais il me faut beaucoup plus qu'un tuyau !

— Dommage.

On s'est toisées pendant quelques secondes, et j'ai fini par céder en soupirant. Je n'étais pas venue pour un tuyau, mais c'était toujours mieux que rien. Et, de toute manière, c'était tout ce que j'aurais.

— Bon d'accord.

On a jeté un coup d'œil par l'ouverture mais on n'a pas vu grand-chose. Apparemment, il n'y avait plus de lampe, et les bruits de combat avaient cessé. Ce n'était pas très bon signe.

Sans crier gare, Agnès s'est mise à traverser la pièce assombrie. J'ai fait de mon mieux pour la suivre mais, on a beau dire, courir dans le noir le plus total avec les mains attachées et les fesses en bouillie, ce n'est pas de la tarte. D'autant qu'il y avait des obstacles partout. Agnès s'est débrouillée pour les éviter mais j'ai buté sur du bois de chauffage et je me suis mangé un pilier de soutènement, non sans m'écorcher la joue et me broyer l'orteil.

Lorsque je me suis relevée, je l'avais perdue de vue. J'ai failli la dépasser mais j'ai senti une main sortie de nulle part me tirer derrière un pilier.

— Je n'ai plus d'orteil, ai-je haleté tandis que des vagues de douleur remontaient le long de ma jambe.

— La ferme ! Ils sont dans cette petite pièce. Là-bas ! (Elle a désigné une zone un peu moins sombre au pied d'une porte ouverte.) Le mage n'a plus de pistolet mais Fawkes est sûrement armé. Alors pas d'action héroïque, OK ? (Elle a marqué une pause.) Désolée. J'avais oublié à qui je parlais.

Je l'ai fusillée du regard mais elle ne l'a pas remarqué : elle était déjà repartie. Je l'ai rejointe et on a fait irruption ensemble dans la petite pièce. Le mage était assis sur un tonneau, un mousquet à la main. J'ai constaté avec envie que ses menottes à lui s'étaient très bien ouvertes. Elles gisaient par terre, à côté d'une épée et de la lanterne. Fawkes était debout contre le mur. Il n'a pas semblé surpris de nous voir. En fait, il n'avait même pas l'air de remarquer notre présence. On lui avait jeté un sort.

J'ai vu tout ça pendant la fraction de seconde avant qu'Agnès tire sur le mage. Les balles l'auraient touché entre les deux yeux s'il n'avait pas eu de boucliers. Malheureusement, il en avait et elles n'ont fait que l'agacer.

— Si vous pouviez arrêter de faire ça…, a-t-il lancé avec irritation dès qu'elle a cessé de tirer.

— Tu ne peux pas garder tes boucliers dressés pour l'éternité. Et ton arme n'a qu'une seule charge.

— La question, c'est de savoir laquelle d'entre vous deux y aura droit, a-t-il répliqué avec un sourire mauvais.

Agnès a changé de tactique.

— C'est quoi, l'idée, monsieur Je-Sais-Tout ? Si tu fais sauter cet endroit, ça ne servira absolument à rien. Le Parlement ne se réunit que demain matin. Et à minuit les hommes du roi vont débarquer et gâcher ta petite fête. C'est pour ça que Fawkes a échoué. Tu te souviens ?

— Mais cette fois, lorsqu'ils débarqueront, ils auront droit à quelques petites surprises.

Il a hoché le menton en direction d'une rangée de fioles alignées sur un autre tonneau. C'était le genre de fioles que les mages utilisaient pour se battre. La plupart des sortilèges qu'elles contenaient étaient mortels.

— Je croyais que vous étiez contre la guerre, ai-je avancé, plus pour donner du temps à Agnès qu'autre chose.

J'espérais qu'elle aurait un plan, parce que moi, je séchais complètement.

— De toute manière, il y aura une guerre civile dans cinquante ans. On ne fait rien de plus qu'avancer les aiguilles. Tout en construisant un monde meilleur.

— Un monde meilleur dont tu risques de ne pas faire partie ! Si tu provoques une guerre maintenant, elle pourrait tuer tes ancêtres ou bouleverser l'Histoire à tel point qu'ils ne se rencontreront jamais ! Tu pourrais très bien être en train de commettre un suicide !

— Pas si je reste à cette époque.

— Tu serais prêt à rester ici ? ai-je demandé, incrédule.

— Contrairement à vous, j'ai risqué ma vie pour arriver jusqu'ici ! a-t-il rétorqué sèchement. Bien sûr que je reste !

Agnès m'a regardée du coin de l'œil.

—Inutile d'essayer de raisonner ce bouffon. Autant le faire tout de suite.

—Faire quoi ?

—Arrêter le temps ! Je le ferais bien moi-même, mais ce petit tour de passe-passe est impossible à réaliser deux fois de suite. Ça demande trop d'énergie.

Je me suis tortillée sur place.

—Euh… Agnès ?

—Pas de bol : tu as écopé de la mission avec *deux* Pythies ! a-t-elle lancé en lui décochant un sourire cynique.

Le mage avait l'air de commencer à se faire du souci.

J'ai senti les muscles de mon échine se nouer de nouveau. Mais c'était peut-être simplement dû aux menottes.

—Euh. Il y a juste un petit problème.

—Comment ça ? Tu l'as déjà fait, non ? a-t-elle demandé.

—Ben oui. Mais ça s'est passé très vite et je ne suis pas sûre de savoir…

—Ne me dis pas que tu ne sais pas comment faire !

Elle me fusillait du regard. Je lui ai rendu la pareille.

—Ouh-ouh ! Je n'ai pas reçu de formation. Tu te rappelles ? C'est pour ça que je suis là !

—C'est pour ça que tu ne sers strictement à rien ! a-t-elle hurlé en m'enfonçant son pistolet dans l'épaule.

Elle avait l'air furieux mais elle dodelinait bizarrement de la tête, comme si elle avait le cou cassé. Je l'ai dévisagée pendant un court instant avant de comprendre qu'elle me montrait la collection de fioles. *Génial !*

Elle m'a encore donné un coup avec son pistolet, au ventre cette fois. Ça faisait vraiment mal.

—Et quoi ? Tu vas me tirer dessus parce que je ne réagis pas au quart de tour ? C'est comme ça que ça marche ?

— Et pourquoi pas ? a-t-elle lancé avec hargne. Une Pythie qui ne sait rien faire, ça ne mène à rien. Les gens de ton époque vont probablement me remercier !

Elle ne croyait pas si bien dire. J'ai reculé de quelques pas pour me placer à portée des fioles.

— Si tu veux que le pouvoir te revienne, tu n'as pas le droit de tuer la Pythie. Ni son héritière, lui ai-je rappelé. Même moi je suis au courant !

— Tu ne lis jamais les journaux, ma poulette ? a-t-elle rétorqué en visant ma tête. J'ai déjà le pouvoir !

Agnès a tiré et j'ai plongé à terre en hurlant. Bien sûr, je faisais semblant d'être terrifiée. J'ai percuté le tonneau, ce qui l'a fait basculer, et les fioles se sont éparpillées un peu partout. Le mage a poussé un juron et braqué son arme sur moi. Mais Agnès a jeté l'épée de Fawkes sur lui. Il a esquivé instinctivement, tombant de son tonneau par la même occasion.

Je me suis laissée tomber au sol et j'ai essayé de repérer les fioles, à tâtons. C'était loin d'être évident avec les mains étroitement menottées. Mes doigts ont fini par en toucher deux. Je ne les voyais pas mais ce n'était pas grave : j'aurais de toute façon été incapable d'identifier leur contenu. J'ai jeté un coup d'œil par-dessus mon épaule et, dès que j'ai eu le visage du mage en vue, je les ai lancées sur lui.

La première a explosé contre ses boucliers, laissant échapper une poudre sèche de couleur orange. Elle n'a pas eu l'air de faire le moindre effet. En revanche la deuxième, qui contenait un liquide bleu, lui a rogné une partie de ses boucliers. Je me suis mise à en chercher une autre tandis qu'Agnès lui tirait dessus et lui jetait toutes sortes de projectiles : un repose-pied en bois, une torche éteinte et un rat mort ont fusé devant mes yeux avant de se fracasser contre les défenses du mage.

J'ai esquivé le rat, et je l'ai vue. La seconde fiole bleue. Posée au pied d'un baril. Je me suis accroupie laborieusement et j'ai tâté avec empressement le sol crasseux. Au bout d'un moment, mes doigts se sont refermés sur le flacon. Cette fois, je n'ai pas attendu que le mage se montre de nouveau. Je me suis contentée de balancer la potion derrière les tonneaux.

Pour une fois, j'ai dû bien viser. Il a hurlé avant de sauter par-dessus la rangée de barils comme s'il avait le feu aux fesses. Il m'est passé devant à toute vitesse, semant des étincelles sur son sillage. *Mince.*

Il a le feu aux fesses ! ai-je crié.

Agnès lui a fait un croche-pied et il s'est étalé devant la porte. Elle s'est mise à cheval sur son derrière et l'a assommé d'un coup de pistolet. Il s'est affaissé comme un sac de sable.

— Tu voulais un tuyau ? a-t-elle déclaré, essoufflée. En voilà un : tu es voyante. Utilise ton talent.

J'ai attendu quelques secondes, mais elle n'a rien ajouté.

— C'est tout ? C'est ça, ton super tuyau ?

— Tu t'attendais à quoi ?

— N'importe quoi d'autre ! Quelque chose de plus conséquent ! Il doit bien y avoir… je ne sais pas, moi… un truc ?

— C'est *toi*, le truc, m'a-t-elle dit en ramassant les menottes du mage. Pourquoi crois-tu que les Pythies sont toujours choisies parmi les voyantes ? Si n'importe qui pouvait tenir notre rôle, ces abrutis ne bousilleraient pas la trame temporelle chaque fois qu'ils essaient d'« améliorer » les choses. Ils n'ont aucun moyen de deviner les conséquences de leurs actes. Nous, on *sait.*

J'ai senti une migraine poindre entre mes yeux. Je ne m'étais pas encore rendu compte à quel point je comptais sur l'aide Agnès. Mais maintenant qu'elle venait de refuser…

— Toi peut-être, ai-je rétorqué. Mais mon talent ne fonctionne pas comme ça. Parfois, il ne fonctionne pas du tout !

— Dans ce cas, il faut que tu t'entraînes un peu plus. Et, pour répondre à ta première question, quand on trifouille dans le flux temporel, on crée souvent plus de problèmes qu'on n'en résout. Tu peux me croire.

— C'est tout ? ai-je demandé, hors de moi. C'est tout ce que tu peux me donner comme conseils ? « Ne joue pas avec la trame temporelle et fie-toi à ton talent » ?

— Tu n'as pas besoin d'en savoir plus.

Agnès a ramené les mains du mage derrière son dos et fermé les menottes. Une fois son prisonnier bien attaché, elle a levé les yeux vers moi. Pour la première fois, son regard laissait transparaître un minimum de compassion.

— Ton pouvoir fonctionnera sur la base de tes compétences naturelles. Avec le temps, à force de l'entraîner – et de t'entraîner toi-même –, tu découvriras toute seule ce que tu dois savoir.

— Si c'était si simple, tu n'aurais pas passé des dizaines d'années à former ton héritière ! me suis-je empressée de m'exclamer avant qu'elle se téléporte.

— Je n'ai jamais dit que c'était facile. Rien n'est facile dans ce boulot. J'ai juste dit que tu apprendrais.

— Sauf si je meurs avant ! ai-je hurlé.

Mais Agnès avait déjà disparu.

Chapitre 3

Lorsque je suis arrivée au *Dante*, le casino de Las Vegas qui avait pour thème les Enfers et se trouvait être ma planque du moment, j'étais épuisée, crasseuse et furieuse. Le pire, c'était que j'avais fait chou blanc. J'étais peut-être la voyante en chef de l'Univers, mais mon pouvoir n'avait pas l'air d'être au courant. Il avait des hauts et des bas. Il était aussi traître et peu fiable qu'une marée sans calendrier. En d'autres termes, je ne pouvais pas provoquer de vision. Je ne pouvais pas choisir ce que je voyais et ce que je ne voyais pas. Je n'étais pas aussi puissante. Je ne l'avais jamais été.

Malgré ce thème, la suite de luxe que j'occupais actuellement, située au dernier étage du casino, était très moderne et d'une sobriété presque scandinave. D'habitude, ses teintes bleu clair et grises m'apaisaient. Mais, aujourd'hui, ça ne marchait pas. Ça ne s'est pas arrangé lorsque je suis passée au salon, où deux hommes de main passablement énervés m'ont accueillie. Ça aurait dû me terrifier mais, fort heureusement, c'étaient mes hommes de main. Plus ou moins.

Marco, qui tripotait une pièce de monnaie entre ses doigts en m'examinant, était une armoire à glace de deux mètres de haut, dotée d'un cou large de cinquante centimètres. À côté de lui, un camion poubelle ressemblait à un scooter. C'était un vampire, mais dans son cas ça n'avait presque aucune importance.

Je ne connaissais pas l'autre type, mais j'avais l'habitude. Marco changeait régulièrement de partenaire mais il y avait une constante : c'étaient toujours des vamps armés jusqu'aux dents. Celui-ci ne faisait pas exception à la règle. Il ressemblait comme deux gouttes d'eau à Marco, avec ses cheveux noirs gominés, son torse herculéen et ses jambes massives. On aurait dit deux frères. Ou pas : depuis trois jours, c'était plus ou moins le portrait robot de tous mes baby-sitters.

— Vous vous foutez de nous ? a demandé Marco d'un ton menaçant. Z'avez dit que vous alliez faire un essayage. Que vous deviez vous déshabiller devant machin-chose le couturier et qu'on n'avait qu'à rester ici vu que vous ne nous laissez jamais entrer dans vot' chambre, de toute manière. Z'avez dit que vous descendiez pas longtemps et que vous remontiez tout de suite.

— Je n'ai pas le temps de vous expliquer, ai-je répondu.

J'avais mal partout. Sauf aux épaules. Elles avaient arrêté de me faire souffrir : je ne les sentais juste plus. Ça me rappelait des histoires de mauvaise circulation sanguine et de gangrène.

— Est-ce que vous pouvez m'aider à me débarrasser de ces menottes ?

— Ouais. Pas de problème.

Il a secoué violemment la main, envoyant valser la pièce de monnaie à travers les baies vitrées de la terrasse. Les 25 *cents* ont fini leur course dans une fenêtre de l'immeuble voisin. J'ai sursauté : Marco ne s'était jamais montré irritable auparavant.

— Dès que vous m'aurez expliqué ce qui s'passe. Parce que je crois qu'on a un problème de communication, vous et moi.

— Vous avez abusé de notre confiance, a ajouté son partenaire d'une voix stridente.

— Ce qui se passe, c'est qu'il faut absolument que je me débarrasse de ces menottes et que je prenne un bain ! ai-je rétorqué sèchement en faisant mon possible pour ne pas me mettre en colère. Mircea va arriver.

— Ouais, je sais, a dit Marco d'un ton amer. La réception a appelé pour nous prévenir.

— Il arrive… *maintenant*? Comment ça se fait?

— Vous avez un rendez-vous galant.

— C'est un rendez-vous d'affaires! Et on ne doit pas se voir avant deux heures!

J'ai pivoté sur moi-même à la recherche d'une horloge. Mais, bien entendu, je n'en ai pas trouvé. Les horloges, ça risque de vous faire penser qu'il est l'heure d'aller se coucher, se doucher, manger… vous empêchant de passer la nuit à jouer dans la plus parfaite insouciance. Elles étaient donc proscrites au casino.

— Il est deux heures moins cinq, m'a informée Marco en brandissant son poignet poilu devant mes yeux. Z'avez passé la nuit en vadrouille!

Et merde.

— Vous voulez que je me fasse tuer? a-t-il demandé. C'est ça, le truc? Je vous ai mise en colère sans m'en apercevoir? Vous manigancez une sorte de vengeance?

— Non! J'ai… Je ne me suis pas rendu compte de l'heure. J'étais occupée.

En fait, je n'étais pas encore très douée pour maîtriser le timing de mes sauts dans le temps. J'avais prévu de revenir quelques minutes après être partie, ce qui aurait dû m'épargner cette discussion avec le duo infernal. Cela dit, je n'aurais même pas dû avoir besoin de me justifier.

Marco a enlevé une chose grise et poilue de mon épaule. Non, non. Ce n'était pas du tout un rat mort.

— Occupée à faire quoi? De l'apnée dans les égouts?

J'ai compté jusqu'à dix en m'efforçant de ne pas m'énerver. Après tout, les jumeaux bodybuildés se contentaient de suivre les ordres. Si je voulais me débarrasser d'eux, il faudrait que je m'entretienne avec celui qui les avait dépêchés. Et ça ne risquait pas de marcher vu que le maître des deux vamps me considérait comme sa propriété. Et il était du genre à bien veiller sur son patrimoine.

Mircea Basarab était né dans la Roumanie du XVe siècle. À cette époque, dans la noblesse, on considérait les femmes comme un bien aussi précieux qu'un cheval. On ne les traitait pas différemment, d'ailleurs. On les pomponnait et on les exhibait lors des grandes occasions. Le reste du temps, on les chouchoutait et on les choyait. Il avait beau avoir actualisé sa garde-robe, son vocabulaire et le descriptif de son poste, son attitude envers les femmes était restée incroyablement constante.

Pourtant, je n'étais pas *sa* femme, comme je le lui avais rappelé à plusieurs reprises. Mais, bizarrement, il n'avait jamais eu l'air de capter. Et j'avais bien l'impression qu'un laïus visant à me débarrasser de Marco et de son acolyte allait obtenir le même succès. Pour quelqu'un capable d'entendre une mouche voler à trois pièces de distances, Mircea pouvait se révéler étonnamment sourd.

Je n'avais rien contre l'idée qu'on me protège, loin de là. J'étais sur la liste d'exactions futures de beaucoup trop de monde pour cracher dessus. Mais les vampires ont beau être des combattants d'exception – en particulier les maîtres, dont Marco faisait clairement partie à en croire les effluves d'énergie qu'il essaimait partout –, ils ne sont pas de taille contre certains de mes adversaires. Comme les anciennes déités vengeresses. Contre ce genre de choses, j'avais besoin d'une arme à la fois plus subtile et beaucoup plus bourrine. D'un autre côté, je n'avais encore aucune idée de ce qui ferait l'affaire.

J'ai entendu l'ascenseur sonner sur le palier de la suite de luxe. Panique à bord. Je me suis réfugiée dans la chambre, Marco sur les talons. Son pote avait dû rester dans le salon pour accueillir son maître. Et le retenir, avec un peu de chance.

— Dites-lui que je ne suis pas encore réveillée, ai-je lancé en essayant de me faufiler sous la couette.

Marco a secoué la tête.

— Ça ne va pas marcher. Vous saviez qu'il allait venir. Il s'attend à ce que vous soyez disponible pour papoter. Il s'attend à passer du bon temps. Et pas avec des menottes. Sauf si c'est les siennes.

J'ai fermé les yeux pour éviter de penser à Mircea avec des menottes. Soudain, j'ai eu une idée.

— La salle de bains. Vite !

On s'est rués dans la salle d'eau attenante. Une opulente pièce grise et blanche. J'ai claqué la porte derrière nous.

— Dépêchez-vous ! Remplissez la baignoire. Et débarrassez-moi de ces menottes !

Marco n'a pas posé de question. Il s'est contenté de faire couler de l'eau chaude dans le gigantesque bassin et d'y déverser une brouette de sels de bain. Des bulles se sont mises à voler de partout. Il s'est penché sur moi pour examiner les menottes. Au bout de quelques secondes, il a poussé un juron.

— C'est des menottes magiques, a-t-il chuchoté, si bas que j'ai eu du mal à l'entendre avec le boucan que faisait l'eau en coulant. (Il devait avoir peur que Mircea l'entende, avec son ouïe de vampire.) Ça s'ra pas de la tarte à ouvrir. Il nous faudrait un mage.

Normalement, j'aurais d'office pensé à Pritkin. Mais il me trouvait déjà limitée intellectuellement : s'il me voyait dans cet état, je n'avais pas fini d'en entendre parler. Sans compter qu'il me demanderait où j'étais passée, et je n'avais pas encore eu le temps de concocter un mensonge crédible.

— Allez chercher Françoise ! ai-je chuchoté.

C'était une sorcière et une très bonne amie. Avec un peu de chance, elle ne se moquerait pas trop de moi.

— Et enlevez-moi mon soutien-gorge !

Marco a reculé d'un pas. Pour la première fois, j'ai vu une expression transparaître sur son visage de dur à cuire. C'était une expression de terreur.

— Z'êtes mignonne mais z'êtes la nana du maître. Et y a aucune femme en ce monde qui mérite qu'on…

— Je ne suis pas en train de vous draguer ! ai-je craché. En attendant que vous reveniez, il faut que je me mette dans ce bain pour cacher les menottes. Au cas où Mircea passerait la tête par la porte. Si j'ai un soutien-gorge, ça ne sera pas crédible !

— Vous pourriez pas ajouter plus de bulles ou un truc du genre ? Parce qu'il y a pas moyen que je…

— J'ai besoin d'aide sur ce coup-là, Marco. Sauf si vous tenez à ce qu'il apprenne que vous m'avez perdue de vue pendant la moitié de la nuit.

Pour être tout à fait honnête, je n'étais pas non plus ravie à cette idée. Mircea était déjà persuadé qu'il fallait que j'aille me terrer dans un coin paumé pour ma propre sécurité. Inutile d'en rajouter une couche. Le pouvoir de la Pythie avait des limites et Mircea avait plus d'un tour dans son sac.

— Peut-être, mais n'empêche que je ne vais pas vous arracher votre soutien-gorge, a rétorqué Marco, inflexible.

— Je suis ravi de l'apprendre, a émis une voix en provenance de la porte.

Marco a fait volte-face si rapidement que je ne l'ai pas vu bouger. Il est devenu livide. J'ai regardé par-dessus son épaule et j'ai aperçu un visage familier. Une bouche si lippue qu'elle ressemblait à celle d'une femme, contrastant avec des traits d'une virilité époustouflante. Mircea.

— Ce n'est pas la faute de Marco, me suis-je empressée d'expliquer.

Les vampires désobéissant à leur maître étaient promis à une mort certaine.

— Pas seulement, a admis Mircea.

Le ton de sa voix était calme mais ses joues avaient viré au rouge. Et je voyais les veines battre à ses tempes. Il avait l'air sur le point de péter un câble. Il fulminait et arrivait à peine à se contrôler. Ça ne me disait rien qui vaille. Le sang-froid de Mircea était légendaire. Pourtant, dernièrement, il l'avait perdu à plusieurs reprises.

À bien y réfléchir, la plupart du temps ça avait été ma faute.

— Dehors, a lancé Mircea.

Marco ne se l'est pas fait dire deux fois.

Je m'apprêtais à lui emboîter le pas lorsqu'une main s'est posée fermement sur mon épaule, sur une tache douteuse. Je me suis aperçue dans le miroir, qui s'embuait à vue d'œil, et j'ai craqué.

— J'ai des entrailles de poisson dans les cheveux, ai-je dit.

— Je vois.

— C'est peut-être même des entrailles de r… rat, ai-je bégayé, les larmes aux yeux.

Mircea m'a examinée un long moment avant de soupirer de soulagement. Ses traits se sont relâchés.

— Ce qui m'inquiète, c'est plutôt cette odeur de poudre à canon, a-t-il dit en m'attirant vers lui.

— Tout n'a pas explosé, ai-je fait remarquer en essayant de le repousser pour éviter que la substance gluante non identifiée collée à ma poitrine couverte de sueur ne tache sa chemise en soie ou dégouline sur ses mocassins italiens.

— C'est bon à savoir, a-t-il rétorqué avec calme avant de m'étreindre pour m'embrasser sauvagement.

On aurait dit qu'il voulait se fondre en moi. Son baiser était lent, intense, tout en dents et en langue, comme s'il ne voulait jamais s'arrêter. Comme s'il était terrorisé.

Il a ouvert les yeux une seconde après moi et m'a dévisagée. Ses iris étaient devenus couleur ambre. D'habitude, ils sont marron foncé, mais ils changent au gré des fluctuations de pouvoir. De loin, c'est déjà impressionnant. De près, c'est saisissant.

Le reste de sa personne n'était pas mal non plus. Ses cheveux acajou lui tombaient juste sous les épaules. C'était difficile à voir : une fine barrette dorée les maintenait toujours attachés derrière la nuque. Enfin, presque toujours. J'ai eu des flashs des quelques occasions au cours desquelles je les avais vus lâchés, et mes joues sont devenues écarlates.

À l'exception des endroits où son corps était en contact avec le mien, ses vêtements étaient impeccables et faisaient montre d'une élégante sobriété. Ce jour-là, il avait jeté son dévolu sur une chemise à manches longues noire rayée ton sur ton, assortie à un pantalon de même couleur. Sa tenue était à la fois si chic et si naturelle que j'ai eu instantanément envie de la lui enlever. C'était sûrement dû, en partie, au corps qu'elle revêtait.

Bien entendu, Mircea a fait glisser ses doigts jusqu'à la déchirure de mon jean. Il a effleuré délicatement la petite blessure en dessous. Ses lèvres se sont crispées mais il ne m'a pas demandé d'explication. Le contraire m'aurait étonnée : Mircea n'est pas du genre rentre-dedans.

— Cela fait des heures que nous vous cherchons, s'est-il contenté de faire remarquer.

— Mais Marco m'a dit qu'il ne vous avait pas dit que…

— Une omission qui ne saurait se reproduire.

Oh, oh.

Les maîtres vampires protègent leur clan. En retour, ils exigent une obéissance aveugle. La plupart de leurs serviteurs sont physiquement incapables de la moindre insubordination, à l'exception de ceux ayant atteint eux-mêmes ce rang. Mais même dans ce cas il est extrêmement difficile de se soustraire à l'injonction de son maître, surtout si, comme à présent, on servait l'un des rares maîtres de niveau un.

Marco devait être sacrément puissant pour passer outre aux ordres de Mircea.

Et, à présent, il était dans la panade parce qu'il m'avait couverte.

— Qu'allez-vous faire ? ai-je demandé avec inquiétude.

— Corriger mon serviteur.

Sa voix d'ordinaire si plaisante était soudain sèche et coupante.

— Mircea…

— Vous rendez-vous compte de ce qu'auraient pu faire nos ennemis en cinq heures de temps, Cassie ? (J'ai senti ses doigts se crisper légèrement sur ma peau.) Moi, oui. J'ai passé la nuit entière à réfléchir aux différents scénarios.

— Il ne savait pas que j'avais quitté l'hôtel. Je lui avais dit que j'étais…

— Il le savait pertinemment.

— Comment ? Et, puisque Marco ne vous a pas dit que j'avais disparu, comment étiez-vous au courant ?

Il n'a pas répondu. Il s'est contenté de se pencher pour fermer le robinet. Une montagne de délicates bulles blanches s'était formée sur le rebord de la baignoire et commençait à se répandre sur le carrelage en marbre, rendant le sol encore plus glissant que d'habitude. Ça n'a pas eu l'air de gêner Mircea, qui s'est assis au bord de la baignoire pour examiner les menottes.

— Je vois. Il s'agit d'une ancienne version. Mais je pense me souvenir…

Il a fait quelque chose et les menottes se sont enfin ouvertes d'un coup sec.

Soulagée, je me suis affalée contre lui et je n'ai pas remarqué qu'il m'enlevait mon soutien-gorge, sauf lorsque j'ai senti son pouce caresser mon téton.

— Mircea…, ai-je commencé d'un ton de reproche.

Mais j'ai perdu le fil.

Il a mis un genou à terre et entrepris de m'enlever mes chaussures. J'ai agrippé son épaule et je me suis mordu la lèvre.

— N'importe qui aurait pu profiter de votre état, m'a-t-il dit.

Il avait encore les traits tendus, mais ses yeux brillaient de malice.

— Vous n'êtes pas n'importe qui.

— Je suis heureux que vous l'ayez remarqué.

Il a jeté mes chaussures crasseuses, mes chaussettes et mon soutien-gorge dans un coin de la pièce.

— Et je préfère que vous ayez l'usage de vos mains, a-t-il ajouté.

J'ai dégluti. Il a enfin souri tandis que les siennes s'attardaient sur ma taille.

— Je n'aime pas l'idée que quelqu'un souffre par ma faute, lui ai-je dit.

— Il ne souffrira pas par votre faute.

Il s'est attaqué au bouton de mon jean et j'ai eu un mouvement de recul. Heureusement : la buée pouvait expliquer mes joues rouges. C'était stupide – Mircea m'avait déjà vue beaucoup plus dévêtue – mais à l'idée d'être en face de lui en string, alors qu'il était tout habillé, mon cœur s'est mis à avoir des palpitations.

Il a haussé un sourcil mais ne m'a pas laissé mettre de distance entre nous, puis j'ai senti son doigt se promener sur mon ventre.

— Cachez-vous quelque mauvaise surprise ?

— J'espère que non, me suis-je empressée de répondre. Pour en revenir à Marco…

— Il a désobéi à un ordre direct. Je lui avais demandé de me prévenir aussitôt si vous couriez un danger quelconque. Je ne saurais ignorer une telle insubordination, même si elle ne vous concernait en rien.

— Ça ne me console pas.

— Je ne lui infligerai aucune blessure permanente, Cassie, m'a-t-il dit comme si c'était une concession majeure.

C'était probablement le cas, d'ailleurs.

Il a ouvert ma braguette et fait descendre mon jean le long de mes hanches. Je n'ai pas eu le temps de protester. Je me suis dégagée du pantalon crasseux tombé autour de mes chevilles, déchirée entre mon désir et ma gêne. Il s'est débarrassé du jean puis a fait glisser son doigt sous l'avant de mon string avant de m'attirer à lui.

Il arborait toujours un sourire, mais c'était un sourire différent. Et quelque chose, dans ce sourire, a fait naître des gouttes de sueur à la racine de mes cheveux. Je n'ai pas pu empêcher mes bras de s'enrouler autour de son cou. Enfin, ses lèvres ont épousé les miennes, comme deux pièces d'un même puzzle.

Le goût de Mircea, ténébreux et sucré, me faisait tourner la tête. Comme son odeur. C'était une odeur fraîche et nocturne. Des frissons de plaisir m'ont parcourue de part en part. Je me suis entendue gémir dans sa bouche. Tout mon corps tressaillait sous ses caresses. Soudain, un simple baiser ne me suffisait plus. J'avais envie de le sentir tout entier, de sentir la texture de sa peau, la douceur de son corps. De tout son corps.

Mais c'était exactement ce qu'il ne fallait pas que je fasse. Si je voulais avoir la moindre chance de me réconcilier avec le Cercle, il fallait que j'évite tout ce qui contribuait à m'attirer leurs foudres, comme entretenir les rumeurs sur mes liens avec un des membres du Sénat.

Le Sénat des Vampires d'Amérique du Nord était l'une des six organisations régissant la population vampirique mondiale. Comme le Cercle le faisait pour les mages. Pour le moment, ces deux organisations étaient alliées, mais c'était un arrangement récent, qui ne faisait pas table rase de siècles d'hostilité et de méfiance réciproques. Pour le Cercle, voir une Pythie échapper à son contrôle était déjà assez traumatisant. La voir tomber sous le joug du Sénat était leur pire cauchemar. Et ils croyaient que c'était le cas.

À bien y réfléchir, leur pire cauchemar, ça devait être qu'elle sorte avec un sénateur.

Cela dit, je ne *sortais* pas avec Mircea. En fait, je l'avais même soigneusement évité, ces derniers temps. Si vous mélangez un coup de foudre de jeunesse, un sort de dévotion surpuissant qu'on n'avait réussi que très récemment à lever et un type qui rendrait folle n'importe quelle femme, même sans le moindre enchantement, ça donnerait quoi ? Un sacré bordel.

J'étais parfaitement consciente de mes sentiments pour Mircea, mais je n'en connaissais pas vraiment la raison. Pire : je n'avais aucune idée de ce qu'il ressentait pour moi. Tant qu'il était sous l'effet du sortilège, il était sincèrement et passionnément amoureux. Mais ce n'était plus le cas. Et j'étais en droit de me demander ce que me trouverait un maître vampire de cinq cents ans si je n'étais pas la Pythie en titre et si nous n'étions pas au beau milieu d'une guerre.

Et, tant que je restais dans le brouillard à ce sujet, je n'avais pas envie que mon cœur se mette à battre plus fort dès que je pensais à lui, ni de sentir chaque fois qu'il m'embrassait son sourire sensuel, espiègle et plein de promesses sur mes lèvres, ni l'odeur capiteuse de son cou sous son col, ni le goût de sa sueur, ni d'entendre sa voix se briser. Je n'avais pas envie d'avoir envie.

— *Dulceață*, m'a interpellée Mircea avec douceur, en utilisant le petit nom qu'il me donnait lorsque j'étais enfant, et qui voulait dire plus ou moins « très chère ».

Et voilà. Le simple fait qu'il prononce ce mot a fait tressaillir mon cœur.

Mais je me suis souvenue que mon cœur n'avait pas voix au chapitre. Mon cœur passait son temps à dire des bêtises. Il fallait qu'il apprenne à la boucler.

— Revenez à la MAGIC avec moi, a chuchoté Mircea.

Ses mains ont gagné les muscles de ma nuque et il s'est mis à apaiser ma tension avec adresse. J'ai ordonné à mon corps de ne pas tenir compte de ces caresses, mais il m'a obéi avec le même zèle que d'habitude lorsqu'il était question de Mircea : aucun.

— Mes quartiers sont vastes. Si vous le souhaitez, vous pourriez avoir votre propre chambre. (Il m'a légèrement mordu le cou.) Seulement si vous le souhaitez.

— Je n'aime pas la MAGIC, lui ai-je dit d'un ton hésitant en me détournant de lui.

J'ai enlevé mon string et je me suis enfoncée dans le bain.

— C'est le seul endroit où vous seriez en sécurité, a-t-il tenté.

La MAGIC était l'équivalent des Nations unies pour la communauté surnaturelle. C'était un forum permettant aux mages, aux vampires, aux garous et même aux faes – quand elles daignaient se manifester – de discuter de leurs problèmes. C'était également un endroit doté des talismans parmi les plus puissants du monde, alimentés par une formidable source d'énergie appelée « vasque tellurique ». Mircea avait raison : c'était un des endroits les plus sûrs des environs.

Enfin, pour quiconque n'ayant pas un dieu comme ennemi.

— Je ne suis en sécurité nulle part, ai-je répliqué sèchement en cherchant mon éponge à tâtons dans les bulles.

— Effectivement. Surtout si vous passez votre temps à fuir les protections qu'on place auprès de vous.

Mircea a retroussé sa manche et plongé le bras dans l'eau presque bouillante pour dénicher l'éponge, avec une facilité étonnante. Il m'a fait pivoter et il s'est mis à me laver le dos en décrivant de grands gestes apaisants. J'ai essayé de ne pas me détendre – je savais parfaitement où il voulait en venir – mais mon corps ne l'entendait pas de cette oreille. Et lorsque Mircea s'est attardé sur le nœud qui s'était formé au bas de ma colonne vertébrale, je n'ai pas pu m'empêcher de gémir.

Après avoir fini de nettoyer mon dos, il m'a adossée à lui. Il a lâché l'éponge, s'est enduit les mains de savon et s'est mis à me laver les épaules et les bras.

— Vous allez salir vos vêtements, ai-je vaguement protesté.

— J'en ai d'autres.

J'ai fermé les yeux en soupirant et j'ai laissé mon corps en pilotage automatique l'espace de quelques minutes. Ses mains chaudes ont totalement détendu mes muscles et j'avais presque l'impression d'être de nouveau un être humain. Je me suis mise à soulever le bras ou la jambe lorsqu'il me le demandait et je le laissais me nettoyer les seins, les mollets, le creux des genoux…

Je sentais son souffle sur ma joue. Toute détendue, je me suis allongée dans la baignoire. Inconsciemment, ma main s'est perdue dans ses cheveux. Ses massages étaient délibérément lents et doux. Mon corps tout entier, pourtant si douloureux, s'est mis à soupirer de plaisir. La facilité avec laquelle il arrivait à me faire fondre était parfaitement injuste. Il m'avait à peine touchée que toutes mes bonnes résolutions s'étaient envolées.

— J'adore la façon dont vous réagissez à mes caresses, a-t-il chuchoté tandis que ses doigts se frayaient un chemin le long de mon ventre, semant des frissons dans leur sillage.

Lorsqu'il s'est mis à explorer mon entrejambe, l'instant d'après, j'ai cru que j'allais sauter au plafond.

Je me suis mise abruptement en position assise, j'ai attrapé une serviette et j'ai repris mes esprits. Je ne devais pas céder.

— Que faites-vous, Mircea ? ai-je demandé d'une voix chancelante.

Il a soupiré et s'est remis debout. Mais il n'a pas fait semblant de mal comprendre.

— J'essaie de vous garder en vie.

— Ce n'est pas en me mettant à l'écart que vous y arriverez. Et je n'ai pas envie de me terrer dans un coin en attendant qu'Apollon me…

— Apollon, a répété Mircea avec mépris. Vous le flattez en continuant de l'appeler par ce nom.

J'ai haussé les épaules.

— C'est le nom qu'il se donne.

— Parce qu'il aime prétendre que c'est un dieu.

— Alors qu'en fait, c'est juste une ancienne et puissante créature magique venue d'un autre monde, ai-je ironisé.

— Quelle que soit sa nature, le Cercle est mieux équipé pour…

— Non. Ils ne sont pas mieux équipés. Ils sont encore plus en danger que moi.

Comme le dit la légende, Apollon et ses semblables avaient autrefois régné sur la Terre. Entre autres choses, ils avaient passé leur temps à allégrement châtier les fidèles qui ne faisaient pas assez de lèche. Voire pas de lèche du tout parce qu'ils étaient trop occupés à essayer de botter leurs divins derrières pour les éjecter de la surface de la planète. Mais les mages de cette époque n'avaient pas eu beaucoup de succès : les « dieux » pratiquaient leur propre forme de magie, si différente de la magie humaine que toutes les tentatives pour les déloger s'étaient soldées par un échec.

Et ça ne risquait pas de s'arranger. Heureusement, au bout d'un moment, la sœur d'Apollon, Artémis, s'était rendu compte que l'humanité était en voie d'extinction. Elle avait donc donné aux mages une formule permettant de bannir ses semblables hors de notre monde et de les empêcher de revenir. Les seuls à ne pas avoir été affectés par cette formule avaient été les demi-dieux, qui avaient suffisamment de sang humain pour garder un pied dans notre monde. Très vite, la plupart d'entre eux avaient été débusqués et emprisonnés par la communauté magique. L'ordre humain avait été rétabli et le Cercle d'argent formé pour en être le garant.

Ça aurait pu être la fin de l'histoire, si ce n'est qu'Apollon avait réussi à maintenir le lien qui l'unissait à ses servantes, les Pythies, au moyen du pouvoir qu'il leur avait transféré. Le Cercle en était bien conscient, mais vu que ce pouvoir passait immédiatement à un autre hôte lorsque le précédent mourait, c'était assez problématique. Comme ils ne pouvaient pas tuer toutes les voyantes de la planète, ils avaient fait un compromis : ils s'étaient arrangés pour contrôler de près toutes les Pythies. Et ils y étaient parvenus pendant des milliers d'années.

Jusqu'à ce que je débarque.

La peur de ce qu'Apollon serait capable de faire par mon entremise était une des principales raisons de l'acharnement avec lequel le Cercle essayait de me mettre dans une situation périlleuse. C'était on ne peut plus ironique. La seule chose que j'avais faite avec mon pouvoir, jusque-là, c'était de l'utiliser contre leur vieil ennemi. J'étais donc coincée entre le marteau et l'enclume : le Cercle et Apollon voulaient tous deux me faire la peau.

Au moins, je les mettais d'accord.

Encore plus ironique : le Cercle et moi, on était alliés. Techniquement, du moins. Ils s'étaient associés au Sénat, avec lequel j'avais un arrangement, contre Apollon et tous ceux qu'il avait embobinés : une bande de vampires renégats et un puissant groupe de mages noirs qui se faisaient appeler le Cercle des Ténèbres. Et jusque-là, ça bardait à fond pour notre clan. Principalement parce qu'Apollon n'avait même pas besoin de gagner pour qu'on perde.

La formule d'Artémis avait un point faible : elle exigeait un pouvoir tel qu'aucun individu n'aurait été capable de l'alimenter seul. C'était en partie la raison pour laquelle on avait créé le Cercle : pour répartir la charge sur des milliers de mages. Le Cercle avait également l'avantage d'être éternel, ce qui permettait de passer outre au fait qu'un sortilège survit rarement au décès de la personne l'ayant lancé. En recrutant sans cesse de nouveaux mages pour compenser la mort des anciens, le Cercle n'avait jamais eu à s'inquiéter de la disparition de ses membres. Jusqu'à ce qu'ils se mettent à mourir par milliers.

Tout ce qu'Apollon avait à faire, c'était de grignoter le Cercle. Tôt ou tard, il n'y aurait plus assez de mages pour entretenir le sortilège, le portail se rouvrirait et ses semblables seraient de nouveau de la partie. Et je doutais que la communauté magique apprécie l'expérience. Voire y survive. Par ailleurs, le clan adverse, lui, était uni. Si nous n'arrivions pas à faire de même très vite, ils l'emporteraient haut la main.

— On a fait quelques recherches, m'a informée Mircea tout en versant du shampoing dans sa paume.

Il s'est mis à en enduire mes cheveux crasseux, s'est interrompu pour enlever quelque chose que j'ai pris soin de ne pas regarder avant de reprendre :

— Si l'on considère le nombre de mages que comptait le Cercle lorsque le sortilège a été lancé, nous estimons que nos ennemis devraient exterminer quatre-vingt-dix pour cent des effectifs actuels pour faire tomber le sortilège. Autant dire qu'il s'agit d'un scénario fort peu probable.

J'avais du mal à réfléchir avec ses doigts occupés à masser mon cuir chevelu. Mais j'ai fait mon possible.

— Peu probable mais pas impossible. Quand l'apocalypse est en jeu, j'aime autant être sûre et certaine.

— Et moi, j'aime autant que vous restiez en dehors de tout ça.

Il m'a remise debout et j'ai senti l'averse chaude jaillir du pommeau de luxe pendu au plafond et rincer les bulles de savon. J'ai grimacé à l'intention de Mircea à travers les rigoles argentées. J'étais trop agacée pour être gênée.

—Apollon ne me laissera jamais rester hors de tout ça, ai-je fait remarquer. Je suis en haut de sa liste, juste sous le Cercle. Ça va être un peu compliqué de le forcer à sortir de sa tanière sans m'utiliser comme appât.

—Il y a une énorme différence entre servir d'appât et servir de cible, a rétorqué Mircea en m'enveloppant dans une gigantesque serviette.

La soie noire de sa chemise était toute trempée. Elle adhérait parfaitement aux muscles de son ventre et de ses bras. J'ai fait mon possible pour ne pas regarder.

—C'est marrant, parce que de mon point de vue c'est strictement pareil.

Je suis sortie du bain avec précaution et je me suis assise à la coiffeuse pour contempler l'ampleur des dégâts. Le sillon creusé par la balle sous ma hanche avait disparu, grâce à Mircea, j'imagine : il a des compétences de guérison basiques, qui m'avaient déjà bien aidée par le passé. J'avais une sorte de piqûre au mollet. Ça faisait mal et je ne me souvenais pas de la façon dont j'en avais hérité. Et j'avais des brûlures sur les mains. Elles faisaient parfaitement écho aux cicatrices encore sensibles qui me zébraient le ventre et le poignet, petit souvenir d'une aventure assez récente que j'essayais en vain d'oublier.

Le regard de Mircea s'est également attardé sur les cicatrices.

—Les guérisseurs magiques font des miracles, en comparaison avec leurs collègues non magiques. Mais il y a des choses que même eux ne savent guérir, a-t-il dit avec douceur.

—J'ai eu de la chance.

Mircea n'a pas répondu, mais son expression en disait long. La chance ne durait pas éternellement. Un jour ou l'autre, la mienne allait tourner.

Il a repoussé mes cheveux du doigt pour effleurer avec tendresse les deux petites bosses que j'avais au cou. Elles étaient à peine détectables – elles étaient minuscules et de la même couleur que le reste de ma peau – mais Mircea les a trouvées sans problème. Pas étonnant : c'était lui qui me les avait faites. C'était sa marque. Celle qui m'identifiait, aux yeux des vampires, comme lui appartenant.

Pour les vamps, ça revenait à un mariage. Sans la demande en mariage. Quand j'avais compris toutes les implications, Mircea m'avait étiquetée depuis longtemps. Une vampire lambda n'aurait rien eu contre. Elle se serait simplement estimée heureuse d'appartenir à un membre du Sénat. Mais j'avais beau avoir grandi parmi eux, je n'étais pas une vamp. Et l'idée d'appartenir à quelqu'un ne me plaisait pas trop. Quel que soit le profit à en tirer.

— Vous n'allez pas réussir à me déconcentrer, ai-je dit à Mircea. (Parce que, justement, il y arrivait très bien.) Il faut absolument que je me réconcilie avec le Cercle, et ils ne comprendront pas pourquoi je choisis de vivre avec vous.

— Vous vivez déjà avec moi. Cet hôtel m'appartient.

— C'est un espace public et vous n'y êtes que de façon sporadique. Si j'emménageais dans vos quartiers, ce serait une tout autre chose. Même s'ils ont la taille d'une maison. Le Cercle ne va pas apprécier.

Mircea s'est penché pour poser les lèvres sur les marques de morsure sur mon cou. J'ai frissonné.

— Voyez-vous, *dulceață*, je suis las qu'on me ressasse ce que le Cercle apprécie ou n'apprécie pas.

— Moi aussi. Mais il faut qu'on se rende à l'é…

Il m'a interrompue par un baiser qui m'a liquéfié la colonne vertébrale. *Je n'avais pas prévu que notre dispute prendrait ce tour-là*, ai-je pensé vaguement tandis que j'agrippais le tissu détrempé de sa chemise. C'était vrai : j'avais prévu d'avoir le dernier mot. Et il est interdit de mettre sa langue dans la bouche de son interlocuteur.

— Vous êtes trop précieuse, m'a-t-il dit tandis que je reprenais mon souffle.

— S'il ne se passe rien, je suis sûre que le Sénat…

— Je ne parlais pas du Sénat, a-t-il coupé en esquissant un sourire énigmatique.

Nos regards se sont croisés. Ma respiration s'est faite plus saccadée.

— Oh.

Bizarrement, je me sentais minuscule et puissante à la fois.

— Et je ne vous propose pas de vous ramener à la MAGIC. En tout cas, pas dans l'immédiat. Je dois m'absenter pour régler un problème de famille.

— Encore ? Vous venez à peine de revenir.

— Et puisque vous ne pouvez vous empêcher de vous jouer de mes serviteurs en mon absence…

— Je ne me suis pas jou…

— … et que vous ne sauriez vous abstenir de vous attirer des ennuis plus de deux jours d'affilée, vous m'accompagnerez.

Chapitre 4

Le Boeing personnalisé du clan ressemblait plus à une suite d'hôtel volante qu'à un avion, avec sa salle à manger équipée de fauteuils en cuir souple de la taille de chaises longues, agrégés autour d'une table en érable brillant de mille feux. Les murs étaient également couverts d'érable et le sol d'une moquette au motif café crème. Quant à la salle de bains, le granit y était aussi présent que dans celle du *Dante*.

Mircea était assis dans un canapé en cuir blanc cassé, dans la partie salon. Il cadrait parfaitement dans le décor, avec sa chemise argentée assortie à sa cravate et son costume noir élégant. Je me sentais un tantinet négligée dans mon short en jean et mon débardeur rayé, mais je n'avais pas eu le temps de lui demander où on allait avant de m'habiller. Au moins, j'étais propre.

Mircea snobait l'énorme écran à plasma accroché au mur et regardait par le hublot. Pourtant, quand je suis revenue de mon exploration, il s'est retourné vers moi.

— Il y a un vrai lit dans l'autre pièce, ai-je fait remarquer.

Je me suis aussitôt rendu compte des sous-entendus de cette remarque. Il a esquissé un léger sourire.

— Nous n'allons pas très loin.

— Où allons-nous, d'ailleurs ?

— Chez Radu, près de Napa.

Je savais que Mircea avait un frère appelé Radu. Je l'avais même rencontré une fois. Je ne risquais pas de l'oublier.

Mais le moment me semblait légèrement mal choisi pour une visite de courtoisie.

— D'expérience, je sais que les affaires de famille ne doivent jamais attendre, a-t-il répondu lorsque je lui ai fait part de mes réserves. Mais il s'agira d'une visite rapide. La Consule accueillera ses homologues africain et européen dans deux jours. Et je dois être présent à cette rencontre.

— Ils viennent *ici* ?

— Avec leur suite.

— Mais… je croyais que les Consuls ne voyageaient presque jamais ?

Les Consuls étaient responsables des Sénats. Leur vie était trop précieuse pour être mise en péril. Pourtant, ceux que j'avais rencontrés ne m'étaient pas apparus comme des personnes ayant besoin de protection. Ils étaient assez effrayants comme ça.

— Les temps sont durs. Si nous ne combinons pas nos forces, nous nous exposons à un danger bien plus considérable que le risque encouru pour nous coordonner. Si nous n'adoptons pas de politique cohérente dans cette guerre, nous risquons de ne plus avoir aucun intérêt individuel à défendre.

À l'entendre, j'aurais parié que ce n'était pas la première fois que Mircea tenait ce discours.

— Vous avez beaucoup répété ? ai-je ironisé.

Il a passé une main sur son visage. Pour la première fois de ma vie, je le trouvais fatigué.

— Oui. Mais ce n'est pas supposé s'entendre.

Un steward est entré. Il a posé un plateau d'argent chargé de chauffe-plats sur la table basse. Sur les chauffe-plats reposaient ce qui s'est révélé être des œufs au bacon accompagnés de toasts épais. À côté, il y avait une carafe en cristal taillé remplie de jus d'orange et un petit récipient contenant des pêches. Le soleil ne devait pas se lever avant une ou deux heures mais mon estomac gargouillait : j'avais raté l'heure du dîner de quelque quatre cents ans.

J'ai mangé un peu de tout, même des œufs, qui étaient pourtant agrémentés d'une brouette de caviar gris sombre que le steward avait tenu à amonceler dessus. Mircea s'est contenté d'un café. Étant donné l'influence négligeable des stimulants sur le métabolisme vampirique, je doutais que ça lui fasse le moindre effet.

Pendant que je dévorais, il a reporté son regard sur le hublot. Ce simple détail, même sans les autres signes, aurait suffi à me convaincre qu'il y avait un problème. Mircea était le champion en titre du badinage. Même face à une personne qu'il rencontrait pour la première fois.

Au Sénat, tout le monde avait un boulot. Un « portefeuille », comme on dit dans les ministères. Mircea était le négociateur en chef de la Consule, le type qu'on envoyait au feu quand il fallait convaincre les têtes de mule qui refusaient de céder. D'ordinaire, il était capable d'accomplir des miracles et de faire épouser le point de vue de la Consule aux plus récalcitrants. Mais cette fois elle lui en avait peut-être trop demandé.

— Vous croyez vraiment que les autres Consuls vont s'allier à vous ?

— Que disent vos cartes ? a-t-il riposté pour éviter de répondre.

Apparemment, il n'avait pas envie de s'avancer.

Le seul tarot que j'avais sur moi m'avait été offert par une vieille amie. Elle l'avait fait enchanter pour me faire une blague. Je ne savais pas qui avait concocté le sortilège, mais il avait fait de l'excellent boulot. S'il était pénible à utiliser pour les tirages approfondis, les cartes étaient terriblement douées pour dévoiler le climat magique d'une situation donnée.

— Ce ne sera pas une lecture normale, l'ai-je averti. Les cartes ne peuvent pas s'empêcher de la ramener.

Ces mots étaient à peine sortis de ma bouche que deux cartes ont fait irruption du paquet.

— L'Empereur, a déclamé une voix claire de ténor.

Au même moment, une autre voix, beaucoup plus grave et solennelle, a entonné :

— La Mort.

Ensuite, c'est devenu un peu compliqué à comprendre parce qu'elles se sont mises à parler en même temps, de plus en plus fort, jusqu'à ce que j'arrive, non sans peine, à les fourrer de nouveau dans le paquet, que j'ai refermé sans ménagement.

— L'Empereur signifie la force, l'assurance et parfois l'agressivité, ai-je dit à Mircea, qui me contemplait d'un air amusé. Si la carte se réfère à une personne, il s'agit d'un père ou de quelqu'un représentant un père. Ça peut être un chef, un employeur, un roi ou un tyran. Si la carte se réfère à une situation, en général ça signifie qu'il faut faire preuve d'audace pour parvenir à ses fins.

— Dois-je m'inquiéter de l'apparition de la Mort ? a-t-il demandé d'un air badin.

— Pas vraiment. La plupart du temps, ça veut dire que quelque chose doit arriver à son terme : un rêve, une ambition, une relation…

— Étrangement, cela ne me rassure pas, a-t-il répliqué sèchement.

— Dans notre cas, cette carte vient modifier l'Empereur, ai-je expliqué. Ces deux cartes sont très souvent associées. Un empereur n'arrive au pouvoir qu'à la mort de son prédécesseur et se maintient au pouvoir, en partie, par la peur mortelle qu'il inspire. Et, pour finir, son règne s'achève à sa mort.

Mircea a froncé les sourcils.

— Nous aurons sous peu trois Consuls réunis pour la première fois depuis des siècles. Ne le prenez pas mal, mais j'espère que votre interprétation est fausse.

Moi aussi.

— Et, en supposant que vous décrochiez cette alliance, que comptez-vous en faire ? ai-je demandé.

— Vaincre votre dieu. Nous sommes dans l'incapacité de l'atteindre – il n'existe pas dans notre monde et nous espérons que cet exil perdure – mais ses fidèles le sont bel et bien. Pour éliminer toute menace de leur part, nous devons nous débarrasser de chacun d'entre eux, jusqu'au dernier. Mais une telle opération nécessite des efforts combinés.

Des efforts combinés. Bizarrement, ça me semblait un tantinet problématique.

— Si les autres Sénats acceptent, qui prendra la direction des opérations ? La Consule ?

Mircea s'est encore frotté les yeux.

— C'est un des nombreux écueils. Aucun des Consuls n'a l'habitude de suivre les ordres d'un tiers. Cela fait des centaines d'années qu'ils sont indépendants.

— Donc votre mission, c'est de convaincre les cinq vampires les plus puissants de la planète de lui obéir ?

— Plus ou moins.

— Et moi qui trouvais que j'avais un boulot pénible.

Il a esquissé un léger sourire.

— En fait, je ne compte pas les convaincre tous. La Consule entretient de bons rapports avec ses homologues africain et européen. C'est pourquoi nous avons réussi à les convaincre de la rencontrer. Quant à la cour chinoise, j'y ai quelque influence. Mais nous avons une marge de manœuvre très limitée avec le *darbâr* indien. Et aucune en Amérique latine. Si nous arrivons à convaincre ne serait-ce qu'un des deux, je serais le premier surpris.

— Mais bon. Trois Sénats sur cinq, ce serait quand même du jamais vu, non ?

— Si on arrive à les convaincre, oui. Mais la moitié des sénateurs déteste l'autre. La plupart du temps à cause d'humiliations perpétrées des siècles auparavant. Sans compter les jalousies, rivalités et autres ego surdimensionnés. J'ai peu d'espoir de parvenir à les convaincre sans preuves concrètes de ce que nous avançons.

— Nous sommes en guerre. Ça me semble suffisamment tangible, comme preuve !

— Mais contre qui ? Apollon n'est pas de ce monde. Les seuls ennemis visibles sont nos adversaires de toujours : le Cercle des Ténèbres et quelques vampires renégats. Et le Sénat les a toujours combattus sans aucun problème. Les Consuls sont donc très réticents à l'idée de former une alliance. Je crois qu'ils craignent que cette histoire de divinité ne soit qu'un stratagème visant à les mettre sous la coupe de la Consule.

J'ai cligné des yeux et essayé d'assimiler toutes ces informations. Je n'avais pas beaucoup vu Mircea ces derniers jours, mais je m'étais dit que c'était simplement parce que j'avais fait de mon mieux pour l'éviter. Ou alors, plus probablement, qu'il avait remarqué que je me faisais rare mais qu'il s'en était moqué comme de sa première chemise. N'empêche que je m'étais sentie comme un chiot délaissé. Je m'étais donc convaincue qu'il avait sans doute une très bonne raison de s'absenter.

Nous avions tous les deux été exposés au même sort d'amour. Détraqué, qui plus est. Mais Mircea en avait souffert beaucoup plus violemment et, à cause d'une complication temporelle, bien plus longtemps que moi. Je m'étais donc dit qu'il prenait le temps de se remettre. Et ça m'avait soulagée. D'autant que je l'avais vu au plus mal. Mais apparemment il ne s'était pas du tout reposé. Et, à présent, cette sombre histoire de famille qui surgissait…

— Vous devriez vous ménager un peu, ai-je dit en fronçant les sourcils. Vous n'avez pas l'air au mieux de votre forme.

Il a haussé un de ses sourcils si expressifs.

— Pardon ?

J'ai soupiré. Je m'étais mal exprimée.

— Je veux dire : tout le monde pense que les maîtres vampires sont plus ou moins invincibles. Mais ce n'est pas vrai, n'est-ce pas ? Il vous arrive d'être fatigué… Enfin, vous voyez, quoi.

Encore très récemment, je l'avais vu souffrir. Je l'avais vu fragile. Et cette image continuait de me hanter. C'était une des raisons pour lesquelles je tenais à garder mes distances.

J'avais appris cette leçon très tôt : ne jamais être trop proche des gens. Même s'ils comptaient pour moi, je ne devais jamais m'attacher. Tôt ou tard, j'allais les perdre. Ma mère avait bien essayé de changer de vie, mais elle avait fini dans une voiture piégée par les soins d'un vampire qui voulait s'adjoindre les services d'un oracle. Ma mère était trop intelligente pour accepter le poste, mais, moi, je pouvais parfaitement faire l'affaire… Je n'avais qu'un défaut : des parents horripilants, qui risquaient de me dire à quel point Tony était un abruti.

Tony, qui avait également torturé ma gouvernante à mort pour me punir d'avoir fugué dès que j'avais été en âge de comprendre. Et j'avais perdu d'autres proches en quittant sa cour. Et puis en déménageant constamment pour avoir toujours une longueur d'avance sur les serviteurs qu'il envoyait à mes trousses. Quoi qu'il en soit, je m'étais toujours retrouvée à pleurer les gens auxquels je tenais. J'avais donc appris, à la dure, que c'était mieux pour tout le monde si je gardais mes distances.

Quand on maintenait ses distances et qu'on n'entretenait que des relations superficielles, personne ne s'apercevait quand on disparaissait.

— Y a-t-il un problème, *dulceață* ?

— Non. (J'ai dégluti.) Ce n'est rien. J'aimerais juste…

— Quoi donc ?

— J'aimerais juste que vous preniez des vacances, lui ai-je dit.

Les traits de Mircea étaient toujours tendus, mais ses yeux brillaient de malice.

— J'ai bien peur que des vacances ne soient guère à l'ordre du jour.

— Vous ne pouvez pas vous détendre autrement ?

Le cœur de ses pupilles a étincelé d'une lueur ambrée.

— J'ai bien quelques idées.

Je l'ai fusillé du regard.

— Je veux dire que vous devriez peut-être travailler sur autre chose. On dit toujours qu'un peu de changement, ça repose.

Les étincelles dorées dans ses iris semblaient accrocher la lumière et la réchauffer.

— Je suis toujours prêt à tenter de nouvelles expériences. (Il a ramené une mèche rebelle derrière mon oreille.) Avez-vous une idée particulière en tête ?

J'ai humecté mes lèvres, soudain très sèches, en essayant de ne pas penser aux idées qui pouvaient traverser un esprit riche de cinq cents ans d'expérience.

— P… pas vraiment.

— Dans ce cas, nous allons devoir improviser.

Il m'a plaquée contre les coussins indécemment doux et m'a embrassée. Lorsque sa langue a touché la mienne, mon cerveau s'est mis à envisager toute une palette d'options intéressantes.

Mais le commandant nous a annoncé par l'interphone que l'atterrissage s'était bien passé. J'ai regardé autour de moi, médusée. Je n'avais même pas senti la descente.

— On pourrait rester un moment ici, a suggéré une voix haletante qui ressemblait étrangement à la mienne.

Mircea m'a embrassée de nouveau, rapidement cette fois, et il s'est redressé.

— C'est tentant, mais je dois y aller.

— Vous voulez dire : « nous ».

— Si je vous ai amenée ici, c'est pour que vous y soyez en sécurité. Ce n'est pas pour vous faire courir encore plus de dangers.

Il a fait mine de partir, mais je l'ai agrippé par la manche, réussissant à vaguement froisser son tombé parfait.

— Comment ça, des dangers ? Je croyais que vous rendiez visite à votre frère ?

— C'est ce que je fais. Mais vous ne bougerez pas d'ici. Radu a quelques problèmes et je ne souhaite pas vous y mêler.

— Je pourrais vous aider, ai-je proposé en essayant de me lever.

Mais je me suis rendu compte que j'en étais incapable.

J'ai baissé les yeux et j'ai vu que j'avais un bracelet argenté très familier autour du poignet. J'ai tiré dessus mais il était bloqué sous un accoudoir, probablement accroché quelque part sous le cuir de luxe. *Et mince*. J'avais oublié de récupérer les menottes.

— Mircea !

— Ça ne devrait pas être trop long. On prendra soin de vous en mon absence, a-t-il dit.

Et il a tout bonnement tourné les talons.

J'ai hurlé et tiré comme une folle sur les menottes, en faisant un boucan de tous les diables, mais personne n'est venu m'aider. J'ai essayé de me téléporter. J'ai bel et bien atterri sur la piste, à l'extérieur, mais toujours attachée au canapé. J'ai tout juste eu le temps de voir Mircea s'éloigner en voiture. Je ne savais pas où habitait Radu : je ne pouvais donc pas le suivre. Qui plus est, je ne risquais pas d'être utile tant que je restais accrochée à un énorme meuble.

Je me suis de nouveau téléportée à l'intérieur, furieuse, et un fantôme a fait son apparition. En temps normal, je me serais passée de commentaire. Ça m'arrive tout le temps. C'est un des principaux inconvénients du boulot de voyante. Mais ce fantôme-là, je le connaissais.

Billy portait le Stetson de fier-à-bras et la chemise chiffonnée dont il était vêtu à sa mort, un siècle et demi auparavant. Habituellement, sa chemise était d'un rouge écarlate qui ne passait pas inaperçu, mais à ce moment-là elle était toute fade et délavée, comme si elle avait fait un séjour prolongé dans un lave-linge. Elle avait toujours cette couleur lorsque ses niveaux d'énergie étaient au plus bas.

— Ne commence pas ! ai-je dit avant qu'il ouvre la bouche. Je t'ai cherché avant de partir. Je savais que tu avais besoin d'une petite rasade.

Billy et moi, on avait un arrangement de longue date : je lui donnais mes surplus d'énergie en échange d'informations. Cet arrangement n'était pleinement satisfaisant ni pour l'un ni pour l'autre, mais c'était mieux que rien.

— Tu l'as dit, bouffie. Mais ce n'est pas pour ça que je suis là. (Il a remarqué les menottes à mon poignet et sa grimace s'est transformée en un sourire entendu.) T'as fait mumuse avec ton vampire ?

— Il n'a pas voulu que je le suive.

— C'est pour ça qu'il t'a attachée ? (Billy a éclaté de rire.) T'as pris ton pied avant, j'espère.

Je l'ai fusillé du regard. Mon poignet brûlait à l'endroit où Mircea m'avait caressée, dispensant une chaleur liquide à travers tout mon corps. Mes joues ont rougi.

— Ce n'est pas parce que tu débarques toujours à n'importe quelle heure du jour et de la nuit que tu peux te permettre de…

— C'est vrai, a-t-il acquiescé en hissant son derrière inconsistant sur le canapé. Bon. Ben sors de là et allons-y. Tu as un rendez-vous important.

— Si je savais comment sortir de là, ça serait déjà fait, ai-je répliqué avec agacement. Et de quel rendez-vous tu parles ?

— Alors, voyons voir… Quel rendez-vous t'échines-tu à essayer d'organiser depuis trois jours ?

Ça m'a pris une seconde pour comprendre. Pritkin harcelait le Cercle pour qu'ils acceptent de me rencontrer depuis qu'Apollon était entré en scène. Mais je pensais que ça n'allait jamais aboutir. Pritkin avait autrefois fait partie du Cercle, mais il avait rompu avec eux pour me soutenir. J'imaginais qu'ils rêvaient d'avoir sa tête sur un plateau, juste à côté de la mienne.

— Le Cercle veut me voir ? C'est nouveau, ça !

Billy a levé les yeux au ciel.

— Ça date d'hier. On l'a su juste après que tu sois partie à la recherche d'Agnès. Tu ne lis jamais tes messages ?

— Quels messages ? On ne m'a jamais donné de message !

— Pritkin est passé plein de fois chez toi, mais tu n'étais jamais là. Alors il a commencé à laisser des messages à l'armoire à glace.

— Marco ?

— Ouais. C'est ça.

— Il ne me les a pas donnés.

Ni même mentionnés. Pas plus Pritkin que le rendez-vous. Je commençais à être d'accord avec lui : on avait un problème de communication.

Billy a haussé les épaules.

— Mircea a dû lui donner l'ordre de ne pas le faire.

J'ai ouvert la bouche, prête à rétorquer que Mircea ne ferait jamais une chose pareille, mais je l'ai refermée avant d'émettre le moindre son. Qu'est-ce que j'imaginais ?

C'était typiquement le genre de choses que Mircea faisait tout le temps.

— Le Sénat est bien content d'avoir une Pythie sous le coude, ai-je articulé. (Je pensais tout haut.) Et si je me rabiboche avec le Cercle…

— … vous pourriez devenir copains, a terminé Billy.

— Donc ils ont envoyé Mircea pour m'éloigner juste avant le rendez-vous.

Je me suis sentie rougir à la pensée de la scène du miroir. *J'étais trop précieuse.* C'est ça, oui. *Il tenait trop à moi*. Tu parles.

— Euh, Cass' ? (Billy me regardait d'un drôle d'air.) Le rendez-vous doit avoir lieu au *Dante*. C'est Pritkin qui a insisté. Une histoire de terrain neutre. En tout cas, on a moins d'une heure avant que les mages rappliquent.

J'ai fait mine de me lever mais je suis retombée aussitôt.

— Je suis comme qui dirait enchaînée au canapé, ai-je fait remarquer.

Billy a souri de toutes ses dents.

— J'parie que Pritkin pourra te libérer.

J'ai soupiré. Ouais. Mais il allait aussi me passer un savon.

— Il est dans sa chambre ? ai-je demandé avec résignation.

— Je crois que ça va rentrer, a dit Billy avec jovialité. Si on se tasse un peu.

J'ai soupiré.

Ça ne rentrera jamais, ai-je pensé avant de me téléporter.

Tout comme moi, Pritkin avait eu droit à une promotion en matière de logement. Sa nouvelle chambre était plus spacieuse que la précédente. Mais, pour ne pas courir de risque inutile, j'ai préféré réapparaître dans le couloir, devant sa porte. Et mon énorme accessoire en cuir a atterri sur le copain de Marco. Comme c'était un vampire et que le canapé était conçu pour l'avion, il n'a pas eu mal. Mais ça l'a passablement énervé.

— Marco a dit que vous reviendriez, a-t-il grogné en soulevant le meuble et en le faisant basculer sur le côté. Il a aussi dit que vous deviez pas parler avec le mage.

J'ai plissé les yeux.

— Je parle avec qui je veux, mon pote, lui ai-je déclaré en essayant de faire pivoter le canapé pour toquer à la porte.

Il a posé un pied sur le coussin le plus proche et extrait un portable de sa poche.

— Elle est là. (Il a retenu le canapé, que je m'échinais en vain à traîner et à tirer.) Marco dit que j'dois vous emmener en haut, m'a-t-il informée.

— Avec l'aide de quelle équipe de déménageurs ? ai-je maugréé. Et enlevez votre pied de mon canapé.

Le vamp a contemplé un moment mon appendice en cuir, avant de tourner les yeux vers l'ascenseur. Il avait l'air d'avoir du mal à analyser la situation, mais il a fini par aboutir à la bonne conclusion : ça n'allait pas rentrer.

— Va falloir que je le casse en deux, a-t-il dit en le soulevant d'un côté. Désolé. Mais je suis sûr que le maître vous en achètera un autre.

— C'est le canapé de Mircea, me suis-je empressée de préciser. Et il y est très très attaché.

Le vamp n'a pas eu l'air de marcher.

— Il est très attaché à un canapé ?

— C'est du design. Il est teint à la main pour aller avec les autres meubles de son jet. Si vous le cassez, ça sera impossible d'en trouver un autre de la même couleur. Ça va faire tache. Vous imaginez la honte ?

On est restés un bon moment à se toiser. Le vamp a cligné le premier des yeux.

— Je ne veux pas mettre la honte au maître, a-t-il articulé tout en portant la main à son portable.

Il a oublié de remettre le pied sur le canapé. J'ai tiré violemment sur le meuble et je me suis retrouvée à moins d'un mètre de la porte.

— Hé! a-t-il lancé.

En un clin d'œil, il était devant moi, la main sur mon bras. Au lieu de toquer, j'ai donné un coup de pied dans la porte : je lui ai donné un coup de pied.

— Marco a dit que vous deviez nous suivre en haut!

— Dites à Marco d'aller voir ailleurs si j'y suis!

— Vous y êtes, m'a informée Marco depuis la cage d'escalier.

Et mince. J'ai essayé de donner un autre coup de pied à la porte mais Marco a attrapé le bout du canapé et m'a éloignée de force.

— Z'allez venir avec nous. Un point c'est tout, a-t-il asséné.

Un couple de personnes âgées est sorti de la chambre d'à côté et nous a surpris en train de nous lancer des regards noirs. L'homme portait un polo bleu et un bermuda de golf qui commençait au nombril et flottait sur ses genoux cagneux. La femme était vêtue d'un tee-shirt Chippendales et d'un short de jogging rouge vif assorti à ses baskets en toile. Ils avaient l'air d'approcher les quatre-vingt-dix ans.

— Il va falloir que vous bougiez votre canapé, a dit le vieil homme. La dame et moi, on doit prendre l'ascenseur.

— Si vous n'arrivez pas très tôt au petit déjeuner, les œufs sont tout secs, a confirmé sa compagne. Ils devraient en faire plus.

— Vous avez entendu ? ai-je lancé à Marco. Bougez le canapé!

Marco a levé les yeux au ciel.

— Il est à vous, ce foutu canapé! Bougez-le donc toute seule!

— C'est pas une façon de s'adresser à une dame ! lui a fait remarquer le vieil homme. Et comment un petit brin comme elle pourrait déplacer un canapé pareil ?

— Vous avez l'air de garçons musclés, est intervenue la femme. Vous ne voudriez pas le déplacer, pour me faire plaisir ?

Elle a décoché un battement de cils au pote de Marco, qui s'est aussitôt mis à paniquer.

— Prenez l'escalier, lui a dit Marco. C'est meilleur pour la santé.

Elle a froncé les sourcils.

— Je me suis fait opérer de la hanche. Je ne peux pas prendre l'escalier.

— Et ne commencez pas à donner des ordres à ma copine ! a éructé le vieil homme. Ce couloir appartient à tout le monde. Vous n'avez pas le droit de l'obstruer ! Si vous ne déplacez pas cette chose sur-le-champ, je vais le signaler au directeur !

La vieille femme l'a regardé avec fierté.

— Il n'est pas merveilleux ? m'a-t-elle demandé.

— Comme quoi, les hommes galants existent encore, ai-je renchéri.

— Vous voulez qu'on bouge ce canapé ? a grondé Marco. On va le bouger.

Il m'a ramassée, m'a jetée dans le canapé et l'a soulevé par un bout. Son pote l'a pris par l'autre bout et les deux vamps se sont mis à le transbahuter dans le couloir. Il aurait très bien pu le porter tout seul, d'une seule main probablement, mais il y avait des témoins.

Le couple nous a suivis jusqu'à l'ascenseur. Ils ont appuyé sur le bouton et on a tous attendu qu'une cabine vide se présente. La porte a tinté et les deux tourtereaux sont entrés. La femme m'a tenu la porte mais j'ai secoué la tête.

— Ça ne va pas rentrer.

Marco a regardé tour à tour le canapé et l'ascenseur. Il est arrivé à la même conclusion. D'un air renfrogné, il a posé son bout du canapé et m'a poussée sur le côté avant de lui assener un coup de pointure 48 en plein milieu. Le canapé s'est cassé net à grand fracas.

— Oh, Seigneur ! s'est exclamée la vieille femme, le pied toujours coincé dans la porte de l'ascenseur.

Les œufs pouvaient attendre, finalement.

— Oh, purée.

Le pote de Marco a regardé le canapé puis son patron. Il avait l'air de ne pas en croire ses yeux.

— T'aurais jamais dû faire ça, mec ! C'est un canapé spécial ! C'est le préféré du seigneur Mircea !

— Le seigneur Mircea n'a pas de canapé préféré ! a répliqué Marco en essayant de me fourrer dans l'ascenseur.

Mais le bout de canapé auquel j'étais attachée était encore trop grand, surtout avec deux personnes dans la cabine.

Marco a attrapé l'accoudoir sous lequel mes menottes étaient coincées et il s'apprêtait à l'arracher lorsque son pote l'a arrêté.

— Je peux pas te laisser faire ça, a-t-il dit d'un air grave.

Marco l'a dévisagé un long moment.

— Tu peux pas me laisser faire quoi ?

— Je peux pas te laisser abîmer encore plus la propriété du seigneur Mircea. C'est pas un canapé ordinaire. T'as senti le cuir ? C'est teint exprès. On peut pas en acheter un autre pareil. Ça fera tache. (Il a regardé les bouts de canapé en fronçant les sourcils d'un air inquiet.) Le cuir s'est déchiré au niveau de la couture. Peut-être qu'on arrivera à le réparer. Peut-être qu'on…

Je n'ai jamais su ce qu'il allait proposer : Marco lui a décoché un crochet à la mâchoire, suffisamment violent pour l'envoyer valser contre le mur. La paroi a tremblé sous le choc et une des appliques s'est fracassée sur la moquette.

Le vampire n'avait pas l'air dans un meilleur état : il a glissé lentement contre le mur avant d'atterrir sur les fesses.

Marco lui a jeté un regard noir.

— T'avise plus jamais de remettre mon autorité en question. C'est moi qui dirige l'opération. Contente-toi de suivre mes ordres.

Il s'est retourné pour saisir le canapé.

— Fais pas ça, l'a menacé son compagnon en se remettant laborieusement sur pied.

— Qu'est-ce que t'as dit ? a articulé Marco en se retournant de nouveau vers lui.

— J'ai dit : lâche ça tout de suite.

— OK.

Marco a lâché le canapé et poussé gentiment le pied de la vieille dame, qui bloquait toujours la porte de l'ascenseur.

— Le spectacle est terminé, a-t-il dit. Circulez, y a rien à voir.

Et il a appuyé sur le bouton du rez-de-chaussée. Dès que la cabine a disparu, il s'est jeté sur l'autre vamp.

Je savais que ça devait arriver et je me tenais prête. La moitié d'un canapé, ça pèse nettement moins lourd qu'un canapé entier. Et c'est plus facile à manœuvrer. Je me suis remise debout tandis qu'ils titubaient dans la cage d'escalier et je me suis traînée le long du couloir.

En temps normal, je me serais téléportée, mais la nuit avait été longue – un voyage de quatre siècles, ce n'est pas une partie de plaisir – et j'avais déjà dû me téléporter hors de l'avion. Sans compter le petit détour par la piste d'atterrissage. J'étais crevée. Et ce n'était pas une très bonne idée de se présenter devant le Cercle en étant complètement HS.

J'ai tambouriné à la porte de Pritkin. Cette fois, elle s'est ouverte sur un mage guerrier à moitié rasé, son coupe-chou à la main. Il portait un pantalon de costard fraîchement repassé et un maillot de corps moulant parfaitement son torse. Pour une fois, ce ne sont pas ses bras bien dessinés et ses épaules musclées qui ont retenu mon attention, mais ses cheveux.

Sa crinière blonde coupée court tombait sur son front et ne faisait qu'effleurer son cou. Elle avait l'air douce. Elle avait l'air domptée. Elle avait l'air *normale.*

—Qu'avez-vous fait à vos cheveux ?

Il y a passé une main.

—Je n'ai pas encore eu le temps de les coiffer.

—Est-ce vraiment nécessaire ?

Il m'a décoché un regard suspicieux.

—Où étiez-vous passée ? Et pourquoi n'êtes-vous pas encore habillée ?

Je n'ai pas eu le temps de répondre : d'un seul coup, Marco était là, les traits déformés par la colère, le costume déchiré.

—OK, a-t-il dit, le souffle court. Maintenant, on y va.

—Croyez-vous que Mircea appréciera quand il saura que vous m'avez maltraitée ? lui ai-je demandé en baissant les yeux sur sa main enserrant mon biceps.

—Le maître veut que vous l'attendiez en haut.

—Vous l'avez appelé ?

—Non, mais il a laissé un message au cas où vous reviendriez. Il vous connaît bien.

J'ai ignoré sa remarque.

—Depuis quand vous faites passer les messages ? (J'ai regardé Pritkin.) Il ne m'a donné aucun des vôtres. Sans Billy, je n'aurais même pas été au courant de ce rendez-vous !

—Pourquoi ne lui avez-vous pas transféré mes messages ? s'est enquis Pritkin.

—Billy et moi, on a une théorie, ai-je expliqué. D'après nous, le Sénat n'apprécie pas que je…

Marco a posé la main sur ma bouche pour m'interrompre. Pritkin l'a enlevée aussitôt et les deux hommes se sont toisés méchamment.

— J'ai pas encore mangé, l'a informé Marco. Me cherche pas !

Pritkin m'a regardée du coin de l'œil. Il a enfin remarqué que j'étais attachée à quelque chose.

— Pourquoi êtes-vous menottée à un fauteuil ?

— En fait, c'est une moitié de canapé, ai-je rectifié.

La sonnerie de l'ascenseur a retenti et le vieux couple en est sorti. Ils ont contourné le meuble fracassé leur bloquant le chemin et se sont approchés. La femme boitillait à cause de sa hanche. Lorsqu'ils sont arrivés à notre hauteur, l'homme a pris un air renfrogné.

— Je croyais pourtant vous avoir demandé d'enlever cette chose, a-t-il dit avec hargne. J'ai oublié mes pilules. Je dois absolument les prendre avant le petit déjeuner ou je suis patraque toute la journée. Et votre canapé bloque ma porte.

Marco a fermé les yeux une bonne minute. Ensuite, il a ramassé le canapé, il a cassé l'accoudoir, me l'a tendu et s'est mis à déchirer le reste du meuble avec minutie, sous le regard médusé du vieux couple.

Il avait presque fini lorsque son pote a émergé de la cage d'escalier. Il avait l'air mal en point. Un escadron de vigiles l'accompagnait. Sans surprise, le propriétaire et le directeur de l'hôtel étant des vampires, la plupart des gardes étaient également des personnes à vie réduite.

— Je suis son garde du corps ! a hurlé Marco aux six vamps qui se sont jetés sur lui. Vous comprenez pas ! Elle est en danger !

— C'est ça, oui, a craché le chef de l'escadron en regardant le vieux couple du coin de l'œil. Je vois qu'on arrive juste à temps.

— Dites-lui ! m'a intimé Marco.

J'ai ouvert la bouche mais je l'ai refermée aussitôt. Marco venait tout juste de débarquer à Las Vegas. Mircea l'avait fait venir de son quartier général de l'État de Washington.

Résultat : la plupart des employés du casino ne le connaissaient pas encore. Avec un peu de chance, les gardes n'auraient la confirmation de son identité qu'après ma rencontre avec le Cercle. Je suis donc restée bras ballants et je les ai laissés l'éloigner. Le vamp m'a lancé des regards assassins.

— Désolés, a lancé le chef de la sécurité à l'adresse du vieux couple.

— Vous pourriez peut-être nous offrir le buffet ! a tenté la vieille femme.

— Pour sûr ! a renchéri le vieil homme. C'est quand même pas normal qu'un bonhomme puisse pas prendre ses cachetons tranquille !

— Pour l'amour du ciel, que se passe-t-il ici ? a demandé Pritkin.

Je lui ai tendu mon bras menotté.

— Enlevez-moi ça et je vous explique tout.

Chapitre 5

Un peu plus d'une demi-heure plus tard, j'étais dans le hall du casino, en train de me faire malmener par un grand blond. Et, pour une fois, ce n'était pas Pritkin.

— Arrêtez !

La créature dégingandée à mon côté m'a donné une tape sur les doigts. J'avais essayé d'essuyer furtivement mes mains moites sur ma robe, mais je n'avais pas dû être assez discrète.

— Mais je ne l'abîme pas ! ai-je rétorqué.

J'ai entendu quelqu'un renifler tout près. Je me suis tournée dans toutes les directions mais, à part les individus au regard perçant éparpillés de-ci de-là dans le hall, je n'ai rien vu de spécial. Ils s'étaient groupés par deux ou trois et ils essayaient de se mêler à la foule. Mais ils n'y arrivaient pas très bien. Pourtant, les employés du *Dante*, qui portaient des vestes en paillettes de couleur écarlate ou des costumes SM, auraient dû leur voler la vedette.

Mais rien à faire. C'était sûrement dû aux manteaux épais dont ils étaient vêtus malgré la température extérieure, proprement caniculaire. Ou aux bosses peu discrètes apparaissant sous lesdits manteaux. Ou encore au fait qu'ils avaient tous l'air de vouloir commettre un meurtre. Et comme j'étais justement celle qu'ils avaient l'intention de tuer, j'estimais mes deux ou trois gouttes de sueur parfaitement justifiées. Malheureusement, Augustin n'était pas de cet avis.

— Après ce que vous avez fait de ma dernière création ! a-t-il craché. Je me demande comment vous avez encore l'audace de m'adresser la parole !

Je me suis dandinée d'un pied sur l'autre. Augustin était un styliste qui avait une haute opinion de son travail. C'était pour ça que j'avais fourré dans un sac les vestiges de la dernière robe qu'il m'avait faite – elle avait subi des outrages inévitables – et que j'avais soigneusement jeté ledit sac à la poubelle. Je ne sais pas comment il s'y était pris, mais il avait réussi à la retrouver. Et quand j'avais débarqué, une demi-heure plus tôt, dans sa boutique de la galerie marchande du casino, à bout de souffle et à la recherche d'un vêtement adéquat pour mon rendez-vous, il s'était contenté de désigner les reliquats de la pauvre robe en charpie.

Augustin avait été très clair sur le fait que je n'étais même pas digne d'une boutique de prêt-à-porter et il était sorti avec indignation. Mais il était revenu aussitôt – toujours avec indignation – après que Sal, qui s'était autoproclamée mon assistante personnelle, l'a eu acculé dans son arrière-boutique en exhibant tous ses crocs. Apparemment, Mircea n'avait pas eu le temps de prévenir tous les membres du clan qu'il ne tenait pas à ce que je me rende à ce rendez-vous, et Sal ne voulait pas que je fasse honte à la famille devant le Cercle.

J'avais donc obtenu *in extremis* ma robe – faite d'un velours vert très épais qui me donnait vaguement l'air de porter les rideaux de Scarlett O'Hara – et j'avais piqué un sprint jusque-là. Vu que c'était une robe d'Augustin, je m'attendais à tout moment à ce qu'elle me morde, mais jusque-là elle n'avait pas démontré de talent particulier. Elle s'était contentée de faire son possible pour me donner une allure sophistiquée.

Mais c'était perdu d'avance.

Impossible de me rendre sculpturale avec mon mètre cinquante. En plus, je n'avais pas eu le temps de refaire mon maquillage et j'avais essayé de dompter mes boucles rebelles – en vain – à grand renfort de spray. Résultat, je ressemblais à un motard qui venait d'enlever son casque. D'un autre côté, ça n'avait pas vraiment d'importance : le Cercle savait très bien à quoi je ressemblais. Ils avaient intérêt, vu le nombre d'affiches « Recherchée morte ou vive » qu'ils avaient fait circuler.

Casanova, le directeur de l'hôtel, nous a rejoints furtivement, l'air renfrogné. Il était toujours aussi chic, avec son costume sable qui mettait en valeur son teint espagnol et lui épousait le corps comme s'il avait été fait sur mesure. Ce qui était probablement le cas. Il m'a tendu un verre en me fusillant du regard.

— C'est quoi, le problème ? Ton corset est trop serré ?

— Je n'ai pas de corset.

Pour une fois, Augustin n'avait pas essayé de m'asphyxier.

— Dans ce cas, tu pourrais faire un effort pour ne pas avoir l'air au bord de l'évanouissement. Tu es censée dégager une aura de puissance.

J'ai saisi le verre de champagne, mais ma main tremblait tellement que quelques gouttes ont aspergé le haut de ma robe.

— J'essaie ! ai-je chuchoté entre mes dents. (J'ai entendu quelqu'un pleurer doucement.) Et c'est quoi, tous ces bruits ?

— C'est nous en train de partir en fumée, a lancé Casanova en s'éclipsant aussi vite qu'il était arrivé.

Augustin me contemplait d'un air suffisant.

— OK. Qu'est-ce que vous avez fait ? ai-je demandé.

— J'ai pris mes précautions, c'est tout, a-t-il dit d'un ton mystérieux tandis qu'une autre armada de « touristes » en manteaux de cuir émergeaient par la porte.

C'étaient des mages guerriers, la version « Cercle » des forces de l'ordre. La rencontre improbable entre des agents du FBI et de la CIA, réunis dans une formule « deux en un » de folie. Je m'attendais à en voir quelques-uns, par mesure de sécurité. Mais ils étaient bien plus nombreux que ça.

J'ai passé rapidement la salle en revue. On avait un gros problème. Pritkin s'était arrangé pour que chaque partie soit représentée par une dizaine de membres maximum. Nos dix hommes étaient répartis dans le hall. Des vampires, pour la plupart, gracieusement mis à notre disposition par Casanova. Les mages s'étaient également dispersés. C'était difficile à dire, avec les vrais touristes éparpillés partout, mais j'étais presque sûre d'en avoir compté plus d'une dizaine. *OK. Je suis sûre qu'il y en a plus de dix*, ai-je pensé en voyant un autre trio avancer nonchalamment.

Un jour, j'aurais des alliés qui n'essaieraient pas de me tuer tous les quatre matins. J'attendais ce jour avec impatience.

Françoise, la splendide brune postée à côté de moi, s'est tortillée sur place.

— Pritkin n'est pas censé être ici ? a-t-elle demandé.

Son accent français était encore plus prononcé que d'habitude. Ça voulait dire qu'elle était nerveuse. Et pour cause ! Elle avait peut-être de petits problèmes linguistiques, mais elle savait compter aussi bien que moi.

— Si.

— Je ne le vois pas.

— C'est bien ça le problème.

J'aurais préféré que Pritkin me colle aux basques au cas où ça tournerait aussi mal que mes dernières rencontres avec le Cercle. Mais il avait avancé qu'il arriverait mieux à contrôler la situation s'il avait une certaine liberté de mouvement. Françoise était venue pour faire diversion au cas où ça partirait en eau de boudin.

Je ne le lui aurais jamais dit, mais sa présence ne me rassurait pas plus que ça. Je ne doutais absolument pas de ses capacités, mais le Cercle se faisait un malin plaisir de changer les règles du jeu. Voire de ne suivre tout bonnement aucune règle. Et dire que c'étaient eux, les gentils ! Pas étonnant que je me retrouve toujours dans la panade !

— Il y a beaucoup trop de mages, a marmonné Françoise en jetant un coup d'œil à l'entrée.

Deux nouveaux mages guerriers étaient en train de traverser le pont séparant les vivants des morts, l'air de rien, tandis que des Charon, en contrebas, ramaient pour faire traverser le Styx à des touristes insouciants. Les vacanciers riaient en lançant des pièces dans l'eau et en ressassant des blagues éculées sur le prix à payer au passeur.

Ils ne vont rien tenter avec tous ces norm' dans les parages, ai-je rétorqué, plus pour me convaincre qu'autre chose.

— Ça n'a pas l'air de les gêner ! a-t-elle fait remarquer.

Elle semblait avoir besoin d'être réconfortée et encouragée par un chef digne de ce nom.

Je ressentais à peu près la même chose. Malheureusement, le chef, c'était moi.

— *Avez-vous l'intention d'attendre qu'ils passent à l'attaque ?* ai-je entendu la voix de Pritkin à mon oreille.

Il avait lancé une espèce de sort nous permettant de communiquer. Enfin, c'était ce qu'il avait dit. J'aurais dû me douter qu'il allait s'en servir pour écouter aux portes.

— Si je m'en vais, que croyez-vous qu'il va se passer ? ai-je demandé avec calme. On a besoin du Cercle.

— *On a surtout besoin que vous restiez en vie !*

— Ils n'ont encore rien tenté.

— *À part se moquer de nous*, a répliqué Pritkin de sa voix de « je-vais t'expliquer-la-vie-ma-petite ». *On avait dit dix maximum. J'en ai compté au moins le double. Ils ont déjà manqué une fois à leur parole. Pourquoi pas deux ? Nous ferons une autre tentative plus tard.*

— Et s'ils refusent de nous voir plus tard ?

Ils ne m'aimaient déjà pas beaucoup. Si je les rembarrais délibérément, ça serait la goutte d'eau qui ferait déborder le vase. Si on voulait parvenir à une réconciliation, il fallait bien qu'un des deux fasse preuve d'un minimum de confiance. Et ça ne risquait pas d'être eux.

— *Mademoiselle Palmer...*

— Je croyais qu'on s'était entendus pour que vous m'appeliez Cassie.

— *J'avoue que plusieurs autres noms me traversent l'esprit. Partez immédiatement !*

— Je me téléporterai en cas de problème, lui ai-je promis.

— *S'ils lancent une bombe à néant, vous ne pourrez pas vous téléporter !*

— On en a déjà parlé, lui ai-je rappelé. S'ils utilisent une bombe à néant, elle annulera toute la magie alentour, y compris la leur. Et les hommes de Casanova en feront de la chair à pâtée. J'ai juste besoin d'avoir une petite conversation avec Saunders.

— *Il n'est pas là ! Il a envoyé un de ses lieutenants le représenter. Richardson. Il vient tout juste d'entrer.*

À ce moment précis, trois mages sont sortis des rangs pour se diriger vers moi. Je n'avais pas besoin de demander lequel d'entre eux était le chef. Le mage qui se tenait au milieu était un homme élégant entre deux âges. Ses yeux étaient d'un bleu à couper le souffle et ses cheveux auburn grisonnants étaient coiffés en arrière, révélant un front haut. Il avait plus l'air d'un diplomate que d'un guerrier. Ils avaient peut-être envie de discuter, finalement.

— *Partez d'ici sur-le-champ !* a insisté Pritkin, hors de lui.

— Admettons que je parte. Je fais quoi, après ? ai-je chuchoté. Parce qu'on n'a pas de plan B, je vous rappelle.

— *Si vous mourez, nous n'aurons pas l'occasion d'en échafauder !*

— Mais mince, Pritkin ! On a besoin du Cercle !

Il n'a pas répondu. Sûrement parce que Richardson et ses deux potes au regard d'acier venaient d'arriver.

— On avait un accord ! ai-je lancé. On avait dit « pas plus de dix ».

Et je l'ai immédiatement regretté. Je ne voulais pas me montrer d'office suspicieuse. Si cette rencontre avait eu lieu un mois auparavant, j'aurais agi différemment. Mais je venais de passer plusieurs semaines à courir pour sauver ma peau, à échapper de peu à la mort et à subir des trahisons à répétition. Mon instinct de survie habituel s'était mué en une espèce de paranoïa limite agressive.

Heureusement, Richardson n'a pas eu l'air offensé.

— Si nous nous étions rencontrés sur un terrain réellement neutre, nous aurions tenu nos engagements. Mais cet endroit… (Il a désigné le hall gothique et sinistre du *Dante* d'un grand geste de la main.)… est tout sauf neutre.

— C'est un lieu public ! Et, si vous aviez des objections, vous auriez pu les formuler avant !

— Un lieu public possédé par votre maître et tenu par ses serviteurs.

— Je n'ai pas de maître.

Il m'a décoché un sourire condescendant.

— C'est ce qu'ont dit les vampires. Ils vous tiennent en haute estime.

Dans sa bouche, ça n'avait pas l'air d'un compliment.

— Mais vous ne les croyez pas.

— Parlez-moi un peu de Nicolas, a-t-il dit en guise de réponse.

Je n'ai pas répondu tout de suite : je ne connaissais Nick que sous son surnom. C'était un mage guerrier. Une connaissance de Pritkin. Il s'était retourné contre le Cercle mais ne m'avait pas soutenue pour autant. Il avait préféré servir ses propres intérêts.

J'ai marqué une pause. Je ne savais pas comment m'y prendre pour résumer la série complexe d'événements ayant conduit à mettre la seule traduction de la formule d'Artémis entre les mains de Nick, forçant Pritkin à le tuer pour protéger ladite formule. J'espérais vraiment que Richardson et lui n'avaient pas été amis.

— Il s'apprêtait à utiliser le *Codex* à ses propres fins, ai-je fini par dire.

— Oui. C'est ce qu'on nous a raconté. Malheureusement, vous n'avez pas la moindre preuve de ce que vous avancez. À moins que… Si vous nous montriez ne serait-ce qu'une page…

— Le *Codex* a brûlé.

Richardson a pincé les lèvres.

— Quel dommage.

— Pritkin a fait son devoir.

— Pritkin a suivi vos ordres.

Je m'apprêtais à protester, mais j'ai refermé la bouche sans dire un mot. Je n'avais pas ordonné la mort de Nick mais je connaissais pertinemment les méthodes de Pritkin. Et je n'avais rien fait pour l'arrêter. J'avais cette décision sur la conscience. Entre autres. Mais je ne voyais vraiment pas ce qu'on aurait pu faire d'autre. Si Nick était parvenu à ses fins, nous serions tous morts. Lui y compris, très probablement.

— Vous pouvez penser ce que vous voulez. On a fait ce qu'on avait à faire.

— Comme tout un chacun, a commenté Richardson d'un ton badin en me tendant la main.

Je ne pensais pas que cette conversation prendrait une telle tournure, mais on discutait. C'était déjà ça.

Sa main était chaude et légèrement moite. Il me serrait fermement. Trop fermement. Ses doigts se sont crispés sur les miens et il m'a attirée à lui. Il a penché la tête, comme pour me faire une confidence et il a prononcé, de sa voix grave, une incantation qui m'a fait frissonner des pieds à la tête.

— Nick était mon fils, a-t-il ajouté avec douceur.

Je l'ai observé avec attention. J'aurais dû remarquer la ressemblance : ses cheveux auburn, moins vifs que la touffe rousse de Nick, étaient animés de la même ondulation naturelle. Et ses yeux, étonnamment translucides à la lumière, étaient d'une couleur saphir plus sombre sur les bords. Je pouvais lire tous ses sentiments dans ce regard, il n'aurait pas été plus clair en le hurlant sur tous les toits : il n'était pas venu pour discuter.

Françoise a marmonné une formule mais elle n'a pas eu le temps de finir : d'un geste de la main, Richardson l'a envoyée valser dans les airs. Deux des gardes de Casanova se sont avancés mais les mages qui nous encerclaient ont dressé un bouclier pour les empêcher de passer. Il ne tiendrait pas. Mais ce n'était pas le but. Richardson a tendu la main et, d'un geste brusque, a fendu l'air en deux.

Soudain, le hall obscur était baigné d'une froide lueur bleue révélant les parties rapiécées de la moquette et les haut-parleurs cachés dans les coins. Les yeux de Richardson ont pris une teinte plus translucide et glaciale que jamais, et son visage a perdu toute trace de couleur humaine. J'ai tenté de me téléporter. En vain. J'ai essayé de me dégager, mais sa main m'enserrait comme un étau.

— On a besoin l'un de l'autre, lui ai-je rappelé. Vous ne pouvez pas faire ça !

Il arborait une expression étrange qui n'avait rien d'amical.

— Au contraire ! J'en suis tout à fait capable.

J'ai aperçu quelque chose bouger du coin de l'œil. J'ai levé les yeux et j'ai vu Pritkin s'élancer du balcon du premier étage. Trop tard. Richardson m'a tirée brutalement vers lui, il a passé le bras autour de ma taille et on a disparu.

Lorsque j'ai reconnu le tunnel d'énergie vive dans lequel on se trouvait, j'ai tout de suite compris ce qui s'était passé.

J'aurais aussi pu le deviner rien que d'après mon estomac : j'avais l'impression d'être propulsée en l'air et de couler. C'était un peu comme le mal de l'air. En pire. On était en train de parcourir, à toute vitesse, la surface d'une ligne tellurique. C'était comme ça que les mages appelaient les rivières de pouvoir générées par la collision de plusieurs mondes : le nôtre, le royaume démoniaque, Faerie et une bonne centaine d'autres.

De chaque côté, sur une distance équivalant à deux terrains de foot, s'étendait une mer d'un bleu étincelant, constituée de milliers de nuances allant du bleu-vert au saphir, qui se brisaient les unes contre les autres telles les vagues d'un océan électrique. Devant et derrière nous, des flux d'énergie crépitaient, dansaient et tressaillaient le long de bandes de pouvoir pur s'étirant à l'infini. Ce n'était pas très paisible, comme paysage : des éclairs grondants émergeaient de toutes parts comme autant d'épaves à la dérive. Ou plutôt, ainsi que quelqu'un me l'avait expliqué un jour, comme du magma émanant d'une faille tectonique.

Les mages avaient appris très tôt à parcourir la surface de ces points chauds magiques. Ils utilisaient leurs courants pour se déplacer rapidement d'un endroit à un autre. Les lignes telluriques n'allaient pas partout. C'était une des raisons pour lesquelles la communauté magique utilisait encore des trains, des avions et des voitures. L'autre raison, c'était qu'il fallait disposer de défenses particulièrement puissantes pour emprunter l'autoroute du septième ciel. À défaut, l'énergie inhérente aux lignes telluriques vous broyait un être humain en quelques secondes.

— *Mais téléportez-vous, nom de nom !*

La voix de Pritkin a résonné à mon oreille. Notre connexion était faible et parcourue de parasites.

Mais bien sûr ! Pourquoi n'y avais-je pas pensé ? J'ai regardé d'un œil torve la vague de couleur vive qu'on venait de dépasser en regrettant de ne pas pouvoir hurler le fond de ma pensée à Pritkin. Mais, si Richardson se rendait compte qu'on communiquait, il trouverait peut-être un moyen de couper notre connexion. La seule manière de la maintenir, si ténue soit-elle, c'était de la boucler.

— *Cassie! M'entendez-vous?*

Il fallait absolument que je dise quelque chose. Il ne pouvait pas m'aider s'il ne savait pas ce qui clochait.

— Pourquoi ne puis-je pas me téléporter? ai-je demandé à Richardson.

— *Vous ne pouvez pas vous téléporter?* a répété Pritkin.

Sa voix allait et venait, comme une fréquence radio mal réglée. Je n'étais pas sûre qu'il m'ait entendue.

— Parce que c'est vraiment bizarre que *je ne puisse pas me téléporter*! ai-je ajouté aussi fort que possible. Et ne me dites pas que vous avez utilisé une bombe à néant. Si c'était le cas, vos boucliers ne fonctionneraient pas non plus, et on serait déjà morts.

— J'ai utilisé un filet à néant, a répondu Richardson d'un ton étonnamment posé, comme si on était en train de papoter à table. (Alors qu'on se faisait bringuebaler par une rivière magique en furie qui faisait son possible pour nous consumer.) Le pouvoir que vous avez usurpé ne vous sera d'aucune aide.

— Un filet à néant? ai-je demandé, en espérant qu'un certain mage guerrier saisirait la perche que je lui tendais.

C'était un peu difficile de lutter contre une arme dont je n'avais jamais entendu parler.

À ma grande surprise, Richardson m'a tout expliqué.

— Une bombe est conçue pour projeter l'effet du mage-néant vers l'extérieur – afin de mettre un terme à un combat, par exemple. Un filet, au contraire, projette le pouvoir vers l'intérieur. Sur une surface beaucoup plus limitée. Votre corps, en l'occurrence.

Il avait l'air très fier de lui. C'était sûrement lui qui l'avait inventé.

— Il vous empêche de faire appel à votre magie mais ne cause aucune interférence avec celle des personnes alentour.

Pritkin a émis un de ses jurons préférés. J'en ai conclu que Richardson disait la vérité.

— *Êtes-vous toujours sur la ligne tellurique de Chaco Canyon ?* a demandé Pritkin.

Comme si j'en avais la moindre idée !

La première fois que j'avais eu la chance de connaître l'excitation mêlée de terreur qu'on ressent à parcourir les lignes telluriques ne remontait pas à bien longtemps. La plupart des vampires n'aiment pas spécialement se déplacer au milieu de rivières de flammes, et Tony ne les avait jamais empruntées. Par conséquent, je n'y connaissais strictement rien. À part que les couleurs dépendaient des mondes en collision, à cause d'une histoire de différentiel entre densités atmosphériques. Mais je ne savais pas quelle couleur correspondait à quel monde.

De toute manière, je n'ai pas pu lui répondre : une gerbe d'énergie a brutalement jailli devant nous. On aurait dit une éruption solaire. Le mage a resserré son étreinte sur ma taille d'un mouvement de bras convulsif, me coupant presque le souffle, et on est partis en vrille. Les forces centrifuges étaient plus fortes en périphérie des lignes telluriques. Elles formaient des bandes de pouvoir qui permettaient aux mages de sortir de leur métro magique. Mais on n'est pas sortis. Mon ravisseur s'est contenté de reprendre le contrôle et on s'est retrouvés de nouveau au milieu du courant.

— Tout ce bleu est vraiment aveuglant, ai-je fait remarquer, pantelante. Je ne sais pas comment vous faites pour vous y retrouver.

— *Il vous emmène à la MAGIC*, a confirmé Pritkin.

— Oui, John. Nous sommes bien sur la ligne de Chaco Canyon. Nous sommes sur le point d'arriver à la MAGIC, où Mlle Palmer répondra de ses crimes devant les juges. Que voulez-vous savoir d'autre ?

— *Il ne peut pas nous entendre*, s'est empressé de m'informer Pritkin. *Il ne fait que deviner sur la base de vos commentaires, qui sont tout sauf subtils.*

Oh, mince alors… Je suis vraiment désolée, me suis-je abstenue de dire.

— *Vous ne pouvez pas le laisser vous emmener à la MAGIC*, a-t-il poursuivi. *Si vous vous retrouvez dans une de leurs cellules, je serai incapable de vous libérer. Je vais faire diversion. Profitez-en pour le pousser hors de la ligne tellurique. Je vous suivrai.*

Facile. En tout et pour tout, j'avais navigué une fois toute seule. Et seulement grâce à un bouclier artificiel : le mien était incapable de résister à une telle pression. Et j'avais failli y passer. Pourtant, à ce moment-là, je n'avais aucun mage guerrier à contenir. Le pire, c'était que je ne pouvais pas me permettre de l'assommer – à supposer que ce soit physiquement possible –, car ça ferait tomber ses boucliers et on mourrait tous les deux. Idem si la « diversion » de Pritkin lui faisait perdre sa concentration.

— Dites-moi : est-ce que tous ces plans fonctionnent dans votre tête ? ai-je demandé.

Richardson a laissé échapper un bruyant soupir. C'était peut-être un rire.

— *Contentez-vous de le pousser !* a lancé Pritkin d'un ton peu amène.

Je l'ai ignoré. Ce n'était pas parce qu'on allait à la MAGIC que j'allais prendre le risque de me faire rôtir les miches. OK, c'était la forteresse des mages ; mais il se trouvait que c'était aussi celle des vampires. Et la Consule avait beau ne pas me porter dans son cœur, elle me considérait quand même comme un outil potentiellement utile. En termes vampiriques, c'était encore mieux que de l'affection. À l'heure qu'il était, Casanova les avait probablement informés de mon kidnapping. Et aucun membre du Sénat n'était spécialement lent à la détente. Richardson risquait bien d'avoir du fil à retordre quand on arriverait à la MAGIC.

Puisque je ne pouvais pas expliquer tout ça à Pritkin sans alerter Richardson, j'en ai profité pour essayer de deviner ce que la Consule allait me demander en contrepartie, si elle me sauvait la vie. Certes, c'était dans son propre intérêt, mais je n'allais pas m'en sortir sans frais. Ce n'était pas comme ça que ça marchait.

Quelques instants plus tard, Richardson s'est remis à manœuvrer en direction de la périphérie de la ligne. Je me suis accrochée : quand on sortait, c'était le moment où on était le plus secoué. Et j'ai bien fait. On avait à peine mis un pied dehors que quelque chose a heurté ses boucliers. Ils se sont mis à tressaillir tout autour de nous.

L'espace d'un instant, j'ai cru qu'il s'agissait d'une nouvelle éruption. Et puis j'ai aperçu un visage bizarrement déformé devant mes yeux. Il était baigné d'une lumière bleue vacillante, le faisant ressembler à une photo sous-marine, et il était incrusté dans les boucliers du mage comme un objet tentant de percer une bulle de verre. Mais j'aurais reconnu ses cheveux blonds en bataille et ses yeux verts furieux entre mille.

Et merde.

L'espace d'une demi-seconde, le mage a scruté Pritkin, complètement médusé. Il avait l'air aussi surpris que moi. Mais il s'est vite repris et nous a projetés violemment sur la gauche, les traits déformés par une grimace contrariée. On a rebondi contre la bande de pouvoir longeant l'autre côté de la ligne tellurique et on a ricoché en sens inverse. On a croisé Pritkin, qui avait plongé vers notre position et essayait de faire demi-tour pour nous suivre. Richardson a lancé un sort sur les boucliers de mon partenaire. Il a explosé comme une bombe.

J'ai crié. Si les défenses de Pritkin tombaient, je savais très bien ce qui se passerait. Mais l'explosion s'était à peine dissipée que Pritkin s'est de nouveau jeté sur nous. Il nous est rentré dedans si violemment qu'on a failli être éjectés de la ligne. Malheureusement, Richardson s'est aussitôt repris. Il a contre-attaqué. Son coup a projeté la bulle de protection de Pritkin si loin qu'elle s'est évanouie dans le maelström bouillonnant d'éclairs bleus.

— Pritkin ! ai-je hurlé. Sortez tout de suite !

Inutile de la jouer subtile, à présent. Aucune réponse. J'espérais qu'il avait été assez malin pour battre en retraite, pour une fois. Dans le cas contraire, il aurait un sérieux handicap : il ne pouvait pas s'en prendre de front aux boucliers de Richardson sans risquer de les faire éclater, ce qui aurait pour résultat de nous tuer tous les deux. En revanche, le mage pouvait l'attaquer en toute impunité.

Les mages, en l'occurrence. J'ai aperçu un mouvement furtif du coin de l'œil. J'ai regardé derrière nous à la dérobée et vu une bonne dizaine de distorsions dans le flux d'énergie, comme autant d'ailerons de requin fendant les eaux. Et juste à gauche, une silhouette sombre est apparue en filigrane contre le flot déchaîné de couleurs. J'ai fait exprès de ne pas la regarder directement. Je n'avais pas envie d'alerter Richardson, qui n'avait pas l'air de l'avoir remarquée. Malheureusement, un des mages qui nous suivaient l'a vue, et un éclair d'énergie – rouge, pas bleue – nous a frôlés avant d'exploser contre les défenses de Pritkin.

— Non ! a hurlé Richardson. Pas à l'intérieur de la ligne !

Personne ne l'a écouté. L'instant d'après, deux autres rafales nous ont rasés en chuintant. Elles ont manqué Pritkin de peu : il a réussi à esquiver et les sorts ont explosé contre le lit de la rivière de pouvoir, en contrebas.

Je n'ai pas vu l'effet de l'explosion – on allait beaucoup trop vite et on a dépassé aussitôt le lieu de l'impact – mais je l'ai senti. La ligne tellurique s'est mise à trembler tout autour de nous, et les bandes d'énergie latérales, qui étaient jusque-là bien droites et plus ou moins stables, se sont subitement mises à tracer des trajectoires courbes en travers du chemin. Le flux d'énergie, déjà tumultueux, est devenu franchement chaotique. Tel un torrent bouillonnant, il nous a ballottés violemment dans tous les sens, comme des fétus de paille emportés par un cyclone. Un éclair, ou quelque chose chargé d'une énergie équivalente, s'est fracassé à grand renfort d'étincelles contre les boucliers de mon ravisseur et on s'est retrouvés à virevolter frénétiquement, à rebondir et à ricocher, au gré des vagues furieuses de cet océan magique.

J'ai entraperçu Pritkin. Il a évité de justesse de se faire transpercer par une gerbe de flammes bleues et il s'est baissé à temps pour passer sous un jet d'énergie de la taille d'une maison, qui a traversé la ligne en décrivant un arc de cercle. Nous n'avons pas eu autant de chance : Richardson a fait un écart pour éviter une masse crépitante qui a jailli juste devant nous... pour mieux se fracasser dans une autre. L'impact a été si violent que je l'ai senti se répercuter jusque dans mes os.

Des éclairs scintillants et d'étranges tourbillons nous ont encerclés. L'espace d'un instant, je n'ai rien vu d'autre que des éruptions de pouvoir, partout autour de nous, attaquant notre bulle de protection comme de l'acide. Ensuite, le mage nous a libérés d'un mouvement brusque. Le courant nous a projetés contre la périphérie de la ligne puis un puissant flot d'énergie nous a entraînés au cœur de la plus immense fissure volcanique que j'aie jamais vue.

Cette dernière recouvrait la ligne tellurique sur la moitié de sa largeur d'ardentes flammes bleues. J'ai été submergée par un raz-de-marée de puissance lorsque nous avons traversé la couche supérieure de ce phénomène. Toute ma peau s'est couverte de chair de poule. Ensuite, tout s'est embrasé dans mon champ de vision. J'étais aveuglée. Mes yeux et mon cerveau étaient inondés de lumière bleue et blanche. C'était irrésistible. Insupportable.

Peu à peu, le voile s'est levé et j'ai pu contempler l'intérieur de la gerbe d'énergie. Les vestiges des boucliers de Richardson disparaissaient rapidement, rongés par l'étincelant courant bleu et blanc qui s'étendait à perte de vue. À ce rythme-là, ils n'allaient pas résister bien longtemps. Et dès qu'ils se seraient évaporés, nous subirions le même sort.

Richardson a dû se faire la même réflexion parce qu'il s'est mis à détacher mes bras de sa taille.

— Je suis déçu. Il n'y aura pas de procès, finalement, a-t-il dit tandis que je luttais pour garder prise. Moi qui me réjouissais tant à l'idée de vous entendre supplier qu'on vous épargne.

J'ai crispé les mains sur sa veste pour essayer de tenir bon, mais il les a arrachées avant de refermer ses doigts autour de mes poignets.

— S'il vous plaît ! Vous ne pouvez pas faire ça ! ai-je hurlé, les yeux rivés sur le torrent de flammes bondissant de l'autre côté de son bouclier.

— J'ai bien peur de devoir m'en contenter, a-t-il dit d'un air de regret.

Il m'a poussée brusquement, m'envoyant valser vers le cœur des flammes.

Chapitre 6

Mon cri s'est étouffé dans ma gorge. Le monde n'était plus qu'un néant blanc et une douleur intense m'a traversée de part en part. Elle était si pure qu'elle a tout balayé : mon corps, mes pensées, jusqu'à mon nom. J'ai essayé de respirer malgré la panique qui menaçait de m'étouffer, mais je ne savais même plus si j'avais des poumons. J'ai essayé de tendre la main pour sentir, voir, *faire* quelque chose, mais je n'ai rien touché. Je n'avais peut-être plus de main. Pendant un long moment, j'ai cru que j'étais morte.

Et tout s'est arrêté.

En un battement de cil, la douleur a disparu. Sous le choc, complètement désorientée, j'ai repris mon souffle. L'air était bizarre. Il était vif et amer. Mais je pouvais respirer. C'était déjà ça. J'avais la tête qui tournait et mes nerfs palpitaient comme ceux d'un junkie. Je pouvais sentir mon cœur battre jusqu'au bout de mes doigts. Mais je n'avais plus l'impression que mes muscles menaçaient de se détacher des os. C'était déjà une amélioration notoire.

J'ai pris le risque d'ouvrir les yeux. Je les ai baissés sur mes mains. À ma grande surprise, elles étaient indemnes. Et, pour une raison que je ne m'expliquais pas, mon corps n'était pas réduit en cendres. Quand mes yeux se sont réhabitués à l'intense lumière régnant à l'intérieur des flammes, j'ai tout compris. Un halo doré familier m'entourait de tous côtés. Il faisait obstacle à l'océan tourmenté de magma bleu.

Il avait la forme du talisman qu'on avait volé à Agnès, celui que ma mère m'avait transmis avant de mourir. C'était un don réservé aux Pythies et à leurs héritières. Il était conçu pour se nourrir de l'énergie combinée des membres du Cercle. Ce n'était plus le cas : les mages avaient coupé le cordon dès qu'ils avaient compris que le talisman risquait de contrecarrer leurs plans de retraite anticipée pour ma pomme. Heureusement, un ami avait réussi à le réparer en le branchant sur la seule autre source de pouvoir de magnitude équivalente : celle de mon sacerdoce.

Cette même source de pouvoir aurait dû me permettre de me téléporter sans ce filet à néant. J'ai essayé d'y accéder. En vain. Pourtant, le talisman brûlait d'une puissance plus vive que jamais. Sa lueur dorée était presque aveuglante. Je n'y comprenais plus rien. Mais ce n'était pas le moment de se poser des questions. J'étais déjà contente que la protection fonctionne.

Surtout lorsque j'ai vu ce que la fissure infligeait aux boucliers de Richardson.

Une gerbe d'énergie pure est rentrée comme dans du beurre dans ce qui restait de son bouclier. L'espace d'un instant, il a baigné dans un halo de lumière faisant luire chacun de ses cils, chaque couture de son costume sur mesure, chaque tache de rousseur de son nez. Et lorsque la lumière a pénétré l'intérieur de son corps, il a poussé un hurlement muet, la bouche ouverte, les yeux aveugles, écarquillés. L'énergie qui l'avait envahi était si intense que j'ai presque vu son squelette noirci, en transparence, sous la chair en combustion.

Et il a tout bonnement disparu, sans laisser d'autres traces que deux ou trois cendres balayées par le torrent d'énergie.

J'avais beau fermer obstinément les yeux, je le voyais encore, derrière mes paupières, brûler dans une ardente lumière blanche. Mon ventre a protesté et une remontée de bile m'a brûlé la gorge. J'ai serré les bras autour de ma poitrine en attendant que la même chose m'arrive. Que mon talisman cède. Que tout s'arrête. Mais quelque chose m'a cognée et m'a propulsée de nouveau dans la partie principale de la ligne tellurique. Je suis revenue brusquement à moi. À la réalité. *Je dois sortir. Je dois sortir tout de suite*, ai-je pensé.

Mais je ne savais pas comment.

J'avais déjà voyagé en ligne tellurique, mais celle-ci n'avait pas l'air normale. Les épaisses bandes de pouvoir étayant son pourtour n'étaient plus que des filaments électriques rebelles bondissant frénétiquement d'un côté à l'autre. Et des éruptions de flammes bleues, mortelles et virevoltantes – certaines aussi larges que des troncs d'arbres, d'autres aussi fines que des phalanges – zébraient le tunnel, me forçant à les esquiver comme je le pouvais. En d'autres termes, je me retrouvais au beau milieu d'une partie mortelle de ballon prisonnier et j'étais certaine de perdre.

Les petites éruptions étaient les plus dangereuses. Elles jaillissaient de manière intempestive, si brusquement qu'elles étaient presque impossibles à éviter. Elles transformaient le courant d'énergie, jusque-là stable, en une masse de flammes incandescentes, parsemée de taches plus sombres lorsque les corps des mages faisaient obstacle à la lumière. Une bande d'énergie chatoyante en a heurté un juste avant qu'il arrive à ma hauteur. Elle a fait éclater sa coque de protection et projeté son corps, qui avait aussitôt pris feu, en plein dans ma direction.

Il s'est fracassé contre mon talisman comme un oiseau sur le pare-brise d'une voiture lancée à pleine vitesse et il a littéralement explosé. Il n'y a pas d'autre mot. Un fumet de viande brûlée m'est parvenu, couvrant l'odeur âcre régnant dans la ligne tellurique, et des morceaux de cadavre en flammes ont dégouliné le long de mon talisman. J'ai crié : l'impact m'avait de nouveau projetée contre le bord de la ligne. Mais cette fois je n'ai pas rebondi. Les bandes de pouvoir latérales étaient trop effilochées pour me retenir.

Le bleu électrique a cédé la place aux ténèbres et mon corps a émergé de la rivière d'énergie. J'ai aperçu furtivement un ciel de la couleur d'une contusion : un mélange de bleu noirâtre, de jaune maladif et d'un méchant vert faisant penser à de la pourriture. Ensuite, je suis tombée en direction du sol, quelque trente mètres plus bas.

J'ai chuté comme une pierre et l'atterrissage a été dur. Malgré le talisman, ma tête s'est fracassée violemment contre un sol en terre aussi dur que du béton. Mes côtes ont hurlé de douleur. L'espace d'un instant, j'ai vu trente-six chandelles. Je suis restée bêtement allongée et j'ai essayé de remplir d'air mes poumons, qui n'avaient pas l'air très coopératifs. Au bout d'un moment, j'ai quand même réussi à emmagasiner un peu d'oxygène, que j'ai aussitôt mis à contribution pour pousser un grognement.

J'ai été prise de convulsions erratiques faisant écho aux pulsations électriques de la ligne tellurique, et mon ventre m'a informée que « si, si, c'est parfaitement possible d'avoir le mal des transports en étant allongée par terre sans bouger ». Je me suis dit que ce serait une mauvaise idée d'ouvrir les yeux, d'autant que je ne tenais pas plus que ça à découvrir ce que les mages avaient prévu comme contre-attaque. Mais c'était encore pire de ne rien voir.

J'ai regardé en l'air et je suis restée stupéfaite. Impossible de détourner mon regard de la balafre bleuâtre s'étendant sur toute la longueur du ciel. Elle crachait de tous côtés des geysers de pouvoir semblables à des éruptions solaires, projetant à leur tour des nuées de braises, comme autant d'étoiles éphémères. Certaines de ces braises se sont abattues sur le sol, carbonisant le sable. L'une d'elles a embrasé un petit buisson d'épineux, juste à côté de moi.

Apparemment, on avait quitté Las Vegas et on était quelque part dans le désert. Mais c'était la seule bonne nouvelle. Personne n'est censé voir les lignes telluriques : elles n'existent pas dans notre monde. Elles n'existaient dans aucun monde, d'ailleurs. Ce sont des frontières métaphysiques, des zones tampons entre les différents royaumes. D'un seul coup, je me suis demandé ce qui se passerait si l'une d'entre elles se brisait. Si deux mondes entraient en contact.

Bizarrement, je n'étais pas très optimiste.

Un vent sec a balayé mon corps allongé et soulevé mes cheveux. Mon estomac continuait de faire des nœuds. Je me suis mise à genoux, à l'affût d'un signe prouvant que Pritkin s'en était sorti, et j'ai réprimé un haut-le-cœur. L'air était vraiment électrique. Malheureusement, je voyais toujours flou. Mais c'était peut-être dû aux petites ondulations de lumière, semblables à des vagues, qui dansaient sur le sable et tapissaient le désert d'un voile vacillant, comme la lumière du jour filtrée par la surface de l'eau. Tout avait l'air de bouger. Mais rien qui ressemble à un mage.

— Pritkin !

Je n'avais pas besoin de hurler – notre connexion télépathique était capable de transmettre le moindre chuchotement – mais je l'ai fait quand même. J'avais du mal à entendre quoi que ce soit : le vent sifflait tout autour de moi, faisant écho au chaos du ciel, qui se déchirait convulsivement. J'ai regardé en l'air jusqu'à en avoir les larmes aux yeux et j'ai hurlé de plus belle. À plusieurs reprises. Aucune réponse.

J'étais désespérée. Peut-être qu'il avait un problème avec son sort. Peut-être que ce n'était qu'un petit pépin technique. Ou alors, ce qui se produisait à l'intérieur de la ligne tellurique provoquait des interférences et il n'arrivait pas à me joindre. Ça ne pouvait être que ça ! Pritkin était quasiment indestructible. Et surtout, s'il lui était arrivé malheur, je ne m'en remettrais jamais.

Mes bonnes résolutions – à savoir : garder mes distances avec les gens – en prenaient un sacré coup ces derniers temps. Et d'une, ça ne marchait pas très bien avec Mircea. Et de deux, Pritkin avait défoncé en un temps record toutes les carapaces que je m'étais forgées. Et je ne savais toujours pas comment il s'y était pris.

Il n'était pas très beau, il était aussi sociable qu'un chat de gouttière et il avait la patience d'un oiseau-mouche sous caféine. Quand il ne jouait pas les cascadeurs ou qu'il ne me sauvait pas la vie – bon, d'accord – il était juste horriblement casse-pieds. Quand on avait commencé à travailler ensemble, je m'étais dit qu'il suffirait que je le *supporte*. Mais, d'un seul coup, je me suis mise à trouver sa coupe de cheveux mignonne et ses actes d'héroïsme troublants. Quant à ses brimades perpétuelles, elles me donnaient envie de l'embrasser histoire de le faire taire. Et maintenant, je tenais beaucoup trop à lui à mon goût.

Donc, forcément, il avait disparu. Normal.

— Pritkin ! ai-je hurlé encore une fois en scrutant la faille qui s'élargissait à vue d'œil au-dessus de moi.

Mais je ne distinguais aucune tache sombre susceptible d'indiquer que mon partenaire était en train de s'éjecter. M'avait-il seulement vue sortir ? Peut-être était-il encore en train de me chercher ? Mais non : ça aurait été débile, suicidaire et complètement fou.

Pritkin tout craché, en somme.

— … en phase de… disloqu… tout de suite !

On avait hurlé ces bribes de phrase si fort que j'avais sursauté. Et mes tympans avaient failli se déchirer. Mais je n'avais jamais été aussi contente de ma vie.

— Je suis déjà sortie ! Arrêtez de me chercher ! ai-je crié. Mais le vent a couvert la moitié des mots.

— Êtes-vous… indemne ? Pouvez-vous… avant que…

— Arrêtez de parler ! Pourquoi êtes-vous encore en train de parler ? Éjectez-vous, bon sang !

— … le sol. Restez…

— Bouclez-la ! Foutez le camp tout de suite au lieu de me donner des ordres !

Il m'a peut-être répondu mais je n'ai rien entendu : le ciel a choisi ce moment pour exploser. Des éclairs bleus ont jailli des nuages bouillonnants et j'ai vu une gigantesque gerbe tomber en arc de cercle vers le sol. Elle s'est fracassée violemment sur une colline toute proche, provoquant un geyser de sable haut de cinq cents mètres au moins. J'ai rentré la tête dans les épaules et j'ai levé les bras pour me protéger de la pluie de roches et de débris générée par l'impact. Ensuite, j'ai senti une main sur mon épaule.

J'ai fait volte-face, soulagée et furieuse, quelques commentaires bien sentis sur le bout de la langue… mais le visage qui me faisait face était celui d'un étranger. Il s'agissait d'un grand type avec des cheveux noirs coupés en brosse et des yeux brun clair. *Apparemment, quelqu'un s'est éjecté plus vite*, ai-je pensé au moment même où mon talisman s'est enflammé, envoyant l'inconnu valdinguer sur une bonne dizaine de mètres.

J'ai regardé son corps se plier, amorphe et livide dans la nuit noire, et j'ai tourné les talons pour m'enfuir. Un éclair s'est abattu juste à côté de moi. L'impact m'a aveuglée et m'a fait faire un roulé-boulé. J'ai trébuché et failli dégringoler de la colline. J'étais sonnée et furieuse. J'en avais vraiment marre de passer mon temps à esquiver les attaques des gens qui étaient censés être dans mon camp tout en m'échinant à combattre toute seule nos ennemis communs. Et qu'est-ce qu'il fichait, Pritkin ?

L'air était toujours chargé d'électricité. Les bras couverts de frissons, je me suis remise laborieusement debout et j'ai jeté un coup d'œil au mage. Il avait l'air parfaitement inoffensif. Son corps était étendu dans la même position bizarre qu'il avait à l'atterrissage. On aurait dit une poupée désarticulée. Je suis restée immobile un moment. Ma peau suintait de sueur, mon cœur battait à tout rompre et un instinct de survie animal me serrait la gorge.

En temps normal, je n'aurais pas eu pitié de mon agresseur : mon talisman ne s'enflamme que lorsque la menace est réelle. En plus, ce type faisait partie des gens qui venaient d'essayer de me tuer. Ça aurait dû suffire à me convaincre de ficher le camp. Mais j'en étais incapable : il avait atterri sur le ventre dans un tas de sable. Il allait forcément finir par s'étouffer.

Le vent ébouriffait mes cheveux. J'étais face à un choix cornélien : devais-je ou non le laisser mourir ? Contrairement à Pritkin, je n'avais qu'une médiocre connaissance de la magie. En guise de défenses, je ne pouvais compter que sur mon talisman et ma capacité à me téléporter. Malheureusement, aucune de ces deux protections n'était inépuisable. Je n'avais sûrement qu'une seule façon de l'empêcher de me traîner devant les juges – soit vers une mort certaine –, c'était de le laisser mourir d'asphyxie.

Mais ça demandait une certaine dose de méchanceté qui me faisait défaut. Et que je n'avais surtout pas envie d'acquérir.

J'ai senti mon cœur se serrer, comme d'habitude lorsque je m'apprêtais à faire quelque chose de particulièrement stupide. J'ai couru jusqu'au mage. Je voulais me contenter de le retourner d'un coup de pied et de m'enfuir à toutes jambes. Malheureusement, son satané manteau pesait une tonne. Sans compte qu'il ne jouait pas spécialement dans la catégorie poids plume. Et quand j'ai fini par réussir à le mettre sur le dos, j'étais complètement essoufflée mais lui ne bougeait toujours pas.

— Hé ! (Je l'ai secoué mais ça ne m'a pas avancé à grand-chose.) Hé ! Machin ! (Je l'ai giflé.) Allez, mec ! Ne me crève pas entre les mains !

Aucune réponse. Aucune tentative pour s'emparer de moi. Il restait avachi comme une poupée désarticulée.

— Je ne plaisante pas. Tu n'as pas intérêt à ce que j'essaie de te réanimer ! J'ai tué le mannequin quatorze fois !

Qui sait ? Ça a peut-être marché : il a craché une poignée de terre et il a essayé de reprendre son souffle tout en battant des paupières pour se débarrasser du sable qui l'aveuglait. Lorsqu'il m'a reconnue, il m'a attrapée par l'épaule et m'a fait mordre la poussière.

Mon talisman s'est de nouveau enflammé, moins violemment cette fois. J'ai entendu la paume de sa main grésiller mais il ne m'a pas lâchée pour autant. Je lui ai donc décoché un coup de genou entre les jambes et, lorsqu'il s'est plié de douleur, je lui ai assené un coup à la nuque comme Pritkin me l'avait appris. Le mage s'est écroulé par terre dans un bruit sourd.

Je l'ai dévisagé un instant, stupéfaite et passablement terrifiée. Les entraînements que Pritkin appelait « un petit échauffement » et que je considérais comme « une preuve supplémentaire de votre folie galopante, d'ailleurs je suis au bord de la crise cardiaque » avaient donc porté leurs fruits. Je savais que c'était l'idée de base mais ça m'a quand même fait un choc.

Et le mage est retombé face contre terre. *Salopard !*

Après avoir réussi à le retourner une fois de plus, je me suis dit que j'avais fait mon quota de B.A. pour l'année, j'ai retroussé ma robe et j'ai pris mes jambes à mon cou. Mage guerrier psychopathe mis à part, cet intermède avait eu l'intérêt de m'éviter de penser à Pritkin, toujours coincé à l'intérieur de la ligne tellurique. Ou à la faille, qui s'élargissait à vue d'œil. Ou au fait que bientôt plus personne ne serait capable de survivre là-dedans, quelle que soit la puissance de ses boucliers. *Et voila que j'y repense.*

Il n'y avait pas beaucoup d'endroits à couvert, mais certaines dunes projetaient de grandes ombres. Avec le vent, la poussière et la lumière vacillante et ténue, ça aurait dû suffire à me cacher. Mais c'était sans compter ma robe. J'ai traité Augustin de tous les noms du dictionnaire. Et d'autres de mon cru. Ma robe sanglotait, pleurnichait et gémissait au moindre accroc à ses jupes. À chaque particule de terre lui éclaboussant le dos. Apparemment, ce fumier avait enchanté sa création pour qu'elle proteste – à cor et à cri – chaque fois qu'on l'abîmait.

Au *Dante*, ce n'était qu'une plaisanterie de mauvais goût. Mais dans le désert, ça n'avait plus rien de rigolo. Je n'aurais pas été plus facile à repérer avec une enseigne lumineuse « JE SUIS ICI » au-dessus de la tête. J'ai essayé de rester recroquevillée sur place un petit moment, en regardant les nuées de sable sépia voler à travers le ciel bleu électrique. Mais dès que le vent chargé de particules me cinglait, la robe gémissait tant qu'elle pouvait.

Je me suis remise laborieusement sur pied dans l'espoir de m'éloigner suffisamment de la tempête pour calmer cette satanée robe et avoir la paix. Mais le vent avait forci – je manquais d'être soulevée du sol à tout moment – et on y voyait de moins en moins bien : dans le ciel, les éclairs s'étaient mis à clignoter comme un tube de néon cassé. C'est à ce moment-là qu'on m'a fait un croche-pied.

Je me suis étalée dans un tas de velours sanglotant. Aussitôt, une main a jailli des ténèbres et s'est refermée autour de mon cou. Cette fois, mon talisman ne s'est pas du tout enflammé. Il ne me restait plus qu'à me débattre comme une forcenée. Un retour aux sources, en somme. Malheureusement, je ne faisais pas le poids dans le registre « force brute ». Et Pritkin avait beau ressasser le contraire, la force, ça compte. Sans compter que les mages guerriers sont aussi bons à mains nues qu'en combat magique. Et je ne pouvais toujours pas me téléporter.

J'ai vu des milliers d'étranges étincelles. Et ce n'était pas à cause de la poigne de fer serrée autour de ma gorge. Pas seulement, en tout cas. En haut, le ciel était en train de subir une série de transformations. Le mage a tourné brutalement la tête, sans lâcher mon cou, et on a regardé tous les deux, muets de stupéfaction, les éclairs jaillir l'un après l'autre des nuages. En l'espace de quelques secondes, le ciel en a été entièrement zébré. Des filaments lumineux crépitants d'énergie fusaient par milliers de la ligne tellurique : ses épaisses bandes de pouvoir latérales étaient en train de rendre l'âme.

Au milieu de cet environnement chaotique, j'ai réussi, par miracle, à apercevoir une minuscule forme sombre. Quelqu'un venait de s'éjecter, à une bonne vingtaine de mètres d'altitude.

— *Tenez bon !* m'a dit Pritkin. *J'arrive.*

Sa voix était étonnamment calme malgré le feu d'artifice qui battait son plein autour de lui. Je n'ai pas répondu, mais mon agresseur l'a quand même repéré. Il m'a hissée debout et a posé le canon de son pistolet contre ma tempe.

Pritkin a atterri brutalement. Il a laissé ses boucliers absorber le choc plutôt que de prendre le temps de les transformer en parachute, comme je l'avais déjà vu faire. Il s'est aussitôt rué sur nous. Au-dessus de sa tête, un peu plus à l'est, le ciel s'est ouvert et une bonne dizaine d'étoiles bleues en ont émergé. Chacune d'entre elles contenait un mage guerrier. Ils l'avaient sûrement vu partir et ils en avaient probablement conclu que je n'étais plus là-haut. Ou ils commençaient peut-être à avoir vraiment chaud.

J'ai regardé leurs boucliers tomber lentement vers nous, comme autant de toboggans portés par le vent nocturne. Cette manœuvre leur permettait d'économiser leurs défenses. Au contraire, Pritkin avait largement entamé ses réserves pendant le combat dans la ligne tellurique. Et les miennes étaient inexistantes. On était cuits de chez cuits.

—Ne faites pas l'imbécile, John, lui a crié le mage. Vous ne faites pas le poids contre nous tous! Vous devriez miser sur un autre cheval pour servir vos ambitions!

Pritkin s'est arrêté pour jeter un coup d'œil à la fissure qui balafrait la surface du ciel.

—J'ignore ce qu'on vous a raconté, Liam. Mais, ma seule ambition, c'est de passer la nuit.

—Dans ce cas, partez! Je leur dirai que vous avez eu raison de moi. Laissez-moi la fille et je les retiendrai le temps pour vous de vous enfuir!

Je l'ai dévisagé avec incrédulité. Mais Pritkin n'a pas eu l'air étonné.

—Vous me devez bien plus que ça, l'a-t-il réprimandé. Je ne partirai pas sans elle.

—Je ne peux pas vous laisser faire ça, a rétorqué Liam. Il avait l'air déchiré, mais pas au point de me relâcher.

—Libérez-la et je resterai. Je suis prêt à affronter le simulacre de justice que le Cercle pratique ces temps-ci.

—Vous seriez prêt à mourir pour elle? a demandé Liam. Il n'en revenait pas.

—Je fais tout pour l'éviter, a rétorqué Pritkin, froidement.

—Dans ce cas, partez tant qu'il est encore temps!

—Pas sans elle.

—J'ai peut-être une dette envers vous, a répliqué Liam avec hargne. Mais je ne lui dois rien, à elle!

Pritkin s'est élancé vers nous. Liam lui a décoché un violent coup de coude au menton, projetant sa tête en arrière. Un être humain en aurait eu la nuque brisée. Heureusement, Pritkin n'était pas totalement humain. Il s'est accroupi et a tendu la main. Je n'ai pas entendu d'incantation, mais il a dû faire quelque chose parce que Liam a été propulsé en arrière, comme si on venait de lui tirer dessus, et il a heurté le sol, si brutalement que son corps a creusé un sillon dans la terre.

J'ai reculé à toute vitesse pour m'éloigner de la ligne de tir. Liam a relevé la tête. La lueur intermittente qui dansait sur son visage déformait ses traits à grand renfort d'ombres et de reliefs. On aurait presque cru que c'était lui le fils de démon. Mais je savais très bien que ce n'était pas le cas. Il a lancé un sort à Pritkin. Touché au buste, ce dernier s'est effondré. *OK*. Liam avait dépassé les bornes.

Je n'avais pas voulu prendre de pistolet. C'était censé être une rencontre amicale. Je n'avais donc, en guise d'armes, qu'une paire de couteaux spectraux contenue dans le bracelet que je portais au poignet. Il ne fallait pas se fier à leur apparence : ils étaient mortellement dangereux. C'est la raison pour laquelle je ne les avais pas encore utilisés : j'étais supposée protéger les membres du Cercle, pas les tuer. Mais, entre Liam et Pritkin, il n'y avait pas photo.

Pritkin s'était remis laborieusement sur pied. Il avait l'air bien amoché mais, quand il a vu ce que je m'apprêtais à faire, il a secoué la tête.

— Ne le tuez pas !

Liam s'était également remis debout. Mais il ne m'a pas attaquée.

— Quelle surprise ! La voilà qui brandit une arme des Ténèbres.

Il m'a scrutée avec méchanceté, les yeux embrumés de dégoût.

— Tel père, telle fille ! s'est-il exclamé.

— Mon père travaillait pour un membre de la mafia vampirique. Ça ne fait pas de lui…

Mais Liam ne m'écoutait pas.

— Estimez-vous heureuse que je ne vous abatte pas sur-le-champ d'une balle dans la tête, a-t-il craché. Je vous garantis que personne ne me le reprocherait !

La haine pure qu'il me vouait se lisait sur ses traits. J'ai perdu tout espoir de le gagner à ma cause. J'ai décidé de préserver mon énergie et me suis de nouveau barricadée. J'avais l'habitude. Au lieu de répondre, je lui ai décoché un regard lui signifiant d'aller se faire foutre.

J'en avais marre que le Cercle me traite comme une raclure parce que je n'étais pas sortie de leur précieuse réserve de novices. OK, mes états de service étaient loin d'être parfaits, mais, étant donné que je n'avais reçu aucune formation, ça aurait pu être pire. Et, s'ils avaient daigné coopérer ne serait-ce que très vaguement, je m'en serais mieux sortie.

— Ce serait signer votre arrêt de mort, l'a menacé Pritkin.

Liam a pris une grande bouffée d'air.

— Comment pouvez-vous prendre sa défense ? a-t-il demandé. Avec des antécédents pareils ! Elle a eu un mage noir pour père, une novice déchue pour mère et un vampire pour tuteur. Et, si l'on en croit la rumeur, son amant aussi serait un vampire ! Êtes-vous aveugle ? Ouvrez les yeux, mon ami ! Elle a déjà divisé le Cercle et contribué au déclenchement d'une guerre. Et elle est montée sur le trône il y a deux mois à peine ! Que vous faut-il de plus ?

— Elle n'est pas encore montée sur le trône ! a-t-il rétorqué. (Les hommes se jaugeaient en faisant des pas de côté.) Grâce à vous et à vos comparses du Cercle, elle ne l'a même pas vu.

— Et elle ne le verra jamais, a dit Liam d'une voix blanche.

Il s'est jeté sur Pritkin et les deux mages se sont lancés dans un affrontement tumultueux.

Entre-temps, au-dessus de nos têtes, les nuages s'étaient amoncelés. Ils formaient à présent ce qui ressemblait dangereusement à une tornade. Une énorme tornade bleue crachant des éclairs sur tout ce qui lui faisait obstacle. Elle tourbillonnait et virevoltait comme un beau diable, et les nuages d'un bleu noirâtre se sont déformés, animés par un élan brutal d'énergie pure. Le phénomène s'est mis à dégager une chaleur brûlante et infernale. L'intense lumière qui enflait en son sein imprégnait les nuages alentour, projetait sur le sable des flaques irrégulières de lumière qui bondissaient d'un point à un autre du paysage et envoyaient des ombres sur les autres mages guerriers. Ces derniers, qui venaient d'atterrir, se ruaient sur nous à toute vitesse.

Je les ai ignorés. J'étais beaucoup plus préoccupée par la façon dont ces nuages menaçants s'acheminaient vers un point précis, à un ou deux kilomètres de notre position.

— C'est normal que ça fasse ça ? ai-je demandé d'une voix hystérique.

Les deux hommes ont cessé de se battre pour me regarder, mais les autres mages sont arrivés et le combat a repris de plus belle. Cinq ou six hommes se sont jetés sur Pritkin. Quant à moi, je suis restée bras ballants à contempler le formidable pouvoir de la ligne tellurique sourdre de la faille et s'abattre sur notre monde comme un raz-de-marée. Quelqu'un m'a agrippée par les bras et m'a tirée en arrière, mais j'y ai à peine prêté attention. Au loin, la tornade – appelez ça comme vous voulez – s'est abattue comme une vrille sur sa cible invisible. Et le ciel s'est empli d'une intense lumière blanche.

J'ai eu tout juste le temps de voir Pritkin détourner les yeux. L'espace d'une fraction de seconde, ses os sont devenus visibles sous sa peau. Autour de lui, les buissons, les roches et le cuir de son manteau élimé me sont apparus avec une parfaite clarté : l'éclat soudain, cautérisant, les a dénués temporairement de toute couleur. L'éclair a été immédiatement suivi d'un fracas plus assourdissant qu'un coup de tonnerre. Pire : il a perforé mes tympans et ses vibrations se sont répercutées à l'intérieur de mon crâne.

J'ai fermé les yeux mais une lumière impérieuse, d'un blanc absolu, a transpercé mes paupières et le sol s'est mis à trembler sous mes pieds. Une bourrasque de vent chaud m'a ébouriffée et soudain, le mage qui me tenait les bras m'a lâchée. J'ai porté les mains à mes yeux pour les protéger de la lumière, mais elle avait déjà disparu. Au bout d'un moment, j'ai jeté un coup d'œil prudent à travers mes doigts et j'ai attendu de recouvrer la vue. Longtemps, je n'ai rien distingué d'autre qu'un lavis rouge et vacillant.

Enfin, lorsque la brume s'est dissipée, j'ai aperçu un ciel noir parsemé d'étoiles. Plus aucune trace de l'aveuglante lumière blanche. Ni des virevoltantes flammes bleues. Je n'arrivais pas à y croire : c'était fini. À l'exception de la grêle de débris qui nous tombait dessus. Les mages ont cumulé leurs défenses pour protéger notre zone et je me suis accroupie, les mains sur la tête, tandis que les gravats se fracassaient contre les boucliers à grand renfort d'éruptions d'un rouge orangé.

Une fois le déluge passé, les mages ont baissé leurs boucliers en laissant échapper un concert de soupirs de soulagement. J'ai senti quelque chose m'effleurer doucement la main. J'ai baissé les yeux et j'ai aperçu de petites particules grises virevolter au gré du vent et s'envoler au loin. Des cendres.

Tout autour de nous, une douce pluie de cendres rendait l'air irrespirable et tapissait le sable. De l'autre côté de la colline, quelque chose brûlait. À l'horizon, de grands nuages tumultueux cachaient les étoiles. Ils étaient noirs au-dessus mais rouges en dessous. Des flammes s'élevaient vers le ciel.

— Oh, mon Dieu, a dit quelqu'un. C'est tombé sur la MAGIC.

Chapitre 7

Tout est devenu étrangement calme. On avait tous les yeux rivés sur la colline. J'entendais les échos de la détonation se répercuter dans ma tête et je sentais la sueur dégouliner le long de ma joue. Apparemment, j'avais une coupure aux lèvres : elles se sont mises à picoter. Soudain, quelqu'un s'est avancé vers la colline. Ce n'était qu'une silhouette se découpant sur la lueur ténue de l'incendie. Nous l'avons tous suivi.

Lorsque je suis arrivée au sommet, je suis restée pétrifiée d'horreur. On avait l'impression qu'un météorite géant s'était écrasé au fond du canyon. À la place des bâtiments en pisé, il n'y avait plus qu'un cratère béant, noir et fumant. La chaleur avait dû être insoutenable : le sable s'était cristallisé par endroits, prenant l'apparence brillante et liquide du verre fondu.

Il n'y avait aucun mouvement.

Non, ai-je pensé. Mais ce « non » résonnait dans ma tête comme un bruit distant. J'étais sonnée. Pendant un long moment, on a contemplé l'endroit où aurait dû se trouver la MAGIC. Enfin, quelqu'un s'est mis à marcher et nous lui avons emboîté le pas. On s'est frayé un chemin le long d'un ancien sentier, mais il s'est vite perdu sous un amoncellement de terre et de roches souterraines que l'explosion avait fait remonter à la surface. À en juger par leurs couleurs, c'étaient des roches de profondeur : le sol, autrefois d'une teinte ocre clair, était parsemé de taches marron foncé, bronze noirci ou encore gris cendre. Il était également glissant par endroits, là où le verre à peine refroidi était déjà dissimulé par le sable qui continuait à tomber en pluie fine. Pritkin m'a évité de me vautrer en me tenant fermement. Son poing crispé sur mon bras faisait écho à sa mâchoire serrée.

Les mages avaient l'air d'avoir oublié ma présence. On a slalomé entre les débris de pierres et les tas de cendre mouchetée de points blancs, sous des nuages de particules noires qui s'élevaient en tourbillons à chacun de nos pas et retombaient sur nos vêtements, nos visages, nos cheveux. Je les sentais dans ma gorge. J'étais persuadée que rien n'avait pu survivre.

Soudain, mes jambes se sont dérobées sous mon corps et je me suis effondrée par terre. J'ai posé la tête sur mes genoux et j'ai pris de longues bouffées d'air pour faire taire la douloureuse terreur et le vide oppressant qui me déchiraient les poumons. Ma chute a soulevé un autre nuage de cendre, qui a failli m'étouffer. Mais ça m'était égal. Une série de visages défilait devant mes yeux. Les visages de tous les amis qui vivaient et travaillaient à la MAGIC. Avant. Un de ces visages m'a presque coupé le souffle. Rafe, mon ami d'enfance, que je considérais comme mon père, était enseveli là-dessous. S'il n'avait pas été réduit en cendres par l'explosion.

Une partie de mon cerveau essayait d'établir des probabilités, de changer de perspective, de penser à une issue de secours. Mais je savais très bien qu'il n'y en avait pas. J'ai serré mes bras autour de ma poitrine et je me suis mise à trembler. Mais ce n'était pas de douleur. Pas encore. C'était la rage. Une rage qui me serrait la gorge et m'empêchait de parler. J'avais l'impression qu'on m'avait écorchée vive, qu'on m'avait vidée de mes entrailles et remplie d'acide ardent. Je n'avais jamais ressenti une telle colère. Ce n'était même pas un coup de nos ennemis !

Quand j'avais prophétisé qu'on finirait par s'entre-tuer, je ne pensais pas que ça se produirait si vite.

Les mages titubaient de-ci de-là comme des zombies. Leurs visages étaient livides et incrédules. Chacun de leur pas dans les braises soulevait des nuées grises et noires. Sous terre, l'incendie faisait toujours rage : çà et là émergeaient, sous les cendres, quelques points luminescents rouge orangé. On se serait crus sur un gigantesque bûcher funéraire. Mes yeux se sont mis à piquer, et pas seulement à cause de l'atmosphère remplie de microparticules.

Le Sénat avait disparu. C'était une tragédie. Mais c'était surtout un désastre militaire. C'était un cataclysme. Plus rien, ou presque, ne s'opposait à la victoire d'Apollon. Ça n'allait peut-être pas se produire du jour au lendemain, mais ça n'allait pas tarder. Le Cercle serait peut-être trop arrogant pour le voir, mais il ne pouvait plus se battre seul contre lui. Le dieu avait déjà accumulé trop de puissance. Je leur donnais à peine un mois. Et encore.

— Téléportez-nous à l'intérieur, a dit Pritkin d'une voix rauque.

Quelques mages l'ont entendu. Ils se sont retournés vers nous et m'ont jeté un regard sans émotion. Ils étaient tendus comme un arc.

J'ai lentement levé la tête et j'ai contemplé Pritkin à travers le voile de douleur et de rage qui me couvrait les yeux. Les siens étaient foncés et fous. Ses pupilles étaient dilatées au point que ses iris n'étaient plus que deux auréoles fiévreuses de couleur émeraude. Il avait l'air blessé. Il avait l'air dans le même état que moi. Comme s'il en était arrivé aux mêmes conclusions. Comme s'il savait qu'on avait déjà perdu.

— J'espérais qu'on allait au moins se battre, ai-je dit.

— Les niveaux inférieurs, Cassie. Avec les talismans dont la MAGIC est bardée, ils sont peut-être intacts !

Il m'a saisi les bras comme s'il y avait urgence. Comme si un talisman pouvait résister à ça.

— Emmenez-nous jusqu'aux niveaux inférieurs !

— Filet à néant, me suis-je contentée de répondre, incapable d'en dire plus.

— Levez-le ! ai-je entendu Pritkin hurler à quelqu'un.

Je n'ai pas vu qui. Ça m'était égal. Je sentais la sueur dégouliner le long de mon dos et imprégner la couture de ma robe. J'avais dû toucher quelque chose de brûlant : mes paumes étaient douloureuses.

— Elle est innocente. Laissez-la le prouver ! Si vous levez ce filet, elle nous aidera ! a-t-il poursuivi.

— Vraiment ?

Liam a avancé d'un pas. Il était presque méconnaissable avec son visage crasseux, son œil au beurre noir et son rictus haineux.

— Elle a tué une dizaine de mages cette nuit ! s'est-il exclamé.

— C'est la fissure qui les a tués, a rétorqué Pritkin. Elle n'y est pour rien.

Liam a fait la sourde oreille.

— C'étaient de bons éléments ! Surtout Richardson. Se faire tuer comme ça, alors qu'il portait encore le deuil de son fil. Une autre victime de cette femme !

C'était une accusation parfaitement injuste. J'aurais dû me sentir révoltée. Quelques minutes auparavant, je l'aurais probablement été. Mais, bizarrement, je n'étais plus en colère. J'étais juste vide, comme si on m'avait creusé le corps pour le remplir avec du bois sec. J'avais l'impression que je me casserais en deux si je faisais un mouvement brusque.

— Elle n'a pas tué Nick, a dit Pritkin.

Il gardait son sang-froid. Pourtant, son regard assassin aurait pu réduire un diamant en poussière.

— Elle n'était même pas là lorsque c'est arrivé. Et Richardson est mort dans la fissure.

— Ça, c'est votre version, a rétorqué Liam d'une voix méprisante. Elle a bien survécu, elle.

— Tout juste.

— Je ne comprends pas comment vous avez pu vous compromettre pour prendre sa défense. Il n'est pas trop tard, a-t-il dit d'un ton soudain suppliant. Si vous m'aidez à la livrer au Cercle, je plaiderai en votre faveur. Nous plaiderons tous en votre faveur. Vous n'aurez qu'à raconter ce qui vous passe par la tête : qu'elle vous a lancé un sort, qu'elle vous a fait quelque chose avec l'aide de ses vampires. Du moment qu'elle est hors d'état de nuire, le Conseil vous croira. Nous n'avons jamais eu autant besoin d'hommes de votre trempe !

— Et la fille ? a demandé Pritkin.

Le visage de Liam s'est fermé.

— Elle aura droit à un procès.

— Qu'elle est certaine de perdre !

— Il s'agit de la vie d'un seul individu ! Des milliers d'autres mourront si nous ne parvenons pas à ramener la cohésion au sein du Cercle. Vous et moi donnerions volontiers notre vie pour une telle cause. Si elle est réellement la Pythie, n'en ferait-elle pas autant ?

— Ça marche dans les deux sens, pour vous, c'est ça ? a fait remarquer Pritkin avec hargne. Si l'on suit votre raisonnement, soit elle est maléfique et doit être détruite avant de prêter main-forte à nos ennemis ; soit elle est innocente et doit être détruite pour préserver le Cercle. Dans les deux cas, elle doit mourir.

— Pour le bien commun !

— Pour le bien du Cercle. Je ne suis pas persuadé que ça revienne au même. C'était peut-être le cas, mais ça ne l'est plus.

— Que vous a-t-elle fait ? a demandé Liam d'une voix douce empreinte de stupéfaction. Vous avez failli mourir en défendant le Cercle, à plusieurs reprises !

— Il s'agissait d'une tout autre organisation.

— Rien n'a changé ! Je sais que Marsden nous a attiré pas mal de problèmes par le passé, mais…

Un sort a jailli des ténèbres et s'est abattu sur Liam, qui est tombé à genoux. J'ai regardé autour de moi, complètement hébétée : Pritkin n'avait rien fait. Liam a basculé en avant et un gigantesque Afro-Américain s'est avancé. Il avait la boule à zéro et un paquet de muscles à faire pâlir Marco de jalousie.

— On n'a pas de temps à perdre avec ces bêtises, a-t-il déclaré sèchement.

Et il a gesticulé dans ma direction.

Mon pouvoir m'est revenu brutalement. Je l'ai senti ronronner vigoureusement sous ma peau, traverser mes os, chauffer chacune de mes cellules. *Prêt. Prêt. Prêt.* Je l'ai revêtu comme un manteau familier et le mage m'a toisée.

— Caleb, je vous présente Cassie, a dit Pritkin.

Mais le mage n'avait pas l'air d'humeur pour les civilités.

— Nous n'avons aucun moyen d'évacuer les survivants. Si tant est qu'il y en ait là-dessous. Mais vous, si, m'a-t-il dit.

Ça ressemblait plus à un ordre qu'à une requête, surtout avec cette voix de baryton, mais je n'étais pas susceptible. Je ne croyais vraiment pas qu'on puisse survivre à une catastrophe pareille, avec ou sans talisman, mais je n'en aurais pas mis ma main au feu.

— Je ne peux emmener que deux personnes avec moi, ai-je dit.

— Ce sera Pritkin et moi, a lancé Caleb en me tendant la main.

Je l'ai regardée avec réticence. *J'ai déjà pris la main d'un mage ce soir. Et regardez où j'en suis!*

Pritkin n'a rien ajouté. Pour une fois, il m'a laissée prendre la décision. Mais je n'avais pas vraiment le choix. Quels que soient mes sentiments pour le Cercle, j'avais besoin d'aide. Je lui ai donc pris la main.

— On va où ? ai-je demandé à Pritkin.

— Quelle est la puissance de votre talisman ?

— Je crois que la ligne tellurique l'a grillé. Pourquoi ?

— Ça pose problème, a-t-il dit en regardant l'autre mage du coin de l'œil.

— Ne me regardez pas comme ça, a rétorqué Caleb d'un ton sinistre. La ligne tellurique m'a pratiquement carbonisé avant que j'arrive à en sortir, et j'ai utilisé ce qui me restait d'énergie pour nous protéger des gravats. Je n'ai plus rien.

L'un après l'autre, les autres mages ont fait le même constat. Apparemment, plus personne n'avait de bouclier qui tienne la route.

— Qu'est-ce que ça change ? ai-je demandé.

L'idée qu'il puisse y avoir effectivement des survivants me taraudait. Le tourbillon d'émotions qui avait déferlé en moi m'avait donné le vertige : en l'espace d'une demi-heure à peine j'avais ressenti scepticisme, colère, puis terreur et enfin un peu d'espoir.

— On ne peut pas se permettre de se téléporter à l'intérieur sans talisman, a répété Pritkin, intraitable. C'est trop risqué. Les talismans de la MAGIC ont peut-être tenu. Mais si ce n'est pas le cas, nous risquons de nous retrouver au cœur d'un tremblement de terre, ou…

— Dans ce cas, je nous téléporterai !

— … ou au beau milieu de la roche !

— C'est un risque qu'il faut prendre !

D'habitude, c'était Pritkin qui avait l'idée des cascades débiles. C'était vraiment l'hôpital qui se moquait de la charité.

— On ne peut pas faire ça.

Il avait l'air catégorique.

— Chiche, lui ai-je rétorqué, on ne peut plus sérieuse.

— Il y a une différence entre le courage et l'inconscience ! Ce n'est pas en vous faisant tuer que vous nous aiderez à…

— Ce n'est pas non plus en restant les bras croisés ! Je peux au moins faire ça pour Rafe. Il a pris beaucoup plus de risques pour moi !

Caleb avait l'air perdu.

— Rafe ?

— Vampire, a résumé Pritkin.

— Vous risqueriez votre vie pour l'une de ces créatures ? m'a demandé Caleb, incrédule.

— Ouais. Dommage que vous n'ayez pas d'amis aussi proches. À la fois, vu que vous êtes entouré de mages guerriers, ça ne m'étonne pas, ai-je craché.

— Mademoiselle Palmer !

Cette remontrance me venait de Pritkin. Puisqu'il était repassé au registre formel, j'en ai déduit qu'il était en colère. Malheureusement pour lui, moi aussi.

— De toute façon, j'y vais. Avec ou sans vous. À vous de choisir.

Il avait l'air sur le point de protester, mais il savait très bien qu'il ne pourrait pas m'empêcher d'y aller seule.

— Emmenez-nous jusqu'à la salle d'audience du Sénat, a-t-il fini par dire. Elle est au niveau le plus bas et elle est bardée de talismans. Si quelqu'un a survécu, ça ne peut être que là.

— Retenez votre souffle, les ai-je enjoints. Si on atterrit en plein chaos, je nous retéléporterai. Pas de panique.

Caleb a regardé Pritkin.

— Je rêve ou elle vient de me demander de ne pas paniquer ?

— Elle ne vous connaît pas.

— Je vois ça.

Je n'ai pas pris la peine de faire de commentaire. J'ai pris une grande bouffée d'air et je nous ai téléportés.

À présent, j'étais rodée. J'avais l'habitude de me projeter dans l'espace. Lorsqu'on a traversé les couches de roches, tout est devenu flou. La terre n'avait aucune substance. Je contrôlais parfaitement mes mouvements grâce à la puissance de mes pensées. En revanche, atterrir dans une mare de boue, c'était moins routinier. On s'est retrouvés à suffoquer dans un océan d'eau vaseuse, loin sous la surface. Impossible de voir et, surtout, de respirer.

Je m'apprêtais à nous téléporter à l'extérieur pour nous éviter de mourir bêtement noyés lorsque les mecs se sont mis à nager en me remorquant. Peu après, on a émergé à grand renfort d'éclaboussures, le souffle coupé. L'air était chaud, chargé de poussière et déjà légèrement putride. Apparemment, les systèmes d'aération étaient morts.

Je me suis débattue comme un beau diable pour libérer mes mains, prisonnières de Pritkin et de Caleb, qui me tenaient comme dans un étau. J'avais hâte d'essuyer mes yeux pleins de boue. J'ai enfin recouvré la vue mais ça ne m'a pas avancé à grand-chose. Il n'y avait absolument aucune lumière. Les gigantesques lustres en fer forgé qui éclairaient la salle d'audience étaient éteints. S'ils n'avaient pas tout bonnement disparu. Enfin. Au moins, j'arrivais à respirer.

Jusqu'à ce que quelqu'un m'enfonce de nouveau la tête sous l'eau.

C'était tellement inattendu que j'ai ingurgité un demi-litre de boue. Le temps qu'on me tracte sur la bonne moitié de la salle, j'ai failli m'étouffer. Et lorsque ma tête a de nouveau émergé, j'étais incapable de reprendre ma respiration. Pritkin m'a tapé dans le dos – cinq ou six fois, assez pour me filer des contusions et – Dieu merci – me vider les poumons.

Je me suis accrochée au rebord de quelque chose de solide et, l'espace d'une bonne minute, je me suis contentée de savourer l'oxygène.

De la lumière a jailli de la sphère que Caleb tenait en main. Lentement, elle a commencé à se répandre et j'ai fini par distinguer mon environnement immédiat. Il n'y avait pas grand-chose à voir, en fait. En temps normal, la salle, au plafond si haut qu'il se perdait dans les ombres, servant aux principales assemblées du Sénat était presque vide, laissant un maximum d'espace à la massive table en acajou qui constituait son seul ameublement notoire. Mais cette fois on ne voyait rien d'autre qu'un océan noir et ondoyant. J'ai fini par repérer la table : elle flottait en dépit de son poids et nous servait de radeau de fortune.

D'un seul coup, on a entendu un bruit métallique retentir au-dessus de nos têtes. Ça ressemblait à un vieux mécanisme rouillé. Ce son discordant s'est réverbéré contre les parois. Caleb a levé sa sphère et ses rayons se sont reflétés contre les pointes en métal acérées des lustres de la salle d'audience.

Ils étaient énormes – ils mesuraient bien quatre mètres de diamètre – avec des rangées d'anneaux bardés de piques agencés les uns dans les autres. Impossible de savoir de combien de flèches chaque anneau était hérissé, mais ça en faisait un paquet. Et chaque fois qu'un anneau se vidait il descendait d'un niveau, cédant la place à un autre. Ce qu'on entendait, c'était le bruit que faisait le lustre le plus proche en armant une nouvelle série de flèches mortelles. Et elles étaient pointées sur nous.

J'avais oublié que les installations avaient la fâcheuse tendance de lancer des projectiles métalliques sur les intrus. Sûrement parce qu'elles m'avaient toujours considérée comme tel.

— Pourquoi est-ce qu'ils nous visent ? ai-je demandé.

Comme si le lustre m'avait entendu, des piques de trente centimètres de long se sont détachées du lustre pour venir s'abattre sur nous en rafale.

Sous le poids de nos trois corps, la moitié de la table s'était enfoncée sous l'eau, soulevant en l'air l'autre moitié, formant ainsi une sorte de bouclier. Mais l'acajou, pourtant aussi dur que de la pierre, n'a pas suffi à bloquer tous les projectiles. J'ai louché sur une flèche particulièrement vicieuse, qui avait entamé une partie du bois pour s'arrêter à quelques millimètres à peine de mon visage. Quelqu'un a émis un petit hoquet étouffé.

— Tenez votre langue ! a sifflé Pritkin à mon oreille. Les talismans sont attirés par les bruits et les mouvements.

Et c'est maintenant qu'il me le dit !

— La ligne tellurique a dû les troubler, a chuchoté Caleb. Ils visent tout ce qui bouge. Téléportez-nous dehors, dans le couloir.

Je m'apprêtais à répondre lorsqu'un craquement de tous les diables a retenti au-dessus de nos têtes. Une des flèches qui nous avaient manqué s'était fichée dans le mur et la violence de l'impact avait élargi une fente par laquelle coulait déjà une petite rigole d'eau… transformant ladite rigole en une véritable cascade. Et, si on en croyait le grondement ambiant, ce n'était pas la seule. Apparemment, la flèche avait perforé le lit d'une rivière souterraine. *Mourir noyée dans le désert. C'est moi tout craché*, ai-je pensé tandis qu'une gerbe d'eau glacée s'abattait sur mon crâne.

Le jet était tellement puissant que j'ai lâché prise. Et j'ai replongé dans l'eau agitée. J'ai tendu la main à la recherche d'un point d'appui et j'ai senti quelque chose m'effleurer le poignet. C'était vivant, certes, mais ça n'avait rien d'humain.

J'ai reculé brusquement. Mon bras s'est couvert de chair de poule à ce contact. J'ai très vaguement aperçu un mouvement, des espèces d'yeux luisant dans la quasi-obscurité et surtout… des *dents*.

Et merde.

Des mains m'ont attrapée sans ménagement sous les aisselles et m'ont hissée à la surface. J'ai très vite compris que j'avais dérivé et que je ne me trouvais plus sous la protection de la table. Pritkin m'a remorquée brutalement, juste avant que deux flèches s'enfoncent dans l'eau, et on a regagné précipitamment notre radeau de fortune en agitant vigoureusement nos jambes et nos bras.

Les doigts enfoncés dans l'épaule de Pritkin, j'ai passé en revue la zone qu'on venait de quitter. Mais il n'y avait rien d'autre en vue que les reflets moirés de la sphère de Caleb sur les vagues.

— Je crois qu'il y a quelque chose dans l'eau, ai-je haleté.

— Je suis plus inquiet de ce qui se passe en l'air ! a rétorqué sèchement Caleb. Faites-nous sortir d'ici, bon sang !

— Pour aller où ? ai-je demandé. Au cas où vous l'auriez oublié, il y a aussi des talismans dans les couloirs !

Les galeries de la MAGIC étaient bardées d'appliques hérissées de dagues. Et il y en avait une tous les trois mètres. On ne survivrait pas jusqu'à l'escalier.

— Je sais, mais ils ne fonctionnent pas ! Nous n'avons pas fini de réparer les dommages occasionnés par le dernier assaut !

Il voulait parler du raid orchestré, un mois auparavant, par une bande de mages des Ténèbres suicidaires. Pour une fois, je leur en étais reconnaissante.

Soulagée, je lui ai saisi la main en hochant la tête. Mais Pritkin a reculé quand j'ai voulu attraper la sienne.

— C'est à vous de voir, m'a-t-il dit avec gravité. Mais nous ne savons ce qui nous attend de l'autre côté. Il serait peut-être judicieux d'économiser votre énergie pour le cas où vous devriez porter secours à quelqu'un.

Caleb l'a regardé avec des yeux grands comme des soucoupes.

— Vous croyez vraiment qu'ils auraient pu s'enfuir sans finir en kebab ? Et admettons qu'ils y soient parvenus : la moitié de cet endroit est sous les eaux ! Ce qui signifie que les couloirs sont forcément intégralement inondés !

— Ce qui ne dérange pas les vampires outre mesure, a dit Pritkin en me lançant un regard entendu.

Caleb considérait le cataclysme d'un point de vue humain. Mais les gens qui occupaient cette section de la MAGIC ne l'étaient plus depuis bien longtemps. S'ils avaient survécu à l'explosion, ils auraient très bien pu être indemnes. Rafe pourrait s'en être sorti. D'un seul coup, j'avais le vertige.

— Ça ne va pas être facile de sortir, ai-je admis à contrecœur.

— Vous voulez rire, j'espère !

Caleb me regardait comme si j'étais devenue folle.

J'étais tremblante de colère : cette idée ne m'enchantait pas plus que lui.

— Je ne peux me téléporter qu'un nombre limité de fois par jour. Et si je transporte deux personnes, mon énergie s'épuise très vite, l'ai-je informé. Pritkin a raison. Si je me fatigue maintenant, je serai incapable de sauver les survivants. En admettant qu'on en trouve.

— Dans ce cas, comment suggérez-vous que nous sortions d'ici ? m'a-t-il demandé, comme si cette idée était venue de moi.

— C'est vous, les mages guerriers, ai-je rétorqué avec agacement. C'est à vous de trouver une solution. Avant qu'on se noie, si possible.

— Vous avez vraiment tout d'une Pythie, a-t-il maugréé.

— Je vais inspecter le couloir, a proposé Pritkin en ôtant son lourd manteau. Il est peut-être plus praticable qu'on le pense.

Il a pris une grande bouffée d'air et il a plongé. Me laissant seule avec un mage guerrier qui, quelques minutes plus tôt, faisait son possible pour m'emprisonner. J'ai deviné, à son regard, que Caleb pensait la même chose que moi.

— J'imagine que vous devriez prendre ça pour un compliment, ai-je lancé, un tantinet nerveuse.

— Pas vraiment. Si je vous tue, je reste coincé ici.

Je l'ai dévisagé un moment, mais son visage était impénétrable. Enfin, il s'est fendu d'un léger sourire.

— John me connaît bien, a-t-il ajouté.

Super rassurant, ai-je pensé avec amertume. Il connaissait aussi très bien Nick.

— Qu'est-ce que c'était ? a demandé Caleb d'un seul coup en tournant vivement la tête.

— Quoi ?

Il a plongé la sphère sous l'eau mais on ne voyait rien d'autre que nos jambes agitant la vase. Au bout d'une minute, il l'a fait ressortir et elle est venue illuminer son visage soucieux.

— J'ai eu l'impression de sentir..., a-t-il commencé.

Mais sa tête a disparu.

Pendant une seconde, je suis restée bêtement à regarder l'endroit où elle aurait dû se trouver. Ensuite, j'ai regardé dans toutes les directions, affolée, au cas où j'aurais aperçu une flèche assortie d'un scalp. Mais rien ne bougeait, à part les vaguelettes de l'eau.

J'ai observé la surface, mais le seul indice de la présence de Caleb était la faible lueur de la sphère. Et elle coulait à toute vitesse. Bizarrement, je n'étais pas convaincue qu'il ait décidé subitement de piquer une tête. Mais j'ai vite eu droit à un autre sujet d'inquiétude : trois flèches se sont fichées dans le mur derrière moi. Elles ont évité de peu une silhouette noire accroupie dans une niche rocheuse. La créature a tout juste eu le temps de les esquiver d'un bond. Bien entendu, elle s'est jetée droit sur moi.

J'ai levé brutalement le bras et mes couteaux ont intercepté la chose en plein élan. Ils l'ont touchée juste avant qu'elle me percute. L'espace d'un moment très bref, j'ai senti son haleine chaude et fétide et j'ai entraperçu ses crocs sanguinolents. Ensuite, la créature m'est tombée dessus. Son corps épais, tout en poils et en muscles, m'a projetée hors de l'eau et j'ai atterri sur la table ravagée.

Un grognement guttural a résonné dans mon crâne et une patte griffue a entaillé le bois avant de se prendre dans le bas de ma manche cloche, l'arrachant complètement. J'ai fait un roulé-boulé sur le côté, évitant de justesse la lourde tête qui s'abattait sur moi. Ses crocs se sont profondément enfoncés dans la table, juste à côté de moi.

J'ai voulu m'enfuir par réflexe mais je n'avais nulle part où aller. J'ai donc choisi d'enfoncer les doigts dans son infâme fourrure trempée pour maintenir de force sa tête contre le bois épais et éviter qu'elle s'en prenne à moi. Mais la créature avait beau être piégée, elle faisait encore preuve d'une sauvagerie et d'une force impressionnantes.

Ses griffes ratissaient ma robe. Pour une fois, je devais reconnaître que l'exubérance d'Augustin en termes de textile était la bienvenue. Le tissu lourd et détrempé a protégé ma peau et m'a évité de me faire réduire en charpie, à l'image de ma robe. La créature essayait désespérément de s'accrocher au plateau glissant tandis que mes lames le poignardaient avec acharnement, projetant des jets de sang chaud sur ma poitrine, mes bras et mon visage.

Malgré mes efforts, la créature a réussi à se libérer du bois dans lequel ses mâchoires étaient fichées en arrachant un énorme morceau de la table. Elle s'est retournée avec une rapidité surnaturelle, s'est levée sur ses pattes arrière et s'est jetée sur moi… avant d'être embrochée par une flèche. Le projectile en fer a émergé de son torse, a fusé juste au-dessus de ma tête et m'a aspergée de sang grumeleux.

Je me suis laissée glisser dans l'eau en essayant de réprimer un cri. C'était plus facile que d'habitude, avec cette boule de panique coincée entre l'estomac et la gorge. Mes doigts se sont crispés sur le rebord en bois de la table. Essoufflée, au bord de la noyade, je faisais de mon mieux pour ne pas bouger. Pas question de finir comme la créature non identifiée qui venait d'essayer de me dévorer.

Un instant plus tard, la tête de Caleb a émergé de l'eau. La sphère toujours bien en main, il a pris une grande bouffée d'air entrecoupée de quintes de toux et il a craché un bon litre d'eau boueuse.

— Ça va ? lui ai-je demandé quand j'ai retrouvé l'usage de la parole.

La lumière a fait scintiller les gouttes d'eau argentées qui constellaient ses cheveux noirs coupés ras, et j'ai vu du sang rouge sombre dégouliner de sa tempe.

— Mieux que lui.

— Vous l'avez tué ?

— J'espère, a-t-il répondu de sa voix rauque de fumeur.

— Parfait, ai-je bégayé. C'était quoi ?

— Aucune idée. (Ses yeux se sont portés sur quelque chose situé derrière moi.) Vous avez tué ce truc ?

Je l'ai dévisagé sans comprendre avant de suivre son regard, rivé sur mes lames, qui avaient littéralement cloué à la table une chose excessivement bizarre dotée de poils et d'écailles. J'ai fait un bond en arrière en hurlant. Mes lames ont suivi le mouvement pour réintégrer mon bracelet. Comme plus rien ne le retenait sur le radeau oblique, le cadavre sanguinolent a lentement glissé dans l'eau.

Caleb l'a éloigné, offrant aux flèches une autre cible que nous. On est restés recroquevillés dans le noir à écouter les bruits secs et répétés du métal pénétrant sa chair.

Peu après, Pritkin a émergé à côté de moi. Il a pris une grande bouffée d'air puis il a remarqué la masse sombre de la créature flottant à quelques mètres.

— Qu'est-ce que c'est ?

— Le comité d'accueil, a répondu Caleb, pince-sans-rire. Qu'avez-vous découvert ?

— Les couloirs sont inondés, mais l'escalier le plus proche est dégagé sur sa moitié supérieure. C'est faisable.

— Encore faut-il qu'on y arrive en un seul morceau, a maugréé Caleb en levant les yeux.

Comme s'il l'avait entendu, le lustre s'est enfin arrêté de pivoter sur son axe. Sans le cliquetis métallique, la pièce était plongée dans un silence presque parfait. On n'entendait plus que le bruit de l'eau dégoulinant des murs pour se déverser dans le lac… et des sanglots pathétiques.

Les deux hommes se sont hérissés. Caleb a agité sa lumière dans toutes les directions. Bien entendu, il n'a rien vu.

— D'où vient ce bruit ? a demandé Pritkin.

— Augustin a un sens de l'humour douteux : il a ensorcelé ma robe, l'ai-je informé.

Pritkin m'a jaugée des pieds à la tête.

— Enlevez-la.

— Quoi ?

— Je peux utiliser le charme pour tromper les talismans.

D'un bras, je m'accrochais toujours à la table. De l'autre, j'ai protégé ma poitrine.

— Mais… Je n'ai rien en dessous.

— Rien du tout ?

— Non ! Enfin si, une petite culotte.

J'espérais, en tout cas. Après la journée que je venais d'avoir, je n'en étais plus très sûre.

Pritkin s'est massé l'arcade du nez.

— Dois-je vous rappeler que je vous ai déjà vue en petite culotte ?

— Une seule fois ! C'était il y a très longtemps. Et il faisait très, très noir !

Il s'apprêtait à répliquer mais il s'est abstenu.

— Bien. Donnez-moi une partie de votre robe sans que cela porte atteinte à votre pudeur.

— À quoi ça vous servira, déjà ?

— Ça me servira à… Donnez-moi cette satanée robe et vous verrez bien !

Je n'ai pas eu le temps de protester : il a sorti un couteau, plongé sous l'eau et a coupé une bonne moitié de ma robe.

— Quand vous avez un plan, je finis toujours par me déshabiller ! Vous trouvez ça normal, vous ? ai-je chuchoté avec hargne…

… dans le vide : il était déjà parti.

Une minute plus tard, toute une rangée de flèches s'est libérée d'un lustre, dans un fracas métallique assourdissant. Elles nous ont ignorés et ont mis aussitôt le cap sur Pritkin, et les bandes de tissu dont il était en train de bourrer les fentes et les crevasses de la paroi. En un clin d'œil, le tissu a été réduit en charpie sous l'action combinée des projectiles qui le transperçaient sans pitié tout en fracassant la roche. En s'ouvrant, elle laissait passer des hectolitres d'eau : la salle n'allait pas tarder à être complètement sous les eaux. Heureusement, entre les pleurs de la robe et le grondement torrentiel de l'eau, les talismans avaient beaucoup trop de cibles pour s'en prendre à nous.

— Dépêchez-vous ! (Caleb m'a tirée à découvert et m'a éloignée de la table.) Le charme ne va pas durer cent sept ans !

On a nagé jusqu'au mur du fond en restant sous l'eau. Autant que possible. Les talismans s'étaient détournés de nous : ils canardaient Pritkin avec acharnement. Leurs cliquetis rouillés faisaient un boucan d'enfer dans cet espace clos. Chaque fois que je refaisais surface, j'essayais désespérément d'apercevoir Pritkin, mais la lumière n'était pas assez forte. Je ne distinguais rien d'autre que les éclats brefs des escadrons de flèches qui fendaient les airs, aussi acérées que des lames.

J'avais les yeux rivés sur elles lorsque j'ai percuté le mur. Caleb m'a retenue un instant, avant de plonger sous l'eau. Il a refait surface au bout d'une minute.

— La porte est juste en dessous, a-t-il annoncé. John avait raison : le couloir est complètement sous les eaux. Mais l'escalier est à quinze mètres à gauche. (Il s'apprêtait à plonger de nouveau mais je l'ai pris par le bras.) John va s'en tirer.

J'ai contemplé la pluie de flèches qui continuait de s'abattre derrière nous. À chaque impact, elles arrachaient des morceaux entiers de la paroi. Certaines de ces perforations, aussi massives que des rocs, étaient étoilées de fines ravines formant comme une toile d'araignée.

— Comment peut-on se tirer d'un foutoir pareil ?

— Faites-moi confiance : je le connais bien.

— Moi aussi, ai-je répondu avec hargne. C'est bien ce qui m'inquiète !

Un craquement sourd a retenti à travers la pièce, tellement assourdissant que les talismans se sont figés. Une seconde plus tard, une gigantesque portion de mur a cédé et s'est écroulée dans l'eau, quasiment d'un seul tenant, comme un iceberg en train de se fragmenter. Elle a heurté la surface à plat, générant une onde de choc assez puissante pour nous submerger et me propulser contre Caleb.

— Ne bougez pas, a-t-il chuchoté.

Le lustre le plus proche venait de pivoter vers nous, attiré par les turbulences. Il a oscillé de droite à gauche, visant les vagues qui se brisaient sur le mur, de chaque côté de nous.

— On y va maintenant, m'a dit Caleb à l'oreille. OK ?

J'ai balayé de nouveau les ténèbres du regard, à l'affût du moindre signe de Pritkin, mais c'était peine perdue. *Et mince ! Je n'aurais jamais dû le laisser partir tout seul !*

— Cassie ! a insisté Caleb.

— OK ! ai-je répondu d'une voix rauque.

Je ne m'étais jamais sentie aussi impuissante.

Et jamais quinze mètres ne m'avaient semblé aussi longs. J'ai plongé et j'ai suivi la lueur pâle de la sphère de Caleb jusqu'au rectangle noir de la porte. Dès que je l'ai passée, j'ai compris que j'avais un problème. Je pensais que j'allais devoir me contenter de suivre Caleb, mais j'avais beau savoir qu'il était juste au-dessus de moi, quelque part, je ne le voyais pas. Il y avait trop de vase et de gravats dans l'eau, supprimant le peu de clarté que diffusait la sphère. Résultat : le couloir inondé était plongé dans l'obscurité la plus totale.

Très vite, j'ai perdu tous mes repères : impossible de distinguer le haut du bas dans l'eau noire et glacée. Tout avait la même apparence. Et j'avais du mal à me concentrer, avec cette brûlure dans mes poumons. Mon pouls palpitait frénétiquement à ma tempe et le froid a engourdi mes membres, de plus en plus lents à obéir aux instructions affolées de mon cerveau.

Au bout d'un moment, mes doigts ont découvert, à force de tâtonner, ce qui ressemblait à un seuil. Ensuite, je me suis éraflé les pieds contre une surface accidentée : des marches, très probablement. Instinctivement, j'ai essayé de les grimper, mais je ne suis pas allée bien loin. Les vestiges de ma robe détrempée m'alourdissaient et j'avais beau me débattre, je n'arrivais pas à atteindre l'ondulation vaguement lumineuse que j'espérais être la surface.

Ensuite, une main a agrippé le devant de ma robe et m'a à moitié étranglée. J'ai donné un coup de pied, la main m'a hissée et j'ai émergé. Je me suis accrochée aux manches d'une chemise blanche trempée et j'ai dévisagé l'homme qui la portait. L'espace d'une seconde, le monde s'est couvert d'un voile gris : je ne voyais plus que son visage. Ses yeux avaient presque l'air trop verts, trop clairs, avec un contour d'une netteté irréelle. Au bout d'un moment, j'ai remarqué ses joues en feu et les éclairs dans son regard. Il avait l'air d'avoir pris son pied. C'était un vrai malade.

— Comment vous vous êtes débrouillé pour arriver avant moi ? ai-je demandé.

J'étais complètement essoufflée. Je manquais vraiment d'air, mais j'étais surtout soulagée. Pritkin a haussé les épaules.

— J'ai pris la sortie de secours et j'ai fait le tour.

— Pritkin : il *n'y a pas* de sortie de secours.

— Maintenant, si. Le lustre a percé un trou jusqu'au couloir sud.

— C'est un sacré défaut de fabrication, a marmonné Caleb.

— Je ne crois pas que les talismans ont été testés sur une longue période, lui a dit Pritkin. Il faudra y remédier lorsque nous reconstruirons le complexe.

Il a fini par remarquer mon expression. Il a froncé les sourcils.

— Tout va bien ?

— Très bien.

— Ça n'a pas l'air.

— J'essaie de me rappeler pourquoi vous êtes indispensable et pourquoi je n'ai pas le droit de vous faire mourir lentement dans d'atroces souffrances.

Il a ignoré ma remarque et m'a hissée sur mes pieds. J'ai ramassé ma robe en charpie en faisant mon possible pour garder le peu de dignité qui me restait. Ensuite, on s'est mis à gravir les marches en pataugeant.

Chapitre 8

La sphère de Caleb n'avait que peu d'effet sur l'obscurité ambiante. Rapidement, elle a été recouverte d'un épais voile de poussière, tout comme ma peau. Je sentais les particules m'envelopper d'une couche graveleuse, comme si le souterrain regrettait de ne pas avoir réussi à nous noyer et s'échinait à nous enterrer vivants. Il n'avait pas à se donner beaucoup de mal.

Le vent de destruction qui avait ravagé les niveaux supérieurs n'était pas descendu jusqu'ici, mais le cataclysme avait eu de terribles répercussions. Les murs étaient zébrés de crevasses larges comme mon pouce et il manquait d'énormes morceaux à la plupart des marches. On a slalomé entre les trous jusqu'à l'étage supérieur, où on a découvert un autre couloir sombre.

Pritkin est passé devant et Caleb s'est mis à garder nos arrières. Les pièces de cette section de la MAGIC étaient principalement des lieux d'habitation. C'était là que se trouvaient, entre autres, les quartiers de Mircea. On y est entrés par la porte principale. Une fois à l'intérieur, on avait du mal à croire qu'on se trouvait dans le souterrain d'une forteresse dévastée.

Les murs étaient couverts d'un revêtement en placoplâtre peint avec goût, dans les tons bordeaux et bronze. Leurs teintes s'harmonisaient parfaitement au sol en marbre d'Italie, aux stucs dorés et aux plafonds peints à la main. Mircea étant le diplomate en chef du Sénat, ses quartiers faisaient office d'ambassade. C'était là, au milieu d'inestimables antiquités, de lustres en cristal de Bohème et de peintures inconnues du public et signées des plus grands maîtres, qu'il accueillait les dignitaires, caressait les émissaires dans le sens du poil et scellait des alliances.

Mais plus on s'éloignait de l'entrée, plus les traces du désastre devenaient évidentes. Par endroits, le plâtre vénitien était perforé par la pierre rouge sous-jacente : le squelette des lieux affleurait sous le vernis décoratif. Et tout était recouvert d'une couche de poussière écarlate. J'en sentais l'arrière-goût âcre dans ma bouche et mes narines en étaient pleines. Les particules enduisaient jusqu'à cette toile d'araignée tendue au coin du plafond et épargnée par le cataclysme.

Pritkin a déniché deux chandeliers et quelques allumettes. Munis de lumière, nous nous sommes séparés pour accélérer les recherches. Les deux mages se sont concentrés sur les parties communes et je me suis aventurée dans le couloir principal pour explorer les chambres qui, poussière mise à part, étaient immaculées et dont les meubles élégants étaient intacts. En revanche, la chambre à coucher de Mircea était sens dessus dessous.

Les draps avaient été arrachés de l'immense lit, juché sur son piédestal, et un oreiller pendait mollement du matelas, comme s'il menait une lutte muette contre la gravité. L'armoire sculptée était grande ouverte mais on n'avait pas touché aux vêtements. Pas plus qu'aux peintures inestimables accrochées au mur. Seules les niches murales contenant des objets du folklore roumain avaient été vidées.

La résidence secondaire de Mircea était magnifique, élégante et conçue pour impressionner son monde. Par conséquent, elle n'en disait pas bien long sur l'homme qui y habitait. Elle était à l'image de son jet privé ou de sa garde-robe Armani : elle répondait aux attentes des gens.

En revanche, ce qui était très significatif, c'était que ses serviteurs avaient abandonné les sèvres et le cristal de Bohême alors qu'ils avaient emporté dans leur fuite une partie d'une collection de crucifix peints en étain et de cuillères en bois sans aucune valeur.

Ça m'a un peu troublée de me rendre compte qu'à leur place, je n'aurais pas su quoi choisir. J'ai passé en revue les objets qu'ils avaient laissés, comme cette série de figurines en jade sophistiquées posée sur une étagère, et je me suis dit que j'aurais probablement fait de mauvais choix. J'étais incapable de distinguer les souvenirs précieux des décorations pures et simples. Je ne connaissais rien de ses espoirs, de ses rêves, de ses peurs. Ni de…

Soudain, mon pied s'est pris dans un amas de soie, sous le lit. En le dégageant, j'ai trouvé un objet personnel qu'ils avaient dû oublier dans leur précipitation : il s'agissait d'un vieux livre usé. Sa couverture en cuir noir était abîmée aux coins et les lettres dorées du titre étaient presque entièrement effacées. Seules quelques miettes scintillaient à la lumière de la bougie. Mais il s'agissait indéniablement d'un album photo.

J'ai regardé un peu partout, mais il n'y avait pas un chat. Je me suis agenouillée par terre et j'ai ouvert la couverture d'une main légèrement tremblante. Mircea était un diplomate. Il avait un talent pour parler des heures sans rien dire. Résultat : tout ce qu'il disait n'était pas digne de foi. Jusque-là, j'avais entendu deux versions de la manière dont il avait été transformé en vampire. Et je ne savais pas si l'une d'elles était vraie.

Mais les photos ne mentent pas. En tout cas, moins souvent qu'un maître vampire. Et je me retrouvais face à un album entier. Il devait contenir des centaines de photos de Mircea !

Mais en fait non.

Les photos avaient bel et bien un thème, mais ce n'était pas lui. Sur chaque page figurait le même visage : celui d'une magnifique femme brune d'à peu près mon âge. Elle alliait des yeux de braise d'une sensualité désarmante à une allure délicate, et elle aurait provoqué des accidents en sortant sans maquillage et vêtue d'une tunique de clown. Mais bien sûr, elle préférait les vêtements près du corps mettant en valeur sa silhouette mince et athlétique.

Une des photos la montrait attablée à une terrasse de café. Elle portait une tenue démodée – des années 1940, au pif – constituée d'un tailleur blanc à manches courtes et d'un foulard rayé. Elle maniait une fourchette en riant et regardait une personne située hors champ. Ses cheveux lisses et gominés, coupés au carré, étaient impeccables. Pour le commun des mortels qui a du mal à se coiffer le matin, c'était un véritable affront. Son nez n'était pas retroussé, ses pommettes étaient saillantes et elle avait peut-être des taches de rousseur, mais ça ne se voyait pas. En gros, elle aurait pu faire la couverture des *Vogue* de l'époque.

J'ai regardé cette femme, l'album ouvert sur les genoux, et bizarrement j'ai ressenti comme un vertige. Et quelque chose d'autre, que je n'arrivais pas bien à définir. Ça me chauffait les joues et me brûlait l'estomac comme de l'acide. Il n'y avait aucune photo de moi dans cette chambre. Pas une seule. En revanche, un album entier était consacré à cette femme mystérieuse. Je ne savais pas qui c'était, mais Mircea tenait à elle.

Plus qu'à moi.

Quelque chose a éclaboussé le plastique transparent protégeant l'image, avant de dégouliner sur le rebord du livre et d'être absorbé par la couverture en cuir craquelé. J'ai cligné des paupières, laissant d'autres « quelque chose » couler de mes yeux. J'étais stupéfaite. *C'est stupide. Tu es vraiment ridicule*, me suis-je dit. J'avais assez de problèmes comme ça, je n'allais pas commencer à me faire du souci pour ce que Mircea faisait avec… *Et mince!* Je n'arrivais même pas à y penser. Ce qui était encore plus stupide.

Mais qu'est-ce que j'avais cru ? Qu'il avait vécu comme un moine pendant cinq cents ans ? J'avais pourtant bien vu comment les femmes se jetaient sur lui. Et je ne pouvais quand même pas être jalouse d'événements intervenus bien avant ma naissance. Même si les événements en question impliquaient des brunes splendides.

J'ai baissé les yeux sur ma main. Je serrais la page où figurait la photo, chiffonnant le plastique et menaçant de froisser le carton de façon permanente. Et si. J'étais peut-être un peu jalouse, finalement. Bon, d'accord : j'étais carrément jalouse.

Jusque-là, je ne me préoccupais pas de la vie sexuelle de Mircea. La plupart du temps… Et seulement parce que je ne connaissais pas les personnes impliquées. En tout cas, pas que je sache. À présent, je commençais à avoir des doutes.

Il était beaucoup trop proche de la Consule chinoise à mon goût. Elle s'était entichée de lui lorsqu'il était en mission diplomatique auprès de sa cour et elle continuait, tous les ans, de lui envoyer des cadeaux très coûteux. Je l'avais également vu se faire très amical avec une sénatrice blond platine, et avec une comtesse passionnée à la chevelure de jais. Et c'étaient seulement les relations dont j'avais connaissance. Ces femmes avaient toutes des statuts, des caractères et des histoires différentes, mais elles avaient une chose en commun : elles étaient d'une beauté à couper le souffle. Comme cette femme.

J'ai tourné les pages jusqu'à la fin du livre et j'ai eu un autre choc. La brune était toujours là, mais elle était en train de faire son jogging dans un parc, avec le fil d'un *iPod* lui tombant sur l'épaule gauche. J'ai parcouru de nouveau l'album et je me suis aperçue que les photos étaient rangées par ordre chronologique : au sépia passé du XIXe siècle succédaient le noir et blanc, les couleurs tapageuses des années 1960, et enfin les photos contemporaines. Et, à l'exception de quelques menus détails, elle ne changeait pas. Elle était une vampire sans âge, éternellement magnifique.

Comme Mircea.

J'ai reposé l'album, les mains toutes tremblantes, et je me suis fait violence pour reprendre mon sang-froid. J'étais fragile en ce moment, rien de plus. C'était la raison pour laquelle je ressentais l'envie de crever ces splendides yeux noirs avec mes pouces.

C'était un sentiment totalement étranger et proprement terrifiant. D'habitude, je ne suis pas possessive. Je ne suis jamais possessive. Avec personne. Et ce n'était pas comme si on avait scellé un pacte de monogamie avec Mircea. D'ailleurs, on n'avait scellé aucun pacte. Il pouvait voir qui il voulait. Je m'étais juste convaincue qu'il ne voyait personne. Et il avait l'air de faire bien plus que la voir. Pour ne rien gâcher, à côté d'elle, je ressemblais à une des belles-sœurs moches de Cendrillon.

Avec mes pouces.

— Vous avez trouvé quelque chose ?

J'ai tourné la tête. Pritkin venait de passer la porte. Il a balayé la pièce du regard sans s'attarder. Il ne savait peut-être pas de quelle chambre il s'agissait. Ou ça lui était égal. Pour lui, Mircea n'était qu'un vampire de plus. Et Pritkin n'était pas un grand fan des vampires.

— Non. Rien.

Je n'ai pas essayé de dissimuler l'album. Il l'a regardé sans afficher le moindre intérêt.

— Même bilan de notre côté.

— On dirait une ville fantôme, a marmonné Caleb, qui venait de nous rejoindre.

Je n'étais pas d'accord : un fantôme, c'est beaucoup plus vivant que cet endroit.

— Ils ont dû s'enfuir, a dit Pritkin. On peut compter sur les vampires pour trouver une issue de secours, même dans une forteresse censée être imprenable.

— Et je ne crois pas qu'ils soient restés pour sauver quiconque, a ajouté Caleb en me regardant du coin de l'œil. (Je ne l'ai pas contredit : moi non plus, je ne le croyais pas.) Il y a peut-être des gens plus haut : dépêchons-nous.

On traversait le hall d'entrée pour regagner la porte principale lorsque les cristaux d'un lustre se sont mis à tinter. Un vase bleu et blanc – j'espérais qu'il ne s'agissait pas d'un Ming – a vacillé sur la table et s'est écrasé par terre. Je n'ai pas eu le temps de le rattraper. Sous nos pieds, le sol a grondé et tremblé pendant un long moment et j'ai été obligée de m'accrocher au mur pour garder l'équilibre.

— Un *tremblement de terre* ? ai-je lancé, incrédule. Pourquoi pas un tsunami, tant qu'on y est ?

— Ce sont sûrement les niveaux supérieurs qui bougent, rien de plus, a dit Pritkin. (Il n'avait pas l'air convaincu.) Hâtons-nous !

On est sortis dans le couloir et Caleb s'est dirigé vers une porte située près d'une volée de marches creusées à même la roche et grimpant au niveau supérieur.

— Je ne ferais pas ça, si j'étais vous, lui ai-je conseillé.

Il s'est interrompu, la main sur la poignée.

— Pourquoi ça ?

Il a froncé les sourcils et m'a lancé un regard noir, comme s'il me suspectait d'être complice des vampires et de les aider à dissimuler je ne sais quel inavouable secret.

Comme s'ils avaient besoin de moi pour ça.

— Ce sont les quartiers de Marlowe.

Kit Marlowe, autrefois dramaturge, était aujourd'hui le chef des espions de la Consule. Et dans la catégorie

« paranoïa », il avait décroché l'or aux Jeux olympiques. Même dans une forteresse bondée de gardes, j'étais presque sûre qu'il avait bardé ses quartiers de talismans. Et, le connaissant, c'étaient probablement des talismans mortels.

Caleb a aussitôt lâché la poignée, pris d'une soudaine envie d'épousseter les revers de sa veste. Il n'a plus touché à la porte. Apparemment, il était de mon avis.

Au niveau supérieur, l'éclairage de secours fonctionnait toujours : les vieilles roches baignaient dans une lumière rouge. L'escalier donnait sur un couloir sinueux qui desservait des pièces sombres remplies d'étranges instruments. Des câbles zigzaguaient à nos pieds, les murs étaient tapissés de bocaux contenant des choses visqueuses, le sol couvert de cages renversées, et des néons clignotaient au plafond comme dans un bon film d'horreur.

— Si Sigourney Weaver débarque, je me casse, ai-je marmonné.

Caleb m'a surprise en éclatant de rire.

— Nous avons déjà tué Alien, m'a-t-il rappelé.

— En êtes-vous bien sûr ? a demandé Pritkin.

Il progressait devant nous et venait de disparaître dans un virage. On l'a rejoint. Apparemment, ce niveau était tout aussi vide que l'autre. Vide de gens, en tout cas. En revanche, il était rempli d'un paquet de créatures d'un autre style qui grouillaient, volaient et crapahutaient partout. Quelqu'un s'était amusé à constituer une petite ménagerie. Et le cataclysme avait libéré tous ses pensionnaires. *Une ménagerie très spéciale*, me suis-je dit en observant de près un machin gélatineux, de couleur rose orangé, qui s'était mis à ramper hors d'un cageot. À l'intérieur, j'ai vu une quantité de créatures similaires attendant leur tour. Elles avaient de jolies couleurs, mais elles ressemblaient quand même à des limaces géantes.

Avec de petits yeux sombres et furieux respirant l'intelligence.

J'ai titubé en arrière et fait mon possible pour ne pas rendre mon quatre-heures. Caleb a poussé un juron et dégainé son pistolet. Je lui ai saisi le bras.

— Qu'est-ce que vous faites ?

— D'après vous ?

D'un seul coup, il avait perdu sa bonne humeur.

— Vous n'allez quand même pas le tuer.

— Vous n'aviez pas les mêmes scrupules dans la salle d'audience.

— Dans la salle d'audience, on nous a attaqués !

— Et maintenant, on sait ce qui nous est tombé dessus : le produit d'une expérience tordue menée par vos vampires chéris.

Il s'est remis à viser mais sa poudre avait dû s'humidifier : le coup n'est pas parti. Il a froncé les sourcils, marmonné une formule et essayé encore. Cette fois, ça a très bien marché, mais je lui ai cogné le bras pour détourner le tir.

La détonation était assourdissante : des centaines de pattes se sont éloignées bruyamment dans le couloir.

— J'ai dit : on ne tire pas !

Caleb m'a fusillée du regard.

— C'est la Pythie, s'est dépêché de lui rappeler Pritkin.

— Pas pour moi, a rétorqué Caleb d'un ton sinistre.

— Dans ce cas, qui est-ce ? Tenez-vous vraiment à mener ce combat sans Pythie ?

Les deux hommes se sont toisés longuement. Au bout d'un moment, Caleb a laissé échapper un juron.

— On ne peut pas continuer avec toutes ces bestioles ! Elles risquent de nous sauter dessus à n'importe quel moment !

— Elles n'ont pas l'air d'avoir très envie de nous attaquer, ai-je fait remarquer.

— Et si elles nous attaquent quand même ?

— On avisera.

— Et si elles se débrouillent pour sortir ? On ne va quand même pas laisser des créatures potentiellement dangereuses en liberté ! Vous imaginez ce qu'elles risquent de faire aux civils ?

— On est au neuvième sous-sol ! Et elles n'ont pas l'air spécialement dangereuses.

— Les apparences sont parfois trompeuses, a-t-il insisté. Nous ignorons tout de leurs capacités. Et des raisons pour lesquelles les vampires les élevaient.

J'ai regardé la chose suintante qui s'éloignait en rampant. Les cours d'eau souterrains résisteraient probablement au cataclysme. Que se passerait-il si cette créature passait dans le réseau de distribution d'eau ? Voire plusieurs. Et si elles commençaient à se reproduire ? En l'espace de quelques semaines, elles pourraient se multiplier par milliers.

— La plupart d'entre elles vont mourir, de toute manière, a fait remarquer Pritkin d'une voix calme, de faim, de noyade, ou écrasées sous des tonnes de roches.

Il a désigné, d'un hochement de menton, une paire de bidules-oiseaux occupés à se repaître d'un cadavre quelconque à coups de leurs longs becs noirs.

— Ou sous les coups de griffes de prédateurs plus forts qu'elles. Ce serait plus charitable d'en finir maintenant.

J'ai contemplé le festin improvisé et j'ai senti mon estomac se soulever.

— Faites ce que vous avez à faire, ai-je fini par concéder. Je vous attends en haut.

J'ai grimpé les marches, accompagnée un moment par le bruit des détonations et l'odeur de la poudre. Le niveau supérieur était plongé dans le silence et les ténèbres, à l'exception de quelques éclairs de lumière provenant de la pièce en dessous. Je me suis recroquevillée, les genoux pliés entre les bras, la tête inclinée contre le mur, et j'ai essayé de ne penser à rien. C'est à ce moment-là qu'une main sortie de nulle part m'a couvert la bouche.

Tandis que je me débattais comme un beau diable, on m'a traînée dans une pièce entièrement plongée dans l'obscurité. Il y a eu un éclair de lumière. C'était une simple bougie mais il faisait tellement noir qu'en comparaison elle brillait comme un projecteur. La flamme a révélé une table couverte de papiers et l'homme assis derrière. Ses cheveux étaient en bataille et son pull en cachemire poussiéreux et déchiré. Mais ses yeux marron et son sourire jovial n'avaient pas changé.

— Rafe !

Il s'est levé et a contourné la table. Je me suis littéralement jetée dans ses bras. J'avais toujours su qu'il s'en était probablement tiré, mais jusqu'à ce moment précis je n'y avais pas vraiment cru. Mon cœur s'est gonflé de soulagement à sa vue. Il était indemne. Le sentiment d'euphorie qui m'a envahi était si puissant que j'ai cru que mes veines allaient éclater.

— Regardez qui j'ai trouvé en train de roder dans le couloir ! s'est exclamé Marlowe d'une voix enjouée, derrière mon dos. Elle est accompagnée de deux mages. Pritkin, et quelqu'un que je ne connais pas.

— J'imagine que les coups de feu sont leur œuvre ? a demandé Rafe en passant la main dans mes cheveux emmêlés.

— Par pure charité, ils sont en train d'exécuter les expériences, a dit Marlowe, hilare.

— *Maintenant* ?

— Pourquoi pas maintenant ? ai-je demandé.

— Parce que les talismans céderont dans exactement cinquante-trois minutes, a répondu Marlowe. Ce qui résoudra le problème.

Comme pour prouver ses dires, le sol a tremblé de plus belle sous nos pieds.

— Mais qu'est-ce que vous faites encore là, alors ? On n'a trouvé personne : j'imagine qu'il y a une issue de secours.

— Il en existe plusieurs, a confirmé Rafe en regardant Marlowe du coin de l'œil.

J'ai tourné la tête : l'espion en chef me scrutait avec attention. La lueur de la bougie se reflétait dans l'anneau à son oreille et dansait dans ses yeux noirs. Je connaissais bien ce regard. On me l'adressait souvent, ces derniers temps. La plupart du temps, ça voulait dire : « Je me demande si elle est assez bête pour me croire. » Et, en général, la réponse à cette question était « oui ».

— Je ne vais pas aimer, c'est ça ? ai-je soufflé d'un air résigné.

— Peut-être pas.

Marlowe a tapoté la liasse de papiers sur le bureau. Je me suis rendu compte qu'il s'agissait d'un plan. De la MAGIC sûrement.

— J'imagine que vous êtes venue jusqu'ici pour tenter une opération de sauvetage ? a-t-il poursuivit.

— Ouais. Sauf que, jusqu'ici, on n'a trouvé personne à sauver.

— La plupart des survivants ont déjà été évacués. Toutefois, une des zones est toujours occupée. Il s'agit des cellules de détention des mages.

— Les prisonniers sont toujours coincés ? Comment ça se fait ?

— Il y a eu un éboulement, a répondu Rafe. Pour des raisons de sécurité, il n'existe qu'une seule voie d'accès. Et dans toute cette zone… (Il a tracé un trait sur la carte de son doigt fin, deux niveaux au-dessus du nôtre.)… les talismans ont cédé. Les détenus sont coupés du monde. Ils n'ont plus aucun espoir d'être secourus.

— On a passé en revue les plans et on a interrogé les mages, mais il semble n'y avoir aucune issue de secours, a ajouté Marlowe. Qui plus est, l'éboulement est trop important pour déblayer le couloir à temps : il est obstrué sur toute sa longueur, ou presque.

Je l'ai regardé en clignant des yeux.

— J'ai du mal comprendre : vous êtes restés pour sauver des *humains* ?

Il a souri dans sa barbiche.

— À vrai dire, nous voulions sauver *un* humain.

— Et les autres ?

Il a haussé les épaules.

— Sauvez-les si ça vous chante.

— Oh ! Que c'est aimable à vous ! Bon. Sérieusement, qu'est-ce que c'est que cette affaire ?

— Sachez seulement que ma prière a été exaucée.

— Vous priez ?

— Bien entendu, a-t-il affirmé d'un air innocent. Mais je ne vous dirai pas qui.

— Cessez vos enfantillages, Kit, a lancé Rafe. (Il s'est tourné vers moi.) Si nous voulons secourir quiconque, nous devons nous hâter.

Je me suis dit que Rafe pourrait toujours m'expliquer plus tard.

— Ce n'est pas si simple, leur ai-je fait remarquer. La téléportation spatiale, ça ne fonctionne pas comme la téléportation temporelle. Mon pouvoir ne me donne pas d'aperçu de l'endroit où je dois aller. Si je ne sais pas où je vais, je risque d'atterrir dans un mur. Dans une roche, en l'occurrence.

— Les cellules se trouvent à une quinzaine de toises de la zone que nous estimons dégagée.

— Que vous *estimez* dégagée ?

— D'après les talismans, c'est une zone sécurisée. Néanmoins…

— Néanmoins quoi ?

— Ce n'est pas forcément fiable. Les dommages sont considérables.

Je l'ai dévisagé.

— *Pas forcément fiable*? Ça signifie que je risque de me téléporter dans un éboulis, Marlowe! On ne va pas commencer à prendre les paris! C'est déjà assez difficile comme ça: je dois en être sûre!

Il m'a regardée sans rien dire. Rafe s'est tourné vers un coin de la pièce encore plongé dans l'obscurité la plus totale. Un sifflement indistinct a jailli des ténèbres. Peu après, la Consule est apparue abruptement, comme si elle venait de se téléporter. Mais je n'étais pas si bête: je savais très bien qu'elle avait toujours été là. Si parfaitement immobile que je ne l'avais pas remarquée. *Chapeau!* Étant donné qu'elle était vêtue de sa tenue habituelle – à savoir, un essaim de serpents vivants –, c'était une belle performance!

Elle m'a dévisagée des pieds à la tête de ses vénérables yeux surlignés de khôl. Comme d'habitude, elle n'avait pas l'air ravie de me voir.

— Je vais vous faire un compte-rendu *détaillé*, Pythie, m'a-t-elle informée. Ensuite, vous suivrez nos instructions.

Ce n'était pas une proposition. Elle est sortie majestueusement de la pièce et nous l'avons suivie. Rafe est descendu à l'étage inférieur pour aller chercher Pritkin et Caleb tandis que Marlowe et moi nous dépêchions de suivre la Consule, qui nous a guidés deux étages plus haut.

Notre ascension était rythmée par la chute constante de petits torrents de sable, glissant le long des murs au gré des secousses.

— Que se passera-t-il quand les talismans céderont? ai-je demandé quand on a atteint l'amoncellement de roche et de terre, au sommet de la deuxième volée de marches.

— Les niveaux supérieurs se sont affaissés les uns sur les autres. Ils ne forment plus qu'une seule masse compacte, m'a expliqué Marlowe. Sans les talismans pour les soutenir, ils vont écraser tout ce qui se trouve en dessous.

— Oh ! Alors, pas de stress !

Je me suis tournée vers la gauche, en direction du couloir menant aux cellules. Effectivement, il était complètement obstrué. Le grès rouge sombre des profondeurs s'était mélangé aux strates plus jaunes de la surface, formant un magma informe, sans aucun interstice, même en haut. On aurait dit que la galerie avait été absorbée par la roche alentour.

— Nous estimons que l'accès est bloqué jusqu'aux cellules, qui ont leur propre réseau de talismans, toujours pour des raisons de sécurité, m'a exposé rapidement Marlowe.

— J'ai besoin d'un peu plus qu'une estimation, lui ai-je rappelé.

— Vous l'aurez, m'a-t-il dit en me forçant à descendre quelques marches.

On a tous les deux levé les yeux vers la Consule, qui était restée en haut.

— Ne racontez ça à personne, m'a-t-elle intimé.

— Raconter quoi ? ai-je demandé, complètement stupéfaite.

Elle restait plantée là. Pour la première fois, je me suis aperçue qu'elle était assez menue. Presque aussi petite que moi. Bizarre : j'avais toujours cru qu'elle était beaucoup plus grande.

Marlowe a passé le bras autour de ma taille et m'a fait reculer un peu plus. Quelque chose a bougé et, d'un seul coup, il y avait des serpents partout : ils formaient un épais amas de formes grouillantes autour des pieds et des jambes de la Consule. Ils ont enveloppé son corps, se sont enroulés autour de son cou, ont glissé sur son visage, se sont mêlés à ses cheveux... Un reptile particulièrement gros s'est immiscé de force entre ses lèvres et s'est mis à descendre dans sa gorge. Son cou s'est déformé comme si des vagues y déferlaient.

— Marlowe ! Faites quelque chose ! ai-je hurlé, complètement horrifiée.

Il n'a rien dit. Il s'est contenté de me serrer plus fort. De nouveaux serpents sont apparus sur la Consule et se sont mis à lui perforer la chair. Leurs corps sombres enduits de sang creusaient des galeries à l'intérieur de la vampire. Je distinguais, sous sa peau, leurs trajectoires sinueuses. Les plus petits palpitaient comme des veines gorgées de sang tandis que les plus grands déformaient effroyablement sa silhouette, apparemment bien déterminés à la consumer. Soudain, on a entendu un bruit de fruit pourri en train d'exploser et la Consule a disparu. À sa place, il n'y avait plus qu'une galerie remplie de créatures visqueuses et lisses grouillant dans une gluante flaque de sang.

— Oh, mon Dieu !

J'ai titubé en arrière. Sans le bras que Marlowe avait passé autour de ma taille, je serais tombée. Sous le choc, pétrifiée et révulsée, j'ai fini par comprendre. La Consule était toujours là. Elle avait juste changé de forme.

Les serpents ont déniché des trous dans les débris rocheux. Un être humain aurait été incapable de s'y glisser mais ils s'y sont insinués sous nos yeux, pénétrant la terre aussi facilement que de l'eau, et ils ont disparu.

Marlowe m'a mise lentement en position assise.

— Vous n'allez pas vomir ?

J'ai secoué la tête. J'étais beaucoup trop flippée pour vomir.

— J'avais entendu des rumeurs…

Il s'est assis sur une marche à côté de moi et il a étendu nonchalamment les jambes, les yeux rivés sur les ténèbres qui nous faisaient face.

— Des rumeurs concernant notre habileté à nous transformer en brume, en loups ou en chauves-souris ?

— Oui. Mais je n'y croyais pas… Je pensais que ce n'étaient que des légendes.

— C'est le cas. Pour la plupart d'entre elles. Très peu d'entre nous vivent assez longtemps pour acquérir le pouvoir nécessaire à la métamorphose. (Il parlait d'un ton admiratif, comme si la Consule venait d'accomplir un tour de passe-passe particulièrement bluffant.) J'ai entendu dire que Parindra – l'homologue de la Consule en Inde – en était également capable. On raconte qu'il se transforme parfois en cobra.

Je n'ai rien dit. J'étais trop occupée à ravaler la boule d'angoisse qui me remontait dans la gorge. J'allais peut-être vomir, finalement. Et je me demandais comment la Consule le prendrait, si elle serait offensée quand elle reviendrait… en une bonne centaine de morceaux.

J'ai essayé de me calmer.

— La première fois qu'on y assiste, l'expérience peut se révéler relativement… troublante, m'a dit Marlowe en me regardant du coin de l'œil. Moi-même, j'ai été fort surpris.

Fort surpris. Ouais. Ce n'est pas le terme que j'aurais employé, mais bon.

On est restés un moment assis. Au bout de quelques précieuses secondes, la Consule est revenue. Des paquets de reptiles couverts d'écailles et de terre ont jailli en serpentant des trous pratiqués dans le mur et sont tombés sur le sol vaseux. En un clin d'œil, la Consule était de nouveau elle-même. Elle a avancé jusqu'au mur du fond d'une démarche hésitante et elle est restée debout en tremblant légèrement. Je ne l'avais jamais vue aussi secouée. Marlowe a esquissé quelques pas dans sa direction mais elle l'a interrompu d'un geste de la main.

— Le couloir est bloqué sur seize toises cinquante, m'a-t-elle dit d'une voix totalement maîtrisée. Jusqu'aux cellules de détention. Les talismans protègent encore ce niveau, mais ils ne tiendront plus longtemps. (Elle a regardé Marlowe.) Vous accompagnerez la Pythie au cours de sa mission.

J'ai secoué la tête.

— Plus j'emmène de gens, plus mon pouvoir s'épuise vite.

Et j'avais déjà pas mal tiré sur mes réserves.

— Et plus la situation est désespérée, moins les hommes ont tendance à penser clairement, a répliqué Marlowe. Ces cellules sont parmi les plus sécurisées que possède le Cercle. Elles abritent ses criminels les plus dangereux. Vous ne pouvez vous y rendre seule.

Je n'étais même pas sûre de pouvoir m'y rendre tout court. À l'idée de devoir me téléporter jusqu'à un endroit que je n'avais jamais vu, j'avais la tête qui tournait. Sans compter que je n'étais pas complètement sûre de savoir à quoi correspondait une toise.

— Euh… OK. Ça fait trente mètres, c'est ça ? ai-je demandé, passablement nerveuse.

Marlowe a soupiré.

— Un peu plus de trente-deux mètres. Mais vous feriez mieux d'y ajouter une marge d'un mètre pour ne pas prendre trop de risques.

Tu parles. Toute cette histoire était risquée à la base. Mais c'était soit ça, soit avouer ma défaite et rentrer chez moi. Et on jouait contre la montre.

La terre s'est remise à trembler. La secousse était plus violente que jamais. Je suis tombée à genoux. Les vibrations se sont propagées dans ma peau et dans mes os. J'ai eu du mal à garder l'équilibre. Pourtant, j'étais tout près du sol ! Ensuite, la roche qui nous faisait face s'est fendue, cédant la place à un bloc de pierre strié et acéré. Des cascades de sable s'écoulaient comme de l'eau de ses bords.

Marlowe m'a tirée en arrière juste au moment où le sol, sous nos pieds, s'est littéralement désintégré. Les vamps ne savent pas voler, mais il s'est déplacé si rapidement qu'on aurait pu le croire. Et d'un seul coup, Dieu sait comment, on s'est retrouvés au pied de l'escalier, dans une nuée de poussière. J'ai été prise d'une quinte de toux.

—Allez-y ! a ordonné la Consule.

Je ne l'avais pas vue bouger mais elle se tenait juste à côté de nous. Je n'ai pas attendu de voir une autre portion de sol s'effondrer. Je me suis contentée de m'accrocher aux épaules de Marlowe et de me téléporter.

On a atterri sur une autre planète. Un monde froid, stérile, dépourvu du moindre grain de poussière, éclairé par des ampoules grésillantes et entouré de murs gris en béton.

—C'est par là, a lancé Marlowe en s'élançant dans un couloir.

On a longé une interminable rangée de cellules. La plupart d'entre elles étaient occupées. Très vite, je me suis rendu compte que les prisonniers magiques, contrairement aux prisonniers humains, n'étaient pas conscients. Ils étaient figés dans une sorte de stase, debout contre le mur de leur cellule, qui ne mesurait qu'un mètre de profondeur. On aurait dit des mannequins de grand magasin. Ils avaient les yeux rivés sur l'extérieur. Leurs expressions allaient de l'étonnement à la colère, en passant par le doute.

En les dévisageant, je me suis sentie de plus en plus inquiète. Dix, quinze, vingt… Et on n'avait pas parcouru la moitié du couloir. Ils devaient être tout aussi nombreux de l'autre côté. Sans compter qu'il y avait sûrement plusieurs couloirs…

C'était tout bonnement impossible. Je le sentais au plus profond de moi, comme un battement de cœur. Pas moyen. Je n'arriverais jamais à en téléporter autant. Même si j'avais été au mieux de ma forme, j'aurais pu faire quatre ou cinq voyages maximum, en emmenant deux personnes à la fois. Dans mon état, je m'estimerais heureuse si j'arrivais à sauver cet homme qui intéressait tant les vamps et à évacuer mes compagnons.

On s'est arrêtés devant la cellule d'un homme aux cheveux bruns frisés. Pendant que Marlowe s'affairait sur le talisman de sa porte pour le libérer, j'ai jeté un coup d'œil aux cellules attenantes.

D'un côté se trouvait une femme rousse affichant une expression sournoise et machiavélique et, de l'autre, un homme d'âge moyen, sur le point de perdre son combat contre la calvitie. Pourtant, il existe des charmes contre ce genre de choses. Mais soit il était trop fier pour les utiliser – comme son air hautain le laissait présager –, soit le Cercle bannissait ce genre de coquetterie de ses prisons.

Aucune de ces deux personnes ne m'était spécialement sympathique, mais à la pensée de ce qui allait leur arriver ma peau s'est subitement couverte de chair de poule. C'était à cause de moi. Ce n'était pas exactement ma faute : je n'avais pas demandé à Richardson de nous trahir et je n'avais pas lancé le sortilège responsable du cataclysme, mais si j'étais partie quand Pritkin me l'avait demandé, rien de tout cela ne serait arrivé. D'un seul coup, j'ai eu un flash-back de sa voix en train de dire : « *Elles vont mourir de faim, ou se noyer, ou finir écrasées sous des tonnes de roches.* » J'ai regardé le visage de l'homme et j'ai tressailli.

Un talisman a cédé. Son bourdonnement a fait vibrer mes os comme autant de diapasons. L'homme à la chevelure frisée est tombé dans les bras de Marlowe, complètement amorphe.

— Combien pouvez-vous en prendre ? m'a interrogée Marlowe.

— Je… Pas beaucoup, ai-je reconnu.

Il s'en était sûrement douté.

— Dites-moi lesquels.

— Lesquels ? (Je l'ai dévisagé, les yeux écarquillés.) Vous me demandez de décider qui doit vivre et qui doit mourir ?

— Il faut bien que quelqu'un le fasse, a-t-il rétorqué en haussant les épaules. (Il a hissé le corps sur son dos.) Et le Sénat n'a que faire de ces gens, maintenant que nous avons récupéré celui qui nous importait.

J'ai regardé de nouveau la femme rousse. Ses yeux étaient gris. Dans la lumière vacillante, elle avait presque l'air d'être revenue à elle. On s'est toisées un instant : elle, dans son immobilité de mannequin ; moi, aussi pétrifiée qu'une statue. Dans quelques minutes, elle mourrait. Sauf si je l'emmenais avec moi. Auquel cas, tous les autres mourraient. Comme les serviteurs humains que les vampires logeaient à la surface. Comme tous ceux qui s'étaient retrouvés aux niveaux supérieurs. C'était tellement aléatoire.

— Il doit y avoir un moyen, ai-je dit, complètement acculée.

— Un moyen de faire quoi ? a demandé Marlowe en fronçant les sourcils.

— Un moyen de les sauver tous. On ne peut quand même pas les laisser ici !

Marlowe m'a lancé un regard inexpressif.

— Bien sûr que nous pouvons les laisser ici. Dans environ quarante minutes, tout ce niveau s'affaissera, défonçant par la même occasion les niveaux inférieurs. Votre altruisme est admirable mais, si nous ne partons pas sous peu, aucun d'entre nous n'en réchappera. Personnellement, je me regretterais beaucoup.

— Quelqu'un va forcément les regretter aussi ! Enfin, Marlowe !

La lampe au-dessus de nos têtes a choisi ce moment pour exploser, aspergeant le sol du couloir de bouts de verre et de plastique et plongeant le visage de Marlowe dans l'obscurité. Dans cette ambiance plus sombre, son masque jovial s'est estompé et ses traits se sont durcis. Pour une fois, il avait vraiment l'air aussi cruel qu'on le prétendait.

— S'il existait un moyen de les sauver, nous les sauverions. Mais ce n'est pas le cas, a-t-il dit avec pragmatisme. Rappelez-vous où nous sommes. À notre connaissance, ils pourraient très bien avoir mérité leur sort.

Mon estomac s'est noué. Ma méthode d'autruche habituelle – je refoule et je fais comme si de rien n'était – ne marchait pas très bien. J'ai examiné le couloir de long en large et j'ai contemplé les visages. Certains étaient vieux, d'autres jeunes ; certains durs, d'autres doux. Ces gens s'étaient tous attiré les foudres du Cercle. Mais moi aussi. Si Richardson était arrivé à ses fins, j'occuperais une de ces cellules. On n'était pas tellement différents. Sauf qu'eux allaient mourir. Mon erreur les avait condamnés.

Chapitre 9

Mes mains baignaient dans une lueur irréelle et maladive produite par la lumière verte en provenance d'une des cellules. Je les ai pressées de toutes mes forces l'une contre l'autre, jusqu'à ce qu'elles me fassent mal. Et j'ai contemplé ces rangées de visages. La tentation d'utiliser mon pouvoir était presque irrésistible. J'y pensais depuis que j'avais vu le paysage incendié. Je ressassais cette idée depuis que mon regard s'était posé sur ce groupe désespéré de mages stupéfaits errer dans l'espace vide où aurait dû se trouver la MAGIC. Marlowe avait tort : j'avais un moyen.

Je ne savais juste pas si j'étais autorisée à y recourir.

— Cassie, l'embouchure du tunnel d'évacuation le plus proche est à dix minutes d'ici. Et nous ne serons en sûreté qu'après dix autres minutes, m'a informée Marlowe. Nous jouons contre la montre.

J'ai réprimé avec difficulté l'éclat de rire que je sentais monter dans ma gorge.

— Ouais. La routine, quoi.

Il a légèrement froncé les sourcils.

— Cassie…

— J'ai besoin d'une petite minute, Marlowe.

— Pour faire quoi ?

— Je ne sais pas encore !

C'était dans des cas comme celui-là que je regrettais vraiment de ne pas avoir reçu de formation. En un mois, j'avais fini par me faire à l'idée que j'étais la gardienne du temps et que mon job, c'était de faire le ménage quand des gens s'amusaient à jouer aux démiurges. Ça ne m'empêchait plus de dormir. En revanche, ce qui m'empêchait de dormir, c'était l'idée que, tôt ou tard, j'allais me retrouver dans la position de la personne rêvant de changer l'Histoire.

J'aurais pu remonter le temps, m'arranger pour rater le rendez-vous et empêcher toute cette catastrophe. Ça aurait été si facile ! La MAGIC n'aurait pas été détruite. Personne ne serait mort… Ça avait l'air presque trop facile. C'était précisément ce qui m'inquiétait. En modifiant un détail du passé, j'avais failli tuer Mircea. Si je changeais quelque chose d'aussi important, qu'est-ce qui se passerait ? Je n'en savais rien, justement. Et ça me terrifiait.

Agnès m'avait dit qu'en changeant l'Histoire, on créait plus de problèmes qu'on n'en résolvait. Mais elle m'avait aussi dit que si la Pythie était une voyante, c'était précisément pour lire l'avenir et mesurer les conséquences de ses actes. Elle m'avait enjointe d'avoir confiance en mon talent. C'était bien ça, le problème : je n'en avais jamais été capable.

Il ne m'avait jamais montré que des mauvaises nouvelles. Au lieu d'être visitée par des visions agréables, j'avais passé ma vie à avoir des cauchemars. Une des rares choses que j'avais appréciées en devenant Pythie, c'était que mes flashs s'étaient espacés. Au lieu d'en avoir tous les deux ou trois jours, je restais des semaines sans rien voir. Et voilà que je me retrouvais dans une situation où des vies dépendaient de ce talent que je méprisais tant.

J'espérais qu'Agnès avait dit vrai.

— Je vais tenter quelque chose, ai-je annoncé à Marlowe. Ça ne prendra qu'une minute.

— Je vous ai déjà laissé une minute.

— Eh bien j'en prends une seconde !

J'ai fermé les yeux et j'ai essayé de me concentrer. Je sentais presque la désapprobation émaner en vagues de Marlowe, mais il n'a rien dit. Au bout de quelques secondes, j'étais assez calme pour tenter l'expérience. Je ne savais juste pas comment faire.

Toute ma vie, je m'étais battue avec mon pouvoir. La plupart du temps, c'était pour le refouler, mais dans certains cas, rarissimes, j'avais essayé de provoquer des visions. Malheureusement, ces tentatives s'étaient toutes soldées par des échecs. Et voilà que je m'apprêtais à lui demander l'impossible. À savoir : me révéler non pas l'avenir tel qu'il se présentait, mais un futur potentiel. Je ne pensais vraiment pas que ça allait marcher.

Et pourtant…

Je me suis frayé un chemin, à travers des décombres noircis, jusqu'à l'entrée du Dante. *Ou du moins de ce qu'il en restait. La rangée de bâtiments avait été tranchée en deux, elle ressemblait à une dent cassée. Au-dessus du portail, qui s'ouvrait sur le néant, les lettres creusées dans la pierre étaient envahies par la poussière.*

Il ne restait qu'une partie de l'une des tours. Les chambres éventrées exposaient à tout vent leurs entrailles de meubles déteints et maculés d'auréoles humides. Quelques rideaux continuaient de vaciller légèrement dans la brise. Tout le reste n'était plus qu'une coquille roussie d'où émergeaient, çà et là, de fausses stalagmites braquées sur le ciel comme des doigts crochus et brûlés.

Je me suis mise à quatre pattes pour traverser une porte à moitié obstruée débouchant sur un espace dont le sol était jonché, jusqu'à hauteur des genoux, de débris battus par le vent. C'était une partie du hall. Mais je l'ai deviné uniquement parce que je savais où il se trouvait et que je reconnaissais vaguement sa forme. Le pont avait disparu, tout comme le Styx et les vestiaires des employés. Le bar était toujours là, mais ce n'était plus qu'un amas de tables retournées et de bouteilles cassées. Au fond, des dunes de sable s'amoncelaient dans l'embrasure de deux fenêtres inexistantes. Une colonie de rats y avait élu domicile. Je me suis dépêchée de ressortir.

Je me suis effondrée à l'ombre de la tour survivante, soulevant un petit nuage de poussière. Le soleil dardait ses rayons brûlants à travers le toit désormais inexistant. J'avais trouvé le seul coin abrité. Mais je l'ai payé cher.

Chaque fois que je levais les yeux, j'étais confrontée à une nouvelle vision d'horreur : une cage thoracique humaine jaunie par les ans servant de terrier à une famille de renards ; des ossements dispersés çà et là, certains zébrés de marques de dents héritées du festin de quelque animal, mort depuis bien longtemps ; un uniforme chiffonné du Dante, *camouflé derrière les vestiges desséchés d'un palmier en pot. Autrefois, cet endroit grouillait d'activités, bouillonnait de vie. Et maintenant, ce n'était plus qu'un amas morbide de poussière. Tout était marron, fané, immobile.*

La vision s'est estompée : ce monde en ruine s'est éloigné de moi en tourbillonnant à une vitesse infernale. J'ai levé les yeux et j'ai vu Marlowe agenouillé à côté de moi. J'étais par terre mais je ne savais pas comment j'avais atterri là.

— Que se passe-t-il ? a-t-il demandé avec empressement. Qu'avez-vous vu ?

— Je ne sais pas trop.

Agnès avait dit la vérité. Plus ou moins. Mon pouvoir essayait effectivement de me dire quelque chose. Je ne savais juste pas quoi. C'était la MAGIC qui venait d'être détruite, pas le *Dante*. Et même en imaginant que la catastrophe se soit produite à Las Vegas, on n'aurait jamais laissé un casino de cette ampleur dans cet état : dans ma vision rien n'indiquait qu'on aurait tenté de le réparer, ou de le démolir. Tout cela était parfaitement absurde.

En tout cas, une chose était claire : j'avais demandé à mon pouvoir de me montrer ce qui se passerait si je changeais le cours de l'Histoire. Je ne comprenais pas le message précis, mais je saisissais le sens global. Et ce n'était pas très positif. Donc, sauf faramineuse preuve du contraire, je n'allais pas y mettre mon grain de sel.

— Pouvez-vous décrire votre vision ? a insisté Marlowe en me remettant sur pied.

J'ai scruté son visage et je n'y ai vu que de l'inquiétude. Le soupçon effrayant que j'avais aperçu sous son masque avait disparu. Il était redevenu l'homme attentif et jovial que j'avais toujours connu.

Mais ça ne voulait pas dire grand-chose.

— C'était... C'était flou. Ça arrive, parfois.

Je ne pouvais pas changer l'Histoire, mais je pouvais profiter au maximum du temps qui m'était imparti. On pouvait faire beaucoup de choses en quarante minutes. Avec un peu d'aide. Mais ce n'était pas Marlowe qui allait me la fournir. Le Sénat n'allait pas risquer la vie d'un de ses pions les plus précieux pour secourir une bande de détenus.

— Je crois que vous avez raison, ai-je dit. On doit sortir illico.

Marlowe a hissé le prisonnier sur son épaule, comme un sac de pommes de terre, et m'a prise par la main. Je nous ai téléportés de l'autre côté et on est tombés nez à nez avec Rafe, Pritkin et Caleb, qui remontaient l'escalier à toute vitesse.

— Qu'est-ce que c'est que *ça* ? a demandé Caleb en apercevant le fardeau de Marlowe.

Il a porté une main à sa ceinture d'armements.

— Un rescapé, ai-je répondu en attrapant Pritkin par l'épaule. Les cellules sont pleines et la galerie est obstruée. Vous avez une idée ?

— Oui.

— Je n'en attendais pas moins de vous, ai-je dit avant de nous téléporter.

On a atterri au beau milieu d'une secousse et on est tombés à genoux. Le couloir tremblait. Au-dessus de nos têtes, les plafonniers industriels oscillaient, et un bloc de béton a été éjecté d'un mur, comme une cartouche d'un pistolet. Il s'est fracassé contre la cellule d'en face. Ça n'a pas perturbé le talisman, mais la vitre s'est brisée et nous a aspergés de minuscules débris de verre, comme autant de grêlons, avant de joncher le sol de poussière gris argent. J'ai fermé les yeux et j'ai réprimé mon envie de me recroqueviller par terre, les mains sur la tête.

Lorsque j'ai rouvert les yeux, j'ai vu Pritkin regarder le bloc de béton d'un air renfrogné.

— On n'a pas beaucoup de temps, lui ai-je rappelé en me relevant. Marlowe m'a dit qu'il nous faudrait vingt bonnes minutes pour remonter à la surface.

— Je sais. Raphaël nous a montré les plans. Caleb est en train de réfléchir à une alternative.

Mais il restait bêtement à genoux, les sourcils froncés.

— Pritkin ! Debout ! Qu'est-ce que vous attendez ?

— L'inspiration, a-t-il dit en désignant les cellules d'un grand geste de la main. C'est pire que ce que je pensais. Si les talismans périphériques avaient tenu, les murs seraient stables. Mais ils ploient sous le poids des étages supérieurs. Ce qui signifie que la seule chose qui permet à cet endroit de tenir, ce sont les talismans intérieurs.

— Les talismans intérieurs ?

— Ceux des cellules.

J'ai regardé bouche bée la rangée de prisonniers.

— Mais... Comment on va s'y prendre pour évacuer tout le monde ? Si on désactive les talismans...

— Le poids des étages supérieurs nous écrasera tous, a-t-il conclu d'un ton sinistre. Et si nous les désactivons, nous serons incapables de les réactiver. Ils ont subi bien trop de dégâts.

— Zut.

— Je ne vous le fais pas dire. (Il a examiné une cellule quelques instants.) Si nous parvenons à préserver les talismans de la moitié des cellules, nous aurons sûrement assez de temps pour nous échapper.

— Et on s'échappera comment ? Parce que je suis incapable de téléporter autant de gens !

Il m'a regardée comme s'il s'étonnait que je m'inquiète d'un détail aussi trivial.

— Tant que les talismans soutiennent le toit, je peux les évacuer.

À l'écouter, c'était une promenade de santé d'escalader trente mètres de gravats en trente minutes. Je m'apprêtais à lui demander qu'il m'explique comment il comptait s'y prendre mais je me suis ravisée : on n'avait pas le temps. En plus, si Pritkin disait qu'il avait un plan, ça signifiait qu'il avait un plan. Ça ne voulait pas nécessairement dire que son plan allait me plaire, mais bon…

— Vous ne proposez pas qu'on laisse mourir la moitié de ces gens !

— Pas nécessairement. (Il a reporté son regard sur moi.) Vous pourriez les téléporter.

Ça m'a pris une seconde avant de comprendre.

— Je pourrais passer à travers les talismans et les faire sortir.

— Pouvez-vous les téléporter ? Nous n'avons pas droit à l'erreur.

J'ai jeté un coup d'œil à la cellule la plus proche. Un type gigantesque et poilu, dont le débardeur laissait voir les innombrables tatouages, s'y trouvait. Il occupait la quasi-totalité de son espace de vie exigu. En revanche, la cellule attenante renfermait une femme toute mince. À peu près cinquante centimètres séparaient son corps du talisman.

— Je peux essayer, ai-je dit.

Je me suis téléportée de l'autre côté du talisman, dans la cellule de la femme. C'était étroit, et j'ai senti une sorte de champ de force m'envelopper les membres, comme une couverture, pour essayer de me paralyser, mais je l'ai ignoré. J'ai agrippé la femme par le poignet et je nous ai téléportées dans le couloir.

— Ça vous a demandé beaucoup d'énergie ? s'est enquis Pritkin en l'attrapant avant qu'elle s'écroule.

— Pas vraiment. Mais je n'arriverai pas à entrer dans toutes les cellules.

— Faites de votre mieux, m'a-t-il dit en examinant les plafonniers qui oscillaient de plus belle.

Les lieux devenaient de plus en plus instables. Plus on restait, plus on avait de chance de se faire tuer par une avalanche de gravats. Même pas besoin d'attendre de se faire écraser entre le sol et le plafond !

— Et veillez à conserver assez d'énergie pour vous téléporter en cas de souci, ajouta-t-il.

— Bien sûr ! Ce n'est pas comme si tout ça était ma faute ! ai-je rétorqué sur un ton sarcastique.

Il m'a saisie par le bras et l'a serré si fort qu'il m'a fait mal.

— Je ne plaisante pas.

Je l'ai dévisagé : ses mâchoires étaient crispées, sa bouche n'était plus qu'une fente et ses yeux brillaient comme ceux d'un fou. Je ne le lui aurais jamais dit, mais parfois, il me faisait vraiment penser à un vamp. Il avait leur capacité à changer d'expression en un clin d'œil, passant du type le plus effrayant de l'Histoire à celui du parfait innocent, comme si de rien n'était.

— OK, ai-je promis avec docilité.

Il a hoché brusquement la tête et s'est approché de la cellule du tatoué. Il s'est affairé sur le talisman et je me suis mise au travail : mon job à moi, c'était de les traverser. Ce n'était que des petits bonds de quelques dizaines de centimètres chacun.

Ça ne consommait pas beaucoup d'énergie. Mais les cellules étaient nombreuses. Et j'avais beau avoir donné ma parole à Pritkin, je n'allais pas les regarder dans les yeux et leur dire : « Désolée, tu vas mourir, mais moi, je suis crevée. »

Une fois parvenue au bout de la rangée, j'étais trempée de sueur, j'avais le teint livide et les mains tremblantes. Je me suis adossée au mur et j'ai regardé Pritkin libérer un mage de la façon traditionnelle. À nous deux, on avait fait sortir environ trente personnes. La plupart d'entre elles étaient vautrées contre les parois, comme des ivrognes. Les autres, encore inconscientes, étaient étendues par terre.

Pritkin m'a regardée du coin de l'œil. Il a froncé les sourcils.

— Faites une pause, m'a-t-il dit sèchement.

— Comment pourrais-je faire une pause ? On n'en a pas encore libéré la moitié. Et je n'ai même pas vu ce qu'il y avait dans l'autre couloir.

Pritkin nous a regardés tour à tour, moi, les cellules et le jeune homme qui venait de s'affaler dans ses bras. Ses cheveux noirs ondulés étaient retenus en une courte queue-de-cheval, son teint était pâle et son corps athlétique. Il avait l'air d'avoir la trentaine. Pritkin l'a posé contre le mur et l'a secoué. Le jeune homme a bougé. Il a cligné les paupières et levé les yeux, encore groggy. Pritkin l'a giflé violemment.

— Qu'est-ce que vous faites ?

— Je lui fais reprendre conscience. Parmi les prisonniers, certains sont des mages guerriers. Ou en tout cas ils l'étaient. Ils peuvent nous aider à ouvrir les cellules.

— Qu'est-ce qu'ils font là si ce sont des mages guerriers ?

— Par les temps qui courent, élever la voix contre la politique du Cercle peut conduire à la prison, a-t-il dit avec amertume.

Je n'ai pas eu le temps de faire de commentaires : deux nouveaux blocs de béton ont été éjectés du mur. Les parois, si nettes quelques minutes auparavant, ressemblaient de plus en plus à la bouche d'un bébé édenté.

— Il y a un autre bloc de cellules derrière celui-ci, a poursuivi Pritkin. Avec un peu de chance, il n'est pas occupé au maximum de sa capacité. Pouvez-vous finir de le réanimer ?

J'ai hoché la tête et il a disparu dans un virage du couloir. J'ai titubé jusqu'au mage et je me suis agenouillée à son chevet.

— Réveillez-vous ! On a besoin de votre aide !

Il a levé ses yeux bouffis vers moi. Ils avaient une drôle de couleur. En fait, ils n'avaient presque aucune couleur. Ils ressemblaient à ces roches qu'on observe à travers l'eau d'une rivière. J'ai examiné un instant le nombre de cellules qu'il restait à ouvrir, j'ai levé le bras et je l'ai frappé aussi fort que possible.

— Je suis réveillé ! a-t-il protesté avec hargne. (Son regard s'est fait acéré.) Que se passe-t-il ?

— Une ligne tellurique a explosé et détruit la moitié de la MAGIC. On essaie d'évacuer tout le monde mais la galerie d'accès à la prison est obstruée par un éboulement. On a besoin de votre aide pour libérer le reste des prisonniers pendant qu'on cherche une issue de secours.

— Il n'y en a pas, a-t-il dit en redressant le dos, les mains sur la tête comme s'il avait la gueule de bois. C'est une prison. C'est étudié pour enfermer les gens.

— Si vous tenez à la vie, vous avez intérêt à nous aider à en trouver une, ai-je rétorqué d'un ton sinistre.

— Le Cercle viendra à notre secours.

— Le Cercle s'est enfui il y a plus d'une heure !

— Je ne vous crois pas, a-t-il lancé d'un ton sarcastique. Nous sommes des mages guerriers. Nous n'abandonnons pas nos collègues.

— Dans ce cas, expliquez-moi ce que vous faites ici.

Il m'a fusillée du regard.

— Ce n'est pas vos oignons ! Vous avez tort. C'est tout.

— Dans environ vingt-cinq minutes, vous comprendrez que j'ai raison, ai-je répliqué. Mais il sera trop tard.

— Pas moyen.

La femme rousse était revenue à elle. Elle a traversé le couloir et s'est affairée sur le talisman emprisonnant une grande Asiatique.

— Je ne vais pas mourir aujourd'hui.

Le couloir s'est remis à trembler et le mage guerrier a tressailli. Il a remarqué les blocs de béton manquants et, bizarrement, ça l'a un peu secoué.

— Les talismans périphériques ont cédé. Pourquoi ?

— Parce qu'ils sont écrasés sous des milliers de tonnes de rochers !

L'homme dégarni avait glissé sur le côté. Il essayait de se soulever au moyen de ses bras tremblants. Mais il ne cessait de retomber.

— Ça va ? ai-je demandé.

— Ça ira, a-t-il articulé avec peine. Une minute.

— Plus longtemps on reste en stase, plus c'est dur de se réveiller, a expliqué la rousse tandis que son amie s'affalait dans ses bras. Quel jour sommes-nous ?

Je le lui ai dit et elle a hoché la tête sans réagir plus que ça. En revanche, le mage guerrier m'a agrippé le bras.

— Vous mentez !

— Parce que vous croyez que je n'ai que ça à faire ? lui ai-je rétorqué avec agacement. Mentir sur un détail ? Alors qu'une montagne menace de me tomber dessus !

— Ce n'est pas un détail ! Si ce que vous dites est vrai, ça fait plus de six mois que je suis ici !

— Et tu mourras ici si tu ne bouges pas ton cul de mage guerrier, a fait remarquer la rousse.

À présent, le couloir était en permanence agité de secousses. La situation empirait d'une seconde à l'autre.

Si la remarque de la rousse n'avait pas suffi, les chutes de roches l'ont convaincu. Il s'est remis laborieusement sur pied.

L'homme dégarni était également debout mais il avait un air de déterré : le visage blafard et la bouche pâteuse. Malgré tout, il a titubé jusqu'à une cellule et s'est mis à manipuler le talisman. Quant à l'Asiatique, elle était déjà sur pied et s'affairait furieusement au côté de la rousse.

— Si l'accès est obstrué, comment êtes-vous arrivée jusqu'ici ? a demandé le mage guerrier en se mettant au travail sur la cellule attenante.

— Je suis la Pythie.

Il a cligné des yeux et examiné ma tenue détrempée en charpie – agrémentée désormais d'une couche de terre – et mes cheveux calcinés.

— Qu'est-il arrivé à dame Phémonoé ?

— La même chose qu'à toi, le broyage en moins ! Tu tiens vraiment à le savoir ?

— Non, non. (Il avait l'air perdu.) Je vous présente mes excuses, ma dame. Je n'ai pas compris qui vous étiez. Je m'appelle Peter Tremaine. Pour vous servir.

Et il m'a fait la révérence. Pour de vrai.

Je l'ai dévisagé. Un mage guerrier courtois. C'était vraiment la fin du monde.

Heureusement, Pritkin a émergé de l'autre couloir, suivi d'une dizaine de personnes un peu mollassonnes. Il a jeté un coup d'œil aux cellules encore pleines et m'a lancé :

— Vous n'avez pas terminé ?

Ouf. Ce n'était pas encore la fin du monde.

— Commandant !

Tremaine s'est mis plus ou moins au garde-à-vous. Il ne s'en est pas trop mal tiré, étant donné que ses jambes n'étaient pas encore très stables.

— Nous procédons rapidement à l'évacuation ! s'est-il exclamé.

Je l'ai dévisagé, incrédule, avant de reporter mon regard sur Pritkin.

— Commandant ?

— Pas maintenant. Faites sortir les autres !

— On aura fini dans une minute, lui ai-je dit.

La moitié des prisonniers libérés, désormais lucides, s'affairaient sur les talismans.

— Nous ne disposons pas d'une minute !

— Trouvez le moyen de nous sortir d'ici et laissez-moi m'occuper des prisonniers, lui ai-je dit, complètement à bout.

— Le moyen de nous sortir d'ici, ce sont les prisonniers, justement.

Il a jaugé un moment le plafond, où la moitié des plafonniers, qui oscillaient toujours aussi violemment, s'étaient éteints. Ensuite, il a examiné le sol.

— Les niveaux supérieurs ont cédé, a-t-il expliqué. Nous devons passer aux niveaux inférieurs. Et pour cela je vais avoir besoin d'utilisateurs de magie. D'utilisateurs de magie puissants.

— Et ensuite ?

— Ensuite, nous creuserons un trou à travers le sol. Tous les talismans périphériques ayant cédé, le seul obstacle nous empêchant de descendre d'un niveau, c'est une tonne de rochers. À peu près.

— Et vous pensez être capable d'excaver une quantité pareille en quelques minutes ?

— En quelques secondes. Si je dispose des bonnes personnes.

— Montrez-moi desquelles il s'agit.

On a longé le couloir et on s'est arrêtés devant chaque cellule. Pritkin me faisait des commentaires à voix basse au sujet d'untel ou d'unetelle. J'avais comme l'impression que les prisonniers que je libérais ne jouaient pas dans la même catégorie que Tremaine. Pritkin avait besoin de pouvoir brut.

Pas de sens politique, ni de conviction morale. J'espérais vraiment qu'il arriverait à les contrôler.

— Ça devrait suffire, a-t-il fini par me dire tandis que je téléportais le dernier prisonnier.

Encore heureux. Parce que sinon j'aurais été dans l'obligation de lui dire que j'étais incapable d'en transporter un de plus. J'avais déjà du mal à voir clair. Mais Pritkin avait d'autres problèmes.

— On ne peut pas creuser le sol et vous protéger en même temps, a-t-il dit.

— Sortez du couloir ! Que tout le monde s'abrite dans l'autre galerie ! ai-je ordonné à Tremaine, qui s'est empressé de m'obéir.

Pas mal ! J'allais finir par y prendre goût.

Quelques minutes plus tard, on était fin prêts à tenter l'expérience. J'étais recroquevillée dans l'autre galerie, comme la plupart des prisonniers, tandis que Pritkin et son équipe prenaient position à l'extrémité du passage. Je pensais qu'il allait faire un compte à rebours ou donner une espèce d'avertissement, mais j'avais à peine eu le temps de m'asseoir que le sol en pierre, sous nos pieds, a été secoué par une colossale explosion qui a décroché la moitié des dalles du plafond. Quelqu'un a crié. Quelqu'un d'autre a poussé un juron. Et j'ai cru qu'on y était passés.

Mais en fait non.

Sous les dalles du plafond, les roches n'avaient pas bougé ; les parois continuaient de s'affaisser mais elles tenaient encore, et il n'y avait pas un grain de poussière dans l'atmosphère. J'ai passé la tête dans l'autre couloir, avec précaution, non sans apposer des marques de doigts poisseuses sur le béton. Je m'attendais au pire, mais je n'ai vu qu'un grand trou au beau milieu de la roche.

Pritkin s'en est extrait. Il était couvert de terre rouge. On aurait dit un Indien avec des peintures de guerre.

— Encore une fois ! a-t-il ordonné.

J'ai ramené ma tête en arrière, juste à temps pour me protéger de la seconde détonation, tout aussi impressionnante, qui a provoqué un fracas épouvantable.

Ses échos n'étaient pas encore dissipés que le groupe d'excavateurs s'est mis à hurler.

— On y est ! ai-je entendu quelqu'un s'exclamer.

Et je me suis retrouvée plaquée contre le mur pour éviter d'être piétinée par la foule de prisonniers qui s'est élancée en avant.

— Cassie ! (Pritkin a trouvé mon poignet et m'a sortie de la galerie.) Dépêchez-vous ! Même si Caleb trouve une solution, ça sera très juste !

— Qu'est-il en train d'essayer de faire, au juste ? ai-je demandé.

Mais je n'ai jamais eu de réponse.

Tout le monde se poussait et se bousculait. Ceux qui se faisaient piétiner hurlaient. Une partie des plus forts couraient littéralement sur les prisonniers les plus faibles se trouvant sur leur chemin. C'était problématique à plus d'un titre : le trou pratiqué par les mages ne pouvait laisser passer que deux ou trois personnes à la fois, grand maximum. Et un embouteillage de resquilleurs risquait de tout bloquer.

Pritkin a dégainé un pistolet. Il a tiré deux fois sur ce qui restait des dalles du plafond.

— Mettez-vous en rang ! a-t-il aboyé.

La plupart des gens se sont arrêtés et ont levé les yeux vers lui. La terreur qui se lisait sur leurs traits s'est peu à peu estompée : ils étaient rassurés de voir que quelqu'un prenait les choses en main. Mais un type a décidé de se rebiffer. Taillé comme une armoire à glace, il avait des cheveux roux attachés en queue-de-cheval et une barbe de trois jours presque assortie à son visage rougeaud.

— Je vous ai aidé à creuser ce machin ! a-t-il lancé à Pritkin. Je ne vais pas faire la queue histoire de voir si je vivrai assez longtemps pour l'emprunter !

— Ne bougez pas ! l'a averti Pritkin.

En guise de réponse, l'homme en a envoyé valser un autre plus petit qui lui bloquait le chemin et s'est avancé à grands pas. La foule s'est remise en mode « panique ». Et Pritkin l'a abattu.

Pendant quelques secondes, je n'ai pas compris ce qui s'était passé. Ensuite, l'homme a titubé et mis un genou à terre. Une tache de couleur vive est apparue sur son tee-shirt et, très lentement, il a basculé sur le côté.

— J'ai dit : mettez-vous en rang, a répété Pritkin avec calme.

La foule a rapidement formé une belle ligne bien droite.

J'ai regardé l'homme qui venait de tomber, complètement abasourdie. Personne n'a essayé de l'aider. Certaines personnes l'ont même piétiné pour ne pas perdre leur place. J'ai fait mine d'avancer, mais j'ai senti une main lourde se poser sur ma nuque.

— Téléportez-vous tout de suite, m'a dit Pritkin.

— Je… je ne suis pas sûre d'en être capable, ai-je avoué.

Sauf si la surface n'était qu'à deux ou trois mètres.

Pritkin a juré et appelé Tremaine d'un signe de tête. Le mage était déjà en train de se frayer un chemin à travers la foule pour nous rejoindre.

— Emmenez-la en tête de queue, lui a ordonné Pritkin en lui tendant une arme. Sortez-la d'ici. Et tuez quiconque voudrait vous arrêter.

— Quoi ? (J'ai repoussé une mèche détrempée de cheveux de devant mes yeux.) Ne soyez pas ridicule. Je ne partirai jamais sans…

— Je peux rester à votre place, a proposé calmement Tremaine à Pritkin.

— Mes instructions n'ont pas été claires, mage ?

Pritkin n'avait pas élevé la voix mais Tremaine s'est aussitôt remis au garde-à-vous.

— Très claires !

Il a refermé la main sur mon épaule et Pritkin m'a lâchée. J'ai saisi le bras de mon partenaire suicidaire.

— Qu'est-ce que vous comptez faire ?

Pritkin ne m'avait pas regardée dans les yeux depuis qu'il m'avait rattrapée. Quand il l'a fait, son regard était bizarre. Mais c'était peut-être juste un effet de lumière.

— Vous êtes dotée d'une capacité d'adaptation hors du commun. Vous trouverez votre équilibre, a-t-il dit, totalement hors sujet.

Je commençais à me demander s'il ne s'était pas cogné la tête.

— C'est quoi, ce délire, Pritkin ?

Il ne m'a pas répondu. En tout cas, je n'ai pas entendu sa réponse : Tremaine me traînait déjà à travers la foule, son pistolet à la main. Personne n'a essayé de nous arrêter.

— Je n'irai nulle part ! ai-je dit lorsque nous avons atteint le trou béant creusé à même le sol. Avec ses bords rouges et acérés, il ressemblait à une bouche avide.

— Le commandant a dit…

— Je m'en balance, de ce qu'a dit le commandant ! ai-je rétorqué avec hargne. Je suis la Pythie. Vous avez juré de me servir, oui ou non ?

Tremaine avait l'air déchiré. Les mages guerriers sont obligés de prêter serment à la Pythie. Bien sûr, le Cercle ne reconnaissait pas ma légitimité, donc logiquement cette règle ne s'appliquait pas dans mon cas, mais il n'avait aucun moyen de le savoir. Il m'a écartée de la queue pour permettre aux personnes derrière nous de sortir. Trois nouveaux prisonniers se sont engouffrés dans le trou. Tremaine m'a montré son poignet.

— Regardez l'heure, a-t-il sifflé à mon oreille.

J'ai louché sur le cadran de sa montre. On avait encore quatorze minutes avant que les talismans de ce niveau tombent pour de bon.

J'ai jeté un coup d'œil aux prisonniers restant à évacuer et j'ai fait un rapide calcul.

— On peut y arriver. On a assez de temps.

— Pour évacuer ce niveau, oui. Mais pour s'enfuir ?

Son visage était impassible, pour ne pas effrayer la foule, sûrement. Mais ses yeux étaient tout sauf calmes.

— Tout le monde ne va pas s'en sortir, a-t-il ajouté.

— Mais… Pritkin…

— Le commandant reste derrière pour contrôler la foule. Sinon, personne n'en réchappera.

J'ai levé les yeux et j'ai croisé le regard de Pritkin. Il me regardait d'un air mauvais. Je connaissais cette expression. Ça voulait dire que, dans deux secondes, il allait débarquer, me prendre par le col et me jeter dans le trou la tête la première.

— OK. On y va.

Je n'ai pas laissé à Tremaine le temps de dire quoi que ce soit. Je me suis retournée et, dès que j'ai vu les gens devant moi disparaître dans l'obscurité, je les ai suivis.

Le tunnel creusé à la va-vite tombait à pic sur une profondeur de deux mètres cinquante environ ; ses bords constitués de roches acérées – qui offraient des prises mais aussi de nombreuses occasions de s'entailler les mains – le rendaient praticable. J'ai réussi à atteindre le fond du premier tunnel avec un minimum de blessures. L'autre tunnel avait été creusé en suivant un angle de quarante-cinq degrés. Par le second sort, sans doute.

J'ai attendu que les spéléologues de devant libèrent le passage et j'ai pris leur place. Quelques secondes plus tard, j'ai été accueillie par Caleb, le visage tourné vers moi dans les ténèbres.

— C'est pas trop tôt, a-t-il maugréé.

J'ai avancé en titubant et je lui ai pris la main.

Il m'a aidée à sortir mais un caillou m'a fait trébucher et atterrir sur le capot d'une voiture verte. Caleb m'a remise debout et je me suis éloignée furtivement pour céder la place à la personne suivante… qui s'est révélée être Tremaine. Il m'a rejointe contre le mur. Pendant un moment, on est restés tous les deux bras ballants, plongés dans la contemplation d'un spectacle surréaliste : toute la galerie était remplie de voitures, à perte de vue.

Et ce n'étaient pas n'importe quelles voitures. Je ne connaissais pas les noms de la moitié d'entre elles mais j'ai distingué, non loin, deux Bentley et une Rolls étincelant à la lumière des éclairages de sécurité.

— Qu'est-ce que c'est ? a demandé Tremaine à mi-voix.

— Notre plan d'évacuation, a lancé Caleb par-dessus son épaule. La Consule nous a généreusement cédé sa collection de voitures de collection lorsque je lui ai expliqué que, le seul moyen de les sauver, c'était de demander aux prisonniers de conduire jusqu'à la surface.

— Mais je croyais que les garages de la MAGIC étaient en haut, ai-je fait remarquer.

Je me rappelais très clairement en avoir volé une.

— Ouais. Mais ils servent seulement aux Porsche, aux Jaguar et aux Ferrari, a-t-il rétorqué d'un ton sarcastique. Des caisses pourries tout juste bonnes pour les serviteurs, en somme. Apparemment, ça ne suffit pas à Son Altesse.

— Quelle chance, a marmonné Tremaine. (Puis il s'est tourné vers moi.) Nous devons vous trouver une place dans une de ces voitures.

— Le vampire Raphaël lui en a réservé une dans la Bentley noire, lui a dit Caleb. Dépêchez-vous. Le mouvement est lancé.

Effectivement. J'entendais, en tête de file, le grondement de puissants moteurs en train de démarrer et je sentais l'odeur de pots d'échappement envahir l'atmosphère.

— Vous prenez quelle voiture ? ai-je demandé à Caleb.

— La dernière.

— Dans ce cas, je prends la même, ai-je déclaré en croisant les bras et en m'adossant au mur.

— Mais vous m'avez dit que vous vouliez bien partir ! a rappelé Tremaine en plaçant la main sous mon coude.

— Je n'ai jamais dit ça ! Et enlevez votre sale patte de là !

Tremaine m'a jeté un regard désespéré, avant de se retourner vers Caleb.

— Prenez le relais, lui a ordonné ce dernier.

Tremaine s'est approché du tunnel juste à temps pour aider une femme d'âge moyen, qui l'a gratifié d'un regard reconnaissant à travers les larmes qui lui détrempaient le visage. Caleb m'a guidée le long de la file de voitures jusqu'à un porche plongé dans l'obscurité.

— C'est quoi, ce bordel ?

— Je ne partirai pas sans vous et Pritkin, ai-je répété en m'efforçant de rester calme.

C'était loin d'être évident : j'avais envie de sauter dans tous les sens et de hurler à tout le monde : « Dépêchez-vous, bon sang ! Arrêtez de gémir et cassez-vous ! » Je savais très bien que ça ne servirait à rien, qu'ils s'activaient déjà comme ils pouvaient et que, si je créais la panique, ça ne ferait que ralentir les choses, mais j'avais toutes les peines du monde à rester plantée là sans rien faire.

— Vous êtes la Pythie, m'a informée Caleb. Vous ne pouvez pas vous permettre de mourir ici.

— Depuis quand je suis la Pythie ? ai-je demandé, les yeux grands comme des soucoupes. Aux dernières nouvelles, j'étais une novice renégate dont vous vouliez vous débarrasser.

— Vous voyez très bien ce que je veux dire.

— Très franchement, non. Je ne vois pas.

Caleb a posé une main charnue sur sa nuque et se l'est frottée comme s'il avait la migraine.

— Il y a dû y avoir une sorte de… problème de communication… à votre sujet.

J'ai senti monter en moi la terreur accumulée ces dernières vingt-quatre heures. Elle s'est combinée à ma panique. J'avais déjà failli mourir une bonne dizaine de fois et, à présent, Pritkin risquait de ne jamais sortir du piège à rat dans lequel je l'avais fourré. Son petit laïus ressemblait beaucoup à un discours d'adieu et j'étais tellement à plat que je ne pouvais pas faire grand-chose pour l'aider.

J'avais vraiment besoin de passer mes nerfs sur quelqu'un. C'est tombé sur Caleb.

— Un problème de communication ? ai-je répété, hors de moi. À quel moment exactement ? Quand vous avez lancé un mandat d'arrêt contre moi ou quand vous avez donné l'ordre de m'abattre à vue ? Oh ! Attendez ! C'est peut-être quand vous avez mis ma tête à prix !

C'était au tour de Caleb de prendre un air hébété.

— Nous avons fait une erreur. Vos reproches sont légitimes, a-t-il dit. Mais ce n'est pas en mourant que vous allez prouver quoi que ce soit. Pritkin avait raison : nous sommes en guerre et nous avons besoin d'une Pythie. Vous êtes cette Pythie. Et, en tant que telle, vous avez des responsabilités.

— J'ai des responsabilités envers les personnes que j'ai entraînées dans ce guêpier !

— Pritkin et moi, on va s'en sortir ! a rétorqué Caleb, totalement exaspéré.

— Super ! Dans ce cas, je m'en sortirai aussi ! Avec vous !

— Cassie !

— Je peux toujours me téléporter en cas de besoin, lui ai-je rappelé. On devrait plutôt garder les places de voiture pour les gens qui n'ont pas de bouée de secours.

Il m'a regardée en plissant les yeux.

— Vous pouvez encore vous téléporter ?

— Sans problème.

Caleb n'avait pas l'air ravi mais il a opiné du chef.

— OK. Dans ce cas, restez ici. Je suis à vous dans quelques minutes.

— J'aimerais autant vous aider.

— D'accord. Vous pouvez faire des groupes : veillez à ce que toutes les voitures disposent d'un conducteur compétent. Ils n'auront pas à manœuvrer : il n'y a qu'une issue. Mais il vaudrait mieux qu'ils sachent manipuler un levier de vitesses.

— C'est comme si c'était fait.

Caleb s'est de nouveau posté à la sortie du tunnel. Tremaine et moi, on a pris en main les prisonniers couverts de terre et on les a fourrés dans les voitures. La file de véhicules était déjà beaucoup plus fluide : ils avançaient en un fouillis coloré et bruyant le long de la galerie, qui était à peine assez large pour certains d'entre eux. Les chauffeurs de la Consule devaient sûrement être des vampires. Avec leurs réflexes, le manque de marge ne devait pas leur poser de problème particulier. Malheureusement, tous les conducteurs n'étaient pas doués de la même dextérité. J'ai vu plus d'une carrosserie être défoncée par l'élan d'enthousiasme de la voiture de derrière. Et un certain nombre d'ailes bien polies allaient avoir besoin d'un coup de peinture : les roches, ça ne pardonne pas.

Enfin, au bout d'un moment, la dernière voiture est sortie. Je me suis précipitée vers le tunnel, juste à temps pour voir une tête blonde familière en émerger. Bizarrement, Pritkin était descendu à l'envers.

— Pritkin !

Je me suis ruée sur lui. J'étais tellement soulagée que j'avais le vertige. C'est à ce moment-là qu'un grondement sourd a retenti au niveau supérieur. Et Pritkin a disparu dans les tourbillons d'un épais nuage de poussière rouge.

— Dans la voiture ! Tout le monde dans la voiture !

J'ai entendu vaguement la voix de Caleb, mais je n'ai pas réussi à le localiser. Étouffée et aveuglée par la fumée des pots d'échappement mêlée à la poussière, j'ai senti le sol trembler violemment sous mes pieds et une pluie de rocs et de gravats me tomber sur la tête. Soudain, l'un d'eux m'a heurtée à la tempe et le monde s'est couvert d'un voile rouge.

Et puis plus rien.

Chapitre 10

Lorsque je suis revenue à moi, j'étais allongée à l'arrière d'une voiture, affalée sur deux hommes rouges et puants. On aurait dit que Tremaine et Caleb avaient essayé de se déguiser en schtroumpfs mais s'étaient trompés de couleur : une épaisse pâte rouge les recouvrait des pieds à la tête. Mes yeux ont fini par faire le point et j'ai compris qu'il s'agissait de terre et de sueur. Et je n'avais rien à leur envier.

J'avais la sensation qu'une couche de sable du désert épaisse de deux bons centimètres s'était déposée sur mes poumons : j'avais du mal à respirer. J'ai réussi à tousser mais ça m'a fait autant de bien que de mal. Certes, ça voulait dire que je pouvais respirer un peu plus facilement, mais une fois lancée j'étais incapable de m'arrêter. J'ai toussé, j'ai craché, j'ai manqué de m'étouffer et j'ai craché de plus belle. J'ai vraiment cru que j'allais rendre mes poumons.

Ça aurait pu aider d'avoir un peu d'eau, mais il n'y en avait pas une goutte. On n'était pas encore tirés d'affaire, loin de là. Je me suis assise sur la banquette et glissée dans l'interstice presque inexistant entre les deux mages. J'ai jeté un coup d'œil à la banquette avant. Un homme rouge était au volant. J'ai eu du mal à reconnaître Rafe. Le compteur indiquait 138 kilomètres-heure. Pourtant, les bords du tunnel rouge qui défilaient de chaque côté n'étaient qu'à un centimètre de la voiture.

Pritkin était à la place du mort mais il ne s'est pas retourné vers moi. Je me suis adossée à mon siège et j'ai essayé d'éviter de me focaliser sur la vision hypnotique de l'orée du tunnel s'approchant de nous à toute vitesse. Personne ne parlait, mais la main de Tremaine était tellement crispée sur la poignée de la portière que la croûte de boue qui la recouvrait commençait à se craqueler.

— C'était quoi, ça ? ai-je demandé une fois le séisme dissipé.

— Un autre niveau s'est écroulé au-dessus de nos têtes, a expliqué Tremaine d'une voix étouffée.

— Nous avons dû emprunter un monte-charge pour descendre d'un niveau et éviter d'être écrasés, a ajouté Caleb.

Sa voix ne laissait transparaître aucune émotion, mais il serrait et desserrait les poings avec nervosité.

— Il ne reste plus que le niveau du Sénat, en dessous du nôtre, a commenté Rafe. (Il avait le même ton que d'habitude mais j'ai remarqué que ses doigts étaient particulièrement crispés sur le volant.) Et il est totalement sous les eaux. J'ai bien peur que nous ne puissions descendre plus bas.

Pritkin était toujours muet.

On se trouvait dans une espèce de voiture replète des années 1950. Un machin gris gigantesque, probablement en acier massif. Malheureusement, elle ne ferait jamais le poids contre des milliers de tonnes de roche.

— Il reste combien de niveaux intacts ? ai-je demandé.

Je n'étais pas sûre de vouloir savoir.

— C'était le dernier, a répondu Tremaine.

Un petit gloussement nerveux s'est échappé de ses lèvres. Il s'est empressé de serrer les dents.

— Pouvez-vous vous téléporter ? m'a interrogée Pritkin abruptement.

Sa voix rauque a percé le silence.

— Pourquoi ?

— Vous avez dit à Caleb que vous pouviez vous téléporter. Est-ce vrai ? (Je me suis humecté les lèvres et j'ai vu qu'il me regardait dans le rétroviseur.) Vous avez menti.

Tremaine a eu l'air vaguement choqué, comme s'il ne savait pas qu'une Pythie était capable de mentir. Apparemment, il n'avait pas fréquenté Agnès. Caleb a posé une main sur son crâne.

— J'aurais dû vous assommer et vous fourrer dans une voiture.

— Oui ! Vous auriez dû ! a aboyé Pritkin.

Rafe s'est contenté de soupirer.

— Vous ne devriez pas mentir, *mia stella*, m'a-t-il reproché en appuyant sur le champignon.

La voiture a bondi en avant. Le grondement du moteur, qui engloutissait l'essence à vitesse grand V, se répercutait contre les parois du tunnel, et le compteur indiquait plus de 160 kilomètres-heure. J'ai décidé d'arrêter de regarder et de me contenter de croiser les doigts pour qu'on soit assez rapides.

À cette vitesse, même les réflexes d'un vampire n'étaient pas suffisants. Et je n'étais pas absolument certaine que le tunnel resterait assez large sur toute sa longueur. De la terre et des cailloux ont fusé de tous côtés, nos deux rétroviseurs et une partie du pare-chocs arrière se sont envolés aussi. Le morceau restant s'est mis à racler le sol pierreux derrière nous, en projetant assez d'étincelles pour provoquer un incendie. Heureusement, il n'y avait rien à brûler.

Soudain, j'ai senti quelque chose traverser le dossier de la banquette, derrière moi, et me heurter violemment le bas du dos. Je me suis redressée et j'ai fait volte-face : un poing d'homme avait émergé du capitonnage.

— Qu'est-ce que c'est que ça ? ai-je demandé en me baissant pour mieux voir.

— C'est l'homme que le commandant a été dans l'obligation d'abattre, a expliqué Tremaine tandis que la main mystérieuse se refermait sur mon cou.

Caleb a dégainé son pistolet et lui a décoché un coup de crosse au poignet. J'ai entendu un gémissement de douleur et la main s'est retirée. Je me suis rassise, tout en évitant soigneusement de m'adosser à la banquette.

— Je croyais qu'il était mort, ai-je dit.

— Pas tout à fait, a répliqué Caleb.

— Donc vous l'avez mis dans le *coffre*?

Il a haussé les épaules.

— C'était la dernière voiture.

On a atteint une zone particulièrement étroite et on s'est massés d'un seul coup au milieu de la banquette : de chaque côté, les portières se sont enfoncées, comme une canette broyée par un poing gigantesque.

— Mais c'est pas vrai ! Qui a construit ce tunnel ? ai-je demandé au moment où les vitres ont explosé.

— Ça fait des années qu'on ne l'emprunte plus, a expliqué Rafe.

Il a fait crisser les pneus et on a fait irruption dans une portion plus large de la galerie, à grand renfort de caoutchouc brûlé et de bris de verre.

— Ah non ? Pourquoi ça ?

— Il a été condamné dans les années 1930 après la création du lac Mead. Le lac a coupé l'ancien itinéraire.

— Comment ça, « coupé » ?

Je n'ai jamais eu ma réponse. Derrière nous, un grondement assourdissant a retenti, accompagné d'un autre nuage de poussière. Et d'un seul coup on s'est retrouvés en train de voler dans le vide, en plein jour.

Le mouvement de la voiture est soudain devenu incroyablement fluide. Seul le vent soufflant à travers les vitres cassées continuait de nous porter. J'ai tourné la tête pour regarder derrière nous et j'ai compris ce qui s'était passé. Un petit nuage émergeait de derrière le flanc pâle d'une falaise. Falaise dont on venait de s'éjecter.

— Et merde…

On a fait une chute de presque cinq mètres avant d'atterrir tête la première sur un roc de la taille d'une coccinelle Volkswagen. On a rebondi dessus, on a fait un numéro de voltige aérienne et on a fini par plonger dans un plan d'eau scintillant. La voiture datait de 1955 environ : elle n'avait pas d'airbag. Mais bon. De toute manière, je n'avais pas de ceinture. Normalement, on aurait dû y passer. Heureusement, Tremaine avait réussi à dresser un bouclier de fortune autour de nous. Ce dernier avait éclaté après avoir heurté le roc mais il avait eu le temps d'encaisser la majeure partie du choc.

On a survécu.

La voiture n'a pas eu cette chance mais elle a coulé assez lentement pour nous permettre de nous extraire de l'habitacle par les fenêtres cassées. Caleb a même pu sortir Poil de Carotte du coffre en fracassant le dossier de la banquette arrière à coups de pied. Le processus a dû assommer Poil de Carotte parce qu'il ne nous a causé aucun problème pendant notre trajet à la nage jusqu'au rivage. À moins qu'il ne sache pas nager.

Comme les téléphones portables réagissent assez mal à la noyade, on n'a eu d'autre choix que la marche forcée pour contourner le lac Mead. D'un côté, le paysage poudreux s'étendait à perte de vue, vibrant sous la chaleur, parsemé çà et là de touffes d'épineux et de pics violacés. De l'autre, les berges étaient surplombées d'imposantes falaises rouge de Sienne, surlignées d'une veine minérale d'un blanc saisissant. Il y avait peu de végétation pour adoucir l'austérité du canyon : on se serait cru sur une autre planète. Cette étendue d'eau au beau milieu du désert me faisait penser à un lac lunaire. Rehaussée par le ciel bleu nuit et l'azur profond de la rivière, la vue était saisissante.

Je pataugeais péniblement dans l'eau peu profonde du rivage. Je ne sais par quel miracle, mes talons aiguilles étaient restés attachés à mes pieds, ce qui me faisait buter sur les galets, manquant de me faire trébucher à chaque pas, mais ça m'était égal. Je ne pouvais pas m'empêcher de regarder de tous côtés, stupéfaite d'admiration. Écrasé par une épouvantable chaleur, le paysage était d'une beauté à couper le souffle.

Au bout d'un moment, je me suis rendu compte que tout le monde me regardait bizarrement. Je me suis contentée d'éclater de rire. J'étais au bord de la crise d'euphorie. On avait réussi ! On était complètement trempés et couverts de boue. On avait le visage tartiné de terre rouge. Mais on était *en vie*. Rafe s'est laissé gagner par ma gaieté. Une seconde plus tard, Caleb a esquissé un sourire à son tour.

On a fini par atteindre un parking de caravanes. La plupart des emplacements, marqués d'un trait de peinture blanche, étaient vides et battus par le vent, qui faisait danser les gravillons. On était en plein été. En général, les vacanciers ne trouvent pas spécialement marrant de se balader sous un cagnard de 50 °C.

Pendant que je contemplais les tourbillons de poussière qui parcouraient le désert comme des cyclones miniatures, les mecs sont entrés par effraction dans une des caravanes, qui devait sûrement rester sur place toute l'année. Elle avait l'air de dater de la même époque que notre voiture. Elle était minuscule et légèrement arrondie, avec des ailes en aluminium et un petit auvent qu'un pied de chèvrefeuille rachitique et un mobile de vieilles fourchettes faisaient leur possible pour décorer.

Les couverts tintaient au gré des puissantes bourrasques en provenance du lac. Soudain, la porte s'est ouverte et Rafe est sorti en trombe de la caravane.

— Il n'y a pas de téléphone.

J'ai haussé les épaules : ce n'était pas vraiment une surprise. Il tenait un grand flacon jaune et blanc en main. J'ai vu qu'il s'agissait d'une crème solaire.

— J'ai laissé un peu d'argent sur la table, m'a-t-il dit comme s'il avait peur que je lui en veuille de l'avoir volé.

— « Bloque 80 % des UV », ai-je lu tout haut. (Je lui ai décoché un regard sceptique.) Vous croyez que ça va marcher ?

— Au point où j'en suis, je suis prêt à tout, m'a-t-il répondu en se tartinant le visage et les mains de la pâte laiteuse.

La poussière qui lui couvrait le visage avait presque entièrement disparu, mais Rafe était toujours rouge vif. Le soleil de midi était le cauchemar des vampires.

— Tenez.

Pritkin a passé la tête par la porte de la caravane et m'a tendu une bouteille d'eau brûlante. Comme j'avais déjà avalé un litre et demi d'eau en nageant jusqu'au rivage, je l'ai passée à Poil de Carotte, qui avait l'air au bord de l'évanouissement. Le tir de Pritkin ne lui avait peut-être pas été fatal, mais il avait perdu beaucoup de sang. Il fallait qu'il se fasse soigner et on avait tous besoin de se mettre au frais.

Quelques secondes plus tard, Tremaine a émergé à son tour de la caravane, muni de chaises en plastique.

— Je vais aller au guichet, a-t-il annoncé. Ils ont peut-être un téléphone.

— Vous l'accompagnez ? a demandé Caleb à Pritkin tandis que Rafe m'aidait à soulever Poil de Carotte du béton pour l'installer sur une chaise.

— Je n'en avais pas l'intention. Pourquoi ?

— La catastrophe ne change rien au fait que c'est un prisonnier.

— Cassie et moi faisons aussi l'objet d'un mandat d'arrêt, a fait remarquer Pritkin. Comptez-vous également nous dénoncer ?

— Je compte faire mon travail, a rétorqué Caleb. Pensez-vous que nous devrions relâcher celui-ci ?

Il a donné un petit coup de genou à Poil de Carotte. Ce dernier a recraché sa gorgée d'eau. Il avait l'air de commencer à espérer.

— Comment juger, Pritkin ?

— Vous savez ce qu'il a fait.

— Et je sais ce qu'ils disent que vous avez fait.

— Je pensais que vous me connaissiez assez bien pour ne pas en croire un traître mot.

Les deux hommes se sont dévisagés une longue minute devant les yeux ébahis de Poil de Carotte et de moi-même. Rafe, lui, continuait de se tartiner d'écran total.

Caleb a fini par pousser un juron.

— Vous devez vous jeter à l'eau. Vous devez mettre un terme à tout ça. S'il y a eu une erreur, s'il s'agit effectivement de la Pythie légitime, les gens ont le droit de le savoir.

— Dites-le-leur, dans ce cas ! a aboyé Pritkin. Il ne s'agit plus de rumeurs ni de mémos des autorités supérieures mais de ce que vous avez vu, entendu et vécu. Cela dit ne vous étonnez pas si vous finissez vos jours à croupir dans une cellule.

Sur ce, il est parti avec Tremaine et Caleb s'est adossé à la caravane. Les bras croisés et l'air renfrogné, il s'est mis à surveiller son prisonnier. Pourquoi ? Aucune idée. Ce n'était pas comme s'il avait pu se faire la malle.

Rafe est retourné dans la caravane. Quelques minutes plus tard, il en a émergé avec des draps blancs dont il a entrepris de s'envelopper. Avec ses boucles noires en bataille et son sourire amical, il ressemblait à un bédouin particulièrement charmant. Un bédouin tartiné de crème solaire et avec une paire de lunettes de marque.

— D'où elles viennent, ces lunettes ? ai-je demandé.

— De Rome. Ce sont des Gucci.

— Très classe. (Je me suis retournée vers Poil de Carotte.) Les vampires ont des agents coagulants dans leur salive. Ça aide à la cicatrisation. Si vous saignez toujours, Rafe peut arrêter l'hémorragie.

Poil de Carotte a décoché un coup d'œil paniqué à Caleb.

— Éloignez cette chose ! Je connais mes droits ! Vous ne pouvez pas me donner en pâture à un vampire !

— Il veut simplement vous aider, a corrigé Caleb avec calme.

— Ouais, c'est ça. Il veut m'alléger de quelques litres de sang, oui ! Je sais comment ils fonctionnent, ces gars-là !

— Je crois que l'hémorragie a cessé, *mia stella*, a dit Rafe d'un ton narquois. Et, d'ordinaire, je ne me nourris jamais à partir de cet endroit-là.

— Quel endroit ?

— Pritkin lui a tiré dans la fesse, a répondu Caleb sans détour.

J'ai regardé Poil de Carotte avec un brin de compassion. Je savais ce que ça faisait.

Une petite bourrasque a soulevé un peu de sable et nous l'a envoyé dans le visage. J'ai toussé. D'un seul coup, tout le monde avait la chevelure vaguement rose. J'ai soulevé les cheveux trempés de sueur qui me couvraient la nuque. J'aurais tout donné pour un bandeau : qu'est-ce qu'il faisait chaud !

Heureusement, Pritkin n'a pas été long. Il est revenu à bord d'une voiturette de golf, en compagnie d'un homme assez âgé. Ce dernier avait l'air de croire qu'on avait eu un accident de bateau et qu'on avait besoin d'un moyen de transport pour retourner à Las Vegas. Il avait déjà appelé un taxi.

— Où est Tremaine ? a demandé Caleb.

— Il attend le taxi, a répondu sèchement Pritkin.

Caleb s'est renfrogné mais il s'est abstenu de faire des commentaires devant le norm'. Il est monté à l'arrière de la voiturette avec Poil de Carotte. Rafe et moi, on n'avait plus qu'à les suivre à pied.

— Quelle galanterie, a fait remarquer Rafe en les regardant s'éloigner.

Je n'ai pas répondu.

Ça nous a pris cinq minutes pour quitter le terrain de camping, grimper au sommet d'une petite colline et la redescendre par un chemin goudronné. Enfin, on a atteint le cabanon servant de guichet. Pritkin nous attendait à l'extérieur, adossé au mur. Caleb et Poil de Carotte faisaient une petite sieste dans la voiturette. Le guichetier se trouvait à l'intérieur du cabanon, plongé dans la contemplation de ses lacets de chaussures, qui formaient des nœuds sophistiqués. Pas de trace de Tremaine.

— Vous allez m'expliquer ce qui se passe ? ai-je demandé.

— Nous avons une bonne demi-heure de répit avant qu'ils se réveillent, m'a informée Pritkin. Peter s'est rendu jusqu'à la route principale pour nous trouver un moyen de transport.

— Je croyais qu'on attendait un taxi.

— Nous ne pouvons pas nous permettre de l'attendre. McCullough est surveillé par un pisteur. Tous les prisonniers en portent un, par mesure de précaution. Dans l'immédiat, le Corps est quelque peu préoccupé. C'est sûrement la raison pour laquelle ils n'ont pas encore dépêché d'équipe pour l'incarcérer. Mais, avec la chance que nous avons, ils ne sauraient tarder.

Le Corps, c'était le bras armé du Cercle. Le club des mages guerriers, si on veut. J'étais assez d'accord : il fallait qu'on bouge avant que les ex-petits copains de Pritkin débarquent. Mais ce n'était pas la seule chose, dans son discours, à avoir éveillé mon attention.

— Un pisteur ? (J'ai cligné plusieurs fois des yeux pour me débarrasser de la poussière.) Vous voulez dire que, s'il se déplace, ils sont automatiquement au courant ?

— Grosso modo.

— Je ne vois rien.

— Il s'agit d'un sortilège, non d'un vulgaire gadget, a dit Pritkin avec agacement. En quoi cela vous intéresse-t-il ?

— Pouvez-vous me dire si j'en porte un ?

Il m'a donné une bouteille d'eau tout droit sortie du frigo du guichetier et en a sorti une autre pour s'asperger le visage.

— Vous en avez trois.

Il s'est mis en chemin pour rejoindre la route, d'une allure si rapide qu'on a dû courir pour rester à sa hauteur.

— Attendez. Comment vous le savez ?

— J'en ai placé un moi-même.

— Vous m'avez mise *sur écoute* ?

— Il ne s'agit pas d'un micro, mademoiselle Palmer. Le pisteur se contente d'enregistrer votre localisation. Étant donné le nombre de personnes cherchant à vous kidnapper et/ou à vous assassiner, je me suis dit que c'était une précaution raisonnable.

— Si c'était si raisonnable, pourquoi ne pas l'avoir mentionné ?

L'eau et la transpiration lui avaient collé les sourcils et les avaient rendus plus foncés. Cette teinte mettait en valeur la couleur de ses yeux, qu'il a levés au ciel.

— Parce que je voulais que ça fonctionne ! Et, si vous aviez convaincu votre sorcière de l'enlever, ça n'aurait plus fonctionné.

— Elle s'appelle Françoise. Et bien sûr qu'elle me l'aurait enlevé !

— C'est exactement la raison pour laquelle je ne l'ai pas mentionné.

Si je n'avais pas été aussi épuisée, j'aurais été verte de rage. Mais je n'ai pas réussi à dépasser le stade du dégoût.

— Pendant mon enfance chez Tony, j'étais constamment sous surveillance, lui ai-je dit. On me suivait tout le temps : mes gardes du corps, ma gouvernante… J'avais zéro vie privée. Pourtant, même Tony n'est pas allé jusqu'à me faire lancer un sort !

— Il ne disposait probablement pas de personnel qualifié capable de le lancer, a estimé Pritkin en s'éloignant de plus belle.

J'ai crié après lui.

— Vous avez dit que vous en aviez placé *un*. Ça ne vous inquiète pas que deux autres groupes de personnes me suivent à la trace ?

Rafe s'est raclé la gorge.

— Euh, Cassie…

— Mircea m'a placée sous surveillance ? ai-je deviné.

— Et Marlowe, à ma connaissance.

— Mais pourquoi ? Il avait peur que Mircea lui cache des choses ?

Rafe a eu l'air choqué.

— Nous partageons tous le même objectif, *mia stella* : votre sécurité. Or, très récemment, une nouvelle version du sortilège a été mise au point. Il est plus difficile à détecter, même par les mages.

— Dans ce cas, pourquoi ne pas avoir enlevé la version plus ancienne ?

— Nous ne savions pas que le mage comptait vous en lancer un autre. Et, si quelqu'un venait à s'emparer de vous, cette personne s'attendrait à en trouver un.

— Donc vous avez laissé l'original dans l'espoir qu'ils se contenteraient de l'enlever et ne remarqueraient pas le deuxième.

— Exactement !

Rafe avait l'air aux anges que je comprenne si vite. Lui, en revanche, il n'avait pas compris mon problème. Parfois, j'oubliais que Rafe, qui avait adopté les vêtements, les voitures, la musique et l'art de notre époque avec beaucoup plus de facilité que la plupart des vampires que je connaissais, était né à la même période que Mircea. Pas étonnant qu'il ne conçoive pas que les femmes puissent ne pas aimer qu'on observe leurs moindres faits et gestes. Les femmes de son époque auraient probablement été flattées par tant d'attention.

Pritkin a croisé mon regard. Lui, il avait parfaitement saisi. Mais ça lui était égal.

— Vous auriez au moins pu me demander, ai-je fait remarquer.

J'étais très calme. J'étais trop fatiguée pour m'énerver.

— Vous avez avoué que vous l'auriez fait retirer.

— Si vous m'aviez expliqué que c'était pour ma sécurité…

— Depuis quand vous souciez-vous de votre sécurité ?

Il s'est déchaîné contre moi.

— Vous avez menti délibérément pour vous fourrer dans une situation que vous saviez périlleuse. Et ce, sans aucune raison !

— Sans aucune raison ? (J'ai senti mon visage s'empourprer. Et ce n'était pas sous l'effet du soleil.) Je pensais que vous aviez besoin de mon aide !

— J'avais besoin de votre aide pour libérer les prisonniers. Oui. Ensuite, il n'y avait plus rien à faire qui nécessite votre présence. Vous auriez dû partir, comme je vous en avais donné l'ordre.

— On n'abandonne pas ses partenaires.

— Lorsque l'alternative est de mourir avec ses partenaires, si ! C'est exactement ce qu'on fait !

Ses paroles étaient mordantes mais son visage était bizarrement pâle, impassible et tendu.

Je n'ai pas lâché le morceau.

—Je me soucie de ma sécurité. C'est juste que, parfois, quand je fais mon travail…

—Ce n'était pas votre travail. Porter secours à ces prisonniers n'avait rien à voir avec la trame temporelle. Si j'avais su que vous seriez inconsciente au point de risquer votre vie pour eux, je n'aurais jamais accepté votre aide !

—Ce n'était peut-être pas mon travail, mais c'était ma faute. Si je n'avais pas accepté de rencontrer le Cercle…

—… nous n'aurions peut-être jamais su qu'il y avait un problème avec les lignes telluriques.

J'ai froncé les sourcils.

—Qu'est-ce que vous racontez ? Le combat…

—… aurait dû n'avoir aucune conséquence. Si les lignes telluriques étaient instables à ce point, elles nous seraient parfaitement inutiles. Quelque chose ou quelqu'un a compromis l'intégrité de la structure de cette ligne avant le combat.

—*Quelqu'un* ? Vous croyez que c'était un acte délibéré ?

—Je ne sais pas. Mais je n'ai jamais entendu parler d'un phénomène naturel capable de provoquer une catastrophe pareille. Et c'est d'autant plus suspect que cette faille est apparue pile au niveau de la MAGIC.

J'ai repensé au pouvoir incroyable contenu dans les lignes telluriques. À ces hectares entiers d'énergie brillante et bondissante. Je n'arrivais pas à y croire.

—Mais comment ont-ils pu s'y prendre ?

—Je ne me l'explique pas. Personne ne dispose d'un tel pouvoir. Ni dans notre camp, ni dans celui des Ténèbres.

—Apollon si.

Et si quelqu'un avait de bonnes raisons d'anéantir la MAGIC, c'était bien lui.

Mais Pritkin n'avait pas l'air convaincu.

—S'il pouvait transférer une telle quantité de pouvoir à ses disciples, il l'aurait fait depuis belle lurette. Et il aurait détruit le Cercle dès le début. Dieu merci, vous êtes en possession des derniers vestiges de son pouvoir en ce monde.

Nous avons dû interrompre notre petite conversation : nous avions rejoint Tremaine. Il se tenait à côté de ce qu'il devait considérer comme un moyen de transport. Il nous a décoché un regard gêné.

— Apparemment, la nourriture n'ayant pas servi à gaver les touristes est utilisée comme alimentation de luxe pour les cochons, a-t-il expliqué. M. Ellis transporte les restes de plusieurs casinos dans un centre de recyclage. Comme il va justement charger une nouvelle cargaison, il se propose gentiment de nous déposer au *Dante*.

— C'est sur mon chemin, a renchéri le vieil homme avec jovialité. Mettez-vous à l'aise comme vous pouvez. Les bidons sont vides, donc vous risquez pas d'abîmer grand-chose.

Enfin, « vides »... Tout est relatif. Des résidus de buffet suintaient par-dessus les rebords des bidons et des débris de nourriture, séchés depuis quelques semaines, tressautaient sur le sol de la remorque. Pour ne rien gâcher, il faisait 37 °C et il n'y avait pas un brin d'ombre. Rafe s'est recroquevillé et a tendu les draps sur sa tête.

— Ça va ? lui ai-je demandé, inquiète.

Rafe était un maître, certes, mais il n'avait atteint que le niveau quatre. À ce niveau-là, le soleil n'a pas seulement pour effet de vider les vamps de leur pouvoir : une exposition prolongée pouvait les blesser gravement, voire les tuer.

— Ça peut aller, a-t-il répondu.

Mais le timbre de sa voix n'était pas très rassurant. Heureusement, on n'était plus qu'à une quarantaine de kilomètres de la ville.

— Je ne comprends pas, ai-je lancé à Pritkin.

Mais il a secoué la tête avant que je termine ma phrase.

— Pas ici.

— Je crois qu'il n'entend rien, ai-je dit en désignant le conducteur d'un hochement de menton.

La radio braillait du Johnny Cash à nous déchirer les tympans. Et on était à l'arrière. Dans l'habitacle, le bruit devait être proprement assourdissant.

Comme Pritkin me regardait sans rien dire, je me suis tournée vers le gentil mage guerrier.

— Je ne comprends pas ce qui a arrêté cette chose. Une fois que le matériau séparant les mondes est déchiré, pourquoi la faille ne continue-t-elle pas jusqu'au bout de la ligne ? Comme une couture une fois les premiers points coupés ?

Tremaine a décoché un regard nerveux à Pritkin, qui a marmonné quelque chose dans sa barbe, mais il a quand même répondu.

— J'imagine que la vasque tellurique sur laquelle est construite la MAGIC a dû suffire à colmater la faille. Pour filer sur votre métaphore, disons que la couture a buté sur un nœud.

— Et qu'est-ce qui se serait passé si ça n'avait pas été le cas ?

— La ligne aurait continué à se déchirer. Jusqu'au moment où elle se serait heurtée à un vortex suffisamment puissant pour la contrer.

— Et il se trouve où, ce vortex ? ai-je demandé.

J'avais un très mauvais pressentiment.

— La ligne tellurique dans laquelle l'éruption a eu lieu va de la MAGIC à Chaco Canyon. Chaco Canyon est le siège d'un immense vortex : plus d'une vingtaine de lignes telluriques s'y croisent. C'est l'un des plus puissants de cet hémisphère.

— Chaco Canyon ?

Pritkin a grimacé.

— Nouveau Mexique.

Je l'ai dévisagé pendant un long moment. J'étais sûre d'avoir mal compris.

— *Nouveau Mexique* ? Vous voulez dire que ce cataclysme aurait pu se propager sur des milliers de kilomètres ?

— Et il aurait anéanti en chemin tous les édifices magiques. À travers trois États, a-t-il renchéri d'une voix sinistre.

— Sans compter les édifices non magiques, a ajouté Tremaine, horrifié. Certains norm' ressentent l'énergie émanant des lignes telluriques. Traditionnellement, de nombreuses structures humaines sont construites non loin des lignes. Leurs bâtisseurs eux-mêmes en ignorent la raison.

Pritkin a hoché la tête.

— Si quelqu'un a trouvé le moyen de détraquer les lignes, nous courons à la catastrophe. Tant du point de vue de la communauté magique que des populations humaines.

J'ai repensé à cette plaine calcinée, à ce paysage de mort et de désolation qu'on venait de quitter.

— On a déjà vécu une catastrophe, ai-je ajouté d'une voix calme.

Au moins, je n'avais pas à avoir peur de me faire repérer par les éventuels mages guerriers en patrouille au casino. À notre arrivée, même nos amis ne nous auraient pas reconnus. Et, si ça avait été le cas, ils ne s'étaient pas approchés à moins de trois mètres.

J'ai enlevé un ravioli chinois desséché qui s'était pris dans mes cheveux, j'ai remercié notre chauffeur et je me suis dirigée vers l'entrée du casino en longeant une longue file de taxis. On avait beau être couverts d'ordures et laisser un sillage de boue à faire pâlir Shrek de jalousie, personne ne nous a prêté attention. Le *Dante* était plongé dans le chaos.

Des centaines de touristes étaient agglutinés autour de la réception. Ils criaient et agitaient des papiers à l'intention du personnel de l'accueil. D'habitude, ces derniers étaient obséquieux au possible, mais cette fois ils avaient l'air débordés. Des piles de bagages jonchaient le sol, quand ils ne surchargeaient pas les chariots manœuvrés par des grooms dépassés par les événements. Partout, des enfants pleuraient ou manquaient de tomber dans le Styx, tandis que la clim', mise à rude épreuve, essayait désespérément de réduire la température à une trentaine de degrés. Et surtout, le hall était truffé d'hôtes à vie réduite.

L'espace d'un instant, la vision chaotique que j'avais eue s'est surimposée à la réalité : l'image du bar en ruine s'est calquée sur le véritable bar. J'ai secoué la tête pour la dissiper et j'ai regardé un vampire particulièrement musclé attraper par la taille une des serveuses affublées d'une tenue SM. Elle s'est débattue en hurlant – et ce n'était pas de plaisir – mais le sénateur avait l'air de s'en moquer totalement. Il était né dans la Rome antique : les mœurs étaient assez différentes, à cette époque. Heureusement, la jeune et jolie Sudiste à son côté n'avait pas l'air de bonne humeur. Elle lui a décoché un regard noir avant de froncer les sourcils et de lui enfoncer un bâtonnet mélangeur dans la main pour le clouer au comptoir. Il l'a dévisagée d'un air mauvais en ôtant le bâtonnet de sa main, mais au moins il a libéré la serveuse.

— Qu'est-ce que le Sénat fait ici ? ai-je demandé à Rafe.

Mais je me suis aperçue qu'il avait disparu. J'ai regardé partout autour de moi mais, avec la foule en furie, je ne suis pas parvenue à le repérer.

— Où est parti Rafe ? ai-je interrogé Pritkin.

— Il s'est esquivé dès notre arrivée, m'a-t-il informée en regardant le groupe de vampires attendant l'ascenseur avec armes et bagages.

Rafe ne se trouvait pas parmi eux.

— Il a dit où il allait ?

— Non. Mais il est probablement allé demander une chambre. Apparemment, les sénateurs et leurs serviteurs se sont passé le mot pour se donner rendez-vous ici.

— On dirait plutôt qu'ils emménagent.

— Ils emménagent, a confirmé Casanova, qui venait de nous rejoindre. Et ils me ruinent par la même occasion. J'ai trois conventions prévues cette semaine. Et deux autres la semaine prochaine. On m'a donné l'ordre de toutes les annuler ! Oh, et vous devez céder votre suite à la Consule. Hiérarchie oblige.

— Depuis quand la Consule est-elle ma supérieure hiérarchique ? ai-je riposté.

— Depuis que cet hôtel fait partie du patrimoine des vampires et qu'elle dirige le Sénat.

— Mais il y a plein d'autres hôtels ! Pourquoi a-t-elle jeté son dévolu sur celui-ci ?

— Aucun autre hôtel n'est protégé par autant de talismans. Et doté d'un portail ouvrant sur Faerie, a-t-il dit d'un air désespéré.

— Désolée.

Je ne savais pas quoi lui répondre d'autre.

— J'ai besoin d'un peu plus que de ta compassion. La carte de ta suite, par exemple. Notre machine est *kaput*. (Il a remarqué la tête que je faisais.) Tu ne vas quand même pas me faire une scène ?

— Eh bien justement, figure-toi que je suis d'humeur à faire une scène, ai-je avoué. (Casanova a dit quelque chose en italien, que je n'oserais pas répéter.) Et ça ne fera pas avancer tes affaires.

Il m'a jaugée du regard.

— D'accord. Alors voilà ce que je propose : j'avais justement prévu de me débarrasser de ces gamins dépenaillés que tu m'as refourgués et…

— Mais ils sont orphelins ! ai-je protesté, outragée.

— Pas tous.

— Ils n'ont nulle part où aller !

— Je retiens mes larmes.

J'ai soupiré.

— Qu'est-ce que tu veux ?

— Comme je disais : déguerpis gentiment de la suite et je trouve un moyen de loger tes gamins.

— Je vais déguerpir gentiment de la suite et tu les laisseras où ils sont, ai-je insisté.

J'étais trop fatiguée pour jouer à ce petit jeu. Mais, si je ne m'arrangeais pas avec Casanova, il les ferait dormir dans les bennes à ordures à l'arrière. Et je n'avais pas les moyens de les loger ailleurs.

Les gamins en question se faisaient appeler les Zonards : leur magie avait choisi de se manifester de façon anormale, et ils n'auraient jamais aucune chance de s'intégrer à la communauté surnaturelle dominante. Parmi eux, ceux dotés de pouvoirs dangereux avaient été enfermés dans des « écoles » fondées par le Cercle. Ils étaient censés y apprendre à contrôler leurs dons, souvent pernicieux. Mais la plupart d'entre eux ne parvenaient jamais à un niveau de contrôle suffisant aux yeux du Cercle, et ils n'obtenaient jamais leur diplôme. En d'autres termes, ils ne sortaient jamais de ces écoles.

Tamika Hodges, une de mes amies et la mère d'un des Zonards, avait essayé de libérer son fils en suivant la voie légale. Lorsque ses démarches avaient échoué, elle avait opté pour une approche plus radicale et elle l'avait aidé à s'évader. Dans la foulée, elle avait délivré une partie de ses amis, ce qui lui avait valu une place de choix à mes côtés sur la liste des femmes à abattre par le Cercle. Avec l'aide du Sénat, j'avais réussi à passer un accord lui assurant l'immunité, malgré ses différents crimes. Mais cet accord ne prévoyait rien pour les gamins. C'est la raison pour laquelle je continuais de les cacher au *Dante*, en attendant de me rabibocher avec le Cercle. Au train où allaient les choses, ils risquaient d'y rester un certain temps. Si Casanova ne les mettait pas à la rue.

— Ils occupent deux suites de premier choix ! a-t-il protesté.

— Ils sont huit ! Neuf avec le bébé ! Qu'est-ce que tu comptes faire ? Les fourrer dans un placard à balais ? (Il a envisagé cette possibilité d'un air sournois.) Ils ne bougent pas. Ce n'est pas négociable, ai-je conclu avec fermeté.

— D'accord ! Mais tu me revaudras ça.

Je n'ai pas eu le temps de lui envoyer une réplique bien sentie dans les dents : j'ai croisé le regard d'une grande créature élégante qui se trouvait de l'autre côté du hall. Et ce qui restait de ma pauvre robe en charpie couverte de boue et d'ordure s'est instantanément mis à geindre comme une sirène d'alarme. Elle faisait un tel boucan que tous les yeux se sont tournés vers moi.

— Faites-la taire ! a crié Pritkin.

— Comment ?

Il a essayé de lancer un sort quelconque, sans aucun effet.

— Le Corps est sûrement encore sur place ! m'a-t-il informée, comme si j'y pouvais quelque chose.

Et la situation a empiré.

— Assassin ! s'est écrié Augustin en me montrant du doigt, attirant l'attention des rares personnes qui ne regardaient pas encore dans ma direction. Assassin !

— Enlevez-la ! m'a ordonné Pritkin en attrapant l'ourlet de la robe.

— Corps ou pas Corps, je ne vais pas traverser ce foutu hall à poil !

— Tenez.

Tremaine a fait tomber son pardessus standard de mage guerrier et me l'a passé. Sur lui, il tombait jusqu'aux mollets. Ce qui veut dire que, sur moi, il traînait par terre. Mais je n'allais pas me plaindre. Je l'ai enfilé en essayant de ne pas penser au nombre de gens qui me reluquaient.

— Deux équipes viennent juste de passer la porte, m'a avertie Tremaine.

— *Donnez-moi cette robe!* a insisté Pritkin.

Les doigts tremblants, j'ai déboutonné la robe hurlante et je l'ai fait glisser à mes pieds. J'avais vraiment l'impression d'être une exhibitionniste. Pritkin l'a ramassée et est parti en courant, suivi de Tremaine, en agitant la robe au-dessus de la foule, ce qui a eu pour effet d'attirer l'attention des mages guerriers. Pendant un moment.

J'ai serré le manteau autour de moi et je me suis précipitée dans la direction opposée, vers le préposé aux vestiaires. Heureusement, j'avais travaillé pendant presque un mois au casino : j'avais donc un casier. Malheureusement, il ne contenait qu'un bustier à paillettes et une paire de talons aiguilles de sept centimètres de haut.

J'ai claqué la porte du casier. Le regard rivé dessus, je me suis rongé les ongles. Plusieurs employés se sont arrêtés pour me dévisager. Et pour cause : j'avais un coup de soleil sur le visage, les cheveux complètement emmêlés et mon corps crasseux était enveloppé dans un pardessus. J'aurais sérieusement eu besoin d'une douche mais il était hors de question que j'en prenne une ici. Se faire arrêter par le Cercle, ce n'était déjà pas terrible. Se faire arrêter par le Cercle en étant complètement nue, c'était trois fois pire ! J'avais besoin d'un endroit où me reposer. Un endroit où récupérer des vêtements et prendre un bain. Un endroit sûr. Une idée m'est immédiatement venue à l'esprit.

Ça aide d'avoir une copine sorcière, parfois.

Chapitre 11

Lorsque j'ai frappé à la porte, j'ai été accueillie par une tirade hystérique en français.

— J'ai jusqu'à quatre heures ! m'a informée une voix, derrière la porte close. Allez-vous-en !

J'ai toqué encore une fois. Gentiment : une sorcière sur les nerfs, c'est toujours à prendre avec des pincettes. Surtout quand elle connaît plein de vieilles formules.

— Françoise ? C'est moi.

La porte s'est ouverte brusquement, révélant une brune de très mauvaise humeur. Ses cheveux étaient totalement ébouriffés, sa nuisette verte et blanche très chic était couverte de poussière et elle avait un sac-poubelle plein à craquer à la main. À première vue, il contenait l'intégralité de sa garde-robe.

— Cassie ! s'est-elle exclamée, les yeux écarquillés. (Une seconde plus tard, elle me serrait dans ses bras, assez fort pour me broyer les os.) J'étais si inquiète ! Je croyais que le Cercle t'avait emmenée à la MAGIC !

— C'est ce qu'ils ont fait.

— Mais… Comment t'es-tu échappée ? Ils ont dit que la MAGIC avait été détruite.

— C'est une longue histoire. (J'ai jeté un coup d'œil au sac-poubelle.) On te met à la porte à ce que je vois.

Elle a repris son air renfrogné.

— Casanova m'a dit que le Sénat avait besoin de cette chambre pour un de leurs serviteurs. Donc je dois partir. Aujourd'hui !

— Tu n'es pas la seule.

— Je pensais te demander si je pouvais habiter chez toi, a-t-elle avoué.

— Pas de bol.

— *Mais c'est impossible !* s'est-elle écriée en français. Tu es la Pythie !

— Oui. Mais la Consule aime bien la vue depuis ma suite.

Françoise a gratifié la Consule d'interjections peu charitables. Je ne l'ai pas contredite. D'une, elles étaient en français – et je ne suis pas censée parler français – ; et de deux, elles étaient légitimes.

Je me suis affalée sur son lit. Je jure que je voulais seulement m'asseoir, mais le matelas était enchanté ! Il m'a attirée lâchement à lui. J'ai essayé d'enlever mes chaussures en les faisant valser, mais avec toute cette boue, elles adhéraient littéralement à mes pieds. Au bout d'un moment je me suis dit que ça n'avait aucune importance.

Je suis restée allongée quelques minutes en me contentant d'écouter Françoise mettre la chambre sens dessus dessous.

— Tu as une autre idée ? ai-je fini par demander.

Françoise a fait la moue.

— Randolph a un appartement.

— Randy ? (J'ai ouvert un œil et j'ai vu qu'elle avait légèrement rosi.) Un grand type bodybuildé blond nourri au grain et coiffé en brosse ? Ce Randy ?

— Quand il a appris que les employés devaient déménager, il m'a appelée.

J'ai roulé sur le ventre et j'ai posé le menton sur ma main.

— Ah oui ?

Elle est passée du rosissement au rougissement.

— Il a une chambre d'amis.

— Tiens, tiens.

Et il voulait certainement qu'elle y dorme.

Elle a soupiré.

— Il est très beau, *non* ?

— Ouais.

Si vous faites dans le surfeur nonchalant, Randy est votre homme. Mais c'était surtout un très chouette type. Pour quelqu'un de possédé par un incube.

— Où est le problème, alors ? ai-je demandé.

Françoise m'a regardée d'un œil noir.

— Tu sais très bien où est le problème !

— Il ne se permettrait jamais de se nourrir à tes dépens, l'ai-je rassurée.

Déjà parce qu'elle lui lancerait une malédiction qu'il se coltinerait une bonne semaine.

— Je sais bien !

Elle a ouvert l'armoire et a saisi un autre sac-poubelle, dans lequel elle a fourré le deuxième oreiller, la couverture, la lampe de chevet et le fer à repasser de l'hôtel. Lorsqu'elle a ramassé ce dernier, le cordon d'alimentation est resté attaché à la prise.

— C'est quoi ton problème, alors ? Et tu as besoin de ce long truc noir tout fin. (Elle m'a lancé un regard perdu.) C'est ça qui fait marcher le bidule, ai-je ajouté. Elle a hoché le menton et s'est mise à ramper sous le lit.

Françoise avait quelques petits problèmes avec le matériel moderne. Par « moderne », j'entends tout ce qui a été inventé après le XVIIe siècle, époque à laquelle elle était née… et avait rencontré une bande de mages des Ténèbres dotés d'un sens aigu du commerce.

Les faes étaient prêtes à payer à prix d'or les jeunes et jolies sorcières fertiles susceptibles de les aider à juguler leurs problèmes de vieillissement démographique. Malheureusement, la plupart des candidates potentielles étaient soit trop bien gardées, soit trop puissantes pour être kidnappées sans risque. Mais les mages avaient surpris Françoise à un moment où elle était vulnérable et l'avaient refourguée illico aux faes, qui en avaient fait leur esclave. Elle avait vécu parmi elles pendant une période de deux ou trois ans, de son point de vue, mais lorsqu'elle avait saisi sa chance et réussi à s'enfuir, elle s'était rendu compte que notre monde avait vieilli de quatre cents ans. Elle avait fait encore mieux que la Belle au bois dormant!

—Ça?

Elle a tendu le cordon d'alimentation.

—Exactement.

Elle l'a fourré dans le sac et a grimpé sur le lit pour essayer d'arracher un tableau qu'elle destinait apparemment au même sac.

—C'est à cause de toutes ces autres femmes, a-t-elle repris en tirant sur le tableau. Je lui ai dit que je ne voulais pas être... Comment on dit, déjà? Quand un homme a plusieurs femmes?

—Un harem?

—*Oui*. Je lui ai dit que je ne voulais pas être un harem! a-t-elle poursuivi en tirant de plus belle.

Le tableau s'est détaché du mur, a valsé à travers la pièce et s'est abîmé contre la porte. Françoise a sauté au pied du lit pour constater l'ampleur des dégâts. Le cadre était un peu de travers mais ça a eu l'air de lui convenir quand même parce qu'elle l'a mis dans le sac.

—Effectivement. Vu qu'il a un incube à nourrir, ça pose problème.

—Je lui ai demandé de s'en débarrasser, a-t-elle dit en faisant une de ces gesticulations françaises qui signifient tout et son contraire. Mais *non*. « Il a changé ma vie », a-t-elle ajouté en l'imitant.

— C'est sûrement le cas, ai-je tenté. Casanova recrute la plupart de ses hommes dans des bleds paumés où ils n'ont aucun avenir.

— Mais maintenant, il est ici, s'est-elle écriée avec hargne. Il n'a plus besoin de son incube. Je crois plutôt qu'il n'a pas envie de faire une croix sur ces autres femmes !

J'ai essayé de trouver quelque chose à dire mais tout était trop flou dans ma tête. Je ne contrôlais plus mes pensées. Tous les sentiments, toutes les questions que je refoulais étaient en train de refaire surface. Est-ce que Mircea ressentait la même chose que Randy ? À présent que les effets du sortilège nous liant l'un à l'autre s'étaient dissipés, il avait peut-être envie d'autres femmes ? Peut-être en avait-il déjà une ?

Il venait d'une époque où il était de bon goût d'avoir une femme pour jouer le rôle de maîtresse de maison et une ou deux amantes pour jouer… à autre chose. Je n'avais jamais entendu personne suggérer que Mircea aurait pu avoir une relation à long terme avec quelqu'un, mais je n'avais jamais posé la question. Et je n'étais jamais allée à sa cour de l'État de Washington. Pourtant, il me connaissait depuis mes onze ans, lorsque Raphaël, son larbin à la cour de Tony, lui avait passé un petit coup de fil.

Mircea étant le maître de Tony, ça lui donnait le droit, en vertu des règles vampiriques, de me revendiquer. Au mieux, il avait espéré que j'accède au poste de Pythie et que je donne aux vampires, pour la toute première fois, l'opportunité de contrôler le pouvoir de mon sacerdoce. Au pire, j'étais une véritable voyante. Et ça ne court pas les rues. Mais il avait quand même choisi de me laisser grandir à la cour de Tony plutôt que de me faire venir à la sienne.

J'avais toujours pensé que c'était pour éviter que le Cercle ait vent de mon existence : ils se croyaient propriétaires de tous les utilisateurs de magie, et des voyantes en particulier : ils auraient pu lui donner du fil à retordre. Comme la cour de Tony était beaucoup moins éminente que la sienne, elle était bien plus sûre. Mais à présent je me demandais s'il n'y avait pas une autre raison.

Une raison avec de magnifiques yeux noirs.

Je me suis caché le visage en poussant un grognement. *Et merde!* Avec Mircea, je finissais toujours par me poser une tonne de questions. Et j'avais zéro réponse. Ça commençait à devenir vraiment lassant.

J'avais la migraine, j'avais mal partout et j'aurais bien aimé arrêter de réfléchir. Mais ces photos me tracassaient. Subitement, je me suis rendu compte que Mircea ne figurait sur aucune d'entre elles. C'était quand même un peu bizarre, étant donné le nombre de clichés que contenait l'album. J'avais pensé que c'était lui qui les prenait, mais dans mes souvenirs la femme ne regardait jamais l'objectif. En fait, c'était comme si elle ne savait pas qu'on la photographiait.

Qu'est-ce qu'il pouvait bien fabriquer ? Est-ce qu'il payait quelqu'un pour l'observer ? Dans quel but ? Pourquoi ne pas se mettre tout bonnement avec elle, s'il était mordu à ce point ? Et pourquoi un maître vampire aurait-il besoin de faire suivre quelqu'un ?

Il n'y avait pas des milliers d'explications. Et aucune d'entre elles n'était satisfaisante. Cette femme appartenait peut-être à un autre. Qui sait ? À un autre sénateur qui la lui aurait refusée ? Mais les maîtres passaient leur temps à s'échanger leurs serviteurs. Et Mircea était capable de décrocher la lune quand il avait une idée en tête. S'il était motivé à ce point, il aurait réussi à trouver une monnaie d'échange suffisamment alléchante pour convaincre le maître de cette femme.

C'était peut-être une sénatrice ? Auquel cas, elle aurait pu le rejeter. Mais cette explication était encore moins plausible. La plupart des vampires considéraient la sexualité comme une marchandise parmi d'autres. Je ne pouvais pas imaginer qu'une sénatrice refuse les avances de Mircea : ça revenait à passer à côté d'une alliance politique de poids. Les vampires réfléchissaient presque tout le temps en termes de profits et de pertes. Même en matière de vie affective. Et quel intérêt aurait-elle trouvé à éconduire Mircea ?

Restait la dernière explication. Et elle ne me plaisait pas du tout. La guerre avait soumis le Sénat à de nombreuses pertes récemment. Peut-être la femme sur la photo faisait-elle partie des sénateurs morts au combat ? Mircea avait peut-être confectionné un album photos à la mémoire de son amour perdu ?

Il aurait fait semblant de s'intéresser à moi alors qu'il portait le deuil d'une femme qu'il avait aimée pendant des dizaines, voire des centaines d'années ? Cette idée me rendait malade. Ce qui faisait vraiment mal, c'était qu'il n'avait même pas eu à me séduire. J'avais toujours été sous son charme : il ne s'en était juste jamais aperçu.

— Qu'est-ce qu'il y a ? a demandé Françoise d'un air anxieux.

Je me suis rendu compte que j'avais complètement zappé ce qu'elle venait de dire. J'étais trop occupée à ressasser ma catastrophique vie amoureuse. Je me suis mise en position assise et j'ai essayé d'afficher une expression neutre. Mais elle s'est contentée de hausser un sourcil. *Merde.* Ça faisait trop longtemps que je ne m'étais plus entraînée à camoufler mes sentiments. Je manquais de pratique.

— Rien. C'est juste… Je comprends ce que tu ressens.

— Le seigneur Mircea a une autre femme ?

Elle avait l'air surprise.

— Je ne sais pas.

Je me suis levée pour commencer à faire les cent pas, mais ces satanés talons aiguilles me faisaient un mal de chien. Je me suis rassise.

— Je ne suis jamais au courant de rien. On ne parle jamais.

— *Pourquoi pas?* a-t-elle demandé en français.

— Il est toujours en déplacement pour le Sénat ces temps-ci. Et, quand on se voit, il a tellement de choses en tête! C'est compliqué de parler de nous.

C'était quand même un sujet trivial comparé à la guerre, aux jeux politiques et à l'anéantissement imminent du monde surnaturel. Résultat : j'étais mariée – d'un point de vue vampirique, en tout cas – avec quelqu'un que je ne connaissais quasiment pas.

— Tu devrais lui parler, a dit Françoise en jetant un coup d'œil intéressé au lustre.

Heureusement pour le Dante, il était fermement vissé au plafond.

— Ouais.

Le problème, c'était que chaque fois qu'on commençait à parler, on finissait par faire autre chose. Sans compter que je ne savais pas comment aborder la question. Si c'était effectivement son grand amour récemment disparu, je n'allais quand même pas évoquer le sujet entre la poire et le fromage.

Françoise a de nouveau haussé le sourcil. Elle s'apprêtait à répliquer mais on a cogné à la porte. *Sauvée par le gong!* Elle a eu l'air agacé, a fait volte-face et ouvert la porte. C'était Randy. Il avait l'air tout penaud. C'est pourtant difficile d'avoir l'air penaud quand on porte un jean noir moulant et un tee-shirt de muscu assorti. Enfin, je supposais que c'était un tee-shirt mais ça ressemblait plutôt à une couche de peinture.

— Qu'est-ce que tu fais ici?

Il a haussé les épaules. Ce mouvement a fait jouer un certain nombre de muscles.

— Je me disais que je pouvais t'aider à déménager. Où que tu ailles, a-t-il ajouté en voyant le regard noir que Françoise lui lançait.

— Nous ne savons pas encore où nous allons, a-t-elle déclaré en feignant la nonchalance.

C'était assez crédible.

— Je crois que j'ai une idée, lui ai-je dit en extrayant péniblement mon corps fourbu du lit.

Quelques minutes plus tard, Françoise, son butin, Randy et moi avons débarqué au *Tiki Bar*. Enfin, à l'endroit qui était autrefois le *Tiki Bar*, au quatrième étage de l'hôtel. Les lieux avaient récemment été victimes d'un malencontreux incendie, et des travaux de rénovation étaient en cours. La scène, qui venait d'être reconstruite, sentait encore le vernis, et les murs en placoplâtre attendaient leur coup de peinture. C'était sûrement l'endroit le plus calme du casino.

Malheureusement, c'était le seul intérêt de l'arrière-boutique. Elle était minuscule et dépourvue de salle de bains. On a dû déplacer des cartons de fleurs en plastique et des caisses de condiments pour mettre un second lit, mais c'était vivable. Je savais de quoi je parlais : il y a peu, c'était encore ma chambre.

— OK. C'est… très cosy, a fait remarquer Randy en examinant la pièce.

— C'était une réserve.

— Ça alors ! Je ne m'en serais jamais douté.

Je l'ai fusillé du regard. Il a haussé les épaules.

— Au moins, personne ne va vous mettre à la porte.

Effectivement. Aucun vampire digne de ce nom n'habiterait dans un trou à rats pareil.

— Ça me plaît beaucoup, a dit Françoise en essayant de passer entre son lit et le mur.

L'interstice mesurait trois centimètres à peine.

— C'est juste en attendant, lui ai-je promis.

— Bien sûr. Le seigneur Mircea te trouvera une autre solution.

Je la voyais presque éliminer mon lit mentalement.

En fait, je pensais à la chambre juste à côté. Elle était plus petite mais beaucoup plus colorée : elle était dotée, sur toute la hauteur du mur, d'un gigantesque vitrail représentant une scène de combat. Malheureusement, la fenêtre avait été cassée – il y avait beaucoup d'accidents depuis que j'avais débarqué – et on ne l'avait pas encore remplacée. En attendant, ils avaient mis une bâche avec le même motif à la place mais elle laissait passer la chaleur. Il fallait que je demande à Casanova quand les travaux de réfection étaient prévus.

Mais ça pouvait attendre. Pour le moment, j'avais des affaires plus urgentes à régler. J'ai laissé Françoise s'installer à son aise et je lui ai emprunté la clé de son ancienne chambre. Avec un peu de chance, j'aurais le temps de prendre une douche avant de me faire jeter dehors.

Une heure plus tard, j'ai été réveillée par un bruit sourd suivi d'un cri. Ce dernier a commencé sur un ton de fausset et s'est terminé en baryton. Indice suffisant pour comprendre qu'il ne s'agissait pas de Françoise, avant même d'entendre la série de jurons qui a suivi. Soudain en alerte, j'ai entrouvert les paupières et j'ai vu une forme gigantesque de deux mètres cinquante de haut penchée sur moi. J'ai hurlé.

— Je t'en prie, chérie, a aboyé quelqu'un. Je sais que cette perruque date de l'année dernière, mais c'est du Liza. Ça ne se démode pas.

J'ai tendu la main pour allumer la lumière et la forme s'est révélée être une femme de deux mètres cinquante de haut occupée à se masser le tibia. Sa taille était due en partie à la colossale perruque noire susmentionnée et en partie à ses semelles compensées de vingt centimètres de haut. Le reste de sa personne était drapé dans une robe fourreau à paillettes, tellement courte qu'on aurait dû l'appeler « débardeur » et entièrement constituée de nœuds papillons. Elle était tendue sur des épaules plus larges que celles de la plupart des hommes et dévoilait des jambes puissamment musclées. En gros, on aurait dit un hockeyeur déguisé en *drag queen*.

Au bout d'un moment, j'ai compris qu'il s'agissait effectivement d'un hockeyeur déguisé en *drag queen*.

— Qui êtes-vous ? ai-je demandé d'un ton énervé.

Elle a pris un air outré.

— Tu vis sur une île déserte, mon cœur ? Je suis D-zir. (Je l'ai regardée sans rien dire.) D-zir ! Une des 3D ! (J'ai secoué la tête.) On s'appelait les 2D avant. Mais on en a recruté une troisième...

Je ne comprenais rien à ce qu'elle racontait, mais après un bref examen j'ai constaté qu'elle ne portait pas d'arme. Quoique. Elle aurait très bien pu camoufler une kalachnikov dans sa perruque, ni vu ni connu.

— Que faites-vous dans ma chambre ? ai-je interrogé d'une voix un peu plus calme.

— Je vois, mon chou. C'est pas grave. Tu as un peu trop bu, tu es allée aux toilettes, tu t'es perdue et tu as atterri ici. Désolée, mais c'est pas ta chambre.

— Pour l'instant, si, ai-je répliqué avec irritation.

Françoise était aux abonnés absents. Elle était probablement encore avec Randy. Il l'avait invitée à dîner. Elle m'avait demandé de venir avec eux mais Randy m'avait jeté un regard désespéré derrière son dos. Et j'étais trop fatiguée pour manger, de toute manière. Sans compter que j'avais pour seuls vêtements propres le tee shirt et le pantalon de jogging publicitaires du *Dante*, que j'avais achetés pour me servir de pyjama. Bizarrement, personne ne savait où étaient passés mes bagages, et les affaires de Françoise étaient beaucoup trop grandes pour moi.

— Que voulez-vous ? ai-je demandé en passant rapidement la main dans mes cheveux.

— Pas la peine de s'énerver ! Et un conseil : pour éviter de tomber dans les pommes et de se réveiller dans un placard à balais, il faut y aller mollo sur la bibine.

— Mais je ne bois pas ! Et je ne suis pas tombée dans les pommes. Je sais très bien comment je suis arrivée ici. D'ailleurs… (Je me suis interrompue et j'ai regardé la porte. Elle était encore verrouillée.) Comment êtes-vous entrée ?

D-zir ne m'écoutait plus. Elle avait extrait de son énorme corsage un téléphone portable argenté incrusté de strass dont elle enfonçait frénétiquement les touches de ses griffes rouge vif.

— Passe-moi D-mente, a-t-elle dit. (Elle a attendu pendant une fraction de seconde.) Tu te paies ma tête ? Dis-lui d'arrêter de se pomponner et passe-la-moi, bordel ! (Un nouveau silence. Elle m'a regardée en levant les yeux au ciel.) D-mente, tu parles ! Elle aurait dû se faire appeler D-crépite. Elle va sur ses soixante ans, la grognasse. Elle a beau se mettre des couches de… Hello, D-mente ! Écoute, superbe créature…

Mon estomac a émis un grognement plaintif, faisant écho à mon mal de crâne lancinant. La dernière fois que j'avais mangé, c'était avec Mircea, quand j'avais pris mon petit déjeuner. Et c'était… Je ne savais même plus. C'était il y a très longtemps. Je me suis mise à la recherche de mes chaussures.

— Justement, je n'en sais rien ! a poursuivi D-zir. Il n'y a personne ici. Sauf une espèce d'alcoolo dans un jogging froissé.

J'ai regardé mes vêtements et je lui ai décoché un regard noir. Elle m'a lancé un baiser mais ne s'est pas excusée. J'ai trouvé une chaussure sous le lit de Françoise mais l'autre avait purement et simplement disparu. Comme une chaussette dans le sèche-linge.

D-zir a déblatéré un moment au téléphone avant de raccrocher d'un coup sec.

— Ils ont changé de salle de répétition sans me prévenir. (Elle m'a regardée ramper par terre.) Qu'est-ce que tu fais ?

— J'essaie de trouver l'autre, ai-je répondu en lui tendant la première chaussure.

Elle me l'a arrachée des mains en poussant un petit cri strident.

— Oh, mon Dieu ! Une sandale de gladiateur de Jimmy Choo ! Le modèle « Atlas » ?

— Euh... Ouais.

C'était Sal qui les avait choisies. Elles étaient un peu voyantes mais les lanières avaient tenu. Heureusement. Sinon, non seulement j'aurais eu des contusions partout, mais en plus j'aurais eu les plantes des pieds en lambeaux.

D-zir a délicatement soulevé la sandale pour la placer à hauteur des yeux. La surface vernie portait les stigmates de ses mésaventures et le talon, qui avait perdu son embout, était badigeonné de boue. Elle l'a caressée tendrement.

— Oh, mon pauvre petit trésor...

À une époque lointaine, je m'étais intéressée à la mode. Dans les limites de mon budget. Mais ces derniers temps, ce qui m'intéressait, dans les chaussures, ce n'était pas tant le nom imprimé sur la boîte que ma capacité à courir dedans. En plus, je ne m'étais jamais extasiée sur les pompes.

— C'est juste une chaussure, ai-je dit avec agacement.

Elle l'a serrée dans ses bras en me fusillant du regard.

— On devrait interdire la mode aux gens de ton espèce ! (Elle a posé son mollet massif sur le lit et désigné ses semelles compensées rouge brillant de son ongle interminable.) Regarde ces chaussures ! Ça fait quatre ans que je les ai et elles n'ont pas une égratignure. Pourtant, ce n'est que du prêt-à-porter !

— J'ai passé une sale journée.

Elle a secoué la tête si violemment que sa perruque a failli tomber.

— Ce n'est pas une raison. On est toutes passées par là. Mais, avant de vomir, on enlève ses chaussures de marque.

— Je ne suis pas alcoolique !

Elle était trop occupée à câliner ma chaussure pour m'entendre.

— Je donnerais tout pour une paire comme ça.

J'ai regardé ses pieds. Elle chaussait du 50.

— Je ne crois pas qu'ils les fassent dans votre taille.

— Oh, je t'en prie ! Il faut souffrir pour être belle ! Je me banderais les pieds comme une geisha si je pouvais m'offrir des…

— Moi, je les échangerais volontiers contre une paire de Converse et un bon repas, ai-je marmonné.

Quand j'ai levé les yeux, je suis tombée face à face avec une paire d'énormes faux cils qui battaient devant moi comme des papillons de nuit hystériques.

— Tu es sérieuse ? a demandé D-zir, le souffle court.

— Ouais. Si je ne mange pas bientôt, je vais…

Elle m'a poussée brusquement et je suis rentrée dans le mur. Littéralement : je suis passée à travers. J'ai eu la sensation de passer sous une cascade, l'eau en moins – il s'agissait plutôt d'un tourbillon de couleurs et d'un brouhaha indistinct – et j'ai atterri, les quatre fers en l'air, dans une espèce d'alcôve. Il y avait un plancher brut, des murs en stuc et un téléphone à pièces surmonté d'une pancarte « hors service ».

Devant mon nez gisait une chose boueuse de couleur taupe. Je l'ai attrapée.

— Ma chaussure !

— *Ma* chaussure, a rectifié D-zir en titubant à travers le mur pour me rejoindre. (Elle me l'a arrachée des mains.) Tu as bien dit « une paire de Converse et un bon repas » ?

— Oui, mais… (J'ai jeté un coup d'œil au mur par lequel on venait de passer.) Il y avait un portail dans ma chambre !

— Nan ? Tu crois ?

D-zir a passé la tête entre les lourds rideaux de velours rouge fermant l'alcôve.

— Mais pourquoi ?

— Parce qu'avant, on montrait des spectacles de morts-vivants dans cette boîte ! a-t-elle lancé par-dessus son épaule massive. Comment crois-tu qu'on les faisait entrer et sortir ? Par l'entrée du casino ? Histoire qu'ils grignotent deux ou trois touristes au passage ?

J'ai froncé les sourcils.

— Vous ne pouvez pas raconter ce genre de trucs aux gens ! On ne se connaît pas ! J'aurais très bien pu être une norm', et…

— Filtres.

— Quoi ?

— Toute la compagnie. D-mente, D-licieuse. On est des filtres.

— Et alors ? Qu'est-ce que ça change ?

Les filtres sont des mages qui ne produisent pas assez d'énergie magique. Ils ont des compétences très variables. Certains sont juste nuls en magie. D'autres sont incapables de lancer le moindre sort. Comme les Zonards, ils n'étaient pas très populaires au sein de la communauté magique. Mais on ne les enfermait pas pour autant. Ils n'embêtaient personne.

— Et alors les filtres peuvent détecter la magie, a-t-elle soufflé avec agacement. Comme les chiens de chasse reniflent une piste. La magie nous attire comme la mode ses victimes. En parlant de ça, ces garces seraient prêtes à commettre un meurtre pour avoir ces chaussures. Littéralement. Autrement dit : j'ai un talon aiguille sur la tempe. On doit rester très prudentes.

— Écoutez, tout ce que je veux, c'est un sandwich…

— Mais tu ne penses qu'à toi, ma fille ! a-t-elle craché. Je m'apprête à accomplir un acte charitable. J'ai un ami capable de retaper ces trésors, mais il faut d'abord qu'on arrive à les faire passer sous le nez de ces deux sorcières. Et merde ! Les voilà qui débarquent !

D-zir a fermé les rideaux d'un geste brusque et camouflé les chaussures dans son corsage, pourtant déjà bien rempli. Elle avait à peine terminé que les rideaux se sont rouverts, révélant un immense personnage émacié vêtu d'un justaucorps en résille noire, de cache-seins à paillettes et d'un pantalon moulant en satin noir. Elle avait du rouge à lèvres violet, des plumes assorties au bout de ses faux cils et le visage impassible et livide des gens qui abusent du Botox.

— On ne porte plus ça depuis les années 1980, a-t-elle lâché d'une voix traînante en jetant un coup d'œil suspicieux aux seins désormais pointus de D-zir.

Cette dernière a posé le bras sur mon épaule.

— Chérie, je te présente D-cédée.

— D-mente ! a craché la femme.

— Attention, ma choute : trop d'émotion pourrait te craqueler le front !

Quelqu'un a ri et fait son entrée à côté de la silhouette décharnée de D-mente. La nouvelle venue était une noire de deux mètres de haut dotée d'une perruque blonde. Ses formes généreuses débordaient d'une longue robe fourreau en paillettes rouges.

— C'est ce que je m'épuise à lui dire. On finira par l'appeler D-catie.

Sa co-vedette l'a fusillée du regard.

— Tu veux nous faire croire que tu n'as jamais rien fait ? Tu as dépassé la quarantaine et tu n'aurais toujours pas une seule ride ?

La nouvelle venue a fait glisser de manière théâtrale ses mains gantées de rouge le long de ses formes.

— Tout est naturel, chérie. Tu connais pas le proverbe ? « Les Blacks, ça ne fait pas un pli ».

— Bon, on répète ou pas ? a demandé D-mente. Ce bouge ouvre ses portes dans deux jours !

— Je vais manger un morceau d'abord, lui a dit D-zir en me poussant dans le mince interstice entre les deux *drag queens*.

— Attention à toi ! Encore quelques kilos et ce qui ne fera pas un pli, c'est que tes fesses ne pourront plus rentrer dans cette robe ! a-t-on entendu derrière nous tandis que nous entrions dans un bar plongé dans l'obscurité.

Apparemment, il avait pour thème le Far West, avec son comptoir tout en longueur, ses tables rondes dispersées un peu partout et son sol jonché de sciure de bois. Pour couronner le tout, il était fermé par des portes battantes de saloon. Quand on les a franchies, on a atterri au beau milieu d'une ville fantôme. Ou en tout cas de l'idée que les décorateurs du *Dante* se faisaient d'une ville fantôme.

La plupart des casinos de Las Vegas s'écartaient peu à peu de la tradition kitsch de la ville. Mais ce n'était pas le cas du *Dante*. Il avait tout intérêt à maintenir sa réputation de temple du délirant, du mauvais goût et de l'extravagant. Le slogan de la maison, c'était « décorer plus pour terrifier plus ».

À l'origine, le casino s'était contenté de décliner les différentes versions de l'enfer. Le hall d'entrée en était la preuve. Mais avec le temps, les lieux avaient viré au méli-mélo surnaturel complet. Plus il y avait de choses susceptibles de distraire le chaland, moins le chaland se doutait que les « animations » n'étaient pas toutes du chiqué.

À ce titre, la principale rue commerçante du casino était particulièrement réussie. Les trottoirs en bois craquaient et grinçaient mystérieusement sans personne dessus. Il y avait des poteaux pour les chevaux fantômes tous les trois mètres : les animaux étaient invisibles mais ils se reflétaient dans les vitrines teintées des magasins. Au bout de la fausse ville, un pendu oscillait au vent sous un château d'eau : pourtant, il n'y avait pas un brin d'air. Pour couronner le tout, le ciel, perpétuellement gris, était zébré de temps à autre par de faux éclairs.

Après, ça restait Las Vegas : les vieilles boutiques en bois étaient agrémentées d'enseignes lumineuses représentant des cactus scintillants, des verres de martini bondissants et des squelettes faisant des claquettes. À l'entrée du saloon qu'on venait de quitter clignotait l'enseigne : *Le Bon, la Brute et la Drag Queen*. Et, bien entendu, la rue grouillait de touristes.

— Regarde ces ploucs ! a lancé D-zir avec indignation. Jamais je ne m'abaisserais à faire la queue pour avoir un rabais de soixante-quinze pour cent chez *Saks*. Et encore moins chez *Taco Tombeau* !

— Ne vous en faites pas. Tout ce que je veux, c'est engloutir un truc. N'importe quoi.

— Quel dommage que tu ne sois pas un garçon, ma loute, a-t-elle soupiré en me poussant vers le chaos qui régnait sur Main Street.

Ce n'était pas seulement plus bondé que d'habitude, c'était surtout beaucoup plus flippant. Parmi les touristes vêtus de tee-shirts colorés et les employés du *Dante* costumés et maquillés déambulaient toute une ribambelle d'observateurs pâles et élégants scrutant l'affluence d'un air blasé. Les serviteurs des sénateurs avaient débarqué en force. Et il était minuit. En d'autres termes : c'était l'heure de manger. Et la rue était un buffet ambulant.

— C'est complètement ridicule, s'est exclamée D-zir.

Les gens n'arrêtaient pas d'essayer de la faire poser avec eux. Ils devaient penser qu'elle faisait partie des acteurs en costume qui se baladaient pour servir de modèles. Pourtant, ses nœuds papillons scintillants n'avaient rien à voir avec leurs costumes gothiques tendance Far West.

— Vous savez : je vais juste appeler la réception pour qu'on me livre un plat dans ma chambre.

— Pas question. Chose promise, chose due.

À l'affût, elle s'est faufilée par un trou dans la foule et m'a tirée sans ménagement derrière elle.

On s'est retrouvées au restaurant de la gare, le *Dernier Arrêt*. C'était un restau-gril bondé de conducteurs au visage peint en blanc, avec des cernes noirs sous les yeux et des cheveux en bataille façon Michael Keaton dans *Beetlejuice*. Sur le menu figuraient des plats intitulés « le steak du Dernier Voyage », « les côtelettes Terminus » ou « l'entrecôte Aller Simple ». À l'odeur qui se dégageait de la salle, mon estomac s'est mis à gronder de plus belle. Mais elle était blindée de monde et il y avait la queue jusqu'à l'extérieur.

D-zir m'a plantée à l'entrée, devant le panneau du menu.

— Je connais un mec en cuisine. Ne bouge pas. Je reviens tout de suite.

Elle s'est frayé un chemin à travers la foule, comme un bulldozer en talons hauts, non sans renverser quelques touristes sur son passage.

Je me suis plaquée contre le panneau pour essayer d'éviter de me faire marcher dessus et j'ai commencé à observer les gens qui passaient dans la rue. Quelques minutes plus tard, une brune vêtue d'un costume d'époque en dentelle noire et en satin bordeaux a fait son apparition. Elle déambulait d'une démarche aguicheuse, riait avec untel, flirtait avec tel autre et posait pour les photographes. Ce faisant, elle s'approchait, doucement mais sûrement, de trois badauds beaucoup trop pâles.

L'actrice s'est arrêtée à côté du trio pour remonter sa jarretelle en leur jetant des sourires entendus. Apparemment, elle aimait qu'on l'admire, et ils lui en donnaient pour son argent. Lorsqu'ils l'ont encerclée, elle a souri de plus belle. Elle souriait toujours lorsqu'ils ont fait courir leurs mains le long de ses bras. Et elle souriait toujours lorsqu'ils ont commencé à se nourrir.

C'était la méthode standard : ils absorbaient des microparticules de son sang à travers sa peau. Les gouttes étaient si petites qu'elle ne s'en apercevait pas. Mais c'était totalement illégal de se mettre à trois sur une seule proie : trois vampires affamés étaient capables de vider un être humain en moins d'une minute. Et elle avait déjà l'air de ne plus tenir debout. J'ai jeté un coup d'œil aux alentours mais il n'y avait aucun vigile. *Génial.* C'était pour ma pomme.

Avant de changer d'avis, j'ai traversé la rue en courant. Mais à ce moment précis un maître vamp s'est approché du groupe. Il a attrapé la fille et l'a projetée au beau milieu d'une bande de touristes japonais. Aux anges, ils se sont aussitôt mis à poser tandis qu'elle les dévisageait, les yeux grands comme des soucoupes. Ses joues, malgré une généreuse couche de fond de teint, étaient complètement livides.

J'ai poussé un soupir de soulagement. Apparemment, le Sénat avait déployé son propre service de sécurité. Et le maître avait l'air très énervé. Il a soulevé du sol un des trois délinquants en l'attrapant par les revers de sa veste hors de prix, il l'a dévisagé, un léger rictus sur les lèvres, puis il l'a envoyé valser nonchalamment contre le château d'eau. C'était une bonne idée. Si ce n'est que le château d'eau n'était qu'un décor : il était vide et, surtout, il n'avait pas été conçu pour encaisser un vampire de quatre-vingts kilos lancé à une vitesse de 150 kilomètres-heure. Pour preuve, il a émis un grondement sourd avant de basculer lentement sur la foule.

Les gens se sont dispersés en criant, y compris les deux autres fautifs. Le maître a poussé un juron et s'est lancé à leurs trousses. Et je me suis retrouvée toute seule devant la tour écroulée. Tous ceux qui n'étaient pas occupés à se réfugier sur les trottoirs me regardaient fixement. Y compris deux mages guerriers.

L'espace d'un instant, nos regards se sont croisés. Ensuite, ils ont écarquillé les yeux : ils m'avaient reconnue. *Merde !* Je me suis ruée sur le trottoir le plus proche dans l'espoir de me mettre à couvert et de pouvoir me téléporter discrètement, mais c'était trop demander. De chaque côté de la route, les gens s'étaient massés en foule compacte, et personne n'avait l'air d'avoir envie de me laisser passer. Je me suis retournée : les mages étaient presque parvenus à ma hauteur. J'ai changé de direction : je me suis précipitée vers la tour. Si j'arrivais à me cacher en dessous…

Un bras a émergé du flanc en aluminium de la construction en ruine et m'a tirée à l'intérieur. Mais je ne me suis pas retrouvée à l'intérieur. Après un bref instant de désorientation, j'ai atterri sur un petit balcon accroché à la façade factice d'une coopérative agricole.

— Je t'ai pourtant dit de ne pas bouger ! s'est exclamée D-zir en repoussant une mèche rebelle de son visage.

— Qu'est-ce que vous avez… Mais il y a combien de portails ici ?

— J'ai jamais compté. Il y a deux ou trois ans, ils en ont ouvert un petit paquet pour un numéro de magie. Et personne n'a pensé à les fermer vu qu'ils ne consomment pas d'énergie. Sauf si on les utilise. (Elle a haussé les épaules.) Bref. Je t'ai pris un hamburger Sans Retour avec des frites. Ça te va ?

Je me suis emparée du sac graisseux : ça sentait atrocement bon.

— Au poil, ai-je répondu avec enthousiasme.

— OK. Ça avance. Bon, maintenant, *ne bouge pas.* Je vais chercher des chaussures.

— Ça marche !

Le balcon n'était qu'un simple élément de décoration : il faisait à peine cinquante centimètres de large. Je devais donc manger debout. Mais j'avais tellement faim que ça m'était complètement égal.

D-zir a hoché le menton et retraversé le mur, sans se soucier des regards. Cela dit, personne n'avait l'air de lui prêter attention. La foule avait les yeux rivés sur les mages, qui examinaient la tour d'un air méfiant. Un des mages a enfoncé son bras dans l'aluminium : il a disparu jusqu'à l'épaule… avant de réapparaître de mon côté du portail.

Il a tâtonné un moment dans le vide. Il a failli me frôler à deux reprises. Il a regardé dans toutes les directions pour essayer de repérer l'endroit où son bras était ressorti mais il ne m'a pas vue. Malheureusement, un badaud, qui a eu plus de chance, m'a désignée en criant. Le bras a essayé de m'attraper. J'ai fait un bond en arrière et la main s'est emparée de mon sac. Elle a disparu avec son butin.

— Et merde !

Le mage a extrait mon déjeuner de son côté du portail. Il l'a aussitôt jeté par terre, comme s'il avait peur de se faire contaminer, et lui a lancé une boule de feu. La foule a grondé de joie. Apparemment, ils croyaient qu'il s'agissait d'un spectacle improvisé. J'ai failli pleurer de frustration.

— C'était mon déjeuner, espèce de crétin ! ai-je hurlé.

Le mage a traversé le portail. Lorsqu'il est apparu devant moi, je l'ai repoussé instinctivement. Il est retombé de l'autre côté. Il a atterri sur les fesses, m'a fusillée du regard, s'est remis debout et a dégainé son pistolet.

L'espace d'un instant, je me suis dit qu'il n'oserait jamais. On était entourés de plusieurs centaines de personnes : il n'allait jamais prendre le risque de tuer quelqu'un pour m'abattre. Ils n'étaient pas tout à fait normaux, au Cercle, mais ils n'étaient quand même pas fous.

Malheureusement, il a bel et bien levé son arme. Il ne l'a pas braquée sur moi mais sur la tour.

J'ai fait un bond de côté, juste à temps pour éviter son tir à bout portant. La balle est sortie du portail, m'a effleuré les cheveux et a fini sa course de l'autre côté de la rue, où elle a pulvérisé une enseigne lumineuse. Il a profité de ce que j'étais hypnotisée par les étincelles et les bris de verre pour se lancer à travers le portail. Cette fois-ci, il m'a attrapée.

Paniquée, je me suis téléportée sans réfléchir. Et comme il me tenait fermement, je l'ai entraîné avec moi. On a atterri de l'autre côté de la rue, sur le toit d'une boutique. Enfin, il a atterri. Moi, je suis restée suspendue en l'air, à côté du toit. La téléportation l'a tellement surpris qu'il m'a lâchée et je me suis retéléportée derechef, en plein vol.

Je me suis retrouvée au point de départ. J'avais le vertige et envie de vomir. Ça m'avait complètement épuisée de déplacer deux personnes sans avoir mangé et après cinq heures de sommeil à peine. J'aurais été incapable de le refaire. Dommage, parce que l'autre mage a jailli du portail et m'est tombé dessus.

Acculée, j'ai fait ce que j'ai pu : je l'ai attrapé par le manteau, je l'ai retourné et je l'ai poussé dans le portail avant qu'il me lance un sort. Une seconde plus tard, j'ai émergé de la tour et j'ai fait un roulé-boulé en pleine rue, histoire de me faire une autre couche de bleus. Je me suis remise debout en titubant sous les applaudissements de la foule.

— Ils utilisent des doubles, ai-je entendu dire. La fille sur le balcon était beaucoup plus blonde.

— C'est bizarre de faire une erreur pareille, quand même ! ai-je entendu quelqu'un renchérir.

Le mage est sorti à son tour du portail et m'a plaquée au sol. Il m'a donné un coup de pied dans les côtes. Son partenaire a sauté du toit et s'est frayé un chemin à travers la foule pour nous rejoindre. Je me suis redressée et j'ai donné un coup de pied à mon déjeuner, qui flambait encore, pour le projeter au visage de mon assaillant. Ensuite, j'ai pris mes jambes à mon cou.

— Par ici !

J'ai vu D-zir me faire un grand geste de la main. Sa gigantesque perruque dépassait tout le monde d'une bonne tête. J'ai senti une main s'accrocher à mon tee-shirt mais D-zir m'a soulevée au-dessus de la dernière rangée de badauds et la main a lâché prise. D-zir a pivoté sur un talon et s'est engouffrée dans les toilettes pour femmes. Elle m'a poussée dans le placard de la concierge et, en un clin d'œil, on a traversé le mur.

On a fait irruption dans ma chambre en titubant. Je me suis écroulée sur le matelas, mais D-zir s'est cogné le tibia contre la tête du lit.

— Fait chier ! C'est la deuxième fois aujourd'hui !

Je suis restée allongée, complètement immobile, les yeux rivés sur le mur, en me demandant qui d'autre allait débarquer. Mais nous sommes restés seuls. Les mages avaient sûrement été bloqués par la queue de femmes indignées.

— Et voilà !

D-zir a lancé une boîte en carton sur le lit avant d'extraire mes chaussures de son soutien-gorge.

— Hé ben ! Il faut vraiment souffrir pour être belle, s'est-elle exclamée en les serrant contre sa poitrine généreuse.

Sur ce, elle s'est volatilisée.

Chapitre 12

J'ai essayé d'appeler la réception mais mon appel a été mis en attente. Au bout de dix minutes, j'ai enfilé mes nouvelles baskets et j'ai décidé de sortir.

Je déteste Las Vegas pour plein de raisons : le sempiternel soleil qui se réverbère sur le sable et le béton… partout où se pose le regard ; l'horizon qui change tout le temps, au gré des nouvelles constructions – les pièges à touristes poussent comme des champignons –, on dirait que toute la ville vit en accéléré ; et ces masses de touristes, toujours à traîner dans vos pattes ! Malgré tout, il y a une chose que j'apprécie : on peut acheter de la bière et des pizzas à emporter toute la nuit.

Je suis rentrée au *Dante* par la porte de service, bien décidée à trouver un endroit calme pour grignoter. Mais ce n'était pas du goût de tout le monde. Au détour d'un escalier, j'ai senti une main charnue m'attraper par le poignet.

— Si vous vouliez de la pizza, vous n'aviez qu'à demander ! ai-je lancé à Marco.

Ses iris étaient cerclés de rouge. Il m'a fusillée du regard mais il n'a pas répliqué. Il s'est contenté de soupirer bruyamment et de me plaquer un téléphone contre l'oreille.

— Cassie ? Est-ce vous ? m'a demandé quelqu'un.

Et merde. C'était Mircea. Je n'avais pas eu le temps de réfléchir à ce que j'allais lui dire. Ni par où commencer.

— Qu'avez-vous fait à Marco ? ai-je répliqué, optant pour la contre-attaque.

— Je l'ai assigné à votre protection. De façon permanente.

La voix de Mircea, d'ordinaire si chaleureuse, était glaciale.

— Je veux dire : que lui avez-vous fait pour le punir ?

— C'est précisément ce que je voulais dire.

J'ai regardé un moment le téléphone et j'ai refermé le clapet d'un coup sec.

Il s'est aussitôt remis à sonner. Je l'ai lancé à Marco et je me suis remise à marcher. Il m'a suivie.

— Z'avez intérêt à répondre au maître !

— Et si je ne veux pas répondre ?

Il a hésité un instant.

— Il sera furieux.

— Il est déjà furieux contre moi.

— Ouais, mais là, il sera furieux contre moi.

J'ai levé les yeux. Marco tremblait comme une feuille. Le teint livide et les yeux exorbités, il avait l'air terrifié.

Mircea commençait vraiment à me taper sur les nerfs.

Le téléphone sonnait toujours.

Marco me l'a tendu et j'ai pris l'appel.

— Quoi encore ?

— Je pensais que vous aimeriez savoir que Raphaël se trouve à l'infirmerie.

Je me suis arrêtée net.

— Pourquoi ?

— Les médecins me disent qu'il va mourir.

Mircea a ajouté quelque chose mais je n'ai rien entendu. J'avais déjà lâché le téléphone et la pizza pour me ruer sur l'escalier.

Je ne sais pas comment j'ai atterri dans le hall et je serais incapable de vous dire le nom de la personne à qui j'ai demandé mon chemin. Je me suis cognée à une table. J'ai failli tomber mais je me suis accrochée au plateau, à deux mains, et j'ai réussi in extremis à garder l'équilibre.

J'ai poussé un juron, j'ai repris ma course et j'ai percuté un mur de vampires.

Alphonse, autrefois second couteau de Tony, m'a remise debout. Comme d'habitude, le géant de deux mètres de haut était vêtu d'un costume sur mesure. Celui-ci était sombre avec de fines rayures framboise écrasée. En guise d'épingle à cravate, il portait un rubis de la taille d'un œuf de caille en tout point semblable aux pierres scintillant aux doigts et au poignet de sa compagne de toujours : Sal. Le costume d'Alphonse taillait large pour dissimuler l'artillerie abondante dont il ne se séparait jamais. Pourtant, toute cette quincaillerie était parfaitement inutile. Avec Sal, il était capable d'exterminer un escadron entier à mains nues.

Sal faisait écho aux rubis. Elle était toute en tons de rouge : depuis sa robe fourreau, étudiée pour que le regard s'attarde sur ses formes généreuses et se détourne de son œil unique – elle avait perdu l'autre lors d'une bagarre de saloon avec une autre « hôtesse » –, jusqu'à ses joues écarlates de colère.

— Si seulement il y avait un coupable ! Je pourrais lui arracher les yeux, a-t-elle lancé en guise de « bonjour ».

— Vous l'avez vu ?

— Ouais.

Sal s'est frotté les yeux, badigeonnant son visage de mascara. Je l'ai dévisagée, incrédule : je ne l'avais jamais vue dans un état pareil. Elle a remarqué ma surprise et m'a décoché un sourire triste.

— On finit par s'attacher, quand on connaît quelqu'un depuis un siècle et demi.

— Il est pas si mal, pour un petit minet qui fait de la peinture, a renchéri Alphonse. T'y es déjà allée ? a-t-il ajouté en désignant du pouce les portes sculptées au bout du couloir.

— Non. Je viens juste de l'apprendre.

— Pareil. Ces espèces de crétins n'ont prévenu personne. Et il était trop faible pour nous avertir. On va essayer de le faire transférer dans une chambre.

— Comment… comment il va ? Mircea m'a dit…

— Il va mal, a répondu Alphonse sèchement.

— Si tu veux le voir, tu ferais mieux d'y aller maintenant, a ajouté Sal d'un air grave.

J'ai couru vers les portes.

Quand Casanova m'avait dit qu'il avait dû annuler deux conventions, j'avais cru que c'était pour faire de la place. C'était le cas, mais ils n'avaient pas seulement besoin de chambres. Les lustres en verre de Murano qui veillaient d'habitude sur les défilés de mode et autres rencontres professionnelles éclairaient à présent des rangées de lits de camp. Je ne faisais que les deviner à travers les vitraux de la porte. En effet, on avait récemment pourvu la salle de bal d'une nouvelle décoration : une paire de gardes armés jusqu'aux dents.

C'étaient des vampires mais ils ne faisaient pas partie de l'armada de Casanova, que je connaissais bien, et réciproquement. Lorsque j'ai voulu passer, ils n'ont pas bougé d'un poil.

— Les visiteurs humains ne sont pas autorisés, m'a lancé l'un d'entre eux sans s'abaisser à me regarder.

— Je prends le risque, lui ai-je dit. (Il n'a pas bougé d'un millimètre.) J'ai un ami à l'intérieur. (Pas un mot. Pas même un regard.) Il va mourir !

Rien.

— Elle est avec moi, a dit Marco, émergeant de nulle part.

— C'est interdit aux humains, a répété le garde d'un ton toujours aussi brusque. (Mais au moins il a gratifié Marco d'un vague coup d'œil.) Ordre du Sénat.

— Il y a eu des problèmes ? a demandé Marco d'une voix peu amène.

Le vamp a haussé les épaules.

—Alimentation intempestive. Deux ou trois blessés ont pété un câble. Les infirmières disent qu'elles les ont maîtrisés mais le Sénat veut éviter les accidents. Donc, comme je le disais : les visiteurs humains ne sont pas autorisés.

—Je suis humaine mais je vous jure que je vais visiter, que ça plaise ou non au Sénat ! ai-je rétorqué avec hargne.

—Remettez-la à sa place si vous ne voulez pas que je m'en charge, a dit le garde à Marco.

—Bon. J'en ai marre, ai-je lancé.

Et je me suis téléportée à l'intérieur.

J'ai failli me faire écraser par un aide-soignant armé d'un chariot. Il y en avait une bonne vingtaine. Ils faisaient d'incessants allers et retours et s'occupaient des patients à toute vitesse. On aurait dit un escadron de mécaniciens en pleine course automobile. À côté de moi, on a changé les draps d'un blessé, battu son oreiller et rempli sa carafe d'eau en moins de temps qu'il n'en faut pour le dire.

Et d'un seul coup le garde est apparu derrière moi. Je ne l'avais pas vu entrer. Marco l'a arrêté en lui posant sans ménagement la main sur l'épaule, avant de repousser mes cheveux en arrière pour lui montrer les stigmates que j'avais au cou.

—Elle appartient au seigneur Mircea.

Le regard du vigile s'est légèrement adouci.

—Gardez-la à l'œil, l'a-t-il averti.

—On me dit ça tout le temps, en ce moment.

Marco m'a plaqué une main sur le dos et m'a poussée en direction de la rangée la plus proche.

On s'est arrêtés à côté d'un lit de camp identique aux autres. Le patient nu allongé à même le drap blanc avait vaguement une forme humaine. Il était enduit, des pieds à la tête, d'onguents faisant luire sa chair fendillée et suintante. Ça n'avait pas l'air de l'apaiser. Ses chevilles poilues et ses longs pieds roses avaient l'air relativement indemnes mais le reste de son corps… On aurait dit qu'il était passé à l'autocuiseur.

Ses chaussures, ai-je pensé, complètement sonnée. Le cuir épais de ses chaussures avait épargné le pire à ses pieds. Idem pour sa ceinture, qui avait laissé une trace blanche en bas de son torse. En revanche, ses vêtements d'été et le coton léger des draps dont il s'était protégé n'avaient pour ainsi dire servi à rien. Par endroits, ils avaient peut-être limité les dégâts à des brûlures au second degré mais, honnêtement, on ne voyait pas vraiment la différence. Un être humain n'aurait jamais survécu à des lésions pareilles. Et Rafe, pourtant maître vampire, était tellement défiguré que sans l'aide de Marco j'aurais été incapable de le reconnaître.

En revanche, Rafe m'a sentie aussitôt.

— Cassie, a-t-il chuchoté d'un souffle rauque, comme s'il avait les poumons en feu.

Mes jambes m'ont lâchée. Je suis tombée à genoux.

— Ils ont dit qu'il est resté au soleil pendant plusieurs heures.

Marco avait l'air à la fois terrifié et admiratif.

Je n'ai pas répondu. J'ai été parcourue par une vague d'adrénaline : la pièce s'est mise à vaciller autour de moi. Mais je ne pouvais aller nulle part. Je ne pouvais rien faire du tout. J'ai pris une grande bouffée d'air. Un peu trop. Et un peu trop vite. Marco m'a serré l'épaule.

— Pourquoi a-t-il fait ça ? ai-je chuchoté. Il aurait pu rester au guichet. À l'abri.

— On m'a raconté que vous étiez en compagnie de mages.

— Oui. On s'est évadés en même temps.

— Ouais. Quand leur vie est en danger, les gens arrivent à bosser ensemble. Mais dès que ça se calme, leur naturel reprend le dessus.

Je me suis souvenue de la petite conversation entre Caleb et Pritkin. Rafe les avait peut-être entendus. Il s'était peut-être dit qu'il ne pouvait pas faire confiance au mage. Mon estomac s'est noué. Et si c'était ma faute ?

Rafe a entrouvert les paupières et nous a regardés. Il a essayé de dire quelque chose mais ses lèvres étaient tellement gonflées que je n'ai rien compris.

— Je crois qu'il veut ses lunettes de soleil, a traduit Marco. Savez-vous à quoi elles ressemblent ?

— Ce sont des Gucci, ai-je murmuré.

Marco les a trouvées sur une table, juste à côté. Il a essayé de les poser sur le visage de Rafe, mais il ne savait pas comment s'y prendre sans lui faire mal. À peine ont-elles effleuré sa peau à vif que Rafe s'est tendu en laissant échapper un sifflement rauque. Marco les a enlevées aussitôt. Ça expliquait pourquoi il n'avait ni vêtement ni drap. Impossible de le toucher sans le faire hurler de douleur.

Marco était encore en train d'essayer de résoudre le dilemme des lunettes lorsque j'ai entendu sangloter derrière moi. Je me suis retournée : Sal pleurait en regardant Rafe. Sa peau pâle était toute marbrée. Les larmes dévalaient de ses yeux et dégoulinaient sur son visage mais ça n'avait pas l'air de la déranger : elle s'est contentée de lever la main et de s'essuyer les joues sans quitter le lit des yeux. Je lui en étais reconnaissante. Si Sal pleurait – surtout elle –, je n'avais pas besoin de le faire.

— Ils ont dit qu'il ne fallait pas le bouger, m'a informée Alphonse, qui s'était posté un peu en retrait.

J'ai senti flotter entre nous la fin sous-entendue de sa phrase : « Il n'y survivrait pas. »

— C'est n'importe quoi ! a dit Sal en attrapant un des aides-soignants par le col. Pourquoi ne l'avez-vous pas soigné ?

— On… on ne peut rien faire, a répondu le vamp.

Il avait l'air jeune. Ça ne veut rien dire pour un vampire mais il ne dégageait pas beaucoup de pouvoir. Sans compter qu'il n'arrivait pas encore à masquer ses émotions. Il a jeté un coup d'œil à Rafe et s'est mis à cligner frénétiquement des yeux.

— On a demandé aux guérisseurs de l'examiner mais ils ont dit qu'il avait subi trop de dégâts, a-t-il poursuivi. Seul son maître a une chance de…

— Raté. Son maître se planque en Faerie, comme le sale poltron qu'il a toujours été ! a craché Sal en enfonçant ses ongles écarlates dans le bras du vampire. Essaie encore !

— Il n'y a rien d'autre à faire, a protesté le vampire en commençant à paniquer. S'il… s'il vous plaît. J'appartiens à dame Halcyone. Si j'ai offensé…

Sal l'a lâché en émettant un grognement de dégoût. Il s'est carapaté sans demander son reste. Au vu de l'expression de Sal, j'ai su qu'il avait de la chance que sa dame et protectrice soit membre du Sénat. Cela dit, il avait raison. Les vampires guérissent d'eux-mêmes ou ne guérissent pas. C'était bien ce qui m'inquiétait : Rafe n'était pas encore en transe. Ou alors il l'avait déjà quittée parce qu'elle n'avait rien donné. À cette pensée, mon estomac s'est soulevé d'angoisse.

Je l'ai dévisagé en repensant à son étrange silence pendant tout le trajet. Et à sa disparition subite dans le hall. J'aurais dû me rendre compte qu'il y avait un problème. Et, même si je n'avais pas capté tout de suite, j'aurais dû comprendre au moment de prendre ma douche : j'avais pris un tel coup de soleil sur les pommettes et sur le nez que ma peau s'était mise à piquer sous l'effet de l'eau chaude. J'aurais dû faire le rapprochement ! Dans le cas de Rafe, c'était mille fois pire. Même avec un écran total qui résiste aux radiations nucléaires, aucun vampire en dessous du niveau un ne doit s'exposer aux rayons directs du soleil. C'était de notoriété publique. Pas besoin d'avoir été élevée à la cour d'un vampire pour savoir ça ! Comment avais-je pu ne pas y penser ? Comment avais-je pu aller me coucher en le laissant dans cet état ?

— Rafe, je vous en supplie, ai-je bredouillé. Je vous en supplie…

Sal avait jeté son dévolu sur quelqu'un d'autre. Une guérisseuse du Cercle, à vue de nez. Elle l'a traînée de force jusqu'au lit de Rafe. La femme avait de longues boucles brunes jusqu'aux épaules, des traits réguliers et le teint mat, mais elle parvenait quand même à ne dégager aucun charme.

— Lâchez-moi sur-le-champ ! a exigé la femme. C'est un scandale !

— Si tu ne veux pas que je fasse vraiment scandale, tu ferais mieux de t'activer pour mon ami, a rétorqué Sal.

La femme a rougi de colère.

— On a fait tout ce qui était en notre pouvoir. La médecine conventionnelle ne sert pas à grand-chose quand le corps sur laquelle on l'exerce est déjà mort !

— Dans ce cas, tu n'as qu'à trouver quelque chose de non conventionnel.

Elles ont continué à se crêper le chignon mais j'ai arrêté d'écouter. *Quelque chose de non conventionnel.* C'était censé être mon rayon. C'était moi qui avais hérité d'un pouvoir démentiel. C'était moi qui étais supposée arranger les choses. Mais je ne savais pas comment m'y prendre.

J'ai essayé d'invoquer mon pouvoir mais n'y suis pas parvenue. Et, comme chaque fois que j'ai tenté de me forcer, ça n'a fait qu'empirer la situation et me filer la migraine. Je me suis creusé la tête, mais ça n'a pas marché non plus.

Je pouvais remonter dans le temps et prévenir Rafe. Lui demander de partir avec Marlowe et les autres. Mais je le connaissais assez bien pour savoir qu'il n'allait jamais m'obéir. Et, même s'il m'obéissait, ça condamnerait tous les passagers de notre voiture infernale. On avait failli y passer avec Rafe au volant : sans réflexes vampiriques, on ne s'en serait jamais sortis. Et à part Rafe, aucun vampire ne nous avait attendus.

Il doit pourtant y avoir un moyen, ai-je pensé, acculée. J'avais peut-être négligé quelque chose… J'avais peut-être…

Mon pouvoir a interrompu le fil de mes pensées. Il avait décidé de revenir à la charge et il était en pleine forme. D'un seul coup, l'infirmerie a disparu, cédant la place à une vision si puissante que je ne voyais plus qu'elle.

Je marchais le long d'une route à moitié dévorée par les plantes du désert. Tout d'abord, je n'ai croisé personne. Ensuite, je suis arrivée en haut d'une colline, j'ai regardé au loin et j'ai vu que je n'étais pas tout à fait seule. La chaussée n'était pas seulement défoncée et couverte d'herbes folles. C'était surtout un cimetière de voitures.

Les rayons du soleil se reflétaient vaguement sur les carrosseries de voitures, de camions et d'utilitaires. Ils étaient bien alignés, comme un embouteillage rouillé dont les files s'étendaient à l'infini. Pour la plupart, il s'agissait de modèles récents. Pourtant, ils avaient l'air de ne pas avoir bougé depuis cinquante ans.

J'ai commencé à slalomer entre les véhicules mais ils étaient pare-chocs contre pare-chocs et j'ai fini par me dire que ce serait plus facile de marcher sur le sable. Dès que j'ai quitté l'asphalte, je me suis rendu compte que le sol avait une consistance bizarre. En dessous, il était sec et roussi par le soleil mais au-dessus, il était constitué d'une couche de terre grumeleuse qui crissait étrangement sous la semelle de mes chaussures.

J'ai compris une seconde trop tard. J'ai bondi en arrière mais l'os que j'avais piétiné était tellement desséché et cassant qu'il est quand même tombé en miettes. Quelques voitures avaient l'air d'avoir été incendiées mais il s'agissait de cas isolés. Ce n'était pas assez systématique pour être le fait d'une attaque. Le soleil avait probablement été réfléchi par un tesson, le rayon qui en avait résulté avait dû enflammer une fuite d'essence, qui avait à son tour calciné le châssis. Les squelettes métalliques noircis étaient éparpillés à travers les rangées de véhicules jaunes de sable, comme les taches d'un léopard.

De toute façon, les voitures qui n'avaient pas brûlé étaient tombées en ruine : elles étaient mangées par les herbes et envahies de petites dunes. Impossible de discerner le moindre indice de ce qui avait pu se passer. Par-ci par-là, l'une d'entre elles avait encore ses vitres intactes, mais dans l'ensemble les véhicules étaient tellement couverts de crasse qu'on n'y voyait absolument rien à l'intérieur. Et leurs gonds étaient pétrifiés par des années de rouille et de poussière.

Après avoir essayé d'en ouvrir une bonne dizaine, parmi les mieux préservés, j'ai fini par forcer une portière. Un relent d'air rance s'est échappé de la voiture, comme si je venais de profaner une tombe, et j'ai vu quelque chose bouger à l'intérieur. J'ai bondi en arrière en criant.

À la place du conducteur, il y avait encore un cadavre desséché, maintenu assis au moyen d'une ceinture de sécurité presque blanchie par le soleil. En forçant la portière, j'avais secoué le macchabée. Sa tête s'est détachée. Elle est tombée sur le sol, le visage tourné vers moi. Il était momifié par le soleil et quelques touffes de cheveux émergeaient de sa casquette. Sa bouche était figée en plein cri.

J'ai titubé en arrière. Partout où se posait mon regard, c'était la même chose : les voitures-tombeaux calcinées se suivaient et se ressemblaient. J'ai compris avec horreur que les os répandus sur le sable venaient de là : des voitures dont les ouvertures n'avaient pas tenu et où les animaux avaient fini par s'introduire pour…

Je me suis accroupie, une main sur le pare-chocs, la tête entre les jambes. Pendant un long moment, j'ai cru que j'allais vomir. Mais il ne s'est rien passé. Après quelque temps, le vertige est passé de lui-même et mes yeux ont réussi à voir de nouveau clair. Ils se sont posés sur une plaque d'immatriculation couverte de poussière.

Le souffle court, le cœur battant à tout rompre dans ma poitrine, j'ai essayé de faire tomber le sable en tapant sur la carlingue. Mais la plaque était littéralement ensevelie : j'ai dû la gratter avec les ongles. Au bout d'un moment, j'ai réussi à dégager le petit autocollant spécifiant l'année de délivrance. J'ai louché dessus et toutes les couleurs se sont confondues : le rouge de l'autocollant, le jaune du sable, le bleu du ciel…

La voiture datait de cette année.

La vision s'est dissipée aussi rapidement qu'elle était arrivée. J'essayais de respirer malgré les élancements de panique. Des mains me serraient les épaules. Je n'arrivais pas à me dégager de leur étreinte. J'entendais des voix mais j'étais complètement hystérique, au bord de la crise d'angoisse, et je n'arrivais pas à comprendre ce qu'on me disait. Enfin, une nouvelle voix a prononcé mon nom. Son timbre chaud et doré a suffi à me réconforter.

— Ça va aller, Cassie, ressassait Mircea, encore et encore, en me caressant tantôt le dos, tantôt les cheveux.

Et je n'arrêtais pas de lui dire que non, ça n'allait pas aller. Parce que mon pouvoir s'obstinait à ne pas répondre à mes questions. Parce qu'il n'arrêtait pas de me montrer des cauchemars. Parce que je ne comprenais pas ce qu'il essayait de me dire. Parce que Rafe allait mourir et que je ne pouvais rien y faire.

— Mais moi, si, *dulceață*, a-t-il dit comme s'il avait lu dans mes pensées. En tout cas, je peux essayer. J'arrive tout de suite.

— Vous arrivez ? Mais qu'est-ce que…

J'ai ouvert les yeux et je me suis rendu compte que j'étais sur les genoux d'Alphonse. Il m'enserrait les poignets. Sal et Marco me dévisageaient. Il n'y avait aucun signe de Mircea.

Je n'ai pas eu le temps d'ouvrir la bouche : on a entendu des clameurs, derrière les portes, et deux immenses vamps en costume noir ont fait leur apparition.

— C'est pas bientôt fini ? a dit l'infirmière. On a pourtant été clairs sur les règles des visites !

Les vamps l'ont ignorée et se sont mis à inspecter les lieux. Ils ont jeté un coup d'œil suspicieux aux patients entourant le lit de Rafe et se sont emparés de grands paravents blancs non utilisés. Cela dit, s'ils avaient été utilisés, ça n'aurait pas dérangé les vamps.

— On n'a déjà pas beaucoup de place ! a poursuivi l'infirmière. Si en plus vous obstruez le passage ! Je vais devoir vous demander de partir. Nous ne prenons pas plus de deux visiteurs à la fois.

— D'accord, a répondu Marco.

Traduction : « Quand les poules auront des dents ». Sal et Alphonse ne se sont même pas donné la peine de répondre. Ils avaient les yeux rivés sur la porte, comme deux chiens de chasse reniflant leur proie.

Les vamps ont installé les paravents autour du lit de Rafe pour nous isoler de tous les côtés. Il n'y avait qu'une seule ouverture, en face des portes d'entrée. Les deux vamps se sont postés de chaque côté de l'accès.

— Tout est prêt, a murmuré l'un des deux.

— Vous ne pouvez pas débarquer comme ça, continuait de cracher l'infirmière. Je vais être obligée d'appeler les vigiles...

Elle s'est interrompue : les portes venaient de se rouvrir.

Mircea est entré dans la pièce.

Il a balayé les lieux du regard. On aurait dit qu'il absorbait chaque détail : les rangées de lits de camp, les aides-soignants qui s'activaient en faisant semblant d'être totalement indifférents au spectacle, le lit avec son drap maculé d'onguent et enfin... Rafe.

Mircea l'a dévisagé un long moment avant de se tourner vers l'infirmière hébétée.

— Je vous remercie infiniment d'avoir pris soin de mon parent avec autant de dévouement, lui a-t-il déclaré. Je saurai m'en souvenir.

Il l'avait dit sur un ton profondément ironique, mais l'infirmière n'a pas eu l'air de s'en apercevoir.

— Je... Ce n'est rien. Je vous assure. Nous avons été ravis de faire tout ce qui était en notre pouvoir, a-t-elle répondu.

Elle parlait encore lorsque Mircea est passé de l'autre côté des paravents et les lui a refermés au nez.

Plus personne n'a menacé de nous expulser. Plus personne ne nous a interrompus. De toute manière, Mircea ne s'en serait pas aperçu. Il était complètement absorbé par Rafe, qui avait l'air plongé dans un sommeil superficiel.

— Raphaël ! Entends mon appel !

Sa voix a claqué comme un fouet. C'était un ordre impérieux. Et, à travers la brume de douleur qui était tombée sur lui, Rafe l'a entendu. Il a entrouvert une paupière, laissant apercevoir sa pupille brillante qui contrastait avec la chair à vif.

— Dans votre état, le processus pourrait vous tuer, l'a informé Mircea. Que souhaitez-vous faire ?

Je ne voyais vraiment pas de quoi il parlait, mais apparemment Rafe avait très bien compris. Il a bafouillé quelque chose d'inintelligible. Sa voix était étouffée et brisée. D'un seul coup, j'étais plutôt contente de ne rien entendre. Les sons plaintifs et rauques ne me donnaient pas envie de comprendre les mots qu'ils accompagnaient. Il a serré son poing visiblement douloureux et l'a abattu sur le lit moelleux en retenant son coup.

— Dans ce cas, vous devez être prêt à vous battre, a répondu Mircea. La vie ne va pas de soi, Raphaël. Elle se mérite. Vous devez vous en montrer digne !

Les yeux de Mircea étincelaient littéralement d'un feu couleur acajou cerclé de bronze. *Faites-moi confiance!* criaient-ils avec fierté, sauvagerie et conviction. Quand il me décochait ce regard, j'étais prête à tout et je prenais des décisions stupides qui finissaient immanquablement par me briser le cœur. Lentement, presque imperceptiblement, Rafe a hoché la tête.

Et Sal m'a traînée à l'extérieur des paravents. J'ai regardé autour de moi, tout le clan était présent : Sal, Alphonse, Marco, les deux vigiles et même Casanova, qui arrivait à avoir l'air lessivé et obséquieux à la fois.

— Mais qu'est-ce que tu fais ? (Sal m'a traînée vers les portes d'entrée. Je me suis débattue comme une folle.) Mais lâche-moi ! Je veux rester près de Rafe !

Entre le début et la fin de ma phrase, ma voix avait grimpé de trois octaves, ce qui voulait dire que j'étais encore plus proche de la crise de nerfs que je le pensais.

J'ai essayé de me libérer de son étreinte, mais bien entendu ça n'a servi à rien. Lorsque j'ai voulu me téléporter, elle m'a dit d'un ton sec :

— C'est privé.

— Qu'est-ce qui est privé ? Qu'est-ce qui se passe ?

— Mircea va essayer de rompre le lien entre Tony et Raphaël, a expliqué Sal en se mordant la lèvre. Normalement, ça ne devrait pas poser de problème, mais Rafe est tellement faible que…

— Qu'est-ce que tu racontes ? Ça revient au même que ce soit Tony ou Mircea, son maître ! Ils ne peuvent rien faire !

— Tu as entendu ce qu'a dit l'aide-soignant ? Ils n'ont rien pu faire parce que les blessures étaient trop graves. Mais je suis sûre qu'ils se sont pas foulés avant qu'on leur botte un peu le cul. Ils ont jeté un vague coup d'œil à Rafe et ils se sont dit qu'il était cuit.

Sal s'est laissée tomber sur une des chaises qu'Alphonse et Marco venaient d'apporter et elle m'a forcée à m'asseoir à côté d'elle. On était installées contre le mur, dans un des rares espaces à ne pas être bondés de lits de camp. En revanche, il y avait tout un fatras de matériel médical – des fauteuils roulants, des chariots, des porte-perfusion – rangé au petit bonheur la chance pour éviter qu'il gêne. Je me sentais un peu comme ces instruments : temporairement inutile.

— Je ne vois toujours pas en quoi ça l'aidera de changer de maître !

Je me sentais nerveuse, fiévreuse, et j'avais un poids bizarre sur la poitrine qui m'empêchait presque de respirer. J'avais l'impression que, si je continuais à ne rien faire, j'allais finir par exploser.

— C'est Mircea qui a fait Tony, mais c'est Tony qui a fait Rafe, a résumé Sal. Et le sang, c'est la vie.

J'avais entendu cette devise toute ma vie. C'était une sorte d'incantation pour les vampires. Mais je ne voyais pas le rapport.

— Pourtant, le sang de Rafe ne l'aide pas !

— Parce que c'est le sang de Tony, a expliqué Sal, comme si j'étais un peu limitée. Il n'est pas assez puissant pour que Rafe guérisse de blessures pareilles. Mais Mircea, ce n'est pas Tony.

Alphonse a émis un grognement de mépris.

— C'est clair.

— On tire notre force de nos propres compétences, mais également du sang de notre maître, a poursuivi Sal en sortant une cigarette. Elle s'est ravisée en apercevant deux bonbonnes d'oxygène. Elle avait l'air vraiment frustrée.

— Plus le maître est puissant, plus ses serviteurs le sont. Si Rafe a assez de force pour absorber le sang de Mircea, pour le laisser devenir sa nouvelle source de vie, il devrait guérir.

— Et s'il n'a pas assez de force ?

— D'après toi ? a-t-elle aboyé.

Elle avait l'air fatiguée de répondre à mes trente-six mille questions. Elle a jeté un coup d'œil à Alphonse.

— J'ai besoin d'un verre.

— Demande à Marco, a maugréé ce dernier en se campant fermement devant le mur. Si le maître y arrive, ça l'affaiblira. Et tout le monde sait qu'il est ici. Si je voulais l'abattre, je m'y prendrais pas autrement.

— Il est venu avec des gardes, a fait remarquer Sal.

— Il est venu avec *deux* gardes, a précisé Alphonse d'un ton désapprobateur. J'ai appelé dix de mes gars mais ils ne sont pas encore arrivés. Et je bouge pas tant qu'ils sont pas là.

— Moi aussi, j'ai des gardes, a dit Casanova. (Il avait l'air vexé.) Sans compter les hommes de main que le Sénat m'impose.

Pour une fois, Alphonse s'est abstenu de commentaire désobligeant sur la qualité du personnel de Casanova.

— Eh bien, comme ça, tu en as encore plus.

Sal m'a regardée. Je l'ai toisée d'un air méfiant : pas question que je bouge de là sans savoir ce qui arriverait à Rafe. Elle a soupiré.

— Bon, j'ai compris. J'y vais. C'est hyper déprimant, ici, de toute façon. Vous voulez quelque chose ?

Comme Sal était partie, j'ai jeté mon dévolu sur Alphonse.

— Mais ça ne devrait pas affaiblir un maître de niveau un de transformer quelqu'un en vampire ! Ils font ça tout le temps !

Alphonse a penché la tête en arrière et s'est appuyé sur le mur. Pendant un long moment, je me suis dit qu'il n'allait pas s'embêter à me répondre. Mais il a fini par me regarder. Je devais vraiment avoir l'air paniqué, parce qu'il a soupiré et m'a expliqué.

— Quand un maître transforme un être humain sans capacité magique. Ouais. Dans ce cas, ça pose pas de problème, a-t-il dit. Grosso modo, il suffit de mordre sa proie trois fois de suite. Mais Rafe est déjà un vampire.

— Et alors ?

— Et alors, pour briser son lien avec Tony, Mircea doit vider Rafe de son sang et le remplacer par le sien. Normalement, c'est crevant, mais ça va. Le sang d'un maître de niveau un est tellement puissant qu'il en faut pas beaucoup. Mais Rafe est vraiment mal en point. Mircea va devoir lui prêter son pouvoir pour qu'il survive à la transformation.

— Ce qui veut dire qu'il devra se vider dangereusement, ai-je deviné.

J'aurais mieux fait de ne pas demander.

Alphonse a regardé d'un air mauvais la bande d'aides-soignants qui traînaient autour des paravents depuis que Mircea était entré, comme des groupies en manque. Aussitôt, ils se sont souvenus qu'ils avaient d'autres chats à fouetter.

— Que ça fonctionne ou pas, le maître va se vider de son pouvoir, a-t-il grommelé. Je reste ici pour m'assurer qu'il ne le paie pas de sa vie.

On s'était à peu près tout dit. On est restés assis tous les trois en silence, sans bouger et, dans le cas des vampires, sans respirer. Je ne savais pas ce que ressentaient Casanova et Alphonse : ils étaient passés en mode « vamp inexpressif », comme toujours lorsqu'il n'y avait pas d'humains à épater. Moi, en revanche, je me sentais angoissée, abattue et complètement impuissante.

Dieu sait pourquoi, mon cerveau s'est mis à passer en revue les cadeaux que Rafe me rapportait de ses voyages. C'étaient toujours des cadeaux attentionnés, répondant parfaitement à mes envies du moment. Quand j'étais dans ma phase garçon manqué turbulent, il m'avait rapporté un heaume de gladiateur en plastique de Rome, avec un glaive assorti que je brandissais en le pourchassant dans les couloirs du manoir de campagne de Tony. Quand j'étais une adolescente qui voulait paraître plus âgée, il m'avait offert des petites bouteilles de parfum qu'il avait achetées à Paris. Elles avaient une taille parfaite pour une enfant, mais leurs senteurs étaient on ne peut plus adultes. Et, juste avant ma fugue, il m'avait refilé ma première fausse carte d'identité.

Il n'avait jamais rien demandé en retour. Il n'avait jamais rien attendu de moi. Il n'avait jamais rien voulu. Je ne pouvais pas en dire autant de tout le monde. Et il allait mourir.

D'ordinaire, je ne suis pas quelqu'un de violent. J'avais assisté à trop d'actes de violence, au cours de mon enfance, pour trouver ça fascinant. Et ça c'était bien avant qu'on commence à me pourchasser de tous côtés. Par conséquent, je n'ai pas compris tout de suite la nature du sentiment qui m'a échauffé les joues et noué l'estomac. Je ne savais pas qui était derrière l'attaque de la MAGIC, je n'étais même pas certaine que ce soit un acte délibéré, mais une chose était sûre : s'il y avait un coupable, je le tuerais.

Chapitre 13

Je ne sais pas à quel moment je me suis endormie, mais je me suis réveillée la tête contre l'épaule de Marco. Je lui avais bavé dessus, mes yeux étaient complètement bouffis et j'avais l'impression d'avoir été renversée par un énorme camion. Pour couronner le tout, j'avais les épaules et le dos noués et la tête en compote. Mais Mircea, qui venait de sortir de derrière les paravents, était lourdement avachi sur le bras d'Alphonse. Quant à Rafe…

—Rafe!

J'ai slalomé entre les rangées de lits pour me ruer sur lui. Je me suis jetée à son cou et je l'ai serré de toutes mes forces en lui murmurant des mots qui m'ont râpé la gorge. Il avait toujours l'air mal en point mais il se tenait debout. Et, sous les vêtements d'hôpital qu'on lui avait passés, sa peau était toujours zébrée de cicatrices mais intacte. Plus de gerçures, plus de rougeurs. Rien. Et il tenait sur ses jambes. Je n'en croyais pas mes yeux.

—Il a brisé ton lien, lui a dit Sal.

Elle a décoché à Rafe un regard dans lequel se lisaient aussi bien son soulagement que sa jalousie. Depuis qu'elle était arrivée à Las Vegas, elle attendait que Mircea leur rende le même service, à elle et à Alphonse. Mais, jusque-là, il n'avait eu ni le temps ni l'énergie de le faire.

Rafe n'a pas perçu le sous-entendu. Il s'est contenté de hocher la tête. Il avait l'air perdu, émerveillé et totalement épuisé. Il a lancé un coup d'œil dans ma direction, mais je ne suis pas sûre qu'il m'ait reconnue.

— Mon fils a besoin d'un logement, a dit Mircea à Casanova.

— J'ai une chambre libre. Vos quartiers sont également prêts à vous accueillir, cela va sans dire. Oh ! Et la Consule souhaite vous voir dès que possible.

— Dites-lui que je la verrai dans une heure, a répondu Mircea.

Casanova s'apprêtait à répliquer mais il a ravalé ses mots et nous a guidés en silence hors de l'infirmerie.

Le *Dante* avait deux suites de luxe, chacune au sommet d'une des deux tours. L'une était réservée au propriétaire des lieux. Leur principal intérêt, de mon point de vue, c'était leur caractère totalement inaccessible : elles occupaient un étage entier. On ne pouvait y accéder qu'au moyen d'un ascenseur privé doté d'un digicode. Et, au cas où Spiderman s'amuserait à escalader l'immeuble ou qu'une horde de ninjas descendraient en rappel d'un hélicoptère, une dizaine de gardes nous ont rejoints dans le hall.

Six d'entre eux ont pris l'ascenseur avant nous. Les quatre autres ont attendu le suivant. Marco, les deux gardes de Mircea, Casanova, Sal et Alphonse sont montés avec nous. Et on avait beau être dans un ascenseur trois étoiles doté d'une vraie banquette et d'un lustre brillant de mille feux, on était serrés comme des sardines. Je n'avais rien contre les mesures de sécurité, mais je ne voyais vraiment pas comment quelqu'un aurait pu brandir une arme : on pouvait à peine bouger.

— On est obligés d'être accompagnés d'un commando ? ai-je demandé quand les portes ont enfin réussi à se fermer.

— Ordre du Sénat. Depuis que la MAGIC est tombée, les sénateurs n'ont pas le droit de se déplacer sans escorte, m'a informée Mircea.

— Mais vous êtes un maître vampire.

— Et vous, vous êtes la Pythie, a-t-il fait remarquer avec insistance. Par les temps qui courent, nos pouvoirs font de nous des cibles de choix.

— Pas pour longtemps, a dit Casanova. (Sa voix était légèrement étouffée : il était coincé entre deux armoires à glace.) Une équipe du Sénat est en train de renforcer les talismans.

— Un talisman, ça a pas d'yeux et pas d'oreilles, a rétorqué Marco. Ça remplacera jamais un garde du corps bien entraîné.

Peut-être pas, ai-je pensé. *Mais c'est beaucoup moins flippant.* Je ne connaissais pas les nouveaux gardes mais ils faisaient sûrement partie de l'écurie personnelle de Mircea : leur pouvoir, combiné à l'exiguïté des lieux, était si formidable que des frissons d'énergie me hérissaient la peau. Et ce n'était pas le même sentiment que d'habitude : l'énergie, aussi palpable que l'électricité pendant un orage, me donnait la chair de poule et me picotait le cuir chevelu. J'avais envie de hurler.

Bref : il s'agissait de maîtres.

J'ai réussi à réprimer mon envie de me frotter les bras, mais lorsqu'un des deux gardes a posé ses yeux dorés sur moi, j'ai oublié mon entraînement et je me suis faite toute petite. Il a souri, révélant une rangée de crocs, tandis que son collègue me dévisageait comme s'il venait de découvrir une colonie de moisissures derrière son frigo. Enfin, les portes se sont ouvertes et notre petit groupe s'est retrouvé dans un couloir privé décoré d'un palmier en pot.

Les six gardes qui nous avaient devancés flanquaient l'unique porte. L'un d'entre eux s'est empressé de l'ouvrir et on est entrés dans un gigantesque hall. L'espace d'un instant, je suis restée bouche bée. Contrairement à mon ancienne suite, qui aurait pu appartenir à n'importe quel hôtel du Strip Boulevard, celle-ci avait un thème. Un thème usé jusqu'à la corde et décliné jusqu'au moindre détail : le Far West. Ou plutôt, le fantasme « Far West » d'un décorateur intérieur. Le lustre à deux étages était fait de bois de cerfs, les murs étaient tapissés de croûtes représentant des cow-boys, le sol recouvert d'une peau de vache noire et blanche et la desserte de l'entrée croulait sous la statue en bronze d'un cheval en train de se cabrer.

Casanova a surpris mon regard.

— La Consule préfère la suite bleue, a-t-il dit d'un ton sec.

— Tu m'étonnes.

Un vieux vamp tout ratatiné s'est approché de nous en boitillant.

— Qu'est-ce que c'est que tout ce monde ? a-t-il demandé d'une voix chevrotante.

À la vue de ses mains tachées et des touffes éparses de poils blancs qui lui servaient de cheveux, la plupart des êtres humains lui auraient donné au moins cent ans. Et ils se seraient trompés de quatre siècles. Il portait une paire de lorgnons sur le bout du nez, même si ça ne l'aidait pas à y voir plus clair, et il était sourd comme un pot. Mais Horatiu était le tuteur que Mircea avait eu enfant. Et la seule personne que je connaisse à l'envoyer promener.

— Le maître a besoin de repos ! a dit Horatiu en toisant l'escadron de gardes qui essayait de se faufiler par la porte. Tout le monde dehors !

Comme les vigiles l'ont unanimement snobé, il s'est avancé en traînant les pieds jusqu'au vamp le plus massif et s'est mis à essayer de le pousser. On aurait dit une mouche aux prises avec un rocher, mais Horatiu n'a pas eu l'air de s'en apercevoir. Le garde n'a pas répliqué. Il est resté stoïque et s'est contenté de garder sa position pendant que le vieux vamp le triturait.

— Je suis désolé, a chuchoté Casanova à Mircea. J'ai demandé à une équipe de venir surveiller cette suite mais Horatiu est arrivé avec les autres réfugiés de la MAGIC et…

— … et il les a éconduits.

Casanova a opiné du chef.

— Il a dit qu'il ne leur faisait pas confiance. J'ai essayé de le rassurer, mais…

— Ce n'est pas grave, a chuchoté Mircea.

— J'ai dit « dehors ». Vous êtes sourds ? a insisté Horatiu. (Il s'était résolu à lui donner des coups de pied.) Ils les gonflent aux hormones, ou quoi ? l'ai-je entendu maugréer.

Sal a allumé une autre cigarette en soupirant.

— Les gardes sont ici pour protéger le maître.

— Et moi ? À quoi je sers, d'après vous, jeune fille ?

Alphonse a ouvert la bouche mais Mircea l'a regardé d'un œil noir et il n'a rien dit.

— Je suis sûr que Horatiu est parfaitement capable d'assurer ma sécurité, a dit Mircea avec douceur.

— Je les ferai entrer discrètement plus tard, a chuchoté Casanova.

Mircea a acquiescé d'un hochement de tête.

Le garde du corps sur lequel Horatiu s'énervait a cédé à contrecœur. Il s'est laissé pousser jusqu'à l'ascenseur. Le vieil homme a arboré un air satisfait. Mais les portes en nickel chromé se sont ouvertes, déversant quatre autres gardes dans le couloir déjà surpeuplé. Horatiu s'est lancé dans une tirade injurieuse en roumain. Casanova nous a guidés jusqu'au salon. Marco et les deux gardes que Mircea avait emmenés avec lui se sont mis à passer rapidement l'appartement en revue pour vérifier que personne ne s'y était introduit. Je me demandais comment ils arrivaient à s'y retrouver. Le décorateur intérieur avait déjà bien déliré dans l'entrée. Dans le salon, il s'était complètement lâché.

Des trophées pendaient à tous les murs. Tout y passait : depuis les cerfs et autres vaches texanes jusqu'aux buffles et caribous, en passant par les crânes, dont deux spécimens flanquaient l'écran plat installé au-dessus de la cheminée disproportionnée. Deux canapés en peau de vache trônaient fièrement sur une fourrure de grizzly. Ils se regardaient en chiens de faïence, séparés par une table basse en corne laquée. Le tout était éclairé par un lustre, en corne également, tandis qu'un cactus donnait un peu de couleur au bar rustique qui décorait le coin, affublé de tabourets en forme de selles. Tout avait l'air cher et tout avait l'air kitsch.

Mircea a marqué un temps d'arrêt en haut des marches. Momentanément sonné, il avait l'air d'hésiter à s'empêtrer dans ce bourbier dégoulinant de mauvais goût.

— C'était comme ça quand j'ai pris mon poste, a dit Casanova, sur la défensive. J'ai l'intention de refaire la décoration, bien entendu.

— Je sais pas.

Sal s'est affalée sur une peau de vache. Elle a écrasé son mégot dans un cendrier en forme de crachoir.

— C'est différent.

— C'est vulgaire.

— Parce que le reste du casino n'est pas vulgaire, peut-être ?

— Ça ira, a dit Mircea.

Casanova s'est avancé pour appuyer sur un interrupteur. On a entendu le ronron d'un petit moteur et le mur, qui avait pourtant l'air bien solide, a commencé à se rétracter. Lentement, il a révélé une gigantesque terrasse dotée d'une piscine monumentale où se reflétaient les centaines de lumières du Strip. Bon, d'accord : avec une vue pareille, on pouvait passer l'éponge sur la déco.

Outre la chambre du maître, la suite comprenait trois chambres d'amis. Une d'entre elles avait déjà été attribuée à Rafe. Marco et un des autres gardes l'y ont amené. Ils le portaient presque tout en faisant en sorte que ça ne se remarque pas trop. Pourtant, je crois que Rafe n'accordait plus aucune importance à sa dignité. Lorsqu'il a levé les yeux pour regarder autour de lui, il avait l'air complètement assommé. Ses paupières étaient bouffies et ses lèvres gonflées.

—Avez-vous besoin de quelque chose ? ai-je demandé en les suivant à l'intérieur.

Rafe ne m'a pas répondu. Il est tombé dans le coma dès que sa tête s'est posée sur l'oreiller.

—Une renaissance, c'est déjà assez dur comme ça, a dit Marco en surprenant mon regard. Alors, avec toutes ces brûlures en plus… Il va être parti un certain temps.

—Mais il va s'en sortir ?

J'ai examiné le visage de Rafe. Il avait des valises sous les yeux et quelques boucles de cheveux sans vie lui tombaient sur le front. Ses poignets nus posés sur le drap paraissaient fragiles. Il n'avait pas l'air d'aller très bien.

—On a besoin d'une infirmière.

—Nous savons comment prendre soin des nôtres, a lancé l'autre garde d'un air dédaigneux.

C'était celui qui m'avait regardée d'un air mauvais dans l'ascenseur. Apparemment, je ne remontais pas dans son estime.

—J'en suis persuadée, ai-je répliqué en m'efforçant de rester polie. (J'étais complètement sur les nerfs après ce que je venais de vivre ces dernières heures.) Mais il est dans un état critique. J'aimerais autant qu'un professionnel compétent reste auprès de lui.

Le garde m'a ignorée.

—Explique-lui, a-t-il demandé à Marco.

—Le personnel non habilité n'a pas le droit d'accéder aux quartiers des sénateurs, a expliqué Marco. Y compris les infirmières.

— Dans ce cas, allez chercher une infirmière habilitée ! (Je sentais mon pouls battre à mes tempes.) Et ce n'est pas poli de parler des gens à la troisième personne, ai-je dit au garde. En général, on s'adresse aux gens quand on leur parle !

— Cassie..., a commencé Marco.

— Rafe a failli mourir, Marco ! Il a besoin qu'on prenne correctement soin de lui. Et ce n'est pas un type trop occupé à suivre bêtement les ordres qui...

Soudain, j'ai croisé le regard du garde. Ses yeux dorés luisaient comme ceux d'un serpent. Et ils étaient tout aussi hypnotiques. Son sourire ne dégageait aucune chaleur. Ses yeux étaient trop froids, son rictus beaucoup trop amusé... Tout en lui avait l'air trop *affamé* pour être aimable. On aurait dit un chat prenant son temps avant de briser la nuque d'une proie qu'il venait de capturer.

— Vous voulez que je vous regarde, humaine ? a-t-il demandé, tout miel. Mais avec plaisir.

Et l'air de la chambre s'est chargé d'électricité.

Ça m'était arrivé tellement souvent que j'ai réussi à ne pas me pétrifier totalement sous le choc. Chez Tony, les vamps s'amusaient parfois à jouer au chat et à la souris avec les humains, quand ils n'avaient rien de mieux à faire. Au fil des années, j'avais maîtrisé deux ou trois parades. Mais aucun des sous-fifres de Tony ne possédait ne serait-ce qu'une fraction de son pouvoir.

J'avais beau utiliser toutes les astuces que j'avais apprises pour garder l'esprit clair, je commençais à sombrer. La chambre s'est estompée progressivement, comme si quelqu'un avait tourné une molette magique, et une obscurité épaisse m'a enveloppée. Palpable, elle a envahi mes poumons et m'a empêchée de respirer. Il n'y avait pas d'autre lumière que ses yeux teintés de rouge. Leur pupille était si dilatée qu'elle avait presque envahi tout le doré. Je n'ai pas pu m'empêcher de penser que Nietzsche avait raison : quand on scrute le fond de l'abysse, l'abysse nous scrute à son tour.

Quelqu'un a posé sa main sur mon bras mais je l'ai à peine sentie. Et je n'entendais plus rien. Le pouvoir du maître a inondé mon cerveau et s'est propagé le long de mes nerfs. Plus rien d'autre n'existait. Je commençais à oublier en bloc ce que j'étais en train de dire et la raison pour laquelle c'était tellement important. En quelques secondes, j'aurais oublié beaucoup plus – où j'étais, qui j'étais – et je n'aurais plus eu qu'une seule chose en tête : obéir.

Rappelle-toi, me suis-je dit avec sauvagerie en enfonçant mes ongles dans la paume de ma main. La douleur a un peu voilé la voix qui s'insinuait au fond de mon cerveau. J'ai toisé ces yeux étrangers, sans âge. J'étais trop vide pour faire semblant.

— Allez-y, ai-je lancé d'une voix tremblante. Montrez-moi à quel point vous êtes grand et fort, si ça vous chante ! Mais, quand vous aurez fini, je veux qu'on appelle une infirmière ! Compris ?

Il a soutenu mon regard l'espace d'une seconde… avant de cligner les paupières et de détourner les yeux. Instantanément, la tension est retombée. La lumière est revenue et le grondement sourd qui m'enveloppait a cédé la place au bruit de la climatisation et aux jurons de Marco. Je sentais le goût acide de la bile au fond de ma gorge, mais je savais encore qui j'étais.

— Tu devrais pas faire ça, a prévenu Marco en maintenant son étreinte de fer autour de mes bras pour éviter que je tombe. Cette femme appartient au patron !

Le garde a plissé les yeux.

— C'est une humaine. (Il avait l'air surpris et dégoûté à la fois.) On ne m'avait pas dit que…

— Ouais. Le maître est occupé en ce moment. Il a remis les présentations à plus tard. D'ici là, tu ferais mieux de faire attention, OK ?

Marco m'a tirée en arrière. On a laissé le garde stupéfait et on s'est dirigés vers le salon.

Je me suis arrêtée dès qu'on est arrivés dans le couloir. J'avais besoin de me redonner une contenance avant d'affronter les autres. Marco a soupiré et m'a fusillée du regard. Il avait les bras croisés et les sourcils froncés. Vu qu'il avait l'air déjà énervé, je me suis dit qu'il valait mieux en profiter pour mettre les points sur les « i ». Tant qu'à faire.

— Il faut arrêter de me présenter comme ça, ai-je déclaré avec sérieux. Dire que j'appartiens à…

— C'est le seul argument que comprennent la plupart des gens.

— À d'autres ! J'ai grandi à la cour d'un vampire. Je sais très bien comment marche le protocole. Et ça, ça n'a rien à voir.

— Vous avez grandi à la cour d'un pauvre *loser* avec des illusions de grandeur, a répliqué Marco du tac au tac. Faut vous habituer à ce que les employés de Mircea soient plus vieux et beaucoup plus tatillons que ceux avec lesquels vous avez grandi. Et, si j'en crois vos performances jusque-là, je dirais que vous y connaissez que dalle en protocole.

— J'ai juste demandé une infirmière !

— C'est pas ce que vous avez demandé, le problème ! C'est la façon dont vous l'avez demandé. On parle pas à un maître appartenant à une vieille famille comme on parle à un vamp nouveau-né ou à un humain.

— J'ai déjà rencontré plein de vieux vamps ! ai-je rétorqué, piquée au vif. J'ai rencontré le Sénat et…

— Et si vous étiez pas liée au maître. Et la Pythie… (Marco a secoué la tête.) Je sais pas.

— Si les gens ont des préjugés, ce n'est pas mon problème, lui ai-je dit avec hargne.

Je rêvais ou quoi ? Je me faisais rappeler à l'ordre par Marco. *Marco* ! Un type qui ressemblait à un figurant du *Parrain* était en train de m'apprendre les bonnes manières. Je n'arrivais pas à y croire.

— Si vous voulez pas apprendre des rudiments d'étiquette, ils vont vous l'enfoncer dans le crâne, a-t-il déclaré froidement. La plupart des vieux vampires sont susceptibles. Ils sont là depuis cinq ou six siècles. Depuis encore plus longtemps, pour certains. Ils ont attendu tout ce temps d'atteindre le niveau un pour s'émanciper. Devenir maître de leur propre destin. Mais c'est jamais arrivé. Et la plupart d'entre eux ont accepté l'idée que ça se produira jamais.

— Quel est le rapport ? ai-je demandé, sincèrement perdue.

— Certains de nos vamps n'ont pas commencé à notre service, a-t-il craché. Quelques-uns, comme Nicu, ont déjà eu trois ou quatre maîtres. Ça fait des siècles qu'on les ballotte de droite à gauche comme du vulgaire bétail. Ils ne contrôlent absolument rien : ni leurs maîtres, ni leurs tâches. Tout ce qu'ils ont réussi à acquérir – et c'est probablement la seule chose qu'ils auront jamais –, c'est le respect dû à leur âge et à leurs compétences. Alors, s'ils croient que vous leur manquez de respect, ils vont réagir.

J'ai dégluti. J'étais trop vidée pour qu'on m'explique la vie, mais j'avais bien besoin de cette leçon. À la cour de Tony, il n'y avait aucun vieux vamp. À part lui et Rafe. Et, maintenant que j'y pensais, Tony avait toujours été très susceptible. J'avais toujours pensé que c'était parce qu'il avait un ego surdimensionné. C'était sûrement le cas mais il y avait encore pas mal de choses qui m'échappaient en matière de vampires.

— Désolée, ai-je admis avec douceur. Je ne me suis pas rendu compte que…

— Ouais, je sais. Mais faut réfléchir un peu plus. Vous savez ce que Nicu est en train de se dire, en ce moment ? Il se demande si c'est un signe. Vu que sa dulcinée lui a manqué de respect, il se demande si le patron l'a pris en grippe. Il se demande si on va encore l'échanger contre quelqu'un d'une autre cour. Il se demande s'il va devoir passer les cinquante prochaines années de sa vie à jouer des coudes pour gagner le respect des autres. S'il survit assez longtemps. Il se demande si le couperet va encore tomber.

J'ai dévisagé Marco. J'avais envie de vomir.

— Je vais lui parler. Je vais lui expliquer que…

Marco a levé les yeux au ciel.

— Ouais. C'est ça : enfoncez-vous. Vous occupez pas de ça : je vais lui expliquer que vous y connaissez rien. Mais vous devez bien vous rendre compte que les choses ont changé. Vous êtes plus une petite squatteuse de rien du tout dans une cour sans importance. Les gens font attention à ce que vous dites. Alors, vous aussi, vous devez faire attention.

— OK, ai-je dit.

J'avais envie de me mettre dans un trou de souris. Décidément, c'était vraiment une journée pourrie.

— Je devrais pas être obligé de vous expliquer tout ça, a ajouté Marco avec agacement. Vous devez vous trouver un prof. Et c'est pas les ploucs que vous avez emmenés avec vous qui…

— Vous feriez mieux de rappliquer au salon, a crié Sal du bout du couloir. D'abord, on entend tout. Ensuite, les ploucs ont quelque chose à vous dire.

Génial.

Quand on est revenus dans le salon, Casanova avait disparu. Pour enrayer le chaos, probablement. Mais Alphonse, Sal et Mircea étaient assis sur les canapés en peau de vache. Mircea et Sal étaient installés chacun à une extrémité du même canapé, la place du milieu étant occupée par le déjeuner : un jeune homme blond. Je me suis donc posée avec les garçons sur l'autre canapé. Comme il mesurait bien trois mètres, on n'était pas trop serrés.

Ensuite, Sal et Alphonse ont bu leurs verres cul sec, au comptoir de cet horrible bar, et Mircea a fini son dessert. Je l'ai reconnu. C'était un des employés de Casanova. Il travaillait à la réception. On avait déjà été de service ensemble. Il s'est remis debout et m'a décoché un sourire timide. Il ne marchait plus très droit. Un des gardes les a escortés, lui et le plat principal – une brune d'une vingtaine d'années – jusqu'à l'ascenseur descendant vers le hall d'entrée.

Bizarrement, Mircea avait encore l'air fatigué. Pourtant, il s'était nourri à deux reprises. Il était légèrement avachi, les mains sur le ventre, la tête inclinée en arrière. C'était une position relativement normale pour quelqu'un qui venait d'avoir une mauvaise journée. Mais pas pour Mircea. Mircea ne se détendait pas. Il était toujours nimbé d'un halo d'énergie, même quand il n'en dégageait pas lui-même. Pourtant, ce soir, elle brillait par son absence.

Je l'ai dévisagé en essayant de me concentrer sur ses yeux et de ne pas tenir compte des rides fatiguées qui les cernaient. Mircea n'était pas censé être fatigué. Ni malade. Ni blessé. C'était une des raisons pour lesquelles je l'avais toujours trouvé attirant, même lorsque j'étais enfant. Dans un monde où les alliances changeaient constamment et où les gens n'arrêtaient pas de mourir, Mircea était stable, fort et éternel.

Mais en fait non.

Ce qui voulait dire qu'un jour ou l'autre, je finirais aussi par le perdre.

Sincèrement, c'était la raison principale pour laquelle je ne voulais pas qu'on devienne encore plus proches. Dès que quelqu'un commençait à m'appartenir, il mourait. C'était systématique. C'était plus facile de ne rien attendre de personne. Pas même de Mircea.

Quand on a des attentes, tôt ou tard on a des besoins. Et quand on a besoin de quelque chose, c'est toujours douloureux.

— Cassie ?

Mircea me regardait d'un drôle air. Soudain, je me suis rendu compte que je le dévisageais.

— Rafe a pris beaucoup de sang ? ai-je bafouillé.

Mircea a esquissé un léger sourire, mais Marco a laissé tomber sa tête sur sa poitrine et Sal a éclaté de rire.

— Qu'est-ce que j'ai dit ? ai-je demandé.

— C'est très impoli de poser des questions sur la transformation de quelqu'un, m'a informée Horatiu.

Il s'est approché en boitillant, muni d'une table pliable et d'un plateau rempli de nourriture. Je me suis précipitée pour l'aider – et pas seulement parce que le plateau sentait merveilleusement bon –, mais mes bonnes manières m'ont valu un regard noir.

— Asseyez-vous ! Asseyez-vous ! Mais vous avez été élevée par une meute de loups, ma parole !

— Par Tony, a corrigé Sal en reprenant sa place.

— Ah. Ça revient au même, a soupiré Horatiu en essayant de tenir le plateau en équilibre tout en se battant contre la table pliante.

— T'inquiète pas, a dit Alphonse en rattrapant mon dîner au vol avant qu'il tombe par terre. Cette vieille bique n'arrête pas de me faire la leçon.

Ça ne m'a pas vraiment rassurée. Les bonnes manières d'Alphonse se résumaient à se souvenir d'enterrer tous les cadavres.

— La vieille bique vous a très bien entendu, a rétorqué Horatiu d'un ton acerbe.

— C'est une première, a marmonné Alphonse en posant mon plateau repas sur mes genoux.

Lorsque j'ai senti l'odeur du sandwich au rosbif que Horatiu m'avait préparé en vitesse, je me suis rendu compte que je mourais de faim. Le plat était assorti d'oignons grillés, de champignons et de petits piments acidulés. Autrement dit, j'étais aux anges. Pour être parfait, il aurait fallu qu'il soit accompagné de frites, et pas de cette montagne de salade qui débordait presque de l'assiette. Mais bon : je n'allais pas faire la fine bouche.

Je me suis jetée sur mon plat, sous le regard désapprobateur de Sal. J'ai très vite compris pourquoi. Elle avait toujours fait très attention à son apparence. Longtemps, j'avais cru que c'était de la coquetterie, mais à présent que j'avais rencontré son clan je commençais à mieux comprendre son attitude. Elle n'était peut-être pas aussi vénérable et puissante que les maîtres de Mircea, mais pour rien au monde elle ne se serait habillée moins chic.

— Si je suis dans cette tenue, c'est parce que la Consule m'a jetée dehors et qu'on a volé mes bagages.

— Tes bagages sont ici. Ils sont censés être ici. Ce qu'on ne savait pas, c'était où tu étais, toi. Vu que tu n'as pas pris la peine de nous avertir.

— Vous avez placé un pisteur sur moi ! Vous saviez exactement où j'étais !

— On savait que tu étais quelque part dans cet hôtel, a-t-elle avoué, comme si c'était normal de me surveiller. Mais il y a tellement de talismans dans les parages qu'on n'arrivait pas à te localiser avec précision. C'est seulement quand tu es sortie que Marco a réussi à te repérer.

— Elle est sortie chercher une pizza. Toute seule, a-t-il marmonné dans sa barbe.

Mircea n'a rien dit mais son expression délibérément neutre me rendait nerveuse.

— Ça aurait pu être pire, a fait remarquer Alphonse. D'ailleurs, on a passé la moitié de la journée à penser au pire. D'après le pisteur, on savait que t'étais en vie, mais quand ils ont ramené la bagnole…

Merde. J'avais oublié.

— La Consule n'est pas trop énervée ? ai-je demandé en me tortillant.

— Pourquoi elle serait énervée ?

— À cause de sa voiture. J'imagine que c'était une pièce de collection et…

— C'était juste une bagnole, m'a interrompue Alphonse en haussant les épaules. Y a pas mort d'homme. En revanche, on aimerait bien savoir comment tu t'en es tirée.

— C'est une longue histoire.

— J'imagine. Quand j'ai vu l'état du véhicule, j'aurais parié que personne s'en était tiré. Elle est complètement carbonisée.

J'ai froncé les sourcils. Cette voiture avait pas mal encaissé mais elle n'avait pas brûlé.

— Elle n'a pas brûlé. Et même si elle avait brûlé, l'eau aurait éteint les flammes.

Mircea a levé la tête et m'a regardée bizarrement.

— Quelle eau ?

— Eh bien, l'eau du lac. Vous savez : le lac dans lequel on est tombés.

Il est resté un moment silencieux.

— Non, *dulceață*. Je ne sais pas. La voiture a explosé au beau milieu du désert.

J'ai mâché mon sandwich en silence avant d'avaler ma bouchée et de prendre une gorgée de vin.

— Elle a explosé, ai-je répété.

— Nous supposons qu'elle avait été piégée pour tuer la Consule. La Bentley était l'une de ses voitures préférées.

L'espèce de péniche grise qu'on avait laissée au fond du lac Mead était une Packard. Avant qu'elle coule, j'avais vu son nom écrit en grosses lettres d'argent sur le coffre arrière tout bombé. C'était absurde.

— La Consule m'a informée qu'elle avait demandé à Rafe de la conduire hors du complexe, a-t-il ajouté.

Ça m'est revenu. Rafe m'avait gardé une place dans la Bentley noire. Je l'avais aperçue dans la file de voitures, luisante comme une pierre précieuse ancienne sous la lumière des éclairages de sécurité. J'avais presque oublié. On n'avait pas pris cette voiture, pour finir. Quelqu'un d'autre était monté dedans. Et cette personne était morte.

— Je suppose que vous vous êtes téléportée avant l'explosion, a tenté Mircea en me regardant avec intensité.

Il avait senti que quelque chose clochait.

— On a pris une autre voiture, ai-je dit, complètement sonnée.

Si on ne l'avait pas fait, Rafe n'aurait pas été hospitalisé. Il serait mort. Si j'étais remontée dans le temps pour le sauver, je l'aurais tué.

Chapitre 14

— Tiens.

Sal m'a fourré un verre entre les mains. À l'odeur, j'ai deviné que c'était un whisky sec, et j'ai commencé à le siroter.

J'avais les yeux rivés sur la table basse mais je ne voyais qu'une chose : les rangées de voitures en ruine serpentant sous un ciel sans nuage, au beau milieu d'un paysage vide et mort jonché d'ossements. C'était donc ça que mon pouvoir avait essayé de me dire ? Que j'allais détraquer la trame temporelle ? Était-ce sa façon de m'avertir de la mort de Rafe ?

J'aimais bien cette interprétation. Ça voulait dire que je n'avais plus besoin de m'inquiéter au sujet de ces images. C'était fini : Rafe avait survécu. Pour une fois, on avait évité le pire. Mais, j'avais beau avoir envie d'y croire, quelque chose me chiffonnait.

Je pouvais comprendre les voitures incendiées étant donné ce qui était arrivé à la Bentley. Mais pourquoi ne pas se contenter de me la montrer ? Une explosion pure et simple aurait été beaucoup simple à déchiffrer qu'un paysage rempli de véhicules en train de rouiller sur place. Et maintenant que j'y pensais : pourquoi m'avoir montré le *Dante* en ruine alors que je voulais éviter la destruction de la MAGIC ?

J'en avais marre d'essayer d'interpréter ces messages. Ils étaient tout sauf explicites. Ce n'étaient que des cauchemars. C'était une des raisons pour lesquelles je détestais ce don. De temps en temps, j'avais droit à un flash clair et net, sans aucune ambiguïté. Comme à mon quatorzième anniversaire, quand j'avais eu « la chance » d'avoir une vision de la mort de mes parents assassinés dans une voiture piégée. Une vision en technicolor, avec le son et tout le tremblement. Ce type de visions était assez terrifiant mais je les préférais encore aux flashs mystérieux qui peuvent signifier tout et n'importe quoi.

— On en est à combien ? a demandé Sal. Ça fait trois fois qu'on essaie d'assassiner la Consule, ce mois-ci. Je me trompe ?

— C'est un problème récurrent, effectivement, a reconnu Mircea. D'autant que nous ne pouvons plus compter sur un réseau de talismans infaillible, comme à la MAGIC.

— En plus, elle refuse de se cacher, a fait remarquer Sal.

Mais elle avait l'air d'approuver cette décision.

Mircea s'est frotté les yeux. Je commençais à m'habituer à ce nouveau tic.

— Certes. Nous sommes parvenus à identifier un certain nombre de traîtres, mais ça reste… éprouvant pour les nerfs.

— Elle ne peut pas se permettre de rester cachée, a poursuivi Sal. C'est un symbole : elle donne du courage aux gens.

— C'est également son opinion. Kit prétend qu'elle lui donne des ulcères.

Sal a froncé les sourcils en s'enfonçant dans le canapé. Brusquement, elle avait l'air très sérieuse.

— Elle a compris qu'on ne peut pas éternellement rester assis à ne rien faire en attendant que ça s'arrange ! Elle sait qu'il faut *provoquer* les choses et…

— Je croyais qu'il aimait les femmes têtues, puissantes et compliquées, l'a interrompu Alphonse.

— Il les aime vivantes, a souligné Mircea avec insistance.

J'ai fait semblant de ne pas saisir le message.

— Mais comment s'y est-on pris pour placer une bombe dans la voiture de la Consule ? ai-je demandé. Je croyais que c'étaient ses propres serviteurs qui s'en occupaient ?

— C'est le cas, a répondu Mircea d'un air maussade. De toute évidence, nous avons encore un traître parmi nous.

— Mais elle en a corrompu combien, cette saleté ? s'est écrié Alphonse, hors de lui.

« Cette saleté », c'était Myra, l'ancienne dauphine d'Agnès, qui avait rejoint le clan d'Apollon. Elle avait trouvé un moyen d'utiliser son pouvoir pour détraquer les liens entre les maîtres et leurs serviteurs. Elle était remontée dans le temps pour empoisonner les futurs vampires. Les vamps malades ou à l'agonie au moment de leur transformation ne sont pas soumis aussi fermement que les autres au bon vouloir de leurs maîtres. C'était ce qui s'était produit pour Horatiu. Il était sur son lit de mort lorsque Mircea l'avait transformé en vampire. Mais, dans son cas, cette liberté ne lui servait qu'à dire le fond de sa pensée.

D'autres serviteurs s'étaient trouvé des hobbies autrement plus dangereux.

— Il ne doit plus en rester beaucoup, a estimé Mircea. (Il avait l'air d'avoir envie d'y croire.) Myra a ciblé les principaux serviteurs des membres du Sénat. Elle a affaibli leurs liens pour les convaincre de trahir leurs maîtres, voire de les tuer. Cela réduit le nombre de suspects. Et, au train où vont les choses, ils se seront bientôt tous rebellés.

— Ce ne serait pas plus sûr de les isoler ? Ou quelque chose du genre ? ai-je suggéré. Le temps que ça se calme, tout au moins.

Je n'aimais pas l'idée qu'un de ses maîtres au regard noir le poignarde dans le dos. Ou ailleurs.

Mircea a secoué la tête.

— Malheureusement, le personnel douteux est également le personnel le plus qualifié. Par les temps qui courent, nous avons besoin de toutes nos forces.

— D'accord, mais s'ils sont dangereux...

— Il serait beaucoup plus dangereux de nous priver de leur soutien, a-t-il affirmé avec force. Et nous avons déjà une idée de l'identité de ce traître. Dernièrement, l'un de mes plus anciens disciples a essayé d'assassiner une personne qui m'est très chère. Il a échoué et on l'a tué. Mais il a fait partie, des mois durant, de mes suivants à la MAGIC : il a eu amplement l'opportunité de manigancer un piège destiné à la Consule.

Et il n'a pas été le seul, ai-je pensé.

Mais je n'ai rien dit. Connaissant Marlowe, il allait tout passer au peigne fin au cours de son enquête. Quelqu'un avait failli assassiner sa responsable sous son nez. Ça devait faire mal.

— Comment la mort de la Consule affecterait la guerre ? ai-je demandé.

J'étais presque sûre de connaître la réponse.

— Nous serions nettement moins impliqués pendant la période de transition. Et ça pourrait durer des mois, d'autant que nos lois donnent à quiconque le droit de concourir à l'accession au poste. Tous les maîtres de niveau un peuvent entrer en lice, y compris les membres de cours étrangères. Et la plupart d'entre eux estiment que les humains ne sont utiles que pour leur sang.

— Ce qui compromettrait votre alliance avec le Cercle, ai-je dit, complètement sonnée.

Et, par conséquent, l'issue de la guerre. J'ai vidé mon verre cul sec. La chaleur de l'alcool s'est répandue en moi. Ça m'a fait du bien : ma peau s'était refroidie d'un seul coup.

À la demande de Mircea, j'ai passé quinze minutes à faire le débriefing de la journée. Il ne m'a pas interrompue mais il n'avait pas l'air ravi. Et au lieu de déambuler, comme d'habitude, il s'est contenté de boire le liquide ambré contenu dans son verre.

— Je veillerai à ce qu'on examine votre talisman, a-t-il dit une fois ma tirade terminée. Je n'aime pas l'idée que vous vous promeniez sans protection.

— Ouais. Surtout avec le Cercle qui me colle au train.

— À propos, a repris Mircea en tendant son verre à Sal pour qu'elle le resserve. Le seigneur Protecteur m'a appelé cet après-midi. Il s'est enquis de vous.

— C'est sympa de sa part.

J'ai transpercé une tomate d'un coup de fourchette.

Mircea a esquissé un semblant de sourire.

— Il m'a assuré que le mage Richardson avait agi de sa propre initiative, par esprit de vengeance, et qu'il n'avait pas eu connaissance de ses intentions.

— Et qu'est-ce qu'il a donné comme excuse, pour nos démêlés des dernières semaines ?

— Il m'a demandé de vous faire part de ses regrets les plus sincères… et d'organiser une nouvelle rencontre dès que possible.

J'ai souri. Ça faisait longtemps que j'attendais une bonne raison d'utiliser un des jurons les plus corsés de Pritkin. C'était le moment ou jamais.

Mircea a esquissé un sourire.

— Je savais que telle serait votre réponse. J'ai donc pris sur moi d'accepter de participer en votre nom à cette rencontre.

— *Quoi* ?

— D'après la tradition, le règne d'une Pythie ne commence qu'au terme d'une cérémonie officielle par laquelle le seigneur Protecteur du Cercle ratifie son accession au sacerdoce, a-t-il expliqué d'une voix douce.

— J'en ai rien à faire, de la tradition !

— Certes. Mais ce n'est pas le cas de la communauté magique. Si vous voulez qu'ils vous acceptent en tant que Pythie légitime, vous devez vous prêter à cette cérémonie.

— Vous disiez le contraire, ce matin !

— Absolument. Ce matin, nous avions des craintes concernant votre sécurité. C'est pourquoi je ne souhaitais pas que vous participiez à cette rencontre. Kit avait entendu des rumeurs inquiétantes.

— Vous auriez pu m'en parler !

Mircea a haussé un de ses sourcils si expressifs.

— Auriez-vous vraiment choisi de passer à côté d'une telle opportunité ?

— Je ne sais pas. Mais j'aurais préféré avoir le choix !

— Je le saurai pour la prochaine fois.

Mais bien sûr : quand il tomberait en rade de menottes.

— Ça ne change rien au fait que je ne rencontrerai pas le Cercle, lui ai-je dit d'un ton ferme. Je ne veux pas de leur bénédiction. Et je n'en ai pas besoin. Vous pouvez leur répéter texto.

— Le Sénat garantira votre sécurité.

— Il est impossible de garantir ma sécurité. On ne peut pas leur faire confiance !

— Nous ne leur ferons pas confiance. C'est pourquoi la rencontre aura lieu au moment où la Consule recevra ses homologues étrangers.

Mircea a marqué une pause. Pour la première fois depuis le début de la soirée, l'étincelle qui brillait habituellement dans ses yeux s'est rallumée.

— Tous les six.

— *Six* ?

Alphonse a failli s'étouffer avec son whisky. Les autres personnes présentes se sont contentées de le dévisager.

— La première rencontre au sommet de l'Histoire aura lieu dans deux jours, a confirmé Mircea.

Sa voix était ferme mais ses joues vaguement tintées de rose. Il en fallait beaucoup pour qu'un maître de niveau un perde son sang-froid. Mais, avec une nouvelle pareille, ce n'était pas étonnant. Même la Consule aurait vaguement cligné des paupières.

— Vous avez vite progressé, ai-je dit. Ce matin, vous ne pouviez en réunir que deux.

— Il semblerait que la tragédie d'aujourd'hui ait convaincu les différents Sénats que la guerre que nous menons est sans précédent.

— Et ça leur a filé une sacrée trousse, a ajouté Alphonse. Mais ça, ils l'avoueront jamais.

Mircea a esquissé un léger sourire.

— Ils ont subi un choc. Et ils n'y sont guère habitués. Leurs cours sont également bâties non loin de lignes telluriques.

— Ils ont peur que ça se reproduise, ai-je conclu.

Ça n'avait pas l'air de l'effrayer plus que ça.

— C'est une possibilité. Mais les lignes telluriques sont en usage depuis des millénaires et c'est la première fois qu'une telle catastrophe se produit. Nous pensons plutôt qu'il s'agit d'un terrible accident.

— Un accident qui s'est produit au-dessus de la MAGIC. C'est bizarre, quand même.

— Si la ligne tellurique était instable, une faille aurait pu la déchirer à n'importe quel endroit. Il semblerait néanmoins que le combat a accéléré ce processus, d'où la catastrophe de la MAGIC. Nous en aurons le cœur net d'ici à quelques jours, lorsque les turbulences auront cessé et que nous pourrons mener notre enquête.

— Si comme vous le dites il n'y a aucun danger, pourquoi les Consuls ont-ils accepté de se rencontrer ?

— Ils ont peut-être l'impression que la menace est plus importante qu'elle ne l'est en réalité, a-t-il dit d'un air innocent.

— Et vous ne croyez pas qu'ils vont être un tantinet énervés lorsqu'ils vont s'en rendre compte ?

— Les premiers rapports sont parfois trompeurs. Et lorsque tout sera éclairci, la rencontre aura déjà eu lieu.

Apparemment, Mircea faisait le pari qu'il arriverait à les convaincre s'il leur parlait de vive voix. Il en était peut-être capable. Mais je n'aurais pas aimé être à sa place. Je ne m'imaginais pas regarder tous ces grands pontes dans les yeux et leur dire : « En fait, c'était une blague. »

— Pritkin pense que la ligne a été sabotée, lui ai-je annoncé.

Mircea a froncé les sourcils. Vu qu'il réagissait tout le temps comme ça lorsque je prononçais le nom de Pritkin, ça ne m'a pas inquiétée plus que ça.

— Créer une telle brèche de façon artificielle demanderait une quantité d'énergie monstrueuse. À ma connaissance, aucune organisation magique n'a accès à autant de pouvoir. Nos experts sont convaincus qu'il s'agit d'un phénomène d'origine naturelle.

— Espérons qu'ils ont raison, ai-je soupiré avec ferveur.

— Où va se dérouler cette rencontre, maintenant que la MAGIC est détruite ? a demandé Sal.

— Ici. À l'heure qu'il est, Casanova est en train d'organiser l'hébergement. Et les talismans vont être renforcés. (Il m'a regardée.) Ces informations ne doivent pas quitter cette pièce, bien entendu.

— Je ne suis pas une cafteuse !

Mircea a souri.

— Je ne m'adressais pas à vous en particulier.

Ouais. N'empêche qu'il m'avait regardée, moi.

Horatiu est revenu, accompagné d'un vampire en blouse blanche. J'ai supposé qu'il s'agissait de l'infirmier. Il nous a jeté un coup d'œil nerveux, s'est incliné brièvement et s'est empressé de disparaître. Pour la première fois de la soirée, je me suis un peu détendue. Un vamp. Il serait parfait pour s'occuper de Rafe.

Lorsque je me suis retournée, Mircea était debout. Apparemment, c'était le signal pour le départ : en un clin d'œil, tout le monde avait disparu. Pour une fois, Marco avait trouvé mieux à faire.

J'étais toute seule avec Mircea.

Je m'apprêtais à sortir lorsqu'une main a attrapé le dos de mon tee-shirt.

Un instant, a dit Mircea avec calme.

J'ai soupiré mais je n'ai pas protesté. Il fallait qu'on parle.

Il m'a escortée jusqu'à la chambre et je me suis arrêtée net à la vue du plat de résistance. Le décorateur avait installé, en guise de ciel de lit, un gigantesque tipi indien en cuir beige, avec des buffles peints à la main, des franges et tout le tralala.

— Oh, mon Dieu.

— Je commence à me demander s'il n'y a pas un thème commun à tout ceci, a grincé Mircea en lançant négligemment sa veste sur un fauteuil en cuir de cerf.

Au-dessus du fauteuil trônait une tête de caribou dotée d'énormes bois généreusement déployés. Dans la lumière diffuse, ses yeux vitreux avaient presque l'air vivant. Mircea a balayé la pièce du regard. Il avait l'air à la fois dégoûté et fasciné.

— Je n'ai qu'une chose à dire, a-t-il ajouté.

— Et c'est quoi ?

— *Yee haw*, a-t-il déclaré très sérieusement en se jetant sur moi comme un cow-boy capturant un veau.

Aussi rapide que l'éclair, il m'a plaquée au sol et je me suis retrouvée allongée sur le dos dans un tipi.

C'était parfaitement injuste. Quand j'étais fatiguée et décoiffée, je n'avais l'air de rien. Dans le même état, Mircea avait l'air d'une star du porno particulièrement élégante.

Ses cheveux en désordre donnaient une impression de sophistication, sa chemise déboutonnée laissait entrevoir son torse musclé et son pantalon de costume épousait amoureusement ses cuisses puissantes. Alors que moi, j'arborais un pauvre jogging froissé, dans lequel j'avais dormi et qui s'était récemment trouvé agrémenté d'une tache de pizza. Que je n'avais même pas réussi à manger, par-dessus le marché !

D'un autre côté, l'état de mes vêtements n'a pas posé problème très longtemps : je les ai perdus en deux temps trois mouvements. Mon pantalon de jogging a valsé dans les airs et fini sa course pendu à la tête de caribou, qui nous regardait d'un air libidineux. Très vite, Mircea a fait glisser ses mains chaudes le long de mon corps et m'a retiré mon tee-shirt. J'ai pris une bouffée d'air : je ne pensais pas que ça irait si vite. Mon corps était déjà parcouru de décharges électriques.

— Vous êtes censé être fatigué !

— Je suis fatigué. C'est la raison pour laquelle je ne vous réprimande pas pour avoir failli me faire mourir d'une crise cardiaque.

Mon tee-shirt a suivi la même trajectoire que le pantalon. L'intérêt, c'était que les yeux glauques du caribou étaient couverts. Contrairement à moi.

— Les vampires ne meurent pas de crise cardiaque.

Mircea m'a gratifiée d'un haussement de sourcil jovial tout en enlevant ma culotte.

— Tant mieux.

J'ai ouvert la bouche pour répliquer mais il m'a caressé le visage des mains, puis ses lèvres sont venues se poser sur les miennes. Il m'a embrassée passionnément, presque violemment. Et d'un seul coup, mon trait d'esprit s'est transformé en un gémissement pathétique venu du fond de ma gorge. Contrairement à ses habitudes, il n'a pas pris son temps pour me séduire. Son baiser était brûlant, humide et primitif.

— Nous savions que vous vous trouviez à l'intérieur de la MAGIC, m'a-t-il dit quelques secondes plus tard tandis que j'essayais de reprendre mon souffle. Mais, avec les interférences causées par la faille, nous ne savions pas si vous aviez réussi à vous enfuir à temps.

— Je ne suis pas restée très longtemps à l'intérieur, ai-je rétorqué en essayant de garder ma concentration.

— *Dulceață*, vous y êtes restée *deux heures*.

L'espace d'un instant, son masque est tombé. L'espace d'un instant, il a eu l'air… affamé. D'une façon que je n'arrivais pas à définir. Ce n'était pas le désir animal que j'avais discerné en lui à plusieurs reprises. Ça ressemblait plus à un état de manque. On aurait dit qu'un vide immense, impossible à combler, s'était creusé en lui pendant la journée.

J'avais tellement tripoté ses cheveux qu'ils étaient complètement emmêlés. J'y ai passé les doigts pour défaire les nœuds les plus voyants. Je me suis demandé s'il avait perdu des membres de son clan à la MAGIC. De fil en aiguille, je me suis souvenue que Radu avait des ennuis. Assez importants pour détourner Mircea de ses délicates négociations.

— Mircea… Est-ce que Radu…

— Radu va très bien. Il vous transmet ses meilleurs sentiments. (J'ai été parcourue d'une vague de soulagement.) Sa maison a souffert, mais ça lui donne une excuse pour refaire la décoration. Je crois qu'il a utilisé le terme « rococo ». (Il a jeté un coup d'œil à la tête de caribou et un léger sourire s'est dessiné sur ses lèvres.) On voit qu'il n'a pas encore visité cet endroit.

— Vous pensez vraiment qu'il l'aimerait ?

— Il apprécie l'ironie à sa juste valeur. Et il a un sens de l'absurde très affûté, m'a-t-il dit en enlevant sa chemise. Il serait sous le charme.

— Alors vous devriez peut-être demander à Casanova de la laisser en l'état.

— Ce sera fait, a chuchoté Mircea.

Un froissement de tissu et un bruit de braguette plus tard, sa jambe se glissait entre les miennes. Sentir sa peau nue m'a fait perdre la tête. Ses dents se sont enfoncées dans la chair tendre de mon cou et il a léché ma veine.

— *Dulceață*, « vite fait, bien fait », ça vous dit quelque chose ?

J'ai éclaté de rire. J'avais des centaines de raisons de ne pas être là. Mais aucune ne prévalait sur la seule et unique raison que j'avais d'y être. On était en vie. Tous les deux. Et tous les gens qu'on aimait aussi. C'était un miracle.

— Bien sûr. En revanche, je ne pensais pas que vous connaissiez le principe.

Mircea préférait les préliminaires longs et sensuels. Enfin, c'était la conclusion que j'avais tirée de mon expérience finalement assez limitée.

— Je connais même la pratique. Je serais ravi de vous en faire la…

Il s'est immobilisé d'un seul coup. Ses yeux se sont perdus dans le vide, comme toujours quand il communique à distance avec d'autres vampires. Je ne savais pas comment ça fonctionnait exactement, mais ils y arrivaient. C'était peut-être uniquement dû à leur ouïe particulièrement développée, mais ça m'aurait étonnée. Et je doutais aussi d'avoir imaginé sa voix lorsqu'il m'avait parlé à l'infirmerie.

Mircea a fermé les yeux et poussé un long soupir exaspéré.

— Cette guerre commence vraiment à devenir… gênante, a-t-il dit avant de descendre du lit.

— Qu'est-ce qui se passe ?

— On m'appelle, a-t-il répondu en ôtant le seul vêtement qui lui restait.

Il s'est dirigé vers la salle de bains. Sa voix avait un ton léger mais ses muscles étaient tendus.

Il est entré dans la douche, dont les portes étaient transparentes, et il ne s'est pas donné la peine de fermer la porte de la salle de bains. L'eau a transformé ses cheveux en une cascade de soie noire, qui a épousé aussitôt la forme de son crâne. Très vite, ses hautes arcades sourcilières et ses cils sombres ont été trempés à leur tour, et les gouttes ont dégouliné le long de ses joues avant de mouiller ses lèvres. D'autres minuscules rigoles ont formé des zébrures fascinantes sur ses épaules et son torse, avant de lécher les muscles fermes de son ventre et de ses cuisses, pour enfin s'abattre à ses pieds.

Au bout d'une minute, la vapeur m'a voilé la vue. Mais je me suis approchée de la porte coulissante, non sans m'envelopper d'un drap, et j'y ai passé la main pour essuyer le verre à hauteur de ses yeux.

— Quand avez-vous pris des vacances pour la dernière fois ?

— Aujourd'hui. J'étais dispensé de mes devoirs pour m'occuper d'une affaire de famille. Mais la catastrophe m'a rappelé plus tôt que prévu.

— Je parle d'un jour de *congé*, Mircea. Pas d'un jour où vous faites autre chose.

— Les sénateurs ne sont pas assez nombreux et il y a trop de choses à faire pour nous payer le luxe d'avoir des loisirs, *dulceață*.

Il s'est éloigné du jet d'eau pour s'enduire de gel douche. Il s'est tourné pour attraper le gant de toilette posé sur un petit banc, au coin de la douche, et le mouvement a provoqué une petite cascade le long de sa colonne vertébrale. L'eau a rebondi sur les muscles tendus de ses fesses. J'avais la bouche sèche.

Il a interrompu son geste pour me décocher un sourire furtif.

— Voulez-vous me laver le dos ? a-t-il demandé d'un ton innocent.

J'ai humecté mes lèvres mais je n'ai pas bougé d'un pouce.

— Peut-être. Si vous dites à la Consule qu'il n'y a pas le feu au lac.

Il a haussé un sourcil trempé.

— Dois-je vous citer ?

— Ne vous gênez pas : elle me doit une faveur.

Il n'a pas répondu tout de suite. Il s'est contenté de verser du gel douche sur son gant de toilette et de commencer à le passer langoureusement sur son corps. Je savais très bien ce qu'il avait en tête. Mais mes yeux n'ont pas tenu compte des instructions de mon cerveau : ils ne se sont pas détournés. Ils ont suivi à la trace ce gant de toilette veinard qui parcourait ses bras et son torse élégants, puis la peau satinée de l'intérieur de ses cuisses, et enfin son aine, jusqu'à un endroit encore plus intéressant.

Avant de me rendre compte de ce que je faisais, j'avais ouvert la porte et glissé un pied dans la douche.

— Je ne pense pas qu'elle conçoive votre collaboration comme une faveur, a-t-il dit en esquissant un petit sourire satisfait.

Je lui ai décoché un regard noir et j'ai retiré mon pied de la douche.

— C'est bien ça le problème. Il faut qu'elle comprenne que je ne suis pas son chien.

— Personne ne vous considère de la sorte, a-t-il dit d'un ton apaisant.

Il s'est interrompu pour rincer la mousse de son corps fascinant.

— Arrêtez de me traiter avec condescendance, Mircea.

— Je n'oserais jamais.

Ça ne faisait aucun doute : c'était bien un sourire satisfait. Il trouvait peut-être son petit jeu malin.

J'allais lui montrer qui était le plus malin des deux.

Me débarrassant du drap que j'ai laissé tomber sur le banc, je me suis campée devant lui et j'ai passé en revue, très lentement, la gamme impressionnante de produits de beauté.

— Que faites-vous ? a-t-il demandé en plissant les yeux.

— Vous m'avez lavé les cheveux. Je vais laver les vôtres par souci d'équité.

J'ai tendu le bras pour attraper le shampoing, non sans lui effleurer délibérément la joue avec ma poitrine. J'ai posé un genou sur le banc et je me suis mise à lui enduire les cheveux de produit tout en lui faisant écarter les jambes pour pouvoir me tenir près de lui. J'ai dû effleurer autre chose dans le processus. Il s'est contenté de me regarder sans rien dire mais j'ai vu quelque chose briller dans ses yeux. Quelque chose d'animal, d'amusé et d'avide.

— La Consule me traite comme si j'étais un de ses vampires, ai-je dit en lui massant le cuir chevelu à travers la mousse. Elle me donne des ordres et elle pense que je vais l'aider à atteindre des objectifs qu'elle ne se fatigue jamais à m'expliquer. Par exemple, aujourd'hui, j'ai fait sortir de prison un type dont je ne connais même pas le nom !

— Vous avez fait sortir un certain nombre de gens de prison.

Il a posé ses mains sur mes hanches et s'est mis à les caresser lentement avec les pouces.

— Ce n'est pas la question ! Je suis son alliée : pas sa servante. Il faut qu'elle arrive à le comprendre. (J'ai pris le pommeau de douche et je me suis serrée contre lui pour le rincer.) Et elle n'est pas la seule.

— Je ne vous ai jamais considérée comme une servante, *dulceață*.

— Pourtant, vous ne m'expliquez jamais rien.

Je l'ai encore effleuré délibérément, de manière plus insistante, cette fois. Son sourire satisfait s'est effacé. J'ai souri à mon tour.

— En un mois, vous avez vécu beaucoup de choses. Une personne moins solide que vous se serait déjà effondrée. Vous avez suffisamment de problèmes comme ça.

— Vous ne croyez pas que c'est à moi d'en décider ?

— Il devient pressant que nous en discutions, a-t-il dit. Sa respiration s'est accélérée.

— Je croyais que vous n'aviez pas le temps.

— Si vous continuez, j'en aurai encore moins.

— Si je continue quoi ? ai-je demandé tout en me frottant doucement à lui pour l'émoustiller.

Il a pris sa respiration et s'est jeté sur moi si rapidement que je ne l'ai pas vu se déplacer. Je ne sais pas comment ça s'est produit mais je me suis retrouvée plaquée contre la cloison mouillée de la douche, avec des bulles partout et Mircea entre les jambes. Il a fait glisser ses mains pleines de savon derrière mes hanches, et il m'a attirée à lui. J'ai à peine eu le temps de voir ses yeux couleur d'ambre étinceler et s'assombrir de désir. Il s'est pressé contre moi de tout son poids avant de me pénétrer profondément, avec violence.

J'ai poussé un gémissement de surprise mais mon corps s'est aussitôt adapté à sa présence. Je me suis entendue lui hurler des encouragements. « Plus fort », « Encore », « Plus vite ». À chacun de ses mouvements, des ondes de plaisir se propageaient le long de ma colonne vertébrale et me ramollissaient les muscles. Ça me rendait folle. Instinctivement, mes mains se sont mises à parcourir les longs muscles fins de son dos. Et mes ongles à lui griffer doucement les fesses. Soudain, la pièce n'était plus qu'un nuage de vapeur vacillant comme une brume de chaleur sur l'asphalte.

Je gardais les yeux obstinément ouverts. Je n'avais pas envie d'en perdre une miette. Mais au bout d'un moment, la sensation de ses mouvements à l'intérieur de moi, combinée à celle de l'eau dégoulinant le long de son torse avant de m'éclabousser, est devenue presque insupportable. Tout s'est mélangé : sa chaleur ; mon envie de lui ; les mots qu'il chuchotait contre ma chair comme une caresse ; ses mains ; sa bouche qui me disait tout son désir en braille, contre ma peau trempée. C'était trop. J'ai dû fermer les yeux. Il me savourait, il me dévorait. Il me possédait.

Il m'a enlacée de ses bras puissants et s'est littéralement accroché à moi. Son rythme est devenu plus erratique. Il a promené ses mains dégoulinantes d'eau sur mon visage, sur mes seins, sur mes hanches. Ensuite, il a inspiré entre ses dents, il s'est incliné d'une certaine façon et c'est devenu parfait. Le monde s'est couvert d'un voile blanc et tout mon corps s'est transformé en une seule et unique zone de plaisir. L'orgasme m'a parcourue de part en part, si intense qu'il m'a laissée toute tremblante. Les yeux rivés sur le plafond, j'ai éclaté de rire tandis que Mircea faisait ses derniers va-et-vient frénétiques.

C'est à ce moment qu'on a cogné à la porte.

Mircea a égrené un chapelet de jurons roumains à voix basse. Il a penché la tête vers mon cou. Ses cheveux trempés tombaient en cascade sur mes seins. Au bout d'un moment, il a attrapé une serviette et m'en a enveloppée. Je me suis adossée au mur. J'avais les jambes en coton et le souffle court. Il a ouvert violemment la porte.

— Oui ?

Un de ses maîtres, le visage impassible, se tenait sur le seuil. Son fort sentiment de désapprobation lui suintait par les pores de la peau.

— La Consule souhaite savoir si vous avez bien eu son message, a-t-il maugréé.

— Dites-lui que j'arriverai sous peu, a-t-il répliqué en lui fermant la porte au nez.

— Marco m'a dit que ce n'était pas une façon de se comporter avec les vieux maîtres, l'ai-je informé tandis qu'il s'essuyait avec des gestes vifs, presque furieux.

— Vous ne devriez pas prendre les conseils de Marco au pied de la lettre. Il fait partie de ces gens dont il vous a parlé : il a atteint la limite de son pouvoir. Et je crois qu'il a quelques problèmes à l'accepter.

— Ça ne peut pas faire de mal d'être poli.

— De toute évidence, vous ne connaissez pas encore mon clan : je vous assure que ce sont eux qui me terrorisent. Pas l'inverse.

Mircea est rentré dans la chambre et s'est mis à s'habiller, sans aucune grâce pour une fois. Je l'ai suivi et je me suis assise dans le tipi.

— Vous en avez pour longtemps ?

— Au moins quelques heures. (Il s'est interrompu pour m'embrasser furtivement.) Dormez un peu.

— Je vais essayer.

J'étais épuisée mais c'était comme si mon cerveau ne savait plus comment se débrancher. Dès que l'effet des endorphines se serait estompé, je me retrouverais probablement parfaitement réveillée, les yeux rivés sur le plafond, à passer en revue toutes les horreurs de ma vie. Ce n'était pas très réjouissant.

— Souhaitez-vous que je vous aide ? a-t-il demandé en s'asseyant à côté de moi.

J'ai hoché la tête. J'étais prête à tout pour éviter de voir défiler en boucle les événements de la journée, ou Rafe à l'agonie... Mircea m'a enlacée et une vague de sérénité m'a envahie. C'était mieux qu'une drogue. Je ne pensais pas que ça allait marcher si vite. J'avais des milliers de questions. De choses dont j'avais envie de parler. Mais j'ai tout oublié.

Le sommeil annihilait ma conscience. Mon corps était lourd et inerte. Impossible d'ouvrir les yeux.

— C'est fini. Tout le monde va bien, l'ai-je entendu murmurer. (Soudain, il m'a serrée plus fort.) Vous allez bien.

Je ne savais pas ce qu'il voulait dire. Je sombrais. D'une main, Mircea me caressait lentement la colonne vertébrale, de l'autre, il retenait ma nuque. J'ai soupiré et je me suis laissée entraîner dans les profondeurs du sommeil.

Chapitre 15

Quand je me suis réveillée, j'étais menottée au lit.

— C'est quoi, ce bordel ?

Mircea était debout devant le miroir, en train de boutonner une de ses chemises indécemment chères. Celle-ci était amidonnée et dotée de poignets à revers fermés par des boutons de manchette discrets. La cravate qu'il a passée nonchalamment autour de son col avait un reflet doré mettant parfaitement en valeur les étincelles de ses yeux. Je l'ai fusillé du regard.

— J'ai enfin trouvé une façon de m'assurer que vous serez encore là à mon retour, a-t-il susurré.

— Ce n'est pas drôle, lui ai-je dit en tirant en vain sur la menotte.

C'est un peu difficile de rester digne quand on est nue, qu'on a les cheveux dans les yeux et qu'on est attachée dans un tipi tout pourri. Mais j'allais quand même essayer.

— Je ne plaisante pas, Mircea ! Relâchez-moi !

Il m'a décoché un léger sourire dans le miroir. Je détestais quand il faisait ça.

— Dans ce cas, passons un marché, a-t-il dit en s'approchant du lit.

— Je ne veux pas passer un marché ! Je veux que vous m'enleviez ces menottes !

Il m'a ignorée.

— Je dois me rendre dans l'État de Washington pendant une courte période, par ordre du Sénat. Je serai de retour demain, tard dans la nuit. Ou après-demain dès l'aube. Je veux être certain que vous serez hors de danger en mon absence.

J'ai poussé un soupir agacé.

— Mais qu'est-ce que vous imaginez ? Je ne peux rien faire ! Mon pouvoir est HS, je me fais du souci pour Rafe et en plus, au cas où vous ne l'auriez pas remarqué, je n'ai pas de vêtements !

— Vos affaires sont là-bas.

Il a désigné deux valises Louis Vuitton assorties, sur le sol de la salle de bains. Ce n'était pas trop son style, mais je m'étais dit que c'étaient les siennes. En fait, c'était sûrement Sal qui les avait achetées pour essayer de me rendre plus chic et moins gênante.

— Et j'estime qu'il serait sage de vous reposer une bonne journée avant de rencontrer le Cercle, a-t-il ajouté.

— Je suis complètement d'accord avec vous ! Laissez-moi partir !

— Ai-je votre parole que vous resterez bien sagement ici en attendant mon retour, pour vous reposer et tenir compagnie à Raphaël ?

— En fait, je pensais aller faire du shopping.

— Du moment que vous emmenez Marco avec vous.

Il a ôté une carte de crédit de son portefeuille et me l'a tendue. C'était une American Express Platinum avec mon nom dessus. Je pouvais sûrement m'acheter une maison avec sans que ça l'embête le moins du monde. Mais je n'avais pas besoin de maison : j'avais déjà une magnifique cage dorée.

— Je ne veux pas de votre argent, Mircea. Je veux qu'on parle de ça.

J'ai secoué la menotte contre les barreaux du lit. Le cliquetis métallique faisait écho à mon humeur.

— J'aimerais qu'on arrive à bien se comprendre.

— Je suis d'accord, a-t-il dit, tout miel. Vous devez comprendre que vous vous trouvez sur la ligne de mire.

— J'ai passé toute ma vie sur la ligne de mire !

— Maintenant, c'est différent, a-t-il rétorqué énergiquement.

— Et la Consule ? Vous ne l'enfermez pas, elle !

— Je pense que Kit aimerait essayer.

— Il l'a mise sur écoute, elle aussi ?

— Sur écoute ? a-t-il répété.

Il avait l'air perdu.

— Le sort de pistage. Pritkin m'a dit que Marlowe m'en avait lancé un. Et vous aussi !

— Comme c'est prévenant de sa part.

— Je veux que vous l'enleviez.

— Kit s'inquiète pour votre sécurité.

— Je ne lui fais pas confiance.

— Mais vous faites confiance au mage ? a-t-il demandé avec un sourire qui n'avait rien de sympathique.

— Plus qu'à Marlowe !

— Vous ne savez rien de lui, a dit Mircea d'un ton nettement acerbe. Personne ne sait rien de lui. D'après les archives du Cercle, il serait né à Manchester en 1920. Mais bizarrement, la preuve de sa naissance a été détruite lors d'un bombardement, et…

— Vous avez enquêté sur lui ?

— … et bien sûr, il y a ce petit détail troublant : nous l'avons rencontré à Paris près de cent quarante ans avant la date supposée de sa venue au monde.

Mince. J'avais espéré que Mircea n'aurait pas reconnu Pritkin lors de notre dernier voyage dans le temps. Ça avait été une sacrée expédition, et Pritkin était beaucoup plus jeune : il n'avait pas tout à fait le même air. Malheureusement, les vampires sont perspicaces. Surtout Mircea.

— Les archives du Cercle ont dû se tromper.

— Les archives du Cercle se trompent rarement. Et, même si c'était le cas, un mage âgé de deux cents ans n'aurait jamais l'apparence d'un si jeune homme...

— Un charme pourrait très bien...

— ... ni sa vigueur ! Je commence à me demander si Pritkin est bien son véritable nom !

Je n'ai rien dit. Pritkin et moi, on s'appelait enfin par nos prénoms. Enfin, en tout cas, il s'était mis à m'appeler Cassie. La réciproque n'était pas vraie. Pour la bonne raison que Mircea avait vu juste : il ne s'appelait pas John. C'était un pseudonyme qu'il utilisait à notre époque pour dissimuler le fait qu'il n'avait jamais été un mage guerrier lambda. Même quand il faisait encore partie du Cercle. Pritkin aussi n'était qu'un pseudonyme, d'ailleurs. Mais je le trouvais plus approprié. Peut-être parce qu'on me l'avait présenté sous cette identité, mais surtout parce que c'était inconcevable que je l'appelle par son vrai nom.

Même de nos jours, les gens ont tendance à se retourner quand ils entendent « Merlin ». Surtout au sein de la communauté surnaturelle.

Toutes les sociétés ont leurs héros. Et, pour son malheur, Pritkin était l'un des nôtres. Certes, les vieilles légendes étaient presque entièrement fantaisistes. Certes, la réalité avait été bien plus sinistre. Certes, un auteur médiéval avait même changé son nom pour éviter l'imprononçable Myrdden. N'empêche que c'était un mythe. Et les mythes, ça ne courait pas les rues.

Si la véritable identité de Pritkin était révélée au grand jour, ça révolutionnerait le milieu magique. Et il aurait à peu près tout le monde aux basques. Les mages des Ténèbres auraient envie de s'accaparer son pouvoir et ceux des Lumières voudraient se faire prendre en photo avec lui. Pour une personne aussi pudique et solitaire que Pritkin, ce serait l'enfer.

Mircea m'observait avec insistance en me montrant bien qu'il me suspectait d'en savoir plus et qu'il était furieux que je lui cache des choses. Comme s'il n'avait pas ses petits secrets !

— On ne peut pas lui faire confiance, a-t-il conclu d'une voix blanche, quand il a enfin compris que la mémoire n'allait pas me revenir d'un seul coup.

— Pritkin ne m'a jamais menottée à un lit, Mircea ! lui ai-je rappelé. Donc, pour le moment, c'est lui qui arrive en tête, dans la catégorie « confiance ».

Il s'apprêtait à répliquer mais il a regardé sa montre en soupirant.

— Si je vous ai menottée, c'est uniquement pour avoir toute votre attention. Pour quelqu'un doté d'un pouvoir tel que le vôtre, s'en défaire est d'une simplicité enfantine, lorsqu'on sait comment s'y prendre. Mais vous devez me promettre de faire plus attention. Restez ici. Et ne sortez qu'accompagnée de gardes du corps. Au moins deux. Et ne luttez pas contre le sort de pistage de Kit.

— C'est un espion ! Vous ne croyez quand même pas qu'il se sera contenté d'un sort de pistage tout simple !

Il a haussé un sourcil.

— Qu'avez-vous peur qu'il découvre, *dulceață* ?

— Vous savez pertinemment que ce n'est pas ça, le problème ! Pendant toute mon enfance, j'ai été suivie à la trace par les hommes de main de Tony.

— Et vous n'aimiez pas ça.

— Bien sûr que je n'aimais pas ça !

— C'est la différence entre nous, m'a-t-il dit avec sincérité. Moi aussi, j'ai fait l'objet d'attentions de ce genre, lorsque j'étais jeune. Dès ma naissance, j'ai été la cible des factions rivales de notre famille, des nobles jaloux et des envahisseurs. Je n'étais qu'un pion dans un jeu politique menaçant chaque instant de me détruire et d'anéantir ceux que j'aimais. J'ai très vite appris que ma sécurité était plus précieuse que mon intimité.

Je l'ai regardé, les yeux écarquillés. J'avais rarement vu Mircea aussi sérieux. Même sur son lit de mort, il arriverait à faire une blague. À supposer qu'il soit jamais sur son lit de mort. Pourtant, à cet instant, son visage ne trahissait aucun signe de bonne humeur.

— N'empêche que je veux sortir.

— Ça peut s'arranger. (Il s'est penché sur moi et m'a embrassée avec fougue.) Me donnez-vous votre parole ?

J'ai soupiré.

— Oui ! Et maintenant, si ça ne vous dérange pas trop…

Il m'a scrutée des pieds à la tête. L'inquiétude se lisait dans ses yeux mais il a quand même ouvert les menottes.

— Dommage, a-t-il dit avant de prendre sa veste et de partir.

J'ai passé le reste de la matinée à faire des tours de bassin dans la piscine pour éviter le bataillon de maîtres postés à l'intérieur de la suite. Au cours de la journée, un flot incessant de vampires aux pupilles dorées, venus tout droit des quartiers de Mircea, dans l'État de Washington, a remplacé le personnel d'Alphonse. Les plus curieux m'ont observée de derrière les vitres du salon, mais aucun n'a été assez courageux pour braver le soleil et venir me dire bonjour.

Je ne suis rentrée dans l'appartement qu'au moment où Sal est revenue de son shopping. Je l'ai aidée à transporter jusqu'à ma chambre une bonne dizaine de paquets, dont un certain nombre étaient estampillés « Augustin ». Ses paquets bleu et argent étaient sa marque de fabrique. Ils étaient devenus presque aussi célèbres que leurs contenus. Sal a posé le plus grand à plat sur le lit et nous l'avons regardé épater la galerie. Il s'est déplié spontanément avant de former un origami en forme de dragon, doté de minuscules ailes parfaitement inutiles et de flammes argentées jaillissant de sa bouche.

Il s'est dandiné jusqu'au bord du lit et a basculé par terre. Sal a déballé ce que j'avais tout d'abord pris pour un sac de bure.

— C'est pour toi. Ça t'aidera à résoudre tes petits soucis de garde-robe.

J'ai regardé le vêtement avec méfiance.

— Augustin est au courant que tu l'as acheté pour moi ?

Elle a souri avec malice.

— Inquiète ?

— Un peu.

J'avais déjà assez de problèmes comme ça. Je n'avais pas besoin que ma peau devienne bleue. Dieu sait ce qu'il avait imaginé, cette fois !

— Relax : il croit que c'est pour moi.

— Et tu penses que ça va m'aller ?

Sal mesure huit centimètres de plus que moi et elle est carrossée comme Marylin Monroe.

— Essaie, m'a-t-elle ordonné. C'est nouveau.

Ça n'en avait pas l'air. On aurait plutôt dit un vieux machin : un ensemble sans charme constitué d'une espèce de petite robe à bretelles assortie d'une veste, le tout taillé dans un tissu marron grossier. Mais c'est l'intention qui compte. Je l'ai enfilé sur mon maillot et je me suis tournée pour faire face au miroir.

J'ai cligné plusieurs fois des yeux : je n'en revenais pas. D'un seul coup, je portais une petite tunique bleu marine assortie à une des bandes de mon maillot. Elle était en mailles et dotée d'un col cordon. Le bas était lâche et assez court. C'était vraiment mignon.

— Ça s'appelle un « tout-en-un », m'a dit Sal en ouvrant d'autres paquets.

Un lion en origami a marché gracieusement jusqu'au bord du lit, avant de bondir au sol. Il a été suivi très vite par un aigle en papier, qui a déplié ses ailes gigantesques avant d'aller se jucher sur la commode.

— Je ne comprends pas, lui ai-je dit en regardant le dragon sortir de sous le lit avec un mouton de poussière dans la gueule.

— Le principe, c'est que ça se transforme en fonction des besoins. On peut passer du travail au shopping et du shopping au dîner sans se changer. (Elle a palpé le tissu de la tunique entre ses doigts et froncé les sourcils.) Je croyais qu'il utilisait une espèce de charme, mais le tissu a vraiment l'air d'être différent.

— C'est cool, lui ai-je dit. (Je me suis mordu les lèvres). Mais ça a dû coûter un max.

Elle m'avait déjà acheté plusieurs tenues, et aucune n'avait l'air bon marché. Ce n'était pas comme si je pouvais lui rendre la pareille. J'imagine que la Pythie devait recevoir une espèce de salaire, mais bizarrement je n'avais pas encore vu passer la fiche de paie. Et la carte rutilante de Mircea se trouvait encore sur la commode, comme il se devait.

— On doit se serrer les coudes, entre ploucs, a-t-elle rétorqué. Surtout ici.

Elle a lancé un coup d'œil mauvais en direction de la porte. Je n'ai d'abord vu personne, mais j'ai fini par remarquer le bout d'un pantalon tiré à quatre épingles dépasser de l'encadrement. Un des maîtres de Mircea faisait les cent pas dans le couloir.

Il n'était pas venu écouter aux portes : il était parfaitement capable de tout entendre de l'autre bout de la suite. Il avait délibérément montré sa jambe pour qu'on remarque sa présence. Pourquoi tenait-il autant à ce qu'on sache qu'il était là ? Aucune idée. Mais j'ai senti le sang me monter au visage et mon rythme cardiaque s'accélérer. Ça ne dérangeait peut-être pas Mircea d'avoir des gens dans les pattes toute la journée, mais moi, je n'avais pas cinq siècles d'entraînement derrière moi. Et ça commençait sérieusement à me pomper l'air.

Je me suis dirigée vers la porte d'un pas lourd et j'ai passé la tête par l'embrasure. Je l'ai aussitôt regretté. C'était Nicu. Le seul maître avec lequel je m'étais pris le bec. Forcément.

— Oui ? Que puis-je faire pour vous ? ai-je demandé.

Il a soutenu mon regard de ses yeux froids et dorés. Cette fois, il n'a pas essayé de m'hypnotiser.

— Vous appartenez au maître, a-t-il répondu.

Il n'a pas développé.

Je n'avais pas envie de discuter de ma vie affective avec un type que je connaissais à peine. En plus, ce n'était sûrement pas ce qu'il voulait. Du point de vue de Nicu, j'appartenais à Mircea parce que Mircea le lui avait dit. Point. Mes sentiments n'avaient aucune importance.

J'ai soupiré.

— Et ?

— Votre garde du corps n'est pas là, a-t-il dit d'un ton désapprobateur.

— Marco ne commence son service qu'au coucher du soleil.

Je ne voyais vraiment pas où il voulait en venir. Mais il ne voulait peut-être en venir nulle part : c'était peut-être la façon dont les vieux maîtres faisaient la causette.

— D'ici là, je ne compte pas sortir.

— Je vous protégerai jusqu'à ce qu'il arrive.

J'ai essayé de me souvenir de la leçon de Marco : j'ai été diplomate.

— Super. Je suis touchée. Mais, euh… Il n'y a personne d'autre que les hommes de Mircea, ici. Je ne crois pas…

— Pas seulement, m'a-t-il interrompue.

Apparemment, la théorie de Marco sur la politesse ne marchait que dans un sens.

— Comment ça ?

— Vous êtes seule dans une chambre en compagnie de l'enfant du traître.

Je ne comprenais toujours pas. Sal nous a rejoints. Elle arborait un sourire glacial.

— Il parle de moi, Cassie. Vu que le crapaud visqueux a trahi son maître pour rallier les méchants, Alphonse et moi, on est suspects. C'est le cas de toute l'ancienne écurie de Tony, d'ailleurs.

— Mircea va la transformer dès qu'il en aura le temps ! ai-je dit à Nicu, hors de moi. Comme il l'a fait pour Rafe !

Mais je n'ai fait que gâcher ma salive. Nicu s'est contenté de croiser les bras, de s'adosser au mur et de river sur Sal ses yeux luisants comme des sous neufs. Apparemment, il avait dit ce qu'il avait à dire.

— Viens. (Sal m'a tirée par le bras et m'a éloignée de Nicu avant que je fasse une bêtise.) Tu ne veux pas voir ce que je me suis acheté ?

Une heure et demie plus tard, Sal tournait devant le gigantesque miroir mural, au milieu d'une ménagerie en papier en train de ramper, de déambuler et de crapahuter par terre. Sal avait retrouvé sa bonne humeur. Elle inspectait la minirobe en satin vieux rose qui épousait amoureusement ses formes. Je me suis dit que c'était une occasion à ne pas rater.

— Euh… Tu as des infos sur les sénateurs blessés au cours de la guerre ? ai-je demandé, l'air de rien.

— Il y a quatre morts et deux blessés, a répondu Sal succinctement, tout en ajustant le haut de sa robe qui la moulait déjà comme une seconde peau. Marlowe a l'air sorti d'affaire. C'est ce qu'il fait croire, en tout cas. J'ai entendu dire qu'il a reçu un coup de trop sur la tête et qu'il se la bande quand personne ne le voit. Mais c'est juste une rumeur. Pourquoi ?

J'ai haussé les épaules.

— Mircea m'a dit que le Sénat avait trop à faire à cause des pertes récentes. Je me demandais juste qui c'était. Il y a des femmes ?

— Seulement Ismatta. (Sal a déballé une parure en perles à trois niveaux et admiré l'effet qu'elle faisait avec la robe.) Elle s'est battue comme une lionne, même après avoir été décapitée. On raconte qu'elle a mis sa tête sous son aisselle et qu'elle a descendu deux types avant de tomber.

— Elle est morte, maintenant ?

— Non. C'est la seule à avoir survécu, avec Marlowe. Mais, avec une blessure comme ça, c'est dur de se remettre, même pour un maître de niveau un. D'après ce qu'on dit, elle serait retournée en Afrique pour se soigner. Il y a une espèce de chaman spécialisé dans ce genre de trucs.

— En Afrique ?

— Ouais. Me demande pas où. Elle a l'air éthiopienne.

Dans ce cas, Ismatta n'était pas la fille de la photo. Par conséquent, la jolie brune n'était pas sur son lit de mort et j'étais habilitée à interroger Mircea à son sujet. Bizarrement, je ne me sentais pas rassurée pour autant.

L'arrivée d'un petit homme grognon vêtu d'un costume froissé a sonné la fin de la récréation. Il portait un grand sac et arborait une moue encore plus grande. C'était le façonnier talismanique que Mircea m'avait promis. Apparemment, il venait tout juste de contribuer, avec ses collègues, à la mise aux normes sénatoriales des talismans du *Dante*, et il n'avait pas l'air ravi de faire des heures supplémentaires. Mais lorsqu'il a aperçu mon talisman, qui dépassait du maillot de bain, son expression a changé du tout au tout.

— Je vois. Je vois. (Il l'a effleuré avec déférence.) J'en ai entendu parler mais je ne pensais jamais le voir. Il est censé avoir disparu il y a des années.

Je n'avais pas envie de me lancer dans une explication interminable.

— Pouvez-vous le réparer ?

— J'aurais besoin de l'enlever, si vous m'y autorisez.

Après un temps d'hésitation, j'ai hoché la tête à contrecœur. Depuis que ma mère me l'avait transférée, lorsque j'étais enfant, il n'avait jamais quitté la surface de ma peau. Mais il ne me servait pas à grand-chose dans cet état.

Le mage a prononcé une incantation et j'ai senti un courant de chaleur suivre le tracé familier du motif appliqué sur mon dos. Sur la peau, les talismans magiques s'incrustent comme des tatouages. Mais, une fois extraits, ils ressemblent à de petits charmes en or, comme celui que l'homme tenait à présent dans sa main.

— Mmm. Voyons voir. (Il l'a examiné avec tout un attirail d'instruments bizarres.) Quand avez-vous commencé à remarquer les premières difficultés ?

— Après être sortie de la ligne tellurique.

— Non, en fait, c'est après que ce mage t'a attaquée, m'a rappelé Sal en nous rejoignant sur le canapé.

— Ah oui, c'est vrai. J'avais oublié.

Le mage a froncé les sourcils.

— Vous avez subi une attaque magique ?

— Deux. Enfin, plus ou moins : elles provenaient toutes les deux du même gars.

— Et après, tu t'es fait canarder par les talismans de la MAGIC, a ajouté Sal. Et tu as failli te faire dévorer. C'est bien dans ce sens-là ?

— C'était plus ou moins en même temps, en fait.

— Vous avez bien dit « dévorer » ? a interrogé le mage.

— Et après, il y a eu l'éboulement et l'accident de voiture, a renchéri Sal.

— Vous avez eu un accident de voiture ?

Le façonnier commençait à avoir l'air de se demander si on n'était pas en train de se moquer de lui.

— Oui, mais ça ne compte pas, lui ai-je dit. Le talisman avait l'air déglingué dès la première attaque.

— Laquelle ?

— L'attaque du mage ! ai-je précisé avec impatience.

Il a fermé les yeux et pris une grande bouffée d'air.

— Si j'ai bien compris, a-t-il dit au bout d'une minute, vous étiez dans une ligne tellurique. En en sortant, on vous a attaquée. Le talisman a tenu mais il était faible. Ensuite…

— Ensuite, on m'a encore attaquée et le talisman s'est cassé. Mais je crois que c'est à cause de la ligne.

— C'est peu probable. De toutes les choses qui vous sont arrivées, votre voyage en ligne tellurique est la dernière susceptible d'être responsable. Ce talisman est beaucoup plus puissant que les boucliers de la plupart des mages guerriers. Et même si…

— Vous ne comprenez pas. Je n'étais pas dans n'importe quelle ligne tellurique. J'étais dans celle qui s'est déchirée hier. Je me suis retrouvée au beau milieu d'une faille.

— Et votre talisman a tenu ? a-t-il demandé, incrédule.

— Ouais. Enfin, juste le temps que je sorte.

Il a tripoté mon talisman en marmonnant dans sa barbe.

— Vous avez beaucoup de chance, jeune femme, m'a-t-il dit au bout d'un moment. Aucun talisman n'aurait pu encaisser une attaque de cette magnitude. Si vous n'étiez pas parvenue à canaliser le pouvoir collectif du Cercle…

— Je n'ai rien canalisé du tout.

— Je vous assure que si.

Je commençais à me demander où Mircea avait dégotté ce mage.

— Et je vous dis que non, ai-je insisté, totalement hors de moi. Mon talisman a été conçu pour tirer son pouvoir du Cercle mais ce n'est plus le cas aujourd'hui. Ils ont coupé le cordon. À la place, un de mes amis l'a configuré pour qu'il tire son pouvoir de mon sacerdoce.

Le mage a rangé ses affaires dans sa grande sacoche de cuir.

— Eh bien, de toute évidence, votre ami ne savait pas ce qu'il faisait. Parce que je peux vous certifier que...

— Mon ami était un excellent façonnier ! l'ai-je interrompu avec hargne.

— Et sachez que je suis un maître façonnier fort d'une expérience de plus de soixante ans ! a-t-il aboyé. Et je vous dis que votre talisman est configuré pour tirer son pouvoir du Cercle d'argent. Il ne le fait pas dans l'immédiat, bien entendu : il a besoin d'une réparation. Mais il le faisait hier. Sinon, vous seriez morte.

Il a appuyé son propos en émettant un petit bruit sec.

— Vous pouvez le réparer ? est intervenue Sal.

— Ça prendra du temps. Et je ne peux rien faire ici. Je dois l'emporter...

Il s'est interrompu. Sal a refermé ses longs ongles – dorés, aujourd'hui – sur son poignet.

— Lâchez ça tout de suite.

Il s'est hérissé.

— Je vous assure, jeune femme...

— Ça fait un siècle que je ne suis plus jeune, mon chéri, a-t-elle dit en dévoilant ses crocs d'un blanc éclatant.

Il a pâli mais a très vite retrouvé sa contenance.

— Quoi qu'il en soit, je ne peux rien faire tant que ce talisman reste ici.

Sal m'a regardée.

— Tu tiens vraiment à ce que ce clown répare ton talisman ?

— Pas vraiment.

J'étais déchirée. D'un côté, je n'aimais pas ce type, et j'étais carrément sûre de ne pas vouloir qu'on m'enlève mon talisman : j'avais déjà l'impression que mon dos était nu et pas normal. Mais d'un autre côté, je n'aimais pas l'idée d'affronter le Cercle sans protection.

— Je m'en occupe, a décidé Sal en lui prenant le talisman des mains. (Elle l'a glissé dans son soutien-gorge et deux gardes à la mine patibulaire ont jeté le façonnier indigné dehors.) Mais ça prendra un certain temps. Est-ce que tu peux t'arranger pour ne pas courir de risques deux jours d'affilée ?

— Ça tombe bien : c'est exactement le temps qu'il me reste avant ma rencontre avec Saunders. Il faut vraiment que je le récupère avant.

— Je vais voir ce que je peux faire.

J'ai passé le reste de la journée dans la suite, à manger, dormir et rendre visite à Rafe toutes les vingt minutes. Jusqu'à ce que l'infirmier humain, qu'ils lui avaient assigné pendant la journée, commence à perdre patience. Je le comprenais. À la tombée de la nuit, j'avais tellement nagé que j'étais complètement dégoûtée de la piscine, je m'étais verni les ongles, j'avais mangé toute la glace du congélateur et j'avais joué vingt parties de poker avec Sal. J'avais perdu chaque fois, d'ailleurs.

Pourtant, Billy Joe était passé prendre une petite rasade et m'avait donné deux ou trois tuyaux gratuits. J'aurais mieux fait de ne pas l'écouter : il était coincé à l'âge de vingt-neuf ans pour le reste de sa vie spectrale parce que des cow-boys l'avaient surpris en train de tricher. Du coup, ils l'avaient fourré dans un sac et l'avaient jeté au fond du Mississippi.

Bref : quand le soleil s'est mis à flirter avec la ligne d'horizon, je m'ennuyais à mourir et j'avais de plus en plus de mal à ne pas penser à ma prochaine rencontre avec le Cercle.

La première fois, je m'y étais rendue de bonne foi, avec pour seule arme un bracelet dont ils n'avaient pas connaissance – Dieu merci –, mais l'idée de débarquer devant Saunders dans le même état *et* avec un talisman HS ne me disait rien qui vaille. J'avais besoin d'autres tours dans mon sac. Et ce n'était pas en restant cloîtrée que ça risquait d'arriver. Sans compter que mes gardes du corps commençaient vraiment à me courir sur les nerfs.

Peu avant le coucher du soleil, Marco a fait une entrée remarquée. Il avait sûrement voulu faire un peu d'esbroufe, parce que deux des gardes lui ont lancé un regard mauvais. D'un autre côté, ils n'avaient pas dormi de la journée.

— Je dois aller en mission shopping, lui ai-je dit.

— Comptez pas sur moi pour rester planté au rayon lingerie pendant que vous essayez des trucs, a-t-il annoncé de but en blanc.

— On va acheter des armes, ai-je expliqué en attrapant mon sac à main.

— Quel genre d'armes ?

— Des armes de bourrin.

Et, pour la toute première fois, j'ai vu Marco sourire.

Chapitre 16

— On ne voit pas ça tous les jours.

Je fouillais une énorme malle. Je n'ai pas pris la peine de lever les yeux. La remarque aurait pu s'appliquer à presque toute la marchandise de l'arrière-boutique du prêteur sur gages. Contrairement à la boutique même, qui exhibait au visiteur normal son lot de lecteurs DVD et de caméras, sans oublier ses tiroirs entiers de bijoux hétéroclites, la pièce de derrière était bondée d'objets destinés à la communauté surnaturelle de Las Vegas. Mais puisque la remarque provenait du propriétaire, je me suis dit qu'il devait parler des deux armoires à glace blasées qui faisaient les cent pas devant la porte.

Je leur ai lancé un regard noir. En guise de réponse, Marco a mimé un baiser.

Crétin, va.

Mais en un clin d'œil il était à côté de moi, et de sa grosse main il avait soulevé le vendeur par le col. Le vieil homme, dont les pieds gigotaient dans le vide, avait l'air terrifié et ses lunettes glissaient dangereusement de son nez épaté.

— Hé !

— Il a tendu la main vers vous, a dit Marco en ouvrant de force les doigts du vendeur.

Je ne sais pas ce qu'il pensait y trouver, mais il a eu l'air déçu de découvrir un petit mètre. Il n'a pas relâché le vendeur pour autant, et ce dernier commençait à virer au cramoisi.

— Ouais. Il voulait sûrement me mesurer jusqu'à ce que mort s'ensuive.

Apparemment, il fallait qu'on ait une petite discussion sur la différence de taille entre « protéger » et « jouer au con ». Marco n'a pas bougé d'un poil.

— Oh ! Marco ! Lâchez-le !

— C'est ça, oui. Et je vous ramène à Mircea sous le bras, toute transpercée de partout. Très bonne idée. Avec un peu de chance, il se contentera de me tuer.

— Vous êtes déjà mort.

— Ouais. Enfin… Y a « mort » et « mort », princesse, a-t-il dit d'un ton grave.

Mais il a quand même reposé le vieil homme sur ses jambes tremblantes.

— Je disais donc : on ne voit pas ça tous les jours, a repris le vendeur en rajustant ses vêtements. (Au bout d'un moment, j'ai compris qu'il parlait de la petite broche que Françoise tenait à la main.) Les pierres sont bleues lorsqu'elles sont inactives, mais elles deviennent orange lorsqu'on lance un sort malveillant à son propriétaire.

J'ai examiné l'objet en fronçant les sourcils. Ça corroborait ma théorie comme quoi les bijoux magiques avaient tous une chose en commun : leur extrême laideur. Mais Françoise a hoché lentement la tête, signe qu'il fonctionnait vraiment.

Je lui avais demandé de venir m'aider à expertiser la marchandise. Mais ce n'était pas la seule raison. Je n'avais pris que ma carte bleue et mon compte était à sec. C'était une question d'amour-propre et une façon de démontrer à Mircea que j'étais encore indépendante. Mais je n'avais pas un pouvoir d'achat démentiel. Et Françoise avait un don pour obtenir des ristournes.

— Est-ce qu'il peut contrer un enchantement ? ai-je demandé.

Je pouvais supporter sa laideur s'il m'offrait ce genre de protection.

—Malheureusement non. En revanche, il vous dira quelle formule a été utilisée. Et comme vous le savez, le plus compliqué, c'est d'identifier la formule. Ensuite, c'est un jeu d'enfant de la lever.

—Ce n'est pas ce que je cherche.

—Vous êtes sûre ? Parce que je crois bien que j'ai le collier qui va avec : il se met à luire quand la personne responsable du sort en question s'approche à moins de dix mètres de vous. Si vous prenez les deux, je vous fais un prix.

J'étais presque tentée de l'acheter, juste pour qu'il me fiche la paix. Il nous tournait autour depuis qu'on était entrées. C'était un peu la faute d'Augustin.

Apparemment, son « tout-en-un » s'était aperçu que j'étais partie en mission shopping et il avait pris la forme d'un tailleur-jupe très élégant qui avait convaincu le vendeur que j'allais lui rapporter une grosse somme.

—Merci. Mais je suis à la recherche d'une arme plus… offensive.

—Ah. Dans ce cas… (Il s'est rué sur un meuble en métal, contre le mur du fond.) J'ai exactement ce qu'il vous faut.

Marco s'est penché à mon oreille.

—Vous faites pas avoir, a-t-il chuchoté. Cet endroit a mauvaise réputation : il y a pas mal d'arnaques.

—Aucun risque.

La porte du meuble s'est ouverte brutalement, révélant des étagères bondées d'un bric-à-brac poussiéreux d'objets qui n'avaient pas l'air bien différents des marchandises exposées dans le reste du magasin. Il n'y avait rien qui ressemble à un pistolet, une grenade ou toute autre arme connue. Rien d'intéressant à première vue. Mais le vendeur souriait comme s'il venait d'ouvrir la caverne d'Ali Baba.

—Ah ! Ça, c'est une vraie trouvaille !

Il a sorti un bout de tissu noir de la taille d'un mouchoir de poche et l'a jeté en l'air. Au lieu de tomber, il s'est élevé dans les airs et s'est étendu. En l'espace de quelques secondes, il avait atteint la taille d'un drap et il ondulait comme une flaque de ténèbres. Il a flotté un certain moment… et il a plongé sur nous, nous privant de toute lumière.

J'ai entendu Marco jurer, mais ce n'était qu'un bruit indistinct plein de colère qui se réverbérait contre le néant nous enveloppant. Son timbre a changé entre le début et la fin de sa tirade. C'était comme si les sons ondulaient : tantôt ils s'estompaient pour devenir un simple chuchotement, tantôt ils enflaient jusqu'au cri. Parfois le changement était si rapide qu'il s'opérait sur un seul mot. Je n'avais aucun moyen de savoir si Marco était à côté de moi ou de l'autre côté de la pièce.

De toute façon, la voix enjouée du vendeur a couvert son réquisitoire. Elle avait l'air parfaitement normale.

— Mesdames et messieurs, le Suaire Obscur, a-t-il annoncé d'un ton théâtral. Une arme défensive doublée d'une arme offensive. Jetez-la sur vos ennemis et regardez-les s'emmêler les pinceaux tandis que vous les attaquez en toute impunité. Ou que vous vous esquivez discrètement.

Les ténèbres m'ont enveloppée comme une lourde couverture de laine mouillée. J'avais presque l'impression d'étouffer. Le peu d'air que j'arrivais à respirer était aussi épais que de la mélasse sur la langue et bizarrement poisseux dans la gorge, comme s'il restait collé quand je l'inhalais. Je ne suis pas claustrophobe mais, empêtrée dans l'étreinte gluante du Suaire, j'ai bien cru le devenir.

C'était sûrement très utile, mais c'était de la magie noire. Et je ne parle pas seulement de sa couleur. Je me suis frotté les bras, comme si j'avais pu essuyer cette noirceur pâteuse. En vain. J'ai dû faire des efforts monumentaux pour ne pas paniquer. Je me suis mordu les lèvres mais je sentais que je n'allais pas tarder à laisser échapper un cri.

— Magie noire, a marmonné Françoise.

Sa voix s'est répercutée partout. C'était très bizarre.

— Faites-nous sortir tout de suite ! a craché Marco.

Ses derniers mots ont été amplifiés à outrance par le suaire magique : j'ai cru que mes tympans allaient se déchirer. Mais une seconde plus tard quelqu'un a soulevé le Suaire de mon visage et, aussitôt, les ténèbres se sont dissipées. Je suis restée là, haletante, à plisser les yeux pour me protéger de la lumière soudain aveuglante de la boutique. J'ai laissé le temps à mes yeux de s'adapter tandis que Marco arrachait furieusement le Suaire des mains du vendeur.

— C'était censé être drôle ?

Apparemment, Marco n'avait pas aimé être privé de ses sens. Normalement, les yeux des vampires voient mieux la nuit que le jour, mais j'avais l'impression qu'il avait été aussi aveuglé que moi à l'intérieur.

— Toutes mes excuses, s'est empressé de lui dire le vendeur. Mais le Suaire est très ancien et très précieux. La plupart des gens n'en ont jamais entendu parler. De nos jours, on utilise simplement des sorts pour troubler les sens de ses adversaires. Mais il est facile de contrer un sort. Pour un objet comme celui-ci, il est plus simple de faire une démonstration que d'expliquer ses…

— Contentez-vous d'expliquer, l'ai-je interrompu.

Françoise a renchéri en hochant énergiquement la tête.

— Comme vous voudrez.

Il avait l'air déçu que sa démonstration n'ait pas eu l'effet escompté.

— C'est des trucs illégaux que vous vendez ? a demandé Marco.

— Je vous assure que mon stock est tout ce qu'il y a de plus légal, m'a certifié le vendeur en ignorant la remarque de Marco. Vous n'avez pas à vous préoccuper des autorités.

— Je ne me préoccupe jamais des autorités, ai-je maugréé.

L'autorité compétente en matière d'armes magiques, c'était le Cercle d'argent. Et on avait un lourd passé commun. Même si j'avais essayé, je n'aurais jamais réussi à aggraver mon cas.

Le vendeur m'a décoché un regard machiavélique contrastant bizarrement avec son visage de Père Noël.

— En revanche, nous avons quelques antiquités qui… comment dire ? Qui ne sont plus interdites de nos jours.

— Comme ?

Il avait peut-être un vieux bidule mystérieux dont le Cercle n'avait jamais entendu parler. Quelque chose d'assez rare et d'assez bizarre pour me donner l'avantage.

— J'ai un magnifique article, issu de la collection privée d'un… quel est le terme exact ? D'un aventurier.

Il m'a tendu une statuette blanc cassé, qui s'est révélée représenter une espèce de bouddha avec un sourire débonnaire. Le ventre bedonnant de la sculpture était zébré de minuscules craquelures légèrement plus sombres que le reste, qui était couleur ivoire.

— Daikoku. Un des sept dieux du bonheur au Japon !

— Et ?

— C'est un *netsuke*, a dit Marco en scrutant le petit objet. Je connaissais un type qui les collectionnait.

— Un quoi ?

Il a haussé les épaules.

— Les kimonos avaient pas de poches. Les Japonais d'avant se baladaient avec une écharpe autour de la taille pour pendre des sacs à main. Sauf qu'ils appelaient pas ça des sacs à main, parce que c'étaient des mecs, vous voyez ?

En tout cas, le *netsuke*, ça servait à attacher les deux machins ensemble : la ceinture et le sac.

— Ce n'est pas un *netsuke.* (Le vendeur a reniflé.) C'est vrai qu'il existe un certain nombre de *netsuke* représentant Daikoku, mais il ne s'agit que de vulgaires représentations.

— Et en quoi celui-ci est différent ?

— Celui-ci, c'est Daikoku en personne.

J'ai cligné des yeux.

— Ce truc est un dieu.

Le vendeur n'a pas apprécié le ton de ma voix.

— C'est une entité ancienne, a-t-il rectifié sèchement. Mais les paysans du Japon ancien ne savaient pas comment l'appeler.

— Et vous l'avez enfermé dans un placard ?

— Comment l'avez-vous obtenu ? a demandé Françoise.

À l'entendre, on aurait cru qu'elle allait l'acheter.

C'est sûrement ce que s'est dit le vendeur, d'ailleurs, parce que son visage s'est illuminé.

— Le soldat infortuné que je viens d'évoquer se l'était procuré il y a quelques années, à Fukushima, a-t-il expliqué. Je crois qu'il l'avait acquis aux dépens d'un autre voyageur. D'après la légende, si vous volez une statue de Daikoku à son précédent propriétaire, elle vous accorde un vœu. Du moment que vous n'êtes pas pris la main dans le sac. Cette tradition populaire très ancienne trouve sûrement son origine dans les histoires relatives aux exploits de la véritable statue.

— C'est comme un *génie* ?

Françoise regardait le petit objet avec intérêt.

— Exactement. Si ce n'est que les djinns ne sont pas réputés pour leur bienveillance. On fait difficilement pire dans le registre des contes et légendes. Si vous croisez un djinn enfermé quelque part, je vous recommande vivement de ne pas le libérer.

— Et on ne ferait pas mieux de laisser le Daikoku tranquille ? ai-je demandé avec méfiance.

— Oh, non, s'est empressé d'expliquer le vendeur. Il n'est pas du tout prisonnier. C'est simplement la forme qu'il emprunte pour mener à bien sa mission.

— Qui est ?

— D'apporter l'abondance, la richesse et le bonheur sur cette terre.

— Dans ce cas, pourquoi vous faites pas un vœu pour devenir riche ? a fait remarquer Marco fort justement.

Tous les yeux se sont rivés sur le vendeur.

— Euh… Eh bien… C'est-à-dire que Daikoku ne comprend pas toujours… Enfin, il faut être très explicite quand on formule sa requête. Il y a déjà eu un certain nombre de malentendus.

— Comme ?

Je ne m'y connaissais pas beaucoup en magie, mais je commençais à savoir qu'il y a *toujours* un piège.

— Eh bien, il exauce systématiquement votre vœu, mais pas forcément de la façon que vous auriez voulue. La personne qui m'a vendu cet objet en a fait l'expérience à ses dépens. Le précédent propriétaire de la statue avait engagé une troupe de mercenaires pour récupérer son bien. Ils ont traqué l'aventurier jusqu'à un village tibétain. Ils l'avaient encerclé et s'apprêtaient à l'intercepter lorsque l'homme, partant du principe que ça ne coûtait rien, a demandé à Daikoku de le sortir de là.

Le vendeur s'est interrompu. Il avait l'air légèrement mal à l'aise.

— Ça a marché ? ai-je demandé pour le relancer.

— Bien sûr que ça a marché ! D'une certaine façon. Il me l'a vendu. Ça veut dire qu'il a survécu, non ?

— Quel était le problème, alors ?

— Eh bien, voyez-vous, les mercenaires connaissaient l'apparence du voleur. Donc Daikoku s'est dit que la meilleure façon d'exaucer son vœu serait de le transformer. Mais il ne pouvait pas se contenter de lui lancer un charme : les hommes à ses trousses étaient tous des mages. Ils avaient le pouvoir de lever n'importe quel charme.

— Comment s'y est-il pris ? a interrogé Françoise en fronçant les sourcils.

— Eh bien, il ne l'a pas à proprement parler « déguisé ». Il l'a littéralement transformé. Étant donné que l'homme ne pouvait être découvert, sous peine de mort, il a procédé à une transformation… radicale.

— Ça veut dire quoi, « radicale » ?

— Il l'a transformé en femme, a avoué le vendeur en rougissant. En une vieille femme tibétaine, pour être précis. Et bien entendu, une fois que votre vœu est exaucé, vous n'avez aucun moyen de revenir en arrière. Il n'avait plus droit à aucun vœu et comme l'homme – enfin, l'ancien homme – n'avait pas spécifié ses conditions…

— Il était coincé ? a demandé Marco.

Il avait l'air horrifié.

— J'en ai bien peur.

— Et qu'y a-t-il de mal à être « coincé » dans le corps d'une femme ? a lancé Françoise. C'est mieux que de mourir, *non* ?

— Parlez pour vous ! (Marco a bombé le torse.) Il y a deux ou trois petites choses que je regretterais !

— Juste par curiosité : c'est combien ? ai-je demandé au vendeur.

J'avais besoin de connaître sa fourchette de tarifs. Si ce n'était pas dans mes prix, je n'allais pas perdre mon temps à négocier d'autres objets.

Il m'a annoncé un prix.

— Combien ? ai-je répété, bouche bée.

Je n'en revenais pas.

— Avec cette guerre, les prix ont augmenté de façon considérable, a-t-il rétorqué. Tout le monde veut être armé correctement.

J'ai soupiré en passant en revue tous ces artefacts que je ne pourrais jamais m'offrir.

— J'imagine que vous ne faites pas crédit ?

Il a haussé les épaules, le regard déjà rivé sur un autre client.

— Ma chère, sans vouloir vous offenser, à moins que vous ne soyez d'une puissance extraordinaire, les taux magiques étant ce qu'ils sont, ça vous prendrait des dizaines d'années de me rembourser.

Sur ce, il est parti d'un pas vif. Je n'ai pas eu le temps de lui demander ce qu'il voulait dire. Marco a surpris mon regard.

— N'y pensez même pas.

— Qu'est-ce que vous voulez dire ?

— Vous savez pertinemment ce que je veux dire. Une fois que ces sangsues vous ont mis le grappin dessus, c'est la dégringolade. Ils ont beau vous dire qu'ils ne prendront pas plus de 5 %, qu'ils respecteront je sais pas quel seuil légal, vous avez aucun moyen de vérifier. La plupart des gens s'aperçoivent pas qu'on leur pompe plus. Beaucoup plus. Sauf lorsqu'ils tombent dans les pommes. Et là, vous êtes obligée d'utiliser votre pouvoir pour vous battre, et « paf ! » Surprise : vous avez plus rien. Et vous êtes morte. Comme ça. Pour rien. Pour deux ou trois dollars.

— C'est vrai ! a renchéri le second garde du corps. (Encore un nouveau.) Une fois, je me suis battu avec un mage et il m'a dit que c'était pour ça que je l'avais battu. Bon, après, je l'aurais battu de toute façon mais bref. Il a dit qu'il était à plat parce qu'il s'était fait entuber par des roublards. Et il mentait pas. Niveau goût, c'était tout fade. Il avait zéro peps.

Je l'ai regardé, les yeux grands comme des soucoupes.

— Je veux dire : je suis sûr que si je l'avais goûté – ce que je n'ai *absolument* pas fait – il aurait eu un goût, enfin…

Marco l'a fait taire en lui plaquant une main sur l'épaule.

— Ne faites pas ça. OK ?

— Je ne sais même pas de quoi vous parlez, ai-je rétorqué avec agacement. Vous voulez dire qu'on peut faire des emprunts avec du pouvoir magique ?

— C'est l'idée. Vous mettez votre magie en gage pour un temps donné contre un certain montant. Vous en avez jamais entendu parler ? C'est bizarre : les gens font ça tout le temps. Enfin, les mages, je veux dire.

— Je croyais que seuls les mages des Ténèbres volaient la magie.

— Les prêteurs sur gages aussi. Ils pompent dès qu'ils peuvent. Mais ils prennent pas tout le pouvoir des gens. Ils prennent seulement un petit pourcentage. Et vu que vous êtes d'accord, c'est légal. C'est juste complètement stupide.

— Mais qui l'achète ? Et pour quoi faire ?

Marco a haussé les épaules.

— Pour plus de détails, demandez à un mage. Tout ce que je sais, c'est qu'ils sont censés respecter une durée et un taux maximum. Mais des fois, ils abusent. Je vous préviens : c'est dangereux. D'habitude, le Cercle surveille de près ce genre de choses, mais avec la guerre…

— J'ai compris.

Je savais que le Cercle n'avait déjà pas assez de mages guerriers pour patrouiller. Et en plus, à présent, ils envoyaient la plupart des nouvelles recrues au front. Ils étaient obligés de passer l'éponge sur tout un tas de petites choses, comme la supervision des prêteurs sur gages.

— Et bon sang, mam'zelle ! C'est pas comme si vous en aviez besoin ! a repris Marco. Le seigneur Mircea peut vous procurer assez d'argent de poche pour…

— Non. Il ne peut pas me donner d'argent de poche, ai-je rétorqué avec insistance.

— C'est pas comme s'il était avare. Et en plus, vous lui…

— Si vous prononcez le mot « appartenez », je vous jure que…

Le téléphone de Marco s'est mis à sonner, interrompant notre conversation.

— Désolé. Je peux pas vous aider, a-t-il dit d'un ton sec avant de raccrocher.

— C'était qui ?

— Personne.

— On aurait dit Casanova.

Le téléphone a sonné de plus belle, de plus en plus fort. Il l'a ressorti de sa poche et l'a éteint.

— Pas du tout, a-t-il affirmé en me regardant droit dans les yeux.

Mais ça ne voulait pas dire grand-chose.

Les vampires sont de très bons menteurs. Ils ne rougissent pas, n'ont pas de tics nerveux, ne transpirent pas… Bref, ils n'ont aucune des réactions qui trahissent les humains sous pression. Mais je savais très bien ce que son expression impassible dissimulait. En général, moins ils sont expressifs, plus ils cachent des choses. Et Marco était carrément impénétrable.

— Marco…

Je n'ai pas eu le temps de le traiter de menteur : Billy Joe a fait irruption.

— Le Cercle vient de rafler un tas de gamins, m'a-t-il balancé sans préambule. Je sais pas combien. Quand je suis parti, ils étaient encore en train de les mettre dehors. Casanova a essayé de t'appeler mais il t'a pas eue.

J'ai extrait le téléphone de la poche de Marco et j'ai rappelé le numéro.

— Hé !

— Ne commencez pas à la ramener ! lui ai-je lancé en le fusillant du regard.

J'en aurais bien rajouté une couche, mais Casanova a décroché à la première sonnerie.

— Qu'est-ce qui se passe ? ai-je demandé.

— C'est encore ces satanés gamins…, a-t-il commencé.

Mais quelqu'un lui a arraché le téléphone des mains. Même si je n'avais pas entendu sa voix, je savais d'office qui était à l'autre bout de la ligne. Je ne connaissais pas grand monde capable de couper la chique à un vampire avec un tel aplomb. C'était d'autant plus impressionnant qu'elle mesurait un mètre soixante et qu'elle était humaine.

— Ils ont pris Jesse, m'a aussitôt informée Tami. Le Cercle l'a enlevé, lui et d'autres gamins. Il y a à peine deux minutes. Casanova m'a dit qu'il n'avait pas le droit de s'en prendre aux mages à cause du traité, mais moi, je ne l'ai pas signé, leur satané traité. Je te jure que s'ils font du mal à Jesse, je le leur ferai payer. Ah, ils croient qu'ils sont en guerre ? Je leur montrerai ce que c'est qu'une guerre quand je…

— Où sont-ils partis ?

— Je ne sais pas ! (Elle pleurait. Je l'entendais au son de sa voix. Mais elle faisait bonne figure.) Ils ont pris le Strip Boulevard avec des limousines.

Le boulevard n'était qu'à deux pâtés de maison. S'il était aussi embouteillé que d'habitude, on arriverait peut-être à les rattraper.

— Tout va bien, Tami. On va…

— Explique-moi comment tout peut aller bien ?

— On va les ramener. Tu as ma parole.

J'ai entendu un silence éloquent à l'autre bout de la ligne. Je ne pouvais pas lui en vouloir. Je lui avais déjà donné ma parole. Je lui avais promis que les enfants seraient en sécurité au *Dante*. Et ils venaient de se faire kidnapper.

Je ne savais pas ce que le Cercle comptait faire d'une poignée de fugueurs, surtout au beau milieu d'une guerre, mais je pourrais toujours mener mon enquête plus tard. Dans l'immédiat, je devais les ramener.

— Je t'appelle dès que j'ai des nouvelles, ai-je ajouté.

J'ai rendu son téléphone à Marco.

— On y va !

Je me suis ruée sur la porte mais il m'a attrapée par le col de ma veste.

— On y va *où* ?

— On va chercher Jesse.

— Et comment on va s'y prendre ?

— Vous conduisez et je vous guide, lui ai-je dit.

— On m'a demandé de vous protéger, pas de me lancer dans une opération de sauvetage casse-gueule. Ces gamins, c'est pas mon problème. C'est vous, mon problème. Et l'idée, c'est pas de vous livrer au Cercle sur un plateau.

— Maintenant, si.

Il a froncé les paupières. Ses yeux noirs s'étaient réduits à deux étroites fentes.

— Pas moyen.

— Comment dire ? Je vais secourir ces gamins, que vous le vouliez ou non !

— Vous n'irez nulle part.

Françoise a brandi quelque chose de scintillant derrière la nuque de Marco. Les clés de voiture. Je n'ai pas essayé de comprendre comment elle s'y était prise pour dépouiller un vampire sans qu'il s'en aperçoive. Sans perdre une seconde, je me suis ruée sur la porte.

Marco m'a tirée en arrière mais Billy avait compris ce qui se passait et il s'était décidé à me donner un coup de main. Il a fait basculer le meuble rempli d'armes magiques, qui a heurté une commode vitrée, a penché sur la gauche, est resté en équilibre un long moment et a fini par se fracasser par terre. Son contenu s'est éparpillé au sol.

Certains objets sont restés inertes. Ils ont glissé ou roulé un peu avant de s'arrêter tous seuls. Mais des chaînes se sont mises à ramper comme un serpent métallique en direction du pote de Marco, balayant la poussière dans leur sillage. Le vamp a fait un bond en arrière mais la chaîne l'a poursuivi avec acharnement, et a fini par l'acculer derrière une caisse. Le vamp a émis un glapissement de surprise avant de disparaître.

Marco m'a fusillée du regard.

— Comment vous avez fait ?

Je n'ai pas eu le temps de répondre : le vendeur s'est rué sur nous. D'un seul coup, il est devenu tout blanc et s'est dépêché de battre en retraite. J'ai jeté un coup d'œil derrière Marco et j'ai aperçu ce qui ressemblait à un essaim d'insectes noirs s'échapper d'un bocal brisé. Un des insectes a volé jusqu'au plafonnier et l'ampoule a disparu.

Ça m'a pris une seconde pour comprendre qu'elle n'avait pas explosé : elle avait tout bonnement disparu. Une autre tache noire est tombée mollement sur une bouteille posée à côté de la caisse : l'objet s'est évanoui aussitôt, comme s'il était tombé au fond d'un puits. Ou d'un minitrou noir. Je commençais à penser qu'il s'agissait effectivement de minitrous noirs.

Partout, dans la boutique, des objets disparaissaient. Ou des parties d'objets, lorsque ces derniers étaient plus grands que les trous noirs. Ces petites calamités avaient toutes des tailles différentes mais, contrairement au Suaire, elles n'avaient pas l'air expansibles. Une des pales du ventilateur, au plafond, avait perdu un morceau ; un vieux miroir était criblé de petits cercles noirs ; et le sol en béton était percé de plusieurs trous ronds. J'ai examiné de plus près celui qui venait de s'ouvrir à mes pieds : il avait la taille d'une sous-tasse et je ne voyais rien de l'autre côté. Ni les fondations, ni la terre... Rien.

Marco m'a poussée vers la porte d'entrée du magasin et son pote a refait son apparition : les chaînes s'étaient enroulées autour de ses chevilles et le traînaient par terre. Un petit trou noir est tombé sur sa main gauche, qu'il agitait frénétiquement. Et, comme les objets de la boutique, elle a disparu aussitôt. Il n'y avait pas une goutte de sang. Mais pas de main non plus. On ne voyait plus que sa chair à vif et son os blanc, tranchés net comme si un emporte-pièce maléfique l'avait entamé.

Marco m'a lâchée pour s'emparer du vendeur, qui nous avait devancés et essayait de se faufiler par la porte.

— Qu'est-ce que c'est que ce bordel ? a-t-il grondé tandis que son ami se faisait transpercer de plus belle et devenait franchement hystérique.

— Ce n'est pas grave, a bafouillé le vendeur. Sa main n'a pas disparu : elle a juste été déplacée.

— Déplacée ?

— Ou... oui. C'est un peu comme une quarantaine : on l'a mise à l'écart.

— Où ça ?

— C'est un peu compliqué, a marmonné le vendeur en saisissant un magazine pour éloigner deux trous noirs se dirigeant vers nous.

Le courant d'air les a repoussés comme des bouts de papier. Ils ont virevolté l'un autour de l'autre et se sont retrouvés au milieu de la pièce, avant de se poser pile sur l'autre vamp.

Il n'a pas eu le temps de crier : un des trous, parfaitement circulaire, s'est posé sur sa bouche. Au-dessus de la blessure béante, on voyait encore scintiller ses molaires. L'une d'entre elles était dotée d'une couronne dorée. L'autre tache noire a dévoré une partie de sa poitrine. Elle a raté le cœur mais elle a creusé un trou béant au milieu de son torse. J'ai aperçu un bout de côte et une chose qui palpitait : sûrement son poumon. Il n'y avait pas eu la moindre goutte de sang. Aucun fluide d'aucune sorte n'a jailli de sa poitrine. On aurait dit qu'une partie de sa personne s'était éclipsée sans que son corps s'en aperçoive.

Mais ça n'avait pas l'air très agréable. Les yeux écarquillés, il nous a lancé un regard désespéré tandis que les chaînes l'entraînaient dans le meuble. La porte de l'armoire s'est refermée sur lui d'elle-même, avec un bruit sourd qui avait quelque chose de définitif.

Marco, le magazine dans une main et le vendeur dans l'autre, a poussé le malheureux jusqu'à l'arrière-boutique.

— Je vais vous expliquer ce qui va se passer, a-t-il dit en agitant le magazine pour éloigner les trous noirs. Vous allez le ramener. Tout de suite. Sinon, j'attrape ces machins et je vous les fais bouffer ! Compris ?

— Parfaitement. Naturellement, je serai obligé de vous facturer une modique somme pour...

La porte s'est refermée sur la réponse de Marco, qui comportait un certain nombre de suggestions anatomiquement improbables. Je ne pouvais pas faire grand-chose pour le partenaire de Marco, si ce n'est croiser les doigts pour que le vendeur tienne parole. En revanche, je pouvais aider les gamins. Françoise m'a fourré les clés dans la main et on est parties en courant.

Chapitre 17

La voiture de Marco était un utilitaire avec des vitres tellement teintées qu'elles étaient probablement illégales. Mais j'imagine qu'il vaut mieux enfreindre la loi que prendre feu. Vu l'heure, ça ne risquait pas de se produire. Le soleil était couché depuis un bon moment et la rue était entièrement plongée dans l'obscurité, à l'exception de l'enseigne lumineuse surplombant la boutique du prêteur sur gages.

On a démarré à grand renfort de crissements de pneus. C'était moi qui conduisais : Françoise n'avait pas vraiment l'habitude des voitures. Et elle n'aimait pas ça. Elle était assise à la place du mort et j'espérais qu'elle serait assez distraite par la vue qui défilait devant le pare-brise pour ne pas paniquer. Malheureusement, ses doigts étaient complètement crispés sur la boîte à gants. Je pouvais dire adieu à mes espérances. La routine, en somme.

J'avais un autre problème : je devais me concentrer sur la conduite tout en observant les voitures. Ça a l'air facile, comme ça, de repérer des limousines, mais sur le Strip Boulevard ce n'était pas exactement une denrée rare. Et j'avais oublié de demander à Tami de me les décrire. J'en étais donc réduite à essayer de localiser deux limousines à la suite l'une de l'autre. Malheureusement, tout le monde avait l'air de préférer rester en solo.

Quelques minutes plus tard, on s'est retrouvées coincées derrière une longue limousine noire qui venait de caler à un feu.

— Hé ! Quand c'est vert, ça veut dire qu'on peut passer ! ai-je hurlé en appuyant vigoureusement sur le Klaxon.

Les portières de la limousine se sont ouvertes mais personne n'est descendu. Des bras revêtus de manches noires sont apparus de chaque côté du véhicule pour les refermer. La limousine a avancé de quelques mètres, par à-coups, avant de s'arrêter au beau milieu d'un carrefour : ses portières venaient de s'ouvrir de nouveau. Cette fois, il ne s'agissait pas seulement des portes arrière, mais de toutes les cinq, y compris celle du coffre. Elles se sont mises à battre dans le vide. On aurait dit un corbeau disproportionné en train d'essayer de prendre son envol.

— C'est normal ? a demandé Françoise.

— Non.

Ces derniers temps, j'avais souvent été témoin du même phénomène. Une petite fille de la bande des Zonards, que ses parents avaient enfermée dans un réduit pour canaliser sa magie débridée en attendant qu'elle soit en âge d'intégrer son « école », avait acquis avec le temps un pouvoir répondant à son aversion pour les espaces clos. On en avait vu des vertes et des pas mûres au casino à cause d'elle : dès qu'Alice était dans les parages, les portes, les fenêtres et les ascenseurs refusaient obstinément de se fermer.

— On ne peut pas la dépasser ? s'est inquiétée Françoise en regardant anxieusement la file de voitures qui s'accumulaient derrière nous en klaxonnant furieusement.

Une Coccinelle nous a doublées, a dépassé la limousine et s'est engagée à toute vitesse sur le carrefour à grand renfort de warnings insolents. Un certain nombre de voitures l'ont suivie mais je n'ai pas bougé.

— Je vais jeter un coup d'œil, ai-je dit.

— Pourquoi ?

Toutes les portières se sont de nouveau ouvertes, avant de se refermer toutes ensembles.

— Pour ça. Je pense qu'Alice est dans cette voiture.

Françoise a fait mine de sortir.

— J'y vais.

— Non. Reste ici. Ce n'est sûrement rien.

— Et si c'est quelque chose ?

— Je peux m'enfuir plus facilement que toi. S'il y a un problème, va chercher de l'aide !

Je l'ai laissée contempler le volant, pétrifiée de terreur. À choisir, je crois qu'elle aurait préféré affronter les mages. Mais je ne partageais pas ce sentiment. Je me suis approchée de la limousine avec précaution.

De toute façon, j'étais bien obligée de faire attention : les portières n'arrêtaient pas de s'ouvrir et de se fermer à intervalles irréguliers. L'une d'entre elles m'a claqué au nez quand j'ai essayé d'entrer. Plutôt que de jouer aux chaises musicales, j'ai attendu qu'elle se rouvre et je me suis jetée à l'intérieur.

C'était encore plus démentiel qu'à l'extérieur : les enfants pleuraient, les adultes hurlaient et quelqu'un criait au chauffeur de démarrer. Mais j'étais au bon endroit : j'ai aperçu Jesse à l'avant de la limousine, dans la lumière intermittente produite par les portières qui battaient la cadence. Il était allongé sur une banquette, assiégé par quatre mages. Rien que ça !

Je me suis élancée dans sa direction mais une petite fille m'a attrapée par les jambes et je suis tombée. Ensuite, quelqu'un m'a donné un coup de pied à la tête, mais ça ne devait pas être intentionnel parce que ce n'était pas très douloureux. L'impact m'a juste fait siffler l'oreille. En revanche, lorsqu'un grand pied s'est abattu sur mon poignet, ça m'a fait un mal de chien.

J'ai hurlé. Un homme m'a poussée à genoux. C'était un jeune Asiatique avec des lunettes aux montures noires très élégantes. Il m'a dévisagée.

—Mais, bordel, qui c'est…

Il s'est arrêté net. Je ne le connaissais pas, mais lui si. Il avait le regard d'un homme qui vient de trouver un demi-million de dollars : le montant de la récompense que le Cercle avait promis à celui qui me retrouverait.

La limousine s'est remise en marche sans nous laisser le temps de nous remettre. Je me suis affalée lourdement sur le mage, qui s'est enfoncé dans le siège arrière, juste à côté d'un garçon aux cheveux châtains et aux lunettes cul de bouteille. La limousine s'est mise à slalomer dangereusement entre les voitures et la corde en Nylon enroulée autour des pieds du garçon s'est mise à serpenter vers nous. Comment ? Je n'avais pas besoin de poser la question. Le petit garçon s'appelait Alfred et il avait le don de télékinésie.

Il avait l'air relativement calme mais il avait les mains crispées sur son vieux sac à dos élimé. Je lui aurais bien suggéré de concentrer ses efforts sur le mage plutôt que de nous entraver tous les deux, mais je n'avais plus de souffle : le corset en Nylon avait chassé tout l'air de mes poumons. Et il se resserrait à vue d'œil.

Le mage a poussé un juron tout en essayant de passer la main sous son manteau. J'ai fait mon possible pour l'empêcher de trouver ce qu'il cherchait et j'ai tenté de récupérer mon pistolet. Mais il était encore dans mon sac. Je n'avais pas voulu le brandir en plein embouteillage. Autour de nous se déroulait une guerre miniature, à grand renfort de cris, de jurons et de bris de verre. D'un seul coup, on a entendu une explosion et une clarté soudaine a envahi l'habitacle. Les vitres venaient d'être soufflées.

La voiture a pris un virage particulièrement serré et on a atterri sur le plancher. J'en avais assez. Je me suis téléportée de trente centimètres sur la gauche. L'intérêt, c'est que j'étais libérée de la corde. Le problème, c'est que son étreinte sur le mage s'est relâchée d'autant, lui permettant d'accéder aux poches intérieures de son satané manteau.

Je ne savais pas ce qu'il transportait comme attirail, mais, au vu de mes expériences passées, j'aurais juré que ce n'était pas quelque chose qu'on était censé utiliser au beau milieu d'une voiture remplie de gamins. Comme je n'avais toujours pas retrouvé mon sac à main – et que je n'aurais de toute façon jamais eu le temps de dégainer mon pistolet –, je me suis contentée d'attraper le mage, de fermer les yeux et de me téléporter.

On a atterri violemment au beau milieu de la rue et on a fait deux ou trois roulés-boulés. L'utilitaire a failli nous écraser mais Françoise a pilé comme une folle. Les roues avant se sont arrêtées dans un atroce crissement, à trois centimètres à peine de mon visage. Je louchais dessus, complètement pétrifiée, lorsque le mage m'a donné un coup de coude dans les côtes tout en essayant de se libérer de son cocon de Nylon.

Françoise a passé la tête par la vitre. Elle a prononcé quelques mots et les cordes se sont resserrées autour de lui, le faisant de nouveau passer en mode « momie ».

— Bâillonne-le ! a-t-elle ordonné en me lançant un mouchoir.

Je l'ai attrapé au vol et l'ai fourré dans la bouche du mage au moment même où il se libérait des cordes. J'avais oublié que tant qu'ils avaient l'usage de la parole, ils étaient mortellement dangereux. Heureusement que Françoise y avait pensé. J'ai grimpé dans l'utilitaire, elle a appuyé sur le champignon et on a repris notre course-poursuite.

J'ai vite constaté que Françoise avait réussi – plus ou moins – à maîtriser les pédales d'accélération et de frein. En revanche, au niveau des priorités, des feux rouges et des limitations de vitesse, ce n'était pas encore ça. De fait, sa conduite était parfaitement adaptée à Las Vegas. Mais, la limousine, qui n'était qu'à un pâté de maisons de nous, avançait par à-coups.

On l'a rattrapée quand elle s'est engagée sur Sands Avenue. Elle avait commencé à prendre de la vitesse. Françoise a pris le virage trop vite : les pneus ont crissé de mécontentement et je me suis cognée violemment contre la portière. Mais la sorcière n'a pas perdu le contrôle du véhicule et elle a accéléré à fond.

— Emmène-moi assez près pour que je me téléporte à l'intérieur, lui ai-je demandé.

— Assez près comment ?

Elle était livide et toute tremblante. Ses yeux étaient un peu fiévreux.

— Je ne sais pas.

Je n'avais jamais essayé de me téléporter dans une voiture lancée à pleine vitesse. Ce n'était sûrement pas très malin. Mais si Françoise arrivait à me rapprocher à moins de trente centimètres, c'était peut-être possible.

— Rapproche-toi tant que tu peux !

Elle a maugréé mais s'est faufilée entre deux voitures et a fait une manœuvre pour placer l'utilitaire juste à côté de la limousine. Elle était tellement près que le conducteur a klaxonné. J'ai pris une grande bouffée d'air et je me suis téléportée. J'ai atterri en vrac au milieu de l'étroite allée centrale, à côté de la banquette. J'ai pris une demi-seconde pour vérifier qu'il y avait bien trois gamins dans la limousine : Alice, recroquevillée par terre, Alfred à l'arrière et Jesse à l'avant, immobilisé par deux mages.

Ensuite, quatre pistolets se sont braqués sur mon visage. J'en avais un quasiment collé au nez. J'ai attrapé Alice, je me suis téléportée avant qu'ils tirent et je me suis retrouvée sur la banquette arrière, à côté d'Alfred.

—Ouah! C'est cool! a-t-il dit.

Je l'ai agrippé par l'avant du tee-shirt.

—Prends mon sac! lui ai-je ordonné.

Les mages ont tourné la tête vers nous. Alfred a attrapé mon sac en jean élimé, qui était tombé par terre, les mages ont lancé un sort et je nous ai téléportés à l'extérieur.

J'ai atterri à l'arrière de l'utilitaire, un enfant dans chaque main. Je commençais à sentir l'épuisement se répandre le long de mes veines. Françoise m'a lancé un regard paniqué dans le rétroviseur. Elle m'a dit quelque chose mais c'était en français, et j'étais trop fatiguée pour essayer de traduire.

—Tes cheveux ont pris feu! a-t-elle traduit à ma place en hurlant.

Et Alfred s'est mis à me frapper la tête avec son sac à dos.

J'ai enlevé ma veste. Elle avait conservé sa coupe élégante mais elle était à présent en toile militaire. Très pratique: je m'en suis aussitôt servie pour étouffer les flammes. Pendant ce temps, Alfred avait escaladé le dossier pour se retrouver sur le siège avant.

—Je peux conduire, a-t-il dit calmement à Françoise. Elle aura besoin d'aide pour sauver Jesse.

—Tu as quel âge? ai-je demandé. Douze ans?

Il m'a décoché un regard noir.

—Vous avez peur d'avoir une amende?

—Tu es sûr que…

—S'il vous plaît. Je conduis depuis que je suis tout petit, a-t-il rétorqué sans une once de sarcasme.

Encore une chose qu'il valait mieux que Tami ne découvre jamais. J'ai attrapé Françoise par le dos de son corsage.

—Ça te va?

Elle a hoché frénétiquement la tête. Elle était prête à tout pour arrêter de conduire. Mais un des occupants de la limousine a dû nous reconnaître: un bras en est sorti pour nous lancer une espèce de balle. Françoise a donné un coup de volant brusque vers la droite. On a percuté la limousine et refermé violemment la portière ouverte sur le bras. Mais c'était trop tard : la petite sphère noire a rebondi sur le capot. Une fois, deux fois… Je n'ai pas attendu qu'elle rebondisse une troisième fois. J'ai paniqué et j'ai téléporté… la voiture.

J'ai été traversée par une vague de nausée et de vertige si puissante que j'ai mis quelques secondes à comprendre qu'on avait atterri à cheval sur le capot de la limousine. Derrière nous, une énorme explosion a emporté une partie de la route, creusant un cratère de la taille d'une piscine gonflable et brisant les quelques vitres encore intactes de la limousine. L'arrière du véhicule fumait aussi, comme si la bombe avait détruit une partie du coffre. Mais ça n'a pas ralenti le chauffeur. Pourtant, notre utilitaire lui bloquait complètement la vue.

Peut-être était-il trop paniqué pour réagir ? Ou peut-être pensait-il qu'on jouait à une version sophistiquée du jeu du chat et de la souris ? Auquel cas il allait être déçu : j'étais incapable de nous téléporter de nouveau. Je distinguais à peine le haut du bas. Et le fait que l'utilitaire commençait à glisser du capot ne m'aidait pas à retrouver mes repères.

— Françoise !

J'espérais qu'elle avait une idée. Mais, en guise de réponse, je n'ai eu droit qu'à une tirade furieuse en français du XVIIe siècle.

Enfin, d'un seul coup, les soubresauts ont cessé. Tout comme les crissements aigus du métal. Et l'utilitaire s'est arrêté. Pourtant, la limousine continuait de zigzaguer frénétiquement entre les voitures. Je me suis rendu compte avec horreur qu'on flottait à trois mètres du sol et qu'on se rapprochait mollement du bord du trottoir, comme une gigantesque feuille emportée par le vent.

— J'ai le don de télékinésie. Vous vous rappelez ? a dit Alfred tandis qu'on atterrissait.

Françoise est sortie de voiture tellement vite qu'elle est tombée par terre.

— J'aime les chevaux ! a-t-elle hurlé. (On aurait dit qu'elle s'adressait aux voitures qui nous dépassaient.) Il faut être fou pour utiliser ce mode de transport !

Je me suis extraite de la banquette arrière et j'ai titubé sur le trottoir. Je voyais trouble, comme si mes yeux étaient couverts d'un voile. Comme c'était la première fois que je téléportais quelque chose d'aussi volumineux – d'ailleurs, je ne savais même pas que c'était possible – je n'avais aucune idée du temps qu'il me faudrait pour me remettre et nous sortir de là. Mais Jesse était toujours dans la limousine, qui filait à toute vitesse, et si je ne le récupérais pas – du moins, si je n'essayais pas de le récupérer – je n'aurais plus jamais le courage de regarder Tami en face.

— Arrête-les ! ai-je ordonné à Alfred.

— Comment ?

— Les roues !

Il a hoché la tête et regardé la limousine d'un air mauvais. D'abord, il ne s'est rien passé. Mais très rapidement les deux pneus arrière ont éclaté. En même temps. L'arrière de la voiture, qui crachait déjà de la fumée, s'est fracassé par terre. Pendant quelques secondes, le véhicule a semé des étincelles dans son sillage, avant de sortir de la route et de percuter un réverbère. La limousine a rebondi, tourné comme une toupie à cent quatre-vingts degrés et s'est retrouvée au beau milieu de la rue, en contresens.

— Retourne au *Dante*, ai-je dit à Françoise en fouillant dans mon sac à la recherche de mon pistolet. Aide les gamins.

— Et qui t'aidera, toi ?

— Je m'en sortirai toute seule.

J'aurais sans doute été plus convaincante si j'avais réussi à calmer mes yeux. Elle m'a dévisagée sans rien dire, les bras obstinément croisés.

— Françoise ! S'il te plaît !

— Je peux nous ramener, a proposé Alfred.

— Il conduit sûrement mieux que moi, a renchéri Françoise.

Mon regard est passé de la limousine, qui oscillait de droite à gauche, à Alfred, qui me toisait avec calme. Décidément, il était sous Prozac, ce gamin.

— Reste sur la route principale, respecte le code et ne fais rien qui éveille l'attention. (Déjà que les portes de l'utilitaire ne voulaient pas se fermer.) Ah, et, euh… Dis à Tami que je lui expliquerai tout à mon retour.

Alfred a démarré et je me suis mise à slalomer entre les voitures avec Françoise. Ce n'était pas tellement dangereux : la grande limousine noire obstruait complètement le trafic. Le bruit des Klaxon était assourdissant mais le pire, c'était que les gens commençaient à descendre de voiture. La police était sûrement en chemin.

Alfred a fait un demi-tour on ne peut plus illégal, en traversant la pelouse de la bande centrale, et on a enfin atteint la limousine. J'ai ouvert violemment la première portière – en l'absence d'Alice, elle était sagement fermée – et je me suis faufilée à l'intérieur.

— Cassie !

J'ai entendu la voix de Jesse mais je n'ai pas pu lui répondre : un des mages m'a sauté dessus et l'autre essayait de me désarmer en me donnant des coups de pied.

Je lui ai décoché un coup de genou là où ça fait mal et j'ai réussi à reprendre mon souffle.

— Jesse ! Prends-moi la main !

Je n'en avais qu'une de libre, mais c'était suffisant. Je l'ai agitée frénétiquement.

— Et les autres ? a-t-il demandé.

— Je les ai récupérés !

— Vous avez trouvé la deuxième voiture ?

Je l'ai regardé par-dessus la tête du mage, il se trouvait à l'autre bout de la limousine. Pendant ce temps-là, le mage avait décidé d'abandonner la magie au profit d'une méthode plus triviale : la strangulation.

— L'autre voiture ? ai-je articulé avec peine.

Et merde. J'avais oublié qu'il y avait deux limousines.

— Ils nous ont séparés pour mieux nous maîtriser ! Dites-moi que vous avez trouvé l'autre !

D'un seul coup, il ressemblait étrangement à sa mère. J'ai été déconcentrée par les deux pistolets qu'on venait de braquer sur mon crâne mais Françoise a prononcé une formule qui les a envoyés valser. Malheureusement, le conducteur a réussi – Dieu sait comment – à faire avancer la limousine de quelques mètres, nous projetant tous à l'arrière du véhicule.

Je me suis dégagée de l'étreinte du mage qui cherchait à m'étouffer et j'ai rampé derrière celui qui plaquait Françoise contre le sol. Je lui ai donné un coup sur la tête avec la crosse de mon pistolet, mais ça l'a juste énervé. Ça marche beaucoup mieux dans les films ! Il a quand même lâché Françoise pour se précipiter sur moi, et la Française en a profité pour l'assommer avec une bouteille de Ricard, qui avait survécu par miracle.

C'était difficile d'utiliser des boucliers dans un espace si exigu : on avait déjà à peine la place de bouger. Mais ça n'a pas empêché les mages d'agiter des armes mortelles dans tous les sens. L'un d'entre eux a braqué son pistolet sur moi au moment précis où je faisais pivoter le mien vers lui. On s'est immobilisés et on s'est regardés bêtement l'un l'autre.

— Vous ne trouvez pas que c'est embarrassant ? ai-je demandé à Caleb.

Il m'a fusillée du regard.

— Je ne veux pas vous tuer, a-t-il dit d'une voix sincère.

— Idem. (J'ai dégluti.) Le seul problème, c'est que vous détenez quelqu'un que je veux récupérer.

Il m'a ignorée.

— Les avis de recherche ne spécifient pas si on doit vous capturer vivante ou morte. Pour ma part, j'aimerais autant vous ramener saine et sauve.

— Eh bien moi pas, lui ai-je répliqué avec sincérité.

Je ne savais pas ce que le Cercle ferait de moi s'ils parvenaient à me capturer, sans aucun témoin, mais c'était sûrement plus agréable d'être abattue en vitesse par un coup de feu ou un sortilège.

Il a froncé les sourcils.

— Vous aurez droit à un procès en bonne et due forme. Si les accusations retenues contre vous se révèlent fausses…

— Les accusations retenues contre moi, c'est du gros n'importe quoi ! ai-je rétorqué avec hargne.

— Cassie ! (Jesse s'était approché furtivement.) Il faut qu'on bouge !

— Et les autres mages ?

Je ne pouvais pas me retourner pour vérifier moi-même.

— Françoise et moi, on leur a mis une raclée. Putain, elle se bastonne grave !

— Arrête de dire des gros mots ! ai-je répliqué par réflexe.

Caleb a froncé les sourcils de plus belle.

— Je n'ai pas peur de mourir, m'a-t-il dit en continuant de braquer fermement son pistolet sur moi. Et vous ?

J'ai resserré mes doigts autour du tee-shirt de Jesse et j'ai attrapé Françoise par le bras.

— Moi, carrément ! ai-je répondu en me téléportant.

On a atterri juste à l'extérieur de la voiture. Ça aurait pu être pire, mais ce n'était quand même pas terrible. J'avais visé le *Dante* mais je n'avais plus assez de jus. C'était problématique, mais pas autant que la seconde limousine qui venait de s'arrêter devant nous à grand renfort de crissements de pneus et qui déversait un commando de mages sur l'asphalte. Apparemment, quelqu'un avait pris le temps d'appeler du renfort.

— Quand je vous dis que je devrais pas me balader avec un flingue ! a lancé Jesse d'un ton accusateur.

— La ferme !

J'ai essayé de nous téléporter encore une fois, mais on n'a pas bougé d'un poil. Pire : les mages nous ont repérés. On aurait dit des marionnettes reliées toutes au même fil. D'un seul coup, tous les yeux étaient rivés sur moi. J'aurais eu besoin d'un plan mais je n'avais pas le temps d'en échafauder. Une chose était sûre : si je gardais Jesse avec moi, c'était le meilleur moyen de le tuer. J'ai poussé le garçon dans les bras de Françoise.

— Emmène-le loin d'ici !

Elle n'a pas posé de question. Elle a fourré quelque chose dans ma poche, elle a murmuré une formule et un éclat de lumière m'a aveuglée. J'ai senti Françoise m'arracher Jesse des mains et j'ai entendu le bruit de leurs semelles crisser sur les éclats de verre. Ils s'étaient fait la malle.

Je me suis dit que, la meilleure chose à faire pour l'aider, c'était de donner une autre cible aux mages. Une cible qui avait sa tête mise à prix. Avant que la lumière s'estompe, j'ai tourné les talons et je me suis mise à courir dans la direction opposée. Ce faisant, je suis rentrée dans Marco.

Il m'a attrapée par les épaules et m'a secouée comme un prunier. Il avait l'air prêt à me passer un savon mais l'éclat de lumière s'est dissipé et il a distingué les silhouettes sombres des mages qui nous chargeaient. Il a poussé un grognement, non sans révéler une brochette de crocs, et il m'a cachée derrière lui.

J'ai rebondi sur la poitrine de son ami, qui était – Dieu merci – en un seul morceau, et Marco a lancé le Suaire Obscur sur les mages. L'objet est allé droit sur eux. Par contraste avec son néant couleur d'encre, la nuit avait l'air de baigner dans le clair de lune. Cette fois, l'artefact ne s'est pas contenté de prendre la taille d'un drap : il a recouvert la moitié de la rue.

Marco a dégainé son pistolet et s'est rué en avant. Je lui ai saisi le bras.

— Allons-nous-en !

— Bien sûr, a-t-il acquiescé tandis que les ténèbres s'introduisaient dans les boucliers des mages comme dans du beurre. (Son ami lui a lancé un M16.) Dans une minute.

J'ai refermé la main sur le canon du fusil disproportionné.

— Qu'est-ce que vous faites ?

— C'est un peu comme de tirer des pigeons à bout portant, a-t-il jubilé.

— Vous n'allez quand même pas les tuer !

— Je vais me gêner !

— Marco !

Il a haussé un sourcil. Il ressemblait étrangement à Mircea.

— Parce que vous croyez qu'ils avaient envie de vous faire quoi ?

Bonne question. Mais ce n'était pas le problème.

— J'essaie de protéger le Cercle, lui ai-je expliqué tandis que le Suaire s'abattait sur le sol comme une brume opaque.

Les mages devaient être en train de lutter pour se libérer, mais rien ne filtrait à travers le Suaire : pas un son, pas un coup de feu, pas un sort, pas une lumière. *Nada*.

Au moins, ça nous dissimulait des autres voitures. Marco me dévisageait, bouche bée.

— Mais vous êtes vraiment folle !

Il avait l'air de commencer à se faire du souci.

— C'est compliqué, ai-je dit. (C'était un euphémisme.) Mais vous ne pouvez pas tuer les mages comme ça.

— Pourquoi ?

De toute évidence, Marco n'allait pas abandonner son projet de massacre sans une sacrément bonne raison. Je lui en ai donc donné une, même si je ne suis pas sûre qu'il ait tout compris à mon histoire de dieu vengeur, de portail ouvrant sur un autre monde et d'ancienne formule servant de clé, dont le Cercle était le seul dépositaire. Mais je dois admettre à sa décharge qu'il a compris l'essentiel.

— Vous voulez dire que vous essayez de protéger les gens qui veulent vous tuer ?

— Exactement.

— Ça craint.

— Ça sera le titre de mon autobiographie. Si je vis assez longtemps pour l'écrire. Bon. On y va ?

— Vous m'ôtez les mots de la bouche, a dit une voix derrière mon dos.

Et j'ai senti le canon d'un pistolet s'enfoncer dans ma cage thoracique.

J'ai tourné la tête et j'ai aperçu le visage de Caleb. Quand il m'avait dit qu'il était prêt à mourir pour me capturer, il ne plaisantait pas.

Marco a poussé un grognement et l'a canardé en rafale. Les balles ont toutes ricoché contre les boucliers du mage, risquant de blesser tout le monde sauf lui.

— Marco ! Arrêtez tout de suite ! Vous allez finir par tuer quelqu'un !

— Ça tombe bien : j'ai l'intention de tuer quelqu'un, a-t-il dit tandis que Caleb me faisait signe de le suivre jusqu'à la limousine.

Je ne voyais vraiment pas pourquoi – la voiture était hors d'usage – mais il reculait obstinément.

Marco nous a suivis, mais il n'a pas pu traverser les boucliers de Caleb. J'ai fouillé mes poches, en espérant que Françoise m'avait redonné mon pistolet, même si ça ne risquait pas de m'aider contre un mage guerrier. Ce n'était pas le cas. En revanche, elle m'avait laissé quelque chose de potentiellement beaucoup plus puissant. Ma main s'est refermée sur un objet dur. J'ai baissé les yeux et j'ai aperçu le sourire grimaçant de Daikoku.

Françoise avait dû le subtiliser quand l'armoire était tombée. S'il fonctionnait à moitié aussi bien que le Suaire, il pouvait me tirer d'affaire. Mais encore fallait-il que j'ose m'en servir.

J'ai serré Daikoku de toutes mes forces et j'ai senti, sous mes doigts, son énergie irradier de sa surface lisse. Je ne savais rien de cette chose, mais elle était très puissante. Et donc dangereuse. D'un autre côté, je connaissais assez bien les mages guerriers pour savoir que le Suaire ne les retiendrait plus très longtemps. Et, même si c'était le cas, Caleb n'avait pas besoin de leur aide pour me maîtriser. Je commençais à envisager sérieusement de me servir de la statue lorsqu'un rai de lumière a déchiré la nuit : Pritkin a débarqué en titubant de nulle part.

À peine a-t-il mis un pied hors de la ligne tellurique que Caleb lui a lancé un sort. Mais, pour ce faire, il a dû baisser ses boucliers. Marco s'est jeté sur lui au moment même où ils sont tombés. Caleb s'y était préparé : il l'a envoyé valdinguer en marmonnant un simple mot, mais cette diversion a donné à Pritkin le temps de faire un roulé-boulé sous une voiture qui se trouvait juste à côté et de se mettre à couvert derrière.

— Laissez tomber, John ! a crié Caleb. Je me porte garant de sa sécurité, mais je l'emmène avec moi !

Une tête blonde échevelée a émergé de derrière le toit de la voiture.

— Vous ne pouvez vous porter garant de rien du tout ! Avez-vous oublié ce qui s'est passé la dernière fois que le Cercle a voulu la rencontrer ?

— Richardson était aveuglé par le deuil de son fils. Rien de tel ne se produira. Vous avez ma parole.

— Ce n'est pas votre parole que je mets en doute. C'est votre jugement.

— Il fut un temps où vous auriez misé votre vie sur mon jugement.

— À cette époque vous utilisiez encore votre cerveau, au lieu d'obéir aveuglément aux ordres, a rétorqué Pritkin en contournant la voiture.

Sa poitrine était maculée d'une tache rouge, en plein milieu. Apparemment, ses boucliers s'étaient déclenchés une fraction de seconde après que l'autre mage avait lancé son sort.

— Elle vient avec moi, a-t-il ajouté.

En guise de réponse, Caleb a lancé un autre sort. Mais Marco, tapi dans les ténèbres, muet comme une carpe, n'attendait que ce moment. Dès que les boucliers de Caleb sont tombés, Marco l'a empoigné. Et Pritkin m'a saisi le bras.

On a commencé à battre en retraite en direction de la ligne tellurique que Pritkin venait d'emprunter. Malheureusement, les mages avaient fini par mettre le Suaire en miettes et ils nous ont coupé la route. Tous les huit. Ils ne sont pas immédiatement passés à l'attaque : ils devaient se demander si Pritkin était un héros ou un psychopathe. Très pratique, ces instants de doute, dans ce genre de situation. Mais ça n'allait pas durer.

Je devais réfléchir. Il me fallait un plan. Mais je n'avais pas le temps de réfléchir : ils s'approchaient déjà de nous. Et même pour Pritkin, ils étaient trop nombreux. J'ai crispé la main sur la forme tiède de Daikoku, assez fort pour me faire mal.

— Donne-moi l'énergie de nous téléporter ! ai-je souhaité en espérant que c'était assez clair.

Pendant un long moment, il ne s'est rien passé du tout. Est-ce que ça avait fonctionné ? J'ai ouvert le poing pour jeter un coup d'œil au petit objet, en me demandant si Françoise n'avait pas volé un faux, mais il m'a fait un minuscule clin d'œil et le monde s'est effondré autour de moi.

Chapitre 18

J'ai eu l'impression de sentir le sol se dérober sous mes pieds et de recevoir un violent coup dans la poitrine. Ça m'a coupé le souffle. J'avais l'impression de m'être téléportée. Pourtant, la chaussée était encore bien solide et une odeur d'asphalte brûlée et de magie flottait encore dans les airs. Je n'ai pas attendu que le vertige passe : j'ai attrapé le corps tiède debout à côté de moi et je nous ai téléportés.

J'ai immédiatement su qu'il y avait un problème. Si on avait atterri au *Dante*, qui était juste à côté, la sensation de chute aurait été plus brève. Au lieu de ça, elle a duré une éternité. J'ai bien atterri sur mes pieds mais quelqu'un m'est rentré dedans – je n'ai pas vu qui : il faisait nuit noire – et j'ai dû reculer de quelques pas. Dans l'absolu, ça n'aurait pas dû poser de problème. Mais en l'occurrence je me suis retrouvée les pieds dans le vide.

Je suis tombée sur les fesses et j'ai glissé à cent à l'heure le long d'une pente raide. Il n'y avait ni arbre ni rocher auquel s'accrocher. Seulement quelques touffes éparses d'herbe lisse et beaucoup de boue. J'ai agité la main et j'ai fini par attraper le bras de quelqu'un. Je m'y suis accrochée de toutes mes forces et on a fait des roulés-boulés avant d'atterrir… dans une flaque de boue. Forcément.

Le choc a été rude : j'avais l'impression d'avoir les vertèbres au niveau des omoplates et les mâchoires incrustées l'une dans l'autre. Tout en essayant de reprendre mon souffle, j'ai levé les yeux vers la Voie lactée. Bien entendu : j'ai reçu une goutte d'eau en plein dans l'œil. Je l'ai essuyée, non sans badigeonner mon front de boue, dont ma main était imbibée. Il pleuvait, en plus. Forcément.

D'habitude, quand je venais d'échapper de peu à la mort – et je crois qu'on peut vraiment parler d'habitude –, je me faisais passer un savon par Pritkin, j'allais me chercher un sandwich et je prenais un bain. Grosso modo. Des fois, j'avalais un cachet d'aspirine. Comme il n'y avait rien de tel à proximité, j'ai décidé de me contenter de rouler sur le côté pour voir qui produisait les ahanements rauques que j'entendais derrière moi.

Je n'y voyais toujours pas très clair. En guise de lumière, on n'avait droit qu'à une lune timide. Mais je n'avais pas besoin de mes yeux : ses jurons étaient toujours aussi inventifs. La bande-originale de ma vie, ces derniers temps, c'était le son de Pritkin en train de rouspéter. Tout d'abord, j'ai été soulagée de le savoir indemne, mais j'ai très vite remarqué que sa voix était bizarre. Je me suis débattue pour me libérer de l'épais manteau de cuir que je portais – Dieu sait pourquoi – et je me suis péniblement décollée de la boue qui faisait ventouse.

J'ai fini par m'extraire de la flaque en titubant. J'étais dégoulinante, crasseuse et épuisée. C'est à ce moment que j'ai croisé… mon propre regard bleu et furieux.

— Qu'avez-vous fait ?

Je me suis dévisagée, complètement horrifiée. Je n'arrivais pas à croire que ma voix soit si aiguë. On aurait dit une petite fille. Une petite fille très, très en colère. J'essayais de digérer le fait que mon corps était assis en face de moi, en train de me crier dessus, lorsque j'ai senti le vent glacial me mordre le cou et les poignets et s'infiltrer sous mes vêtements. J'ai essayé de baisser mes manches mais lorsque j'ai aperçu les mains qui en dépassaient, je me suis complètement figée. À l'exception de mes fesses, qui sont entrées brutalement en contact avec le sol.

Mon estomac s'est soulevé. Les choses qui dépassaient de mes manches étaient des mains d'homme. Pour être exacte, c'étaient les mains de Pritkin. Seulement, bizarrement, elles étaient à moi. Je suis restée pétrifiée quelques secondes. J'étais tellement immobile que j'avais du mal à respirer. Et j'ai compris ce que Daikoku avait fait.

Je lui avais demandé de me rendre capable de me téléporter. Or, dans mon propre corps, c'était impossible. J'avais également formulé le vœu d'emmener Pritkin avec moi. Daikoku avait exaucé mes deux souhaits. Seulement, contrairement à ce que j'avais espéré, il ne m'avait pas donné du rabe d'énergie. Il s'était contenté de troquer mon corps complètement lessivé contre un corps qui avait assez de peps pour nous tirer d'affaire. Et, par la même occasion, il s'était arrangé pour que je sois obligée d'embarquer Pritkin.

Il m'avait coincée dans sa peau.

— Que s'est-il passé ? a demandé Pritkin.

Son accent british pète-sec faisait très bizarre dans ma bouche. Je me suis rendu compte qu'il n'avait pas encore compris.

J'ai fouillé désespérément mon cerveau pour trouver quelque chose à dire.

— Je vais arranger ça, ai-je fini par articuler d'une voix que je ne reconnaissais pas. Enfin, je crois.

— Arranger quoi ?

Il avait posé cette question d'une voix calme. Très posée. Ça ne me disait rien qui vaille. Pritkin est énervé par nature. C'est quand il était calme qu'il fallait s'inquiéter.

Je lui aurais bien répondu – enfin : j'aurais bien essayé de lui répondre – mais je me suis aperçue que le corps que j'occupais avait très mal. J'ai baissé les yeux sur ma poitrine et j'ai vu avec horreur que la chemise était à moitié brûlée et qu'on apercevait, en dessous, des poils carbonisés et une tache rouge aux contours irréguliers. *Le sort de Caleb*, me suis-je rappelé. Les compétences de guérison de Pritkin avaient déjà donné à la blessure une texture luisante et lisse de brûlure à moitié cicatrisée, mais ce n'était pas l'impression que j'en avais : ça faisait un mal de chien.

— Vous avez détruit ma palissade.

Cette accusation provenait de l'homme coiffé à la Einstein et doté de lunettes aux montures noires qui nous observait d'un air désapprobateur depuis le sommet de la colline.

Je me suis rendu compte que l'objet rigide sur lequel j'étais assise était un pieu à moitié enseveli dans la boue. Je l'ai retiré de sous mon derrière d'emprunt et j'ai regardé le fermier.

— Euh… Désolée !

— Ce n'est pas grave. Ce qui est fait est fait, a rétorqué l'homme. (Je trouvais qu'il le prenait plutôt bien.) Remontez. Je vais nous préparer quelque chose de chaud.

— Répondez-moi, m'a ordonné Pritkin.

On était suffisamment proches pour que je discerne dans ses yeux, derrière l'expression de pure horreur, un début d'envie de meurtre. J'étais en train d'essayer de trouver une façon de lui expliquer sans trop le secouer lorsque le fermier a braqué une lampe torche sur nous. Je n'avais plus besoin d'expliquer. Parce que Pritkin ne me regardait plus : il avait les yeux rivés sur sa poitrine. Qui se trouvait être légèrement plus saillante que d'habitude.

— Qu'avez-vous fait ? a-t-il chuchoté, complètement épouvanté.

Le ton de sa voix n'a rien arrangé à mon état : j'étais déjà au bord de la crise de nerfs.

— Je nous ai tirés d'affaire, ai-je répondu sèchement. (OK : ce n'était pas parfait, mais c'était toujours mieux que se faire tirer dessus, étrangler ou canarder de sortilèges par le Cercle jusqu'à ce que mort s'ensuive.) Au moins, vous êtes dans mon corps. Une fois, j'ai été obligée de posséder un vampire, lui ai-je rappelé.

Pritkin avait l'air à court de mots – en tout cas au début – mais son visage a viré au cramoisi. S'il ne se calmait pas un peu, j'allais avoir une crise cardiaque.

— Calmez-vous, lui ai-je dit plus gentiment.

Je me souvenais très bien de ma première expérience extra-corporelle-et-dans-le-corps-de-quelqu'un-d'autre. Ça avait été plutôt… traumatisant.

— Je suis calme.

Mais bien sûr. C'est pour ça qu'il avait l'air d'un *serial killer* en train d'actualiser sa liste de victimes.

— Ouais. Sauf que vous êtes dans mon corps en ce moment. Et j'aimerais autant atteindre la trentaine avant d'avoir une crise cardiaque.

— Vous avez l'intention de rester plantés là toute la nuit ? nous a interpellés le fermier. Levez-vous si vous ne voulez pas attraper la mort !

— Comment ? m'a demandé Pritkin en m'agrippant les bras.

Il n'avait pas sa poigne d'acier habituelle. J'ai dégluti.

— Il y a un sentier sur la gauche. C'est moins boueux que le flanc de colline que vous avez emprunté pour descendre, lui a répondu poliment le fermier.

— C'est une longue histoire, ai-je répondu avec nervosité.

— Faites-moi la version abrégée.

— Si je vous dis : « dieu japonais avec un sens de l'humour douteux » ?

Pritkin m'a dévisagée avec stupéfaction. Ses yeux étaient cernés et ses cheveux lui tombaient sur le visage. Apparemment, mon corps ne s'était pas encore remis du combat. La pluie avait forci et des gouttes glacées coulaient sur ses joues et dégoulinaient de son menton. Il semblait souffrir. Et, pour être honnête, je n'avais pas envie de récupérer un corps fiévreux et perclus de douleurs. Il fallait qu'on s'en aille tout de suite.

— Rentrons d'abord au *Dante*. Je vous expliquerai après, lui ai-je dit en l'attrapant par l'épaule.

C'était bizarre : j'avais l'impression que ses os étaient trop fragiles sous ma nouvelle main beaucoup plus massive. Mais peu importe. J'ai invoqué mon pouvoir et je me suis téléportée… d'un peu plus d'un mètre. On était toujours dans la mare de boue, enfoncés jusqu'à la taille dans de l'eau nauséabonde. Pritkin a éternué.

— Que s'est-il passé ?

J'ai secoué la tête.

— Je ne sais pas.

J'entendais des pas s'approcher. Apparemment, le fermier avait abandonné l'idée de parler aux deux malades qui se baladaient dans son champ. Il avait disparu du sommet de la colline. Ça devait sûrement être le bruit de ses pas sur le chemin.

— Ne me dites pas que vous ne pouvez pas vous téléporter ! a lancé Pritkin.

Il n'avait pas dû s'apercevoir que nous avions de la compagnie.

J'ai essayé encore, pour être sûre, mais il ne s'est rien passé. Si ce n'est que Pritkin a titubé à l'atterrissage et m'est rentré dedans. J'ai perdu l'équilibre et j'ai repris un bain de boue. Je me suis mise en position assise. J'étais crasseuse et furieuse. J'ai craché une gorgée d'eau : c'était vraiment infect.

— Mais vous nous avez transportés jusqu'ici !

— Eh bien on est coincés.

J'ai passé en revue les environs pour nous trouver un abri. Malheureusement, même avec la vue acérée de Pritkin, ce n'était pas folichon. Mis à part une petite cahute en tôle ondulée, sans porte, qui avait l'air occupée à s'écrouler, il n'y avait que de l'herbe détrempée et des kilomètres de boue. Je voyais bien quelques formes noires indistinctes qui se détachaient contre le ciel nocturne – sûrement des arbres – mais ils étaient trop loin pour nous être utiles.

Soudain, Pritkin a tourné la tête et tendu une main en l'air. Presque au même moment, quelque chose a heurté son bouclier et a rebondi en ricochant avant d'exploser contre la tôle de l'abri. L'écho de la détonation a retenti partout et un bon tiers du toit, qui avait volé en éclats, s'est mis à grésiller. Je n'ai pas eu le temps de demander à Pritkin comment il s'y était pris pour dresser un bouclier avec mon pouvoir : quelque chose a fusé au-dessus de nos têtes. C'était plus une impression de chaleur et de lumière qu'une véritable image. Et Pritkin a enfoncé ma tête dans la vase.

— Là-bas ! Il y en a deux ! ai-je entendu hurler en refaisant surface.

Un sort nous a frôlés et s'est abattu juste à côté de nous, projetant une colonne de boue en l'air avant d'embraser une rangée de pieux. On aurait dit des bougies sur un gâteau invisible. Ça ne devait pas être les pas du fermier que j'avais entendus, finalement. On s'est jetés par terre, moi d'un côté, Pritkin de l'autre, et on a évité le troisième sort de justesse.

Mais merde ! Je ne savais même pas où on était ! Comment mes ennemis s'y étaient-ils pris pour me retrouver si vite ? Je n'ai pas eu le temps d'y réfléchir : quelqu'un m'a attrapée par-derrière.

J'ai fait un des mouvements que Pritkin m'avait appris – ça marchait beaucoup mieux avec sa force – et je me suis libérée. Un grand type costaud vêtu d'un sweat Adidas sombre a titubé en arrière. Il a perdu pied sur la terre glissante et il est tombé par terre. Non sans lâcher sur moi l'attirail d'armes magiques qui flottait au-dessus de sa tête.

J'ai crié et j'ai plongé par terre en mettant mes mains sur ma tête. Comme si ça allait m'aider. Apparemment, ça m'a effectivement aidée, parce que je n'ai rien eu. Lorsque j'ai levé les yeux, j'ai vu les pieux en flammes suspendus en l'air, juste devant moi, se faire embrocher par les couteaux et cribler de balles. Pritkin avait une main levée. Son visage était livide d'épuisement. Ensuite, j'ai dû faire une petite chorégraphie pour éviter un autre couteau, cette fois brandi manuellement par le mage enragé.

Par le mage *guerrier* enragé, pour être parfaitement exacte. Les armes en lévitation sont une de leurs astuces préférées. Grâce à elles, un seul homme peut se battre comme un escadron. Dans son petit sweat à capuche, Adidas n'avait pas trop l'air d'un mage guerrier, mais il se battait comme eux. En d'autres mots : j'étais dans la mouise.

— Téléportez-nous ! a hurlé Pritkin.

Le couteau s'est fiché dans la manche de mon manteau. J'ai fusillé Pritkin du regard.

— Je suis occupée !

Les pieux qui avaient survécu à l'assaut ont attaqué Adidas. J'ai reculé en pataugeant. J'essayais de trouver une arme tout en me concentrant pour rester debout lorsqu'un autre mage a débarqué de nulle part et m'a fait un placage. Le nouveau venu était maigre comme un fil de fer et tout sec. On est tombés par terre – enfin, si on peut parler de terre – à grand renfort d'éclaboussures et de bruits de succion. Je me suis tortillée, débattue et, par miracle, j'ai pris le dessus. D'une main, j'ai enfoncé la tête de mon agresseur dans la vase ; de l'autre j'ai essayé de dégotter l'étui à pistolet de Pritkin, qui avait glissé dans mon dos.

Adidas en a profité pour nous sauter dessus. J'ai reçu un coup dans les côtes et un crochet au menton mais j'ai réussi à enfoncer mes doigts dans les yeux de l'un et mon coude dans le cou de l'autre. Adidas m'a envoyé un coup de poing dans le crâne, assez violent pour me faire voir trente-six chandelles, mais en se battant on s'était rapprochés de l'abri, et je l'ai propulsé sous l'auvent dégoulinant de métal en fusion.

Il a hurlé et j'ai entendu quelqu'un jurer. J'ai tourné la tête : je m'attendais au pire, mais ce n'était que mon corps, qui me fusillait du regard.

— Ôtez-vous de mon chemin !

Je me suis jetée sur le côté, juste à temps pour éviter le sort que Pritkin a lancé au type. L'explosion l'a envoyé valdinguer dans les airs, avec les vestiges de l'abri. Apparemment, on avait vraiment affaire à un mage guerrier : il avait beau avoir du métal en fusion sur le visage, il ne s'est pas laissé déconcentrer. Il a réussi à dresser ses boucliers puis il a plongé. Ses défenses ont amorti la chute et l'ont protégé de l'avalanche de débris de tôle. Stupéfaite, je l'ai regardé se remettre sur ses pieds et prendre la poudre d'escampette.

Mes doigts ont fini par se refermer sur l'étui. Je me suis remise laborieusement debout, le pistolet au poing, mais Fil-de-fer m'est rentré dedans et m'a fait retomber sur les fesses. Il avait décidé de s'enfuir dans la direction opposée. Il s'est évanoui dans les ténèbres. Je n'ai pas eu le temps de lui tirer dessus.

Pritkin a bondi sur ses pieds – ou plutôt, sur mes pieds – et s'est précipité aux trousses d'Adidas.

— Ne bougez pas ! a-t-il crié par-dessus mon épaule.

— Pritkin !

Il n'a même pas ralenti. J'ai abandonné Fil-de-fer et je me suis lancée à la poursuite de mon corps, qui disparaissait à la vitesse de la lumière. Sans sa force habituelle et son attirail volant, il était bien capable de me tuer.

Avec les rafales de vent qui me cinglaient le visage et la pluie qui m'aveuglait, ce n'était pas une partie de plaisir. Sans compter que mon manteau était détrempé, mon nouveau centre de gravité beaucoup plus bas que d'habitude et mes pieds beaucoup trop loin du sol à mon goût. J'ai trébuché deux fois et j'ai failli les perdre de vue à trois ou quatre reprises. Mais la vue de Pritkin était plus qu'excellente, et malgré son impressionnante musculature son corps courait à une vitesse étonnante. Quand on a franchi le sommet d'un relief, non loin de la rangée d'arbres, je les avais presque rattrapés.

Pritkin et Adidas ont dévalé le flanc de la colline. Je m'apprêtais à les suivre lorsque j'ai senti quelque chose me heurter le bras gauche. Dans un premier temps, la douleur était si intense que je n'ai rien pu voir ni sentir d'autre. Ensuite, j'ai aperçu quelque chose bouger, du coin de l'œil, et j'ai vu que Fil-de-fer n'avait pas battu en retraite, finalement. Il a bondi sur moi et m'a percutée de plein fouet. On a fait des roulés-boulés jusqu'en bas, en jurant sous l'impact des rochers camouflés sous l'herbe, presque aussi violent que les coups qu'on échangeait.

On s'est encastrés dans un arbre, au pied de la colline. Dieu merci, Fil-de-fer a encaissé le gros du choc : sa tête s'est fracassée contre le tronc dans un bruit sourd et humide. L'impact avait été assez violent pour l'assommer, voire pire, mais je n'en avais rien à faire. J'avais aussi reçu un sacré coup : une douleur lancinante a pris naissance au niveau de ma tempe et s'est propagée au reste de mon crâne, faisant écho à celle de mon bras.

J'ai baissé les yeux et j'ai vu que la manche de Pritkin était déchirée : du sang jaillissait d'un trou dans le cuir et détrempait l'extérieur. Au bout d'une seconde, j'ai compris qu'on m'avait tiré dessus. J'ai inspiré une grande bouffée d'air, j'ai enlevé ma ceinture d'un coup sec et je l'ai serrée autour du bras, au-dessus de la blessure, en tirant avec les dents. Si les mages ne me tuaient pas, c'était Pritkin qui risquait de s'en charger si je lui rendais son corps plein de trous.

— Vous comptez la laisser s'occuper de Jenkins toute seule ? a demandé une voix derrière mon dos.

J'ai fait volte-face. Le fermier m'avait rattrapée. Ses lunettes reflétaient la lumière de la lune : il ressemblait presque à une espèce de chouette surréaliste. Il s'est penché sur Fil-de-fer et l'a délesté de sa ceinture à potions. Il avait l'air beaucoup trop blasé pour quelqu'un qui venait tout juste d'être témoin d'un combat de mages. Mais je n'avais pas le temps de creuser. Au pied de la colline, Adidas était pris d'assaut par une petite silhouette déterminée.

J'aurais dû m'en douter ! Pritkin n'était pas du genre à lâcher le morceau sous prétexte qu'il était désarmé, en terrain inconnu et – détail insignifiant – dans le corps de quelqu'un d'autre. Et merde ! C'était un coup à me faire encore tirer dans les fesses !

J'ai laissé le fermier en plan et je me suis précipitée vers les mages.

La lueur opalescente filtrant à travers l'épaisse couche de nuages était suffisante pour qu'on distingue le combat titanesque que se livraient les deux mages. J'ai grimacé lorsque j'ai vu mon corps encaisser un méchant coup de pied dans l'estomac. J'espérais que Pritkin allait faire ce qu'il me conseillait toujours de faire, à savoir se mettre hors de mon chemin : à cette distance, même une mauvaise tireuse comme moi pouvait espérer faire mouche.

Je ne le saurai jamais. Pritkin a encaissé un autre coup, à la tête cette fois, et il a titubé de quelques pas en arrière. Avant que j'aie le temps de tirer, deux sortilèges ont éclaté dans la nuit. Le premier, derrière mon dos, a fait tomber les boucliers de Jenkins. Le second a jailli de la main tendue de Pritkin et a heurté son adversaire de plein fouet. Adidas est tombé la tête la première dans la boue.

L'espace d'un instant, j'ai vu des éclairs bizarres fuser autour de lui. Ils scintillaient de couleurs inconnues. J'ai cligné des yeux. Lorsque j'ai rouvert les paupières, il n'y avait plus rien. Pourtant, j'avais l'impression que cet étrange phénomène m'avait laissé un arrière-goût à la fois aigre, amer et atrocement sucré. Mais je me suis dépêchée de rejoindre Pritkin pour examiner son corps et j'ai arrêté de me poser des questions.

— Vous êtes fou, ma parole !

Je l'ai secoué comme un prunier mais il était tellement sonné qu'il n'a pas réagi. À première vue, mon corps n'était pas criblé de trous. En revanche, le coude du mage avait bien failli me fendre le crâne.

— Je vais bien, a dit Pritkin avant de s'affaler dans la boue, la tête la première.

Je l'ai soulevé et j'ai enlevé les herbes trempées collées à son visage.

— Vous n'avez rien de cassé ? ai-je demandé, juste pour être sûre.

— C'est à vous de me le dire. (Ses yeux se sont posés sur ma manche dégoulinante de sang.) C'est quoi, ça ?

— Un cadeau de Fil-de-fer.

— De qui ?

— De l'autre type.

— Où est-il ?

Pritkin a balayé le champ du regard mais, avec ma vue, je suis presque sûre qu'il n'a pas vu grand-chose.

— Il est HS. Pour le moment. C'est plutôt celui-ci qui m'inquiète.

J'ai donné un petit coup de pied au mage. Il n'a pas bronché.

— Vous n'avez aucune raison de vous inquiéter, a dit Pritkin.

J'ai regardé de plus près la forme avachie et inerte et j'ai compris ce qu'elle avait de bizarre. Même inconscient, un corps, ça respire. Sa poitrine à lui ne s'était pas une seule fois soulevée. Ni abaissée.

— Vous l'avez tué ?

— Je l'espère.
— Mais c'était un mage guerrier !
— Autrefois. Depuis son départ du Corps, il a servi d'autres intérêts.
— Mais... Vous êtes dans mon corps !
Pritkin a essuyé ses yeux couverts d'une substance molle et poisseuse.
— Vous n'avez reçu aucune formation. Mais vous n'en avez pas moins une certaine compétence magique.
— Mais je n'ai pas un tel pouvoir !
— Votre pouvoir est suffisant, a-t-il rétorqué d'un ton sec. Et l'expérience contribue largement à la victoire. Le sortilège que j'ai employé était assez ésotérique : il ne le connaissait pas. Et il ne savait donc pas comment le contrer.
J'ai serré les bras pour me protéger du froid et j'ai contemplé le cadavre à mes pieds. Ce type avait essayé de m'étriper. Je n'étais pas spécialement compatissante. Mais quand même. C'était effrayant de penser que ma magie était capable de tuer un homme. Qu'il avait suffi de deux ou trois mots marmonnés à voix basse. J'ai frissonné. Mon niveau d'adrénaline commençait à baisser et la sueur, sous mes vêtements, à sécher et à devenir glaciale sur ma peau.
— Allez, on y va.
J'ai mis un bras autour de Pritkin. J'ai été surprise : il ne pesait vraiment rien. J'avais hâte de récupérer mon corps mais je devais admettre que j'enviais sa force.
— Échangez d'abord nos corps, a-t-il dit. (J'ai hésité. Comment lui dire ?) Vous avez dit que vous pouviez le faire !
— Je peux ! Enfin, en tout cas je suis presque sûre que je peux. J'ai juste besoin d'un peu de temps pour réfléchir à...
— Rendez-nous notre apparence tout de suite !
— Ce n'est pas si simple !
Je n'étais pas une experte en expériences extra-corporelles, mais ça m'était arrivé assez souvent pour que j'en connaisse

vaguement les principes. En tout cas, suffisamment pour remettre mon esprit à sa place légitime. Le problème, c'était Pritkin, ou plutôt, son esprit. Je n'avais aucune idée de la façon dont je devais m'y prendre pour lui faire réintégrer son enveloppe. Et le temps que j'aie un éclair de génie, je ne pouvais pas me permettre de laisser son corps sans baby-sitter. Sans aucune âme pour garder la maison. Or, pour le moment, j'étais la seule âme disponible.

Je lui ai expliqué tout ça mais ça n'a pas eu l'air d'améliorer sa pression artérielle. Pas plus que mon incapacité à nous tirer de là.

— Pourquoi ne pouvez-vous pas vous téléporter ? m'a-t-il demandé d'un air féroce.

Son expression était bizarrement familière. Pourtant, c'était mon visage qui l'arborait. En revanche, elle était beaucoup moins effrayante que d'habitude. Ça devait être lié au fait qu'il avait l'air d'une Barbie. D'une Barbie très énervée et détrempée mais d'une Barbie quand même.

— Je ne sais pas.

Les élancements de mon crâne et de mon coude s'étaient synchronisés et l'herbe mouillée et à moitié écrasée avait l'air d'un seul coup très confortable.

— Vous n'avez peut-être plus assez d'énergie.

Mais ça m'aurait étonnée. J'avais plutôt l'impression qu'on m'empêchait de le faire.

— Essayez encore.

— Si j'ai une rupture d'anévrisme, ce sera pour votre pomme, lui ai-je rappelé.

— Je prends le risque, a-t-il rétorqué du tac au tac.

Vous parlez du sexe faible. En femme, Pritkin était aussi exaspérant que d'habitude : il était acerbe, exigeant, paranoïaque et étroit d'esprit.

— C'est grave si on se repose d'abord cinq minutes ?

— Oui. Ils n'étaient pas seuls.

— Comment pouvez-vous le savoir ?

Il a tourné brusquement la tête. J'ai suivi son regard : de l'autre côté du champ, un groupe de silhouettes sombres courait vers nous. Elles se trouvaient encore trop loin pour être identifiables, mais un sortilège nous a frôlés de si près que j'ai senti son énergie crépiter contre ma joue. Il n'y avait pas photo : c'étaient des mages.

Pritkin m'a prise par la main et on s'est mis à courir dans la direction opposée. J'ai senti un afflux d'adrénaline se répandre dans mes veines, ouvrir grands mes poumons et balayer la fatigue qui commençait à s'insinuer en moi. Malheureusement, Pritkin n'avait pas l'air aussi en forme. J'avais beau l'aider, il haletait comme un bœuf et, lorsque les premières branches nous ont fouetté le visage, il est devenu livide. Pour ne rien gâcher, on avait presque perdu notre avance. Malgré tout, on a continué à courir. J'ai entendu nos poursuivants se déployer derrière nous et crier des ordres pour s'assurer qu'on ne les prenne pas à revers.

Dommage. C'était ma seule idée.

Plus on s'enfonçait dans la forêt, plus c'était calme. Des rangées de branchages sombres se refermaient derrière nous et le tapis de feuilles mortes jonchant le sol étouffait le bruit de nos pas. Mais notre progression était d'autant plus difficile : au bout d'un moment, la frondaison est devenue si épaisse que la lumière de la lune la traversait à peine. Je suis passée devant Pritkin parce que je discernais encore vaguement les silhouettes floues et sombres des arbres qui nous faisaient face. En revanche, lui ne devait rien voir du tout. Mais je ne l'ai pas beaucoup aidé.

Il n'arrêtait pas de se faire cingler le visage par les branchages que je repoussais pour avancer. Et il n'était même pas protégé par ses vêtements : je ne m'étais pas habillée pour batifoler dans les bois. Mais il continuait d'avancer en essayant de ne pas me ralentir. Malgré le sang qui dégoulinait dans son cou. Malgré ses mains écorchées et sanguinolentes.

Ça faisait presque dix minutes qu'on fuyait, tantôt en courant, tantôt en marchant. Soudain, Pritkin s'est cogné contre un tronc d'arbre. Il a titubé en arrière et il a trébuché sur une souche couchée au milieu du chemin. J'ai essayé de le traîner en avant mais il a secoué la tête en me regardant d'un air désespéré. Son pouls n'était plus qu'un battement affolé et ses pupilles étaient complètement dilatées.

J'ai hoché la tête et j'ai pris appui contre un arbre. Je respirais si fort que mes poumons me faisaient mal. J'ai senti l'écorce grise et friable se craqueler sous ma paume, et la résine poisseuse enduire mes doigts. Je me suis adossée au tronc et j'ai desserré mon autre main, crispée autour de mon pistolet. Je l'avais serré tellement fort que les motifs de la crosse s'étaient incrustés dans ma paume. J'ai passé quelques minutes à respirer tout en m'efforçant de rester sur mes gardes malgré les battements affolés de mon cœur. J'espérais vraiment qu'on avait réussi à les semer, parce que Pritkin n'avait pas l'air en état de marcher. Encore moins de courir.

— Qu'entendez-vous ? a-t-il soufflé au bout de quelques minutes.

J'ai écouté. Ses oreilles captaient tout : le vent qui soufflait au sommet des arbres, la pluie qui clapotait doucement, les petits animaux qui crapahutaient… mais aucun bruit de poursuite. Pendant un long moment, j'avais vaguement perçu les pas lourds des mages, au loin, mais à présent il n'y avait plus rien.

— Je crois que nous sommes seuls.

À peine avais-je prononcé ces mots que les éclairs bizarres ont refait leur apparition. Cette fois, ils scintillaient au sommet des arbres. Ils avaient l'air noirs sur l'indigo du ciel nocturne mais ils étaient auréolés de couleurs indescriptibles.

Et maintenant que je me concentrais, j'arrivais à remarquer d'autres choses : çà et là, j'entendais des soupirs qui n'avaient rien à voir avec le vent, et des odeurs fugaces qui n'avaient rien de naturel.

— Attendez. Il y a quelque chose.

— Quelque chose ?

— Ouais.

C'était comme s'ils m'avaient entendue. D'un seul coup, l'espace autour de nous s'est chargé du goût âpre et glacial de l'hiver. L'air s'est épaissi d'ombres irrégulières qui se sont mises à fuser devant mes yeux, comme un essaim de serpents. Une des ombres m'a frôlé le bras et j'ai eu un mouvement de recul. C'était froid et chaud. Entre autres. C'était tellement contradictoire que mon cerveau n'arrivait pas à l'analyser. En tout cas, c'était maléfique.

— Décrivez-le-moi !

— Je ne peux pas ! Les couleurs sont... bizarres, ai-je dit en cherchant péniblement mes mots.

D'autres ombres m'ont effleurée. J'avais l'impression de voir le monde à travers des milliers de facettes de verre. Ce n'était plus qu'une cacophonie d'images fugaces. Tout en les évitant, j'ai louché dessus pour mieux voir. Mais rien à faire : ça n'a fait qu'empirer les choses.

— Ça a des contours. Ça ressemble à un oiseau. Mais en fait non. (Je n'y arrivais pas.) Dans les arbres.

Mince, mais c'était quoi, ces choses ?

— Rakshasas, a chuchoté Pritkin en levant la tête.

— Quoi ?

— Ce sont des démons, a-t-il craché en se glissant sous mon manteau pour extraire des objets de la ceinture que je portais autour des hanches.

Elle était pleine à craquer de petites fioles insérées dans des fourreaux en cuir. Elles contenaient toutes des substances mortelles.

— Ils sont polymorphes, a-t-il ajouté.

Je me suis humecté les lèvres. J'aurais adoré qu'il se trompe, mais j'en doutais. Les démons, c'était son rayon. Non seulement c'était le chasseur de démons le plus réputé du Cercle, mais en plus, grâce à son père – Rosier, le seigneur des incubes –, il avait passé plusieurs siècles dans le royaume démoniaque.

Rosier avait voulu fanfaronner avec son enfant mi-humain : tous les démons prétendaient que l'expérience était impossible. Il avait donc traîné en enfer la preuve de sa réussite sans se donner la peine de lui demander son avis. Pritkin n'avait pas apprécié. Personne n'avait apprécié, d'ailleurs : Pritkin avait eu l'honneur d'être le seul humain à s'être jamais fait expulser des Enfers.

J'espérais qu'on n'avait pas affaire à une tentative de rapprochement familial.

Chapitre 19

Une autre créature m'a effleurée et j'ai senti une chose effilochée, comme une aile d'oiseau brisée, glisser le long de mon bras. C'était glacial, brûlant et complètement, complètement répugnant. J'ai senti la nausée se lover comme un serpent dans mes entrailles et j'ai reculé de quelques pas en titubant. Je me suis mordu les lèvres pour garder le silence mais mes mâchoires crispées n'ont pas réussi à réprimer un halètement, provoqué tant par la menace présente que par le souvenir du dernier démon que j'avais combattu.

Mon cœur s'est mis à battre frénétiquement et une montée d'adrénaline a enclenché le mode « sauve qui peut ». Je ne pouvais pas endurer la même chose. C'était impossible. J'en étais tout bonnement incapable. Aveuglée par la terreur, je me suis retournée, prête à prendre la fuite. Les mages allaient sûrement m'entendre mais ça m'était égal. Je préférais encore affronter le Corps au grand complet plutôt que de sentir une nouvelle fois ces mains sur ma peau.

Pritkin m'a rattrapée. L'espace d'un instant, je n'ai pas vu son visage. J'en ai vu un autre. J'ai eu un flash-back des caresses de Rosier, de la sensation humide et horripilante de sa langue sur ma chair tandis qu'il lapait mon sang tout en me lacérant. Un cri s'est étouffé dans ma gorge.

Une main s'est plaquée violemment contre ma bouche. Elle était beaucoup plus petite qu'elle n'aurait dû. Beaucoup plus douce. C'était une main de femme. C'était ma main.

Quand je m'en suis rendu compte, ça m'a plus ou moins calmée. J'ai croisé mes propres yeux bleus. Ils étaient furieux.

— Ne paniquez pas ! a chuchoté Pritkin. Ils sont attirés comme des vautours par la peur et la mort imminente. Vous ne ferez que les attirer d'autant plus !

— La mort imminente ?

— Taisez-vous ! (Il a regardé autour de lui en étouffant un juron.) Où sont-ils ? Dans votre corps, je n'arrive pas à les voir correctement.

Comme j'aimerais avoir le même problème ! ai-je pensé, au bord de l'hystérie, tandis qu'une autre de ces choses presque indiscernables s'arrêtait net devant mes yeux. Elle est restée suspendue en l'air mais j'avais l'impression que l'« air » avait quelque chose de louche. Je ne sais pas quels courants il suivait, mais ce n'étaient pas des courants de ce monde.

J'ai enfin compris pourquoi je n'arrivais pas très bien à voir ces démons, même avec les yeux de Pritkin. Ils n'existaient pas dans notre univers. J'ai regardé, avec une fascination mêlée d'horreur, la chose vaciller devant mes yeux, comme une image entraperçue au fond d'un cours d'eau. Elle ne faisait aucun sens. Elle ne respectait aucune des règles régissant notre monde, comme les trois dimensions ou le spectre lumineux. Elle était à la fois petite comme un colibri et grande comme une maison, et elle n'avait aucun visage identifiable.

La chose s'est tendue vers moi. Elle avait beau ne pas avoir de visage, j'ai eu l'impression qu'elle me décochait un sourire narquois. J'ai reculé en titubant et j'ai hurlé. Pritkin a poussé un juron avant de jeter une fiole. Je ne sais pas s'il a suivi mon regard ou s'il a simplement eu de la chance, mais il a fait mouche. J'ai entendu le cri strident de la créature retentir à l'intérieur de mon crâne. C'était un rugissement assourdissant, interminable. Je suis tombée à genoux tandis que la chose se désagrégeait en jurant et en se tordant de douleur.

Et bizarrement je l'ai comprise. J'ai su qu'elle me maudissait. Elle maudissait Pritkin dans des centaines de langues. Des langues que je n'aurais jamais dû comprendre. Elle était furieuse que mon corps soit encore en vie, respire encore. Qu'il me protège encore de ses assauts.

— Tu n'en as plus pour longtemps, a susurré un chœur d'une centaine de voix félines.

J'ai été parcourue d'un frisson et ma chair a failli se détacher de mes os sous l'effet de ce timbre grave et rauque.

Et la chose s'est évanouie.

Je suis tombée à quatre pattes. J'étais complètement sous le choc, incapable de respirer. Pritkin s'est agenouillé près de moi.

— Y en a-t-il d'autres ? a demandé Pritkin. (Mais je ne pouvais pas répondre : mon cerveau était parti en roue libre.) Cassie !

J'ai réussi à prendre mon souffle mais je me suis étouffée en essayant de lui parler des éclairs qui s'amoncelaient au faîte des arbres, et de l'arc-en-ciel de couleurs surnaturelles qui volait en cercles au-dessus de nos têtes. *Comme des vautours*, avait-il dit. *Oh ! là, là !* Ça ne me disait rien qui vaille. Soudain, un éclair de lumière a éclaté et j'ai senti une douleur lancinante fuser de mon bras déjà mutilé.

Par réflexe, j'ai fait un bond de côté. Le sol s'est dérobé sous mes pieds et la forêt s'est mise à retentir d'explosions, de sorts et de jurons. Une volée d'oiseaux se protégeant sous la frondaison des arbres s'est élancée dans la nuit. Pritkin a juré et ça a très vite dégénéré. Les mages nous avaient rattrapés.

Ils avaient l'air de me considérer comme la menace principale : trois d'entre eux se sont concentrés sur moi. Un seul s'en est pris à Pritkin. C'était probablement un de trop étant donné son état, mais je ne pouvais pas faire grand-chose pour l'aider. J'ai riposté tout en continuant de tomber. J'ai atterri sur le flanc droit et j'ai aussitôt mis un genou à terre en essayant de garder mon arme au poing, en position de tir. J'ai fait mouche – à bout portant, tout le monde devient une fine gâchette, même moi – mais ça ne leur a rien fait. Les mages avaient dressé leurs boucliers et mes balles ont rebondi dessus. Quand leurs défenses ne les ont pas tout bonnement absorbées.

J'ai serré les dents et j'ai continué à tirer, tout en reculant comme un crabe battant en retraite pour constituer une cible mouvante. Jusqu'à être acculée dos contre un arbre. Et en panne de munitions. J'ai réussi à éjecter le chargeur vide, mais comme mon bras gauche était inutilisable – il pendait le long de mon corps comme un membre paralysé – j'avais des problèmes pour recharger. Lorsqu'ils l'ont compris, les mages ont esquissé des sourires malicieux. Ils m'ont regardée tâter les nombreuses poches de mon manteau, d'une seule main, à la recherche d'un chargeur de rechange.

Bien évidemment, ça ne servait strictement à rien – même si j'arrivais à mettre la main dessus, ils me tueraient avant que j'arrive à l'enclencher dans le pistolet – mais j'ai continué mon petit cinéma. J'espérais donner à Pritkin le temps de s'enfuir. Malheureusement, il n'avait pas l'air parti pour.

Il s'était déjà débarrassé du mage qui lui avait sauté dessus. Son adversaire était effondré par terre, la nuque tordue dans un angle qui n'avait pas l'air très sain. Pritkin s'est élancé en avant et a empoigné le mage qui me faisait face. D'abord, il lui a plaqué une main sur la bouche et sur le nez pour l'empêcher de lancer un sort. Ensuite, il lui a tordu la nuque d'un geste brusque. Le mage a été parcouru d'une brève secousse avant de s'immobiliser totalement. Pritkin s'est pétrifié à son tour et s'est collé au cadavre de son adversaire. Il a attendu que les autres mages baissent leurs boucliers pour m'achever, il a attrapé la main du mage mort et il a soulevé son arme.

Il a tué deux de mes agresseurs avant que le troisième ait le temps de se retourner. Mais ce dernier a fini par dégainer son pistolet et tirer. Ses balles se sont fichées avec un bruit écœurant dans le cadavre que Pritkin ceinturait. Pritkin l'a achevé d'une balle dans la tête. Malheureusement, un dernier mage avait eu la bonne idée de se tenir à l'écart et de se camoufler à l'ombre des arbres. Il s'est jeté sur Pritkin et l'a cravaté. Dans mon corps, Pritkin n'avait pas la force de se dégager.

Mon pistolet était toujours vide et les manchots ne sont pas très doués au corps à corps. Je n'avais qu'un seul avantage : ce que je m'apprêtais à faire était tellement stupide que personne ne s'y attendrait. Ce n'était pas une idée géniale mais il fallait que ça marche. J'ai donc sauté en criant sur le dos du mage qui essayait d'asphyxier mon partenaire et je m'y suis cramponnée.

— Ne le tuez pas, a haleté Pritkin tandis que le mage reculait pour m'acculer contre un arbre.

J'ai heurté le tronc de plein fouet. L'impact a ravivé la douleur à mon bras mutilé. Mon estomac s'est soulevé et ma vue s'est momentanément couverte d'un voile gris. J'ai légèrement lâché prise et le mage en a profité pour refermer les mains autour de mes bras et m'envoyer valser par-dessus sa tête, en plein dans un autre arbre.

— Pas de problème, ai-je croassé en m'affalant le long du tronc.

J'ai entendu des bruits de combat mais j'étais trop occupée à ranger mes membres dans le bon sens – ils se trouvaient presque tous au-dessus de ma tête – pour suivre les événements. Quand j'ai enfin levé les yeux, j'ai vu Pritkin agenouillé dans les feuilles. Il avait l'air minuscule à côté du mage penché sur lui. L'homme avait la tête posée sur ma poitrine. Son corps, encore chaud sur mes cuisses, était devenu tout flasque. Il avait les cheveux emmêlés et poisseux de sang et les yeux grands ouverts.

J'ai entendu un bruissement au sommet des arbres, et d'un seul coup un essaim de créatures paranormales est tombé du ciel. J'ai enfin compris la scène à laquelle j'avais assisté de loin après la mort d'Adidas. Forcément. J'étais aux premières loges, cette fois.

Les choses aux couleurs improbables ont fondu sur chaque cadavre, toutes griffes dehors. Une des créatures a jeté son dévolu sur l'homme qui se trouvait près de moi. Elle a effleuré sa joue d'une main griffue, avec tendresse. On aurait presque dit la caresse d'un amant. Et un pâle reflet du visage du défunt a émergé de son corps. Le nouveau fantôme s'est assis. Stupéfait, il clignait des yeux en se détachant de son corps dans un éclair argenté.

Je l'ai fixé du regard. Quelle chance. Même dans le corps de Pritkin, mes dons de médium me permettaient de le voir. Le spectre était flou, translucide et indistinct, comme toujours au début. Il s'est mis à genoux – il devait encore penser qu'il s'agissait de ses vrais genoux – puis debout. Les créatures se sont bousculées et frottées l'une à l'autre en contemplant l'esprit debout devant elles, sans corps, sans défense. Totalement nu.

J'avais déjà vu des milliers de fantômes, mais jamais à leur « naissance », pour ainsi dire. Ceux dont je croisais la route avaient eu le temps d'apprendre le B.A.BA du métier, de décider de leur apparence et de comprendre que leur nouvelle résidence – leur tombe, leur maison, l'endroit qu'ils hantaient, en gros – leur servait dorénavant de corps. D'une certaine façon. Un corps qui leur fournissait énergie, protection et, dans une certaine mesure, autonomie. Sans ce corps, ils étaient comme cet esprit : un amas d'énergie pure, exposée et vulnérable, avec leur ancienne écorce protectrice inerte à leurs pieds.

Les fantômes des mages n'ont jamais trouvé le chemin de leur nouvelle résidence. La meute de démons s'est approchée d'eux en vacillant. Trempée de sueur, je suis restée tapie dans les ténèbres. Je sentais la panique me glacer la colonne vertébrale. J'étais tellement tendue que mes muscles me brûlaient. Je savais très bien ce qui allait se passer. Ce n'était pas difficile à deviner. Je n'avais qu'à regarder les sourires muets et hypnotiques illuminer leurs visages inexistants, leurs mains avides se tendre vers les spectres, le désir inassouvi étinceler dans leurs yeux irréels…

Complètement dégoûtée, j'ai regardé les fantômes naissants remarquer le raz-de-marée qui fondait sur eux. J'ai vu leur expression changer, leurs bouches déformées par des hurlements… Et les démons sont passés à l'attaque. *Ils ressemblent vraiment à des vautours*, ai-je pensé avec horreur tandis que les créatures déchiquetaient les fantômes à coups de becs et de crocs. Ce n'étaient pas vraiment des becs et des crocs, mais mon cerveau s'obstinait à les appeler comme ça.

Les démons se sont acharnés sur les magnifiques âmes scintillantes. Ils les ont déchiquetées, lacérées, mises en pièces en une fraction de seconde. Chaque démon couvait son morceau d'âme avec amour, et les esprits hurlaient, pleuraient et appelaient à l'aide. En vain : la nuit était sourde à leurs lamentations. Même lorsque les créatures ont fini de se repaître et commencé à se dissiper, l'une après l'autre, on entendait encore les cris de terreur des âmes terrassées.

La forêt a retenti de leurs hurlements muets et les ténèbres ont longtemps reflété leur lumière. Et puis d'un seul coup le silence est tombé comme un couperet. On était seuls avec une poignée de cadavres en train de refroidir à toute vitesse.

Je me suis remise laborieusement debout et j'ai trébuché vers Pritkin. Il était encore assis dans l'herbe trempée

— Êtes-vous blessé ?

J'avais la voix enrouée. Je savais bien qu'il était blessé. Mortellement.

Il a levé une main couverte de sang. Ce dernier s'est mêlé à la pluie et a dégouliné de ses doigts sur le sol boueux.

— Ce n'est pas mon sang, a-t-il dit.

Ça m'aurait peut-être rassurée… s'il avait réussi à articuler.

— J'aimerais bien que quelqu'un m'explique ce qui se passe, a dit le fermier derrière mon dos.

— D'après vous ? On s'est fait agresser pas une bande de connards ! ai-je rétorqué sèchement.

Je me suis accrochée à Pritkin en tremblant. *Et merde !* Par-dessus le marché, on allait devoir s'occuper d'un norm'. Mon crâne irradiait et j'avais encore des flashs de la scène à laquelle j'avais assisté malgré moi. Je n'avais pas besoin d'un problème supplémentaire ! J'ai regardé Pritkin. Il avait l'air au bord de l'évanouissement.

— Vous ne pourriez pas lui lancer un sort d'amnésie ou un truc du genre ?

— Non, a-t-il répondu en se remettant péniblement sur ses pieds.

— C'est difficile de lancer un sort d'amnésie sur un mage, a renchéri poliment le fermier.

Furieuse, je me suis retournée vers le fermier, qui se trouvait donc être un mage.

— Vous auriez quand même pu vous fendre d'un ou deux petits sortilèges ! Vous avez oublié comment on faisait ?

— Je crois me rappeler quelques formules, a-t-il répondu d'une voix amusée. Mais vous aviez l'air de très bien vous en sortir.

Je l'ai dévisagé. J'étais stupéfaite par son ton désinvolte. Mais je me suis souvenue qu'il n'avait pas vu la scène avec les fantômes. Ses yeux humains avaient eu la décence de ne rien lui montrer.

Son regard de chouette est passé de ma personne à Pritkin.

— Eh bien, mon cher John. Il semble que vous ayez un don pour vous mettre dans des situations intéressantes.

J'ai regardé les deux hommes tour à tour.

— Vous vous connaissez ?

Pritkin a passé la main dans mes boucles crasseuses en soupirant.

— Cassie, je vous présente Jonas Marsden.

— Marsden ? Ça me dit quelque chose.

— J'espère bien. Jusqu'à l'année dernière, il dirigeait le Cercle d'argent.

À y regarder de plus près, l'ancien responsable du Cercle d'argent ne ressemblait pas du tout à un fermier. D'un autre côté, il ne ressemblait pas non plus à un mage de renom. Il avait des vêtements tout à fait normaux, voire quelconques : un vieux pull grège avec des coudes en cuir, une chemise bleu pâle et un pantalon marron. Mais, avec sa tignasse, il ne passait pas inaperçu.

Sa coiffure était encore pire que celle de Pritkin mais dans un genre très différent. S'ils ne s'étaient pas obstinés à fuir son visage, comme s'ils essayaient de s'émanciper de son crâne, ses cheveux lui seraient arrivés aux épaules. On aurait dit qu'il avait pris un coup de jus. Pourtant, il n'y avait pas une once d'électricité statique. Cela dit, sa chevelure avait une jolie teinte. Elle n'était pas bêtement poivre et sel, mais d'un gris argenté. Et ses yeux, derrière les verres épais de ses lunettes, étaient d'un bleu profond.

Il nous a guidés jusqu'à une maison de ferme à étage. Ses murs n'étaient qu'un amas de pierres grises, de tailles et de formes diverses, imbriquées au petit bonheur la chance et maintenues d'un seul tenant par un toit en ardoise abîmé. La maison dominait la forêt d'un côté, la rivière de l'autre, et elle avait l'air plus ou moins normale si ce n'est qu'elle penchait très légèrement sur la gauche, comme si elle avait eu peur de se faire dévorer par son jardin hirsute. Un tiers de l'habitation avait déjà disparu sous une intrication de vigoureuses et vénérables plantes grimpantes. Ça avait beaucoup de charme – dans le registre « décrépit, biscornu et envahi par la végétation » – si on occultait un détail insignifiant : un pentacle roussi fumait furieusement sur la porte principale, incrusté dans une couche apparemment récente de peinture verte.

— Vous avez eu de la visite ? a demandé Pritkin en s'égouttant sur le paillasson « Cave canem ».

— Vous croyez qu'ils vont revenir ?

J'ai regardé autour de moi avec nervosité. Avec cette végétation impétueuse, j'aurais été incapable de dire si quelqu'un était à l'affût.

— S'ils reviennent, ils n'arriveront pas à entrer, a répondu Marsden d'un ton jovial. J'ai rénové les talismans moi-même la semaine dernière. Il y a mon sang sous cette couche de peinture.

Il avait sûrement voulu me rassurer, mais ça n'a pas marché. Quoi qu'il en soit, j'étais trop fatiguée, trempée et paniquée pour m'étendre sur le sujet. Je me suis cognée à l'encadrement de la porte en entrant, ajoutant une contusion à la collection déjà impressionnante que se coltinait le corps de Pritkin. Ses épaules étaient larges et je ne m'étais pas encore habituée à la façon dont son corps évoluait dans l'espace.

Le pire, c'était de sentir son corps cicatriser. Normalement, il guérissait aussi vite qu'un vampire, mais il avait perdu beaucoup de sang pendant le combat et ça avait ralenti le processus. Tout le long de mon bras gauche, je sentais des picotements bizarres. Le processus me chatouillait et me brûlait. J'avais l'impression que quelque chose gigotait sous mon manteau. J'avais desserré le garrot improvisé mais ça n'avait pas aidé. Je gardais les bras obstinément croisés pour éviter de gratter sa peau jusqu'au sang.

Marsden nous a emmenés dans la cuisine. Elle était gigantesque mais assez cosy, avec ses poutres en bois brut, ses murs jaune orangé vif et son feu de bois. Il y avait aussi un chien. Mais il ne cadrait pas vraiment dans le décor.

C'était un grand chien gris malingre qui bavait abondamment. Mais ce qui était encore plus perturbant, c'étaient ses yeux rouges brillants.

— C'est quoi, son problème ? ai-je demandé à Pritkin tandis que Marsden s'affairait auprès de sa cafetière.

Pritkin a longuement dévisagé la créature en forme de chien qui se prélassait sous le banc de fenêtre. Ensuite, il a décoché à Marsden un regard désapprobateur.

— Jonas ! Qu'avez-vous fait ?

Marsden s'est retourné, sa cafetière en main. Il a suivi le regard de Pritkin et a aussitôt pris un air penaud.

— Je n'avais pas vraiment le choix. Ils m'ont obligé à détruire sa précédente enveloppe.

— Vous étiez supposé le remettre en liberté !

— Après le mal que je me suis donné pour le capturer ? a grogné Marsden. Jamais de la vie.

— Capturer quoi ?

J'ai regardé le chien avec méfiance.

— Vous n'avez rien à craindre, a dit Marsden en posant une tasse devant moi. Prenez un peu de café.

J'ai pris une gorgée et j'ai manqué de m'étouffer. À côté de la concoction de Marsden, l'expresso, c'était pour les enfants de chœur. Il a remarqué ma réaction.

— Ça ne va pas ?

Je me suis frotté le menton. Un duvet dru m'a râpé les doigts. Je les ai retirés brusquement.

— Je préfère le thé, ai-je réussi à articuler.

— Si j'avais encore des doutes, voilà qui me convaincrait que vous n'êtes pas John, a-t-il fait remarquer.

Il s'est mis à fouiller partout pour dénicher une bouilloire datant de Mathusalem.

J'ai regardé le chien mâchouiller un os en cuir : la moitié du jouet s'était déjà désagrégée en une mousse infâme. J'ai vu quelque chose dans ses yeux. Quelque chose d'étrangement familier. Je me suis levée si vite que j'ai fait basculer ma chaise.

— Il y a une de ces choses là-dedans ! ai-je dit à Pritkin en reculant jusqu'au frigo d'une démarche peu assurée.

— De quelles choses parlez-vous ? a demandé Marsden.

Il avait l'air intrigué.

— Des Rakshasas, a dit Pritkin en me regardant furtivement. Non. Ce n'est pas un Rakshasa. Mais ça serait beaucoup moins dangereux. Les Rakshasas ne peuvent pas faire de mal aux êtres vivants. Ce sont des charognards. Ils sont à l'affût des repas faciles : les endroits où la violence s'apprête à éclater les attirent et ils se repaissent des morts.

J'ai analysé ses paroles et j'ai compris ce qu'il suggérait.

— Vous voulez dire qu'il y a un démon là-dedans ? Et qu'il peut nous faire du mal ?

— Oh, non, non, non. Il est parfaitement inoffensif. (Marsden m'a tapoté le bras.) Il m'a servi de golem pendant des années. Mais quand j'ai pris ma retraite le Conseil m'a obligé à l'abandonner. D'après eux, je cessais d'être un mage guerrier. Et les civils n'ont pas le droit d'avoir des golems. Vous vous rendez compte ? J'ai dirigé le Cercle pendant soixante ans mais ils m'estiment incapable de maîtriser un vulgaire démon !

— Ce n'était pas une raison pour le mettre dans votre chien ! s'est exclamé Pritkin.

— C'est une solution temporaire. Il faut encore que je règle deux ou trois petites choses. Mais ça a l'air de bien fonctionner. Orion s'est mis à se soulager sur le tapis mais c'est sûrement dû à son âge.

— Vous avez un chien diabolique ?

Je me suis rassise mais j'ai légèrement éloigné ma chaise de l'animal, qui continuait de mâchouiller son jouet sans nous prêter la moindre attention.

— Un chien démoniaque, a rectifié Marsden. Les mages guerriers sont autorisés à capturer certaines races bien précises de démons incorporels afin de les asservir. C'est fort utile en situation de combat. Mais c'est très difficile à obtenir. Pauvre Parsons, a-t-il ajouté.

Pritkin a grimacé.

— C'est qui, Parsons ? ai-je demandé.

Tant qu'à faire. Autant tout savoir.

— Vous voulez dire : « Qui était Parsons » ? Voyez-vous, il a voulu capturer un démon alors qu'il venait à peine de passer ses épreuves. Je l'avais pourtant prévenu qu'il devrait attendre, se faire la main pour ainsi dire, mais il n'avait rien voulu entendre. Les mages les plus renommés avaient tous leur golem, à l'époque. C'était un signe distinctif de prestige. Et il n'a eu de cesse d'en acquérir un à son tour.

— Il a réussi ?

Marsden a soupiré.

— Eh bien… Pour résumer… Non. Voyez-vous, lorsqu'on invoque un démon, il arrive parfois que…

— Il n'a pas réussi à capturer le démon. C'est le démon qui l'a capturé.

On a échangé un regard vide, stupéfait et grave. Je ne sais pas ce que Pritkin avait vu du massacre, avec mes yeux, mais ça lui avait suffi. Ou peut-être se souvenait-il de scènes similaires ? Et moi qui croyais avoir vu mon lot d'horreurs. Je ne supporterais pas d'assister en permanence à ce genre de spectacles.

Marsden avait l'air préoccupé.

— Vous savez ? Je me demande si la disparition de Parsons n'a pas contribué à la désaffection qui semble avoir gagné les jeunes générations. On ne voit plus beaucoup de golems, de nos jours.

Ça faisait un certain temps que je fréquentais les mages guerriers. Et, tôt ou tard, on finissait par découvrir qu'ils étaient un peu timbrés. Au moins, Marsden avait mis cartes sur table dès le début. J'ai jeté un coup d'œil au téléphone accroché au mur.

— Je dois passer un coup de fil, ai-je dit.

— Vous voulez savoir ce qui est arrivé aux enfants, a deviné Pritkin.

— Je sais très bien ce qu'il leur est arrivé : j'ai cru les protéger en les gardant près de moi, et c'est précisément à cause de ça que le Cercle les a repérés ! Je le soupçonne même de les avoir enlevés exprès pour que je vole à leur secours.

— C'est possible. Mais le Cercle les aurait traqués de toute manière. Ils sont dangereux, surtout en temps de guerre : ils constituent des proies faciles pour les recruteurs des Ténèbres.

— Ils n'ont rien de maléfique !

— Je n'ai jamais dit ça. Mais ils en veulent terriblement au Cercle. Cette animosité est facilement exploitable.

— De toute façon, les talismans étant actifs, j'ai bien peur qu'ils créent des interférences avec les lignes téléphoniques, a renchéri Marsden.

— Votre amie a caché les enfants pendant des années, m'a rappelé Pritkin. Elle s'en sortira très bien toute seule dans l'intermède.

— Elle a réussi à les cacher parce qu'elle n'était pas encore dans la ligne de mire du Cercle, lui ai-je rappelé à mon tour.

— Il ne va rien leur arriver, a-t-il insisté en tendant la main vers ma tasse. Si vous ne comptez pas le boire, je…

Je me suis dépêchée de mettre le café de la mort hors de sa portée.

— Vous en avez assez bu. Un peu plus et vous allez me rendre malade !

— Il vous en faut peu. Dès notre retour, nous allons intensifier nos séances d'entraînement. Votre condition physique est bien pire que je l'aurais soupçonné.

— Au moins, je ne suis pas accro au café.

— Moi non plus.

— Ah non ? (J'ai tendu la main. Si je ne faisais pas d'énormes efforts de concentration, elle tremblait toute seule.) De quand date votre dernier shoot de caféine ?

— Étant donné la journée que je viens de vivre, c'était il y a beaucoup trop longtemps, a-t-il maugréé en laissant tomber sa tête – ma tête – sur ses bras.

Il avait vraiment l'air mal en point. Le « tout-en-un » faisait la tête. Apparemment, le vêtement n'avait pas d'option « combat contre des démons ». Ou alors il était détraqué. En tout cas, il n'arrêtait pas de changer de formes et de motifs mais restait invariablement froissé, boueux et déchiré par endroits. Il n'avait rien à envier au corps qu'il revêtait. Une contusion foncée se répandait sur ma joue gauche, parfaitement assortie au bracelet de bleus qui décorait mon poignet droit.

— Vous avez l'air pathétique, lui ai-je dit.

Un de ses yeux a émergé d'une touffe de cheveux raplapla. Il m'a regardée avec espoir.

— Mais je ne vous donnerai pas ce café.

— Vous me devez bien ça, a-t-il marmonné sans se fatiguer à dresser la tête.

— Et pourquoi ça ?

— Regardez à quoi je ressemble !

— Vous n'en seriez pas là si vous ne vous étiez pas précipité tête baissée sur le type qui venait juste d'essayer de nous descendre !

Pritkin a redressé brusquement la tête.

— Et nous n'en serions pas là si vous n'aviez pas décidé d'affronter le Corps à vous toute seule !

— Du sucre ?

Marsden a déposé devant moi une petite théière et sa tasse à thé assortie. Il y avait des biscuits sur la coupole. Ils étaient fourrés au citron. *Miam.*

J'ai baissé les yeux. Mon café avait disparu.

J'ai essayé de l'arracher des mains de Pritkin mais il l'a éloigné et l'a protégé au creux de ses bras.

— C'est bon, c'est bon, ai-je dit en me concentrant sur mon thé.

Je n'aurais plus qu'à suivre une cure de désintoxication après avoir récupéré mon corps. Si j'y arrivais. Je commençais à avoir des doutes.

— Vous vous apprêtiez à m'expliquer la raison pour laquelle nous n'occupons pas notre propre corps, m'a rappelé Pritkin.

— J'aimerais d'abord éclaircir deux ou trois petites choses. Pour commencer : où on est ? Et pourquoi on est là ?

— Nous sommes dans l'arrière-pays de Stratford, ma chère, a répondu Marsden. (Il a marqué une pause.) Que c'est bizarre de s'adresser à John de cette façon. Puis-je vous appeler Cassandra ?

— Cassie. Et de quel Stratford on parle ?

Il a cligné des yeux.

— Stratford-upon-Avon.

— On est en *Angleterre* ?

— Oui. Cela fait des siècles que le Cercle y est établi. Voyez-vous, l'ancienne maison de Shakespeare a toujours attiré les touristes. Par conséquent, personne ne prête attention aux allées et venues de gens bizarres. (Il a pris une gorgée de thé.) Tout le monde pense qu'il s'agit d'Américains.

Je lui ai jeté un regard noir.

— Je croyais que le Cercle était basé à Las Vegas.

— Oh non. (Il avait l'air légèrement choqué à cette idée.) Ça ne fonctionnerait jamais. Comment aurais-je pu m'y prendre pour obtenir la collaboration du Corps ?

— Notre branche nord-américaine était située dans les locaux de la MAGIC, a expliqué Pritkin. Pourrions-nous revenir au sujet qui nous préoccupe ?

J'ai décidé de me conduire en homme – pour une fois que je pouvais littéralement me conduire en homme – et j'ai extrait la petite catastrophe ambulante des poches de Pritkin.

— Je vous présente Daikoku, un des sept dieux japonais du bonheur.

J'ai laissé tomber l'adjectif « débonnaire » parce que je n'avais pas encore exploré ce côté de sa personnalité, et j'ai raconté à mes compagnons le reste de la légende.

Quand j'ai eu terminé, Marsden se mordait les lèvres et Pritkin me regardait avec stupéfaction.

— Vous avez invoqué un puissant artefact magique d'origine inconnue sans imposer de limites à son pouvoir ? (Il avait l'air de tomber des nues.) Avez-vous complètement perdu l'esprit ?

— C'était la meilleure option.

— Ce n'était pas la meilleure option, a-t-il rétorqué avec hargne.

Même quand tout allait bien, Pritkin était capable de crisper les gens en un clin d'œil. Et tout n'allait pas bien. Je sentais que je perdais patience.

— Ah vraiment ? Qu'est-ce que vous en savez ?

Le muscle d'une de mes joues a tressauté. Je ne savais pas que mon visage était capable de faire ça.

— Les djinns sont des démons ! Ils trompent les naïfs en prétendant exaucer leurs souhaits et, dès qu'ils mordent à l'hameçon, ils les prennent au piège ! Ils peuvent en faire ce que bon leur semble ! Ils peuvent leur nuire comme ils le souhaitent tant qu'ils restent dans les limites de la formulation du souhait !

— Demandez à Parsons, a renchéri Marsden. Enfin, c'est une façon de parler, bien entendu.

J'ai jeté un coup d'œil furtif au chien de l'enfer. Il avait laissé tomber son os atrocement mâchouillé et se grattait nonchalamment.

— Le vendeur nous a juré que ce n'était pas un djinn.

— C'est vrai que, d'habitude, les vendeurs disent toujours la stricte vérité, a lancé Pritkin, sarcastique.

— On est encore en vie, non ?

— On le serait de toute manière ! Caleb…

— Caleb était prêt à me descendre !

— Je l'aurais raisonné si vous m'aviez…

— Oh, arrêtez un peu ! On était cernés ! Ils braquaient leurs pistolets sur nous !

— Mais aucun d'entre eux n'a tiré ! Ils essayaient de vous capturer ! Pas de vous tuer !

— Comment pouvez-vous en être sûr ?

Pritkin a frappé la table du plat de la main, renversant ma tasse de thé.

— Vous êtes encore en vie !

Le mal de tête insidieux que je sentais poindre depuis une éternité est enfin passé à l'attaque.

— Être capturée par le Cercle ou être abattue, dans mon cas, ça revient au même, lui ai-je rappelé d'un ton sinistre.

— Elle n'a pas tort, John, a dit Marsden. (Son regard n'avait pas cessé de faire des va-et-vient entre Pritkin et moi, comme s'il avait assisté à un match de tennis.) D'ailleurs, c'est précisément la raison pour laquelle je vous ai invoquée.

— Invoquée ? (La formulation était absurde.) On invoque les fantômes ou les démons.

— Et les Pythies.

Il a extrait une petite chaîne de sa chemise. Un minuscule charme en or y pendait.

— Quoi ?

— C'est vieux comme le monde, a-t-il répondu en offrant l'assiette de biscuits à Pritkin, qui les a snobés. Les personnes en charge de votre sacerdoce ont la fâcheuse tendance de se trouver ailleurs au moment crucial. À une autre époque, pour être précis. C'est pourquoi le Cercle a élaboré, il y a plusieurs siècles, une façon de rappeler la Pythie en cas d'urgence. Lorsque le charme est activé, il vous ramène à nous dès que vous vous téléportez.

J'ai contemplé avec horreur le petit objet vicieux.

— Mais si vous êtes capable de faire ça, pourquoi le Cercle ne m'a-t-il pas rappelée dès le début pour que je comparaisse à leur procès ?

— Parce que je suis un vieil homme. Je n'ai plus toute ma tête, a-t-il répondu innocemment. Lorsqu'ils m'ont démis de mes fonctions, je l'ai bêtement égaré. Entre autres choses.

— Vous m'avez empêchée de me téléporter !

— Pas du tout ! Lorsque vous avez essayé, le charme s'est contenté de vous ramener à la case départ.

— Vous auriez pu nous tuer !

— Absurde. Vous étiez avec John. Et je ne pouvais pas deviner qu'on allait m'attaquer au moment précis de votre arrivée.

Je n'ai rien dit. Il fallait que je m'éclaircisse les idées. Je m'étais dit que les mages en avaient après moi. Tout le monde en avait après moi.

— Mais ils nous ont attaqués, nous !

— Ils ont sûrement cru que vous étiez mes alliés.

— Mais c'était qui, alors ?

— Je n'en connaissais pas la moitié, a répondu Marsden, mais leur chef était un ancien mage guerrier répondant au nom de Jenkins. Il est tombé en disgrâce il y a quelques années, pour fraude financière. Après quoi il est devenu tueur à gages. Tout le monde le disait très doué. Nous n'avons jamais réussi à l'interpeller.

— C'est l'homme que j'ai poursuivi, a expliqué Pritkin brièvement.

Alors comme ça, Adidas avait un vrai nom.

— Pourquoi voulait-il vous tuer ? ai-je demandé à Marsden.

— Parce que Saunders l'a embauché pour le faire, bien sûr. Même à l'heure actuelle, il doit avoir du mal à convaincre quiconque, parmi les membres du Cercle, de m'assassiner !

— Vous avez beaucoup d'ennemis, Jonas, a protesté Pritkin. Et Jenkins en faisait partie. Nous ne pouvons pas tirer de conclusion…

— Ne soyez pas naïf, John ! S'il le pouvait, Saunders me mettrait dans un cachot et jetterait les clés. Mais il a trop peur qu'un procès me place sur le devant de la scène. Il préfère mettre mes accusations sur le compte de mon grand âge et attendre que ses hommes me cueillent.

— Saunders ? ai-je demandé. On parle bien du seigneur Protecteur, là ? (J'essayais désespérément de comprendre. Marsden a hoché la tête.) Mais pourquoi le responsable du Cercle enverrait-il des assassins vous tuer ?

— À cause de vous, ma chère.

— Mais on ne se connaît même pas !

— Non. Mais vous avez fait la connaissance de Peter Tremaine. Vous l'avez libéré hier des geôles de la MAGIC. Et il est tout de suite venu me trouver. Il aurait découvert la vérité concernant les activités de cet honorable seigneur, il y a de cela six mois…

— Quelles activités ?

— … mais il a été incarcéré sous un prétexte fallacieux pour éviter qu'il parle. Maintenant qu'il a retrouvé la liberté, il est aussi déterminé que moi à dévoiler la vérité. Et il est convaincu que vous saurez contribuer à notre cause.

Il m'a regardée, rayonnant d'espoir, tout en joues roses et en pupilles brillantes. J'ai senti mon estomac se nouer.

— Quelle cause ? ai-je demandé.

Je craignais le pire.

Il a cligné des yeux. Derrière les verres épais de ses lunettes, ses yeux bleus avaient l'air énormes.

Oh ! Désolé. J'avais oublié de le préciser. Nous fomentons un putsch.

Chapitre 20

J'ai dévisagé le vieil homme ratatiné, bouche bée. Je le croyais volontiers. Il n'avait pas du tout l'air de mentir. J'étais juste stupéfaite d'entendre quelqu'un suggérer un suicide d'un ton aussi vif et enjoué. Quelle personne normalement constituée ferait une chose pareille? Mais, de la part d'un ancien dirigeant du Cercle, ça n'aurait pas dû m'étonner. Ils avaient tous un grain.

Je ne sais franchement pas ce que j'aurais dit si Pritkin n'avait pas choisi ce moment pour se cogner le front contre la table. Il s'est tordu dans tous les sens et il a fini la tête entre les genoux. Je me suis accroupie à côté de lui et je lui ai caressé lentement le dos.

— Vous n'allez pas vomir?

— Bien sûr que non! a-t-il rétorqué avec indignation... juste avant de vomir.

— Oh! là, là! s'est lamenté Marsden tandis que je tenais la tête de Pritkin. J'aurais dû y penser. Vous devez être épuisés après toutes ces aventures. Nous discuterons demain.

— Non. On doit..., ai-je commencé. (Mais Pritkin m'a donné un coup de pied.) Je veux dire: oui, demain, c'est parfait.

On a nettoyé sommairement la cuisine et Marsden nous a menés jusqu'à une grande chambre, à l'étage.

— Il y a des serviettes dans la salle de bains. Et je vais vous trouver des vêtements. (Il a jaugé le corps occupé par

Pritkin d'un air soucieux.) J'ai fait quelques achats en ville, aujourd'hui, mais vous êtes plus petite que je pensais. Enfin. Ça fera l'affaire.

J'ai ravalé un commentaire acerbe. Il n'avait pas l'air de trouver ça bizarre de faire du shopping pour la personne qu'il s'apprêtait à kidnapper. Mais, se disputer avec un vieil homme sénile, c'est une perte de temps. Sans compter qu'on était obligés d'accepter son hospitalité le temps que je trouve un moyen de lui subtiliser ce foutu charme. Ou de faire marcher le téléphone. Ou de dégotter un partenaire avec un peu plus de jus qu'un moustique anorexique.

Pritkin s'est affalé sur le lit.

— Et moi ? ai-je demandé.

Pritkin avait l'air de s'être déjà endormi, malgré le seau de café qu'il s'était enfilé.

— Pardon ? a demandé poliment Marsden.

— Où est ma chambre ? ai-je clarifié.

Il m'a regardée en clignant des yeux.

— Oh. (Il avait l'air un peu perplexe.) Certes. Oui, oui, oui. Bien sûr. Eh bien je suppose que je peux vous mettre dans… Il faut changer les draps, mais…

Il est parti s'affairer dans la chambre et je me suis mise en quête de la salle de bains. Ça confirmait mes soupçons : Marsden n'était pas marié. Il n'y avait ni rideau aux fenêtres opaques, ni tapis par terre. En revanche, une serviette était pendue au robinet. Elle s'était solidifiée sur place. On aurait dit une fleur séchée. Dieu merci, il y avait aussi une pile de serviettes pliées sur le rebord de la baignoire et une petite tour de savonnettes pour invités. La salle de bains comportait également une douche moderne, un radiateur, une armoire contenant d'autres serviettes…

… et c'est tout.

J'ai regardé partout, même derrière l'armoire. Chou blanc. J'ai fini par abandonner et je suis allée demander à

Pritkin. Il était allongé sur le dos, inconscient, maculant de boue les beaux draps en coton de Marsden. Je l'ai secoué légèrement. Ça me faisait de la peine de le réveiller, mais son ancien patron avait disparu Dieu sait où et ça commençait à urger.

Pritkin a entrouvert l'œil.

— Quoi ?

— Désolée. C'est juste... Il y a un problème avec la salle de bains.

— Quel problème ?

— Il n'y a pas de toilettes.

— C'est une vieille maison, a soupiré Pritkin, comme si ça expliquait tout.

— Et ils ne pissaient pas, avant ?

Il a émis un grognement et posé le bras sur son visage.

— Il y a des cabinets au bout du couloir.

— Des quoi ? ai-je demandé, complètement désespérée.

— Des toilettes. C'est une pièce à part.

— Mais pourquoi ? Pourquoi aller mettre les toilettes dans...

— Parce qu'une salle de bains, ça sert à prendre des bains. D'où son nom.

— C'est bizarre.

— Non, ce n'est pas bizarre, mademoiselle Palmer, a-t-il dit avec colère. Ce qui est bizarre, c'est que j'ai un vagin.

Je ne l'avais jamais entendu parler sur ce ton mais ça ne me disait rien qui vaille. J'avais mon information : je me suis empressée de déguerpir.

Les toilettes étaient à côté de la salle de bains, dans une espèce de placard. J'étais tellement soulagée que ça ne m'a pas traumatisée plus que ça de l'utiliser en tant qu'homme. Ensuite, je me suis traînée jusqu'à la salle de bains et j'ai laissé couler l'eau dans la douche pour qu'elle chauffe. J'étais trop fatiguée pour utiliser la baignoire : c'était un coup à se noyer.

J'ai laissé tomber à terre mon manteau crasseux, mon étui autour du mollet, ma ceinture à potions style « ceinture à munitions », ma ceinture servant effectivement à retenir le pantalon – celle que j'avais utilisée pour me faire un garrot – mes cinq poignards et ma paire de lourdes bottes équipées de deux autres poignards. Bref, ce que Pritkin considérait comme une tenue décontractée. Ça a tout sali mais le sol était dallé : je me suis promis de nettoyer après. Enfin, si je ne m'effondrais pas complètement.

L'idée de m'endormir comme ça, couverte de boue, commençait à me tenter. Mais non. Je n'y serais jamais arrivée.

J'ai dû enlever ma chemise par le haut, d'une seule main : le sort de Caleb avait fait fondre les boutons et mon bras gauche était hors service. J'ai jeté un coup d'œil au miroir qui commençait à se couvrir de buée et je n'ai pas pu m'empêcher de sourire. Pritkin était la seule personne que je connaisse dont les cheveux restaient en place après une opération pareille.

Mais le plus rigolo était encore à venir. Je devais essayer de m'extraire de mon jean trempé d'une seule main. C'était encore plus dur que j'avais pensé. Un jean trempé, ça colle. En me débattant, j'ai trébuché, je me suis cognée dans un séchoir et j'ai failli tomber sur mon derrière d'emprunt. Heureusement, Pritkin n'avait jamais adopté cette invention totalement révolutionnaire qu'était l'usage de sous-vêtements. Ils ne devaient pas connaître les slips kangourous au VIe siècle. Donc la torture s'est arrêtée là. Je n'avais plus qu'à me débarrasser de toute cette boue.

J'ai incliné mon visage sous le pommeau. L'eau était chaude, et ça a ravivé des centaines de petites coupures que je n'avais pas encore senties. La cascade bouillante n'a pas non plus arrangé la contusion sur mes fesses, à l'endroit où j'avais heurté la palissade, ni la brûlure que j'arborais au milieu du torse. Mais on ne peut pas tout avoir. L'eau m'a débarrassée de toute la boue qui enduisait les cheveux de Pritkin. Elle s'est mise à dégouliner dans son cou.

Le savon me faisait mal mais je m'en suis quand même badigeonnée. Ensuite, je me suis frottée vigoureusement pour enlever le maximum de boue séchée, en essayant d'ignorer les poils couvrant ma poitrine. *Et mes jambes*, ai-je remarqué en me baissant pour nettoyer les orteils de Pritkin. C'étaient de longs poils d'homme, que l'eau avait fait passer du châtain clair au châtain foncé. J'en avais des quantités impressionnantes, et pas seulement sur les mollets. J'ai constaté avec horreur que j'en avais aussi plein les cuisses ! C'était vraiment très, très bizarre.

J'ai posé le front sur la vitre et j'ai essayé de respirer calmement pendant un long moment. Je sentais chaque membre et chaque nerf de mon corps se tendre et palpiter, prêts à céder si je respirais de travers. C'étaient toujours les petits détails qui me faisaient craquer. Que des centaines de personnes veulent me faire la peau, j'arrivais à gérer. Ce n'était pas nouveau. Idem si je me faisais agresser par des démons ou des ex-mages guerriers psychopathes. Même le poids bizarre *et absolument déplacé* que je sentais entre mes jambes, je pouvais le supporter. Mais j'étais totalement incapable d'assumer les poils.

Pourtant, j'avais déjà possédé des gens. J'essayais d'éviter autant que possible, mais je n'avais pas toujours le choix. Cette fois-ci, pourtant, c'était différent. Déjà, mes précédentes excursions extra-corporelles avaient été de courte durée : quelques heures maximum. Et je venais d'échapper de peu à la mort. On a beau y être habitué, ça fait toujours un choc. Mais c'était surtout à cause de Pritkin.

Je n'avais possédé qu'une seule fois une personne proche, par accident. Ça n'avait duré que quelques secondes. Ça avait été troublant, mais pas bien long. En revanche, cette possession-là risquait de transformer en profondeur mes relations avec Pritkin. Et je n'en voyais pas le bout.

D'un seul coup, la démangeaison horripilante que je sentais sous ma peau a cessé. J'ai passé les doigts, avec précaution, sur mon bras blessé, faisant tomber un peu plus de boue et de sang séché dans le bac de douche. En dessous, la peau était parfaitement intacte. Il n'y avait même pas une cicatrice trahissant la blessure. Le corps de Pritkin avait guéri. C'était comme s'il n'avait jamais été blessé. Et ça ne lui avait pris que quelques heures. Finalement, avoir un père démon présentait quelques avantages.

Mais ça n'allait pas sans inconvénient.

Je m'étais pas mal renseignée sur le sujet, dernièrement. Les anciens textes sur Merlin étaient assez laconiques et parfois contradictoires. Sans compter que tous les écrivains ayant rapporté la légende l'avaient enjolivée de façon éhontée. Mais les récits les plus archaïques, avant l'ajout de digressions romantiques, avaient tous une chose en commun : ils étaient bougrement sinistres.

Après le décès de sa mère, qui était morte en couches, le mi-démon avait été rejeté par sa famille. Il avait quand même réussi à survivre, Dieu sait comment, jusqu'à devenir une sorte de curiosité locale. Il habitait seul dans les bois. Certains pensaient qu'il était fou, d'autres que c'était un prophète. Certains murmuraient qu'il s'agissait d'un puissant magicien, dont le pouvoir humain était décuplé par son sang démoniaque. Aucun auteur n'avait pensé à s'interroger sur ce qu'il pouvait ressentir, à grandir tout seul, rejeté de tous, comme une erreur de la nature.

Ensuite, il avait séjourné en enfer. Un jour, Pritkin m'avait dit que plusieurs siècles s'étaient écoulés sur terre pendant son absence, mais qu'il n'avait passé qu'une dizaine d'années en enfer. Certes. Mais, dix ans dans le royaume des démons, ça n'avait pas l'air très marrant. Je ne savais pas ce qu'il avait vécu : il ne m'en avait jamais parlé. C'était une des personnes les plus réservées que je connaisse. Dès qu'on abordait des sujets personnels, il s'abritait derrière un mur de silence. Mais une chose était sûre : chaque fois qu'il parlait des démons, c'était en des termes méprisants et haineux. Et depuis son retour, il n'avait eu de cesse de traquer sans pitié les spécimens les plus dangereux.

J'ai repensé à son visage livide, non sans un certain soupçon d'inquiétude. Pritkin avait vécu des choses plus aberrantes les unes que les autres. Et il avait toujours réussi à surmonter tous les obstacles. Mais cette fois, c'était différent. Avant de me rencontrer, la possession n'était pour lui que le fait de démons extrêmement puissants. Se retrouver subitement dans le corps de quelqu'un d'autre devait lui rappeler un aspect de sa personne qu'il essayait de refouler. Je me demandais quelle serait sa réaction demain, lorsque l'effet anesthésiant de l'épuisement et des tentatives d'assassinat se serait estompé. Bizarrement, je n'étais pas très optimiste.

Au bout d'un moment, le noir derrière mes paupières et l'eau chaude se déversant sur ma peau ont fini par dissiper ma tension. Même pour moi, ça avait été une sale journée. J'avais presque réussi à retrouver mon calme – en tout cas, un semblant de calme, étant donné le corps que j'habitais – lorsque la tête d'un fantôme a traversé la porte de la douche. J'ai hurlé et j'ai bondi en arrière. Mon pied a glissé dans une flaque savonnée et j'ai atterri sur les fesses de Pritkin. J'ai dévisagé Billy Joe en haletant.

— Qu'est-ce que tu fous là ?

— J'allais te poser la même question.

Je me suis hissée debout en grimaçant. Malheureusement, j'ai pris appui sur un des boutons du robinet et je l'ai tourné par mégarde. Résultat : un jet d'eau brûlante m'a éclaboussée. J'ai sauté hors de la douche en me mordant les lèvres pour ne pas hurler.

— Toi d'abord, ai-je lancé en attrapant une serviette.

— Non. Toi d'abord. Ça fait des heures que je te cherche. Et quand j'arrive enfin à te localiser, sur quoi je tombe ?

— Désolée que tu aies eu une sale journée, ai-je dit d'un ton sarcastique tout en massant ma peau ébouillantée.

Ça m'avait fait un mal de chien.

— Attends-toi à pire à ton retour. Tout le monde flippe. Françoise a raconté à qui voulait l'entendre que le Cercle t'avait enlevée. Du coup, le Sénat s'est empressé d'exiger ta libération. Bien entendu, le Cercle les a envoyés sur les roses. Et quand je suis parti, ton vampire chéri était à deux doigts de bouffer Saunders pour le forcer à te restituer.

— Mais pourquoi ? Le Sénat sait très bien où je suis. Ils ont installé un pisteur sur moi !

— Ouais. Et le pisteur leur dit que tu es avec l'ancien chef du Cercle.

J'ai senti mon visage devenir livide.

— Est-ce qu'ils en ont parlé à quelqu'un ? À Saunders, par exemple ?

— Ça pose problème ?

— Si le Cercle apprend que j'ai discuté avec Marsden, je peux faire une croix sur mon alliance avec eux.

— Bof. Ça avait l'air mal barré, de toute façon.

— Peux-tu aller te renseigner ? C'est important.

— Je peux essayer.

— J'ai vraiment besoin de savoir, Billy. Ils se livrent un véritable bras de fer, et je n'ai pas envie d'y être mêlée. J'ai assez de problèmes comme ça.

— C'est ce que je vois. À propos, au cas où tu ne serais pas à l'article de la mort ou coincée dans les geôles du Cercle, Tami m'a demandé de te dire qu'une partie des gamins est toujours portée disparue. Et qu'Alfred n'a pas le permis.

— Je sais. Dis-lui que je reviens dès que possible.

— Et ce sera possible quand ?

— Ça dépend. Entre autres choses, Marsden a un charme pendu autour du cou. Il s'en est servi pour me faire venir.

— Et si tu ne le récupères pas, il peut s'en servir pour te ramener ?

— Exactement. Donc si tu pouvais…

Billy a secoué la tête. Il ne m'a pas laissée finir.

— Pas moyen, Cass'. J'ai utilisé un paquet d'énergie pour te retrouver. Je suis incapable de transporter la moindre babiole dans cet état. En revanche, si je prenais une petite rasade…

— Tu n'es pas le seul à être épuisé, lui ai-je dit en passant la tête par l'embrasure de la porte. (Comme prévu, quelqu'un avait déposé une pile de vêtements bien pliés dans le couloir.) Je vais d'abord dormir, prendre un petit déjeuner, et ensuite je te donnerai ton énergie.

Billy n'a pas répondu. J'ai refermé la porte. Quand je me suis retournée, j'ai vu qu'il regardait d'un œil goguenard le tas de froufrous que j'avais entre les mains. J'ai ignoré le sourire qui s'élargissait sur son visage et j'ai fouillé dans les achats de Marsden. Apparemment, il ne pensait pas que j'allais venir avec un ami : tous les habits étaient adaptés au corps que je n'avais plus. Aucun de ces vêtements couverts de dentelle et efféminés n'allait convenir à ma forme actuelle. En supposant que je sois prête à affronter la fureur de Pritkin si j'osais l'en affubler.

J'ai examiné avec intérêt un bas de pyjama relativement sobre, en comparaison avec le reste – il était en coton bleu avec une petite rangée de dentelle au niveau des chevilles – mais je n'allais jamais rentrer dedans. Pritkin avait les jambes beaucoup trop musclées.

— Si le mage te voit dans un de ces trucs, il va te savonner la tête grave, a lancé Billy, euphorique. (Il a marqué une légère pause.) Enfin, c'est pas comme si tu venais pas de t'occuper de la sienne !

J'ai senti une migraine poindre sous mon œil droit.

—Casse-toi Billy!

—OK! OK! (Il a éclaté de rire.) Et dépêche-toi de t'habiller! Tu vas te peler les couilles, maintenant que tu en as!

—Billy!

Il s'est estompé en riant. Il y en avait au moins un qui s'amusait. J'étais trop épuisée pour résoudre ce problème de vêtements. Je me suis enveloppée dans une serviette et je suis allée me coucher. Ça n'a pas été bien compliqué de trouver ma chambre: Marsden avait laissé grande ouverte la porte de la chambre attenante à celle de Pritkin. Et il avait fait le lit.

Dès que je me suis retrouvée dans les draps frais, j'ai oublié que je n'étais ni dans ma chambre, ni dans mon lit. La salle de bains était peut-être vétuste mais le matelas, lui, était au top du confort. Je me suis étirée et j'ai constaté avec bonheur qu'il me soutenait en tous points. Peu à peu, tous les muscles de mon corps se sont liquéfiés. Et je me suis endormie sans avoir le temps de passer en revue la liste des problèmes du jour.

J'étais debout au milieu d'une prairie, totalement seule. Tout autour de moi, un paysage vallonné s'étendait jusqu'à l'horizon. Je portais une tunique blanche toute simple et j'avais l'air insouciante et heureuse. Il faisait grand jour, le soleil brillait dans le ciel et une petite brise faisait ployer les herbes et danser le bas de ma tunique.

Soudain, sans crier gare, des nuages sont arrivés de tous côtés. Ils ont entièrement voilé le ciel. Boursouflés et rougeoyants, ils projetaient sur le paysage une lueur infernale, partout où portait le regard. Le tonnerre a grondé et il s'est mis à pleuvoir. Les gouttes avaient la même teinte rouge que les nuages et le goût âcre des éclairs s'accompagnait d'une saveur douce-amère aux relents de ténèbres.

Une cascade de sang épais et écarlate m'a aspergée en crépitant, comme des restes d'abattoir. Le liquide a éclaboussé ma peau, mes cheveux et ma fine tunique blanche avant de dégouliner le long de mon corps, en petites rigoles. Après avoir détrempé mes vêtements, le sang a formé une flaque à mes pieds, humidifiant le sol au point qu'il se désagrège et s'ouvre. Et j'ai commencé à m'enfoncer dans la terre. La pluie ne s'est pas arrêtée pour autant. En s'abattant sur le sol, elle élargissait la faille, qui m'a peu à peu engloutie entièrement. Et j'ai disparu.

Le raz-de-marée sanglant n'a pas cessé. Il s'est répandu dans toutes les directions, jaillissant du sol comme une fontaine. Là où il y avait eu la vie – une vie luxuriante, verdoyante – il n'y avait plus que poussière et pourriture. Tout était marron, délabré et pétrifié.

Je me suis réveillée dans un halo écœurant de lumière verte : c'était le clair de lune filtrant à travers les plantes grimpantes, qui voilaient la seule fenêtre de la chambre de leur épais rideau. Mon cœur battait à tout rompre. Je suis restée allongée en essayant de me persuader que ce n'était qu'un cauchemar. J'avais largement matière à en faire, et mon inconscient n'avait jamais été très subtil.

Mais ça ne ressemblait pas à un rêve. Pas même à un cauchemar. J'avais eu assez de visions pour les reconnaître quand elles se présentaient. Quelque chose ne tournait pas rond.

J'ai levé les yeux au ciel – mentalement – et j'ai essayé de respirer plus lentement. Bien sûr que quelque chose ne tournait pas rond ! Le Cercle essayait de me tuer, j'avais laissé tomber Tami, je venais de traverser une forêt pleine de monstres. Et – j'oubliais – je n'étais pas dans mon corps ! Ce qui serait vraiment étonnant, ce serait que les choses se mettent à tourner rond !

Mais aucun élément de cette énumération ne collait aux visions apocalyptiques que mon pouvoir s'échinait à me montrer. Une Las Vegas en ruine. Une route abandonnée à l'état de cimetière. Et, à présent, cette scène de destruction dans laquelle j'occupais une place centrale.

J'ai tremblé dans la chaleur de l'étroite petite chambre. J'avais un accès soudain de claustrophobie, la tête qui tournait et une vague envie de vomir. Toutes ces émotions étaient trop dures à gérer. Depuis la destruction de la MAGIC, j'avais le pressentiment que quelque chose de terrible se tramait. Quelque chose de sous-jacent, que je n'arrivais ni à discerner ni à saisir, mais qui était d'une importance vitale.

Je me suis installée sur le côté et j'ai observé les ténèbres. Ma dernière vision était plus troublante que les autres. Elle avait l'air de laisser entendre que j'étais liée à la naissance du courant de destruction. Ce n'était pas moi qui avais invoqué la tempête sanglante mais elle s'était concentrée sur moi. Comme si elle m'avait utilisée pour propager son raz-de-marée mortel.

Mon pouvoir essayait-il de me dire que si le Cercle parvenait à me tuer, on perdrait cette guerre ? Ça expliquerait la vague de dévastation. Si on perdait, je savais pertinemment ce qu'Apollon prévoyait de faire. La communauté magique avait été directement responsable de son bannissement. Il n'allait pas commettre la même erreur : il allait nous exterminer. Et ses alliés des Ténèbres allaient être surpris lorsqu'ils découvriraient la nature de la « récompense » qu'il leur réservait pour l'avoir aidé dans son entreprise.

Je me suis retournée sur le dos. Je me sentais horriblement frustrée. Cette interprétation avait l'air de coller mais je ne pouvais rien y faire. J'avais tenté l'impossible pour m'allier avec le Cercle ! Je ne pouvais pas les forcer à m'accepter. Ni les empêcher de faire l'autruche. Ni leur enfoncer dans le crâne qu'on était en guerre et qu'on ne pouvait pas se permettre une guerre intestine. Je m'échinais en vain à le leur dire depuis le début.

Personne ne m'écoutait.

J'ai poussé un grognement et j'ai mis un oreiller sur ma tête. J'aurais bien aimé que Mircea soit là pour m'assommer un bon coup. Je n'avais pas envie de rêver. Mes cauchemars ne menaient à rien. Ils m'empêchaient de dormir. C'est tout.

La deuxième fois que je me suis réveillée, j'étais percluse de douleur. Ma cheville droite m'élançait – une blessure que je n'avais pas remarquée la veille –, j'avais mal au dos, mon bras mutilé était encore sensible et ma gorge brûlait. Le tout reprenait peu à peu l'apparence d'un corps. Un corps doté d'une barbe de trois jours drue et de cheveux beaucoup plus ébouriffés que d'habitude.

J'ai froncé les sourcils. Ma main est partie en exploration, soulevant peu à peu le voile de sommeil engourdissant mes membres. J'ai tâté une poitrine d'homme, puissamment musclée, une série de côtes saillantes, un abdomen dur et un…

Je me suis réveillée d'un seul coup, haletante. La panique m'avait prise à la gorge et avait failli m'étouffer. L'espace d'un instant, j'ai été complètement incapable de réfléchir. Toute cette expérience était si bizarre que mon cerveau partait en vrille. J'avais déjà vécu des choses très étranges mais c'était la première fois que je me réveillais dans le corps de quelqu'un d'autre.

J'ai regardé par la fenêtre, j'ai pris une grande bouffée d'air et j'ai attendu que mon pouls repasse sous le seuil critique de la crise cardiaque. Les plantes grimpantes n'allaient pas jusqu'à me bloquer la vue : au loin, une rangée de nuages bas envahissaient obstinément le ciel. *Les revoilà*, ai-je pensé tandis qu'il se mettait à pleuvoir.

Je suis restée allongée un certain temps, immobile, les yeux rivés sur les motifs que formaient les gouttes dégoulinant sur la vitre. Il pleuvait mais le soleil brillait aussi. Que dit le dicton, déjà ? « Quand le soleil luit pendant la pluie, le diable bat sa femme et marie sa fille ».

Ou peut-être qu'il veut juste récupérer son chien.

Tant que je ne regardais pas mon corps, je me sentais bien. Le lit était chaud et douillet. Les draps étaient fraîchement lavés et les oreillers en plumes d'oie bien rembourrés. J'étais tentée de faire la grasse matinée et d'oublier tout. D'oublier Pritkin. Parce qu'il pensait sûrement que j'allais arranger nos petites affaires et, très franchement, je ne savais pas comment m'y prendre.

Mais c'était le matin. Billy serait bientôt de retour. Il fallait que je m'accroche. Il fallait que je me lève.

Je me suis concentrée sur les lents va-et-vient de ma respiration, sur mes côtes qui se soulevaient, sur mes poumons qui se gonflaient, essayant de me convaincre que la plupart de ces choses étaient familières. Normales. Un corps, c'est un corps, après tout : deux bras, deux jambes, une tête. À part quelques petits détails, on n'était pas si différents. Je ne m'en sortais pas trop mal mais j'ai eu la mauvaise idée de baisser les yeux sur un détail pas si petit que ça et très, très différent.

J'ai eu un mouvement de recul et je me suis cognée contre la tête du lit. Mais, bien entendu, mon dernier problème en date a suivi le mouvement. Je l'ai regardé avec horreur. Je ne savais pas quoi faire. Mais ça ne l'a pas fait disparaître. Il restait là, impassible, soulevant le drap avec insistance. Il avait l'air très excité à l'idée d'entamer une nouvelle journée. Qu'est-ce que je devais faire ?

J'ai essayé de l'aplatir gentiment mais il s'obstinait à dodeliner vers le haut. J'ai fait une deuxième tentative, en tentant cette fois de le maintenir à plat. Il était chaud et rigide sous mes doigts, comme s'il n'y avait pas eu de drap. Dans la foulée, j'ai remarqué d'autres éléments tout aussi perturbants. Mes seins étaient plats et ne bougeaient pas quand je respirais. Le bas de mon abdomen était couvert d'un épais duvet. Le bout de cuisse dépassant du drap était doté de poils blonds.

La méthode Coué n'avait pas fonctionné : ce corps ne me semblait pas du tout normal. La veille, je n'avais pas eu trop de problèmes à assumer : je tombais de fatigue. Mais à présent, je n'arrêtais pas de me focaliser sur des petits détails, comme le courant électrique circulant sous ma nouvelle peau. C'était chaud, palpitant et horripilant. Je tremblais et je transpirais à la fois. D'un seul coup, tout m'excitait, depuis la douce caresse des draps jusqu'au courant d'air presque imperceptible qui passait par la fenêtre vétuste.

Je n'avais jamais eu autant conscience de mon corps, de la façon dont j'habitais chaque muscle, chaque os, chaque centimètre de peau. Je me demandais si Pritkin ressentait la même chose. S'il se sentait aussi vivant. S'il avait les sens aussi affûtés. Si chaque sensation lui était à la fois familière et complètement étrangère. Je me demandais s'il était également au bord de la crise de nerfs.

J'ai aperçu mon reflet dans le miroir et ça ne m'a pas aidée. Mes longs cils tombaient sur mes joues échauffées et mes lèvres, d'habitude crispées, étaient languissantes de surprise. Ses larges épaules et ses bras aux muscles bien dessinés étaient toujours là. Sa peau ensommeillée était chaude et les traces du combat avaient presque disparu. On ne voyait plus que quelques fines cicatrices rouges contrastant avec son teint crème et doré.

J'ai fait courir ses doigts sur sa barbe, le long de sa mâchoire, jusqu'au creux de son lobe d'oreille, où la peau était plus tendre, et j'ai passé les mains dans ses cheveux. Elles étaient belles. Ses doigts calleux avaient des bouts arrondis et des ongles coupés assez court, mais pas exagérément. Soudain, un frisson de lucidité m'a parcouru le corps. *Qu'est-ce qu'il est fort !* ai-je pensé.

Et le morceau de chair que j'emprisonnais sous ma main s'est soulevé.

Je l'ai reposé avec empressement, en déglutissant laborieusement, mais le drap a glissé. Et il était là, dans toute sa splendeur : chaud, gigantesque, douloureux tant il était tendu. *Ça va peut-être partir tout seul*, ai-je pensé, à court d'idées. J'ai retenu mon souffle. La panique me submergeait. Et il a grossi. Il était long et épais, un peu plus foncé que le reste de sa peau de pêche, penchant élégamment sur la gauche. *Je dois penser à féliciter Pritkin*, ai-je pensé, au bord de l'apoplexie. Il avait une très belle bite. J'ai mis un oreiller dessus.

Quelqu'un a frappé à la porte.

J'ai levé les yeux, horrifiée. J'ai à peine eu le temps de remonter le drap sur moi que mon propre visage soucieux a fait son apparition dans l'embrasure de la porte.

— Vous permettez ? ai-je lancé d'une voix légèrement stridente.

— Le petit déjeuner est servi, a annoncé Pritkin. (Il a remarqué mon expression.) Y a-t-il un problème ?

— Mais pas du tout ! J'aimerais avoir droit à un peu d'intimité.

— Vous êtes dans mon corps. Le principe même d'intimité me semble fortement compromis.

Il est entré sans tenir compte du regard noir que je lui ai lancé. Marsden semblait avoir aussi acheté des vêtements ordinaires, parce qu'il portait un corsaire kaki et une petite tunique à col cordon jaune.

— J'ai besoin de vêtements, ai-je dit en espérant qu'il irait en chercher.

— Marsden m'a demandé de vous donner ceci. Ce sont ses vêtements mais ils devraient faire l'affaire, de façon temporaire, a-t-il déclaré en laissant tomber une pile de linge sur une table, à côté d'un petit fauteuil.

Et il s'est assis.

—Qu'est-ce que vous faites ?

—Il faut qu'on parle.

—Maintenant ?

—Pourquoi pas maintenant ?

—Je… je n'ai pas encore pris ma douche, ai-je dit sans conviction.

Mais d'un seul coup ça m'est revenu. *Mais bien sûr !* Une douche froide. C'était ça que faisaient les mecs quand ils avaient ce genre de problèmes.

—Vous vous êtes douchée hier soir. Habillez-vous. Il faut qu'on discute avant d'aller voir Jonas.

Il a croisé mes jambes, parfaitement à l'aise. Il a même balancé négligemment sa sandale au bout de mon pied blanc. Je m'étais préparée à le voir en colère, amer, épouvanté… Au lieu de ça, il me traitait avec son impatience agacée habituelle. Le pire, c'était de me rendre compte qu'il gérait ça beaucoup mieux que moi. Ça faisait mal.

—Et si j'ai envie de prendre une autre douche ? ai-je rétorqué avec hargne. J'ai tout à fait le droit de prendre une autre douche !

—Que vous arrive-t-il ? a-t-il demandé.

J'ai réussi à soutenir son regard perçant. Je ne savais pas que mes yeux étaient capables de faire ça. J'étais même sûre qu'ils ne le faisaient jamais quand j'occupais mon corps. En tout cas, ça m'a vraiment énervée que mon propre regard me fiche mal à l'aise.

—Qu'est-ce qui m'arrive ? D'après vous ? Je vais vous dire ce qui m'arrive ! Je n'ai pas de seins ! Et j'ai d'autres choses que je n'ai absolument pas envie d'avoir.

—Je trouvais que vous le preniez très bien, hier.

—Quand on essaie de sauver sa peau, on a d'autres soucis !

L'oreiller ne m'aidait pas du tout. En fait, c'était même pire : le corps de Pritkin avait l'air d'apprécier qu'on le comprime, qu'on le réchauffe et qu'on le frotte. Il avait l'air d'apprécier à peu près tout, d'ailleurs. Je commençais à me demander pourquoi il s'embêtait à se lever le matin.

—Je croyais que vous étiez habituée à ce genre de choses.

Quelque chose, dans le ton de sa voix, m'a forcée à lever les yeux. S'il avait eu un sens de l'humour, je l'aurais soupçonné d'avoir voulu faire une blague.

—Non. Et je ne suis pas prête à m'y habituer.

Il a agité la main d'un air agacé.

—Nous devons discuter de la marche à suivre. Jonas vous a fait venir ici dans un but précis. Il veut sceller un pacte.

—Ouais, c'est ça. Et si le Cercle l'apprend je suis cuite. Ils me détestent déjà. Comment croyez-vous qu'ils vont réagir si je fais copain-copine avec leur ex-chef timbré ?

—De toute évidence, cela ne fera guère de différence, a-t-il objecté d'un ton sec.

—Vous n'êtes quand même pas en train de suggérer...

—Je suggère que vous ne lui concédiez rien, mais que vous ne l'éconduisiez pas pour autant. Si le Cercle s'obstine à vous faire front, il pourrait se révéler utile.

—Utile comment ? En déclenchant une guerre civile ? Ça réduirait les effectifs de mages deux fois plus vite ! On mâcherait le travail d'Apollon !

Je me suis déplacée pour essayer de soulager mon problème, et je l'ai enfoncé par mégarde dans l'oreiller. C'était une très, très mauvaise idée. Mon pouls s'est accéléré légèrement, ma respiration s'est hachée. *Et merde !*

—Nous n'en arriverons sûrement pas là.

—Et si on en arrive là ?

—Je vous conseille seulement de ne pas refuser de but en blanc les propositions de Marsden. Écoutez ce qu'il a à vous dire et répondez-lui que vous allez y réfléchir. Entre-temps, nous continuerons de négocier avec le Cercle. S'ils vous acceptent comme Pythie, ne serait-ce que pour la durée de la guerre, ça devrait suffire. Dès que les forces d'Apollon seront défaites, nous pourrons nous charger des dissensions internes.

— OK.

Ça devenait douloureux.

— Il faut aussi que nous parlions de la façon dont vous comptez nous remettre à nos places respectives.

— J'y travaille.

S'il vous plaît ! Arrêtez de parler et sortez d'ici !

— Comment allez-vous procéder ? Le vendeur vous a dit que les effets ne sont pas réversibles.

— On a changé de corps. On n'a pas changé d'apparence, ai-je répondu sèchement. Et j'ai l'habitude de ce genre de choses. Si je ne me fais pas tuer entre-temps par des psychopathes se faisant passer pour nos alliés, je vais trouver une façon de faire.

— Comme ?

— On en parlera plus tard.

— Je préfère qu'on en parle maintenant.

— Eh bien moi pas !

Il a fini par comprendre. Probablement au ton de ma voix.

— J'imagine que nous ne pouvons pas discuter pendant que vous prenez votre douche, a-t-il dit en se levant.

— Vous supposez bien.

— Dans ce cas, nous nous verrons au petit déjeuner. Et rappelez-vous : Marsden n'est pas aussi tête en l'air qu'il le paraît.

— Oui, oui. Pas de problème. Dehors.

Il a marché jusqu'à la porte et s'est arrêté, une main sur la poignée. Il m'a regardée d'un air terriblement amusé.

— Et d'ordinaire il suffit de le rafraîchir. J'aimerais autant que vous ne le congeliez pas.

J'ai regardé dans toutes les directions pour trouver quelque chose à lui lancer, mais il a disparu aussitôt. *Et merde !* Il gérait vraiment beaucoup mieux que moi !

Chapitre 21

Dès qu'il a débarrassé le plancher, je me suis dandinée tant bien que mal jusqu'à la salle de bains. Je me demandais comment les hommes faisaient pour se coltiner tous les jours une chose aussi encombrante entre les jambes. Franchement, quel est l'intérêt d'avoir une intimité qui pendouille dans le vide et change tout le temps de taille ?

Lorsque j'ai senti le jet cuisant d'eau glacée sur ma poitrine, j'ai poussé un gémissement. Mais j'ai rentré les épaules et serré les dents. Il fallait que je le fasse. L'eau s'est abattue sur ma tête et sur ma nuque avant de former un motif sur mon dos, au gré des cicatrices qui partaient de l'épaule gauche de Pritkin. Je ne lui avais jamais demandé comment ça lui était arrivé. Ses autres blessures guérissaient toujours comme par miracle. Mais, à présent, il était hors de question que je lui pose la question. J'ai poussé un grognement. Même si j'arrivais à nous faire regagner nos corps, j'étais bonne pour me taper la honte toute ma vie.

La torture liquide a fini par résoudre le problème que j'allais refouler pour le restant de mes jours, mais ce tas de poils mouillés continuait à me taper sur les nerfs. J'étais en train de m'attaquer à ce deuxième problème lorsque Billy a jailli de nulle part. Je l'ai ignoré : je n'avais pas envie de rajouter une coupure à la collection déjà impressionnante de Pritkin. Pendant un long moment, il est resté silencieux. Ça ne lui ressemblait pas du tout.

— Euh… Cass' ? a-t-il fini par demander d'un air drôle. Qu'est-ce que tu fais ?

— Je crois que le terme exact est « se raser les jambes ».

— Et pourquoi tu te rases les jambes ?

— Parce que c'est franchement répugnant, ai-je répondu en désignant d'un va-et-vient de la main la jambe gauche de Pritkin, encore poilue.

La jambe droite allait beaucoup mieux. Et maintenant qu'on la voyait correctement, je la trouvais même bien galbée.

— Tu… euh… tu ne crois pas qu'il risque d'être un peu… énervé quand il…

— Tu rêves ou quoi ? (Je me suis tue pour me concentrer sur le genou. C'était toujours la partie piège.) Je ne sais pas comment le remettre dans son corps, Billy. Je n'ai pas le début d'une idée. Ça veut dire qu'on est bons pour rester comme ça pendant des jours, des semaines, des mois !

— Je peux le ramener, a proposé Billy.

J'ai failli trancher un morceau de la jambe de Pritkin.

— Quoi ?

— Ouais. J'y ai réfléchi cette nuit. C'est un peu comme la fois où je t'ai aidée à posséder le mage noir. Je t'ai poussée hors de ton corps et je t'ai propulsée dans le sien. Eh bien, si je me trompe pas, tu devrais pouvoir faire la même chose avec Pritkin. Tu pourrais retourner dans ton ancien corps et le forcer à partir.

— Je sais, ai-je rétorqué en me remettant au travail. J'ai toujours été capable de revenir dans mon corps. Mais je n'ai aucun moyen de savoir où finira son esprit si je le lâche dans la nature.

— Si, y a moyen. Les esprits reconnaissent leur ancienne forme. C'est comme pour nous, les fantômes. On retrouve toujours les machins qu'on hante. Ils nous attirent.

— À t'entendre, on hante nos corps.

— Dans un certain sens, c'est la même chose. Ton corps te nourrit, te protège et te permet de te balader comme tu veux. À ta mort, si tu veux continuer à faire pareil, t'as qu'à te trouver une autre source de pouvoir. Comme mon talisman.

— Je sais, mais…

— Et lorsqu'une âme est séparée de sa source de pouvoir, elle y revient comme un aimant. C'est comme ça que je finis toujours par te retrouver où que tu ailles : je repère le talisman.

J'ai rincé le rasoir et je l'ai reposé. C'était Marsden qui me l'avait fourni, avec tout un attirail de produits de toilette. Il avait dû se dire que j'en aurais besoin pour raser la barbe de trois jours de Pritkin. Mais les lames étaient sûrement trop émoussées pour ça, à présent.

Je me suis essuyée, j'ai marché jusqu'au lavabo et je me suis brossé les dents. Billy a attendu sagement.

— Et si tu te trompes ? ai-je fini par demander. Je pourrais très bien retrouver le chemin de la maison, m'y caler bien au chaud, mais tuer Pritkin dans le processus.

— C'est là que j'interviens. Si le mage n'arrive pas à retrouver le chemin de son corps, je l'aiderai. Et s'il se retrouve encore à l'intérieur de ton corps, je posséderai le sien le temps qu'il ait le courage de retenter l'expérience.

Ouais. C'est ça. Je me voyais très bien expliquer à Pritkin qu'il allait avoir un autre passager clandestin. J'ai soupiré.

— Tu sais, si le monde tournait rond, on n'aurait jamais ce genre de conversations.

— Je t'assure que je peux le faire, a insisté Billy.

Je me suis penchée sur le lavabo et m'y suis agrippée. J'ai décoché un sourire malicieux à mon reflet. Mes yeux verts d'emprunt luisaient d'espoir. Est-ce que ça pouvait être si simple ?

— C'est jouable, ai-je dit d'une voix légèrement chevrotante.

Retrouver mon corps. Génial. Si seulement ça marchait... D'un seul coup, plus aucun de mes problèmes ne me semblait insurmontable.

— Et le Sénat ? ai-je demandé. Est-ce qu'ils ont mentionné où je me trouvais lorsqu'ils ont accusé Marsden ?

— Je ne sais pas. C'est la folie, en ce moment, au QG des mages. Ils essaient d'établir une base quelque part, du côté de Nellis. Et ça se passe pas super bien. Tout le monde a l'air de faire la tronche.

— Ce sont des mages guerriers. Ils ont toujours l'air de faire la tronche.

— En tout cas, si j'étais toi, je partirais du principe qu'ils savent. Ce qui veut dire qu'il vaut mieux pas traîner ici.

Merde.

Je me suis habillée en quatrième vitesse. Pourtant, aucun des vêtements ne m'allait. Le polo bleu était beaucoup trop serré au niveau des épaules et le treillis moulait beaucoup trop les cuisses. En revanche, au niveau de la taille, il était trois fois trop grand. J'ai fourré le polo à l'intérieur, pour que ce soit moins pire, et j'ai descendu l'escalier pieds nus. Billy flottait derrière moi, plein d'importance. Il savait que j'allais lui devoir une fière chandelle.

Je les ai trouvés dans la cuisine. Marsden s'affairait devant la cuisinière : il faisait griller des saucisses dans une poêle. Quant à Pritkin, il était plongé dans un journal. D'après le titre tape-à-l'œil, il s'agissait d'un numéro de *La Boule de Cristal.* Je ne savais pas qu'ils le recevaient en Angleterre. C'était une feuille de chou de bas étage. Je n'aurais jamais cru que Marsden lisait ça.

— Billy m'a dit que le Cercle sait où je me trouve. On aura de la visite sous peu, ai-je annoncé à Marsden.

— Bonjour, Cassie.

Ses cheveux en pétard étaient encore plus ébouriffés que la veille. Ils formaient une sorte de halo brillant autour de sa tête. C'était vraiment effrayant.

— Que prendrez-vous pour le petit déjeuner ?

— Je vais faire l'impasse. Il faut qu'on bouge.

— Les talismans tiendront, a-t-il dit avec calme. Bien. Vous prendrez deux œufs ?

— Je vais me contenter d'un toast, ai-je répondu en espérant ne pas perdre de temps.

Je n'avais pas aussi confiance que lui en ses talismans.

— Elle prendra deux œufs, des saucisses, des champignons, des pommes de terre et du pain grillé, a rectifié Pritkin.

— Je suis incapable de manger tout ça !

— Non seulement vous en êtes parfaitement capable, mais en plus vous allez le faire. Si vous tenez à affamer votre corps, c'est votre affaire, mais vous êtes dans le mien.

— Je n'affame pas mon…

Je me suis arrêtée net en apercevant son assiette. Outre la liste qu'il venait de dicter à Marsden, elle contenait une bonne cuillerée de haricots rouges en sauce. Une cafetière remplie de café bien corsé trônait à côté.

— Je croyais que vous étiez un fana de diététique ! me suis-je exclamée.

— Vous devez manger plus, a assené Pritkin en engloutissant une fourchette qui semblait contenir un peu de chaque élément de son assiette. Ce matin, j'ai failli me couper sur une omoplate.

J'ai fait comme si je n'avais rien entendu.

— De toute manière, on n'a pas le temps de petit-déjeuner. Le Cercle est sûrement déjà en chemin !

— J'en doute, a dit Marsden, impassible. Si Saunders sait que nous sommes en pourparlers, il pensera que nous nous apprêtons à aller le débusquer. Et c'est lui qui se préparera à notre visite.

— Mais nous ne sommes pas en pourparlers ! Vous m'avez fait venir contre mon gré !

— Je suis sûre que vous n'aurez aucune difficulté à expliquer cela au Cercle, a glissé le vieil homme avec malice.

Pritkin m'a jeté un regard noir.

— Je n'aime pas qu'on me force la main ! lui ai-je fait remarquer.

— Pourtant, on vous force la main. Et je ne parle pas de Marsden.

Pritkin a fait glisser le journal vers moi. Son gros titre m'a momentanément empêchée de réfléchir.

« LE PASSÉ INAVOUABLE DE
CASSANDRA PALMER »

— Nous savions que c'était une question de temps, a-t-il dit tandis que je lui arrachais le journal des mains.

« Pythie ou imposteur ?
Alors que la succession de la défunte dame Phémonoé n'est toujours pas assurée, nos sources au sein du Cercle d'argent nous ont confié que le pouvoir aurait été transféré à une certaine Cassandra Palmer, voyante obscure ne faisant pas partie du cheptel de novices. "Si c'était vrai, ce serait un véritable désastre", a concédé une personne haut placée ayant préféré garder l'anonymat. "Son passé parle pour elle."
Et pour cause ! *La Boule de Cristal* a appris que sa mère n'était autre qu'Elizabeth O'Donnell. Autrefois héritière du trône de la Pythie, on se souviendra qu'elle est tombée en disgrâce après s'être enfuie avec Roger Palmer, un employé d'Antonio Gallina,

le grand ponte du crime de Philadelphie. À notre connaissance, sa fille aurait été élevée à la cour de Gallina, où elle aurait mis ses compétences au service de ses projets malfaisants. Depuis, des rumeurs la lient au maître de Gallina, Mircea Basarab, membre éminent du Sénat des Vampires. Le Sénat n'a pas encore réagi à ces allégations. »

Ouais. J'étais sûre que le Sénat était aussi ravi que moi de voir mon passé étalé comme ça dans la presse. Pritkin avait raison : ça nous pendait au nez. Mais ça faisait quand même un choc. L'article était même illustré. Pas par une photo de moi – je ne me souvenais même pas de la dernière fois où on m'avait prise en photo – mais d'un portrait-robot. Mon menton était un peu trop prononcé et l'artiste m'avait dotée d'un nez beaucoup mieux dessiné que le mien et d'une mine boudeuse et hostile. Mais, sinon, c'était assez ressemblant.

Mes genoux ont flanché. Je me suis assise. Comment allais-je pouvoir me déplacer, à présent ? Comment allais-je pouvoir faire quoi que ce soit ? Si l'article avait été publié la veille, le prêteur sur gages n'aurait eu qu'à s'excuser quelques secondes, passer un coup de fil... et un escadron de mages guerriers aurait débarqué dans les cinq minutes. Maintenant que je n'étais plus anonyme, je me rendais compte de la chance que j'avais avant.

— Le Cercle a délibérément lâché l'info.

— Très certainement, a renchéri Marsden. C'est une procédure standard lorsqu'on s'apprête à prendre une initiative qui risque d'être mal perçue du public. C'est une sorte de campagne de communication préventive, si vous voulez.

— Et « l'initiative » à laquelle ils veulent préparer les gens, c'est mon assassinat !

Il m'a regardée avec intensité.

— C'est la raison pour laquelle vous avez besoin de moi, très chère.

J'ai soupiré.

— Allez-y. Dites-moi tout.

— Saunders a gagné les dernières élections en me présentant comme un vieil homme sénile qui n'était plus en capacité d'honorer ses fonctions mais refusait obstinément de passer le relais. Il a promis aux mages un Cercle renouvelé. Une ère de changements et de prospérité. Il a omis de préciser qu'il serait le seul à profiter de cette prospérité.

— Que voulez-vous dire ?

Pritkin était penché sur la table. Il fixait Marsden avec intérêt de ses yeux de lynx.

— Je veux dire que Saunders détourne des fonds depuis son élection. Il a augmenté le taux des impôts magiques et il a empoché la différence.

— C'est impossible ! Quelqu'un aurait fini par s'en apercevoir !

— Quelqu'un a fini par s'en apercevoir. Et ça l'a conduit tout droit dans une des geôles de la MAGIC.

— Il y a un comité de surveillance…

— Complètement noyauté par les pions de Saunders. La première chose qu'il a faite en arrivant au pouvoir, c'est le ménage. Aujourd'hui, les seules personnes ayant suffisamment d'autorité pour s'opposer à son pouvoir sont à sa solde. Ils ont tout intérêt à le garder en place !

— Je ne sais pas si vous vous en rendez compte, mais je ne comprends rien à ce que vous racontez, ai-je signalé.

— Avez-vous remarqué que les mages guerriers ont tous un tatouage ? a demandé Marsden en retroussant sa manche.

— Non. Pritkin n'en a pas.

J'aurais difficilement pu passer à côté.

Marsden a tendu son bras.

— C'est un cercle d'argent, pour des raisons évidentes. C'est au moyen de ce tatouage que notre pouvoir individuel contribue à l'effort magique commun. Pour toutes les choses nécessitant un apport collectif.

— Comme la formule d'Artémis, a expliqué Pritkin.

— OK. Jusque-là, j'arrive à suivre.

— Le Cercle est censé nous prélever deux pour cent de notre pouvoir, pas plus. Mais depuis deux mois Saunders a élevé ce pourcentage, lentement mais sûrement, jusqu'à augmenter le taux de presque un demi-point. Et il revend le reste en toute impunité.

— Et c'est illégal ?

— C'est on ne peut plus illégal ! Même le Conseil ne saurait approuver une telle mesure. La majorité absolue des membres du Cercle serait requise. Et il aurait besoin d'un argument plus solide que le simple renflouage de son portefeuille !

— Mais ça ne vaut vraiment pas le coup de prendre un tel risque pour 0,5 pour cent ! ai-je protesté.

Marsden a haussé un de ses sourcils blancs broussailleux. On aurait dit qu'un mille-pattes gigotait sur son front.

— Sur un mage guerrier, peut-être. Mais sur un quart de million…

— Un quart de million ?

— C'est approximativement le nombre de mages guerriers en exercice.

Je me suis adossée à ma chaise.

— OK. Ça fait beaucoup de pouvoir.

Je ne m'étais jamais rendu compte que le Cercle était aussi puissant.

— Et 0,5 pour cent, sur le champ de bataille, ça fait toute la différence, a renchéri Pritkin. Une différence qui peut coûter la vie à un mage guerrier.

— Ça va bien plus loin que ça, lui a dit Marsden. Ce revenu complémentaire est tellement lucratif qu'il conditionne l'ensemble de sa politique. Il aurait dû légitimer cette demoiselle il y a des semaines. Au lieu de cela, il a ordonné au Cercle de la traquer, alors que nous sommes en guerre, pour la simple raison qu'il a peur que ses dons de double vue lui fassent découvrir la vérité.

— Mais Agnès aussi avait le don de double vue ! ai-je fait remarquer. Elle était encore Pythie au moment où il a pris son poste !

— À l'époque, elle était bien trop fragilisée par sa maladie. Et trop préoccupée par la disparition de son héritière. Tous les efforts de sa cour visaient à la retrouver, ce qui laissait toute latitude au seigneur Protecteur. Saunders a saisi cette opportunité.

— Et il souhaite conserver cet avantage, a deviné Pritkin.

— Exactement. S'il ne contrôle pas la nouvelle Pythie, il court non seulement le risque de devoir cesser son activité lucrative, mais également de la voir portée sur la place publique.

— Ça explique pourquoi il n'a pas souhaité me rencontrer, ai-je dit.

Je commençais à avoir envie de vomir.

— C'est une précaution nécessaire. Une voyante est toujours plus susceptible de découvrir la vérité lorsqu'elle y est concrètement confrontée.

— Que comptez-vous faire ? a demandé Pritkin d'un ton grave.

— Lui lancer un défi, bien entendu.

— Jonas...

— C'est la seule solution envisageable, John. Je pourrais révéler la vérité en l'étayant avec les preuves dont je dispose, mais Saunders contrôle la presse et le Conseil. L'affaire serait étouffée et il me ferait taire. Soit en m'enfermant, comme ce malheureux Peter, soit en usant de procédés plus drastiques. Il en a fait la démonstration la nuit dernière.

J'ai dévisagé les deux hommes tour à tour.

— C'est quoi, un défi ?

— C'est une ancienne coutume, qui n'a jamais été abrogée. Si un membre du Conseil estime que le seigneur Protecteur est corrompu ou dangereusement incompétent, il peut le défier. Et, j'ai beau avoir perdu les dernières élections, mon mandat auprès du Conseil n'a pas expiré pour autant. Il arrivera à terme dans un mois. Je compte bien tirer profit de ce délai.

— Je ne comprends pas, ai-je dit tandis qu'il posait une théière à côté de moi. Comment allez-vous le défier, exactement ?

— Il va le provoquer en duel, a répondu Pritkin d'une voix blanche.

Marsden a hoché la tête.

— S'il perd, le Cercle n'aura plus de dirigeant. Et d'après la loi, l'intérim revient dans ce cas au doyen des membres du Conseil, le temps qu'une élection ait lieu. Et je suis le doyen.

— Encore faut-il que vous gagniez, a fait remarquer Pritkin.

Marsden a haussé les épaules.

— Ça, c'est mon problème. Tout ce que j'attends de Cassandra, c'est qu'elle me mène jusqu'à lui. En échange de quoi, je m'engage à faire en sorte qu'elle soit officiellement instituée en tant que Pythie.

— Et vous allez forcer le Cercle à m'accepter ? Comme ça, en claquant des doigts ? ai-je demandé.

Il a de nouveau haussé les épaules.

— Ce n'est pas à eux de vous accepter ou de vous rejeter.

— Ils n'ont pas l'air de partager votre avis.

— Mmm. Peut-être. Mais ils n'ont pas voix au chapitre. C'est le pouvoir qui choisit la Pythie. Ça a toujours été ainsi.

Et il n'a jamais fait le mauvais choix. (D'un doigt, il a soulevé la couverture du journal à scandales.) Votre passé n'a rien à voir là-dedans. Le pouvoir vous a été transféré. Ça met fin au débat.

— Non. Le débat prendra fin quand ils m'auront tuée dans l'espoir que le pouvoir revienne à une de leurs novices bien dociles que Saunders sera en mesure de contrôler.

— Justement. Si je reviens au pouvoir, ça ne se produira pas, a-t-il rétorqué d'une voix calme.

Peu après, il a fait glisser une assiette sous mon nez. Effectivement, ça avait l'air délicieux. Les pommes de terre dorées avaient l'air croustillantes et les saucisses grésillaient encore. Je me suis jetée dessus.

— Que puis-je faire pour vous aider ? ai-je demandé entre deux bouchées.

— Saunders sort très rarement au grand jour, m'a-t-il dit en se remplissant une assiette. (Il nous a rejoints.) Et, lorsqu'il le fait, il est si bien gardé que je n'arrive jamais jusqu'à lui. (Il s'est interrompu pour prendre une gorgée de son café qui tue.) À cause de la guerre, il a renforcé toutes les mesures de sécurité. Et l'endroit où il se trouve est un secret d'État.

Sauf demain, ai-je pensé en enfournant une pelletée de pommes de terre. Saunders serait présent à la réception donnée pour les Consuls, et il attendrait qu'on me présente à lui. Je pouvais faire entrer Marsden sans problème. La question, c'était de savoir si je devais le faire.

Je savais que Mircea tramait quelque chose, sinon il n'aurait jamais accepté une deuxième rencontre avec Saunders. Mais Saunders manigançait sûrement quelque chose de son côté. Et ce n'était probablement pas quelque chose d'agréable. Si on m'avait dit la veille que j'allais participer à un putsch contre le responsable du Cercle, j'aurais éclaté de rire. Mais, à présent, je ne rigolais pas du tout.

Je n'étais pas prête à participer à un putsch. D'une, c'était complètement insensé. De deux, j'avais ces foutues visions. Elles m'avaient tellement fait flipper que j'avais peur de prendre la moindre décision, au cas où ce serait la mauvaise. Ce n'était pas nouveau, comme sentiment, d'ailleurs.

Mon premier mois de boulot m'avait convaincue qu'aucun être humain ne devrait avoir un tel pouvoir. C'était un pouvoir divin. Et même le dieu en question avait cafouillé. J'étais complètement paralysée à l'idée d'avoir une responsabilité pareille : chaque décision que je prenais risquait de détruire le monde. D'un autre côté, si je ne faisais rien, le monde risquait quand même d'être détruit. C'était un vrai dilemme.

Mes visions essayaient peut-être de me dire que ne pas utiliser son pouvoir revient à y renoncer. Et qu'on ne pouvait pas gagner cette guerre sans Pythie. Malheureusement pour notre camp, je ne me sentais pas très « pythiesque ».

Pendant quelques minutes, je me suis contentée de manger. Si je ne m'alimentais pas, la petite rasade de Billy allait me mettre complètement à plat. Tout était bon, sauf la saucisse. Elle m'enduisait la langue de graisse et, plus je la mâchais, plus elle avait l'air de s'allonger. Si le cuisinier n'avait pas été assis à la même table que moi, je l'aurais sûrement crachée dans ma serviette.

— Qu'est-ce que c'est ? ai-je fini par demander à Marsden.

— C'est une recette de ma mère, a-t-il répondu d'un air absent. Du boudin noir.

J'ai enfoncé ma fourchette dans le reste de ce qui ressemblait à une saucisse foncée.

— Il y a quoi dedans ?

— Les ingrédients classiques, a-t-il dit en haussant les épaules. De la graisse, des oignons, de l'avoine… Et du sang de porc, bien entendu.

Et merde. Je savais bien que j'aurais dû me contenter du toast. J'ai bu du thé jusqu'à ce que ma nausée s'estompe et j'ai de nouveau regardé mon portrait. Il était assez ressemblant. Quelques-uns des mages contre lesquels je m'étais battue avaient été observateurs. *Au moins, je fais la une*, ai-je pensé avec morosité tout en tournant la page pour lire la suite de l'article. Et, à la lecture de la première phrase de la page deux, je me suis arrêtée net.

« Et ce n'est pas tout. Les rumeurs concernant le père de Palmer sont encore plus inquiétantes. »

Pritkin a dit quelque chose mais je ne l'ai pas entendu. Mon cerveau était complètement figé : j'étais obnubilée par le mot « père ». Je ne l'avais jamais connu.

Tony y avait veillé : il avait orchestré la mort de mes parents lorsque j'avais quatre ans afin d'être le seul à exploiter mes dons. Résultat : j'avais grandi dans une ignorance presque totale. Récemment, j'en avais appris un peu plus sur ma mère, mais, la seule chose que je savais de mon père, c'était que Tony le considérait comme son « humain préféré ».

Ce n'était pas faute d'avoir essayé. J'avais demandé à presque toutes les personnes de ma connaissance. Malheureusement, soit elles ne savaient rien, soit Tony leur avait formellement interdit de me parler. Et comme la plupart des personnes en question faisaient partie de son cheptel de vamps, il leur était extrêmement difficile de contourner une interdiction formelle de leur maître. Mais à présent je commençais à me demander s'ils avaient vraiment fait leur possible. Peut-être que ceux qui m'étaient le plus proche ne tenaient pas spécialement à ce que j'en sache plus.

« Notre source au sein du Cercle a confirmé que Roger Palmer n'était autre que Ragnar Palmer, nécromant tristement célèbre pour avoir longtemps fait partie des cadres dirigeants du Cercle noir. Sa disparition soudaine, il y a près de trente ans, a été mise sur le compte de sombres conflits d'intérêt au sein de la hiérarchie des Ténèbres. On raconte que Palmer aurait tenté de s'emparer du pouvoir. Apparemment, Palmer ne serait pas mort, contrairement à ce qu'on avait toujours pensé. Il se serait simplement fait oublier, en changeant de nom et en entrant au service d'une autre créature démoniaque. Son plan était de faire profil bas en attendant que les circonstances soient de nouveau favorables à ses projets. Par exemple, l'accession de sa fille au trône de Pythie ?

Nous avons demandé à notre source ce que le Cercle comptait faire pour empêcher qu'une candidate de toute évidence malvenue, voire dangereuse, s'assoie sur le trône de la Pythie, mais on nous a simplement répondu que le Cercle envisageait toutes les options. Entre-temps, il offre une récompense substantielle à quiconque en possession d'informations quant à l'endroit où se trouve Cassandra Palmer. Si vous la voyez, appelez le Cercle sans attendre. Votre anonymat est garanti. »

J'ai jeté le journal d'un geste de dégoût. *La Boule de Cristal* n'était pas connue pour son intégrité journalistique mais, là, c'était vraiment tiré par les cheveux. Tony n'avait jamais embauché de mages du Cercle noir. La plupart de ses employés magiques avaient à peine les compétences nécessaires pour élaborer un talisman défensif ou construire un enchantement basique. Les mages du Cercle noir étaient recrutés parmi l'élite : ils avaient mieux à faire que de servir de chien-chien à un vampire.

— Je comprends qu'ils veuillent répandre des rumeurs sur mon compte, ai-je dit avec aigreur, mais ils pourraient au moins en inventer de convaincantes.

— Vous ne saviez pas ?

Je regardais Marsden, mais ce n'est pas lui qui venait de faire ce commentaire. Ça m'a fait bizarre de voir mon visage refléter une des expressions de Pritkin, mais j'ai su qu'il était sincère. Ça ne faisait aucun doute.

— Ah ! là, là ! Sacrée *Boule de Cristal* ! Toujours à mettre son grain de sel. Je le prends seulement pour les mots croisés, a badiné Marsden. (Pritkin et moi, on se regardait sans rien dire.) Leurs acrostiches multiples sont excellents.

J'ai remarqué le moment où Pritkin s'est rendu compte de ce qu'il avait fait. Où il a compris que je n'aurais jamais cru à cette accusation s'il n'avait pas fait cette remarque. D'un simple regard, il avait ébranlé toutes mes convictions. Il s'est recomposé, mais c'était trop tard. Comparé aux vampires de ma connaissance, c'était un très mauvais menteur.

— Il y a un certain temps, vous m'avez dit que ma lignée était impure, ai-je articulé. (Même à mes oreilles, ma voix semblait atone.) Je pensais que vous parliez de ma mère.

— Ah, votre mère… Proprement charmante, s'est écrié Marsden. Vous me faites beaucoup penser à elle.

Je l'ai dévisagé. Il tartinait calmement son toast de confiture.

— Vous la connaissiez ?

— Bien entendu. Elle se trouvait toujours à la cour de la Pythie lorsque je venais leur rendre visite, pour une raison ou une autre.

— Et mon père ? (Ce mot avait un goût étrange dans ma bouche.) Est-ce que c'est vrai ?

— Mmm ? Oh. Oui. Nous avions des raisons de penser qu'il était l'un des membres les plus éminents du Cercle noir.

Et ce, pendant plusieurs années. Il aurait fait partie de leur Conseil, pour être précis.

— Vous n'en savez rien ! a réagi Pritkin. Le Cercle noir ne laisse jamais rien filtrer de son organisation interne ! Les personnes ayant répandu cette rumeur étaient elles-mêmes des criminels à la recherche d'un arrangement. Elles auraient raconté n'importe quoi pour…

— John. (Marsden lui a décoché un regard sévère par-dessus ses lunettes.) Ce n'est pas en niant les faits que vous la protégerez. Si elle est assez forte pour être la Pythie, elle est assez forte pour supporter la vérité.

J'étais déchirée. Je voulais savoir mais je ne voulais pas savoir. C'était facile de passer outre à quelques ragots de bas étage. Les histoires de Marsden, c'était autre chose. Il avait dirigé le Cercle pendant des années. Il avait eu accès aux rapports des services d'espionnage. Mais il avait raison : je devais savoir. Et ce n'était pas comme si on se bousculait au portillon pour me parler de mon père.

— Quelle vérité ? ai-je demandé en sentant mon estomac se nouer.

— Votre père était un puissant nécromant. Il était capable d'asservir les fantômes à ses moindres volontés, a expliqué Marsden posément. On raconte qu'il avait à sa solde une impressionnante armée de spectres. Ils étaient ses yeux et ses oreilles et l'informaient de nos activités. C'est la raison pour laquelle le Cercle noir était toujours au courant de nos assauts avant qu'ils aient lieu. Ces espions jouaient le même rôle que la cour de la Pythie. Grâce à eux, les Ténèbres surveillaient tout.

Il a mâché son toast et m'a laissée digérer. C'était étonnamment facile. Un jour, Mircea m'avait dit que mon père jouait pour Tony un rôle similaire au mien, toutes proportions gardées. J'aurais dû comprendre qu'une personne disposant d'un tel pouvoir n'allait pas se contenter d'être à la solde de Tony. L'information est une source de pouvoir, même dans la communauté surnaturelle. Surtout dans la communauté surnaturelle, d'ailleurs, où les enchantements sont abondamment utilisés pour cacher la vérité.

À tout le monde sauf aux fantômes.

Personne n'avait jamais inventé de talisman permettant de tenir les fantômes à distance. Voire tout bonnement de les détecter. Sans compter que Billy était capable, en cas d'urgence, d'accéder aux pensées des gens en les possédant très brièvement. Il ne le faisait pas souvent. Ça lui demandait beaucoup trop d'énergie. Et même quand il le faisait, il avait du mal à mettre en ordre les idées, à trier les souvenirs. Mais, s'ils pensaient à un sujet particulier quand il occupait leur corps, il entendait tout. Il l'avait déjà fait pour moi. Que se passerait-il si quelqu'un avait une centaine de Billy Joe ? Un millier de Billy Joe ?

Mais quelque chose clochait.

— Comment auraient-ils pu se rencontrer ? ai-je demandé. Un mage noir et l'héritière de la Pythie ? C'est n'importe quoi !

— Il ne s'est pas annoncé comme un ancien membre du Cercle noir, a répondu Marsden, toujours impassible. Il faisait partie de l'entourage de Gallina lorsque le vampire a consulté la Pythie. C'est arrivé une fois.

— Tony ? Consulter Agnès ? Pourquoi ?

Marsden a haussé les épaules.

— De tout temps, les personnes se trouvant face à une question épineuse ont cherché à avoir un aperçu de l'avenir. Les norm' vont trouver les diseuses de bonne aventure. Les membres de la communauté surnaturelle – ceux qui ont quelques contacts, en tout cas – sollicitent une audience à la Pythie. Nous ne pouvons pas savoir ce qu'il lui a demandé, bien entendu : ce qui se passe à la cour de la Pythie est strictement confidentiel.

— Vous avez dit que c'était arrivé une fois. De combien de temps on parle ?

— Un peu plus d'une semaine. D'ordinaire, on renvoie les quémandeurs au bout d'un mois si la Pythie n'a pas de réponse à leur offrir. Mais Gallina a reçu la sienne très rapidement. C'est la seule chose que la cour de la Pythie nous ait dévoilée.

— Et, en l'espace d'une semaine, mon père aurait convaincu ma mère de s'enfuir avec lui ?

Je n'ai pas essayé de masquer mon scepticisme.

— Oh non. Je ne crois pas. Votre mère était une jeune femme sensée. Elle avait les pieds sur terre. Si elle avait décidé de renoncer à son poste, elle l'aurait fait d'une manière bien moins théâtrale. Et surtout plus simple.

— Dans ce cas, pourquoi ne l'a-t-elle pas fait ?

Marsden a haussé les épaules.

— Nous avons toujours pensé qu'elle était sous le joug d'un sortilège quelconque. Le fait d'être voyante n'implique pas d'immunité particulière contre les autres formes de magie, surtout après…

Je ne sais pas ce qu'il a vu sur mon visage, mais il s'est interrompu.

— Jonas. Pourriez-vous nous laisser seuls un instant ?

La voix de Pritkin était légèrement tendue.

— Vous savez, je crois que je dois avoir une photographie de votre mère quelque part, a dit Marsden en se hâtant de quitter la pièce.

J'ai ramassé le journal et je me suis mise à le mettre en charpie, lentement, méthodiquement. Mais ça ne m'a pas aidée, des bouts de phrase continuaient de m'agresser : « *tristement célèbre, Ténèbres, malvenue, dangereuse* ». J'ai balayé furieusement les bouts de papier de la table.

— Pourquoi ne m'avoir rien dit ? ai-je demandé à Pritkin.

— Je vous ai montré le journal…

— Je ne parle pas d'aujourd'hui ! Ça fait plus d'un mois qu'on se connaît. (Je devais faire des efforts pour empêcher ma voix de trembler.) Bon, c'est vrai, ça a été un mois de folie. Mais vous auriez pu trouver cinq minutes pour évoquer…

— Je pensais que vous saviez, a-t-il répliqué d'un ton calme. Vous n'avez jamais abordé la question de vos parents ni de votre enfance. Je croyais que c'était pour cette raison. Et, il y a peu, vous m'avez dit que vous n'aviez pas honte de votre père. Ni de ses actes…

— Parce que je croyais qu'il avait simplement été à la solde de Tony ! Je ne pensais pas que… qu'il…

Je n'arrivais même pas à « penser » ces mots. Tout le monde parlait du Cercle noir comme de l'incarnation du Mal. J'avais vu des vampires trembler à la simple mention de ce nom. Des vampires ! Des types qui tuent sans aucun scrupule. Pour de l'argent, pour ne pas perdre la face, pour s'amuser. Et ils pensaient que l'organisation à laquelle mon père avait appartenu, à un haut niveau, était une organisation maléfique.

Pas étonnant que tous les mages guerriers que je croisais me regardaient en coin comme si des tentacules allaient me pousser sur le corps ou comme si j'allais me mettre à cracher du feu.

— Hé ! Cass' ! (Billy a fait irruption du mur, à côté du frigo. Il avait l'air grave.) Le mage a raison. C'est sûrement exagéré. Tu sais très bien que tout ce que raconte ce canard…

Il a essayé de m'attraper la main mais j'ai eu un mouvement de recul et je l'ai regardé avec méfiance. Toute ma vie, j'avais été capable de voir les fantômes. Je n'y avais jamais vraiment réfléchi. Je les avais souvent envoyés à la pêche aux informations. Je leur avais demandé des services… À cette pensée, j'ai eu l'impression qu'on m'enfonçait un coup de poignard dans le ventre et qu'on le remuait dans la plaie.

— Hé ! C'est moi ! a dit Billy en me prenant quand même la main.

Sa caresse était aussi légère qu'une douce brise soufflant sur mon poignet. C'était tendre, nébuleux et familier. Ça m'a fait du bien.

— Ton acolyte préféré. Tu te souviens ?

Et ma petite armée personnelle, ai-je pensé avec un relent de nausée.

Tout était arrivé si vite. En à peine un mois de temps, j'étais passée de l'état de voyante en train d'essayer d'éviter les foudres de Tony à celui de personne ayant pour principale occupation de s'immiscer dans la trame temporelle, de changer le cours de l'Histoire, de posséder des gens… Comment ça arrive, ce genre de choses ? On essaie de rester en vie, de s'endurcir et, sans même s'en apercevoir, on change. Du jour au lendemain, on ne se reconnaît plus.

Un matin, on se réveille et on se rend compte qu'on est devenu un monstre.

Chapitre 22

Je me suis retrouvée sur un banc, dans le jardin – ne me demandez pas comment –, une photo de ma mère dans une main et une tasse de thé dans l'autre. Ce n'était pas très british, mais Marsden utilisait, en guise de tasses à thé, d'énormes et lourds mugs en grès contenant la moitié d'une théière. Il y avait versé une généreuse dose de lait et une brouette de sucre.

Je regardais la photo sans la voir. J'ai mis un temps fou à repérer son visage. On ne la distinguait pas vraiment. La photo avait été prise lors de la cérémonie d'investiture faisant d'elle l'héritière d'Agnès. C'était une photo d'ensemble. Je n'aurais pas su dire si on avait les mêmes traits. Elle était entourée par d'autres jeunes femmes et une poignée d'hommes, sûrement des mages guerriers.

Elle était grande, contrairement à ce que j'avais toujours pensé, et elle avait des cheveux noirs lisses. Rien à voir avec mes boucles blond vénitien. Elle portait une robe à col haut et manches longues et ne souriait pas. J'ai passé le doigt sur la photo. Une sensation de manque m'a déchiré la poitrine. Ma main s'est mise à trembler. J'étais censée être voyante mais je n'avais jamais été capable de la voir, sauf lors de sa mort.

Pritkin et Marsden se disputaient dans la cuisine mais les murs étaient épais. Je n'entendais pas vraiment. En plus, j'étais plongée dans une sorte de léthargie. Tout m'était égal. Un rayon de soleil transperçait les nuages, au-dessus de ma tête, projetant par intermittence des taches lumineuses sur le jardin. Ça n'avait rien de l'ardeur caniculaire et brûlante de Las Vegas, mais c'était quand même très agréable. La chaleur caressait ma nuque et la lumière m'apaisait.

J'ai fermé les yeux. Peu à peu, le soleil a dissipé le mal de tête que je sentais poindre. J'avais encore sommeil. J'ai pensé retourner au lit. Une partie de moi n'aimait pas cette idée – cette partie voulait rester éveillée pour piquer une crise, se lamenter et s'inquiéter des conséquences de ce qu'elle venait d'apprendre – mais l'autre partie en avait assez. Elle aurait bien aimé que Marsden ait pendu un hamac au lieu d'installer un banc : ça aurait été si bon de faire une sieste au soleil.

Le thé n'était pas mauvais. C'était la première fois que je buvais du thé avec du lait. Ça le rendait plus crémeux, plus nourrissant. Tout en le sirotant, je me suis mise à contempler le buisson de roses qui livrait une bataille enragée à une espèce de plante grimpante. Cette dernière avait l'air de l'emporter. Ce n'était pas étonnant : elle avait une tige plus large que mon bras. Elle avait l'air ancienne, presque primitive. Elle faisait presque décalé dans ce qui aurait dû être un jardin anglais propret.

La plante avait également envahi un vieux cadran solaire. Elle avait à moitié dévoré son socle en pierre, s'était enroulée autour du pied et voilait presque le cadran lui-même. « Je ne montre que les heures de bonheur », était-il écrit. Je l'avais deviné plutôt que lu : l'inscription en bronze était tout abîmée. Même sans sa couverture de feuilles, elle était presque impossible à déchiffrer. Et la pression lente et assidue de la plante était à deux doigts de fendre le plateau.

Au bout d'un moment, j'ai bondi sur mes pieds, bien décidée à faire un petit tour pour me remettre d'aplomb. J'ai descendu le petit chemin en pierre couvert de mousse et d'herbes folles en me concentrant pour ne pas me fouler la cheville. Le sol était jonché de flaques et l'air sentait la verdure mouillée. Mais aucune goutte ne venait troubler la placidité des minuscules bassins. Apparemment, la tempête s'était enfin décidée à battre en retraite. Pour le moment.

Pritkin est venu à ma rencontre à mi-chemin. Je n'avais pas encore fait le tour de la maison. J'étais en train de me demander si c'était prudent de traverser la zone couverte d'herbes hautes qui obstruaient le sentier.

— Rassurez-moi : saint Patrick a bien fait fuir tous les serpents ?

— C'était en Irlande. Et je n'ai jamais été très doué en jardinage. Si j'étais vous, je ferais le tour.

J'ai décidé de suivre son conseil et j'ai emprunté le potager jouxtant la jungle. Ça avait l'air très chaotique mais beaucoup plus sûr. J'ai retrouvé Pritkin à l'endroit où le sentier commençait à longer l'autre façade de la maison.

— Que voulez-vous dire par « je n'ai jamais été très doué en jardinage » ?

— Je crois qu'on peut employer l'expression « ne pas avoir la main verte ». J'ai bien peur d'avoir laissé cet endroit se déliter peu à peu. Tout ça... (Il a désigné d'un hochement de tête les légumes qui se battaient en duel dans le potager.)... c'est presque entièrement l'œuvre de Jonas.

— Attendez. Vous voulez dire que c'est votre maison ?

— Depuis un peu plus d'un siècle.

— Mais... qu'est-ce que Marsden fabrique ici ?

— Lorsqu'il était en poste, il logeait dans une résidence de service. L'équivalent de la Maison Blanche, si vous voulez. Mais après les dernières élections il a dû la quitter. Et, puisqu'il avait exercé pendant plus de soixante ans, il ne possédait plus de résidence personnelle. (Pritkin a embrassé du regard les lieux au charme désuet et esquissé un léger sourire.) Il s'est dit qu'il aimerait consacrer sa retraite à des occupations champêtres. Et cet endroit a été, par le passé, une ferme très riche. Je la lui ai louée lorsqu'on m'a transféré aux États-Unis.

Il a marqué une pause et nous avons pris place sur un autre banc, à l'abri de l'envahissante végétation. Le banc était situé entre une petite cheminée et un parterre de pensées plantées au petit bonheur la chance. Il donnait sur la rivière. La vue était très agréable. À côté de nous, un papillon butinait une fleur. Ses antennes s'agitaient frénétiquement.

— À votre place, je serais restée ici. C'est vraiment un endroit magnifique.

Pritkin a pincé les lèvres un court instant.

— Je pense à vendre. Cette maison est trop vaste pour une personne seule. Et la raison pour laquelle je l'ai achetée n'a plus lieu d'être.

J'ai balayé les lieux du regard. C'était donc la maison qu'il avait achetée pour sa femme. D'un seul coup, c'est devenu plus intéressant.

Une des rares choses que Pritkin m'avait racontées de son passé, c'était qu'il avait tenté – une seule fois à ma connaissance – d'avoir une vie normale. Au XIXe siècle, il avait rencontré une femme et l'avait épousée. Seulement, personne ne s'était donné la peine de le prévenir de ce qui se produisait lorsqu'un demi-incube prenait femme. Résultat : son alter ego avait pris le dessus lors de leur première nuit et il avait pompé l'énergie vitale de la pauvre fille. Pritkin n'avait rien pu faire pour l'arrêter. Il avait été contraint de regarder, pétrifié d'horreur, la femme qu'il aimait mourir par sa faute devant ses yeux.

Je le voyais d'ici choisir cet endroit des mois avant le mariage. Il s'était probablement dit qu'ils y vivraient dans le bonheur d'une normalité tranquille. Mais ce n'était jamais arrivé.

Je comprenais ce qu'il ressentait.

— Vous allez bien ? a-t-il demandé au bout d'un moment.

— Ça va, lui ai-je répondu.

Ça m'aurait coûté beaucoup trop d'énergie de lui expliquer en détail les raisons pour lesquelles ça n'allait pas.

— Ça n'a pas l'air d'aller.

— Désolée.

J'ai essayé de me détendre en m'adossant contre la haie derrière le banc. Ses branches se sont enfoncées dans mon dos comme des ongles acérés. Impossible de se mettre à l'aise. Je me suis redressée.

— Je dois vous dire quelque chose, m'a-t-il confié.

— Pas maintenant.

Mon cerveau avait déjà du mal à encaisser toutes ces informations que je n'avais pas eu le temps d'analyser. Ni d'accepter, ni d'incorporer dans l'image que je me faisais de moi. Sans me faire trop mal, en tout cas.

— Ce n'est pas une mauvaise nouvelle, a-t-il insisté.

Je l'ai regardé avec méfiance. Il avait l'air sincère.

— OK, ai-je articulé prudemment.

— Jonas a exagéré ce que nous savons de votre père. Nos sources d'information étaient des mages de bas étage. Les acteurs de la pègre magique sont de l'étoffe de ceux que votre tuteur avait l'habitude d'employer. Le Cercle noir les utilise pour de menues besognes et s'en sert de chair à canon, mais il prend toujours garde de ne jamais leur confier d'information cruciale. Qui plus est, nous les avons interrogés bien des années après la mort de votre père et la plupart de leurs « révélations » ne reposaient que sur des renseignements de seconde main glanés par le biais de rumeurs et de conjectures.

— Vous n'avez jamais interrogé un seul membre du Cercle noir ?

— Non.

— C'est impossible. Vous connaissez leur existence depuis des centaines d'années. Vous avez bien dû en capturer ne serait-ce qu'un seul…

— Cela se produit parfois. Quoique très rarement.

— Et aucun d'entre eux n'a jamais parlé ?

Je n'arrivais pas à imaginer que des types capables de donner des cauchemars à des vamps soient capables d'une telle loyauté envers leurs complices. Ils avaient plutôt l'air du genre à les balancer dès que possible.

— Ils n'ont jamais vécu assez longtemps pour le faire.

— Je ne comprends pas.

— Le Cercle noir dispose d'un tatouage similaire à celui du Cercle d'argent mais il l'utilise de façon bien plus funeste. Tous les mages noirs que nous avons interceptés ont trouvé spontanément la mort quelques minutes après leur capture. C'est la raison pour laquelle la plupart d'entre eux se battent jusqu'à la mort. Se faire capturer revient au même.

C'était une idée atroce mais qui avait sa logique. Une logique morbide.

— J'imagine que leur tatouage ne s'enlève pas, hein ?

— Non. Et nous n'en avons jamais capturé sans tatouage. De toute évidence, il s'agit d'une condition au recrutement.

— Ce n'est pas le cas du Cercle d'argent ?

— Si. En général.

— Pourquoi vous n'en avez pas, alors ?

Il a esquissé un sourire.

— On ne l'exige pas des candidats de sang mêlé. Le Cercle était très content de me compter parmi ses membres pour traquer les démons les plus dangereux, mais il préférait que je n'aie pas accès à sa source de pouvoir.

— Je ne comprends pas. Vous êtes censé donner du pouvoir, pas en prendre.

— Le flux marche dans les deux sens. C'est la principale raison pour laquelle le Cercle a décidé de rompre le lien avec votre pentagramme. Ils avaient peur que vous le renversiez.

— Mais Marsden a l'air de vous faire confiance.

— Peut-être. Mais c'est le Conseil dans son intégralité qui décide. Son responsable a un rôle de conseiller et d'administrateur : c'est lui qui fixe l'ordre du jour. Ce genre de choses. Il n'a droit qu'à une voix, sauf en cas de litige. Et la question de savoir si je devais ou non devenir un membre du Cercle à part entière a toujours fait l'unanimité.

— Vous avez des amis charmants.

— En l'occurrence, leur méfiance était fondée. Mais revenons à nos moutons. La nécromancie est illégale. Elle fait partie des pratiques magiques interdites, comme celles de vos petits protégés. Mais le fait d'être un nécromant n'est pas maléfique en soi. Ce pouvoir peut être utilisé à des fins néfastes, mais c'est vrai de tout type de magie.

— Apparemment, le Cercle ne partage pas votre avis.

— Lorsque j'étais jeune, la séparation entre magie blanche et magie noire était bien moins manichéenne qu'aujourd'hui. La seule différence, c'est la façon dont le pouvoir est acquis et l'usage qu'on en fait. L'énergie magique est semblable à toute autre : elle peut être utilisée pour faire le bien. Ou pervertie.

— Et mon père l'avait pervertie.

— Vous n'en savez rien !

— J'en sais assez.

Je me suis frotté les yeux. Je n'avais pas envie de lui raconter tout ça, mais c'était la journée des coups de théâtre... Et, de toute manière, la vérité était assez évidente. Pritkin n'était pas stupide. Il allait parvenir aux mêmes conclusions que moi. Je préférais qu'il l'entende de ma bouche.

— Dans le monde spectral, il n'y a qu'une seule monnaie d'échange : l'énergie. Quand vous mourez, tout perd son intérêt : l'argent, les objets de consommation, le prestige... Les fantômes ne s'intéressent qu'à deux choses : la vengeance – ou la raison pour laquelle ils s'attardent dans notre monde – et l'énergie. Mais c'est l'énergie qui leur importe le plus. Parce que, sans elle, ils disparaissent dans le néant.

— Pas vraiment, a rectifié Pritkin. Ils passent simplement dans un autre monde.

— Ouais. Sauf que la plupart d'entre eux n'ont pas envie de partir. Et, pour rester, ils ont besoin de pouvoir. Ce pouvoir peut être soit généré par des objets, comme le talisman de Billy, soit glané dans les endroits où subsistent des traces psychiques. Les personnes en détresse perdent de l'énergie vitale, un peu comme des pellicules. Dans les vieilles maisons et les cimetières, il y a souvent assez d'énergie résiduelle pour alimenter plusieurs fantômes. Les cimetières sont particulièrement prisés parce que de nouvelles personnes en détresse n'arrêtent pas de débarquer. C'est un peu l'épicerie du monde spectral. C'est réapprovisionné tous les jours.

— Je ne comprends pas en quoi tout cela concerne votre père.

— C'est évident, pourtant ! La seule autre façon d'obtenir de l'énergie, quand on est un fantôme, c'est d'en mendier, d'en voler ou d'en emprunter. Ça revient souvent à cannibaliser d'autres esprits – les spectres font ça tout le temps – ou à en obtenir directement d'un donneur encore en vie. Ce dernier procédé est plus rare : quand on s'en prend à un corps vivant, on perd souvent plus d'énergie qu'on n'en gagne.

Je me suis arrêtée. J'avais fini l'introduction et je n'avais pas spécialement envie de passer au développement. D'un point de vue purement intellectuel, je savais très bien que je n'étais pas responsable des crimes perpétrés par mon père. Que je ne devais pas m'en sentir coupable. Mais émotionnellement, j'avais l'impression qu'ils avaient déteint sur moi, que c'était ma faute, d'une certaine façon. D'un seul coup, le soleil ne suffisait plus à me réchauffer.

— Donc, comme je disais, il est difficile de se procurer de l'énergie vitale. Et elle est d'autant plus précieuse. C'est la seule chose que mon père aurait pu offrir aux fantômes qui travaillaient pour lui.

— Jonas a dit qu'il les commandait, m'a rappelé Pritkin. Il ne leur laissait peut-être pas le choix.

— Je n'ai jamais entendu dire qu'on pouvait « commander » des fantômes. Je ne suis pas une experte en nécromancie. Certaines personnes pensent que les médiums sont des sortes de nécromants disposant d'un pouvoir limité sur les morts, mais c'est faux. Ce n'est pas parce que je peux voir les fantômes et donner de l'énergie aux morts que je peux les ramener à la vie… ou plutôt à un semblant de vie. En revanche, les fantômes, c'est mon rayon. La plupart des fantômes sont incapables de se balader et de servir d'espions s'ils n'ont pas leur rasade quotidienne d'énergie.

— Certains fantômes sont peut-être plus puissants que d'autres.

J'ai secoué la tête.

— Ce n'est pas comme ça que ça marche. Vous pouvez être fort ou faible de votre vivant ; quand vous êtes mort, vous êtes mort. Un point c'est tout. Et les fantômes consomment l'énergie encore plus rapidement que les êtres humains. Normalement, ce qu'ils hantent leur fournit une base. Mais, pour se promener, ils ont besoin d'un petit supplément. C'est ce que je donne à Billy.

Et pour la première fois je me suis rendu compte que j'exerçais sur lui une sorte de pouvoir pervers. J'avais toujours considéré notre relation comme du donnant-donnant. Billy m'apportait son aide et je lui donnais de l'énergie. C'était équitable. Billy m'avait sauvé la vie un nombre incalculable de fois. Et, grâce à moi, il se sustentait. Mais je n'en étais plus si sûre.

Notre relation était-elle vraiment équitable alors que je pouvais me rétracter et lui non ? Certes, Billy pouvait survivre sans moi. Il l'avait fait pendant un siècle et demi avant qu'on se rencontre : le collier lui fournissait de quoi subsister, de la même façon qu'une maison ou une tombe nourrissait son spectre. Mais ça s'arrêtait là. Si je ne lui donnais pas régulièrement de l'énergie, Billy ne pourrait pas s'éloigner à plus de quatre-vingts kilomètres de son talisman. Et même dans les limites de ce périmètre réduit, il ne pourrait pas faire grand-chose.

Je me suis demandé ce que ça me ferait d'être liée à un objet qui pouvait atterrir n'importe où et m'entraîner avec lui. D'être trop faible pour faire quoi que ce soit d'autre que regarder la vie se dérouler. Une vie à laquelle on n'avait plus droit. Comment avait-il pu passer tout ce temps sans compagnie ? Certes, il avait toujours les autres fantômes pour discuter, en prenant le risque de se faire cannibaliser, mais c'étaient souvent des conversations à sens unique.

Un peu comme notre relation.

Je lui devais des excuses. Je ne pouvais rien faire pour améliorer la situation – c'était un fantôme : je ne pouvais rien y changer – mais je pouvais apprécier son travail à sa juste valeur, le remercier pour tout ce qu'il faisait pour moi. Je pouvais essayer consciemment de faire attention à ne pas trop profiter de lui.

Je pouvais faire des efforts pour ne pas trop ressembler à mon père.

— Donner de l'énergie vitale n'est pas un crime, a dit Pritkin.

Il n'avait pas l'air de me suivre.

— Ça dépend de la façon dont vous vous la procurez.

Il a froncé les sourcils.

— Vous utilisez la vôtre.

— Parce que j'alimente un fantôme. *Uno*. Et encore ! Des fois, Billy doit se contenter de son talisman, parce que je n'ai plus rien en rabe.

J'ai vu ses yeux s'illuminer quand il a compris. J'ai détourné le regard avant d'y détecter de la révulsion.

— Vous imaginez la quantité d'énergie nécessaire pour alimenter une armée ? a-t-il poursuivi. Un seul mage est incapable de fournir de l'énergie à plusieurs dizaines de fantômes affamés. Encore moins à des centaines de fantômes affamés. Pas moyen.

— Les mages noirs sont réputés pour leur propension à drainer allégrement l'énergie d'autrui, a-t-il marmonné.

— Et maintenant, nous savons à quoi elle sert, cette énergie. Entre autres choses. Enfin, à quoi elle servait.

Je me suis levée. D'un seul coup, le banc en pierre me semblait terriblement inconfortable.

— Et lorsqu'un mage noir capture quelqu'un, corrigez-moi si je me trompe, il lui pompe son énergie, non ?

— C'est exact, a-t-il dit à mi-voix.

— Et quand on pompe l'énergie d'un utilisateur de magie…

— Il meurt.

— Donc mon père était un meurtrier. Un meurtrier de masse, même, vu qu'il alimentait une armée entière.

Et il s'agissait également, très probablement, d'un kidnappeur et d'un violeur. Je me suis éloignée de quelques pas. Tout à coup, la cheminée méritait d'être regardée de plus près.

— C'est assez « noir » pour vous ? ai-je demandé.

C'était difficile à imaginer. Le seul souvenir que j'avais de mon père était assez positif. J'avais trois ans et il me jetait en l'air en me regardant crier avec des yeux remplis de joie. Comment réconcilier cette image avec celle d'un homme capable de tuer par intérêt ? Pour se faire une place dans le monde spirituel ?

— Mais nous ne savons pas s'il était effectivement membre du Cercle noir, a fait valoir Pritkin. Si le Cercle a choisi de porter foi à ces ragots, c'est parce qu'ils y ont tout intérêt.

— Et si ce n'étaient pas des ragots ?

— Ça ne change rien, a-t-il dit avec empressement.

— À peine. Ça voudrait juste dire que mon père était un monstre.

Je ne m'étais jamais fait d'illusion. J'avais toujours su qu'il n'était pas tout blanc. Personne chez Tony ne l'était. Mais ça… Je n'y étais quand même pas préparée.

J'ai senti des mains me retourner. Les petites mailles en forme de lames dont était constitué le bracelet entourant le poignet de Pritkin m'ont effleuré la peau. D'un seul coup, ce bijou me pesait atrocement.

Je l'avais acquis en combattant un mage noir que l'objet avait déserté pour venir à moi. Depuis, il était rivé à mon poignet, que je le veuille ou non. J'avais tout essayé pour l'enlever. Rien à faire. À l'époque, je m'étais dit qu'il était venu vers moi parce qu'il avait détecté une source de pouvoir plus abondante : celle de mon sacerdoce. Mais n'y avait-il pas une autre raison ? N'avait-il pas plutôt opté pour le plus grand potentiel maléfique ?

— Cassie ! (Pritkin a resserré son étreinte. C'en devenait presque douloureux. Je l'ai regardé, blessée et perdue.) Mon père est un seigneur démon, a-t-il dit d'une voix sèche. C'est moi qui gagne.

Pritkin n'est pas gentil. Ou plutôt, il n'a pas de tact. Mais, parfois, il arrive à dire ce qu'il faut au bon moment. Effectivement, les familles de cas sociaux, il devait savoir ce que c'était. Ça n'améliorait pas les choses – j'avais l'impression que rien n'allait améliorer les choses, en tout cas pendant un petit moment – mais ça m'a aidée. Rosier avait beau être son père, Pritkin avait bien tourné. Très bien tourné, même. Je lui ai souri.

— Merci.

Il a baissé la tête.

— Pas de souci. Mais n'allez pas crier sur les toits que je suis à l'écoute de ma fibre féminine. Sinon, je vous tue.

Pour la première fois depuis des jours et des jours, j'ai éclaté de rire.

— Tôt ou tard, nous devrons répondre à la proposition de Jonas, a fait remarquer Pritkin quelques minutes plus tard.

Certes. Mais je ne trouvais pas l'idée très attrayante.

On s'était assis pour regarder Marsden ramasser des choses dans son jardin envahi d'herbes folles. J'ai remarqué qu'il s'était procuré un chapeau et qu'il avait réussi à aplatir presque toute sa chevelure à l'intérieur. Résultat : il avait quasiment l'air normal.

— J'ai une théorie sur les mages guerriers, ai-je dit. Plus ils sont puissants, plus leurs cheveux font n'importe quoi.

— Cassie.

— Si vous me dites que Saunders est chauve, ça m'enlèverait une épine du pied.

— C'est vous qui m'enlèverez une épine du pied si vous acceptez de discuter sérieusement de sa proposition.

J'ai froncé les sourcils.

— Vous vous rendez compte qu'on est en train d'envisager de participer un putsch ?

— Il semblerait que nous n'ayons plus guère le choix.

— Et le principe de précaution ? Il devient quoi ? Il y a quelques heures...

— Il y a quelques heures, je n'avais pas connaissance des preuves que Peter Tremaine a découvertes. Et je n'avais pas vu le journal. Jonas dit vrai. Que le Cercle ait une fuite pour une telle information n'est pas innocent. Si Saunders souhaitait véritablement votre collaboration, il aurait tout fait, au contraire, pour vous éviter d'avoir mauvaise presse.

Ouais. C'était aussi mon avis. J'ai soupiré.

— Que savez-vous de Marsden ?

—Il a dirigé le Cercle pendant bien des années. Sur certains sujets, il peut se révéler borné et intransigeant. Il préfère souvent la circonspection, au point de cultiver parfois le mystère. Et, en temps de crise, il est relativement irritable…

—Autrement dit, c'est un mage guerrier comme les autres.

—… mais, l'un dans l'autre, c'est un homme bien.

—Peut-il gagner ?

Pritkin est resté silencieux un long moment.

—Si vous m'aviez posé cette question il y a vingt ans, j'aurais répondu « oui » sans hésiter. Mais maintenant… Je ne sais pas.

—Quel est votre pronostic ?

—Jonas possède un savoir bien plus vaste. Et il est beaucoup plus expérimenté. Mais son pouvoir s'est un peu estompé ces dernières années. Je dirais que Saunders est plus puissant.

—Ce ne serait pas plus intelligent que quelqu'un d'autre le défie ?

—Seul un membre du Conseil a le droit de défier Saunders. N'importe qui d'autre ferait l'objet d'une exécution sommaire de la part de ses gardes du corps. Et encore faudrait-il que quelqu'un prenne le risque. C'est un duel sans merci.

J'ai dégluti. *Génial.*

—OK. Ça passe ou ça casse, quoi.

—C'est à peu près ça.

J'ai regardé la cheminée fixement. *Si seulement je n'avais pas aussi mal à la tête.*

—Saunders participa à une réception donnée demain par le Sénat, ai-je fini par annoncer.

Pritkin a plissé les paupières.

—Comment le savez-vous ?

—J'y serai. Mircea a organisé une rencontre. Le Sénat a manigancé quelque chose pour forcer Saunders à me légitimer. Mais personne ne m'a expliqué en quoi consistait le plan. Ils doivent se dire que Saunders est moins susceptible de s'en prendre à moi en leur présence.

— Ça pourrait marcher, a-t-il estimé tout en réfléchissant. Si Jonas le défie à ce moment-là, il aura pour témoins non seulement les suivants de Saunders mais également le Sénat. Saunders ne pourra ni refuser ni se défiler.

— Ouais.

La seule question, c'était de savoir comment le Sénat le prendrait si je semais la pagaille dans leur petite sauterie. Même si ça marchait… par miracle… J'ai grimacé. Ça n'allait pas être beau à voir.

— Vous croyez que le Sénat s'opposera à notre présence ? a demandé Pritkin en m'observant.

— Nous ?

J'ai haussé un sourcil.

— Vous ne croyez quand même pas que je vous laisserai y aller seule avec Jonas ?

— Dites plutôt que vous n'avez pas envie de rater la partie la plus suicidaire de l'Histoire. (Il continuait de me dévisager sans rien dire.) Laissez-moi m'occuper du Sénat. Ils sont aussi pressés que nous d'en finir. Contentez-vous d'éviter que le Cercle nous mette des bâtons dans les roues.

— Je vois. Merci. Ce sera un jeu d'enfant.

— Pritkin. Depuis le temps, vous devriez savoir que les boulots faciles, ce n'est pas pour nous.

Chapitre 23

Quand on est rentrés dans la cuisine, Marsden avait les avant-bras pleins de farine. Il étalait une pâte artisanale avec un vieux rouleau à pâtisserie.

— Je fais des lasagnes pour le déjeuner, nous a-t-il dit. Vous m'accompagnerez bien ?

Mon estomac d'emprunt s'est mis à grogner de façon embarrassante. Pourtant, je venais à peine de terminer mon petit déjeuner. J'ai baissé les yeux sur mon ventre, agacée, et Marsden a éclaté de rire.

— J'imagine que c'est un « oui ».

Pritkin est retourné à l'étage pour récupérer ses armes et je me suis assise à la table pour écouter les histoires abracadabrantes que Marsden avait à raconter sur Agnès.

— Elle vous faisait marcher, lui ai-je dit. Elle n'est jamais sortie avec César.

— Je dois admettre que cette histoire-là était un petit peu difficile à avaler.

— Elle n'aurait jamais pu remonter aussi loin dans le temps, ai-je expliqué. Ça l'aurait tuée.

— Oh, je vous assure qu'elle en était parfaitement capable. Elle est remontée bien plus loin dans le temps pour notre compte. Et à plus d'une reprise.

— Je ne vois pas comment. Je ne suis jamais remontée plus loin qu'au XVIe siècle. Et encore ! J'étais sous forme astrale. Je ne crois pas que j'aurais pu faire ça avec mon corps.

Le rouleau à pâtisserie a heurté la table avec un bruit de marteau.

— Vous remontez dans le temps avec votre corps ?

Il avait l'air choqué.

— Euh... Ouais.

— Mais c'est insensé ! Pour quelle raison ?

— Parce que sous forme astrale je ne reste jamais assez longtemps pour accomplir quoi que ce soit. Je suis comme un fantôme sans rien à hanter : mon énergie s'épuise au bout de quelques heures et je suis obligée de me téléporter tout de suite. Sans compter que, sans corps, allez essayer de...

— Mais vous pouvez choisir n'importe quel corps ! Vous êtes la Pythie ! Vous pouvez posséder qui bon vous semble ! C'est la raison pour laquelle vous avez ce pouvoir : il vous permet de voyager dans le temps à moindre risque !

Je n'ai rien répondu mais j'ai repensé à la blessure qu'Agnès avait reçue à l'épaule. Apparemment, elle ne disait pas tout à Marsden. Elle n'avait sans doute pas voulu l'inquiéter. En tout cas, elle voyageait de temps en temps avec son propre corps. Peut-être certaines missions étaient-elles trop dangereuses pour posséder quelqu'un d'autre ? Si la personne se faisait tuer, ça risquait de détraquer la trame temporelle. Et son sacerdoce impliquait de la protéger. Ou peut-être n'aimait-elle pas les possessions plus que moi ?

— Comment le savez-vous, Jonas ? a demandé Pritkin depuis la cage d'escalier, son manteau plié sur le bras.

— Dame Phémonoé l'a mentionné à plusieurs reprises, a répondu Marsden en s'emparant d'un couteau pour couper les oignons.

— C'est étrange : elle n'en a jamais parlé à quiconque, a dit Pritkin en me tendant ses bottes.

Je les ai prises avec joie. L'été, en Grande-Bretagne, c'est très différent d'un mois de juillet dans le Nevada. J'avais les orteils gelés.

— Eh bien… nous avons longtemps collaboré, a-t-il fini par lâcher. Elle me faisait confiance.

Pritkin a plissé les paupières.

— Assez pour divulguer des secrets ancestraux ?

— C'est-à-dire… Nous ne sommes pas entrés dans les détails. Ça lui a échappé au détour d'une conversation.

— Ça lui a échappé ? a répété Pritkin.

Quelque chose, dans sa voix, a fait rosir Marsden.

— John !

— Jonas. Seriez-vous en train de rougir ?

— Il fait chaud ! a dit Marsden avec irritation. Vous auriez pu faire installer l'air conditionné !

Il a ouvert une fenêtre mais les effluves de cuisine n'ont pas quitté la pièce.

— C'est un peu compliqué, avec des murs en pierre, a rétorqué Pritkin d'un ton sec. Et ne changez pas de sujet.

Marsden m'a regardée en coin.

— Vous savez, Cassie, je crois que j'aurais besoin d'un peu plus de basilic. Ça ne vous embêterait pas d'aller m'en chercher ?

— Si, ça m'embêterait beaucoup, ai-je répondu en posant les coudes sur la table.

Je l'ai regardé avec intérêt.

Il a soupiré et versé les oignons émincés dans la casserole qui mijotait sur la cuisinière, nous tournant le dos par la même occasion.

— Eh bien. Il n'y a pas grand-chose à dire. Nous étions assez proches, comme des collègues peuvent le devenir.

— Ouah ! Vous *et* César !

Marsden a jeté des champignons dans une passoire un peu trop énergiquement.

— Oui. C'est ça. Comme vous dites. Mais là n'est pas la question, n'est-ce pas ? La question, c'est que vous vous y prenez mal, mon enfant.

— Ouais. Je ne sais franchement pas pourquoi. Pourtant, j'ai reçu une solide formation de trente secondes.

— Vous avez de la chance d'être encore en vie, a-t-il dit d'un air grave. Avez-vous seulement idée du nombre de maladies que vous auriez pu contracter dans le passé ? Du nombre de fois où vous avez mangé de la nourriture qui aurait pu vous être fatale, en dépit du fait qu'elle soit parfaitement inoffensive pour les personnes de l'époque ? Mais, pour mourir d'intoxication, il faudrait déjà qu'aucun mage noir vous ayant pris en chasse ne vous exécute avant.

— Ça arrive souvent que des mages se baladent dans le passé ? ai-je demandé avec nervosité.

— Cela requiert une quantité fantastique de pouvoir. Très peu sont capables d'invoquer une telle puissance. Et de la contrôler, qui plus est. La plupart de ceux qui tentent l'expérience meurent avant de poser problème. Ce qui vous laisse le temps de vous consacrer à vos responsabilités principales.

— Qui sont ?

Marsden a joué au samouraï avec la gousse d'ail.

— Un certain nombre de choses. Nous avons déjà évoqué la question des quémandeurs, qui demandent audience afin que vous leur lisiez l'avenir et leur dispensiez vos conseils.

— J'ai un peu de mal à lire l'avenir.

— Qu'importe ! Les gens voudront vous voir essayer. Il vous faudra également présider la cour de la Pythie et superviser les novices. C'est une des principales missions de la Pythie.

— Je sais que je vais regretter d'avoir posé la question, mais c'est quoi, exactement, la cour de la Pythie ?

— C'est un organisme de médiation réglant les querelles déchirant la communauté surnaturelle. À haut niveau. Par exemple, si le Conseil des clans garous a un différend avec le Sénat des vampires et si ces deux organisations se révélaient incapables de le résoudre elles-mêmes, elles pourraient faire appel à la Pythie pour éviter les luttes intestines. Dans ce genre de situations, vous êtes la plus à même de porter un jugement. Vous êtes la seule personne capable de prévoir ce qui se passerait si la querelle ne trouvait pas d'issue.

J'ai dégluti. *Génial.* Encore une information que je ne me réjouissais pas d'apprendre. Enfin. En l'occurrence, ça ne faisait pas une grande différence. La moitié de la communauté magique voulait ma mort et l'autre moitié me prenait pour son chien-chien. En gros, tout le monde se contrefichait de mon avis.

Quant aux novices, je ne voyais vraiment pas pourquoi j'aurais dû m'amuser à en rassembler. Myra m'avait suffi. Je n'avais pas besoin de toute une cour de personnes qui n'attendaient qu'une chose: que je passe l'arme à gauche. Voire qui étaient prêtes à m'y aider.

J'ai levé les yeux. Marsden me regardait d'un drôle d'air.

—Ne me dites pas que c'est la première fois qu'on vous parle de ça! s'est-il exclamé.

—D'accord. Je ne vous le dirai pas.

Son couteau s'est planté profondément dans la planche à découper. Il est resté fiché dans le bois. Marsden l'a laissé sur place et s'est tourné vers Pritkin.

—Vous auriez dû me l'amener plus tôt! Elle a un besoin urgent de formation!

—Je l'aurais fait si vous m'aviez dit que vous étiez à même de la lui fournir.

—Je vous l'aurais dit si vous aviez évoqué le fait que vous étiez en cavale avec la nouvelle Pythie! Il fut un temps où vous m'informiez de telles bagatelles!

—Attendez une seconde. (J'ai attrapé Marsden par le bras pour lui éviter de trancher autre chose.) Vous pouvez vraiment me former?

— Pas comme Agnès aurait pu le faire. Je peux vous faire part de ce que j'ai vu et entendu ces quelques dizaines d'années mais je ne possède pas votre pouvoir. Pour un certain nombre de choses, je ne vous serai d'aucune utilité. Pour les possessions, par exemple.

— Je déteste les possessions.

— Pourtant, vous ne vous débrouillez pas trop mal avec celle-ci.

— C'est un échange de corps, pas une possession.

— Vous jouez sur les mots, a-t-il rétorqué avec désinvolture.

— Pas du tout, ai-je dit d'une voix blanche. Il n'y a personne d'autre dans ma tête et personne ne risque d'être blessé.

Marsden m'a adressé un regard agacé.

— Je suis désolé que cette idée vous déplaise, mais nous parlons de votre vie !

— Non. Nous parlons de la vie de quelqu'un d'autre.

— Voilà qui illustre encore à quel point vous avez besoin de formation. Les autres novices ne remettent jamais en cause des tâches nécessaires sous prétexte qu'elles sont désagréables.

C'est clair. Le Cercle aimait bien les prendre au berceau et leur laver le cerveau. Si le Cercle leur disait de traverser les flammes, elles le feraient sans se poser de question. Mais ce n'était pas mon genre. Et, si Marsden voulait qu'on travaille ensemble, il fallait qu'il se le mette dans le crâne.

— Je n'ai pas le droit de voler une partie de l'énergie vitale d'une personne et de la mettre en danger pour me protéger, ai-je rétorqué avec calme. Sans compter que je risque de la traumatiser à vie.

— Vous exagérez, a-t-il répliqué, buté. Et c'est pour le bien de tous.

— Ça paraît logique. Sauf pour le pigeon qui paie pour le bien des autres.

— Vous n'êtes pas en position de remettre en cause ce système ! Vous n'y connaissez strictement rien !

— Mais Apollon le connaît très bien, a fait remarquer Pritkin.

Jusque-là, il avait gardé le silence. Il s'était assis à une petite table, le long du mur, et il nettoyait méthodiquement ses armes. Mais il n'en avait pas perdu une miette. Sa voix était sensiblement tendue.

— Il sera préparé au *statu quo* et il se sera forgé une ligne d'action basée dessus, a-t-il poursuivi. Il se croit capable d'anticiper. Si nous voulons le vaincre, nous devons apprendre à penser et à agir autrement.

— Ne vous mêlez pas de ça, John ! a aboyé Marsden.

— Pourquoi ? ai-je demandé. Il a raison.

Marsden m'a lancé un regard exaspéré.

— Nos règles ont pour but de vous protéger !

— Elles n'ont pas protégé Agnès.

Pour la première fois, Marsden avait l'air sincèrement en colère. Il ne devait pas avoir l'habitude qu'on le contredise.

— Elle a été empoisonnée à cause de la négligence du Cercle ! C'est une des raisons pour lesquelles je méprise autant Saunders. Et ce n'est pas la moindre ! Tant que je suis resté en poste, Agnès a bénéficié d'une protection sans faille. Comme vous à l'avenir.

J'ai posé une main sur son épaule. Ses muscles étaient noués par la tension et la tristesse. J'ai compris qu'elle lui manquait. Il voulait honorer sa mémoire en respectant sa dernière volonté, en faisant en sorte que je lui succède. Mais il voulait le faire à sa façon.

J'ai croisé le regard de Pritkin.

— À propos..., ai-je commencé.

— C'est parfait ! s'est exclamé Marsden lorsque j'ai eu fini d'exposer mon plan. Je n'avais pas espéré mieux !

— Ne vous emballez pas ! lui ai-je dit. On n'est pas encore parvenus à un accord. Je peux vous faire entrer, d'accord, mais j'attends de vous un peu plus que mon investiture.

— C'est-à-dire ?

L'expression du vieil homme n'a pas changé mais ses yeux bleus, d'ordinaire légèrement nébuleux, étaient rivés sur moi avec intensité.

— Le Cercle gère des écoles spéciales. Je veux qu'elles soient fermées. De façon définitive.

Il a froncé les sourcils.

— De quelles écoles parlez-vous ?

— De celles accueillant les gamins souffrant d'une déficience magique. Le Cercle les enferme pendant des années alors qu'ils n'ont rien fait de mal. Et ça date d'avant votre cessation d'activité. Il faut qu'elles ferment.

Je n'avais pas encore fini ma phrase que Marsden secouait déjà la tête.

— Les écoles dont vous parlez sont malheureusement une nécessité. Je ne les aime pas plus que vous mais nous n'avons simplement pas le choix. Nous n'avons pas pour habitude d'enfermer les innocents, mais ces enfants sont dotés de talents proprement dangereux !

— Il doit bien y avoir une autre solution.

— Peut-être, mais nous ne l'avons jamais trouvée. Si nous les laissons sans surveillance, ils peuvent constituer une menace, pour leur entourage et pour eux-mêmes.

Il avait l'air catégorique.

— Combien en avez-vous rencontré ?

— Pardon ?

— C'est une simple question. Combien en avez-vous rencontré ? Parce que j'en loge neuf au *Dante*, depuis bientôt une semaine, et le casino n'a pas encore brûlé, ni explosé, ni subi de catastrophe plus terrible que des problèmes de portes d'ascenseur qui ne se ferment plus.

— Dans ce cas, vous avez eu de la chance.

Il avait un ton dédaigneux, comme si je ne savais pas de quoi je parlais.

— J'ai vécu parmi eux pendant presque deux ans lorsque j'étais adolescente. Je n'irai pas jusqu'à dire qu'on n'a jamais eu de problème, mais personne n'est mort, notre immeuble n'a pas été dévoré par les flammes et nos voisins n'ont rien remarqué de louche : personne n'a appelé les flics.

— Pardonnez-moi, Cassie, mais j'ai du mal à vous croire.

Il gardait son calme mais il me tapait littéralement sur les nerfs. Cette fois, ce n'était pas moi qui étais bornée.

— Je répète ma question : combien en avez-vous rencontré ?

— Aucun. Toutefois…

— Ne croyez-vous pas qu'il serait temps de le faire ?

Il m'a regardée longuement.

— Peut-être. Mais comprenez bien que je ne peux rien vous promettre. Avant de franchir un tel pas, le Conseil doit se mettre d'accord. Autrefois, j'avais beaucoup d'influence au sein de cette organisation, mais ce n'est plus le cas aujourd'hui.

Bizarrement, j'étais assez soulagée qu'il n'accède pas à ma demande sans hésiter. S'il l'avait fait, j'aurais eu peur que ce ne soit qu'une concession accordée à la hâte en vue d'obtenir gain de cause et qu'il oublie les gamins aussitôt arrivé au pouvoir. Mais il me fallait un engagement un peu moins vague.

— Je comprends. Mais je veux que le Conseil étudie la question. Sérieusement. Et je veux que vous fassiez un geste avant. Dès que vous prendrez le pouvoir, je veux que vous relâchiez les enfants que le Cercle vient de kidnapper.

— Je croyais que vous les aviez récupérés.

— Pas tous. Je veux les autres. Il n'y en a pas beaucoup, ai-je ajouté en voyant son visage se fermer.

—Je relâcherai les enfants emprisonnés lors du dernier raid, a-t-il fini par concéder. Et je mettrai le problème des centres éducatifs à l'ordre du jour du Conseil. Mais je ne peux pas leur forcer la main. C'est à eux que reviendra la décision finale.

Je n'aimais pas ça, mais je respectais ses réserves. Je préférais ça à une promesse intenable.

—Dans ce cas, je crois que nous avons un accord.

Il n'y avait plus qu'une chose à faire. Mais Pritkin n'était pas très coopératif.

—Si vous voulez qu'on y arrive, il va falloir que vous baissiez vos boucliers ! lui ai-je répété, complètement exaspérée.

—Vous êtes certaine que ça fonctionnera ? a-t-il demandé, pour la dixième fois au moins.

—Oui ! (J'ai essayé d'avoir l'air aussi convaincue que possible, mais il paraissait sceptique.) C'était votre idée. Vous vous souvenez ?

Pritkin s'était fermement opposé à ce que Billy possède son corps, ne serait-ce qu'une seconde. On avait donc opté pour le plan B. L'idée était que Billy entre dans mon corps pour mettre l'esprit de Pritkin dehors. Comme son corps serait le seul à être inhabité, il le regagnerait naturellement.

Ça pouvait marcher. Ça devait marcher. Mais il fallait d'abord que Pritkin abaisse les boucliers dont il bardait son corps d'emprunt.

—Il a peur de s'ouvrir comme une boîte de conserve avec un esprit affamé dans les parages, a commenté Billy en esquissant un sourire malicieux. (Il avait l'air de prendre son pied.) Il se dit sûrement qu'il aurait dû être plus sympa la dernière fois qu'on s'est vus.

—Billy !

—Quoi ? Qu'est-ce qu'il a dit ?

Pritkin a tourné violemment la tête. Ses yeux étaient fous. Il ne devait pas prendre ça beaucoup mieux que moi, finalement.

— Tu te rappelles ? a poursuivi Billy. Quand on était en Faerie et que j'avais un corps et qu'il m'a giflé comme un malade ?

Il irradiait du pouvoir que je lui avais prêté. Ça lui donnait un air impertinent au possible.

— Il n'a rien dit, ai-je répondu à Pritkin.

— Je veux dire : je l'aurais moins mal pris s'il m'avait filé un coup de poing. Mais il m'a giflé. T'imagines ?

Pritkin s'est mis à courir en direction de l'escalier. Il aurait presque réussi à grimper à l'étage si Marsden ne s'était pas préalablement posté sur les marches pour lui bloquer le passage en cas de problème.

— Abaissez vos boucliers, ai-je répété d'une voix apaisante tout en faisant signe à Billy de se déplacer le plus discrètement possible. Dans une seconde, on n'en parlera plus.

— C'est bien ça qui me fait peur, a marmonné Pritkin en regardant frénétiquement autour de lui.

Sa voix était légèrement brisée, comme lorsqu'il était vraiment préoccupé et qu'il essayait de ne pas le montrer. Cette voix me donnait automatiquement envie de me mettre à couvert : d'habitude, ça voulait dire qu'on nous tirait dessus. J'ai balayé la pièce du regard, nerveuse, mais il n'y avait personne en vue.

Marsden l'a frappé à l'épaule d'un coup de poing.

— Vous êtes un mage guerrier, que diable ! Allez ! Un peu de cran !

À ma grande surprise, Pritkin a fini par s'exécuter. Billy est entré à l'intérieur de mon corps et j'ai poussé un soupir de soulagement. Ça allait peut-être bien se passer, finalement. Mais soudain, Pritkin a été pris de convulsions.

— John !

Marsden a essayé de s'emparer de lui mais Pritkin s'est dérobé en tremblant de tous ses membres. Il a lancé son poing contre la balustrade, qu'il a à moitié cassée, avant d'arracher le téléphone du mur. Marsden a réussi à lui immobiliser les épaules.

— Allez-y mollo ! Vous êtes dans mon corps ! lui ai-je rappelé.

Mais il n'avait pas du tout l'air de m'écouter. Son regard était dans le vague, son visage livide dégoulinait de sueur et les phalanges blanches de ses doigts étaient crispées sur les bras de Marsden.

Je ne l'avais jamais vu dans cet état. Pritkin était plutôt du genre à traverser l'adversité avec calme, même dans des situations où n'importe qui d'autre aurait piqué une crise de nerfs.

— Billy ! Dépêche-toi !

— Je ne peux rien faire tant qu'il se défend ! a dit Billy en passant la tête par la poitrine de Pritkin.

— Il lutte contre la possession, ai-je informé Marsden.

— John ! Écoutez-moi ! (Marsden l'a secoué.) Vous devez vous laisser faire !

Pritkin n'a pas répondu. Il se débattait comme s'il était possédé par bien pire qu'un tricheur raté. Et il ne se débattait pas seulement physiquement : des bouts de Billy n'arrêtaient pas de jaillir de parties totalement improbables de mon corps : un de ses pieds a émergé de ma cuisse, un bras est sorti de ma poitrine et une tête de mon épaule.

— J'aurais besoin d'un petit coup de main ! a haleté Billy. Je suis en train de le perdre !

— Je ne peux pas quitter son corps tant qu'il n'est pas sorti du mien ! lui ai-je rappelé.

— Si tu ne fais rien, il risque de ne jamais quitter ton corps. Distrais-le le temps que je le fiche dehors. Ensuite, tu n'auras plus qu'à le guider vers son corps.

Je n'aimais pas cette idée mais je n'en avais pas de meilleure. Et, si on n'agissait pas tout de suite, je ne me voyais pas convaincre Pritkin de retenter l'expérience avant un long moment.

—On change de plan, ai-je informé Marsden. Je vais aider Billy.

—Mais vous avez dit que le corps de John mourrait s'il n'avait pas d'âme.

—Pas si ça dure quelques secondes. Et, si ça prend plus de temps, je retournai dans son corps. (Je me suis étendue au sol pour que le corps de Pritkin ne tombe pas après mon départ.) Prêt ? ai-je demandé à Billy.

—Je n'attends plus que toi, a-t-il aboyé en luttant pour rester accroché.

Ma tête d'emprunt s'est effondrée par terre. Je me suis concentrée et mon esprit a émergé. Le visage du corps étendu derrière moi s'est affaissé. En un mois, je m'étais un peu améliorée : je ne slalomais plus dans tous les sens comme une comète folle. Je n'aurais dû avoir aucun problème pour flotter jusqu'à Pritkin… s'il n'avait pas donné un coup de genou dans les parties de Marsden pour mieux se précipiter sur l'escalier. *Et merde !*

Je l'ai poursuivi en flottant et je l'ai attrapé par le pied au moment même où il atteignait les premières marches. Mais entre l'attraper et lui rentrer dedans, il y avait un monde. Les boucliers protégeant mon corps étaient de nouveau dressés. Et ils avaient atteint un niveau dont je ne me savais pas capable. D'ordinaire, je dresse des boucliers à base de feu. Mais c'était l'esprit de Pritkin qui projetait ces défenses mentales, et j'ai plongé dans un océan infini, dont les vagues ondulaient doucement.

J'ai refait surface en crachant et en toussant. Il n'y avait aucun signe de Billy. Et je ne savais pas comment faire pour traverser une armure aussi sophistiquée. Contrairement à la plupart des boucliers, il n'y avait aucune déchirure, aucune fente… aucune espèce d'ouverture. Il n'y avait que de l'eau bleue s'étendant à perte de vue.

Je me suis vite rendu compte que c'était encore pire de plonger. Sous l'eau, j'étais complètement noyée dans un univers informe et indigo, sans aucun point de repère. J'ai flotté à tâtons dans l'obscurité. La chaleur de mon esprit luttait en crépitant contre l'océan et je remuais des quantités d'eau impressionnantes. Tout autour de moi, les flots bouillonnaient à grand renfort d'écume mousseuse. Soudain, l'océan s'est mis à tourbillonner, une lame puissante m'a projetée à travers la surface et un gigantesque jet m'a propulsée à une vitesse hallucinante… dans la cuisine.

Ça m'a pris un moment pour comprendre que je venais de me faire exorciser de mon propre corps.

—Je l'ai ! s'est exclamé Billy.

Peu après, j'ai vu la forme pâle et vacillante d'un homme émerger de ma peau et me rejoindre au milieu de la pièce.

La plupart des esprits nouveau-nés sont totalement perdus. En tout cas, les premiers temps. Ils tentent de se fier aux sens de leur corps pour appréhender leur environnement mais ils n'en ont plus. Et Pritkin avait beau être à moitié démon, il n'avait pas l'air de réagir différemment. Il flottait, terrifié, dans la solitude la plus complète, totalement exposé. J'ai essayé de saisir sa main astrale mais il a eu un mouvement de recul. Une expression d'horreur a traversé ses traits nébuleux.

J'ai compris qu'il ne me voyait pas. Il ne savait pas si l'esprit qui venait de le toucher était un ami ou un prédateur. J'ai essayé de tendre mes sens vers lui pour qu'il me reconnaisse, pour qu'il me suive, et une *présence* m'a heurtée de plein fouet et m'a fait trembler des pieds à la tête. Une présence qui n'était pas Pritkin.

Quelque chose s'avançait vers nous. Quelque chose qui troublait le monde des esprits avec la virulence d'une tempête à l'assaut. Quelque chose qui mettait tous mes sens en alerte. C'était rempli d'étincelles, d'éclairs et de grondements de tonnerre pleins de fureur. Ma vision s'est voilée de taches lumineuses qui clignotaient rapidement et l'air a été envahi par une odeur âpre et glaciale.

Une terreur indicible s'est emparée de moi. Je me suis pétrifiée. Tout mon esprit s'est crispé d'horreur. Des Rakshasas. Ils l'avaient vu. Ils l'avaient senti et ils venaient le prendre. Il fallait qu'on s'enfuie de toute urgence.

J'ai essayé d'attraper Pritkin mais son esprit m'a échappé comme une feuille emportée par le vent. Je l'ai suivi. Je savais fort bien ce qui se passerait si on ne s'abritait pas très vite dans un corps. Mais je n'ai pas eu le temps de l'atteindre. La membrane ténue entre les mondes a tressailli autour de nous et quelque chose l'a traversée.

J'ai jeté un coup d'œil furtif à la créature qui venait d'émerger des ténèbres, en haut de l'escalier. Elle était dotée d'une chevelure rousse. L'esprit avait pris forme humaine mais il ne trompait personne. D'un autre côté, si on possédait la capacité de le voir, on n'avait pas spécialement envie de s'attarder pour mieux l'observer.

Ses os délicats étayaient un visage doté d'yeux d'un noir aqueux et d'un élégant nez aquilin. Il était difficile d'en dire plus sur ses traits : ils étaient presque entièrement voilés par un masque de sang. Du sang qui luisait, encore humide, sur son corps nu puissamment musclé. Il zébrait sa peau dorée de rigoles sombres, comme si sa chair baignait dans un flot de sang ininterrompu. Il avait des grumeaux rouges sous les ongles, sur les lèvres et dans ses longs cheveux emmêlés. Il n'y avait aucun semblant d'humanité dans ses yeux. Ni même d'animalité. Ils respiraient la voracité primale.

Un autre démon est apparu à côté du chef. Puis quatre autres. Il s'agissait de femelles et de mâles à forme humaine mais au sourire bestial. Tous avaient une apparence où la beauté sauvage se mêlait à une férocité pure. Une vraie vision de cauchemar. Ils ont dévalé les marches dans un chaos grouillant de peaux maculées de sang, et ils se sont déployés autour de moi, me coupant et de mon corps et de celui de Pritkin.

— En voilà un de toute beauté, a dit le chef d'une voix suave en tendant la main vers moi.

Ses doigts ont effleuré délicatement ma joue et j'ai frissonné de révulsion. Il a souri et sa paume s'est refermée sur ma nuque pour m'approcher de son effroyable visage.

— Il est en vie, a susurré une des créatures. Je le sens respirer.

— Oui.

— Interdit, a dit un autre. Protégé.

— Non.

Le chef a caressé ma forme astrale du plat de la main, avant de l'entailler de son ongle acéré comme une lame. Pendant un moment, je n'ai rien senti du tout. Ensuite, une douleur indicible a parcouru ma colonne vertébrale. J'avais l'impression que chacune de mes veines prenait feu et que les flammes me pénétraient et me consumaient jusqu'à la moelle.

— Comme le traître, celui-ci nous appartient, a poursuivi le chef.

— Nous sentons son sang, ont gémi des voix de tous côtés. Nous avons faim. Donne…

— Moi d'abord, a grogné le chef.

Et j'ai su, sans avoir à demander, qu'il était inutile d'essayer de négocier avec ces créatures. Elles étaient impossibles à corrompre, inflexibles aux supplications. Je ne pouvais leur donner qu'une seule chose. Et elles étaient déjà en train de se servir.

J'ai baissé les yeux et j'ai vu que le chef avait pratiqué une profonde entaille dans mon esprit. Une substance pâle, qui ne ressemblait pas du tout à du sang, commençait à s'en échapper. *Du pouvoir*, ai-je compris à travers la douleur qui m'embrouillait les sens. Il était en train de me vider de mon pouvoir.

La meute s'est mise à gémir de faim, mais personne n'a bougé. Le chef a passé la langue sur ma poitrine, comme un amant, pour lécher le pouvoir émanant de la blessure. Mais je n'ai vraiment paniqué qu'en l'entendant éclater d'un rire sauvage. Si j'avais encore eu un corps, toute l'adrénaline circulant dans mes veines aurait gelé instantanément. Le souffle contenu dans mes poumons aurait pris la consistance de la glace. Mais j'étais sous forme astrale et ce contact m'a tout bonnement paralysée. Même lorsque le chef de la horde a incliné la tête et fermé les yeux pour se mettre à aspirer, je n'ai pas bronché.

Ça faisait mal. Terriblement mal. J'avais l'impression qu'on versait de l'acide sur mes nerfs, qu'on sciait mes os. Mais le pire, ce n'était pas la douleur. C'était la sensation amère de la perte. La conscience qu'on me volait une partie de moi. L'impression que je me perdais, comme une goutte d'eau dans le vaste océan. Que j'allais me dissoudre à jamais.

Le démon a levé les yeux vers moi en léchant ses lèvres pleines de sang.

— C'est encore meilleur vivant, a-t-il dit.

Et il a lâché sa meute sur moi.

Lorsqu'ils m'ont plaquée à terre, j'avais presque l'impression d'avoir récupéré mon corps. Le sol glacial contrastait atrocement avec la douleur brûlante des griffes me transperçant. J'ai hurlé en les sentant me mordre et me broyer. J'ai essayé de ramper hors de leur étreinte, mais partout où se posait mon regard des visages avides m'attendaient. Quelques secondes plus tard, des fumerolles évanescentes s'élevaient de mes blessures et s'éloignaient lentement de mon esprit pour flotter vers le plafond et s'accrocher à leurs mains, s'entortiller autour de leurs bras.

Pétrifiée d'horreur, je les ai regardés laper mon pouvoir, se lécher les mains comme des gamins s'empiffrant de glace fondue. Mais ils n'en avaient pas assez. Ils étaient affamés. Ce n'était qu'un avant-goût : ils me voulaient tout entière.

— Cette proie n'est pas légale ! ai-je entendu quelqu'un s'exclamer.

J'ai levé les yeux et j'ai vu Pritkin tituber. Il était encore à moitié aveugle. Et probablement totalement perdu.

— Le seigneur Rosier nous l'a donnée, a dit le chef en s'accroupissant jalousement sur moi. Toi aussi, d'ailleurs.

Quelques créatures se sont séparées du reste de la meute pour se ruer sur Pritkin. Mais il les a esquivées en projetant sa silhouette sans force ni substance sur leur chef. L'espace d'une fraction de seconde, la meute m'a oubliée, toute à sa surprise de voir quelqu'un se précipiter tête baissée vers la mort au lieu de se terrer. Ensuite, ils m'ont relâchée pour s'élancer vers le mage. Je me suis jetée en arrière et j'ai senti ma conscience s'insinuer dans le corps étendu par terre.

En un clin d'œil, j'étais réveillée et je tremblais de tous mes membres. Ma respiration était laborieuse : mes poumons asséchés et crispés étaient avides d'air. Des taches rouges et violettes clignotaient sous mes paupières fermées. Lorsque j'ai enfin réussi à prendre mon souffle, en toussant et en haletant, je me suis rendu compte que j'avais mal partout. C'était un peu comme une grippe. J'étais incapable de localiser la douleur. J'avais juste l'impression nébuleuse d'être profondément malade.

Pendant un instant, je n'ai pas compris pourquoi je me sentais si mal. Je n'avais quitté le corps de Pritkin que quelques secondes à peine. Son corps n'aurait jamais dû subir de tels dommages dans un laps de temps aussi court. Mais je me suis rappelé que les attaques astrales se manifestent physiquement lorsqu'on réintègre son corps. Si ces créatures continuaient à déchiqueter l'esprit de Pritkin, peu importe si on arrivait à le remettre dans son corps : il mourrait de toute manière.

Chapitre 24

Marsden m'a aidée à me relever. Il me parlait mais je n'entendais pas ce qu'il disait. Et ça m'était égal. Je l'ai repoussé et je me suis précipitée vers la table. J'avais encore une chance de sauver Pritkin : sa ceinture de potions. Mais lorsque je l'ai attrapée, je me suis rendu compte que je ne voyais plus très bien la meute. Et si j'en ratais ne serait-ce qu'un seul…

J'ai fouillé la ceinture, l'adrénaline rendait mes doigts maladroits. Mon cœur battait à tout rompre comme s'il répétait « Pas le temps ! Pas le temps ! ». Pour finir, j'ai lancé toutes les fioles qui me sont tombées sous la main, aussi vite que j'arrivais à les extraire de leurs petits fourreaux. Mon principal souci, c'était d'éviter Billy, qui zigzaguait ici et là dans la pièce, à la poursuite de l'esprit de Pritkin.

Les ombres ont fini par battre en retraite dans la cage d'escalier. Elles attendaient que je tombe à court de munitions. Et ça n'allait pas tarder. C'était maintenant ou jamais. Je me suis jetée sur Pritkin. Billy a eu la même idée au même moment : il s'est lancé sur lui de l'autre côté. Résultat : on s'est fracassés l'un contre l'autre et on a pris son esprit en sandwich.

L'espace d'une demi-seconde, je me suis demandé lequel de nous deux l'avait attrapé. Voire si on l'avait attrapé tout court. Mais Pritkin a trébuché contre mon corps. Il ne l'avait sûrement pas fait exprès mais c'était suffisant. Mon corps s'est emparé de lui et l'a attiré à l'intérieur, malgré les efforts désespérés de l'esprit pour s'échapper. Et voilà. On était de retour à la case départ.

— Cassandra ? Est-ce vous ? a demandé Marsden à Pritkin, qui s'affalait lentement sur ses genoux.

Il était pâle et tremblant mais il avait l'air indemne. C'était la seule chose qui comptait.

— Non. Ça n'a pas marché, ai-je dit avec amertume.

Merde ! On y était presque !

Marsden m'a prise par le bras.

— Que s'est-il passé ?

— Des Rakshasas.

— Mais ils ne sont pas censés s'en prendre aux vivants !

— Vous n'avez qu'à aller leur dire !

Je me suis agenouillée à côté de Pritkin et j'ai révisé mon jugement : ses pupilles étaient dilatées, son teint maladif et sa respiration laborieuse. Et, d'un seul coup, il s'est affalé de tout son long à mes pieds. Son corps était d'une rigidité inquiétante.

— Je vais chercher ma trousse de secours, a annoncé Marsden.

Une horloge s'est fracassée par terre. Elle a éclaté en mille morceaux.

J'ai tourné brusquement la tête.

— Qu'est-ce qui se passe, maintenant ?

— Nous sommes assaillis.

— Depuis quand ?

— L'attaque a commencé il y a peu. Il semblerait que vous ayez eu raison : le Cercle ne s'est pas contenté d'attendre que nous nous rendions à lui.

— Mais vous disiez qu'ils ne s'en prendraient jamais à vous !

— Ceux qui ont servi sous mes ordres ne feraient jamais une chose pareille. Mais Saunders a envoyé des apprentis, a-t-il dit d'un ton acerbe.

— Des quoi ?

— De jeunes mages suivant actuellement la dernière phase de leur formation. Ils ont rejoint le Corps après mon départ. Ils n'ont jamais connu qu'un seul seigneur Protecteur : Saunders.

— Laissez-moi deviner. Ils seraient prêts à suivre tous ses ordres, quels qu'ils soient.

— C'est fort probable.

— Et qu'est-ce qu'on fait ? Parce que je suis incapable de me téléporter.

J'étais déjà contente de pouvoir tenir debout.

Il a posé sa main sur mon épaule.

— Chaque chose en son temps, jeune fille.

Et il a grimpé les marches quatre à quatre.

À peine était-il parti que Pritkin s'est sensiblement raidi et a ouvert les paupières. Je me suis penchée sur lui. Je n'ai pas eu le temps d'en placer une. Il m'a agrippée par la nuque, m'a plaquée contre ses lèvres et m'a embrassée. Il m'a embrassée, comme ça, sans faire de discours, sans rien expliquer. C'était toujours comme ça avec lui.

J'avais presque oublié qu'il embrassait comme un démon. C'était toujours aussi bizarre. Il n'essayait pas le moins du monde de me séduire : il m'embrassait à pleine bouche, avec voracité et violence. Très vite, je n'ai plus rien entendu que les battements de mon propre cœur. Je n'ai plus rien senti que le goût de mon sang sur ses lèvres, que sa langue envahissant ma bouche. Je frissonnais des pieds à la tête. Ma chair en voulait plus. Mon corps avait faim du sien.

Mon cerveau m'a informée que c'était totalement absurde d'être excitée par l'odeur de mes cheveux, ou la douceur de ma peau, à l'intérieur de mon coude. Il me faisait remarquer que j'étais ni plus ni moins en train de m'embrasser moi-même. Mais le corps de Pritkin n'en avait rien à faire. De petites mains douces ont retroussé ma chemise et se sont mises à glisser le long de ma poitrine. L'une d'entre elles m'a pincé un téton. *Oh, Seigneur…*

J'ai senti un courant d'air envelopper mon corps et grésiller, presque physiquement, contre ma peau. Ensuite, le souffle s'est entortillé autour de mes membres. Il était tiède mais il n'avait rien d'apaisant. J'ai tressailli et le flux a tressailli avec moi. Enfin, j'ai vu une cicatrice, sur le bras de Pritkin, s'estomper puis se fondre dans la teinte dorée de son biceps. En un clin d'œil, il n'y avait plus aucune trace de la blessure. Comme si elle n'avait jamais existé.

Lorsqu'il a lâché prise, j'étais étourdie et complètement perdue. Pritkin a levé la tête : il avait l'air légèrement dans le vague. Le sentiment de colère à peine contenue qui irradiait de lui semblait étrange, presque irréel, et pourtant familier à la fois.

J'ai crié et je me suis mise à reculer en rampant. Mais il m'a rattrapée et m'a prise dans ses bras.

— Non ! C'est moi ! Ce n'est que moi ! Rosier n'est pas là !

J'ai vu mon visage se recomposer devant mes yeux. L'émotion que j'y lisais était sincère : de l'inquiétude, de la douleur et une bonne dose d'autoflagellation. J'ai cessé de lutter. J'étais prête à parier que Rosier n'avait jamais ressenti la moindre émotion sincère de toute sa vie.

— Mais j'ai senti…

— Je suis blessé, m'a interrompue Pritkin en rougissant légèrement. C'est… c'était une réaction instinctive. Je ne vais pas vous faire de mal.

— Instinctive ? (Il n'a pas pris le temps de m'expliquer. Il s'est redressé en prenant appui sur le plan de travail.) Où allez-vous comme ça ?

— On doit sortir d'ici, a-t-il dit tandis qu'un nouveau déluge de sortilèges s'abattait sur la maison.

— Vous tenez à peine debout ! Comment comptez-vous vous battre ?

— Je vais très bien, a-t-il affirmé avec entêtement.

— Vous plaisantez ? Vous venez d'attaquer une demi-dizaine de démons à vous tout seul ! Qu'est-ce qui vous a pris ? Vous n'aviez pas d'armes, pas de boucliers, rien !

— Ils vous auraient tuée.

— Et que croyez-vous qu'ils s'apprêtaient à vous faire ? (Il n'a rien répondu.) Mais c'était peut-être ça, l'idée : me laisser le temps de m'enfuir pendant qu'ils étaient occupés à vous tailler en pièces ?

— C'était la seule chose rationnelle à faire.

Son ton pragmatique a fini de m'énerver.

— Rationnelle ? C'était mon idée ! Ma *stupide* idée ! Si quelqu'un devait payer, c'était moi.

— Votre idée aurait fonctionné si vous aviez été en compagnie de quelqu'un d'autre.

— Qu'est-ce que vous racontez ? Ces choses…

— … ne peuvent d'ordinaire pas s'en prendre aux vivants. Les seigneurs démons se sont entendus il y a bien longtemps pour ne pas surexploiter leur terrain de chasse commun en se nourrissant de manière excessive. Chaque race s'est vu attribuer une forme d'énergie bien précise, à l'exception de toutes les autres. Les Rakshasas, par exemple, ne peuvent se nourrir que de l'énergie qui subsiste après la mort. Or votre corps était encore vie : vous auriez dû vous trouver hors de leur emprise.

— Vous aussi. Mais ça n'avait pas l'air de les déranger plus que ça !

— Rosier a demandé à l'Assemblée des seigneurs démons d'accorder une exception dans mon cas.

Une lueur bizarre lui a traversé les yeux. Ce n'était ni de la tristesse, ni des regrets, ni de la douleur, mais une étrange combinaison des trois. Une espèce de vide qui m'a glacé le sang.

— De toute évidence, il s'est arrangé pour l'étendre au vôtre, a-t-il poursuivi.

— Je ne comprends pas.

Pritkin a pris une grande bouffée d'air.

— Je n'ai jamais exploré la partie démoniaque de ma personnalité, comme le souhaitait Rosier. C'est la raison pour laquelle il s'est livré à cette expérience. Il avait l'espoir, en mêlant son sang à celui des faes et des humains, de créer un démon échappant aux limites de sa condition. En refusant de sonder ma nature, je prive son expérience des résultats attendus.

— Mais vous vous privez aussi vous-même. Vous ne vous êtes jamais demandé de quoi vous étiez capable ? Vous n'avez jamais voulu connaître l'ensemble des compétences dont vous avez hérité ?

— Il ne se passe pas un jour sans que je m'en inquiète.

— Pourtant, c'est cette partie de vous qui vous rend immortel, non ? Elle ne peut pas être complètement…

— Je ne suis pas immortel. Et mon espérance de vie plus longue que la normale est due au sang fae de mes ancêtres, a-t-il rétorqué d'un ton sec. Mon père ne m'a rien légué d'un tant soit peu positif ! Il vient d'en faire la démonstration. J'ai contrecarré ses plans, vous l'avez humilié : il cherche vengeance.

— Mais les Rakshasas ne peuvent pas me faire de mal tant que je suis dans mon corps. Comment pense-t-il…

— Vous avez entendu Jonas ? Si vous voulez exercer votre métier en toute sécurité, vous allez devoir avoir recours à la possession. Ce faisant, votre esprit deviendra vulnérable l'espace de quelques instants. Et quelques instants suffisent aux Rakshasas.

— Mais le pouvoir de la Pythie est censé être inépuisable. Même s'ils m'attaquent…

— Vous confondez les énergies. Les Rakshasas se nourrissent d'énergie vitale, comme les vampires. Votre magie ne les intéresse pas.

Marsden a dévalé l'escalier, un panier au bras. Lorsqu'il a vu Pritkin debout, il s'est arrêté net. Mais il lui a quand même tendu une fiole contenant une substance visqueuse orange agitée de reflets plus sombres. Pritkin a froncé les sourcils mais en a quand même englouti une moitié cul sec, avant même que j'aie le temps de demander ce que c'était.

— Une potion énergétique, a répondu Marsden en surprenant mon regard. C'est parfaitement inoffensif.

Et dégoûtant, si j'en croyais la grimace de Pritkin.

— Si j'en prends, est-ce que ça m'aidera à nous téléporter d'ici ? ai-je voulu savoir.

Une cruche d'eau en céramique s'est mise à tressauter sur le plan de travail. Elle a fini par tomber et se fracasser sur le carrelage.

— Oh, non. Ce n'est pas assez puissant. Ça donne juste un peu de « peps », si je puis me permettre. Mais ne vous inquiétez pas, je dispose d'un autre moyen de nous tirer d'affaire.

Pritkin a émis un grognement.

— Ne me dites pas que vous avez encore cette maudite chose !

Marsden a eu l'air outré.

— Cette « maudite chose » m'a valu six prix !

— Et elle a failli vous coûter la vie un nombre équivalent de fois.

— C'est tout l'esprit de ce sport.

Pritkin a saisi son manteau et ses armes. Les appareils ménagers tressautaient sur place et les couverts s'entrechoquaient dans l'armoire. J'ai jeté un coup d'œil à la fenêtre et j'ai compris pourquoi : un déluge continu d'éclairs d'énergie se fracassait contre la bulle de protection dressée juste devant le jardin. Aucun sort ne l'a franchie mais chaque nouvel impact ébranlait un peu plus les fondations de l'édifice.

Marsden a ouvert brusquement la porte de derrière et nous a guidés à toute vitesse à travers le jardin. Derrière la partie cultivée, une étendue d'herbes folles entourait une petite structure en briques. Marsden a allumé les lumières et enlevé la bâche recouvrant ce qui s'est révélé être une décapotable rouge étincelante. Ça ressemblait à une pièce de collection. Le véhicule était doté d'une longue carlingue très basse, d'ailes rehaussées et, très bizarrement, de trois feux avant.

— Une Alfa Romeo Spider, nous a-t-il informés en souriant de toutes ses dents. Une des meilleures voitures de sport qui existent. Je l'ai achetée neuve en 1932.

Il s'est mis derrière le volant et Orion, le chien démoniaque, s'est assis sur le siège passager. C'était un peu effrayant : je ne l'avais pas vu nous suivre.

— Eh bien montez ! a dit Marsden avec impatience.

— Il n'y a que deux places, ai-je fait remarquer.

Et Orion était tellement volumineux qu'il occupait presque entièrement la sienne.

— On va tous rentrer, a assuré Marsden.

Il pouvait parler ! Il était déjà assis.

— Vous croyez qu'on arrivera à les semer ? ai-je demandé avec scepticisme tandis qu'on jouait des coudes, avec Pritkin, pour s'encastrer dans l'espace libre quasi inexistant.

— J'en suis certain ! a crié Marsden en démarrant.

Au même moment, le garage s'est mis à trembler et la porte s'est ouverte sur une dizaine de mages se bousculant pour entrer. Pritkin a marmonné quelque chose et j'ai aperçu du coin de l'œil un certain nombre d'entre eux se faire soulever du sol par des plantes grimpantes épaisses comme des mollets de cyclistes. Mais ça ne changeait rien : les autres se sont rués sur nous. La voiture s'est mise en branle et s'est dirigée… droit dans le mur.

— Marsden ! ai-je hurlé.

Mais il a accéléré de plus belle.

La vieille voiture a fait un bond en avant dans un grondement de tous les diables, toujours vers le mur en brique, qui avait l'air tout ce qu'il y a de plus solide.

Mais au lieu de nous fracasser dessus, on s'est retrouvés au beau milieu d'un rayon d'énergie blanche et vibrante. Tellement lumineuse qu'elle en était plus aveuglante que le soleil. Derrière nous, le garage s'est évanoui dans un « pop ». Je me suis installée sur la banquette en poussant le chien de l'enfer par terre. Pritkin s'est juché derrière moi, les fesses sur le coffre et les pieds coincés dans les sangles des ceintures de sécurité pour éviter de passer par-dessus bord. Mes yeux ont fini par s'habituer à la luminosité et un paysage blanc et scintillant s'est offert à moi. La lumière y était flamboyante mais froide. Elle se reflétait sur la surface de la voiture, aussi polie qu'un diamant.

On était dans une ligne tellurique. Mais, à côté, celle de Chaco Canyon faisait figure de sentier forestier. Je n'arrivais même pas à voir l'extérieur. En revanche, je voyais très bien les petites silhouettes noires qui nous suivaient. Elles ressemblaient à de minuscules nuages obscurcissant le soleil.

— Je crois que c'est le moment où je m'évanouis, ai-je fait remarquer en essayant d'empêcher ma voix de trembler.

— Ne vous inquiétez pas ! m'a dit Marsden en appuyant sur le champignon. J'ai été trois fois champion du monde avec cette voiture !

— Jonas est un ancien coureur automobile, a expliqué Pritkin.

— Vous participez à des courses dans les lignes telluriques ?

— Plus maintenant. J'ai abandonné la compétition il y a quelques années.

— Vous voulez dire qu'on vous a forcé à mettre un terme à votre carrière, a rectifié Pritkin.

— Pourquoi ? ai-je demandé, une pointe d'angoisse dans la voix.

— Parce que j'éveillais la jalousie, a répondu Marsden en donnant un coup dans le tableau de bord. Purement et simplement.

— Parce que c'est une activité phénoménalement dangereuse, même lorsqu'on a tous les réflexes de la jeunesse, a corrigé Pritkin. On ne tenait pas à ce que vous explosiez.

— On peut exploser ?

— N'ayez aucune crainte, m'a rassurée Marsden. Nous avons des boucliers.

C'est seulement à ce moment que j'ai remarqué le bouclier doré presque translucide qui s'étirait autour du véhicule comme une bulle de savon. Il avait l'air à peu près aussi solide qu'une bulle de savon, d'ailleurs. J'avais déjà vu un dispositif similaire. C'était un talisman permettant à un véhicule de transporter plusieurs personnes à travers les lignes telluriques. Ça m'a un peu rassurée… jusqu'à ce qu'un éclair de pouvoir en provenance de nos poursuivants nous rase en crépitant. Le même genre de sort avait fait céder le bouclier de la maison, alors que ce dernier avait l'air beaucoup plus solide.

Pritkin s'est retourné laborieusement, s'est aplati contre le coffre et leur a lancé un sort.

— Vous vous rappelez ce qui s'est passé la dernière fois que quelqu'un s'est amusé à faire ça ? ai-je lancé d'une voix stridente en le retenant par le haut du pantalon.

— La ligne tellurique de Belinus est parfaitement stable ! a-t-il rétorqué, au moment précis où Marsden percutait une turbulence.

Si je n'avais pas été accrochée au pantalon de Pritkin, il serait passé par-dessus bord, emportant mon corps dans sa chute. Mais on s'est contentés de retomber lourdement dans la voiture. Orion hurlait à la mort et Marsden poussait des cris jubilatoires. Plus de doute : il était complètement timbré.

Quelque chose a heurté notre bouclier, menaçant de renverser la voiture et de me briser la nuque.

— Marsden ! ai-je crié. Ils nous rattrapent !

— Plus pour longtemps !

Il a donné un violent coup de volant vers la droite, me projetant presque à l'extérieur de la voiture. Pritkin m'a rattrapée et s'est penché en arrière pour avoir la force de me maintenir sur mon siège. On a jailli de la ligne dans un feu d'artifice blanc argenté et on s'est retrouvés… dans le vide.

Je n'ai pas compris tout de suite ce qui venait de se passer : un froid glacial m'a transpercée, me vidant complètement les poumons. J'avais l'impression que mon corps se trouvait pris dans un étau de glace. J'ai essayé de bouger. En vain. J'aurais probablement dû m'inquiéter du fait que je ne sentais plus mes jambes mais j'étais trop occupée à paniquer : je n'arrivais plus à respirer.

La plupart de mes sens étaient totalement inutiles : nous étions dans le plus parfait silence. Il y avait peut-être du vent, mais je ne le sentais pas. J'ai regardé autour de moi. Il n'y avait rien à voir. À part quelques nuages, à plusieurs kilomètres en contrebas. Là où on était, le ciel était d'un bleu d'une pureté époustouflante…

En gros, on avait la même vue qu'en avion. Si ce n'est qu'on n'était pas en avion. On n'était même plus dans l'enceinte de notre bouclier : il était conçu pour ne fonctionner qu'à l'intérieur des lignes telluriques. On était à des milliers de mètres au-dessus de la surface de la terre, dans une voiture qui n'avait rien à faire là. J'ai regardé le plancher des vaches.

Il était ridiculement loin. Et je ne pouvais même pas hurler. Je n'avais pas assez d'air dans les poumons.

Soudain, je suis retombée brutalement dans mon siège. Marsden s'est mis à descendre en piqué. Le vent provoqué par notre plongeon intempestif m'a cinglé les yeux. Je ne voyais plus rien, je ne pouvais toujours pas respirer et j'étais tellement paniquée que je n'arrivais plus à réfléchir. *On va mourir,* ai-je pensé, complètement abasourdie. *On va tous mourir.* Et on a heurté de plein fouet une autre ligne tellurique.

Celle-ci était minuscule. Elle était à peine assez large pour la voiture. Notre bulle, qui venait tout juste de se reformer, frottait contre ses bulles latérales. On n'était restés que quelques secondes dehors, mais ça avait suffi pour givrer mes sourcils et donner à ma peau une teinte bleu-violet. J'aurais juré que mes pupilles étaient couvertes d'un film de glace. J'ai cligné rapidement les paupières pour recouvrer la vue… juste à temps pour contempler le tunnel de flammes rouges bondissantes qui s'ouvrait sous nos pieds… et dans lequel on s'est engouffrés.

Heureusement, j'avais retrouvé mon souffle. Je m'en suis servie pour pousser un cri, presque entièrement couvert par le bruit du moteur. Au bout d'un moment, mon hurlement s'est épuisé de lui-même. J'avais la gorge complètement irritée. Et on continuait à tomber. On aurait dit des montagnes russes sans fond. La ceinture de sécurité me rentrait dans les hanches : un peu plus et elle allait me couper en deux. Les poils du chien de l'enfer étaient dressés. Pritkin se retenait de toutes ses forces au dossier de la banquette pour éviter de traverser l'avant de la bulle. Et on a continué à tomber.

Soudain, le rouge vif a viré à l'écarlate et on a franchi une sorte de frontière. Notre trajectoire est passée du plongeon à la descente en pente raide. Le changement brusque m'a presque éjectée de mon siège. J'ai tendu la main pour m'accrocher à quelque chose et garder l'équilibre… et mon bras s'est retrouvé à l'extérieur. Il a plongé dans une eau glacée.

Une partie de la voiture naviguait hors des limites de la ligne tellurique, qui était trop étroite. De fait, le bouclier était donc scindé en deux. Ma main est passée à travers et une gerbe d'eau a jailli à l'intérieur. L'eau a crépité contre la ligne tellurique, générant de la vapeur qui est venue me baigner le visage.

— Rentrez votre bras ! a hurlé Marsden. Je ne vois plus rien !

— J'y travaille, figurez-vous ! ai-je grommelé en essayant d'éviter que l'énergie cinétique m'arrache le bras.

Pritkin a essayé de me tirer à l'intérieur, mais avec ma force olympique il n'allait pas aller bien loin. J'ai pivoté sur la banquette, j'ai posé les pieds contre la portière et j'ai poussé sur mes jambes. Mon bras est sorti brusquement du trou, la voiture a fait une embardée et le chien de l'enfer a secoué ses poils trempés, non sans m'asperger la figure.

— La Manche ! a hurlé Marsden.

Il avait l'air parfaitement composé. Il avait seulement les yeux remplis d'énergie.

— Et, si j'étais vous, je garderais mes mains à l'intérieur. L'énergie dispensée par la ligne tellurique a tendance à éveiller l'attention. Une fois, je me suis retrouvée hors piste et d'un seul coup j'avais un énorme dauphin sur le siège passager, en train de frétiller, de se tortiller et de battre la queue comme un beau diable. Ça m'a pris une éternité pour le mettre dehors. Et ça m'a coûté la course.

J'étais en train de le dévisager, complètement hébétée, lorsque mon regard s'est posé sur une gigantesque forme noire qui venait tout juste de se positionner à côté de la ligne tellurique. J'avais du mal à la distinguer à travers les sursauts d'énergie, mais elle avait facilement la taille d'une maison.

— Baleine, a lancé Pritkin derrière mon épaule. Certains animaux sont sensibles aux lignes. Nous n'avons jamais su pourquoi.

— De vraies saletés, oui ! a déclaré Marsden. Vous savez qu'elles ont coûté la vie à Cavanaugh ? C'était pendant le Trophée de Grande-Bretagne de 1956. Une grande bleue a décidé de traverser la ligne. Elle a plongé droit devant lui. Il a eu l'air fin !

— Dans ce cas, peut-être devriez-vous vous atteler à semer celle-ci ? a suggéré Pritkin.

Marsden avait l'air d'être du même avis parce qu'il a appuyé sur le champignon. On s'est précipités en avant, en suivant une trajectoire tortueuse et périlleuse, mais la baleine a suivi le mouvement. Toujours à l'extérieur de la ligne, elle a emprunté une trajectoire tout aussi démentielle que la nôtre, à grand renfort de plongeons et de bonds. Enfin, d'un seul coup, on a émergé et on s'est élancés dans les airs, laissant l'océan derrière nous. Et la ligne tellurique, par la même occasion.

Je me suis penchée par-dessus bord pour contempler les flots sombres, dont a jailli une immense tête. Au bout d'un moment, l'animal a disparu dans les vagues gris argenté. On a continué notre ascension quelques secondes avant de retomber en chute libre, comme le gros morceau de métal qu'on était. Je me préparais à pénétrer à tout moment dans une nouvelle ligne tellurique, mais il ne se passait rien. Si ce n'est qu'on s'approchait dangereusement de la surface de l'eau. À tel point que je commençais à distinguer l'écume se former au sommet des vagues.

Heureusement, on s'est engouffrés dans une ligne violette qui nous a aussitôt entraînés en avant, juste au-dessus des flots.

— On ne pourrait pas ralentir ? ai-je hurlé.

Marsden a secoué la tête. Sa chevelure blanche en bataille flottait derrière son crâne.

— Il faut que je prenne de la vitesse. On va devoir sauter.

Pritkin a émis un bruit qui ressemblait de près à un gémissement. J'ai crispé la main sur l'épaule de Marsden.

— Sauter comment ?

— Comme un cabri. Ah. Nous y voilà.

Une seconde plus tard, on volait encore dans le vide. Un jet d'eau m'a fouetté le visage. J'ai à peine eu le temps de penser « *les voitures en métal, ça ne flotte pas* » qu'on est entrés de plein fouet dans une autre ligne. Une jaune. On y est restés à peine plus d'une seconde, avant de s'élancer de nouveau dans les airs, et regagner une autre ligne. Violet foncé. Le tout n'avait pas pris plus de quinze secondes.

— Vous voyez ? Sauter, quoi.

Je n'ai rien dit de peur de vomir.

On a quitté la ligne violette au pied d'une rive bordée de falaises. Après quoi, on a voltigé dans tous les sens, non sans épouvanter une volée de mouettes et projeter des gerbes d'écume. Dieu merci, on a fini par rejoindre une ligne tellurique bleue qui se dirigeait vers l'intérieur des terres. Marsden m'a tapoté la jambe.

— Nous y sommes presque.

— Presque ? ai-je croassé tandis qu'on bondissait encore une fois dans le vide.

J'ai regardé avec épouvante une série de champs jaunes défiler sous nos pieds, et on a retrouvé l'océan blanc argenté de la ligne de Belinus. Elle était coupée en deux par une immense masse sombre qui l'obstruait presque entièrement.

— Barrage, a lancé Pritkin d'une voix légèrement stridente.

— Oui. Merci, John, a dit Marsden en braquant son volant.

La voiture s'est plaquée contre une des bandes latérales et l'a remontée jusqu'au sommet de la ligne. On s'est retrouvés la tête en bas et on est passés de justesse au-dessus du barrage, avant de redescendre de l'autre côté. On avait fait un tour complet. J'avais les mains tremblantes et l'estomac sens dessus dessous. Derrière nous, le barrage s'est estompé, laissant passer un escadron de mages qui s'est aussitôt précipité à nos trousses.

— Comment ont-ils deviné qu'on allait revenir ? a demandé Pritkin tandis qu'on s'élançait en avant.

— Il doit y avoir un coureur parmi eux, a dit Marsden d'un ton agacé. J'ai établi cet itinéraire il y a de cela quelques années. Les aspirants champions s'en servent de terrain d'entraînement. J'aurais dû prendre un autre chemin. Mais ne vous inquiétez pas. Nous allons bien finir par les semer.

Il a accéléré. J'ai arrêté de regarder nos poursuivants et je me suis tournée vers l'avant. Soudain, un éclat de lumière colorée m'a aveuglée. Juste devant nous bouillonnait un ouragan de lumière. On aurait dit que quelqu'un avait tendu un rideau de flammes à travers la ligne. C'était presque impossible de le regarder en face. Le flux de pouvoir était si intense qu'il manquait de me griller les rétines, et j'avais beau protéger mes yeux du plat de la main, sa luminescence passait à travers mes doigts.

— On va prendre un raccourci, a annoncé Pritkin.

— Un raccourci ?

Bizarrement, ça ne me rassurait pas spécialement.

— Oui. Essayez de vous détendre, Cassie, m'a conseillé Marsden.

Je l'ai regardé, hébétée, en me demandant s'il essayait de faire une blague. Parce qu'il avait beau rétrograder, on n'arrêtait pas d'accélérer : cette chose nous attirait à elle. Et Marsden ne faisait rien pour l'éviter. Certes, il avait levé le pied, mais uniquement pour négocier plus facilement les courants périlleux générés par la masse bouillonnante d'énergie. On allait droit à la catastrophe.

— C'est quoi, ça ?

— Un vortex mineur, a répondu Pritkin.

Sa voix était légèrement tendue.

— Mineur ? (Ce machin ressemblait à une supernova. Soudain, j'ai compris ce qu'il s'apprêtait à faire.) Attendez. On ne va pas aller là-dedans ?

— Bien sûr que non, a répondu Marsden d'un ton calme. Ça nous tuerait.

Sur ce, le phénomène nous a engloutis et nous a projetés en avant, à bien 300 kilomètres-heure.

Je me suis accrochée à Pritkin, qui essayait de réciter des sorts à la hâte, tandis qu'on zigzaguait et qu'on rebondissait, lancés dans un rodéo infernal le long de la frange extérieure du phénomène. Et soudain…

Le calme absolu. Pendant une seconde, on est restés suspendus à côté de l'œil du vortex. Des flux d'énergie palpitaient tout autour de nous, comme le cœur d'une bête gigantesque. Et la seconde d'après on s'est retrouvés dans un endroit complètement différent.

J'avais déjà eu un problème de téléportation. J'avais senti le temps peser sur moi de tout son poids, m'étirer jusqu'à ce que j'aie l'impression que mon corps était de la largeur d'une planète. Mais ça ne ressemblait pas du tout à ça. Il n'y avait aucune sensation de gravité. Ni de distorsion des os ou des cellules. Rien du tout. J'avais presque l'impression d'être à nouveau sous le Suaire. Et encore. Le Suaire vous prive momentanément de vos sens. Cette fois, j'avais l'impression de ne plus avoir de sens du tout.

J'ai essayé de reprendre ma respiration pour ne pas céder à la panique, qui menaçait de prendre le dessus, mais je ne savais même plus si j'avais des poumons. J'ai essayé de tendre la main et de sentir, voir, entendre quelque chose. Rien à faire. J'avais peut-être encore une main mais elle n'a rien touché. Pendant un long moment, j'ai vraiment cru que j'étais morte.

Que les choses avaient mal tourné et qu'on allait rester là pour l'éternité, à sombrer dans le néant.

Mais je suis retombée violemment sur mon siège. Et je ne pouvais plus me plaindre du manque de sensations. D'un instant à l'autre, je suis passée d'un corps sans chair ni os à un corps entièrement perclus de douleur. J'avais mal partout. Ma tête m'élançait horriblement, mes fesses étaient couvertes de bleus et ma taille était lacérée par la ceinture de sécurité, qui faisait toujours son possible pour me couper en deux.

Mais la douleur n'était pas le principal problème. Lorsque j'ai levé les yeux, je me suis aperçue qu'on était au beau milieu d'un imbroglio de lignes de pouvoir. Il y en avait des milliers : des vert vif et des or scintillant ; des bleu froid et des argent onctueux ; des noir d'ébène fluides et des rouge sang vacillantes. Même si j'avais été aveugle, j'aurais été capable de les dessiner : les lignes bronze résonnaient comme des cloches ; les bleues grondaient comme un torrent ; les violettes crépitaient comme des éclairs ; les rouges criaient.

— On a ricoché, a expliqué Pritkin. (Il était un peu pâle.) Nous nous trouvons au niveau du *tor* de Glastonbury. Il s'agit du plus grand vortex de Grande-Bretagne.

— On a *ricoché* ?

— Pour les petits trajets, on emprunte les lignes telluriques, a développé Marsden. Si vous en trouvez une qui mène à l'endroit où vous souhaitez vous rendre. Pour les plus longues distances, on prend n'importe quelle ligne menant au vortex majeur le plus proche. Voyez-vous, tous les vortex de la planète sont interconnectés sur le plan métaphysique. Il existe des courants d'énergie entre eux. Si vous empruntez le bon, vous pouvez ricocher d'un vortex à l'autre.

J'ai secoué la tête. Je ne comprenais rien.

— Il n'y a pas d'espace, ici, a-t-il retenté. Il n'y a que de l'énergie. La distance n'a plus aucune signification.

J'ai regardé dans toutes les directions pour contempler les flux de pouvoir fusant autour de nous. Chacun de ces filaments passait au centre du vortex disproportionné. Vu de près, ce dernier ressemblait à un cœur gigantesque avec toutes ces lignes telluriques qui entraient et sortaient comme des veines bariolées. Je voyais l'énergie palpiter au rythme de ses battements stroboscopiques. Partout où se posait mon regard, les couleurs s'entremêlaient, se reflétaient. La peinture de la voiture scintillait de dizaines de teintes. J'avais l'impression de nager dans une eau arc-en-ciel.

Si une petite vasque tellurique suffisait à alimenter la MAGIC, je ne pouvais pas imaginer de quoi était capable un phénomène pareil.

— Personne n'a jamais essayé de capter cette manne de pouvoir ? ai-je demandé, émerveillée. Ça fournirait assez d'énergie pour… pour l'Univers entier.

— Chaque génération compte son lot d'audacieux expérimentateurs, a répondu Marsden. Mais personne n'a jamais réussi à concevoir de bouclier capable de soutenir les forces à l'œuvre au cœur d'un vortex, fût-il très petit. (Il m'a regardée avec gravité.) Vous êtes-vous remise ? J'ai bien peur que nous devions encore ricocher.

— Encore ? ai-je demandé, stupéfaite. Ça fait toujours aussi mal ?

— Pas quand on a l'habitude. Le secret, c'est de se relaxer complètement. (Il a claqué des doigts et le chien de l'enfer a démontré ses propos en s'avachissant contre mes jambes, la langue pendante.) Vous voyez ?

— Cette fois, au moins, nous devrions avoir semé nos poursuivants, a ajouté Pritkin. Les boucliers individuels ne sont pas assez puissants pour résister aux pressions qui s'exercent à proximité d'un vortex. Logiquement, ils n'ont pas pu nous suivre…

Il n'a pas eu le temps de finir sa phrase qu'une dizaine de silhouettes ont fait irruption de nulle part, agglomérées en un immense amas amorphe et sombre.

— … sauf s'ils ont mis leurs boucliers en commun, a terminé Marsden avec amertume.

Et il a relancé la voiture.

Heureusement pour nous, les stagiaires avaient l'air à peu près aussi mal en point que moi, ce qui nous a donné une légère avance. Mais un simple coup d'œil m'a permis de voir que certains d'entre eux s'étaient déjà lancés à nos trousses. Soudain, Marsden a donné un violent coup de volant sur la droite et on a atterri au beau milieu d'une ligne vert pomme. Il a attendu que les mages nous suivent et a fait marche arrière.

On était libres. L'espace d'un instant, on a flotté de nouveau dans le néant, à la périphérie du vortex, et l'atroce sensation de chute libre nous a saisis encore une fois. Marsden avait menti. Le salaud. Ça n'aidait pas du tout de se relaxer. Peu après, on était lancés à pleine vitesse dans un monde entièrement rouge. Mais ce n'était pas l'intérieur d'une ligne : c'était le soleil caniculaire se réverbérant sur des kilomètres et des kilomètres de sable écarlate.

On a atterri violemment sur une bande d'asphalte sinueuse, dans un concert de crissements de pneus et de grondements d'accélération. Les silhouettes sombres des mages sont tombées dans le sable peu de temps après nous. Mais ils étaient à pied et on était motorisés. Marsden les a distancés dans un nuage de poussière.

Apparemment, pendant que j'avais les yeux fermés, on avait ricoché dans la ligne de Chaco Canyon, au Nouveau Mexique. Une demi-heure plus tard, on s'est engagés dans la ligne bleu scintillant qui traversait le Nevada et passait par le *Dante*. Très vite, on a aperçu une masse gigantesque et floue à l'horizon. Ça ressemblait au barrage que les mages avaient dressé, à ce détail près qu'il n'y avait aucun interstice autour. Mais ce n'était pas la seule différence.

Je voyais papillonner, du coin de l'œil, de petits lambeaux de lumière sporadiques qui s'évanouissaient quand j'essayais de les regarder en face. Et, j'avais beau ne pas bien les distinguer, je voyais qu'il y en avait une quantité impressionnante. Ça ressemblait à un kaléidoscope en cristal. Ça n'arrêtait pas de bouger et de se métamorphoser.

Je me suis retournée vers Pritkin. Il m'a suffi de voir l'expression que reflétait son visage pour savoir que j'avais vu juste.

— Des Rakshasas, a-t-il marmonné.

Ils étaient si nombreux que même mes yeux arrivaient à les détecter.

— Où ça ? a demandé Marsden.

— Tout autour du talisman. Il y en a des milliers.

— Comment ont-ils su qu'on allait arriver là ? ai-je demandé en essayant de réprimer les frissons se formant à la surface de ma peau.

— Ils n'en savaient rien. Et, même s'ils avaient été au courant, nous ne sommes que deux. Ça ne suffit pas à nourrir une telle quantité de démons. (Pritkin a regardé autour de lui avec inquiétude.) On dirait un rassemblement avant la bataille. Ils se préparent à moissonner des milliers d'âmes.

— Soit. Mais, tant qu'ils restent cantonnés à la périphérie de la ligne, nous n'aurons pas à nous en inquiéter, a dit Marsden en plongeant droit sur le talisman.

— Qu'est-ce que vous faites ? ai-je hurlé en regardant le gigantesque mur noir qui nous faisait face.

— Le talisman du *Dante* est conçu pour vous laisser passer, non ?

— Je ne sais pas !

— Eh bien nous allons très vite en avoir le cœur net, a-t-il rétorqué.

Un essaim de silhouettes noires s'est détaché de la base du talisman. Quelques secondes plus tard, elles étaient assez proches pour qu'on puisse les identifier. C'étaient des mages guerriers. Apparemment, les hommes de Saunders avaient appelé du renfort.

Certains d'entre eux se sont rués sur nous. D'autres sont restés au pied du talisman. Sûrement au cas où on aurait eu l'idée d'atterrir. Pritkin a lancé un sort sur l'escadron fonçant droit sur nous. Ça les a dispersés, mais pas pour longtemps. Ils se sont aussitôt reformés et ont bombardé la voiture d'une bonne demi-douzaine de sorts. Le chien de l'enfer s'est mis à geindre et j'ai enfoui mes doigts dans sa fourrure, autant pour m'accrocher que pour le réconforter.

— Jonas…, a commencé Pritkin.

— On va s'en sortir, a dit Marsden d'un ton calme.

— Pas s'ils nous lancent une autre rafale de sorts.

— Pour ça, il faudrait encore qu'ils nous rattrapent, ne croyez-vous pas ?

La voiture a bondi en avant. On s'est rués têtes baissées sur la masse noire du talisman et sur l'essaim de mages campés devant.

Ce n'étaient pas les mages qui m'inquiétaient. À la vitesse où on allait, ils n'auraient plus grand-chose à attaquer. On s'écraserait contre le talisman comme des mouches sur un pare-brise.

J'ai refermé mes doigts cotonneux sur le bras de Marsden. Je priais en silence pour qu'il fasse demi-tour. Il m'a regardée du coin de l'œil et m'a tapoté amicalement la main.

— Où logez-vous ?

— Quoi ?

— Votre chambre. Où se trouve-t-elle ?

— C'est la suite au dernier étage.

— Oh. Parfait, a-t-il marmonné.

Et on s'est fracassés contre le mur de ténèbres.

J'ai hurlé, Pritkin a poussé un juron et Marsden a éclaté de rire. Le talisman s'est dissous comme de la brume au soleil et on a jailli de l'autre côté.

Il faisait encore nuit, au *Dante*. La lune, d'une couleur orange sirupeuse, pendait lourdement dans le ciel. J'ai réussi à la distinguer parce qu'on a fait irruption de la ligne tellurique pour semer nos poursuivants, l'espace de dix secondes, avant de grimper en flèche… pour mieux faire demi-tour aussi sec et replonger dans le maelström bleu électrique. Marsden a réussi à complètement semer les mages. Ils sont tous tombés dans le panneau : on les a croisés en train de s'élever dans les airs au moment où on faisait notre piqué pour regagner la ligne. D'ailleurs, moi aussi, je me suis fait avoir : j'aurais été incapable de distinguer le bas du haut.

C'est à cet instant que j'ai aperçu le bâtiment sur lequel on se précipitait à une allure infernale.

— Ralentissez ! ai-je hurlé. On va s'écraser !

— Bien sûr que non, a rétorqué Marsden en plongeant dans la jungle de véhicules de toutes sortes parcourant la ligne.

L'intérieur du talisman ressemblait à un parking bondé. On est passés sous un immense navire dont les voiles étaient roulées. On l'a évité de justesse, avant de raser un yacht de luxe tout ce qu'il y a de plus moderne, avec des chaises longues éparpillées sur un pont en bois verni. Enfin, on est descendus en piqué le long d'une pagode en forme de dragon que je connaissais bien. C'était le véhicule personnel de la Consule chinoise. Les autres engins devaient appartenir à ses homologues. Ça ne m'aurait pas inquiétée plus que ça… si elle n'avait pas été stationnée devant la mauvaise tour.

La mienne.

— Et merde !

— Typique. Quand on en a besoin de se garer, on ne trouve jamais de place, a renchéri Marsden tandis qu'un sort heurtait notre aile, nous projetant en vrille contre les portes vitrées de la terrasse de ma suite.

L'espace d'une seconde, j'ai aperçu des visages stupéfaits nous regarder par les vitres. L'instant d'après, on a traversé les fenêtres à grand renfort de bris de verre, on a envoyé valser les tabourets du bar et on a fait voler en éclats les canapés.

On a percuté de plein fouet le mur donnant sur la salle à manger mais on a rebondi dessus, comme s'il avait été en caoutchouc et non en bois et en plâtre. Ensuite, la voiture s'est mise à tourner comme une toupie, emportant dans sa course deux plantes en pot et un présentoir à cigares en forme d'Indien. L'espace de quelques secondes, la pièce n'était plus qu'un kaléidoscope de couleurs et de bruits. Enfin, on s'est immobilisés à côté des canapés en mille morceaux.

Le plafonnier en forme de bois de cerfs oscillait frénétiquement au-dessus de nos têtes, projetant aux quatre coins de la pièce une lumière intermittente. J'ai serré le chien de l'enfer contre ma poitrine et j'ai fusillé Marsden du regard. Il souriait de toutes ses dents.

— Je croyais qu'on n'allait pas s'écraser !

Il m'a donné une tape amicale sur l'épaule en éclatant de rire.

— Ce n'était qu'un atterrissage forcé, rien de plus ! Et j'aime les entrées théâtrales !

Chapitre 25

Mircea a été le premier à venir nous voir. Il a écarté un tas de bois de chauffage décoratif – qui avait sûrement coûté très cher – sans se préoccuper des saletés que les branches répandaient sur son costume noir très chic. Il a ouvert brusquement la portière et le chien de l'enfer lui a montré les crocs. Marsden a saisi son animal par le collier pour le retenir.

—Allons, allons, Orion. Tu connais bien le gentil sénateur.

Mircea s'est emparé de Pritkin et l'a soulevé complètement pour le hisser hors de la voiture. Il dévorait son visage des yeux d'un air de soulagement presque languissant. J'ai cligné plusieurs fois des yeux avant de comprendre. Évidemment ! Pritkin occupait mon corps. Et je n'avais franchement pas envie de me lancer dans une explication.

—Merde, me suis-je exclamée.

—Si notre compagnie vous répugne, mage Pritkin, personne ne vous retient ! a lancé Mircea d'un ton acerbe.

Pritkin a serré le poing et m'a décoché un regard noir derrière le dos de Mircea, qui le serrait à lui briser les os. Je me suis contentée de hausser les épaules. Il aurait déjà dû être content que Mircea ne l'embrasse pas.

Marlowe s'est avancé. Pour une fois, il portait des vêtements modernes : une chemise et une cravate noires assorties d'une veste marron foncé qui mettait en valeur les reflets auburn de sa chevelure. Il a brandi une bouteille de whisky.

— Puis-je vous offrir quelque chose à boire ?

Marsden a scruté l'étiquette.

— Oh. Du Glenfiddich ! Volontiers. (Il s'est extrait de la voiture, immédiatement suivi du chien de l'enfer et il a examiné les dégâts.) Ce n'est pas si terrible que ça. Une nouvelle couche de peinture, un coup de séchoir et elle sera comme neuve.

— Vous l'avez modifiée, lui a reproché Pritkin.

— J'ai ajouté un bouclier périphérique pour faciliter l'atterrissage mais il n'a pas l'air d'avoir… euh… fonctionné aussi bien que je l'avais escompté. Cet équipement est illégal en compétition. Mais puisque je n'en fais plus…

— Ah bon ? On n'aurait pas cru, ai-je fait remarquer d'une voix tremblante.

J'ai rampé hors de la voiture et j'ai avancé de quelques pas. Mais je n'avais plus aucun équilibre et la pièce s'est mise à danser frénétiquement sous mes yeux. Mon oreille interne n'était pas convaincue qu'on était vraiment immobiles.

J'ai regardé autour de moi, effrayée à l'idée d'être dévisagée par plusieurs paires d'yeux vénérables et désapprobateurs. C'était le cas, d'ailleurs. Mais ils n'appartenaient pas aux personnes que je m'étais préparée à rencontrer. Hormis nous cinq, il n'y avait dans la pièce que les maîtres patibulaires de Mircea. Apparemment, les Consuls étaient sortis déjeuner.

Un des maîtres s'est approché de Mircea.

— Monsieur. Les représentants du Cercle viennent d'arriver.

— Empêchez-les d'entrer, a ordonné Mircea en regardant Marsden.

L'homme s'est incliné avant de sortir mais Marsden a secoué la tête.

— Il est trop tard, j'en ai peur.

— Cassie. Puis-je vous voir seul à seule ?

Sans attendre ma réponse, Mircea a poussé Pritkin dans le couloir menant aux chambres. Il avait besoin d'un peu d'intimité, j'imagine. À l'idée de ce qui pouvait en découler, je me suis précipitée sur leurs talons. Mais Marlowe m'a barré le chemin.

Il a souri.

— Êtes-vous sûr que vous ne souhaitez pas boire un verre ? Vous avez l'air d'en avoir besoin.

— Peut-être plus tard, ai-je dit en essayant de le contourner.

Il m'a devancée.

— C'est la dernière bouteille qu'il nous reste. Si j'étais vous, j'en profiterais.

On a entendu un juron, un grognement et un bruit sourd provenir du couloir. J'ai grimacé en voyant Pritkin revenir dans la pièce, le visage en feu. Il avait l'air furax.

— En fait, je crois qu'un verre me ferait du bien, ai-je dit en apercevant Mircea revenir à son tour.

— Cassie ! a-t-il craché en me regardant droit dans les yeux.

— Servez-moi un double, tant qu'on y est, ai-je demandé à Marlowe avant qu'un vampire furieux m'attrape par les épaules et y enfonce ses ongles.

— Ce n'est pas comme si on n'avait pas essayé de reprendre nos corps respectifs ! ai-je dit pour ma défense.

— *Vous voulez dire que vous ne pouvez pas rétablir la situation ?*

— Pas du tout ! Il n'y a aucun problème ! On va le faire ! me suis-je empressée de promettre en voyant Mircea se décomposer. C'est juste… Eh bien… La dernière fois qu'on a essayé, on a un peu failli mourir et…

Marlowe a essayé de me tendre un verre mais Mircea l'a intercepté et l'a bu cul sec.

— Ah, a fait Marlowe en nous regardant l'un après l'autre, Pritkin et moi. C'est… troublant.

— Imaginez comment je me sens ! ai-je lancé, ce qui m'a valu un regard noir de la part de Pritkin. Quoi ? ai-je demandé à ce dernier. Ça vous plaît de porter un soutien-gorge, peut-être ?

Mircea a levé la main à son front. L'espace de quelques instants, il est resté parfaitement immobile. Une petite veine tressautait à sa mâchoire. Apparemment, le whisky n'avait pas suffi à le détendre.

— Mircea, lui a rappelé Marlowe avec douceur. Saunders est en bas. Il exige de voir Cassie.

— Il n'est pas en position d'exiger quoi que ce soit. Votre message avait été suffisamment clair, si je ne m'abuse. Faut-il être stupide pour adhérer au Cercle ?

— Je suis d'accord avec vous. Mais il est ici. C'est son devoir d'aller le saluer.

— Elle n'a aucun devoir envers ce personnage ! a craché Pritkin. Il doit être destitué. Il n'y a pas de négociation qui tienne !

— Vous ignorez tout ce qu'on a appris sur son compte, ai-je ajouté. Ce type est totalement…

— Cassie. C'est vous qui ne semblez pas saisir la situation, m'a interrompue Mircea.

— Nous comprenons parfaitement la situation ! a grogné Pritkin. Cet homme a trahi le Corps et mis ses mages en danger pour se remplir les poches.

— Comment le savez-vous ? a demandé Marlowe.

— L'un des hommes que Cassie a libéré des geôles du Cercle était au courant de ses activités secrètes. Il s'est rendu auprès de Jonas pour les porter à sa connaissance. Et Jonas a décidé de le défier.

Tous les yeux se sont portés sur Marsden, qui avait réclamé une serviette pour essayer de sécher le chien de l'enfer. Il a hoché la tête et haussé les épaules avant de s'affairer de nouveau sur sa peluche démoniaque. Mircea a fermé brièvement les yeux et Marlowe a émis un grognement.

— Ça ne pouvait pas tomber mieux, a-t-il fait remarquer avec ironie.

— Qu'est-ce qu'on pouvait faire d'autre ? ai-je demandé. (Je n'y comprenais plus rien.) On ne peut pas le laisser en place, tout de même !

— Si nous avions souhaité sa mort, ce serait fait depuis bien longtemps, m'a informée Mircea. Nous voulons simplement le contrôler !

— Comment pouvez-vous le contrôler ? Il est à la tête du Cercle. Grosso modo, il peut faire ce que bon lui semble !

— Un état de fait auquel nous mettrons fin ce soir même !

— Je ne comprends pas.

— L'homme que vous avez contribué à libérer des geôles de la MAGIC a négocié le marché pour le compte de Saunders, a expliqué Marlowe. Il servait d'intermédiaire entre le Cercle et l'acheteur final du pouvoir subtilisé. Saunders l'a enfermé dès le pacte scellé pour garantir son silence.

— L'acheteur ? a répété Pritkin en fronçant un sourcil. Vous voulez sûrement dire « les acheteurs » ? Aucun individu ne saurait avoir l'usage d'une telle quantité de pouvoir !

— Le Cercle noir, si.

— Le Cercle..., a commencé Pritkin.

Mais il s'est interrompu comme s'il n'arrivait pas à digérer l'information.

Marlowe a hoché la tête et esquissé un sourire sardonique.

— Magnifique, n'est-ce pas ? L'énergie collective du Cercle d'argent vendue à ses plus féroces ennemis. Bien entendu, selon M. Todd – l'homme que vous nous avez livré, Cassie –, Saunders n'a jamais su où allait le pouvoir. Mais il n'a pas cherché non plus à l'apprendre. Ce qui le rend tout aussi coupable. Un avis que partagerait sûrement la communauté magique si elle venait à l'apprendre.

— *Lorsqu'*elle l'apprendra, a rectifié Pritkin.

— Ah, ces mages ! Vous êtes tous les mêmes ! s'est exclamé nonchalamment Marlowe. Vous réagissez à chaque problème par une attaque en règle. Tout ne se résout pas par la force ! La subtilité vous échappe complètement.

J'ai croisé les bras.

— Expliquez-moi votre plan subtil. Je vais m'accrocher pour essayer de comprendre.

Marlowe a regardé Mircea du coin de l'œil. Ce dernier a hoché la tête.

— Nous avons fait savoir à Saunders que Todd et les preuves dont il dispose sont entre nos mains. Ces dernières suffiraient non seulement à mettre fin à sa carrière, mais elles signeraient également son arrêt de mort. Si jamais le public venait à l'apprendre…

— Le public l'apprendra ! l'a interrompu Pritkin.

— C'est inconcevable, a rétorqué Marlowe du tac au tac. Nous ne pouvons pas envisager que le successeur de Saunders, quel qu'il soit, nous mette dans le même bourbier que celui duquel nous nous échinons à nous dépêtrer depuis près d'un mois !

— Mais c'est du chantage ! me suis-je écriée. (Je comprenais enfin.) Vous vous apprêtez à vendre votre silence en échange de ma légitimation !

— À vrai dire, nous avons quelques autres bagatelles en tête, a-t-il ajouté en esquissant un léger sourire.

— C'est totalement hors de question !

Pritkin avait les poings crispés au maximum, comme si la seule chose qui l'empêchait de sauter sur quelqu'un et de le battre comme plâtre était le manque de victime à portée de main.

— Ce n'est pas le Sénat qui contrôle le Cercle ! s'est-il exclamé.

— Ce n'est pas *encore* le Sénat qui contrôle le Cercle, a susurré Marlowe d'un ton délibérément provocateur.

Pritkin a dévisagé le vampire. L'expression dans ses yeux ne me disait rien qui vaille. Marlowe a répliqué par un petit sourire narquois. La température de la pièce a grimpé de quelques degrés.

Mircea les a ignorés.

— Cassie, si vous souhaitez disposer du crédit et du soutien que nécessite l'exercice de vos fonctions, c'est la seule voie à suivre.

— Vous voulez que je laisse un criminel siéger à l'un des postes les plus éminents du monde magique ? Ce n'est pas terrible, comme début de règne !

— Au moins, c'est un début, a rétorqué Marlowe. Cela fait près d'un mois que nous cherchons une façon de soumettre cette ordure ! Nous n'allons pas passer à côté de cette opportunité ! Vos scrupules…

— … vous honorent, a terminé Mircea en fusillant Marlowe du regard. Bien entendu, nous veillerons à ce que Saunders cesse immédiatement ses malversations financières. Et, à l'avenir, nous surveillerons de près ses activités.

— Vous oubliez un petit détail, a lancé Pritkin d'un ton dédaigneux.

— Et quel est-il ?

— Jonas entend défier Saun…

— Ça ne serait jamais arrivé si vous ne vous en étiez pas mêlés !

— Effectivement. Mais j'ai peur que le défi ait déjà été lancé.

On a tous inspecté la pièce de fond en comble : Marsden avait disparu. Marlowe s'est précipité dans l'entrée en jurant. Mircea s'apprêtait à le suivre mais je l'ai attrapé par le bras.

— Nous n'avons pas terminé.

— Ce n'est pas le moment, Cassie !

— Si on vous écoute, ce n'est jamais le moment ! Résultat : vous ne me dites jamais rien. Vous êtes furieux que je fasse appel à une aide extérieure…

— Je ne vois pas comment Marsden pourrait nous aider ! Cet homme est vraiment impossible, et…

— Impossible à manipuler, vous voulez dire ? l'a interrompu Pritkin.

— … et je vous rappelle qu'il y a deux jours, vous m'avez informé de votre intention de nager, de vous détendre et de faire du shopping. Pas d'organiser un coup d'État !

Je l'ai dévisagé.

— OK. Alors, si je comprends bien, je suis censée tout soumettre à votre approbation…

— Si vos projets impliquent de vous associer à un putsch, oui.

— … et, en échange, vous ne me dites rien ! Ni sur Saunders, ni sur votre petite copine, ni sur mon propre père !

Ça lui a cloué le bec. Enfin, en tout cas pendant une seconde.

— Les informations concernant votre père ne sont pas encore confirmées, m'a-t-il répliqué d'une voix plus calme. Je ne voulais pas vous accabler inutilement. Nous ne pouvions pas deviner que Saunders comptait les crier sur tous les toits. (Il a froncé les sourcils.) Et de quelle petite copine parlez-vous ?

J'ai ignoré sa question. J'étais tellement en colère que je tremblais presque.

— M'accabler ? Mais vous croyez que j'ai quel âge ? Cinq ans ? Je suis la Pythie, Mircea !

— Je n'ai jamais remis en question votre…

— Vous le remettez tout le temps en question, au contraire ! Tout le monde remet mon pouvoir en question !

Le Sénat ne vaut pas mieux que le Cercle. L'un comme l'autre, vous ne visez qu'à profiter de mon pouvoir sans en payer le prix. Vous ne voulez pas d'une personne susceptible de vous forcer la main et de contrecarrer vos plans lorsqu'ils sont stupides. Vous voulez une blonde écervelée qui vous obéit au doigt et à l'œil et le reste du temps se terre chez elle, sous la surveillance d'une armada de gardes !

— Ces gardes sont là pour vous protéger, Cassandra ! Au cas où vous ne l'auriez pas remarqué, tout le monde cherche à vous tuer !

— Tout le monde essaie aussi d'assassiner la Consule, mais elle ne se cache pas ! Parce qu'elle sait très bien que sa sécurité n'est pas forcément compatible avec son travail !

— Votre travail n'est pas non plus compatible avec votre mort ! Avez-vous la moindre idée du nombre d'attentats que nous avons déjoués ce mois-ci ?

— Non ! Je ne suis au courant de rien ! C'est bien ça le problème ! Si je veux faire correctement mon boulot, j'ai besoin de disposer de toutes les informations. Pas seulement de celles que vous estimez…

— Le seigneur Protecteur et sa cour, a déclamé un des maîtres depuis la plus haute marche.

J'ai levé les yeux et j'ai aperçu un groupe de mages contempler le chaos régnant dans la pièce tout en feignant de ne pas être intimidés par les vampires aux pupilles dorées qui les encerclaient.

Marlowe et Marsden parlaient à voix basse dans l'entrée. Je ne pouvais pas les entendre, mais j'imaginais que Marlowe essayait de convaincre le vieil homme de remettre son défi à plus tard. Pourtant, si j'en croyais le menton hautain du mage, la tentative de Marlowe ne devait pas remporter un grand succès.

Un homme corpulent et dégarni, vêtu d'un costume bleu qui lui donnait un teint terreux, nous a aperçus et est sorti du rang.

— Mademoiselle Palmer, je suppose ?

Pritkin est resté bras ballants un long moment avant de s'avancer vers lui.

— Vous devez être Reginald Saunders.

Heureusement qu'il me le disait : j'aurais été incapable de reconnaître le seigneur Protecteur parmi les autres mages. Il ressemblait plus au larbin lambda d'une administration quelconque qu'au responsable de l'organisation magique la plus puissante de la planète. D'un autre côté, je ne ressemblais pas non plus à une Pythie.

— Effectivement.

Il a tendu la main mais Pritkin n'a pas fait mine de la prendre. C'était malpoli, mais comme on s'apprêtait à faire pire ça n'avait pas vraiment d'importance.

— J'attendais cette rencontre avec impatience.

— Je suis étonné que vous n'ayez pas envoyé un autre de vos lieutenants vous représenter.

— On n'est jamais mieux servi que par soi-même, a-t-il dit d'un ton mielleux.

Soudain, sa main tendue a fait un drôle de mouvement et Pritkin est entré en lévitation, a flotté jusqu'aux baies vitrées brisées et s'est évanoui dans le ciel nocturne.

Stupéfaite, j'ai gardé, pendant quelques secondes, les yeux rivés sur l'endroit où il venait de disparaître, avant de me précipiter en quatrième vitesse sur la balustrade de la terrasse. Je me suis penchée par-dessus en priant pour apercevoir, en contrebas, la petite bulle caractéristique de ses boucliers, mais il n'y avait rien. Et, au-delà du halo de lumière projeté par l'hôtel, il n'y avait rien d'autre qu'une étendue de ténèbres.

Quand j'ai relevé la tête, j'ai vu que Mircea m'avait rejointe. Il sondait aussi l'obscurité, mais, ses yeux avaient beau être meilleurs que les miens, il n'avait pas l'air de voir grand-chose si j'en croyais la façon dont la barre en métal ployait sous ses doigts crispés.

— Dites-moi qu'il est capable de manipuler votre magie, a-t-il articulé d'une voix atone.

— Normalement oui, ai-je répondu, pantelante. Mais on vient de subir une attaque. Il est complètement à plat. Je ne sais pas si…

Je n'ai pas eu le temps de finir ma phrase. Mircea s'est jeté sur Saunders. Son énergie a heurté les boucliers du mage comme un feu de forêt endiablé. Les vestiges des meubles ont pris feu et des flammes ont jailli du milieu de la pièce, menaçant de me griller à distance. Pourtant, Saunders a fait comme si de rien n'était.

— Votre sagacité est légendaire, seigneur Mircea, a aboyé le mage. Faites-en usage ! La fille est morte. À l'heure qu'il est, le pouvoir est en train de revenir à une autre Pythie. Une Pythie que je pourrai contrôler. Vous avez perdu.

Mircea n'a pas daigné répondre. Mais quelqu'un l'a fait pour lui.

— Reginald ! Vous n'êtes qu'un veule assassin de bas étage ! En tant que membre du Conseil suprême, je vous défie et vous somme d'abandonner vos fonctions de dirigeant du Cercle.

Marsden a descendu l'escalier. Sa touffe de cheveux crépitait d'électricité statique.

Saunders l'a ignoré.

— Ne faites pas l'imbécile, Mircea ! Pensiez-vous que vous étiez le seul à vous préparer à cette rencontre ? Cet endroit est cerné par près de deux cents mages. Il est temps de relancer nos négociations. Sur de nouvelles bases.

— Que pensez-vous de cette base ? a lancé une voix derrière mon dos.

Je me suis retournée. D'abord, je n'ai rien vu d'autre que les ténèbres. Ensuite, j'ai baissé les yeux et j'ai vu un immense voilier suspendu en l'air. Sa proue tanguait, ses mâts grinçaient légèrement et Pritkin était pendu à la coque. Il a lancé un sort à Saunders, le propulsant contre le mur du fond malgré ses boucliers.

Je ne pense pas que ça l'ait blessé, mais il a fait une tête impayable. Malheureusement, je ne l'ai pas vue très longtemps. Son armée de gardes du corps s'est empressée de le protéger, le dérobant à ma vue. Les vampires de Mircea sont allés à leur rencontre... et ça a tourné au vinaigre.

J'ai aidé Pritkin à escalader la balustrade. Le voilier est resté en suspension, comme s'il flottait sur une mer invisible. Pritkin avait dû ouvrir une ligne tellurique pour sauver sa peau, et il était sûrement tombé sur le navire. Comme la pagode, le bateau devait avoir la propriété de léviter dans l'espace réel le temps de quitter une ligne pour en rejoindre une autre.

Je me suis retournée pour regarder ce qui se passait dans l'appartement de Mircea et j'ai vu Marsden marcher calmement à travers le champ de bataille, en lançant des sorts de droite à gauche. Ils ont tous fait mouche et assommé les mages de Saunders. Je commençais à me demander si Pritkin ne l'avait pas sous-estimé : aucun des mages n'avait l'air d'avoir envie d'en découdre avec lui.

L'un d'entre eux s'est caché derrière un de ses potes, qui l'a repoussé sans ménagement avant de détaler. Le premier type s'est retrouvé en plein dans la ligne de mire de Marsden. Il a regardé le vieil homme, complètement ahuri. Marsden lui a souri gentiment avant de lui lancer un sort si violent qu'il a valsé à travers la dernière baie vitrée qui tenait encore debout. Il a volé devant nous et s'est fracassé sur le pont du navire... pour mieux se faire jeter par-dessus bord par un vampire vêtu d'un vieil uniforme de capitaine.

Après avoir fait le ménage, le capitaine a aboyé un ordre et s'est éloigné du champ de bataille. Je me mettais à sa place : un déluge de sorts jaillissait de l'appartement. On aurait dit un feu d'artifice.

Je me suis jetée par terre pour en éviter un et Pritkin m'a prise par le bras.

— Il faut que vous partiez d'ici !

— Moi ? Et vous ? Vous êtes dans mon corps, je vous rappelle !

— Je vais m'en sortir.

— Sans aucun doute, a renchéri Mircea, qui venait d'apparaître derrière nous. Vous allez sagement vous enfuir avec elle.

Ses cheveux étaient lâchés et il avait une pointe en feu. J'ai éteint la flamme entre mes doigts, mais, vu l'explosion qui s'est produite juste derrière nous, ce petit geste n'a pas suffi à me rassurer.

Pritkin avait dû avoir la même idée.

— Ils sont beaucoup plus nombreux ! Vous avez besoin de mon aide !

— Et quelle aide pensez-vous nous apporter, dans votre état ? a demandé Mircea en rappelant le navire.

— Une aide plus précieuse que la vôtre, vampire ! Cet endroit est en passe de devenir un véritable enfer !

— Laissez-moi régler ça. Contentez-vous de la mettre en sécurité et dépêchez-vous de récupérer vos corps respectifs avant que...

Je n'ai pas entendu le reste de sa phrase. Un sort m'a heurtée de plein fouet, m'a soulevée du sol et m'a propulsée dans le vide. Ça s'est passé tellement vite ! Je n'ai compris ce qui venait de se passer qu'au moment de tomber. D'un seul coup, le bâtiment était à un mètre de moi. Peu après, les fenêtres ne formaient plus qu'une barre noire continue. Ensuite, j'ai vu l'asphalte se rapprocher à une vitesse démentielle et quelque chose m'a attrapée. J'ai eu l'impression qu'on venait de me couper en deux.

J'ai levé les yeux et j'ai vu la coque du voilier, au-dessus de ma tête. Il penchait dangereusement vers l'avant et Mircea était accroché à la figure de proue. Il avait la main agrippée au haut de mon pantalon. Ça expliquait pourquoi je n'arrivais plus à respirer. Mais très franchement, à choisir, je préférais ça.

J'étais quand même surprise qu'il ait eu assez de réflexes pour me rattraper au vol. Il avait l'air d'être sous le choc lui-même. L'espace d'une seconde, son masque circonspect est tombé, révélant une expression sauvage, féroce et fascinante. Ensuite, il m'a hissée à sa hauteur, il a pris mon visage entre ses deux mains et il m'a embrassée sur les lèvres. J'ai entendu Pritkin pousser un juron, quelque part au-dessus de nous.

— Votre petit chantage n'a pas l'air d'avoir très bien marché, ai-je haleté quand il m'a relâchée.

— Saunders le paiera de sa vie, a-t-il craché en levant les yeux vers la terrasse de la suite.

— Ça va être un tout petit peu compliqué, ai-je fait remarquer en désignant l'essaim de mages qui venaient de jaillir d'une ligne tellurique et de s'abattre sur le pont du voilier, derrière nous.

Apparemment, Saunders n'avait pas bluffé en nous disant que les vampires n'avaient pas été les seuls à échafauder des plans pour se préparer à cette rencontre.

Mais bon. Les plans, ça ne marche pas toujours. Par exemple, les mages n'avaient pas prévu que le navire serait penché : la moitié d'entre eux a glissé sur les planches et s'est accrochée à une prise de fortune. L'autre moitié est passée par-dessus bord. Je les ai suivis du regard pendant une seconde. Une dizaine de petits boucliers parachutes se sont épanouis dans le ciel nocturne. Mircea m'a serrée contre lui, s'est juché sur la balustrade et a sauté... derrière eux.

Mais on n'a pas plongé vers une mort certaine. On a atterri sur le pont du yacht, qui manœuvrait tranquillement sous le voilier. Je me suis agrippée à la balustrade, le cœur encore figé de terreur, mais Mircea m'en a arrachée et on s'est mis à courir. Les mages qui avaient réussi à garder l'équilibre nous ont suivis. J'avais l'impression qu'il y en avait tout un bataillon.

— Je n'arrive pas à croire qu'ils fassent une chose pareille en présence des Consuls, ai-je dit, pantelante, pendant qu'on slalomait entre les chaises longues et les tables pliantes.

— Les Consuls ne sont pas ici. C'est la raison pour laquelle je me suis rendu à ma cour de l'État de Washington. Je suis allé les accueillir. Ils s'y trouvent à l'heure actuelle, en compagnie du Sénat.

— Encore une information que vous avez omis de mentionner !

Il m'a prise par la taille et m'a lancée par-dessus bord. J'ai entraperçu, en contrebas, le parking plongé dans l'obscurité, avant d'être attrapée par un vampire qui m'attendait sur la pagode de la Consule chinoise. Mircea a fait un bond pour nous rejoindre. Dès qu'on a été tous les deux à bord, le navire s'est mis en branle… pour mieux se faire stopper net par un sort.

Je me suis retournée. Derrière nous, une dizaine de mages étaient en train de manipuler le plus grand filet magique que j'avais jamais vu. Ils avaient attrapé la poupe de la pagode, en forme de queue du dragon, et la tiraient lentement vers eux pour mettre les deux navires bord à bord.

— Je ne pouvais rien vous dire au risque qu'on m'entende, m'a expliqué Mircea en regardant autour de lui.

— Qui aurait pu vous entendre ? ai-je demandé. Les seules personnes présentes dans l'appartement étaient des gens de votre clan.

— Justement.

Il a incliné la tête en arrière, comme s'il apercevait quelque chose. J'ai suivi son regard et j'ai vu un mur en bois descendre sur nous. Au bout d'un moment, j'ai compris qu'il s'agissait du pont du voilier. L'immense goélette s'était entièrement renversée.

Mircea m'a soulevée vers les bras d'un vampire qui se penchait pour m'attraper, la tête en bas et les jambes accrochées aux gréements. Il m'a prise par les poignets et Mircea a bondi pour se placer à côté de lui.

— Vous vous méfiez de votre propre clan ? ai-je haleté en m'accrochant comme je le pouvais.

— D'un seul membre. Quelqu'un a essayé d'assassiner la Consule, rappelez-vous.

— Mais vous avez dit que vous saviez qui avait fait le coup !

Il a secoué la tête.

— La Bentley avait été révisée la veille de la destruction de la MAGIC, et personne n'avait remarqué la bombe. Elle a donc été placée après la révision. Or l'homme auquel je me référais était déjà mort.

— Dans ce cas, pourquoi avoir dit que…

— C'était uniquement pour tranquilliser le coupable. Kit a identifié huit suspects. Cinq d'entre eux sont à mon service. Je les ai fait transférer ici dès que j'ai reçu son rapport et j'ai emprunté les navires des Consuls pour faire croire que la rencontre avait lieu ici. En cas de tentative d'assassinat, nous aurions pu démasquer notre traître.

— C'est pour ça que vous m'avez parlé de leur visite au beau milieu du salon ! Vous vouliez que tout le monde entende.

Mircea a opiné du chef et le voilier a commencé à s'éloigner, prenant lentement ses distances avec le champ de bataille. Malheureusement, un groupe de mages avait réussi à se dépêtrer du filet à temps pour se lancer à nos trousses. Ça ne pouvait pas être pire : on pendouillait la tête en bas à vingt étages du sol et les mages du Cercle s'apprêtaient à lancer le filet dans notre direction. Mais le bateau a commencé lentement à se retourner… et j'ai compris que, si, ça pouvait être pire.

Je crois que le capitaine essayait de se débarrasser des passagers clandestins. Et ça marchait très bien… sur moi. Je commençais à perdre prise. Mircea m'a attrapée et nous a fait passer tous deux sur la coque bombée qui commençait à s'élever.

— Non, ai-je soufflé en secouant la tête. Vous ne suggérez quand même pas qu'on…

— Je vous tiens, m'a-t-il dit en m'aidant à me tenir en équilibre sur les planches irrégulières de la coque. Imaginez qu'il s'agit de quelques marches.

— Et elles vont où, ces marches ?

— Là-haut, a répondu Mircea tandis que le navire commençait à s'élever vers la terrasse.

— C'est bourré de gens qui essaient de nous tuer, là-haut !

— En bas aussi, a-t-il fait remarquer. Et, là-haut, nous avons plus d'alliés.

— Et l'un d'entre eux est peut-être notre traître !

— Non. J'ai donné leur nuit à tous les suspects. Ils ont pour instruction de ne pas revenir avant l'aube. Si l'un d'entre eux se montre, nous saurons qui est le traître.

On avait presque atteint la quille mais les mages étaient sur nos talons et la terrasse avait l'air encore très loin. Pour ne rien gâcher, je me faisais peut-être des idées mais j'avais l'impression que la rotation du navire était de plus en plus rapide.

— Attendez une minute. Et si le traître décidait de poser une bombe ?

— On a vérifié. L'appartement est parfaitement sûr.

— Ouais. Il a l'air vachement sûr ! ai-je dit.

C'est ce moment-là que le pont a décidé de refaire son apparition. Et d'un seul coup je n'avais plus nulle part où poser les pieds. Mais qu'importe. La rotation a brusquement pris fin et j'avais les orteils dans le vide.

— Mircea !

Il n'a pas répondu. Il s'est contenté de me prendre dans ses bras et de sauter sur le mât désormais à l'horizontale comme un pont menant dans le vide. Les mages n'avaient pas assez d'équilibre pour se lancer à notre poursuite sur la surface circulaire et lisse. Ils ont opté pour un déluge de sorts. L'un d'entre eux a enflammé une des voiles, repliée juste à côté de nous. Mircea a accéléré et, d'un seul coup, on a sauté du mât.

— Vous étiez vraiment obligé de la prendre dans vos bras ? s'est exclamé Pritkin quand on a atterri sur la terrasse.

Mircea l'a ignoré. Il a rappelé la pagode chinoise.

— Venez avec nous ! lui ai-je dit en lui prenant la main.

Il a secoué la tête.

— Si Saunders s'en sort cette nuit, il ira se terrer. Ça nous prendra des mois, voire des années, pour l'avoir de nouveau à notre merci.

— C'est lui qui vous a à sa merci !

La pagode chinoise a accosté la terrasse et Mircea a fait passer Pritkin par-dessus la balustrade pour le mettre dans les bras du capitaine. Il lui a dit quelque chose en mandarin, le vampire a hoché la tête. Il a posé Pritkin par terre et a tendu les bras vers moi. Sans comprendre ce qui m'arrivait, je me suis retrouvée à franchir à mon tour la balustrade pour prendre pied sur le pont.

— Mircea ! Ne faites pas ça !

Il a fait semblant de ne pas m'entendre. Il a fait volte-face et s'est évanoui dans l'épaisse colonne de fumée qui émanait de l'appartement, sans un regard en arrière.

Je me suis retournée vers Pritkin tandis que la pagode s'éloignait à toute vitesse.

— Il faut qu'on le sorte de là !

— Je m'inquiéterais pour nos propres vies, si j'étais vous, a-t-il fait remarquer.

Un gigantesque navire blanc venait d'apparaître en plein ciel.

Je savais très bien qu'il avait dû émerger d'une ligne tellurique, mais il avait regagné l'espace réel si brusquement qu'on aurait dit un tour de magie. C'était assez logique, finalement, étant donné les quelques centaines de mages alignés le long du bastingage. L'armée dont Saunders s'était vanté, très certainement.

— Rappelez-moi : ils veulent nous capturer en vie, non ? ai-je demandé tandis qu'une boule de feu jaillissait de la coque du navire et nous rasait de près avant de heurter le voilier de plein fouet.

Le navire s'est enflammé comme une bougie « feu d'artifice ». L'explosion a projeté sur nous une avalanche de débris de bois, de cordages et de voiles enflammés. Notre embarcation s'est mise à tanguer dangereusement. Je me suis retenue à la balustrade et j'ai regardé les bouts de voilier se fracasser sur le parking en contrebas. Ils se sont écrasés en plein sur les rangées de voitures, en faisant valdinguer quelques-unes au passage et déclenchant un tonnerre d'alarmes. À première vue, l'équipage ne s'en était pas sorti.

Mais il y avait pire. Le croiseur du seigneur Protecteur se dirigeait droit sur la suite. S'il arrivait à son but, vu la quantité de renforts qu'il transportait, Mircea ne s'en sortirait jamais. Ça ne faisait aucun doute.

J'ai attrapé le capitaine par le col.

— Arrêtez-les ! (Il n'a pas eu l'air de comprendre. Je l'ai secoué en lui montrant le croiseur.) Il ne faut pas qu'ils accostent !

Il s'est contenté d'arracher mes mains agrippées à sa tunique en soie. Il n'a pas dit un mot mais j'ai saisi le message : il n'était pas fou. Dieu merci, j'étais en compagnie de quelqu'un qui l'était. En tout cas, il se comportait comme tel la plupart du temps.

—Accrochez-vous! m'a lancé Pritkin.

Et il a fait tourner le long gouvernail qui pendait derrière la poupe en s'y appuyant de tout son poids. On a violemment changé de cap. Le capitaine et moi, on a titubé jusqu'à l'autre bord. S'il n'y avait pas eu la balustrade, qui était plus solide qu'elle en avait l'air, on serait tombés. Et notre pagode s'est fichée profondément dans la coque du croiseur.

Chapitre 26

L'impact m'a propulsée contre la balustrade et a fait vibrer mon crâne, comme si un boulet de canon rebondissait à l'intérieur. Le croiseur de Saunders s'est incliné. Une partie des mages est passée par-dessus bord et l'autre avait l'air de très mauvaise humeur. Tandis que le capitaine chinois hurlait des ordres à son équipage, une armée de mages a abordé notre navire. Ils étaient trop nombreux pour qu'il soit envisageable de les affronter. Et, de toute façon, les deux bateaux tanguaient si violemment qu'on aurait été incapables de se battre.

Le choc initial nous avait projetés hors de la propriété du *Dante*. Mais le système de navigation des navires avait dû être endommagé. Ils n'avaient même pas atteint l'autoroute qu'ils se sont remis à tanguer à peu près en direction de la tour. Le capitaine faisait son possible pour extirper sa pagode du croiseur mais la flèche du mât en forme de dragon s'était logée dans un hublot et elle avait l'air coincée.

On était si lourds qu'on entraînait l'autre navire dans notre chute. Ce dernier commençait à pencher dangereusement.

— Sur l'autre bord ! Tous sur l'autre bord ! a hurlé quelqu'un.

Un grand nombre de mages s'est rué de l'autre côté pour essayer de compenser, mais c'était trop tard.

On tombait à toute vitesse en direction du *Dante*. On s'est vite retrouvés à une vingtaine de mètres du parking, qui n'était plus qu'une étendue d'asphalte jonchée de voitures incendiées. Notre capitaine a réfléchi une dernière fois à la situation avant de pousser un juron qui avait l'air très vulgaire et d'extraire une gigantesque hache de sa ceinture. Une seconde plus tard, le colossal cou de dragon était sectionné et on commençait à s'éloigner de l'autre navire.

Les efforts que faisaient les passagers du croiseur pour compenser notre poids ont eu un effet pervers lorsque notre navire s'est brutalement détaché. Et le bateau de Saunders s'est complètement retourné. Les mages se sont mis à pleuvoir sur le parking comme des grains de sel d'une gigantesque salière. Des boucliers ont fleuri de partout.

—Accrochez-vous ! a hurlé Pritkin à mon oreille.

Il a dressé ses boucliers autour de nous et, un instant plus tard, alors que j'étais encore en train de contempler le parking en contrebas, on s'est enfoncés dans le *Dante*.

La pagode a traversé une fenêtre donnant sur une chambre, puis un couloir et enfin – après avoir fracassé deux murs l'un après l'autre – s'est échouée dans une cage d'escalier. On ne s'était pas encore immobilisés que Pritkin m'a prise par la main, m'a remorquée au pied de la coque et s'est mis à descendre les marches. Dommage pour nous que les mages aient également d'assez bons réflexes. Et, manque de chance, quand la pagode avait commencé à sombrer, une grosse dizaine d'entre eux étaient encore sur le pont.

J'ai senti un sort grésiller au-dessus de nos têtes. Il s'est fracassé contre le mur nous faisant face. Pritkin avait toujours ses boucliers dressés mais il n'allait pas pouvoir les maintenir bien longtemps, et on ne pouvait pas se permettre d'affronter autant de mages à la fois. On a sauté par-dessus la rampe d'escalier pour atteindre le palier inférieur et j'ai aperçu le numéro de l'étage. On était au sixième.

— Si on arrive sains et saufs au quatrième, je peux nous sortir de là ! lui ai-je dit tandis qu'un sortilège pulvérisait ses boucliers.

Il a hoché la tête. Son teint était légèrement grisâtre. On s'est remis à courir comme des dératés.

Ces deux étages étaient interminables. On les a dévalés sans se soucier de notre sécurité : on a trébuché, on est tombés sur les genoux, on s'est écorchés contre les murs quand on arrivait trop vite pour amortir l'impact. Bref, on a franchi le cinquième étage, on a esquivé une rafale de balles, on s'est mangé un mur, on a pris un virage, on a sauté jusqu'au palier inférieur pour éviter de se faire toaster par une boule de feu, on a descendu une dernière volée de marches et on a fini par arriver devant la porte du quatrième.

— Suivez-moi ! ai-je hurlé en lui prenant la main.

Et on a remonté à toute vitesse le couloir menant au *Tiki Bar*.

On a franchi la porte de service et on est enfin arrivés dans la minuscule réserve qui m'avait un temps servi de chambre.

— Et maintenant ? a-t-il demandé.

Un bruit de course-poursuite résonnait dans le bar.

— Maintenant, on fait ça, ai-je dit en le poussant brusquement.

Il a basculé en arrière et traversé le portail. À ce moment précis, un mage a ouvert brusquement la porte.

Il était assez jeune. Il avait des cheveux châtains, des lunettes et des taches de rousseur sur le nez. Il avait l'air aussi surpris que moi. Pendant un long moment, on s'est juste regardés en chiens de faïence. Ensuite, je me suis jetée sur le portail et il a lancé un sort. La douleur a été fulgurante.

J'ai titubé dans le saloon et j'ai bousculé Pritkin. Les yeux rivés sur le panneau « HS » du téléphone à pièces, j'ai poussé un halètement d'agonie. Tout mon corps était perclus de douleur mais j'avais l'impression que ma jambe en particulier était salement amochée.

Derrière les rideaux en velours rouges, j'ai entendu des rires, de la musique et des bruits de verres s'entrechoquant. Comme si la guerre faisant rage à l'étage n'avait pas lieu. Pritkin a vu mes traits déformés par la douleur.

— Que s'est-il passé ? a-t-il demandé.

Je n'ai pas répondu. Je me suis contentée de le regarder, les yeux pleins de larmes, et de secouer la tête. Si j'ouvrais la bouche, je risquais de hurler. Et il fallait qu'on bouge : le mage m'avait vue traverser le portail. Il était sur nos talons.

Pritkin a dû comprendre. Il a passé un bras sous mes épaules, l'a serré autour de mon dos et m'a soulevée. J'ai mis le maximum de poids sur ma jambe valide et on a clopiné à l'intérieur du club. Il y avait des gens partout mais – Dieu merci – la lumière était suffisamment tamisée pour que personne ne nous remarque, malgré notre allure quelque peu décalée. Le spectacle qui se déroulait sur scène y était sans doute pour quelque chose.

D-licieuse, sous les projecteurs, était allongée sur un piano demi-queue noir verni. Sa robe outrageusement moulante n'était que satin fuchsia assorti à son boa. Elle faisait une reprise de Liza Minelli tout en draguant le séduisant pianiste. On a tourné le dos à la scène pour se diriger vers la rue mais on a aperçu deux mages guerriers passer la porte d'un pas décidé.

— Par là, a dit Pritkin brusquement en me tirant dans la direction opposée.

On a slalomé maladroitement entre une forêt de petites tables pour gagner le côté de la scène, plongé dans l'obscurité. Tout au bout, une enseigne lumineuse « SORTIE » nous faisait de grands signes, rouge comme une bouée de secours. On l'avait presque atteinte lorsque j'ai senti Pritkin se crisper.

— Qu'est-ce qui se passe ? ai-je demandé.

— On a de la compagnie.

J'ai regardé par-dessus mon épaule et j'ai vu un groupe de mages guerriers faire irruption de l'alcôve par laquelle on était arrivés. Ils ont regardé frénétiquement autour d'eux en essayant de s'adapter à l'obscurité. Pritkin a ouvert la porte des coulisses et on s'est rués à l'intérieur. Pritkin a refermé aussitôt. Il n'y avait pas de verrou mais, étant donné la nature de nos poursuivants, ça n'aurait de toute façon pas servi à grand-chose.

D-zir était assise devant un miroir encadré d'ampoules. Elle s'est interrompue pour nous dévisager. La loge des artistes était sommairement meublée avec une table que D-zir utilisait comme coiffeuse, une penderie remplie de costumes bariolés et une chaise surmontée d'une immense pile de boîtes à chaussures.

D-zir m'a décoché un sourire beaucoup plus chaleureux que la dernière fois.

— Oh ! Mais qui voilà ? (Puis, apercevant Pritkin.) Maudite gamine ! Et dire que je pensais que ton look ne pouvait pas empirer.

Pritkin m'a jeté un coup d'œil interrogateur mais je me suis contentée de secouer la tête et de m'effondrer sur une chaise, à côté de la porte. J'aurais bien voulu complimenter D-zir sur son allure, mais c'était impossible en quelques mots. Et je n'en avais plus la force.

— Magnifique robe, ai-je haleté.

Cette dernière, outrageusement courte, était constituée d'une trentaine d'hectares de satin bon marché et décorée d'une guirlande de roses blanches on ne peut plus kitsch. D'autres roses étaient rassemblées dans un bouquet sans style reposant sur la table, et quelques-unes ornaient une gigantesque perruque – rouge vif, cette fois – prolongée par un voile en tulle. C'était une robe de mariée à la sauce *drag*.

— Va te plaindre à cette grognasse de D-licieuse ! a maugréé D-zir en se remettant face au miroir. Elle sait très bien que je suis la meilleure dans le rôle de Liza. Mais on a tiré au sort pour savoir laquelle d'entre nous ferait l'ouverture, elle a gagné, et devine ce qu'elle chante ? Du coup, je me tape *Like a Virgin*. C'est d'un ringard ! Bon. À la fois, je dois bien reconnaître qu'à son âge, ça devient un peu ridicule de…

— Euh. Nous… Comment dire ? l'a interrompue Pritkin. Nous sommes dans le pétrin. Y aurait-il une issue de secours ?

— Tu plaisantes ? Il y a toutes les issues que tu veux, a répondu D-zir en me contemplant dans son miroir tout en s'enduisant de rouge à lèvres. Mais ton petit copain ici présent n'a pas l'air en état de faire un sprint.

Je lui ai rendu son regard. La douleur remontait le long de ma jambe et commençait à gagner ma colonne vertébrale. J'étais d'accord avec elle. J'étais incapable de distancer qui que ce soit. Sans compter que mon pied baignait dans un liquide ressemblant fort à du sang.

— Certes. Mais nous n'avons guère le choix, a rétorqué Pritkin d'un ton sec.

D-zir s'est redressée.

— On a toujours le choix, trésor, a-t-elle dit du haut de ses deux mètres quatre-vingts de satin et de semelles compensées en le poussant à travers le mur. Toi aussi, a-t-elle ajouté en me soulevant, non sans tripoter mes fesses d'emprunt par la même occasion. Oh ! Fabuleux, s'est-elle exclamée avant de me pousser à mon tour.

Je pensais qu'il s'agirait d'un autre portail, mais non. On avait tout simplement traversé le talisman camouflant une petite pièce réservée au service de sécurité. Elle était plongée dans l'obscurité, à l'exception de la rangée de moniteurs alignés devant un petit bureau. La plupart des caméras filmaient la rue mais une d'entre elles était braquée sur la scène. Il n'y avait qu'une seule chaise. Je l'ai prise.

D-zir nous a suivis et a haussé le son de la vidéo de surveillance. D-licieuse était encore sous les feux de la rampe mais elle ne chantait plus. Une poignée de mages essayait de l'interroger devant tout le monde. Pritkin a levé les yeux au ciel.

— Ces stagiaires ! a-t-il maugréé en tirant sur ma botte.

— Qu'est-ce que tu as dit ? a demandé D-licieuse en se penchant pour tendre le micro au mage le plus proche.

— J'ai dit que ta langue bien pendue allait finir par t'attirer des ennuis !

Elle a éclaté d'un rire suave et profond.

— Qui te dit qu'elle pend, mon chéri ? Elle est très bien dressée, au contraire !

Le public a hurlé de rire. Le jeune homme a rougi de colère. Il l'a dévisagée avec mépris des pieds à la tête, examinant le satin et les boucles d'oreilles en cristal.

— T'es homo ?

— Ça dépend. Tu as besoin de compagnie ?

Le public a été parcouru de sifflements et de cris euphoriques. Les collègues du mage l'ont forcé à reculer pour éviter le pire. D-licieuse s'est redressée de toute sa taille pour susurrer à l'oreille du pianiste :

— Et maintenant, en l'honneur de mon jeune ami et en guise d'adieu, je vais chanter *I'm Coming Out* de Mlle Diana Ross. Et mon chou, si jamais tu plaques tes amis jaloux, n'hésite surtout pas à me passer un coup de fil !

D-zir a baissé le son.

— Je chante juste après. Te fais pas de bile. Je dirai aux filles de raconter qu'elles vous ont vus sortir il y a quelques minutes. Si tu tiens absolument à me remercier, j'ai vu un magnifique ensemble dans la vitrine d'Augustin. Je suis sûre qu'il m'irait comme un gant.

Sur ce, elle m'a envoyé un baiser et a tourné les talons.

— Vous avez des amis étranges, a dit Pritkin en parvenant enfin à m'enlever ma botte.

J'avais tellement mal que je m'attendais à voir la moitié de mon mollet en charpie. Le treillis était imbibé de sang jusqu'au genou et le liquide rouge vif et luisant dégoulinait sur mon pied. Mais lorsque Pritkin a découpé le tissu à l'aide d'un couteau qu'il venait de sortir de sa ceinture, je me suis rendu compte de l'ampleur des dégâts. La blessure était impressionnante. Ma jambe était profondément entaillée, du genou à l'aine.

— C'est un sort progressif, a annoncé Pritkin d'un ton grave. Si on ne le soigne pas, il vous consumera littéralement.

Il le *consumera littéralement*, ai-je pensé.

— Désolée, ai-je sifflé d'une voix pantelante. J'ai hésité. Un mage est entré et je n'ai pas sauté à temps…

— Vous n'êtes pas formée au combat, a dit Pritkin.

À sa place, je n'aurais jamais pu faire preuve d'un tel calme.

La blessure était béante et elle saignait abondamment. Il a essayé de la maintenir fermée. J'ai mordu la manche de son manteau pour ne pas hurler. Mais ça n'a servi à rien. Le sang a jailli entre ses doigts et éclaboussé son corsaire.

Il a regardé l'entaille un long moment, les mains crispées sur ma cuisse.

— Il faut qu'on change de corps, a-t-il décidé en relevant la tête.

— Maintenant ?

— Oui ! Maintenant ! Mon corps peut guérir mais vous n'avez pas les connaissances nécessaires. Et je n'ai pas le temps de vous expliquer comment faire.

— Avez-vous oublié… ce qui rôde autour de l'hôtel ? ai-je haleté.

— Non. (Il s'est humecté les lèvres.) Mais c'est un risque que nous devons prendre. Vous perdez trop de sang.

J'aurais préféré attendre que Billy nous rejoigne, mais il y avait urgence : j'avais de plus en plus froid et je tremblais comme une feuille. Ce corps n'en avait plus pour très longtemps.

— Je vais vous faire sortir, ai-je dit, suffocante. Ne... ne paniquez pas. OK ?

Pritkin a hoché la tête. Il était livide mais assez calme. J'espérais que ça allait durer. Parce que les Rakshasas n'étaient pas loin. Si les choses tournaient au vinaigre, on n'aurait pas beaucoup de temps pour réagir. J'ai fermé les yeux, ma tête est tombée en arrière, et l'instant d'après je survolais le corps de Pritkin.

J'ai tendu une main spectrale : pas de bouclier en vue. J'ai posé la main au milieu de sa poitrine et mes doigts sans substance ont pénétré sous sa peau. Il a sursauté, effrayé par l'intrusion, mais il ne s'est pas protégé. Pourtant, je le sentais trembler. Je sentais aussi autre chose. Quelque chose d'inhabituel.

Contrairement à la plupart des fantômes, son esprit était chaud et presque solide sous mes doigts. Je n'avais jamais pensé à demander à Billy comment les fantômes se sentaient les uns les autres. À bien y réfléchir, j'avais déjà possédé des corps avec des âmes « à domicile », pour ainsi dire. Et effectivement, leurs esprits n'avaient pas la même texture que Billy. Ils étaient tièdes et consistants. Comme Pritkin.

Lorsque j'ai commencé à farfouiller dans sa poitrine d'emprunt, il s'est mis à paniquer.

— Calmez-vous, lui ai-je dit. J'ai une idée.

— Très bien. Pourriez-vous vous dépêcher ?

J'ai hoché la tête. C'était du quitte ou double. La moindre hésitation pouvait nous être fatale. Je me suis accrochée de toutes mes forces à son esprit, je suis entrée dans mon corps et je l'ai poussé dans le sien. Ça n'a pris que deux secondes. Et voilà. On était de retour dans nos corps respectifs.

Pendant un moment, il s'est contenté de me regarder fixement. Ensuite, il a senti la douleur et esquissé une grimace.

— C'est tout ? C'est tout ce qu'il fallait faire ?

— J'imagine.

J'avais un léger vertige. L'absence soudaine de douleur me rendait presque euphorique.

— Pourquoi ne pas l'avoir fait plus tôt ?

— Parce que je ne savais pas comment faire ! ai-je rétorqué d'un ton sec en repassant de l'autre côté du talisman.

J'ai emprunté le bout de tissu le moins strass et paillettes que j'ai pu trouver – un chemisier en coton blanc – pour confectionner un bandage de fortune, et je suis retournée dans la salle de surveillance vidéo. J'ai jeté un coup d'œil aux moniteurs et j'ai vu que les mages s'étaient dispersés. Il en restait deux ou trois à l'intérieur du club, pour garder le portail, mais les autres passaient la rue au peigne fin. Je me demandais dans combien de temps ils auraient l'idée de rebrousser chemin.

— Je lui dois une sacrée chandelle, ai-je dit en déchirant le chemisier à l'aide du couteau de Pritkin. J'espère que c'était du prêt-à-porter.

Il n'a pas répondu. Quand j'ai appliqué le coton autour de sa jambe, il tremblait et transpirait à grosses gouttes. Ça n'a pas eu l'air de calmer l'hémorragie. Pour ne rien gâcher, sa peau était zébrée d'entailles diverses et variées que je n'avais pas encore remarquées. Elles étaient sans doute dues à la course-poursuite. Cela dit, c'était surtout sa jambe qui m'inquiétait. Plus je la regardais, plus mes bras se couvraient de chair de poule, plus mes mains tremblaient et plus mon estomac se nouait.

— Pritkin, ai-je déclaré doucement. Vous perdez encore du sang. C'est normal ?

Son cou luisant de sueur se creusait au rythme de sa respiration, qui était plus rapide et saccadée que d'habitude. Mais, lorsqu'il a pris la parole, sa voix était étonnamment ferme.

— Dès que vous en serez capable, téléportez-vous auprès de Jonas, sortez-le d'ici et ne le quittez pas d'une semelle. Vous serez à même de vous protéger mutuellement jusqu'à ce que le Cercle…

— Comment ça, « je » me téléporte ? ai-je demandé.

Le vide que je sentais dans mon ventre a commencé à s'étendre à l'infini.

— Écoutez-moi : nous n'avons pas beaucoup de temps…

— Avant que ?

— Cessez de poser constamment des questions et concentrez-vous, pour une fois. Ne comptez pas sur les vampires pour vous protéger de Saunders. Il a plus d'un tour dans son sac. Beaucoup d'entre eux sont inconnus des vampires. Par conséquent, vos alliés seraient bien incapables de les déjouer. Et dites à Jonas… Dites-lui qu'il doit…

— Arrêtez de me donner des ordres ! ai-je craché en le fusillant du regard.

Ce qui n'a pas vraiment marché vu que je ne le voyais pas très bien : il n'y avait pas beaucoup de lumière dans la pièce, mais en plus elle l'éclairait de biais, semblant prendre un malin plaisir à éviter ses traits. Je me suis campée devant lui et je lui ai saisi les bras. J'avais vraiment envie de lui rentrer dans le lard.

— Vous m'avez dit que vous pouviez vous soigner ! Alors soignez-vous ! (Il ne me regardait pas.) Arrêtez l'hémorragie, Pritkin ! l'ai-je supplié en enfonçant mes doigts dans la chair de ses bras. Arrêtez de saigner et je ferai tout ce que vous voudrez !

Il s'est humecté les lèvres.

— Mon niveau d'énergie est… plus bas que d'habitude. J'ai besoin d'un peu de temps.

Ouais, c'est ça. Malheureusement, on n'avait pas « un peu de temps ». Je l'ai dévisagé, complètement hébétée.

— Vous vous êtes moqué de moi ! Vous vouliez qu'on retourne dans nos corps parce que vous saviez…

Je n'arrivais même pas à le prononcer.

Je l'ai regardé fixement. Je n'arrivais pas à y croire. C'était impossible. S'il disparaissait, toute la richesse et toute l'étrangeté dont il avait rempli ma vie disparaîtraient avec lui. Comme ça. En un clin d'œil.

— Vous devez arrêter de réagir comme ça, a-t-il dit en me regardant enfin dans les yeux. (Et, si j'avais eu le moindre doute sur ses intentions avant cela, son regard l'aurait dissipé.) Vous ne pouvez pas vous effondrer chaque fois que vous perdez quelqu'un. En temps de guerre…

— Vous n'allez pas encore me faire un sermon sur la guerre ! C'est vous que je risque de perdre ! ai-je rétorqué.

J'ai été surprise par le ton sauvage de ma voix. Mais, au moins, elle ne tremblait pas.

Son visage est devenu flou et j'ai senti le goût du sel sur mes lèvres. Mes larmes étaient chaudes. Chaudes comme les mains de Pritkin remontant le long de mon visage. Comme ses pouces séchant doucement mes paupières. Douces comme ses doigts dans mes cheveux.

— Un individu n'est rien face à l'ordre des choses, a-t-il dit d'une voix douce.

Il n'avait jamais la voix douce, d'habitude. Ça m'a complètement ébranlée.

Mais vous êtes important ! ai-je pensé. Malheureusement, il n'était pas de cet avis. De son point de vue, il n'était qu'une expérience ratée, un enfant abandonné, un homme que ses pairs ne respectaient que pour sa capacité à tuer les créatures qui les terrifiaient. J'aurais tellement aimé qu'il se voie à travers mes yeux. Ne serait-ce qu'une seule fois.

— Et ça non plus, ce n'est rien ? ai-je dit en me penchant pour poser mes lèvres sur les siennes.

C'était un baiser tellement désespéré qu'il semblait dérisoire. Pourtant, il était gorgé de tout ce que Pritkin signifiait pour moi.

Ses doigts couverts de sang se sont crispés sur mon visage et il m'a embrassée à son tour, avec une tendresse et un abandon contrastant totalement avec l'intensité du baiser qu'on avait échangé dans la cuisine de Marsden. Cette fois, il n'y avait aucune étincelle, aucune électricité, aucun souffle tiède et extatique s'emparant de mon corps, pompant mon énergie et…

Je ne sentais aucune perte de pouvoir.

Je me suis arrachée à son étreinte et je l'ai dévisagé.

— Attendez. Qu'est-ce que… Tout à l'heure, dans la cuisine de Marsden… La blessure que vous aviez au bras ! Je n'ai pas rêvé ! (Pritkin n'a rien dit.) Vous êtes à moitié incube ! Vous pouvez vous nourrir de mon pouvoir ! ai-je ajouté en comprenant peu à peu.

Son aptitude était spirituelle. Pas physique. Comme la mienne. C'est pour cette raison que la téléportation fonctionnait encore quand j'étais dans son corps.

Il pouvait encore guérir.

— Vous aurez besoin de toutes vos forces ! m'a-t-il dit.

— J'en ai plus que vous ! (Je lui ai agrippé les bras.) Pritkin : vous pouvez vous servir de mon énergie pour guérir…

Je me suis interrompue parce que son visage reflétait une expression que je ne lui connaissais pas. Ça ressemblait à de la terreur.

— C'est exactement ce qui s'est produit la dernière fois ! a-t-il protesté d'une voix rauque.

Ses yeux passaient frénétiquement du mur aux moniteurs et des moniteurs à la corbeille à papier. Il évitait mon regard.

— Vous avez vu ma maison. À l'époque, elle était encore plus isolée. Il n'y avait rien d'autre, dans un rayon de plusieurs kilomètres, que des champs, des rivières et des bois. Personne n'a pu lui venir en aide. Personne ne l'a entendue crier ! s'est-il exclamé.

Et soudain, j'ai compris que ce n'était pas l'idée de sa propre mort qui le terrorisait. C'était la pensée que je pouvais mourir, moi. Il a pris une grande bouffée d'air. Son visage était tendu. Son cou rouge.

— Vous ne vous rendez pas compte, a-t-il poursuivi, plus calme.

— Votre père a essayé de me tuer. Croyez-moi : je sais de quoi je parle.

Cette expérience s'était ajoutée à ma liste de cauchemars. Je me souvenais très bien de cette effroyable sensation de succion, de cette impression d'être vidée de mon énergie. Rien que d'y penser, mes os se liquéfiaient. Mais Pritkin n'était pas Rosier. Pritkin n'avait jamais voulu faire de mal à personne. Il avait perdu le contrôle avec sa femme parce que personne ne l'avait averti de ce qui risquait de se passer. À présent, il connaissait les dangers.

Et j'étais certaine qu'il ne prendrait pas ce risque.

Ça se voyait à la façon dont ses yeux brillaient, dont ses narines se dilataient, dont son menton saillait.

— Je ne peux pas vous perdre ! lui ai-je dit.

Je me sentais à la fois folle de rage et complètement désespérée.

— Vous ne me perdrez pas. Je vous promets de vous rejoindre. Mais vous devez partir avec Jonas et…

— Je n'avais pas envie d'en arriver là. (J'ai coupé net sa tentative de mensonge.) Mais vous ne me laissez pas le choix. Cette décision me revient. Et je compte bien la prendre. Vous allez guérir, un point c'est tout.

— Comment ça, cette décision vous revient ? a-t-il demandé en me fusillant d'un regard empli de rage contenue.

— Je ne suis plus la Pythie ?

— Bien sûr que si, mais ça n'a rien à voir !

— Bien au contraire ! Vous êtes un mage guerrier. Vous avez fait vœu d'obéissance. Et vous persistez à n'en faire qu'à votre tête. (Il a ouvert la bouche.) Oui, je sais, vous avez plus d'expérience et plus de connaissances que moi. C'est pour ça que je vous écoute la plupart du temps. Mais cette fois vous vous trompez. Vous êtes trop impliqué émotionnellement pour analyser la situation : c'est un risque nécessaire. C'est donc à moi de prendre la décision. Non seulement je suis la Pythie. Mais en plus c'est mon corps : j'en fais ce que je veux.

J'ai posé la main sur sa cuisse. Sa peau était étonnamment chaude contre la mienne. Pritkin a eu un mouvement de recul et m'a regardée, les lèvres entrouvertes, les yeux légèrement fiévreux.

— Je vous ai déjà raconté à quoi ressemblait le corps d'une personne venant d'être drainée par un incube. Voulez-vous réellement courir ce risque ?

— Je déteste le risque, lui ai-je répondu calmement. Je préfère de loin la sécurité. Mais dans ce cas précis, oui, je suis prête à prendre le risque.

— Je ne suis pas sûr de l'être, a-t-il dit d'une voix enrouée.

C'était plus que je n'en pouvais supporter. Je me suis pressée contre lui, je l'ai plaqué contre le dossier de sa chaise et je l'ai embrassé en enfonçant mes doigts dans ses cheveux complètement absurdes pour lui immobiliser la tête. Je m'étais attendue à un peu plus de résistance de sa part : Pritkin n'était pas du genre à me laisser le dernier mot quand il n'était pas d'accord. Alors, quand il s'est mis à empoigner mes hanches à pleines mains et qu'il m'a allongée sur le sol, j'en ai eu le souffle coupé.

— Je vais croupir en enfer pour ça, a-t-il maugréé.

— Au moins, vous connaîtrez des gens, ai-je répondu, pantelante.

Mais il m'a interrompue en plaquant sa bouche chaude et vorace contre la mienne.

J'ai enlevé son polo en le tirant au-dessus de sa tête. Ensuite, j'ai promené mes mains sur sa peau. J'en ai posé une sur sa nuque et j'ai passé les doigts dans ses cheveux. Ils étaient doux et soyeux – ça me surprenait toujours – et légèrement moites, comme sa peau, en dessous. De mon autre main, j'ai caressé son corps puissamment musclé, veiné de cicatrices argentées et de traits d'encre noire. Je le connaissais comme mon propre corps. Et pourtant, c'était toujours aussi étrange de le toucher.

J'ai longé un des muscles saillant de sa poitrine ferme, jusqu'à son ventre plat et j'ai commencé à explorer, encore plus bas, le léger duvet menant à des parties plus intéressantes de son anatomie. Mais Pritkin a interrompu mon geste et éloigné ma main.

— Non, a-t-il dit d'une voix rauque.

— Pourquoi ?

— Parce que je dois me maîtriser, mademoiselle Palmer, si nous ne voulons pas que ça dégénère très vite.

— Vous ne voulez pas arrêter de m'appeler comme ça ? l'ai-je supplié d'un ton sérieux.

Mais j'ai aussitôt perdu le fil : sa bouche venait de jeter son dévolu sur mon cou. Il a fait glisser ses lèvres jusqu'au creux de mon épaule et il s'est mis à sucer.

J'avais oublié à quel point Pritkin pouvait être déterminé. Quand il avait une idée en tête, il pouvait s'avérer… tenace. Son idée du moment, c'était de me rendre folle, et il y arrivait très bien. Je ne sais pas comment il s'y est pris mais il a réussi à m'arracher mon haut et à dégrafer mon soutien-gorge d'une seule main, tout en effleurant un téton de son pouce calleux.

Je lui ai rendu la pareille. J'ai ratissé le duvet sombre de sa poitrine du bout des ongles et me suis attaquée à son téton, qui s'est durci sous l'action de mes doigts. J'ai joué avec jusqu'à ce qu'il éloigne de nouveau ma main. J'ai poussé un grognement de frustration et je suis passée à autre chose : j'ai caressé sa peau nue et brûlante, suivant les anfractuosités plus douces formées par ses cicatrices, et j'ai enfoncé mes doigts dans ses muscles jusqu'à lui faire mal. Mis à part le velouté de sa peau et les caresses de sa bouche, son corps était dur en tout point.

Mes lèvres ont glissé le long d'une des vieilles cicatrices blanchies zébrant son épaule et j'ai entrepris de tâter son léger relief du bout de la langue.

— S'il vous plaît, a dit Pritkin d'une voix enrouée. (J'ai souri, la joue contre sa peau.) Arrêtez.

J'ai perdu patience.

— Pritkin ! Quand on fait l'amour, on doit arrêter de « se maîtriser » ! Un minimum en tout cas.

— On ne fait pas l'amour.

— Ah oui ? Et qu'est-ce qu'on fait ?

— Une intervention d'urgence !

Je m'apprêtais à protester mais j'ai réfléchi. Effectivement, vu ce que Mircea risquait de faire subir à Pritkin s'il apprenait ce qu'on était en train de faire, il valait mieux considérer ça comme une intervention d'urgence. *Ouais*. Pas mal, comme formulation, finalement.

Mais j'ai quand même dû faire mon petit effet, parce que ses grandes mains chaudes et calleuses se sont mises à descendre lentement le long de mon corps. La façon dont il me touchait avait presque imperceptiblement changé. Ses doigts, sur ma peau, étaient aussi exquis qu'une bouche. Ils excitaient chacun de mes nerfs. Il m'effleurait à peine mais des vagues de plaisir déferlaient sur moi. Je l'ai senti enlever mon corsaire mais ça m'était complètement égal.

Un léger courant d'air frais a balayé la petite pièce, qui n'avait pourtant aucune fenêtre. Il a poussé un grognement sourd et profond. Sa bouche s'est frayé un chemin le long de mon corps. Mon cœur se soulevait étrangement, en phase avec la peur mêlée de désir qui me transperçait les côtes. Il a embrassé mon genou et il a fait remonter ses lèvres à l'intérieur de ma jambe. Lorsqu'il a atteint mon aine, il s'est mis à me sucer la peau et la sensation de sa barbe de trois jours rugueuse contre ma cuisse tendre m'a fait frissonner.

Sa technique était à proprement parler « magique ». *À la fois, j'aurais pu m'en douter*, ai-je pensé. J'étais à deux doigts d'éclater en sanglots. Ou d'un rire hystérique.

— Et maintenant ? Est-ce qu'on peut dire qu'on fait l'amour ? ai-je demandé au moment où ses lèvres brûlantes et humides se posaient sur mon sexe.

Mon fou rire s'est étranglé dans ma gorge.

C'était parfait. Tout bonnement parfait. Sa langue chaude et lisse traçait des motifs sur le coton de ma culotte. C'étaient peut-être des runes, mais j'aurais été incapable de les déchiffrer. J'étais complètement partie. Je baignais dans son souffle. Tantôt, ses douces exhalations imprégnaient ma peau de formes imprécises, tantôt il dessinait des contours plus nets du bout de la langue. Chaque soupir était suivi d'une caresse humide et délicate. Encore et encore. Jusqu'à ce que mes yeux se remplissent de larmes et que ma respiration saccadée menace de céder la place aux pleurs.

J'étais si proche de l'orgasme que mon cœur battait à tout rompre dans ma poitrine. Ma peau était brûlante et mon corps hurlait. Il en voulait plus. Il était en manque. À chacun des mouvements de Pritkin, des vagues d'un plaisir presque douloureux me parcouraient des pieds à la tête et mes muscles se liquéfiaient de frustration. Et soudain, le courant d'air s'est intensifié pour devenir une bourrasque si forte que ma peau s'est couverte de frissons et de chair de poule. Mais je me suis à peine aperçue du changement. En revanche, lorsque sa peau est devenue littéralement brûlante, je ne pouvais plus faire abstraction.

J'ai glissé ma main sous son treillis en charpie. Mes doigts se sont arrêtés sur une croûte de sang séché mais lorsque je l'ai effleurée, elle s'est effritée aussitôt. En dessous, sa peau était douce et ses muscles fermes se sont tendus sous ma main. *Il est guéri*, ai-je pensé. J'étais tellement soulagée que j'en avais le vertige.

— Pritkin ! Je crois que…

Il a refermé la main sur ma nuque, et il a pressé violemment sa cuisse entre les miennes. J'ai senti son sexe dur et, lorsque j'ai levé la tête, j'ai croisé son regard inhumain et affamé. Ses pupilles, noires et fiévreuses, étaient dilatées au point que l'iris s'était réduit à une fine auréole verte.

Il m'a embrassée. À la surface, rien n'avait changé. Entre mes doigts, ses cheveux étaient toujours aussi tièdes, soyeux et rebelles. Il était toujours aussi intense, au point d'en oublier de respirer. On était tous les deux pantelants. Mais tout à coup, la bourrasque a cédé la place à un tourbillon d'énergie qui m'a balayée des pieds à la tête, ôtant à mes muscles toute leur force.

Ça ne ressemblait pas à l'invasion atroce de Rosier, pareille à la succion d'une sangsue. Ça ne faisait pas mal. Mais il me pompait quand même une sacrée quantité de pouvoir. Pritkin continuait de se nourrir.

Chapitre 27

L'espace d'un instant, j'ai senti la panique me serrer la gorge. Je savais ce que ça voulait dire. Au plus profond de moi. Mais, avant que je commence à résister, tout s'est arrêté. Ses doigts et sa bouche se sont éloignés de mon corps. J'ai levé la tête et j'ai vu Pritkin figé au-dessus de moi. Ses muscles luisaient de sueur et ses cuisses tremblaient sous l'effet de ses efforts pour rester immobile. Il a pris une bouffée d'air et ses lèvres se sont crispées, comme s'il luttait pour reprendre le contrôle de lui-même.

J'ai croisé son regard inhumain. Il a semblé horrifié un court instant, mais très vite son désir primal a repris le dessus.

— Sortez !

Il n'a pas eu besoin de me le dire deux fois. J'ai reculé à quatre pattes, sans même prendre le temps de me remettre debout, et j'ai traversé le talisman dans la même position inconfortable. J'ai dégringolé la petite marche et j'ai atterri sur le sol carrelé de la loge de D-zir. J'étais haletante et paniquée. Pour ne rien gâcher, mon corsaire, entortillé autour de mes cuisses, entravait mes mouvements. Heureusement, Pritkin ne m'a pas suivie à travers le talisman.

Je ne savais pas s'il allait me laisser tranquille ou s'il luttait simplement pour me donner une longueur d'avance. Je n'avais vraiment pas envie de savoir ce qui se passerait s'il n'arrivait plus à se contrôler. Mais je n'avais pas vraiment le choix. Je n'allais pas me précipiter tête baissée dans un casino rempli de mages guerriers. D'autant qu'ils n'avaient plus vraiment l'air de vouloir me capturer vivante.

J'étais encore en train de peser le pour et le contre tout en essayant de me dépêtrer de mon corsaire lorsque la porte s'est ouverte sur D-zir. Lorsqu'elle m'a aperçue, elle a marqué une pause et haussé un sourcil. Je me suis sentie rougir lentement.

— Ce n'est pas ce que vous croyez, ai-je bafouillé.

— Te fais pas de bile, chérie, a-t-elle dit en tirant sa traîne piquée de roses de trois kilomètres à l'intérieur de la loge. Je sais ce que c'est de finir la culotte baissée jusqu'aux chevilles.

— Ma culotte est exactement là où elle doit être ! ai-je rétorqué d'un ton indigné en essayant de me mettre debout.

Mais je me suis empêtrée dans mon corsaire et je me suis étalée par terre. À ce moment, une annonce vocale a retenti dans le bar :

« *Mesdames et messieurs, nous sommes au regret de vous informer que l'hôtel fait l'objet d'une alerte à la bombe. Pour votre sécurité, nous évacuons les lieux le temps qu'une équipe d'experts évalue la situation. Nous vous invitons à regagner la rue dans le calme, en passant par l'entrée principale. Merci beaucoup.* »

— Ils nous cherchent, ai-je dit à D-zir en essayant de ne pas avoir l'air trop paniquée. Si on sort avec la foule, ils vont nous repérer. Et, si on ne sort pas, ils vont fouiller l'hôtel vide et nous trouver en moins de deux.

D-zir a réfléchi. Elle n'avait pas l'air d'avoir besoin d'explications.

— Ton ami ne peut pas lancer un charme ?

— Si. Mais ce sont des mages guerriers. Ils vont le sentir !

En plus, je n'étais pas sûre que Pritkin soit spécialement d'humeur à lancer des sorts compliqués.

— J'ai peut-être une idée, a-t-elle dit. Je reviens tout de suite.

Et elle est ressortie dans le bar.

Je me suis assise sur sa chaise et j'ai essayé d'arranger mes vêtements. C'était loin d'être évident. Mes mains n'arrêtaient pas de trembler. Lorsqu'elle est revenue, je venais à peine de finir de me rhabiller.

— Les filles sont d'accord. De toute façon, elles sont furieuses que le Cercle ait gâché notre soirée d'ouverture. Il ne reste plus qu'à convaincre ton petit ami.

— Le convaincre de faire quoi ?

D-zir m'a fait part de son idée. J'étais encore en train de la regarder avec ahurissement lorsque Pritkin a émergé. Il était un peu rouge mais avait l'air parfaitement composé.

Ça n'a pas duré.

— Non, a-t-il refusé d'un ton ferme lorsque D-zir a exposé son plan une deuxième fois.

Un tic nerveux lui agitait un muscle de la joue.

— Tu as la carrure pour, a-t-elle susurré afin d'essayer de l'amadouer en agitant devant son nez une longue robe fourreau à paillettes argentées.

— Je ne porterai pas de robe !

Elle a plissé ses lèvres enduites de gloss orange et elle a décroché un vêtement tape-à-l'œil violet de la penderie derrière elle.

— Sinon, il y a la combinaison en skaï. Le hic, c'est qu'elle est moulante. Il faudra faire un petit effort pour cacher tes bijoux de famille. Mais je peux t'aider.

J'ai réussi à retenir le bras de Pritkin avant qu'il mette en pièces la combinaison.

— Ils connaissent votre signalement, ai-je fait remarquer en enfilant mon déguisement. Et même si ce n'était pas le cas, vous êtes couvert de sang. Vous ne pouvez pas vous balader comme ça !

— Si je meurs cette nuit, j'aimerais autant garder ma dignité !

— Je ne vous comprends pas, ai-je dit en m'appuyant contre le mur pour éviter de tomber. (Mes *babies* rouge écarlate et couvertes de strass tenaient aussi mal les chevilles qu'elles en avaient l'air.) Vous avez passé la journée dans le corps d'une femme et…

— Je n'avais pas le choix !

— … et vous avez des centaines d'années ! À l'époque, les hommes portaient du maquillage et…

— Les mignons à la cour, peut-être ! Mais pas moi !

— Eh bien c'est le moment d'élargir vos horizons, ai-je assené en lui lançant un boa autour du cou. Choisissez un costume !

Pritkin a passé en revue la sélection de D-zir d'un œil haineux. Lorsqu'elle a surpris son regard, la *drag queen* a croisé les bras devant sa poitrine généreuse.

— Tu es mignon, mais ma patience a des limites.

— Je ne vais plus jamais pouvoir me regarder dans la glace, a marmonné Pritkin en choisissant une longue cape d'opéra constituée d'une profusion de fanfreluches en lamé doré.

Elle était sûrement conçue pour des semelles compensées et des perruques interminables. Son ourlet traînait par terre et sa capuche était si grande qu'elle camouflait entièrement le visage de Pritkin. Ça ferait l'affaire.

Quelques minutes plus tard, trois apparitions scintillantes et couvertes de bijoux sont sorties fièrement du bar et se sont pavanées au beau milieu de la rue commerçante bondée. D-zir ouvrait la marche et faisait diversion. Ses seins proéminents étaient dressés devant elle comme la proue d'un navire. Pritkin et moi, on la suivait à la trace. Je n'étais pas très grande pour une *drag queen*, malgré mes semelles compensées, mais ma combinaison moulante en satin arc-en-ciel et ma gigantesque perruque de Marilyn Monroe compensaient amplement.

Les mages étaient partout. Ils passaient en revue la foule en train d'évacuer mais la plupart d'entre eux ne nous ont pas même gratifiés d'un regard. Les quelques-uns qui s'y risquaient détournaient aussitôt les yeux lorsque D-zir leur envoyait des baisers ou leur faisait des effets de cuisse. Apparemment, le plan consistant à nous cacher au vu et au su de tous fonctionnait très bien. Jusqu'à ce qu'une vision me heurte de plein fouet, avec la subtilité d'un coup de batte de base-ball dans la tête. Le souffle court, je suis tombée à genoux. C'était la première fois qu'une vision me faisait un effet pareil : elle était vivace, claire comme de l'eau de roche et tellement envahissante que je ne voyais même plus la rue.

Las Vegas était en feu. Les flammes de l'incendie s'étiraient vers le ciel et propageaient des étincelles en abondance. On aurait dit un feu d'artifice. Les ténèbres étaient si intenses et le chaos si terrible qu'il était impossible de reconnaître quiconque, ni de saisir une seule parole. Ce n'était qu'une confusion de cris et de gens sans visage courant dans tous les sens.

Au bout de la rue, le sable du désert se consumait sous le ciel obscurci, sur des kilomètres. Il avait beau ne plus y avoir un seul buisson – ils avaient tous brûlé –, l'incendie continuait de faire rage. C'était un feu de forêt sans forêt. Ou plutôt l'explosion de rage d'une créature puissante et haineuse qui se défoulait sur l'humanité après des siècles et des siècles d'exil. Une créature sans aucune once de compassion.

Le monde se souvenait d'Apollon comme d'un dieu doré, d'un guérisseur joueur de lyre. Mais il avait oublié les autres anecdotes circulant à son sujet. Les histoires de châtiments cruels, de viols et de meurtres. Les légendes faisant état de son magnifique visage éclatant de rire au moment où son glaive pourfendait ses ennemis. À présent, les gens se rappelaient la vraie nature d'Apollon, mais ce souvenir ne durait pas plus d'une seconde. Leur mémoire était balayée aussitôt, dans une gerbe de sang.

La vision s'est estompée aussi rapidement qu'elle était venue, me laissant pantelante, à quatre pattes au beau milieu du trottoir.

— … un peu abusé du vin au repas, disait D-zir à quelqu'un. Vous savez ce que c'est. Elle a toujours été portée sur la bouteille. (Elle m'a pincé la joue.) Allez, ma chérie. On se lève. Tu peux quand même attendre d'arriver à la maison pour tomber dans les pommes.

Elle m'a remise debout et j'ai fait mon possible pour garder la tête baissée. Pourtant, je n'avais qu'une envie, c'était de me mettre à dévaler la rue en hurlant. Mes rêves m'avaient prévenue depuis le début. Et j'avais été trop bête pour comprendre ce qu'ils voulaient me dire. À présent, il était peut-être déjà trop tard.

J'ai senti un fil de fer barbelé me comprimer le cœur. Ma poitrine devait avoir un problème : je n'arrivais pas à respirer à fond.

Qu'avais-je fait ?

D-zir et Pritkin ont essayé de me guider vers le hall d'entrée. Je les ai agrippés par le bras.

— On ne peut pas partir.

— Bien sûr qu'on peut partir, a rétorqué D-zir. J'ai déjà foutu cette robe en l'air : mon petit cœur ne pourra jamais encaisser une autre frayeur.

— On s'occupera de votre problème plus tard, m'a dit Pritkin en nous poussant vers la sortie.

— Apollon est ici.

Il s'est arrêté net et une femme avec un gamin à chaque main a failli nous rentrer dedans.

— Vous ne pouvez pas regarder où vous allez ? a-t-elle aboyé en nous contournant.

Pritkin m'a entraînée sur le trottoir.

— C'est impossible ! a-t-il craché. La formule…

— Il a dû trouver une façon de passer outre, ai-je chuchoté. Je ne sais pas comment il s'y est pris mais je l'ai vu. Il est ici !

Il secouait la tête, visiblement sceptique.

— Cette formule tient depuis trois millénaires. Et maintenant, vous me dites qu'il a subitement trouvé un moyen de la contourner ?

— Je n'ai pas d'explication ! Tout ce que je sais, c'est que je l'ai vu !

— Ça pourrait être une vision du futur ! Les conséquences d'une guerre civile ayant éclaté au sein du Cercle. Ce qui se produirait si nous ne parvenons pas à résoudre cet imbroglio infernal qui…

— Non ! (J'ai regardé autour de moi en me frottant les bras. Soudain, je frissonnais de froid.) J'ai sans cesse la même vision depuis l'explosion de la MAGIC. Mais elle n'était que partielle. Comme chaque fois. Alors que cette fois-ci… Il est ici ! J'en suis sûre et certaine.

— C'est impossible.

Pritkin avait l'air catégorique.

D-zir, qui jusque-là nous regardait du coin de l'œil, s'est mise à s'écarter subrepticement. Je l'ai attrapée par le poignet.

— Vous m'avez bien dit que vous sentiez la magie ?

— Ça dépend, a-t-elle grommelé d'un air soupçonneux.

— Sentez-vous quelque chose de différent ?

— Tu veux dire, à part la bataille qui fait rage à l'étage ? a-t-elle demandé d'un ton à juste titre sarcastique.

— Non. Je parle d'une source unique de pouvoir. Plus forte que les autres. Comme… comme une supernova.

— Peut-être. Mais ça change rien : y a pas moyen que je remette les pieds là-dedans ! Pour tout le…

— Même pour une orgie de shopping chez Augustin ? Dix minutes. Tu prends tout ce que tu veux.

Elle a plissé les paupières et m'a examinée des pieds à la tête.

— Tu as assez de fric ?

— J'ai assez de crédit.

— À première vue, je dirais que tu racontes des salades. Mais j'ai vu tes chaussures… (Elle s'est mordu les lèvres.) Une demi-heure. C'est à prendre ou à laisser.

Un mage s'est approché de nous.

— L'évacuation vaut pour tout le monde, nous a-t-il dit. Dépêchez-vous de sortir.

— Je prends, ai-je lancé.

— Merde. J'étais sûre que tu allais me dire ça, a soupiré D-zir avant de balancer son énorme sac à main dans le visage du mage.

Ce dernier est tombé par terre et s'est fait piétiner par une victime de la mode de cent dix kilos enrobée de satin. Ensuite, D-zir a fait demi-tour en courant.

On s'est dépêchés de la rattraper, en luttant contre la marée humaine qui se ruait vers la sortie. Les mages fondaient sur nous de tous côtés. Forcément : on ne passait pas exactement inaperçus. J'ai attrapé la traîne de D-zir pour éviter que tout le monde la piétine et elle m'a remorquée comme un train de marchandises lancé à pleine vitesse, non sans renverser son lot de roses et de touristes.

Malgré le nombre de mages à nos trousses, on a réussi à parcourir la moitié du chemin, jusqu'à la fausse coopérative agricole. Là, on est tombés nez à nez avec un bataillon fraîchement débarqué. Ils s'étaient positionnés en arc de cercle en travers de la rue pour forcer la foule à les contourner et à se reformer derrière nous. On est donc tombés en rade de touristes et on leur est rentré en plein dans le lard.

D-zir a failli faire une percée dans le mur de manteaux en cuir, mais les mages ont tenu bon et maintenu leur position. J'ai regardé derrière nous : ils avaient refermé le cercle. Il n'y avait aucune échappatoire. Un des mages les plus proches de nous m'a aperçue.

— Cassandra Palmer.

Les yeux marron qui me dévisageaient avaient toujours l'air d'appartenir à un fonctionnaire lambda, mais le rictus de haine déformant son visage le trahissait. Je n'ai rien dit. Ma gorge était serrée de panique et d'épuisement. Mais Saunders n'avait pas l'air de s'attendre à une réponse.

Son regard s'est posé sur Pritkin, qui s'était arrêté à côté de moi.

— Mais peut-être est-ce vous ? (Il a jaugé Pritkin des pieds à la tête. Il a contemplé la cape en fanfreluches dorées en haussant un sourcil.) On m'avait laissé entendre que la Pythie avait plus d'une corde à son arc. Apparemment, les rumeurs disaient vrai. J'ai toujours cru les humains incapables de pratiquer une possession. Mais j'ai dû être mal informé. Il est inconcevable que ce petit brin de fille ait réussi à me projeter contre un mur et à manquer de pulvériser mes boucliers. J'avoue préférer l'hypothèse de la possession.

Pritkin ne lui a pas répondu. Il s'est contenté de tripoter coquettement sa cape, d'un air de sainte-nitouche apeurée. Saunders a souri.

— Bien entendu, pour être absolument certain de résoudre cette énigme, je pourrais tout bonnement vous tuer tous les deux. Mais plus personne ne pourrait comparaître. Et le bon peuple adore les affaires juridiques, a-t-il ajouté en reculant de quelques pas.

Il a balayé la rue du regard, mais la foule s'était clairsemée et nos poursuivants pressaient les derniers touristes à quitter les lieux.

Il a hoché la tête et ses hommes m'ont entraînée à l'écart, avec D-zir. Pritkin et Saunders sont restés face à face au milieu de la rue.

— Souhaitez-vous que nous comptions jusqu'à trois ? a-t-il demandé poliment. C'était ainsi que les différends se réglaient au bon vieux...

Pritkin a tendu la main. Saunders a valsé dans les airs et s'est fracassé contre la paroi extérieure d'une fausse grange. À en juger par le bruit de son crâne, il ne s'était pas fatigué à dresser ses boucliers. Il a glissé le long du mur et rebondi sur un wagon, avant de se faire embrocher par le poteau métallique d'une carte de restaurant.

Son corps a été parcouru de spasmes. *Effectivement, il n'avait pas de bouclier*, ai-je pensé.

Le mage qui me retenait prisonnière, un bras derrière le dos, s'est mis à le tordre de plus belle. J'ai poussé un cri et j'ai essayé de me dégager. Mais je pouvais oublier l'idée de m'enfuir. Un nouveau bataillon de mages arrivait vers nous en courant. Comme si le camp adverse avait besoin de renforts !

Un grand Noir vêtu d'un vieux manteau élimé s'est frayé un chemin à travers les mages qui nous encerclaient et s'est avancé vers moi.

— Salut, Cassie, a-t-il dit d'un air grave. (Il a regardé le mage qui me tenait.) Lâche-la, mon garçon.

— Ils viennent de tuer le seigneur Protecteur !

Caleb a balayé les lieux du regard. Ses yeux se sont illuminés à la vue de la silhouette de Saunders, qui tressaillait encore.

— Il ne m'a pas l'air mort. Vous ne pensez pas que vous devriez aller le décrocher ?

D'un seul coup, on m'a libérée. Et tous les apprentis se sont précipités au secours de leur chef déchu.

— Caleb…, a commencé Pritkin.

Son ex-collège a levé une main.

— Jonas nous a appelés. Il nous a dit qu'il avait défié Saunders mais que celui-ci avait refusé le duel.

— Effectivement.

Pritkin s'est figé.

Caleb et les mages qui l'accompagnaient ont échangé un regard entendu. Aucun d'entre eux n'avait l'âge d'être stagiaire. Certains avaient les cheveux gris et deux ou trois étaient même aussi vieux que Marsden. Leurs visages affichaient tantôt le dégoût, tantôt la mauvaise humeur, tantôt l'air neutre habituel des mages guerriers.

— Cela fait de lui un hors-la-loi.

— Et nous ?

Caleb a esquissé un léger sourire.

— Techniquement, il y a encore un mandat d'arrêt contre vous. La personne qui les a émis a beau être soupçonnée de crime elle-même, ça ne change rien.

Je me suis humecté les lèvres. Je m'apprêtais à parler mais Pritkin a crispé sa main sur mon bras.

— Donc, si je vous croise par hasard, je serai dans l'obligation de vous arrêter. (Pritkin a hoché la tête.) À propos, je préfère votre ancien manteau, a ajouté Caleb avant de tourner les talons.

Dès que le groupe de mages s'est dispersé, D-zir s'est empressée de nous rejoindre en s'éventant le visage.

— Je n'aurais jamais cru que j'allais dire ça un jour, mais il y a trop de testostérone dans l'air, m'a-t-elle déclaré en se dirigeant vers les ascenseurs. Allons-y !

— Il faut qu'on trouve Apollon, lui ai-je dit en la rattrapant par le bras.

— Eh ben il est pas ici. Il faut monter.

— Donc vous le sentez !

— Et comment ! Il y a un truc là-haut. Mais je n'ai aucune idée de qui ça peut être. Ou de quoi.

— C'est… Ce n'est pas exactement un être humain, ai-je expliqué.

Je n'avais pas le temps de développer.

— J'aurais dû demander une heure de shopping, a-t-elle maugréé en se remettant en route.

Pritkin l'a retenue par le bras.

— Ces ascenseurs peuvent recéler des pièges. Les disciples de Saunders sont éparpillés partout dans le casino. Caleb aura besoin d'un peu de temps pour les interpeller tous.

Elle l'a dévisagé un instant, hébétée, avant de se tourner vers la cage d'escalier.

— Tu plaisantes ?

Il ne plaisantait pas. Bien sûr, Pritkin portait ses bottes, comme d'habitude. *La haine*. D-zir et moi, on avait des semelles compensées de l'épaisseur d'une marche. Escalader ne serait-ce qu'un palier, c'était une épreuve olympique. Au bout de cinq étages, j'étais trempée de sueur. Et quand je fermais les yeux je voyais trente-six chandelles.

Je me suis arrêtée sur le palier, je me suis penchée en avant et j'ai soufflé comme un bœuf. Si je ne m'étais pas retenue à la rampe, je me serais écroulée. Pritkin m'a hissée sur son épaule et a repris son ascension, ce qui lui a valu un coup d'œil intéressé de la part de D-zir.

— N'y pensez même pas, lui a-t-il dit. Je ne vais pas vous porter.

— Ce n'était pas à ça que je pensais, a-t-elle roucoulé.

Il a rougi. Pritkin avait raison : il ne devait pas y avoir de mages guerriers dans la cage d'escalier. Sinon, le rire de D-zir les aurait alertés. Il a retenti jusqu'au rez-de-chaussée.

Quand on est arrivés au dernier étage, la *drag queen* ne rigolait plus.

— Je crois que je te hais, a-t-elle dit à Pritkin, qui l'avait remorquée sans ménagement.

Elle ne ressemblait plus à rien. Elle avait perdu la moitié de ses roses dans la rue et l'autre moitié dans l'escalier. Sa perruque était de travers, son mascara avait coulé et un de ses gigantesques faux cils s'était décollé. Il pendait dangereusement sur sa joue.

— C'est bon pour la ligne, a-t-il rétorqué en me déposant par terre.

Lui aussi était en nage, après ce petit marathon. Il avait des mèches de cheveux collées au front et à la nuque, et ses cils trempés étaient devenus tout sombres, mettant en valeur le vert émeraude de ses yeux. Le style *grunge* lui allait étonnamment bien.

Je ne savais pas à quoi je ressemblais, mais c'était préférable. Si j'avais l'air aussi mal en point que je me sentais, j'allais effrayer le premier mage que je croiserais. Il prendrait ses jambes à son cou avant de penser à me tirer dessus.

— Bon, ben moi, je vous laisse, a lancé D-zir en s'asseyant sur une marche pour se masser la plante des pieds. Le pouvoir émane de l'étage du dessus.

J'ai regardé Pritkin.

— La suite de luxe.

Je n'avais pas ma carte, mais Pritkin a quand même convaincu l'ascenseur de nous mener à l'étage supérieur. Les portes se sont ouvertes sur l'entrée. La pièce, plongée dans un silence de mort, avait l'air passablement défraîchie. Le papier peint gaufré d'or était perforé par un énorme trou. La sculpture en bronze était à moitié fondue : on aurait dit une œuvre de Dalí. Et le tapis en peau de vache était maculé de traces boueuses. En revanche, les posters de John Wayne n'avaient pas une éraflure.

On est passés dans le salon. Le vent soufflant par les vitres brisées faisait danser les rideaux vers l'intérieur. Le tissu formait une masse tourbillonnante, que j'ai d'abord prise pour une personne. Mais il n'y avait pas d'autre mouvement. À part le lustre, qui oscillait vaguement sur le cabriolet de Marsden, toujours garé au milieu du salon. Mais il ne projetait plus aucune lumière.

— Où sont-ils passés ? ai-je demandé en regardant le champ de bataille.

Au moins, Casanova n'aurait pas à se fatiguer : plus besoin de démolir la suite. Les mages lui avaient mâché le travail.

J'ai laissé échapper un léger soupir de soulagement. D-zir s'était trompée. Il n'y avait pas un chat.

Pritkin a haussé les épaules.

— Ils sont allés se battre ailleurs, a-t-il répondu en enjambant les débris de poutres et de vitres obstruant l'accès à la terrasse.

Je l'ai suivi en essayant de me concentrer pour ne pas me casser la figure.

La terrasse était jonchée de décombres de meubles de jardin et de bris de verre. Quant à la piscine, elle était pleine d'épaves flottantes… et d'un cadavre. J'ai eu la nausée. Quelqu'un revêtu d'un manteau de mage guerrier flottait mollement à la surface. Pritkin l'a repêché. Et je l'ai aussitôt regretté : il avait la moitié du visage arrachée.

Je me suis mordu la lèvre et j'ai regardé aux alentours. J'avais envie de fouiller le reste de l'appartement, mais j'avais peur de découvrir le cadavre de Rafe. L'avaient-ils évacué à temps ? Et si je trouvais…

— Il faut qu'on parte à la recherche des survivants, ai-je dit pour interrompre le cours de mes pensées.

Il ne fallait pas que je réfléchisse à ça. Il ne fallait pas que je réfléchisse tout court. J'allais fouiller. Un point c'est tout. Je ne supportais pas l'idée de ne pas savoir.

On n'avait pas de lampe torche mais la lumière du casino filtrant par les fenêtres était suffisante, une fois qu'on était habitué à la semi-obscurité. On a trouvé trois autres corps dans la salle à manger. Aucun vampire. *Les maîtres vampires, ce n'est pas de la gnognotte*, ai-je pensé avec soulagement. Mais ensuite, je me suis dit qu'avec le genre de sorts que balançaient les mages guerriers, ils n'avaient peut-être pas laissé de cadavre. Mon estomac s'est noué de plus belle.

Je m'apprêtais à aller explorer la cuisine lorsque Pritkin m'a prise par le bras. Il a posé son index sur ses lèvres. Un instant plus tard, j'ai entendu à mon tour un bruissement de vêtements, comme si quelqu'un se frayait un chemin à travers les décombres sans essayer d'être discret. On est repassés dans le salon et on a aperçu une silhouette, à contre-jour devant la baie donnant sur la terrasse. Je ne l'ai pas reconnue tout de suite.

— Sal !

Elle s'est retournée lentement. Elle n'avait pas l'air surprise de nous voir. Ses sens affûtés de vampire avaient dû l'avertir depuis longtemps de notre présence.

— Cassie ? Tu sais ce qui s'est passé ? Ils sont où ?

— Tu viens d'arriver ? ai-je demandé.

Je connaissais déjà la réponse. Je ne l'avais pas vue lorsque tout était parti en eau de boudin. Elle devait être complètement sous le choc. *J'étais* complètement sous le choc. Et pourtant, je savais très bien ce qui s'était passé.

— Il y a quelques minutes à peine. Je n'avais pas envie d'interrompre la rencontre des Consuls, et…

Elle s'est interrompue : une porte venait de s'ouvrir. Une seconde plus tard, Marco est entré à son tour dans la pièce. Il a contemplé le chaos pendant une bonne minute.

— De toute façon, la déco était naze, a-t-il dit en descendant les marches.

Sal a reculé de quelques mètres, les yeux rivés sur Marco.

— Apparemment, on va devoir trouver un autre abri pour dormir. Il fait presque jour.

Marco a secoué la tête.

— Te fatigue pas, Sal, a-t-il dit calmement. Le maître a ordonné à cinq d'entre vous de faire profil bas jusqu'à l'aube. Et tu es la seule à te pointer.

— Toi aussi, tu es là, a-t-elle rétorqué sèchement. (Elle l'a dévisagé des pieds à la tête avec mépris.) Tu peux singer Mircea tant que tu veux, les fringues les plus chics du monde te donneront jamais son pouvoir. C'est pour ça que tu le détestes.

Je n'ai pas compris tout de suite de quoi ils parlaient. Mais ça m'est revenu. Avec toutes ces péripéties, j'avais oublié le piège que Mircea avait tendu au traître. J'ai regardé Marco, soudain très tendue, mais il ne quittait pas Sal des yeux.

— Le terme « détester » est un peu fort. Cela dit, tu as raison : j'aime le pouvoir. Mais je ne suis pas prêt à tout pour en gagner.

Sal avait toujours les yeux rivés sur Marco, mais c'est à moi qu'elle s'est adressée.

— Cassie, rappelle-toi. Mircea nous a décrit la personne qu'ils soupçonnaient : quelqu'un de proche d'un sénateur, assez rancunier pour que Myra puisse le manipuler.

— C'est ce qu'il a dit, effectivement, ai-je confirmé.

Pritkin s'est posté à côté de moi tout en gardant les deux vampires à l'œil. Sal s'est mise à reculer. Je ne voyais pas très bien où elle comptait aller : derrière elle, il n'y avait plus que la terrasse. Et on était au vingtième étage.

— Et comme Marco l'a si bien dit : je ne suis qu'une plouc, m'a rappelé Sal. Comme toi. Une inconnue fraîchement débarquée d'une cour dont la plupart des gens n'ont jamais entendu parler !

— Effectivement. Myra se serait jamais fatiguée à essayer de te manipuler, a renchéri Marco. Tu es trop faible.

J'ai cligné des yeux. J'avais perdu le fil.

— Est-ce un aveu ? ai-je demandé à Marco.

Un sourire taquin est apparu sur ses lèvres.

— Ça vous étonnerait ?

— Carrément ! Mircea a fait de vous mon garde du corps ! Et il ne vous a pas relevé de vos fonctions, même après avoir reçu la liste de suspects de Marlowe. Il n'aurait jamais commis une négligence pareille si…

Je n'ai pas fini ma phrase. Je venais enfin de comprendre, avec un peu de retard, ce que ça impliquait.

— Tu vois : elle aussi, elle vote pour toi, Sal, a-t-il marmonné.

Sal l'a ignoré.

— Dis-moi juste où sont les Consuls, Cassie, m'a-t-elle enjointe. Il faut qu'on les prévienne du danger.

J'étais trop assommée pour répondre quoi que ce soit. De toute manière, Marco ne m'en a pas laissé le temps.

— La façon la plus simple de régler cette affaire, c'est encore d'attendre le maître et de lui demander directement.

— Ce n'est pas mon maître, a-t-elle craché.

— Ça aurait pu le devenir, avec le temps. C'est un bon maître, en comparaison, a rétorqué Marco en esquissant un léger sourire.

— Ça, je ne le saurai jamais, a-t-elle lancé avec hargne.

Il a haussé les épaules.

— Il était très occupé. Tu aurais dû être plus patiente.

— C'est ça, oui. Tu t'imaginais vraiment que j'allais passer mon temps à faire du shopping et à me limer les ongles avec une guerre prête à éclater à chaque seconde ? Mircea n'est qu'un beau parleur ! Regarde ce qui est arrivé à Rafe ! Qui sait qui d'autre aurait pu y passer ! Tony n'est peut-être qu'une vermine mais, au moins, il sait quand il faut agir !

Je les regardais alternativement en essayant de suivre la conversation. D'un seul coup, j'ai eu le déclic.

— Mince. C'est vrai que Mircea n'a jamais rompu ton lien avec Tony. C'est toujours lui, ton maître.

— Et il me confie toujours de petites missions depuis Faerie.

J'avais entendu ce qu'elle m'avait dit, mais je n'arrivais pas à y croire. Sal n'était pas une espionne de luxe. Ce n'était pas une traîtresse. C'était Sal. Je l'avais connue toute ma vie.

— Un jour, tu m'as dit que si tu le revoyais, tu le tuerais de tes propres mains ! l'ai-je accusée. Comment peux-tu encore suivre ses ordres ?

— Parce que je n'ai pas le choix ! a-t-elle vociféré. Je me suis mise à genoux pour convaincre Mircea de briser mon lien. Mais il n'arrêtait pas de me faire de vagues promesses. *Bientôt. Bientôt.* Et ben maintenant c'est trop tard.

— Mais… Alphonse a cinquante ans de moins que toi ! ai-je protesté. Et ça fait des années qu'il passe outre aux ordres de Tony ! Tu n'étais pas obligée de…

Elle m'a interrompue d'un éclat de rire.

— Ouais. Et c'est un crétin. Tu t'en es pas rendu compte ? Je lui ai tout appris : ce qu'il devait dire, ce qu'il devait faire pour en imposer au boss. Sans moi, il serait arrivé à rien. Mais le pouvoir se contrefiche de l'intelligence des gens. Même l'âge n'a aucune importance. Certaines personnes n'accèdent jamais au statut de maître et d'autres y arrivent en une vingtaine d'années. Moi, par exemple, je n'ai jamais été forte. Pourquoi tu crois que je me suis coltiné Alphonse ? C'était le seul moyen de me faire une place.

— C'est pour ça qu'on n'a jamais réussi à t'avoir, a poursuivi Marco en allumant une cigarette. Pas bête. Tout le monde cherchait le traître parmi les vieux maîtres. On pensait que c'était un type suffisamment proche d'un sénateur pour que Myra essaie de le corrompre.

— C'est pour ça que Tony a décidé de m'utiliser moi.

— Les Consuls ne sont pas ici, a dit Pritkin en lui décochant un regard mauvais. Vous avez failli à votre maître. Mircea peut toujours briser votre lien. Vous n'avez aucune raison de…

Il s'est interrompu en apercevant le regard méprisant que lui jetaient Sal et Marco.

— Je me demande pourquoi vous vous traînez ce boulet, m'a lancé Marco.

Pritkin m'a regardée. J'ai secoué la tête.

— Ça ne marche pas comme ça, lui ai-je dit, complètement sonnée.

— Pourquoi ? Si elle est effectivement contrainte par son…

— La loi vampirique se contrefiche de la raison des actions. Tout ce qui compte, ce sont les conséquences des actions. Enfin, en l'occurrence, les conséquences recherchées. Et Sal est revenue pour assassiner les Consuls des six Sénats. On peut difficilement faire pire.

— Tu brûles, mais ce n'est pas encore ça, m'a dit Sal. (Elle avait une attitude étonnamment décontractée pour une morte en sursis.) Moi, je sers juste de concierge.

Elle a tendu la main. Un rayon de lumière filtrant par les portes vitrées de la terrasse a fait scintiller l'objet reposant au creux de sa paume ouverte.

— Mon pentagramme, ai-je soufflé. (Même à cette distance, je le reconnaissais sans problème.) Tu m'avais dit que tu allais le faire réparer.

— Ouais. Sauf qu'il est beaucoup plus utile cassé.

— Je ne comprends pas.

Elle a éclaté de rire.

— Tu sais, j'ai toujours pensé que c'était complètement grotesque, cette histoire entre Mircea et toi. D'abord, je pensais qu'il t'utilisait. C'est ce que tout le monde dit, d'ailleurs. Mais maintenant je trouve que vous allez bien ensemble : vous êtes aussi paumés l'un que l'autre !

Marco s'est raidi.

— Donne-moi ça ! lui a-t-il ordonné.

— Et si j'ai pas envie ? Tu me tues ? a-t-elle demandé, incrédule. Tu peux plus faire grand-chose pour m'intimider, Marco.

— N'en sois pas si sûre ! Mircea n'a pas spécifié la façon dont le traître devait mourir. Il m'a juste dit de m'occuper de celui qui se pointerait. C'est tout. J'ai carte blanche, Sal. Me force pas à faire durer le plaisir.

— Ah ouais. C'est tentant. Ou… j'exécute les ordres de Tony et, quand son camp l'emporte, non seulement je meurs pas comme vous autres, mais en plus j'accède enfin à la place que je mérite. C'est mieux, non ?

— Votre camp ne l'emportera jamais, lui a rétorqué Pritkin.

Sal l'a ignoré. Elle avait l'air de beaucoup s'amuser. Je commençais à me dire que Tony n'avait pas eu à trop la forcer.

— Tu te rappelles ce qui s'est passé à la MAGIC ? m'a-t-elle demandé. Parce que, à côté de ce qui va se passer maintenant, c'était de la gnognotte.

— Qu'est-ce que tu racontes ? ai-je répondu. Ce n'est qu'un talisman. Il ne peut pas…

— Un talisman qui canalise ton pouvoir… Enfin, qui *canalisait* ton pouvoir, a-t-elle corrigé. Ces derniers temps, il canalisait autre chose. Tu sais que ce satané façonnier talismanique m'a filé une sacrée frousse ! Je me suis dit que tu allais capter. Tu as survécu au beau milieu d'une ligne tellurique alors que tu n'avais plus accès à ton pouvoir. Et pourtant, même quand on t'a dit que ton talisman était alimenté par le Cercle, tu n'as pas pigé.

— Qu'est-ce qu'il y avait à piger ?

Pritkin a pris une grande bouffée d'air. Sal lui a décoché un sourire narquois.

— Elle est bête comme ses pieds, non ? (Elle a reporté son attention sur moi.) Je vais te faire un dessin. Tony et compagnie ont trouvé le moyen de passer outre à la formule d'Artémis. Le sort fonctionne comme un verrou sur une porte. Sauf qu'un verrou, ça ne sert pas à grand-chose quand le mur de la baraque est à moitié cassé. Pour faire entrer Apollon, tout ce qu'ils avaient à faire, c'était d'ouvrir une brèche entre les mondes. Ils n'avaient qu'à générer une faille dans une ligne tellurique.

— Mais personne sur cette terre ne dispose d'un pouvoir pareil ! ai-je protesté. C'est le problème qu'on a depuis le début. On se demande qui…

Je me suis interrompue. Une idée atroce commençait à faire surface dans mon esprit.

— Ouais. C'était la partie la plus rigolote : entendre tout le monde ressasser que personne ne disposait d'un tel pouvoir. Alors qu'il était juste sous leur nez. *Toi*, tu l'avais. Apollon a donné une partie de sa puissance aux Pythies. Tout ce qu'on avait à faire, c'était de trouver le moyen d'y accéder.

J'ai compris d'un seul coup.

— Vous avez dit que le Cercle ne voulait pas vous donner de tatouage parce que le transfert de pouvoir marche dans les deux sens, ai-je dit à Pritkin. Ils me pompaient le mien, c'est ça ?

Il a hoché lentement la tête.

— C'est possible.

Sal a poussé un grognement satisfait.

— C'était ultra-facile. Notre agent infiltré, Richardson, n'a eu qu'à rouvrir le robinet qui menait à ton talisman. Le Cercle l'avait fermé par peur que tu leur pompes leur pouvoir, mais nous, on s'en est servis pour te faire la même chose. Ensuite, Richardson l'a transféré à nos alliés en le couplant avec la petite commission que Saunders se constituait pour partir en retraite anticipée.

— Vous vous êtes servis de mon pouvoir pour affaiblir la ligne tellurique, ai-je articulé.

Je n'y croyais toujours pas.

— Ouais. On l'avait déjà rendue presque assez poreuse pour laisser passer Apollon et son armée. Mais il a fallu que Richardson fasse ses petites acrobaties avec toi. Il te haïssait trop pour supporter l'idée que ce soit quelqu'un d'autre qui te tue. Le combat a ouvert un trou de la mort qui tue dans la ligne tellurique et ça a tout fait capoter !

— Mais pourquoi Apollon n'en a pas profité pour entrer ? ai-je demandé.

Je ne comprenais plus rien.

Sal m'a dévisagée.

— Tu n'as toujours pas capté ? Il est ici depuis la destruction de la MAGIC ! Mais ce n'était pas censé arriver si tôt. Ça a pris tout le monde au dépourvu. En plus, la brèche était censée s'ouvrir sur Las Vegas et s'étendre jusqu'à la MAGIC avant de se refermer. Ce qui lui aurait laissé le temps de faire passer son armée.

— Mais elle a percuté la MAGIC et ça l'a scellée, ai-je dit.

Je me souvenais bien de l'espèce de sillage de pouvoir qui avait disparu derrière la colline. D'ailleurs, je me souvenais aussi d'autre chose.

La vision que j'avais eue à la MAGIC m'avait montré le *Dante* en ruine. À présent, je comprenais pourquoi. Si j'étais retournée dans le temps pour empêcher la destruction de la MAGIC, j'aurais mâché le travail d'Apollon et de ses alliés. Tout se serait déroulé comme prévu et son armée aurait déjà envahi notre monde. Quant à la communauté magique, elle serait en phase de destruction avancée.

Mes autres visions commençaient également à prendre tout leur sens. La deuxième m'avait montré l'itinéraire que la brèche aurait dû suivre, entre Las Vegas et la MAGIC. Elle ne m'avait pas uniquement prévenue du sort de Rafe. Elle avait voulu m'avertir qu'il y avait toujours un danger.

La troisième vision était venue étayer tout ça et m'avait révélé que j'étais au centre de la catastrophe.

Mon pouvoir allait être l'artisan de la victoire de nos ennemis.

CHAPITRE 28

— Apollon est bien passé, mais pas son armée, a poursuivi Sal. En plus, il était affaibli par l'explosion de la ligne tellurique, et coincé dans un monde fort de deux cent cinquante mille mages guerriers. Il suffisait qu'une menue fraction d'entre eux se concerte pour le bannir encore une fois. Il a donc décidé de faire entrer son armée avant de s'attaquer au Cercle.

— Mais mon talisman a été cramé par la ligne tellurique, ai-je protesté. Vous ne pouvez plus accéder à mon pouvoir !

Elle a secoué la tête.

— Tant que le talisman était sur toi, il continuait à te pomper. Mais depuis l'accident, au lieu de nous transférer ton pouvoir, il l'emmagasinait pour qu'on en ait assez.

C'était donc ça que D-zir avait senti. Ce n'était pas Apollon. C'était mon pentagramme. Et Sal, prête à accueillir son maître.

— Et maintenant, on est parés, a-t-elle conclu d'un ton euphorique.

— Parce que la ligne tellurique est encore faible, ai-je marmonné.

Mircea avait dit que ça prendrait quelques jours pour la remettre d'aplomb.

— Ouais. C'est pour ça qu'on doit agir maintenant, avant que la ligne se renforce. Bien entendu, Apollon trouvait amusant de faire d'une pierre deux coups et de profiter de la rencontre des Consuls. Quand on liquide les meneurs, les autres tombent plus facilement. Mais en réalité... (Elle m'a décoché un sourire machiavélique.) Je crois que c'est plutôt toi qu'il voulait choper.

Derrière les portes de la terrasse, j'ai vu le ciel s'illuminer d'éclairs rougeâtres. Ils zébraient le firmament de filaments écarlates et crépitants. Le phénomène ne ressemblait pas du tout à un lever de soleil. Il s'en répandait une aura éblouissante, en comparaison de laquelle les lumières du casino semblaient faiblardes. Quelque chose allait faire son apparition.

Pendant tout son discours, Sal avait reculé lentement de façon à se rapprocher du bord de la terrasse. Personne n'avait essayé de l'arrêter. Après tout, même un vampire était incapable de survivre à une chute pareille. En revanche, elle pouvait tout à fait lancer le pentagramme par-dessus bord. Et personne n'arriverait à le retrouver. Sauf son maître.

— Donne-moi ce pentagramme, Sal, a dit Marco d'un ton menaçant.

D'un seul coup, il avait l'air très sérieux.

— Tu ne te lasses pas, hein ? Pourtant, tu n'as rien de mieux à m'offrir qu'une mort rapide, a-t-elle lancé avec mépris. Ne t'attends surtout pas à ce que je te rende la pareille !

Le vent a forci et la lumière est devenue plus intense. Apparemment, l'aube était en avance. *Enfin, le soleil, en tout cas*, ai-je pensé en réprimant un vertige.

Ensuite, en un clin d'œil, Marco a bougé. J'ai fermé les yeux une fraction de seconde, et j'ai vu Sal. Elle était toujours debout au même endroit, mais sa main se dirigeait droit sur moi. Elle a pivoté, le visage déformé par un rictus haineux et j'ai vu Marco reculer en titubant. Un morceau de canapé lui sortait de la poitrine.

Je n'ai pas eu le temps de voir si le bout de bois lui avait traversé le cœur. Le poing de Sal m'a percutée et l'impact lui a fait lâcher le talisman, qui s'est envolé. Je me suis précipitée pour le rattraper. Sal s'est jetée sur moi. Et d'un seul coup elle a disparu.

J'ai senti un courant d'air, j'ai levé les yeux et j'ai eu le temps de voir Nicu jaillir de nulle part et attraper Sal par la taille. Je ne sais pas s'il avait mal évalué les distances ou s'il croyait que la balustrade était assez solide pour les retenir... Toujours est-il que la rampe avait autant souffert que le reste de l'appartement. Et elle a cédé sous le poids de leurs deux corps. L'espace d'une fraction de seconde, j'ai vu son regard doré rivé sur moi. Et ils sont tombés dans le vide.

J'avais mal à la main. J'ai baissé les yeux. Je serrais tellement le poing sur mon talisman qu'il me rentrait dans la chair. J'ai desserré la main et j'ai levé les yeux. De toute façon, je n'allais pas le garder bien longtemps.

Une intense lumière s'est répandue sur la terrasse, aussi agressive que les rayons du soleil de midi. Au début, je n'ai pas compris ce que je voyais. Ensuite, la chose s'est approchée et j'ai vu. Rien ne m'avait préparée à ça.

J'avais déjà « rencontré » Apollon plusieurs fois, mais seulement de manière métaphysique. À l'époque, il ne faisait pas partie de notre monde. Il ne pouvait m'apparaître qu'au moyen d'une série d'impressions mentales. Et, puisque c'était mon esprit qui les avait interprétées, il s'était présenté à moi sous une forme que j'étais capable de comprendre. Cette forme-là n'avait rien de compréhensible.

C'était un chaos de lumière flottant dans le vide. La chose était constituée de toutes les couleurs de l'arc-en-ciel et d'aucune à la fois. C'était transparent comme de l'eau. Gigantesque. Abstrait. S'il fallait vraiment comparer le phénomène à quelque chose, on aurait pu y voir une sorte de fractale dont la forme changeait constamment. Aucun de ces motifs n'avait l'air particulièrement dangereux, mais le pouvoir irradiant de la créature était si intense qu'il me calcinait la peau à distance.

Un jour, Apollon m'avait déclaré que je ne supporterais jamais de le voir dans toute sa gloire. Sur le moment, je n'avais pas compris ce qu'il avait voulu dire. À présent, si. Complètement pétrifiée, je contemplais cette entité que mon esprit ne pouvait pas appréhender. Je me sentais pathétique. J'étais parfaitement consciente de mon insignifiance. Comment avais-je pu envisager de combattre un être pareil ?

Les filaments de lumière se sont épaissis et se sont mis à tourbillonner autour d'un point central. Peu à peu, ils ont formé une tête monstrueuse se détachant, claire et fluide, contre le ciel obscur. Au milieu du crâne gigantesque brillaient de petites taches de lumière, à peine visibles. On aurait dit des yeux sauvages, froids et calculateurs. Ma respiration est devenue irrégulière et mon cœur s'est mis à battre à tout rompre dans ma poitrine. Chancelante, j'ai serré mes mains l'une dans l'autre pour les empêcher de trembler trop ostensiblement.

— Cassandra Palmer.

La voix était étonnamment douce, telle une brise légère.

— Nous nous rencontrons enfin en chair et en os. Pour ainsi dire.

— Apollon.

— Si tu veux. Ce monde m'a donné bien des noms. Ra, Sol, Surya, Marduk, Inti… Il les a tous oubliés. Je suis venu lui rafraîchir la mémoire.

Le regard intense du dieu brillait de malice. Il avait presque l'air attendri. Peut-être sa colère s'était-elle estompée avec le temps ? Peut-être savourait-il l'instant, maintenant qu'il m'avait acculée ? Qui sait ?

— Je l'ai vue, lui ai-je dit, atone. La ville en ruine…

— J'ai décidé de la préserver. Elle deviendra le symbole de ton échec. L'ancienne résidence d'une Pythie aveugle. (Il a éclaté de rire.) Tu sais, même ton homonyme s'est mieux débrouillée que toi. Elle a compris ce qui allait se produire. Elle n'est pas parvenue à convaincre les autres. C'est tout. Toi, en revanche, tu as participé à la panique collective sans plus de discernement que les autres. C'était un spectacle très amusant. (Le vent a forci de plus belle, irritant mes yeux.) Et j'ai donné à Sal le pouvoir de mener ton armée jusqu'ici. Je vous l'ai offert sur un plateau.

Le visage géant n'a pas bougé mais j'ai senti des éclats de rire faire vibrer l'air, tout autour de moi.

— Oui. C'était la partie la plus amusante. Ce n'est pas moi qui anéantirai tes amis. Ce n'est pas moi qui détruirai ton monde, Cassandra. C'est toi. Je voulais être sûr que tu en aies bien conscience avant que sonne le glas.

La voix était toujours aussi douce mais les motifs lumineux avaient changé sensiblement. Auparavant, le gigantesque visage était transparent. Soudain, il s'est empli d'une texture bleu-noir solide, par le bas, comme de l'encre tombant dans de l'eau. *Sa colère n'a pas l'air de s'être estompée, finalement*, ai-je pensé en le contemplant avec horreur.

J'ai entendu, derrière moi, le bruit d'un moteur de voiture venant de démarrer, j'ai senti une main sortie de nulle part agripper l'avant de mon tee-shirt et me faire plonger dans le siège passager de la décapotable de Marsden. J'avais encore les pieds dehors et les fesses en l'air lorsqu'on a décollé de la terrasse.

— Tu perds ton temps, Cassandra ! a tonitrué Apollon. Tu ne peux pas te cacher !

J'étais trop occupée à crier pour répondre. Je me suis accrochée de toutes mes forces à la ceinture de sécurité, à deux mains. Mes jambes flottaient toujours derrière moi. J'ai contemplé l'asphalte, qui se rapprochait à une vitesse folle, et j'ai vu qu'on n'avait pas de bouclier défensif. Rien. Aucune lueur bleue vacillante. Et d'un seul coup le ciel s'est déchiré et on s'est engouffrés dans la ligne tellurique.

Aussitôt, on est montés à la verticale. Sous le choc, je me suis écrasée dans le siège et j'ai senti mes jambes percuter violemment le coffre. Pritkin était au volant. Il passait frénétiquement les vitesses. Comme je commençais à glisser sur le côté, il m'a hissée dans le siège d'une main, tout en faisant une embardée, de l'autre, pour éviter un mage stupéfait par notre entrée. La ligne était animée : partout, des véhicules et des hommes s'affrontaient. Pourtant, la bataille n'avait plus aucune importance.

— Rassurez-moi : vous savez conduire ce machin ? ai-je lancé avec angoisse.

La voiture avait plein de boutons et de vitesses bizarres que je n'avais pas encore remarqués. Bien entendu, ils n'étaient pas étiquetés.

— En théorie.

— En théorie ?

— J'ai accompagné Jonas à plusieurs reprises.

— C'est combien, « plusieurs » ?

— En comptant cette fois-ci ?

— Oui.

— Euh… Deux.

Je me suis mordu la lèvre pour réprimer une remarque désobligeante et j'ai regardé derrière nous. Apollon ne nous suivait pas. Il avait raison : où pourrais-je me cacher, dans un monde qu'il s'apprêtait à contrôler ? Je pourrais peut-être lui échapper un certain temps, mais tôt ou tard il allait finir par me dénicher. Et puis ça n'aurait plus aucune espèce d'importance : il aurait déjà détruit tout ce que j'aimais.

— Faites demi-tour, ai-je dit à Pritkin.

— Quoi ?

J'ai saisi le volant et j'ai fait une embardée. Un mage guerrier nous a frôlés : notre manœuvre l'a propulsé hors de la ligne tellurique et nous a fait faire un tête-à-queue si violent qu'on a bien failli l'imiter. Pritkin a juré et s'est démené pour nous redresser et nous placer de nouveau au centre du courant.

— Ne touchez pas à ça ! Et pourquoi diable voulez-vous faire demi-tour ?

— Apollon ne nous suit pas. Je ne suis pas sûre qu'il se soit rendu compte que j'avais récupéré le talisman. Je n'ai pas eu le temps de lui en parler.

— Parce que vous voulez qu'il vous suive ?

— Exactement.

Je n'ai pas eu le temps de développer : une bourrasque a repoussé les cheveux qui me fouettaient le visage et j'ai vu un halo d'énergie pure se diriger droit sur nous.

— Je crois qu'il est au courant, a dit Pritkin en faisant une nouvelle embardée, qui nous a projetés contre la bande latérale de la ligne.

— Demi-tour ! Demi-tour ! ai-je crié tandis que ma moitié de la voiture émergeait de la ligne.

À l'intérieur du fluide énergétique, qui dansait frénétiquement, je devinais la silhouette de Pritkin. À l'extérieur, je voyais le parking se rapprocher à une allure démentielle.

— Non ! Redressez ! Redressez ! ai-je hurlé d'une voix stridente.

On fonçait droit sur un groupe de touristes qui venaient de franchir les portes du casino.

— Décidez-vous ! s'est-il exclamé tout en manœuvrant.

J'avais les yeux rivés sur les touristes, qui nous montraient du doigt avec stupéfaction. Je les regardais s'approcher, toujours plus… lorsque Pritkin a redressé subitement notre trajectoire. On n'est passés qu'à un mètre de leur tête.

— Immeuble ! ai-je crié.

Une des tours du *Dante* nous toisait de sa stature menaçante. Pritkin pouvait la traverser sans problème s'il restait à l'intérieur de l'espace inconsistant de la ligne tellurique mais moi, je courais un grave risque d'accident de la route vertical si Pritkin n'arrivait pas à…

Il a tourné brutalement le volant et on a frôlé l'immeuble. Si près que j'aurais pu le toucher en tendant la main. Un couple allongé dans un lit nous a regardés par la fenêtre du troisième étage, hébété. Pritkin a de nouveau donné un violent coup de volant et je me suis retrouvée subitement à l'intérieur de la ligne, affalée dans mon siège, pantelante.

Apollon était sur nos talons. Le courant d'énergie était moins rapide sur les pourtours : on avait perdu presque toute notre avance. J'ai tendu la main et j'ai donné un coup de volant vers la gauche.

— Ne touchez pas le volant ! a grondé Pritkin.

— Il faut qu'on reste au milieu si on ne veut pas qu'il nous rattrape !

— Et il faut que vous arrêtiez d'essayer de conduire si vous ne voulez pas qu'on finisse…

Il s'est interrompu, les yeux rivés sur le rétroviseur.

J'ai tourné la tête mais je n'ai rien vu d'autre qu'un dieu très en colère.

— Qu'est-ce qu'il y a encore ?

— Des Rakshasas. Ils nous suivent.

— Combien ?

— Beaucoup.

Pritkin a appuyé sur le champignon, me propulsant contre le dossier de mon siège.

— Nous devons l'attirer le plus loin possible des zones d'habitation, m'a-t-il dit. Jonas peut tenter de rallier le Cercle. Quelle que soit la façon dont cette créature s'y est prise pour pénétrer notre monde, nous pouvons l'en bannir de nouveau…

— Je croyais qu'il fallait plusieurs milliers de mages pour lancer ce sortilège ? On n'a pas le temps !

— Avez-vous une meilleure idée ?

— J'ai une idée, ai-je répondu sans m'étendre. (De là à dire qu'elle était bonne...) Prenez juste un peu d'avance !

On a laissé la ville derrière nous pour gagner une région déserte constituée de hautes collines rebondies et de douces vallées en berceau. La ligne tellurique slalomait entre les reliefs, quand elle ne les traversait pas. Ça a donné des idées à Pritkin.

— Accrochez-vous ! m'a-t-il dit en s'élançant vers le bord supérieur de la ligne tellurique.

On est sortis de la ligne et on a bondi vers le ciel vaste et scintillant. Il y avait un nombre incroyable d'étoiles, toutes plus brillantes les unes que les autres. Au loin, un météore filait vers l'est. *C'est splendide*, ai-je pensé, au moment précis où un grondement retentissait derrière nous.

Je me suis retournée. Un éclair de lumière m'a complètement aveuglée. L'espace d'un instant, le monde s'est couvert d'un voile monochrome. Le versant des collines, que le flash produit par notre poursuivant venait inonder d'une blancheur soudaine, m'a sauté littéralement au visage. Ensuite, on a replongé dans la ligne tellurique, dans une explosion de gravats accompagnée d'un nuage de poussière. Une rafale de débris carbonisés s'est abattue contre les boucliers de la voiture.

— C'était quoi, ça ?

— Une tentative pour le ralentir ! a dit Pritkin. (Il avait les yeux brillants, comme si la folie de Marsden l'avait contaminé.) Il a détruit la moitié de la colline pour nous suivre. Mais ça n'a pas suffi. Il nous faut de plus grandes montagnes !

Devant nous, la ligne décrivait un virage autour d'une autre colline. Pritkin a bondi hors du courant. Apollon est parti dans le sens opposé, non sans emporter le sommet du relief. Mais peu importe : on se précipitait vers le sol, il n'y avait aucune ligne tellurique pour nous accueillir et…

… la ligne tellurique est apparue de derrière la colline et on l'a rattrapée in extremis.

— Vous saviez qu'elle faisait ça ? ai-je demandé, toute tremblante.

— Bien entendu !

J'ai fermé les yeux.

— Vous croyez qu'on peut atteindre Chaco Canyon ?

— Même si nous en étions capables, il s'y engouffrerait à son tour ! Il peut nous suivre où bon lui semble !

— Mais est-ce qu'on peut y arriver ?

— Non, a-t-il répondu, tendu. Mes armes ne sont pas conçues pour combattre un dieu et je suis à court d'idées.

J'ai rouvert les yeux et j'ai regardé le tableau de bord.

— Marsden a plus d'un tour dans son sac. (À côté du volant, il y avait toute une panoplie de boutons qui n'avaient pas l'air de faire partie de l'équipement de base.) À quoi ça sert, ça ?

— Je ne sais pas. Jonas a trafiqué cette voiture. Et ne vous avisez pas de…

J'ai enfoncé un bouton vert et la voiture a été propulsée vers l'avant, à une allure si démentielle que j'avais le dos plaqué au siège et les joues collées contre les os de mon crâne. Je ne voyais rien. La pression était si intense que je n'arrivais pas à prendre mon souffle. Ni à esquisser le moindre mouvement. Autour de nous, la ligne tellurique ressemblait presque à un tube solide : ses filaments épars de couleur et de lumière ne formaient plus qu'une longue bande uniforme.

— … toucher à quoi que ce soit, a fini Pritkin tandis qu'on reprenait une allure normale.

J'ai inspiré laborieusement un maigre filet d'air. J'avais l'impression que mes poumons étaient complètement aplatis. Je me suis affalée contre le tableau de bord et, dès que j'ai eu assez de souffle, j'ai poussé un grognement de douleur. D'un seul coup, je sentais les moindres coupures, les moindres bleus qui couvraient mon corps. Mais quand j'ai levé la tête, j'ai vu le vortex briller de mille feux devant nous.

On y était arrivés avant Apollon. Mais tout juste. On a bondi hors du champ d'énergie aveuglant de la ligne tellurique et on a plongé dans le non-espace émanant du vortex avec à peine dix secondes d'avance. Pritkin cherchait désespérément le courant susceptible de nous faire ricocher jusqu'au vortex suivant. Il n'a pas vu Apollon nous suivre. Moi, en revanche, je ne voyais que lui.

Apparemment, le dieu n'était plus d'humeur à discuter. La boule d'énergie bouillonnante qui nous poursuivait n'avait même pas ralenti. Pas plus que l'essaim de démons à ses trousses. Même moi, je parvenais à voir la pâle lueur des milliers de Rakshasas virevoltant autour de lui comme une colonie de chauves-souris.

J'ai saisi le volant et je nous ai dirigés droit sur le vortex.

— On doit se rapprocher.

— De quoi ? a grogné Pritkin en se démenant pour empêcher le courant de nous entraîner au cœur du vortex.

Mais c'était exactement mon but.

— Du vortex !

— Vous êtes folle !

— Vous avez dit qu'il nous fallait une arme contre les dieux. (J'ai désigné les Rakshasas.) Je crois que j'en ai trouvé une !

Pritkin a levé la tête et contemplé l'armée de démons disposée en arc de cercle autour du vortex. Il a compris mon idée : je l'ai vu à son regard. Ce n'étaient pas nous qu'ils suivaient. Ils formaient une masse compacte derrière Apollon, comme la queue d'une comète.

— Apollon est un être d'énergie pure, a-t-il articulé.

— D'énergie vitale, ai-je rectifié. De celle dont se nourrissent les Rakshasas.

— Et comme il n'est pas de ce monde, l'interdiction ne s'applique pas à lui.

J'ai hoché la tête.

— Mais il a des boucliers. Si on arrive à le forcer à s'approcher suffisamment du vortex, ils vont peut-être s'affaiblir. Assez pour le rendre vulnérable à l'attaque des démons.

— On subira peut-être le même sort !

— Vous avez une meilleure idée ? ai-je demandé tandis que le nuage noir nous rattrapait.

— Non, a-t-il concédé.

Et il a fait une embardée en direction de l'œil du vortex. C'était mon idée mais j'ai quand même hurlé, les yeux rivés sur le néant qui menaçait de nous engloutir. Heureusement, Pritkin a freiné comme un fou. On a traversé trois bandes d'énergie et on s'est arrêtés cahin-caha devant la dernière couche avant le cœur. Comme elle avait une orbite plus petite que les autres, elle nous a éjectés hors du phénomène à une vitesse infernale.

On était de retour à la périphérie de la ligne. Pritkin s'est démené pour nous maintenir à flot, dans un concert de grognements. Le véhicule protestait en couinant et en tressaillant. Ensuite, nous avons plongé pour esquiver Apollon, qui nous a dépassés à toute vitesse. Il a dû s'approcher du cœur beaucoup plus que nous. Ses boucliers se sont pour ainsi dire volatilisés.

Les Rakshasas s'en sont aperçus en même temps que moi : ils ont plongé sur lui comme un seul homme. On est de nouveau remontés en piqué et on l'a perdu de vue un instant. Quand on a fait demi-tour, on a constaté que le nuage d'énergie pure avait déjà subi pas mal de dégâts. Apparemment, les Rakshasas n'étaient pas particulièrement respectueux des dieux.

Apollon a réussi à se dégager et à prendre la fuite, mais les démons l'ont poursuivi sans relâche aux quatre coins du vortex. Ils n'avaient aucun problème à traverser les différentes bandes d'énergie. Ce combat de titans a détraqué les flux d'énergie, qui se sont mis à tourbillonner, nous secouant dans tous les sens comme un frêle esquif sur la mer agitée. Pendant un long moment, je n'y voyais plus rien. Ensuite, j'ai fini par entrapercevoir une sphère d'énergie, nettement diminuée, qui s'approchait dangereusement de l'œil du vortex.

C'était peut-être délibéré : Apollon avait sans doute pensé que l'énergie émanant du cœur nuirait suffisamment aux démons pour les décourager. Malheureusement, à vue de nez, ça n'avait pas l'air de les affecter plus que ça. Sûrement parce qu'ils n'étaient pas entièrement de ce monde. De la même façon, lorsque le dieu a dépassé le seuil critique, ils ont réussi à ralentir à temps. Apollon, lui, s'est littéralement fait aspirer par le vortex.

Lorsqu'il est mort, la monumentale vasque tellurique palpitant au cœur du vortex n'a été parcourue que d'une minuscule onde de choc. En revanche, la vague d'énergie qui a explosé vers l'extérieur a soulevé notre bulle d'énergie fluette et l'a éjectée de la ligne tellurique. Pritkin a poussé un juron et m'a attrapée par la taille avant de sauter de la voiture.

Les boucliers défensifs de Pritkin ont freiné notre chute. On est tombés très lentement, tandis que les premières lueurs dorées de l'aube embrasaient le ciel étoilé. La voiture de Marsden s'est écrasée tout en bas. On était si loin du sol qu'on a à peine entendu le bruit de l'impact. Mais lorsque le véhicule s'est fracassé avant d'exploser dans une gerbe de flammes, Pritkin a grimacé.

— On s'en est sortis vivants ! me suis-je exclamée.

J'avais du mal à y croire.

— Parlez pour vous, a-t-il dit en contemplant l'amas de débris métalliques incandescents. Jonas va me tuer.

— Rappelez-moi pourquoi je dois financer les achats de cette… personne ? a demandé Mircea en désignant la *drag queen* hystérique qui dévalisait la boutique d'Augustin.

L'artiste, posté près de la porte, l'air suffisant, assistait également à la scène. Il tripotait ma carte de crédit en grimaçant. Il me détestait toujours mais il n'avait rien contre mon argent.

— Je vous rembourserai plus tard, lui ai-je promis.

D'après Jonas, j'allais recevoir un arriéré de salaire d'un mois. Mais bon, vu les prix pratiqués par Augustin, j'allais passer les dix prochaines années de ma vie à éponger mes dettes.

Mircea a poussé un soupir en posant sa nuque sur le dossier du beau fauteuil à rayures Louis XIV qu'Augustin s'était empressé de lui apporter dès son arrivée. Le mien, j'avais dû aller le chercher moi-même. Je me suis tortillée dessus : j'avais mal partout.

Mircea a remarqué mes gesticulations : il a ouvert un œil et m'a regardée.

— Par votre faute, je vais finir pas avoir une crise cardiaque, a-t-il dit d'un ton sec, sans une once de son charme badin habituel. Je vous ai éloignée des combats pour votre sécurité. Mais au lieu de rester tranquille vous assassinez le seigneur Protecteur, vous…

— C'est Pritkin qui l'a tué ! D'ailleurs, Saunders n'est pas mort, ai-je corrigé. Jonas fait circuler la rumeur qu'il est tombé en se battant courageusement contre l'armée d'Apollon.

— Apollon n'avait pas d'armée.

— Certes. Mais personne ne le sait.

Dieu merci, seuls quelques mages avaient été témoins de ce qui s'était réellement passé. Et il s'agissait pour la plupart d'apprentis. Lesquels souffraient à l'heure actuelle d'un terrible mal de crâne parce qu'on avait altéré leur mémoire.

Marsden préférait se débarrasser de son rival de façon diplomatique. On ne pouvait pas prendre le risque de déclencher une guerre civile en l'éliminant. Mais Mircea n'avait pas l'air ravi à l'idée que l'ancien responsable du Cercle soit encore de ce monde. Mon petit doigt me disait que la guérison de Saunders allait rencontrer quelques complications.

— Et, pour ne rien gâcher, vous assassinez un dieu ! a poursuivi Mircea.

— Techniquement, ce sont les démons qui l'ont tué. Ou la ligne tellurique. On n'est pas tout à fait sûrs de…

— Si je comprends bien, vous prétendez n'avoir rien fait. C'est ça, votre ligne de défense ?

— Ça vous plairait, hein ? Que je me contente de nager, de bouquiner et de faire un peu de shopping ?

— Exactement. Je préférerais de loin vous voir passer vos journées à ne rien faire plutôt que de vous ramasser à la petite cuillère.

— Au moins, vous m'avez récupérée.

— Cette fois-ci.

— Mircea…

— Oui. Je sais. Vous avez un devoir à accomplir. Vous me le ressassez sans cesse. Je comprends votre discours… en théorie. En pratique, je ne l'approuve pas. Vous n'aurez jamais ma bénédiction.

— Ça m'est égal. En revanche, vous devez me promettre de ne plus me mettre de menottes.

Il a esquissé un de ses sourires en coin. C'était sa toute première manifestation de bonne humeur.

— Sauf si vous m'en faites la demande expresse.

J'ai dégluti.

— Puisqu'on parle de ça…

Il a soupiré avant d'appuyer encore une fois la tête contre le dossier du fauteuil.

— Bizarrement, je doute que vous souhaitiez passer commande d'un lot de menottes de différentes couleurs.

— Ça existe ? (Il a souri sans ouvrir les yeux.) Non ! Non. En fait. C'est juste… Je me disais… Enfin, vous, vous me connaissez depuis que je suis toute petite. Mais moi, je ne sais pas grand-chose de vous.

— Vous me connaissez, a-t-il répliqué en fronçant les sourcils. Mieux que la plupart des gens.

— Ce n'est pas l'impression que j'ai. Par exemple, je n'ai jamais été à votre cour !

— Nous pouvons y remédier aisément. D'ailleurs, vous vous y rendrez plus tôt que vous ne le pensez. Le mage Marsden nous a proposé d'y organiser votre sacre afin de montrer sa bonne volonté au Sénat et de s'excuser au nom du Cercle pour les désagréments occasionnés par son prédécesseur.

— Les Consuls sont encore là-bas ? ai-je demandé avec nervosité.

— Très probablement. (Mircea a ouvert les paupières et levé les yeux au plafond.) Les négociations s'enlisent. Les Consuls contestent l'utilité d'une alliance, maintenant que notre principal ennemi commun a trouvé la mort.

— Ils sont fous ! Faerie est déchirée par une guerre sans merci. Tony est toujours dans la nature, en train de manigancer Dieu sait quoi avec ses acolytes. Et, maintenant qu'Apollon a passé l'arme à gauche, ses potes divins ne vont certainement pas rester les bras croisés !

— Ces arguments sont irréfutables. Malheureusement, je doute qu'ils parviennent à effacer des siècles d'animosité et de suspicion. La Consule est confiante. J'espère sincèrement qu'elle a raison. Je ne me réjouis pas à l'idée de nous aventurer en Faerie. Mais, après ce qui vient de se produire, il y a peu de chances qu'Antonio sorte au grand jour pour nous affronter.

— Il ne nous reste plus qu'à aller le débusquer.

Cette idée me plaisait à peu près autant qu'à Mircea. J'étais déjà allée en Faerie. Et je n'avais pas apprécié l'expérience.

— Oui. Mais nous ne sommes pas à un jour près. Nous avons des choses plus importantes à régler. (Il m'a décoché un regard sévère.) Essayez-vous de rompre ?

— Non ! Ce n'est pas, ai-je bégayé. Je ne voulais pas dire… Je veux qu'on continue à se voir mais…

Il a haussé un sourcil.

— D'après la loi vampirique, nous sommes déjà mariés.

— Mais je ne suis pas un vampire, Mircea ! Et ce n'est pas comme si vous m'aviez demandée en mariage !

— Vous auriez préféré que je ne vous revendique pas ? Magnifique. C'est pire que je le pensais.

— Mais non ! Je n'ai jamais dit ça ! (J'ai marqué une pause pour m'éclaircir les idées et essayer de mieux formuler ce que je ressentais.) Avant, je croyais que le fait de n'avoir aucune attache me rendait plus forte. Qu'il valait mieux que j'évite de devenir trop proche des gens si je ne voulais pas qu'ils souffrent par ma faute. Il y a des jours où je me sens encore comme ça. Je n'ai jamais été autant sur la ligne de mire. Je suis encore plus dangereuse à fréquenter qu'avant. Mais ça ne va pas s'arranger. Et je ne peux pas passer le reste de ma vie à fuir les contacts humains.

— *Dulceață*, a dit Mircea d'un ton patient. Je suis également sur la ligne de mire. Quoi que vous fassiez. Et je vous assure que je suis tout à fait capable de prendre soin de ma personne.

J'ai secoué la tête.

— On ne peut jamais être sûr de rien. Plus maintenant. On a failli perdre Rafe. On a perdu Sal…

Il a fermé les yeux, et pendant un instant j'ai pu lire une émotion sur son visage.

— Si j'avais rompu son lien, comme elle me l'avait demandé, Tony n'aurait jamais été capable de la retourner contre nous.

— Il aurait trouvé quelqu'un d'autre. On était vulnérables à cause des luttes intestines au sein de notre alliance. Il s'est contenté d'exploiter ce point faible.

— Qu'importe. Je me le reprocherai toujours. Comme je me reprocherai toujours la mort de Nicu.

J'ai dégluti. Moi aussi, j'avais du mal à encaisser la mort de Nicu. Il était mort pour me protéger alors que je le connaissais à peine. Et, les rares fois où je lui avais parlé, c'était pour lui hurler dessus. Marco avait raison : j'avais encore beaucoup de choses à apprendre sur les vampires.

— Au moins, Marco s'en est tiré, ai-je dit en pensant à notre dernière rencontre.

On lui avait attribué un lit à l'infirmerie, en attendant que les travaux soient terminés dans la suite. Il avait bonne mine, pour quelqu'un qui venait de se faire transpercer le cœur. Ça aurait tué n'importe quel vampire lambda. Heureusement, Marco était un maître. Et Sal n'avait pas vécu assez longtemps pour lui trancher la tête. Il allait s'en remettre.

— En attendant, je n'ai plus de garde du corps, m'a-t-il informée.

Il a émis un son ressemblant à s'y méprendre à un gloussement. Je l'ai dévisagé sans rien dire. Je ne l'avais jamais vu d'aussi bonne humeur.

— Je me suis laissé déborder, ces derniers temps, a-t-il conclu en regardant D-zir déshabiller un mannequin pour lui arracher un négligé rose, tandis qu'une vendeuse courageuse faisait tout son possible pour insérer son pied, qui devait chausser du 49, dans une pointure 38.

— Je crois que ça ne va pas rentrer, a fini par haleter la vendeuse, en sueur.

— Si je recevais 5 *cents* chaque fois qu'on me dit ça, je serais déjà millionnaire.

— Vous avez fait ce que vous avez pu. C'est ce que nous faisons tous. Et c'est... Je crois que je viens seulement de comprendre : ce n'est pas en gardant mes distances que je vais protéger les gens. De toute manière, ils sont en danger. Et ils seront toujours en danger. Il faut que je les aime pendant que j'en suis capable. Ce qui compte, c'est l'instant présent.

— J'ai bien peur de ne pas suivre votre raisonnement, *dulceață*, a rétorqué Mircea avec douceur. Vous voulez devenir plus proche des gens. Et pourtant, vous me repoussez.

— Je ne suis pas très claire, ai-je expliqué, complètement frustrée. Ce que je veux dire, c'est que le *geis* a créé des sentiments entre nous. Mais on ne les aurait peut-être jamais ressentis normalement. J'ai besoin d'être sûre que notre amour repose sur une base plus solide qu'un sortilège détraqué. J'ai besoin d'apprendre à vous connaître. J'ai besoin que vous appreniez à me connaître.

— Vous souhaitez que je vous fasse la cour ?

— Ouais. J'imagine qu'on peut dire ça comme ça.

Il a eu l'air de réfléchir. J'ai repris mon souffle et j'ai failli l'interroger au sujet de la mystérieuse brune. Mais j'ai expiré sans rien dire. *Et merde.* J'avais eu une sale semaine. J'avais besoin de faire une pause. En plus, si j'allais effectivement à sa cour, j'aurais tout le temps de me renseigner sur place. Si jamais il avait une maîtresse...

— Puis-je vous demander la raison pour laquelle vous me regardez de la sorte, *dulceață* ?

— Aucune.

— La dernière fois que j'ai vu cette expression, c'était sur le champ de bataille. Sur le visage d'un ennemi.

— Je ne suis pas votre ennemie, Mircea. J'ai juste besoin de vous connaître un peu mieux.

— Et vous ne pouvez pas apprendre à me connaître en ne changeant rien à notre relation ?

— Pas si je veux garder la tête froide !

Il a souri. Mais il a vu quelque chose en regardant par-dessus mon épaule et son sourire s'est estompé.

— J'espère que vos doutes ne sont pas liés à vos nouvelles relations.

Je n'ai pas eu le temps de répondre : la porte de la boutique s'est ouverte violemment sur un mage guerrier hors de lui. Pritkin m'a repérée. Il a traversé la salle d'un pas lourd et s'est campé devant moi en fronçant les sourcils.

— Vous m'avez rasé les jambes ?

Mircea a croisé les bras en me contemplant d'un œil noir. J'ai regardé leurs visages renfrognés tour à tour et, d'un seul coup, je me suis rappelé que j'avais autre chose de prévu.

— Vous savez, je crois que Jonas a évoqué l'idée de me former, me suis-je empressée de dire.

Sur ces mots, je me suis téléportée.

Achevé d'imprimer en avril 2011 par Hérissey à Évreux (Eure)

N° d'impression : 116442 - Dépôt légal : mai 2011

Imprimé en France

81120524-1